되는 대로 낭만적인

화장ㅊ장 에세이 ●

세계여행ㅂ

그림으로 남기리ㄹㅁㄱ일이

시멍엉것, ●

도는 뒤로 남아있는 ●

차례

Part 2

Part 3

"7개월의 여행을 마치고 한국에 돌아왔을 때, 인천공항을 밟았을 때
어떤 생각을 하셨어요? 그때의 소회를 영어로 이야기해 주실래요?"

　질문을 받은 것은 긴 여행에서 돌아온 지도 벌써 수개월이 지났을
때였다.

　7개월. 여름의 중턱에 떠나 겨울을 다 보내고 돌아온 여행이었다.
207일 동안 아시아, 유럽, 남미 3개 대륙의 18개국 50여 개 도시를
지나왔다. 행복한 날도 있었고, 우울한 날도 있었다. 친한 친구와
함께 즐거웠던 날도, 처음 보는 이들과 머리끝까지 흥에 겨웠던
날도, 외로움에 홀로 몸서리쳤던 날도 있었다. 7개월. 누군가에게는
길 수도, 누군가에게는 한없이 짧을 수도 있는, 그리고 누군가는
'세계여행'이라 부르는 나의 여행을 종이 위에 남겨놓으려 한다.
시간이 더 지나기 전에, 내가 걸었던 모든 거리의 감상이 더
희미해지기 전에.

나는 어딘가로 떠나지 않으면 견디지 못하는 성격도 아니었고, 반복되는 일상에 지쳐 있지도 않았다. 가족을 비롯한 주변 사람들은 종종 나를 특이하다고 했지만 어느 면으로 보나 누구보다 특별하거나 도드라지는 사람은 아니었다. 서울에서 나고 자라 평범한 학창 시절을 보내고, 1년 동안 재수해서 대학에 입학하고, 몇 번의 연애를 하고, 또래보다 늦게 군대에 다녀왔다. 흔히 말하는 금수저도, 흙수저도 아니었다. 스스로 생각하기에 특별하다고 할 수 있는 것은 역시 가족뿐이다. 딸을 더 사랑하시는 아버지는 내가 하는 일을 항상 묵묵히 지켜봐주시고, 아들을 더 사랑하시는 엄마는 단 하루도 잔소리를 그치시는 법이 없다. 하나밖에 없는 여동생은 항상 나보다 똑똑하고 성실한 편이다. 언제나 투덜거리지만 리모컨처럼 말을 잘 듣는다. 혹은 들어준다. 이등병 시절에 보낸 편지를 제외하면 사랑한다는 말 한 번 한 적 없는 가족이지만(물론 지금도 그런 말은 할 수 없다) 서로를 생각하는 마음만큼은 누구보다 특별한 가족에서, 나는 자랐다.

이런 나를 배낭여행으로 이끈 것은 세상에 대한, 작고 단단한 유리알과 같은 호기심이었다. 각기 다른 세상의 사람들은 어떤 집에서 사는지, 무엇을 먹는지, 또 어떤 생각을 하며 사는지 궁금했다. 그들의 거리를 두 발로 걷고, 세상의 모든 신기한 것들을 두 눈으로 직접 보고, 내 나름의 방법으로 그것들을 기록하고 싶었다.

여행을 기록하는 내 나름의 방법은 역시 그림이었다. 초등학교 3학년 때 151마리의 포켓몬스터 모두를 연습장에 그렸던 것을 제외하면 딱히 그림과 접점이 있는 인생은 아니었지만, 실내 건축 디자인이라는 다분히 그림과 관련이 깊은 과를 전공하게 되었다.

제도와 투시도에 관한 수업을 듣고, 머릿속에 있는 것을 계속해서 그림으로 보여주면서 나는 자연스럽게 그림, 드로잉, 스케치 같은 것들에 익숙해지기 시작했다.

휴학 후 실무 경험을 위해, 또 여행 경비를 모으기 위해 찾아간 건축 설계 사무소에서는 건축가 구승민 소장님을 만났다. 독특한 스타일의 드로잉에서 건축을 시작하는 분이었는데, 반년이 조금 넘는 시간 동안 나는 어깨너머로 전문가의 그림을 배우고 연습할 수 있었다. 퇴근 후 카페에서, 휴일에 광화문에서 한 장씩 한 장씩 그림을 그렸다. 그리고 '여행 다니면서 그림을 그리면 재미있겠다'라는 생각은 점차 '여행을 다니면서 그림을 그려야겠다'라는 다짐으로 바뀌었다. 여행을 떠나기 전날. 나의 허술한 여행 준비물 목록에는 스케치북과 연필, 그리고 플러스펜이 있었다.

여행은 끝났다. 지금 나는 이 종이 위의 글과 그림이 나의 여행을 솔직하게 담아냈길 바란다. 여행 중에 내가 어떤 생각을 했는지, 여행을 통해 나의 모든 것이 어떻게 변했는지, 또 여행 이후의 삶이 얼마나 풍성해졌는지 이 글과 그림에 담겼길 바란다. 재미있는 소설처럼. 어느 여행자의 그림일기처럼. 때로는 친한 친구가 들려주는 여행 이야기처럼 누군가에게 읽히길 바란다. 특별하지도 대단하지도 않은 어떤 이가 떠났던 이야기를 읽고 누군가 긴 여행을 떠나길 나는 진심으로 바란다.

암스테르담

파리　쾰른　　잘츠부르크
　　　　　　　　　할슈타트
안시
아비뇽　　　　　　베네치아
마드리드　　　　아를　　피렌체
　바르셀로나　　　　로마　　바리
　　　　　　　　나폴리
　　　　　　　　　　　　아테네
　　　　　　　　　자킨토스

우아라스　마추픽추
리마　　　쿠스코
와카치나　코파카바나
　　　　　　　산타크루즈
　　　　수크레
우유니　　　　리우데자네이루
아순시온　　　상파울루
　　이구아수

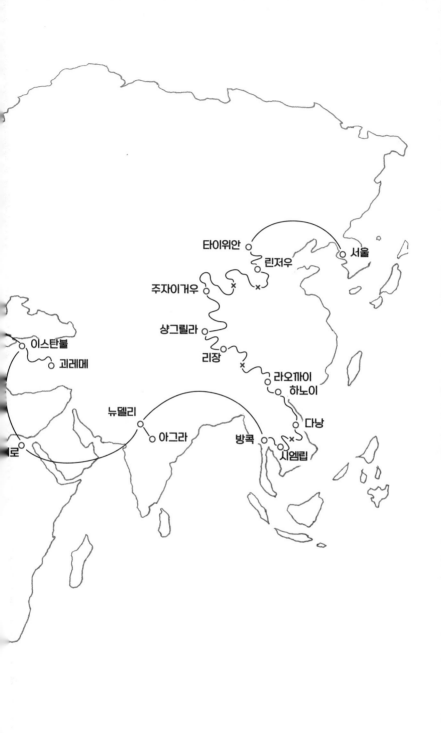

타이위안　　린저우　　　서울

주자이거우

샹그릴라

리장

라오까이
하노이

이스탄불
괴레메

다낭

뉴델리
아그라　　　방콕
시엠립

로

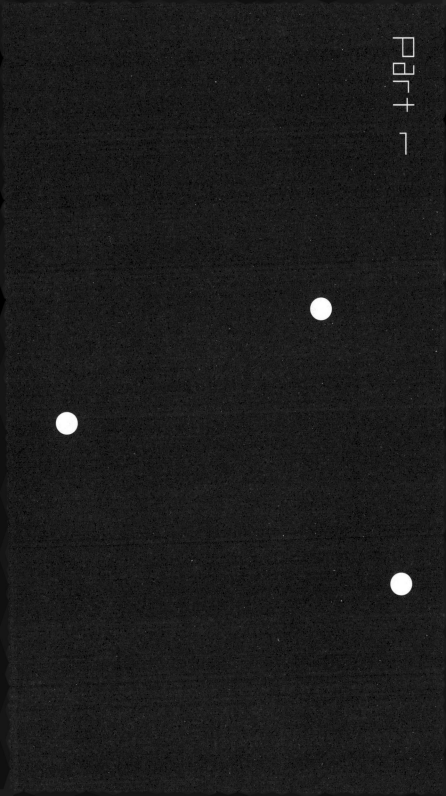

Part 1

유리알, 야간 경계 초소, K

2013년 어느 새벽이었다. 말을 할 때마다 입에서는 하얗게 입김이
나왔다. 10개월 정도 후임이었던 K와는 아직 많이 친해지기
전이었다. 나는 주로 말하고 K는 들었다.

　나는 공항 경비를 담당하는 소대에 복무하고 있었다. 하루 중
근무에 투입되는 시간을 제하면 나에게 주어지는 시간은 꽤나
많았다. 계급이 낮은 병사에게는 어느 정도 활동의 제약이 있었지만,
생활에 적응하고 모든 것에 익숙해질 즈음 나는 자유로웠다.
자유롭고 무료한 시간을 보낼 수 있는 방법 중 한 가지는 독서였고,
마침 부대 안에는 웬만한 구립 도서관 크기의 도서관이 있었다.
나는 조지 오웰, 피츠제럴드, 헤밍웨이 등의 세계 문학부터 시작해
『바람의 노래를 들어라』『양을 쫓는 모험』처럼 무라카미 하루키의
잘 알려지지 않은 초기 작품까지 많은 책을 읽을 수 있었다. 권장
도서에 이름을 올린 문학 책을 대부분 읽고 나서는 세계사와
여행기를 주로 읽었다.

아마도 이때부터 **세상에 대한 궁금중**이라는 이름의 유리알이
내 안에 생겼다고, 나는 생각한다. 여러 유명한 작가들이 묘사한
세상의 거리들은 실제로 어떤 모습일지, 그들이 살았던 도시는 서울
성동구 왕십리와 어떻게 다를지 점점 궁금해지기 시작했다. 그리고
군 생활이 1년 남짓 남았을 때 나는 처음으로 수첩에 여행에 대한
계획을 적었다. 내 나이와 대학의 남은 학기를 생각하고, 비용을
생각하고, 가보고 싶은 나라와 도시를 두서없이 적었다. 그리고
시간을 들여 그것을 조금씩 구체화했다. 다행히도 군대에서 시간은
차고 넘칠 만큼 많았다.

근무하던 소대에서는 두 명이 한 조가 되어 하루 다섯 시간씩
밤낮 없이 교대로 경계 근무를 섰다. 낮 시간 근무는 출입 인원의
검문검색이나 차량 통제 등 할 일이 많았지만 비행단의 일과가
종료된 후의 야간 근무는 사정이 달랐다. 특히나 한적한 비행단
외곽의 야간 경계 근무에서 시간을 보낼 수 있는 대상은 함께 근무에
투입된 후임과 선임뿐이었다.

초소 앞에는 담장과 철책 사이로 작은 천이 흘렀다. 담장을 따라
늘어선 경계등은 주황색 빛을 내고, 두꺼운 물안개가 불빛을 받아 물
위에서 오묘한 색으로 피어났다. 정체를 알 수 없는 벌레는 지치지도
않고 끊임없이 울었다. 구석구석 어둠이 내려앉은 새벽 초소에서
선임과 후임의 대화도 벌레의 울음소리처럼 끊일 줄을 몰랐다. 고향,
학창 시절, 취미, 특기, 가족, 좋아하는 음악, 전역하면 하고 싶은
일…. 그렇게 세 번 정도 같은 사람과 야간 경계 근무를 하고 나면,
우리는 서로의 인생사를 거의 통달할 수 있었다.

입에서 하얗게 입김이 나오던 날 밤의 초소에서 나는 처음으로
나의 여행 계획을 다른 사람에게 말했다. K는 나보다 한 살 아래로,

고등학교 때부터 미국에서 유학을 하다 군 복무를 위해 한국으로 돌아와 있었다. 그가 그의 동기들과 함께 소대에 배치되던 날을 기억한다. 까무잡잡하게 똑같이 생긴 세 명이 눈에 가득한 장난기를 애써 숨기며 나란히 앉아 있었다. 무슨 이유에서인지 나는 이 신병들과 친해질 것 같다는 생각이 들었다. 하루 24시간 같은 공간에서 함께 생활하며 관심사를 공유한다는 것은 그들과의 관계를 빠르게, 깊게 했다. 나와 K는 잘 기억나지 않는 수많은 소재로 대화를 나누고, 함께 근무하고, 운동하고, 끊임없이 체스를 두고, 여자 아이돌 그룹을 사랑했다. 그리고 가끔 나는 스스로 결심을 굳히듯이 K에게 여행 계획에 대해 이야기했다. 어디에서 출발할 것이고, 얼마 정도의 경비를 생각하고 있고, 어떻게 경비를 모을 것이며 어디까지 다녀오겠노라고. 그때는 느끼지 못했지만 내가 긴 여행에 대해 말할 때 아마도 K의 눈은 빛나고 있었을 것이다.

시간이 지나 나는 군 생활을 마치고 다니던 학교에 복학했다. 전역이 다가올 무렵 K와 그의 동기들과 나는 둘도 없는 친구가 되어 있었다. 내가 전역한 후에도 그들이 휴가를 나올 때면 우리는 종종 만나 겨울에는 스키장으로, 여름에는 바닷가로 가 함께 시간을 보냈다.

K가 나에게 "형, 나도 여행을 같이 가야 할 것 같아."라고 말한 것은 그의 군 생활이 3개월 정도 남아 있던 봄이었다. "여행을 같이 가고 싶다."도 아니고, "여행을 같이 가도 되겠느냐."도 아니었다. 두꺼운 망토를 뒤집어쓴 사제에게 인생을 바꿀 중요한 예언이라도 듣고 온 듯 K는 "형, 나도 여행을 같이 가야 할 것 같아."라고 했다.

"나야 좋지." 나는 일말의 고민도 없이 대답했다.

01

여권 없는 혁명가들

여행에 대해서 처음으로 부모님께 말씀드렸을 때 엄마의 반응은
간단했다.

"그래, 돈 있으면 다녀와."

7개월간의 여행에 내가 나름대로 정한 예산은 1000만 원이었다.
무조건 최저가의 숙소에서 묵고, 비행기는 최소한으로 이용한다.
직접 요리하는 것을 좋아하고 호화로운 음식에 미련이 없으니
여행 중에는 끼니를 때우는 것에 만족하자. 패키지 여행 상품은
불가피한 경우가 아니면 이용하지 않고, 스카이다이빙이나 번지
점프와 같은 액티비티는 정말 하고 싶을 때만 해야지. 어디까지나 내
목표는 가능한 한 많은 곳을 가고, 되도록 많은 것을 보고 돌아오는
것이었다.

가을 학기를 마치고 학교에 휴학계를 낸 후 바로 일을 시작했다.
낮에는 건축 설계 사무소에서 인턴으로, 사무실을 퇴근하면 바로
동네 카페로 달려가 새벽까지 아르바이트를 했다. 안녕하세요,

카페베네입니다. 점심은 사무실에서 소장님이 사주셨고 저녁은
카페에서 해결할 수 있었다. 따로 나가는 돈이 없었기 때문에 (사실
매달 통장으로 들어오는 돈을 쓸 시간도 없었다) 휴학 전에 이런저런
일로 모아 둔 돈을 합치면 8월의 출발 전까지 목표한 돈을 모을 수
있을 것 같았다. 나는 대략 7개월간 그렇게 사무실과 카페를 오가는
생활을 했다. 물론 몸은 힘들었지만 간간이 계획을 짜고 그림을
연습하면서 가슴은 여행에 대한 설렘과 기대로 점점 부풀어 오르고
있었다.

학교를 휴학하고 몇 개월간 일을 하자니 엄마와 아버지도
아들의 여행 계획을 점점 진지하게 받아들였다. 그 돈으로 반 년
넘는 여행이 가능하긴 하냐, 어디는 위험하지 않냐, 소매치기라도
당하면 어떡하냐. 엄마의 걱정은 새로 발견한 우물처럼 끊임없이
샘솟았다. 그리고 여행 출발이 한 달 남짓 남아 있던 7월의 어느
주말에 아버지는 나를 할아버지 산소로 데려가셨다. 아버지와 나는
북어포를 뜯고 종이컵에 소주를 한 잔 올렸다. 아버지는, 손자가
장도(壯途)를 떠나니 잘 보살펴주시라 하셨다.

산소를 다녀온 날 저녁 엄마의 표정은 잔뜩 심란하다.
"그래서 진짜로 가려고?"

여행 출발일은 K의 전역 일주일 뒤.

나와 K는 각자 가보고 싶은 곳을 정하고, K가 휴가를 나오는
날에 만나 의견을 나누며 여행의 전반적인 계획을 세웠다. 우리는
아프리카와 호주, 러시아, 북미를 제외하는 경로에 합의했다.
중국에서 출발해 육로로 베트남 북쪽의 국경 도시까지 이동하고,
동남아시아로 들어가 베트남, 라오스, 캄보디아를 거쳐 태국까지

가자. 마침 경로에 있는 인도와 이집트에 가서 타지마할,
피라미드를 보고 이집트에서 튀르키예행 비행기를 탄다. (육로로
이동하고 싶었지만 이스라엘, 시리아와 레바논의 상황은 녹록지 않았다.)
튀르키예에서 버스를 타고 유럽으로 들어가 연말까지 어떻게든
포르투갈에 도착하자. 해가 바뀔 즈음에 유럽의 서쪽 끝에서
비행기를 타고 남미 대륙으로 향한다. 브라질의 해안 도시를 따라
아르헨티나로 내려가서, 시계 방향으로 칠레를 돌아 올라온다.
볼리비아로 들어가 우유니 고원의 소금 사막을 꼭 가보고, 페루로
나와서 잃어버린 도시 마추픽추를 찾아보자. 그리고 페루에서
인천행 비행기가 가장 싼 곳에서, 아마도 리마에서, 집으로
돌아온다.

　여행 경로는 어렵지 않게 정했지만 긴 여행을 위해 실제로
준비해야 할 것은 한두 가지가 아니었다. 우리는 구청에서 여권을
갱신하고, 운전면허 시험장에서 국제운전면허증을 발급받고,
여행자보험에 가입했다. 국립중앙의료원에 가 장티푸스, 황열을
비롯한 몇 가지 예방 주사를 맞아야 했다. 해외에서 사용이 편리한
카드를 신청하고, 가격이 조금이라도 낮을 때 미리 몇 개의 비행기
표를 사놓았다. 첫 목적지인 중국에 가려면 미리 비자를 발급받아야
했다. 그리고 7개월을 메고 다닐 배낭, 침낭, 챙겨 갈 옷과 신발,
세면도구, 실과 바늘, 각종 상비약 등의 목록을 정하고 없는 것을
하나씩 사 모았다.

　이외에도 준비하고 알아봐야 할 것은 끝이 없었다. 각국의 환율,
현금 인출 방법, 지역마다 특별히 주의해야 할 것, 목적지마다의
숙소, 도시 간 이동 방법, 볼거리, 유명한 먹을거리… 패키지 여행
상품을 이용하는 것이 아니었기 때문에 모든 것을 직접 알아봐야

했다. 베트남 하노이의 숙소에서 하롱베이의 선베드가 있는 배의 갑판까지 가는 방법을, 인도 뉴델리의 터미널에서 아그라에 있는 타지마할의 입구까지 가는 길을, 그리스 아테네에서 자킨토스섬의 난파선이 있는 해변까지의 경로를, 타국의 대사관에서 볼리비아 여행 비자를 신청하는 절차를 알아야 했다. 나는 어려서부터 무엇이든 철저하고 꼼꼼하게 준비하는 성격이 아니었고, K도 허술하기는 마찬가지였다. 결국 우리는 중국에 두 개의 숙소만을 예약하고 일단 가보기로 했다. 어디로 어떻게 가야 할지는 뭐, 그곳에서 물어보면 알 수 있겠지. 예약해 둔 숙소가 없다거나 예약한 숙소마저 찾지 못한다면 하루나 이틀 정도는 길에서 자면 그만이다. 미리 사놓은 비행기 표 두 장을 빼면 반드시 지켜야 하는 일정도 없다. 자세하게 계획을 세워 놓은들 일정대로 움직일 수 있을 것이라는 확신은 어디에도 없다. 실패할지라도 크게 잃을 것이 없었기 때문에 우리는 일단 가서, 그곳의 길 위에서 모든 것에 부딪쳐보기로 했다.

그리고 8월 4일. 출발하는 날, 부모님과는 집 앞에서 작별했다. 집 문을 나서며 나는 멀리 나오지 마시라고, 건강히 다녀오겠다고 했다. 마침 동생은 학교에서 지원한 교환 학생에 합격해 다음 학기를 네덜란드에서 보낼 예정이었다. 연말에 암스테르담에서 보자며 동생은 얼른 다시 집으로 들어가고 싶은 표정으로 손을 흔들었다. 그렇게 나는 8장의 속옷과 사계절용 침낭이 들어 있는 50리터의 빨간 배낭을 메고 집을 나섰다. 1년도 되지 않아 돌아올 여정이었지만, 마음만은 남미 대륙을 향한 오토바이에 몸을 실은 체 게바라와 같았다.

나와 K의 치밀하지 못한 성격은 시작부터 빛을 발했다. 중국에 입국하려면 여권에 사증이 붙어 있어야 하는데 문제는 시간이었다. 중국 비자 발급에는 최소한 사흘이 필요했다. 명동에 있는 중국 대사관에 서류와 여권을 맡기고 비용을 지불하면 3일 후에 사증이 붙은 여권을 돌려받을 수 있었다. 하지만 우리는 비자 신청을 미루고 미루다 정확히 출발 3일 전에 중국 대사관에 찾아갔다. (왜 미루었냐고 물어본다면 딱히 생각나는 이유는 없다.) 사정을 들은 대사관 직원은 여권을 받아 들고, 일단 출국일에 찾아오라고 했다. 장담할 수는 없어요.

'태양을 마주할 용기가 있는 젊은이'들이었지만, 우리에겐 용기만 있고 여권이 없었다. 체 게바라는 아르헨티나를 떠날 때 여권이 있었을까.

여행 당일, K와 나는 명동역에서 만나 커다란 배낭을 메고 중국 대사관으로 들어갔다. 대사관이 업무를 막 시작하는 시간이었다. 직원들은 다소 당황스러운 표정으로 신기한 듯 우리를 쳐다봤다. 정작 우리는 평온한 미소를 띠고 있었다.

"3일 전에 여행 비자를 신청했는데요." 직원은 잠시 멍한 얼굴을 하더니, 할 일이 생각난 사람처럼 갑자기 서류를 뒤적거렸다. "여기, 여행 비자 신청하신 것 나왔네요." 나와 K는 중국을 한 달간 여행할 수 있는 사증이 붙은 여권을 받아 들고 대사관을 나왔다. 등에 멘 커다란 배낭이 아니었다면, 어디로 보나 세 시간 내로 공항에 도착해야 하는 여행자로 보이진 않았을 것이다.

공항에는 나와 K의 (그 당시) 여자친구가 기다리고 있었다. 우리는 각자 여자친구와 같이 밥을 먹고 마지막으로 커피를 마셨다. 공항 출국장 카페의 커피는 기대보다 괜찮았다. 여행을 마치고 돌아오면 이곳에 다시 오자고 우리는 약속했다. 나도 그녀도 콘크리트와 같은 확신을 갖고 한 약속은 아니었다. 안녕. 생각보다 금방 돌아올 거야. 곧 다시 보자. 응. 중간에라도 내가 보고 싶다고 하면 그냥 돌아와. 여자들이 말 걸면 무시하고. 그녀는 아쉬움이 섞인 눈으로 작게 웃었다. 이제는 게이트로 움직여야 할 시간이었다.

언제나처럼 출국 심사장의 줄은 예상보다 훨씬 길었다. 제시간에 비행기에 오르기 위해 우리는 전속력으로 달려야 했다. 왜 언제나 내가 배정받은 게이트는 탑승동의 맨 끝에 있을까. 안내 방송에서는 연신 나와 K의 이름이 불렸다. 땀을 뻘뻘 흘리며 게이트에 도착해 중국 여행 비자가 단단히 붙어 있는 여권을 자랑스럽게 보여주고, 우리는 드디어 비행기에 올랐다. 휴. 좌석에 앉아 기내 방송도 듣고 차분히 시간을 보내고 싶었는데. 마음을 가라앉히고 내가 남기고 떠나야 할 것들에 대해, 그리고 앞으로 마주할 새로운 세상에 대해 생각하려고 했는데. 나는 땀을 말릴 시간조차 없이 허겁지겁 안전벨트를 찾아 채웠다.

비행기는 한참 속도를 올리다 불현듯 땅을 박차고 날아올랐다. 여행은 막 시작되고 있었다.

02

맥도날드와 코끼리 열차

중국, 타이위안/린저우

베이징과 상하이는 마음만 먹는다면 언젠가 어렵지 않게 가볼 수 있을 것이다. 이번 여행에서 겪을 중국은 해안의 대도시보다 내륙의 '중국스러운' 산이길 바랐다. 본토의 깊숙한 산맥을 따라 이동하다 보면 우리나라에 없는 압도적인 대륙을 경험할 수 있지 않을까. K와 나는 자금성과 만리장성을 포기하고 타이항산, 주자이거우, 샹그릴라와 리장, 그리고 후타오샤를 가보기로 한다. 길을 따라 베트남의 국경 도시까지 가다 보면 결과적으로 내륙을 종단하는 경로다.

Day 001, 2015. 08. 04.

칭다오공항에서 환승 대기 중. 인천을 출발해 타이위안으로 가고 있다. 중국은 태어나서 처음으로 와보는데, 벌써부터 모든 것이 새롭고 낯설다. 새삼 내가 여행을 시작했다는 느낌이 든다. 앞을 지나는 남자의 스포츠 컷 머리 스타일, 테이블과 의자의 촉감, 맞은편에 앉아 처음 보는 음식을 먹는 아주머니의 차림새. 주변의 모든 것이 중국 같다.

　저녁이 지나서야 우리는 중국 산시성 타이위안의 공항에
도착했다. K와 나는 수하물 찾는 곳으로 향했다. 비슷하게 생긴
가방들이 컨베이어 벨트를 돌고 있었다. 곧 눈에 들어온 빨간 배낭을
반갑게 집어 든다.

　하지만 배낭을 메고 내가 발견한 것은 망가진 플라스틱
버클이었다. 어깨의 부담을 덜어줄 나의 버클, 나의 배낭…. 7개월을
메야 할, 아직 채 하루도 제대로 메어보지 못한 가방이었다.
속이 상해 근처 직원에게 불평을 하러 찾아갔지만 허사였다.
타이위안공항의 검색대 직원들은 한국어는 물론 단 한마디의
영어도 구사하지 못했고, 나의 중국어는 숫자 4까지가 한계였다.
검색대 직원 중 가장 목소리가 큰 사람이 서랍에서 매뉴얼을
찾아내서 천천히 읽어보고는 바로 옆 서랍에서 200위안을 꺼내
호기롭게 건넸다. 아마도 나에게서 가방과 관련된 모종의 불만을
읽어낸 모양이었다. 200위안이 한화로 얼마인지 몰랐지만 나는
체념하고 돈을 받아 들었다. 어깨와 등과 허리에 골고루 중량을
분배하도록 설계되었을 불쌍한 나의 빨간 배낭.

　K가 찾아 예약해 둔 숙소는 신기하게도 아파트였다. 근처의
산시대학교에 다니는 학생들이 사는 하숙집으로 보였다. 어떻게
이런 숙소를 찾았는지 짐작도 할 수 없었다. 우리는 2층 침대 두
개가 있는 방을 받고 짐을 풀었다. 동그란 벽시계는 밤 10시를
가리켰다. 꽤나 긴 비행에 지쳐 있었고, 여행을 시작하기도 전에
배낭이 망가졌지만 그래도 여행 첫날을 그냥 지나갈 수는 없었다.

와이파이를 연결해 휴대폰을 만지작거리고 있는 K를, 그리고 우리의
첫 숙소를 빠르게 스케치북에 옮긴다. 어딘가 어설프지만 나의 첫
여행 그림이었다.

  K와 나는 숙소를 나와 아파트 입구의 좌판에서 꼬치구이를 몇
개 집어 먹고 칭다오를 마셨다. 좌판 주인은 우리와 또래였다. 그는
한국인을 보는 것은 처음이라며 장사를 접고 신기한 듯 우리 옆에
앉아 친구들을 불러 모았다. 가볍게 첫날을 기념하려고 시작했던
자리는 둘러앉은 사람들의 얼굴이 벌게질 때서야 끝이 났다. 좌판
주인과 그의 친구들은 다 같이 먹었다는 이유로 끝내 돈을 받지
않았다. 기분 좋은 시작이었다. 고마운 첫 친구들의 이름도 묻지
않았다는 사실을 깨달았을 때 나는 이미 침대에 누워 있었다.

원래의 계획은 타이위안에서 하루를 묵고 첫 번째 목적지인 타이항산으로 이동하는 것이었다. 하지만 터미널에 가보니 우리가 탈 수 있는 버스는 오전 8시 한 대 밖에 없었다. 점심도 지난 시간, 우리는 하는 수 없이 다음 날의 버스표를 사고 거리를 둘러볼 겸 배낭을 멘 채로 시내를 돌아다녔다. 우리는 점심을 길거리에서 대충 때우고, 목적지 없이 마냥 길거리를 걷고, 광장의 커다란 비둘기 집을 구경하고, 갑자기 쏟아지는 소나기를 피해 이름 모를 호텔 입구에 잠시 앉아 쉬었다. 그러다 저녁때가 되어 마침 눈앞에 보이는 맥도날드에 들어갔다. 타이위안 맥도날드의 감자튀김은 한국의 그것과 별반 다르지 않았다. K는 식사를 마치고 카메라를 만지작거렸다. 그는 작은 미러리스 카메라를 들고 다녔다. 나는 감자튀김의 국제 표준화에 관해 쓸데없는 생각을 하다 배낭에서 스케치북을 꺼냈다. 한참 눈앞의 풍경을 그리고 있는데, 문득 오른손이 이해할 수 없다는 듯 물었다.

　'도대체 왜 중국 타이위안까지 와서 맥도날드를 그리고 앉아 있는 거야? 전 세계에 적십자보다 흔해 빠진 게 맥도날드의 골든 엠이잖아.' 그러자 그림을 그리던 왼손이 대답한다. '모르는 소리 하지 마. 여긴 완전히 다르다고. 들리는 음악이며 창밖의 풍경, 메리야스만 입고 잠든 아저씨, 목재 마감에 쓰인 나무가 받고 자란 햇살까지. 주변의 소음 중에 알아들을 수 있는 것이라곤 K의 말 밖에 없잖아. 나는 지금 충분히 새로운 환경과 새로운 대기에 있어. 그걸 가능한 한 열심히 스케치북에 옮길 뿐이야.'

　나는 계속 연필을 움직였다. 앞으로 여행을 이어가는 동안 왼손의 실력은 얼마나 늘게 될까. 어딘가에서 또 맥도날드를 그리면 그때는 이것보다 더 잘 그릴 수 있을까? 그래, 그래. 알겠어. 두고 보자고.

오른손은 그림이 흔들리지 않게 스케치북을 누른다.

숙소로 돌아오며 전날 밤의 좌판이 있던 자리에 가보았지만 그들은 없었다. 어제 우리가 너무 많이 먹어서 파산해버린 것은 아니길 진심으로 바랐다.

허난성 안양시로 향하는 버스는 만석이었다. 낙후된 버스의 유리창에는 그 흔한 커튼도 달려 있지 않았다. 버스는 다섯 시간을 한 방향으로 달렸고, 내내 얼굴에 비치는 햇빛에 나는 괴로워했다.

당초의 계획대로라면 종착지에서 내려 린저우행 버스를 다시 찾아 타야 했지만(린저우는 안양시의 행정구로, 타이항산의 입구가 있다), 도착 한 시간 정도를 남겨 두고 기사의 '린저우'라는 말이 들려, 혹은 들렸다고 생각하고 우리는 무작정 버스에서 내렸다. 린저우를 거쳐 안양시로 가는 버스였거나, 혹은 린저우가 안양시의 행정구역일 것이라고 나는 추측했다. 어쨌든 돈과 시간을 아끼지 않았을까 하는 생각에 웃음이 나왔다.

그곳에서 버스를 이탈한 사람은 우리뿐이었다. 아무리 주위를 둘러봐도 내린 곳은 정류장처럼 보이지 않았다. 일자로 뻗은 도로는 양쪽으로 끝이 보이지 않았고, 길옆으로 나지막한 건물이 듬성듬성 섰다. 뿌연 먼지로 덮인 길은 어림잡아 왕복 8차선은 되어 보였지만 그야말로 텅텅 비어 있었다. 차뿐만이 아니라 근처에는 사람의 그림자도 찾아볼 수 없어서, 그곳은 기근과 역병으로 모두가 떠나버린 황량한 마을이나 포스트 아포칼립스 장르의 영화를 촬영하기 위한 거대한 세트장처럼 보였다.

마음대로 방향을 정해 걷다 우리는 터미널처럼 생긴 건물을 발견했다. 건물 앞 광장의 크기로 보나 건물 자체의 규모로 보나 하루에도 수백 대의 버스가 드나들 법한 터미널이었지만 인기척이 없기는 마찬가지였다. 버려진 도시의 그것처럼, 커다란 유리문이 힘없이 열렸다. '니하오'를 세 번 정도 외치니 숨어서 우리를 지켜보고 있었다는 듯 어디선가 세 명의 직원이 나왔다. 얼굴이 잘 기억나지 않는 여자 두 명과 「왕좌의 게임」 호도르를 쏙 닮은 남자 한 명이었다. K는 떠듬떠듬 중국어로 우리는 타이항산을 가기 위해 린저우에 왔고 국제 유스호스텔을 찾고 있다고 설명했다. 호도르는 한참을 골똘히 생각한 후에 "택시"라고 말하고, 손가락 열 개를 펴 보였다. 아마도 '택시로 10분 정도 걸린다'는 뜻이었다. 그에게 왜 이렇게 도시가 황량한지 묻고 싶었지만 이내 단념했다.

린저우 국제 유스호스텔에 도착해 나는 그 크기에 한 번 놀라고, 그곳에 우리를 제외한 단 한 명의 투숙객도 없다는 사실에 다시 한 번 놀랐다. 객실은 어림잡아 서른 개도 넘어 보였지만 우리가 마주친 직원은 두 명뿐이었다. 리셉션의 직원과 요리를 담당하는 직원이 그들이었다. 리셉션의 직원은 의사소통이 가능할 정도의 영어를 구사했다. 요리를 담당하는 직원은 상당히 무뚝뚝한 표정으로 굉장히 정성들인 차오판(볶음밥)을 만들어줬다. 리셉션 직원은 카페가 있으니 필요하면 말하라고, 바둑과 체스와 몇 가지 보드게임이 로비에 있으니 원하면 사용하라고 했다. 탁구대가 있는 로비에서는 담배를 피울 수도 있었다. 잠자리에 들기까지는 아직 꽤 많은 시간이 남아 있었지만 린저우 시내를 구경할 마음은 없었다. 나와 K는 호스텔에 남아 굉장히 정성들인 볶음밥을 먹고, 커피를 마시고, 체스를 두고, 마음껏 담배를 피웠다.

타이항산, 타이항대협곡은 중국의 그랜드 캐니언으로 알려져
있다. 남북으로 약 600킬로미터, 동서로 약 250킬로미터에 걸쳐
산시성과 허베이성을 가른다. 험준한 산세로 춘추전국시대부터
군사적 요충지로 여겨졌다. 역사적으로 꽤나 많은 전투가 벌어졌고,
내가 아는 한 중국 공산당의 팔로군과 일본군이 이곳에서 싸웠다.
호스텔에서 태항산으로 갈 수 있는 대중교통은 아쉽게도 없었다.
여행객 대부분은 단체로 대절한 버스를 이용한다고 했다. 결국
우리는 산으로 가는 택시를 예약했다. 요리 담당은 멀찍이 서서
당장이라도 정성 들인 볶음밥을 해주고 싶다는 듯이 우리를
노려보고 있었다.

타이항산은 한국의 중장년층에게 유명한 중국 여행지 중 하나다.
포털 사이트에 '타이항산 여행'을 검색하면 '알뜰 여행'이나 '실속
여행'으로 소개되는 패키지 여행 상품을 쉽게 찾아볼 수 있었다.
하지만 그 이유로 타이항대협곡에 큰 감흥을 느끼지 못했다. 물론
타이항산의 웅장함은 나의 상상을 가볍게 뛰어넘었다. 여태껏
본 적 없는 규모의 바위산이 협곡을 포위하고, 등산로를 걷다
만나는 계곡은 그 옛날 이백과 두보가 노래했던 시의 배경처럼
보였다(이백과 두보가 정확히 어떤 시를 썼는지, 혹은 그들이 생전에
타이항산에 와보았는지 사실 잘 알지 못하지만).

내가 타이항산에 별다른 감흥을 느끼지 못한 이유는 바로
그곳의 시스템 때문이었다. 타이항산은 등산로와 시스템이 너무 잘
갖추어져 있었다.

입장료를 내고 주차장에서 미니 버스를 타면 기사는 순식간에
우리를 등산로의 입구까지 데려다줬다. 버스에서 내려 앞사람을
따라 외길의 등산로를 한참 걷다 보면 첫 번째 등산로의 끝에

다다른다. 중간중간 감탄사를 자아내는 풍경을 마주치지만, 첫 번째 등산로의 끝에서 다시 필요 이상으로 빠르게 달리는 코끼리 열차를 타면, 압도적인(혹은 압도적이라고 생각해야 하는) 전망이 펼쳐진 곳에서 친절히 내려준다. 차로 이동하는 아스팔트길에서라도 여유롭게 걷고 싶었지만 구불구불한 산길을 오가는 미니버스와 코끼리 열차는 지나치게 빠르고 부주의해 보였다. 별수 없이 미니버스를 타면, 역시 친절하게도 기사는 빠르게 산 밑의 입구까지 데려다주었다. 최대한 느긋하게 경치를 감상해도 한나절 안에는 무조건 여정을 마칠 수 있는 등산로와 시스템이었다.

타이항산을 직접 겪으려면 하루 이상의 시간을 산에서 보내야 했다. 하지만 산 속에는 묵을 만한 숙소도 없거니와, 텐트를 들고 와서 야영을 할 정도로 매력적이지 않았다. 만주의 청산리나 봉오동이었다면 100여 년 전 우리 독립군 부대의 치열한 전투를 떠올렸겠지만, 팔로군과 일본군의 전투는 내 상상력을 자극하지 못했다. 그래도 K는 만족한 것 같았다.

우리는 택시기사와 약속한 시간에 산의 입구에서 만나 호스텔로 돌아왔다. 몸을 씻고, 무뚝뚝한 요리 담당이 정성 들여 만든 볶음밥을 저녁으로 먹고, 커피를 마시고, 담배를 피우며 이런저런 이야기를 나누었다. 체스를 몇 판 둘까 하다가 일찍 잠자리에 들기로 한다.

03

22시간의 입석 기차, 6인승 밴과 팔에 깁스를 한 킬러

주자이거우

우리는 린저우 호스텔에서 나와 버스 터미널로 향했다. 작별
인사를 하는데 요리 담당의 눈에 잠깐이지만 아쉬움이 비쳤다.
아마 우리만큼 그의 차오판을 맛있게 먹은 손님도 없었을 것이다.
왠지 포옹을 하고 싶었지만 악수로 대신했다. 그의 얼굴에서 작은
미소라도 보길 기대하며 뒤를 돌아봤는데, 그는 여전히 정성 들인
볶음밥을 해주고 싶다는 표정으로 우리를 노려보고 있었다.

　다음 목적지는 쓰촨성의 주자이거우. 타이항산이 중국의 그랜드
캐니언이라면 주자이거우는 중국의 플리트비체 호수로 불렸다.
하지만 나는 미국 애리조나도 크로아티아도 가보지 않았기
때문에 조금도 공감할 수 없었다. 오히려 내가 언젠가 미국이나
크로아티아를 간다면 그랜드 캐니언은 미국의 타이항산이고
플리트비체는 크로아티아의 주자이거우가 되는 게 아닐까? 어쨌든
그곳은 K가 고민해서 정한 목적지 중 하나였고 웹의 사진으로만

봐도 충분히 아름다웠다.

린저우에서 주자이거우까지 한 번에 이동할 수 있는 방법은 없었다. 우선 린저우에서 버스를 타고 정저우로 이동하고, 다시 정저우에서 기차를 타고 산시성 시안을 거쳐 쓰촨성 광위안까지 간다. 광위안에서 마지막으로 버스를 타면 주자이거우에 도착할 수 있다.

린저우를 출발한 버스는 네 시간여를 달려 정저우의 시외버스 터미널에 도착했다. 린저우에서 정저우로 가는 50위안짜리 버스를 타는 한국인 여행자가 몇 명이나 될까 하는 생각을 했다. 이름조차 몰랐던 도시였다. 버스 터미널에서 기차역을 찾아가려는데, '기차역'을 수십 가지 방법으로 발음해보아도 현지인들이 도무지 알아듣지 못했다. 결국 아이패드로 글자를 보여주자 사람들은 중국어와 손짓을 섞어 가며 방향을 알려주었다.

어찌어찌 도착한 정저우 기차역은 상당히 커다랬다. 역전 광장은 광화문 광장과 비슷할 정도로 널찍하고, 그 넓은 광장은 또 사람들로 가득 차 있었다. 중국에 사람이 많긴 많구나. 우리는 매표소를 찾아 광위안까지 가는 가장 싼 기차표를 샀다. 직원은 목적지까지 22시간이 걸린다고 했다. 기차에서 22시간을 보낸다는 것은 도대체 어떤 경험일까. "숙박비 아끼고 좋네, 뭐." 그러게. 나도 K와 같은 생각이었다.

근처의 작은 식당에서 국수로 저녁을 먹고, 출발까지 시간이 남아 K와 나는 광장으로 갔다. 바닥은 차갑고 깨끗해 보이지 않았지만 많은 사람들이 그냥 앉거나 누워 있었다. K는 미러리스를 들고 가만히 서서 어느 순간 셔터를 누른다. 나는 바닥에 누워 배낭에 머리를 기댄 채로 K를 쳐다보다, 문득 종군기자를 상상했다. 곳곳이 빨갛게 물든 전쟁터를 누비는 사진기자. 그는 방아쇠 대신 셔터를 당긴다. 광장은 마침 '정저우(鄭州)'가 적힌 커다란 간판이 내뿜는 빛으로 빨갛게 물들어 있었다.

우리가 산 기차표가 입석이었다는 사실을 안 것은 기차에 오른 후였다. 22시간을 선 채로, 혹은 맨 바닥에 앉아서 갈 노릇이었다. 시안을 거쳐 광위안까지 가는 기차는 신기하리만치 사람으로 가득 차 있었다. 우리처럼 입석표를 구매한 사람도 많은 것인지 객실 밖 공간도 승객으로 붐볐다.

기차는 생각보다 훨씬 가혹하고 기대보다 훨씬 재미있었다. 내게 허락된 공간은 가로 30센티미터 세로 60센티미터 정도의 객실 출입문 앞 구석이었다. 맞은편의 작은 화장실 안에는 누군가 자고 있고, 그 바로 옆의 세면대 위에는 또 누군가가 올라가 누워 있었다. 신기한 광경이었다. 중국의 어떤 부모는 자식들에게 '기차 세면대의 수도꼭지를 절묘하게 피해 편한 자세로 누워 있는 방법'을 가르치는 것일까. 친구랑 싸우지 말고, 어른을 공경하고, 기차 세면대 위에 누울 일이 있을 때는 이런 자세를 기억하렴. 화장실과 세면대 앞의 좁은 통로에는 네 명이 일렬로 서서 연신 담배를 피웠다(그중 한 명은 K였다. 기차는 물론 달리고 있었다).

Day 006, 2015. 08. 09.
도착 여섯 시간 전. 기차는 16시간을 달려 왔다. 내게 허락된 작은 공간은, 다행히도 시안에서 많은 사람이 내린 뒤 의자로 승급됐다. 얼마나 오래 잤는지, K와 체스를 몇 판이나 했는지, 그리고 얼마 동안 책을 읽었는지 알 수 없다. 가끔 시간 여행을 하고 있다는 생각이 든다. 시간 여행을 해본 적은 없지만, 아마도 시간 여행에는 엉덩이의 엄청난 아픔이 따를 것이다.

내가 타고 있는 이 철로 만들어진 거대한, 덜컹거리는 친구도 지칠까? 도착이 가까워 올수록 정차도 잦아진다. K의 아이패드와 카메라에 관심을 보이던 옆의 꼬마는 굉장히 시끄럽고, 기차 안의 사람들은 아무 데서나 앉고, 눕고, 자고, 먹고, 담배를 피운다. 그들이 작은 테이블에서 트럼프 카드로 게임하는 광경은 전혀 다른 세상의 일처럼 느껴진다. 마작을 하거나 장기를 두고 있었다면 더 자연스러웠을지도 모른다. 배가 고픈 건지 음식을 보면 눈길이 간다. 저들은 컵라면을 숨겨놓는 비밀 주머니라도 있는 것일까? 갑자기 이 열차에 끝이 있을지 궁금해진다.

다행히 22시간의 기차에도 끝은 있었다. 광위안의 작은 기차역에서 나오자마자 우리는 삽시간에 사람들에게 둘러싸였다. 열댓 명쯤 되어 보이는 무리 중에는 공안도 있었고 호객꾼도 있었다.

"우리는 주자이거우에 가요." 우리가 중국어로 말할 수 있는 최적의 문장이었다.

"버스 없다. 내일 아침. 택시. 두 명. 600위안." 여러 사람에게서 중국어가 쏟아졌다. K와 나는 듣기평가를 하듯 신중히 귀를 기울여 알아들을 수 있는 몇 가지 단어를 추렸다. 아마도 버스는 하루에 한 번 혹은 두 번 밖에 운행하지 않고, 우리는 이미 차를 놓쳤을 것이다. 하루를 묵고 내일 아침 버스를 타라는 뜻이겠지. 아니면 지금 당장 택시를 타는 방법도 있다. 택시 요금은 둘이 합쳐 600위안이다.

"하루 묵고 아침에 버스 타는 돈이나 택시 값이나 거기서 거기인데, 어떻게 할까?"

"음. 택시 아저씨랑 얘기해서 400위안까지 깎으면 택시 타자."

(K는 홍정에 소질이 있었다.)

　종합격투기 선수 마크 헌트를 닮은 택시 아저씨와 몇 번의 홍정이
오갔다. 택시비는 금방 400위안까지 내려갔다.

　결국 380위안으로 가격을 정하고, K와 나는 택시가 있는 곳으로
아저씨를 따라갔다. 중국의 아저씨들은 대부분 옷을 말아 올려 배를
내놓고 있었다. 마크 헌트를 닮은 택시 기사도 마찬가지였다. 택시는
오래된 6인승 밴이었다. 얼핏 보기에 내전이 한창인 도시의 버려진
자동차 같은 모습을 하고 있었다. 밴 옆에는 3류 누아르 영화의 단역
건달이 잘 어울릴 법한 남자 두 명과, 초록색 원피스를 입고 한 팔에
깁스를 한 긴 생머리의 여자가 서서 차가 출발하길 기다리고 있었다.
동행이었다. 기분이 썩 좋지 않은 조합이었다. 그들은 기어코 우리를
가운데에 앉혔고 차는 우리가 도착하자마자 출발했다. 불안감은
수면의 작은 파동처럼 생겨나 점점 커지고 있었다. 인신매매나
장기 밀매 따위의 중국에 대한 좋지 않은 선입견은 되도록 없이
여행하고자 노력했지만, 우리가 타고 있는 택시는 그와 별개의
문제였다. 도대체 우리는 어디로 가고 있단 말인가.

　불안감이라는 작은 파동은, 점점 커지더니 마침내 수면
위로 불길한 회색 지느러미를 드러냈다. 돌아보면 모든 것이
의심스러웠다. 마크 헌트는 기다리고 있었다는 듯이 우리를
주자이거우행 6인승 밴으로 이끌었고, 택시 값의 홍정은 터무니없이
쉬웠다. 차는 가로등 하나 없는 산길을 달렸다. 중국의 산길에는
태초부터 가로등이 없었을까. 단역 2인조는 뒷자리에 앉아 끊임없이
담배를 권했고, 깁스를 한 여자는 조수석에서 룸 미러를 힐끗거렸다.
머리 위에선 냉동고처럼 차가운 에어컨 바람이 나왔다. 지금 당장
뒤에서 가느다란 철사가 나와 K의 목을 조르고, 우리가 산 속 어딘가

버려진다 해도 이상할 것은 없어 보였다. 그들이 권하는 담배에는 포름알데히드인지 뭔지 모를 마취제가 들어 있을 것이라고, 몸이 덜덜 떨리도록 차가운 에어컨 바람은 우리를 신선하게 유지하기 위함일 것이라고, 우리는 진심으로 그렇게 믿었다.

"저 앞에 여자애, 내가 봤을 때 깁스 안에 칼 들어 있다." K가 말했다. 그럴듯한 추론이었다. 초록색 원피스를 입은 긴 생머리의 여자가 한 팔에 깁스를 한 채로 늦은 저녁 주자이거우에 간다? 깁스 안에는 부러진 팔보다 작고 날카로운 칼이 들어 있는 편이 오히려 더 현실적일지도 모른다. 반항하거나 도망가려는 기미라도 보인다면, 그녀는 깁스를 빼고 작고 날카로운 칼로 능숙하게 우리를 제압할 것이다. 마침 그녀와 룸 미러를 통해 눈이 마주쳤다. 어느 영화에서 본 적 있는 짙고 감정이 결여된 눈이다.

"야, 이거 진짜 X됐다." 우리는 행여 철사나 칼이 들어올까 시트에 등도 편하게 대지 못한 채로 뻣뻣하게 앉아 있었다. 커다란 회색 지느러미가 세차게 물결을 가르며 주위를 맴돈다.

마크 헌트가 잠깐 나오라며 나를 깨웠다. 얼마나 잤는지, 지금 어디에 있는지 얼마간 현실 감각이 없었다. 주위는 칠흑같이 어두웠다. 6인승 밴의 헤드라이트가 어렴풋이 앞을 밝히고, 그 불빛 옆에는 건달 단역 2인조가 나란히 서서 소변을 보고 있었다. 팔에 깁스를 한 킬러의 모습은 보이지 않았다. 잠에서 깬 K가 곧 뒤따라 나왔다. 단역 2인조는 어김없이 웃으며 담배를 권했다. K와 나는 담배를 받아 들고 나란히 오줌을 눴다. 어둠에 눈이 조금씩 익숙해져 주위를 둘러보니 차가 서 있는 곳은 산길이었다. 앞으로는 작은 밭과 높은 산이, 반대편 언덕 밑에는 마을이 있었다. 주위를 맴돌던 회색 지느러미는 더 이상 보이지 않았다. 수면은 어느새 잠잠해져 있었고, 주변에는 이름 모를 벌레가 평화롭다는 듯이 울었다. 머리 위로는 별이 빛났다. 우리가 킬러라고 생각했던 긴 생머리는 중간에 내린 모양이었다. K와 나는 담배를 입에 문 채 서로를 쳐다보고 웃었다. 20퍼센트의 안도감과 10퍼센트의 미안함과 70퍼센트의 민망함이 골고루 섞인 웃음이었다.

"이래서 선입견이 안 좋은 거야." 내가 하려던 말을 K가 대신했다.

6인승 밴은 다시 태초부터 가로등이 없었을 중국의 산길을 달렸다. 누아르 단역 2인조도 주자이거우에 도착하기 전에 내렸다. 처음 만나는 사람에게 담배를 권하는 것이 중국의 문화라는 사실은 꽤 오랜 시간이 지나서야 알게 되었다. 우리는 시트에 편하게 등을 대고 자다 깨다를 반복했다. 중간에 작은 산골 마을에 들러 마크 헌트 아저씨와 늦은 저녁을 먹고, 자정이 다 돼서야 우리는 주자이거우에 도착했다. (마크 헌트 아저씨와 먹었던 작은 산골 마을의 우육면은 중국 여행을 통틀어 가장 맛있는 음식이었다.) 린저우에서 출발해 버스와 기차, 밴을 타고 총 33시간이 걸린 여정이었다.

지금쯤 긴 생머리의 동행은 아마도 잠들었으리라. 그녀는 초록색 원피스를 벗고 팔의 깁스를 푼다. 작고 날카로운 칼을 조심스레 꺼내 서랍 깊숙이 넣어놓는다.

04

비 내리는 밤의 시궁창

샹그릴라

주자이거우의 첫날은 여독을 풀 겸 여유롭게 보냈다.

2층 침대 4개를 꽉꽉 채워 넣은 우리의 숙소는 건물의 옥탑에
있었다. 방에서 문을 열고 나오면 티베트족의 깃발이 날리는 작은
뒷산이 보였다. 저녁을 먹기 전까지 시간이 남아서 옥상 가운데
앉아 그림을 그렸다. 삐걱거리는 방문과, 꽤나 오래돼 보이는 기와
더미와, 옆 건물의 옥상이 보인다. '九寨沟(주자이거우)'가 적힌 하얀
수건이 빨랫줄에 널려 기분 좋다는 듯이 나풀거렸다.

주자이거우, 구채구라는 이름은 '9개의 티베트족 마을'을 뜻한다.
원래 티베트 지역에 살던 사람들이 라마교에 쫓겨 오며 산과 계곡과
호수로 이루어진 이곳에 9개의 마을이 생겼고, 이곳을 주자이거우라
부르기 시작했고, 마침 산과 계곡과 호수가 아름다워 사람들이 찾게
되었다는, 그런 이야기다.

안내소에서 받은 주자이거우의 지도는 알파벳 Y자 모양을

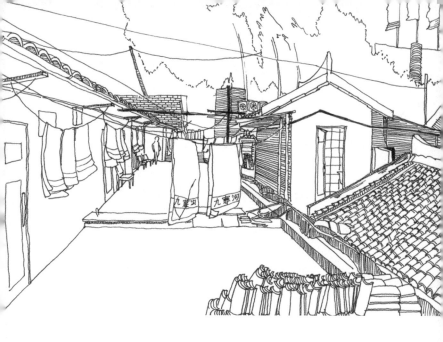

하고 있었다. 수정폭포, 징하이(鏡海, 경해), 진주탄폭포, 원시삼림 같은 이름이 붙은 곳마다 셔틀버스가 다닌다고 안내소의 직원은 설명했다. 관광객들은 보통 입구에서 교차점까지 버스를 타고, 교차점에서 다시 버스로 끝까지 올라간 뒤 걸어 내려온다고 그녀는 덧붙였다. 나와 K는 잠시 생각한 뒤 교차점까지 걸어 올라가기로 했다. 버스는 타이항산에서 탄 것으로 충분했다. 숙소에서 만난 프랑스 친구 텐가이도 걷는 것이 낫겠다며 동의했다(그의 이름은 Tanguy였는데, 불어 발음에 익숙하지 않아 그냥 텐가이로 부르기로 했다. 그는 발음을 어려워하는 친구들이 보통 자신을 텐가이라고 부른다며 웃었다).

몇 대의 버스가 작은 경적을 울리며 우리를 지나쳤다. 그중 한 대는 차를 세워 타라는 손짓을 보내기도 했다. 감사하지만 괜찮습니다. 주변은 고요하고 상쾌했다. 가끔 기분 좋은 바람이 불었다. 나와 K와 텐가이는 한국과 미국과 프랑스에 대해 이야기하며 천천히 걸었다. 탁 트인 길을 30분쯤 걷자니 이윽고 작은 등산로의 입구가 나타났다. 초록과, 옅은 초록과, 짙은 초록이 잘 어우러진 등산로였다. 나무 사이로 가끔씩 물소리가 들렸고, 물소리가 들리는 곳에는 어김없이 무척 맑은 물이 흘렀다. 이리도 맑은 물을 본 적이 있었나 싶을 정도로 맑은 물이었다.

우리는 개울에 들어가도 괜찮을지에 대해 사뭇 진지하게 이야기하다, 순간 각기 다른 감탄사를 발하며 멈춰 섰다. 크게 내뱉은 소리는 아니었다. 하지만 분명히 명치 부근에서 만들어진, 잔잔한 아름다움을 마주했을 때 나올 법한 감탄사였다. 꽤나 큰 호수가 호수 주위의 것들을 매끈하게 비추고 있었다. 나무며 하늘이며 구름이 호수 안에 담겨 있다는 표현이 더 맞을지도 모르겠다. 아마도 등산로를 오르며 지나친 개울물이 작별한 호수일 것이다. 호수에 비친 색은 생전 처음으로 마주한 '초록'이었다. 신호등의 초록도, 스타벅스의 초록도, 지하철 2호선의 초록도, 집과 왕십리역을 오가는 마을버스의 초록도 아니었다.

"근처에 앉아서 점심 먹고 올라가자." 좋은 생각이다. 호수의 초록에 대해 생각하려면 시간이 더 필요했다.

우리는 호수 옆의 작은 바위에 앉아 각자 챙겨 온 점심을 먹고, 교차점까지 걸어가 버스를 탔다. 내려오는 길에 티베트족의 마을과 에메랄드그린의 호수, 등산로 바닥을 지나는 개울, 그리고 긴 폭포를 마주쳤다. 셀 수 없이 많은 물고기가 헤엄치는 에메랄드그린의 호수 속에는 그 크기를 가늠하기 힘든 커다란 나무가 담겨 있었다. 저렇게 큰 나무가 도대체 어떤 경로로 호수 속에 들어 있을까. 물은 깊은 바닥이 훤히 보일 정도로 투명한데, 어떻게 에메랄드그린으로 빛날까.

긴 폭포의 이름은 진주탄이었다. 폭포에서 떨어지는 물방울이 진주알 같다 하여 붙여진 이름이었다. 팔짱을 끼고 한참을 봤지만 아쉽게도 내 눈에는 진주알처럼은 보이지 않았다. 폭포 주변에는 발디딜 틈도 없을 정도로 사람이 많았는데, 거기서 나는 K와 텐가이를 잃어버렸다. 10분 정도 앉아서 기다리고 다시 10분 정도 둘을 찾아다녔지만 결국 실패했다. 호스텔에서 만나겠지 뭐. 나는 혼자 반대편 꼭대기로 가는 버스를 탔다.

영화 「아바타」에서 본 것 같은 숲을 지나고, 산책로를 따라 넓은 늪을 걸었다. 주자이거우는 산과 나무와 돌과 물이 어떻게 완벽한 조화를 이룰 수 있는지 매 순간 보여주었다. 가끔 하늘과 구름이 거들었다.

등산로를 걸어 내려오다 교차점에 도착할 때쯤 난데없이 비가 내리기 시작했다. 딱히 비를 맞으며 걸어 내려갈 마음은 없던 나는 정류장에서 한동안 기다리다 입구로 돌아가는 버스를 잡아탔다. 호스텔에 도착해 옷을 갈아입고 젖은 머리를 말리고 있는데, K와 텐가이가 쫄딱 젖은 채로 들어온다.

"뭐야, 형. 어디 있었어!" 걸어 내려오는 중에 비를 만난 모양이었다. 웃음이 나왔다.

"씻어, 저녁 먹으러 가자." 뜨끈한 국물이 먹고 싶었다.

Day 009, 2015. 08. 12.

주자이거우에서 2박 후 샹그릴라를 향해 간다. 지금은 밤 10시. 오늘 아침 7시에 호스텔 앞에서 버스를 타고 이곳 청두에 왔다. 15시간이 걸렸네. 다음 목적지로 가는 기차가 없어서 내일 아침 10시 표를 사 두었다. 남은 여정은 청두→판즈화→샹그릴라. 여기서 입석 기차로 12시간, 판즈화에서 버스로 다섯 시간을 이동할 계획이다. 주자이거우로 올 때도 느꼈지만 대륙은 정말이지 광활하다.

오늘 청두 버스 터미널에 내려 기차역으로 오는 시내버스에서 문득 약한 향수를 느꼈다. 우리 집과 왕십리역, 자주 가던 카페. 눈을 감고도 다닐 수 있는, 내가 나고 자란 익숙한 거리가 그리워졌다. 하지만 향수를 느끼기엔 아직 일주일이 조금 지났을 뿐이라, 혼자 괜히 부끄러워진다. 내겐 너무도 새롭고 이질적이고 어색한 이곳이 누군가에게는 나의 왕십리처럼 익숙한 고향이겠지.

오늘은 기차역 앞에서 노숙할 계획이다. 보아하니 내일 아침 기차를 기다리는 많은 사람들이 같은 생각인 것 같다. 청두역 앞 광장은 덥고, 습하고, 막막하다. 샹그릴라까지 남은 시간은 29시간. 잠이 온다.

쓰촨성 판즈화로 가는 기차는 다행히도 사람이 많지 않았다. 생각보다 빨리 빈 자리에 앉을 수 있었다. 자리에 앉아 얼마간 창밖을 구경하다 하루키의 여행기를 읽기 시작했는데, 뜻밖에 중국인 이야기가 나왔다. 미국 횡단 편이었다.

'웰컴시티'를 지나면 '데드우드'라는 곳이 나온다. 데드우드는 골드러시로 생긴 새로운 마을인데, 마을이 만들어질 당시 일자리를 찾아 중국인들이 모여들었다. 재미있는 것은 그들이 파놓은 지하 세계였다. 중국인들은 그곳에 백인과, 원주민과 동떨어진 자신들만의 세계를 구축하기 위해 꽤나 크고 깊은 굴을 팠다고 한다. 문득 그 당시 그들의 표정이나 나누었을 이야기, 더위에 지쳐 옷을 말아 올렸을 모습이 눈에 보이는 듯했다. 어쩌면 내 주위에 있던 이들 중 누군가는 그들의 후손일지도 모른다. 데드우드에 땅굴을 파고, 술을 마시고, 마작을 하고, 담배를 피우고, 땀 흘려 일했을 그들의.

나는 책을 덮고 스케치북을 꺼내 그림을 그리기 시작했다. 머릿속에는 아직 데드우드 지하 세계의 중국인들이 술을 마시며 담배를 피우고 있었지만 그림을 그리는 데 방해가 되진 않았다. 나는 기차 안 풍경을 눈에 비치는 대로 그릴 뿐이었다. 마침 시간은 차고 넘칠 만큼 많았다. 맞은편에 잠들어 있는 K를 이번에는 그림에 넣기로 한다.

판즈화에 늦은 밤에 도착해 한 번 더 노숙을 하고, 샹그릴라행 침대 버스에 올랐다. 샹그릴라까지 다섯 시간이 예정되어 있던 버스는 무슨 일인지 12시간을 달려 목적지에 닿았다. 말이 좋아 침대 버스지 침대는 원래 있던 의자를 들어내고 대충 틀을 짜 만든 것이었고, 꼬질꼬질한 담요에서는 별로 맡고 싶지 않은 냄새가 났다. 하지만 이래저래 불평할 처지는 아니었다. 꼬질꼬질하고 냄새 나긴

우리도 마찬가지일뿐더러 12시간을 이동하기에는 누워 있는 편이 백배 나았다. 해가 지고 버스가 한참 산길을 달리고 있는데 앞에서 담배 냄새가 난다. 나와 K는 누가 먼저랄 것도 없이 서로를 쳐다보고 웃었다.

"야, 버스에서 누워서 담배도 피울 수 있네."

"이거 완전 천국이네, 천국."

눈을 뜬 곳은 이름 모를 호텔의 로비였다. 이른 아침에 출발하는 투어를 위해 로비에 모인 투숙객들이 내는 소리에 잠에서 깼다. 떨어뜨린 유리컵처럼 정신은 산산이 조각나 흩어져 있었다. 정강이가 욱신거리고, 옷깃에 닿은 손바닥이 쓰라렸다. 나는 있는 힘껏 얼굴을 찡그렸다. 휴대폰 시계는 오전 6시를 알리고 있었다. 조각난 정신을 서둘러 주워 모으고, 나와 K는 호텔 직원이 나오기 전에 부랴부랴 침낭을 접고 로비에서 나왔다. 거리는 아직 어두웠다. 어둠에 눈이 익숙해지길 기다려 우리는 벤치를 찾아 앉았다. 어떻게 이 호텔에 몰래 숨어 하루를 보내게 됐더라. 담배 한 개비를 꺼내 물고 나는 전날 밤의 일을 생각하기 시작했다.

K와 나는 자정이 지나서 샹그릴라 버스 터미널에 내렸다. 며칠째 이어지는 노숙에 꽤나 지쳐 있었지만, K도 나도 그저 밤을 보내기 위해 숙박비를 지불할 마음은 없었다. 어차피 동이 트기까지 그다지 오랜 시간이 남지도 않았다. 우리는 밤을 보낼 곳을 찾기 위해 길을 걷기 시작했다. 주위에는 불 켜진 건물도 제대로 된 가로등도 없었다. 우리가 의지할 수 있는 불빛이라고는 휴대폰의 플래시뿐이었다. 10분쯤 걸었을까? 갑자기 비가 내리기 시작했다. 한밤중에 16킬로그램의 배낭을 메고, 쌀쌀한 날씨에 비를 맞으며

목적지도 없이 흙길을 걷자니 피곤이 몰려왔다. 손에 든 플래시에는 젖어 가는 길바닥과 뚝뚝 떨어지는 빗방울이 비쳤다.

그러다 별안간 발이 허공을 딛고 시야가 훅 떨어지더니 손바닥과 정강이가 몹시 아파 왔다. 비명을 지를 새도 없이 벌어진 일이었다. 하수구에 빠진 모양이었다. K의 도움으로 간신히 정신을 차리고 보니 손바닥과 정강이에서 피가 나고, 몸에서는 시궁창 냄새가 났다. 도대체 왜 길 한가운데 이렇게 큰 구덩이가 방치되어 있었을까. 공사 중이라는 입간판이나 어떤 주의 표시도 없이. 가까스로 구덩이에서 올라와, 욕을 한 바가지 쏟아내고 다시 길을 걸었다. 비는 점점 거세졌다. 그러다 어쩌어찌 불이 켜진 건물을 발견하고 무작정 들어갔다. 문은 다행히 열려 있었고, 로비의 모습은 호텔처럼 보였다. 리셉션은 비어 있었다. 난방을 꺼놓았는지 공기가 찼다.

"날 밝을 때까지 그냥 여기 있자. 더 이상 걸어 다닐 기운도 없고, 비도 계속 오고." 나는 지칠 대로 지쳐 있었다. 나는 로비의 소파에 앉아 수건을 꺼내 구덩이의 흔적을 대충 닦고, 침낭을 펼쳐 덮었다. K도 젖은 신발을 벗고 옆의 소파에 와 몸을 기댔다.

"하. 따뜻한 물로 씻고 싶다." 밖에서는 계속 축축한 빗소리가 들렸다.

거리가 조금씩 밝아지기 시작해 우리는 자리에서 일어났다. 오늘은 정말 숙소를 찾아야 한다. 지도를 보며 터덜터덜 길을 걷는데, 익숙한 글자가 눈에 들어왔다. 눈앞에는 한글이 적힌 간판이 서 있었다. 뜬금없이 나타난 한글보다 더 놀라운 것은 간판에 적힌 내용이었다. 김치찌개, 된장찌개, 비빔밥, 삼겹살. 사막을 헤매다 오아시스를 발견한 사람의 기분이 이와 같을까. 거짓말처럼 식당

이름에는 '오아시스'가 들어 있었다. 나와 K는 반쯤 넋이 나가 그 자리에 서서 한참동안 간판을 쳐다봤다. 우리는 3일 동안 이어진 이동과 노숙, 전날 밤의 고생으로 꽤나 지쳐 있었다. 이동하는 동안 제대로 된 식사도 거의 하지 못했고, 특히 한식은 인천공항에서의 점심이 마지막이었다. 따뜻한 김치찌개 한 그릇이 절실했다. 5분쯤 간판을 바라보았을까. 예고도 없이 문이 열리고 한국말이 들렸다.

"한국 분들이신가 봐요? 들어오세요, 들어오세요."

순박하고 인자해 보이는 아주머니였다. K와 나는 어리둥절해 서로를 쳐다봤다. 하이랜드오아시스 가족과의 첫 만남이었다.

05

누군가의 샹그릴라, 누군가의 오아시스

'하이랜드오아시스'는 작고 오래된 목조 건물의 1층이었다.

샹그릴라는 티베트족의 전통 주택으로 이루어진 마을이다. 지금 생각해보면 우리나라의 전주와 비슷한 인상이다. 건물은 어렸을 때 보았던 시골집의 장롱 색이었고, 기둥과 창틀, 처마에 새겨진 티베트족의 문양은 얼핏 보기에도 굉장히 공들인 것처럼 보였다. 바닥에서는 옛날 초등학교 교실처럼 삐거덕거리는 소리가 났다. 따뜻한 냄새가 나는 작고 아담한 식당이었다. 8명이 앉을 수 있는 나무 식탁과 의자가 아침 햇살을 받아 금빛으로 빛났다. 눈이 부실 정도로 선명한 금빛이었다. 벽돌을 쌓아 만든 계산대 너머로 주방이 보이고, 벽에는 나무 판에 그린 태극기가 걸렸다. 물감으로 삐뚤빼뚤 그려놓은 태극기였지만 건곤감리가 정확한 기성품보다 식당과 훨씬 잘 어울려 보였다.

"아이고, 엄청 고생했네." 아주머니가 접시를 내려놓으며 말했다. 접시에는 네모난 버터 조각이 올라간 빵과, 길게 잘라 기름에 튀긴 감자와, 커다란 사과 두 쪽이 있었다. 샹그릴라까지의 여정을 이야기하던 중이었다. "일단 좀 먹어요. 밖에 쌀쌀한데 몸이라도 따뜻해야 숙소를 찾든지 하지." 작은 주전자에서 물 끓는 소리가 났다. 아주머니는 곧 커피 세 잔을 들고 나와 우리와 이런저런 이야기를 나눴다.

접시를 깨끗하게 비우고 K는 우리가 먹은 음식의 가격을 물었다. 아주머니는 웃으며 대답했다. "됐어요, 돈은. 메뉴에 있는 것도 아니야."

확실히 메뉴에 빵이나 웨지 감자는 없었지만 이 정도의 호의를 받고 '네, 감사합니다. 잘 먹었습니다. 그럼 이만' 할 수는 없는 노릇이다. "그래도 공짜로 얻어먹을 수는 없죠. 청소라도 할게요." 몇 번의 실랑이가 오가고, 아주머니는 졌다는 듯이 말했다.

"그러면 설거지나 청소는 됐고, 간단한 아이디어라도 줄래요? 지금 우리 아저씨랑 새로 식당이랑 호스텔을 오픈하려고 준비하고 있는데. 아무래도 여행자시니까, 묵었던 곳에서 불편했던 점이나 '이랬으면 좋겠다' 하는 아이디어?" (누군가에게 여행자라고 불린 것은 이때가 처음이었다.)

호스텔 오픈 준비? 마침 전공이 실내 건축 디자인인 나는 불과 한 달 전까지만 해도 건축 설계 사무실에서 일하고 있었다. 신기한 우연이다.

"그런 일이라면 생각하시는 것보다 열심히 도와드릴 수 있을 것 같은데요." 내가 전공이며 공사 현장의 전반적인 경험을 이야기하려던 차에, 한 아저씨가 들어왔다. 마르고 다부진 체격에 인상이 좋은 아저씨였다. 햇볕에 그을린 피부는 황무지에 농장을 만들고 고생스럽게 집을 지어낸 개척자를 연상시켰다.

"마침 들어오시네. 인사해요. 우리 아저씨." 나와 K는 자리에서 일어나 아저씨와 인사를 나눴다. '우연'이라는 이름의 기차가 이름표를 '필연'으로 바꿔 끼우고 조금씩 바퀴를 움직이기 시작했다. 어디선가 작게 칙칙폭폭 소리가 들렸다. 행선지는 아직 알 수 없었다.

내가 그곳을 찾기 1년 전 샹그릴라에는 큰 화재가 있었다. 마을 대부분을 덮친 화재로 문화재와 예술품을 비롯해 샹그릴라의 상당수 고가가 불에 타 훼손되었다고 한다. 천 년도 전에 조성된 고성 도시의 소실은 중국에 큰 손실이었고, 정부는 곧 재건 사업에 착수했다. 티베트족의 전통 건축 방법을 토대로 최대한 화재 이전의 모습을 복원하는 것이 사업의 골자였다.

하이랜드오아시스 가족의 이야기는 여기서부터 시작된다. 가족은 총 네 명으로 인자한 아주머니와 가장인 장씨 아저씨, 두 딸이 함께 살았다. 자세히 이야기하진 않았지만 부부는 한국에서 만나 중국으로 이민 온 것처럼 보였다. 그들은 샹그릴라에서 차마구다오(茶馬古道, 차마고도)나 후타오샤(虎跳峽, 호도협)를 찾는 한국인 관광객을 상대로 한식당을 운영했다. 그러다 그곳에 큰 화재가 났고, 정부로부터 재건 사업의 건물 한 채를 불하받았다. 부부는 새로운 2층짜리 건물에 식당과 호스텔을 계획하고 있었다. 공사는 골조까지 진행된 상태였고, 내부 계획을 고민하던 중 애절하게 간판을 바라보던 (마침 전공이 실내 건축인) 나와 K를 마주친 것이다.

"여기가 우리 건물이에요."

장씨 아저씨는 나지막한 경사가 시작되는 교차로 앞에서 현장의 인부들과 가벼운 인사를 나눴다. 그리고 그는 일하시는 분들에게 이야기해 놓을 테니, 편하게 둘러보라고 했다.

건물은 생각보다 컸다. 가지런히 세운 큼직한 나무 기둥 사이로 파이프 서포트 역할의 각재가 2층 바닥을 받치고 있었다. 나는 스케치북을 들고 몇 가지를 체크했다. 이미 공사가 어느 정도 진행된 상황에서 손댈 수 있는 부분과 변경이 어려운 부분을 구분했다. 설계 수업에서 하던 대로 건물의 방향을 확인하고, 예상되는 거리의 흐름을 생각했다. 배수관의 위치를 기록한 후에 기둥과 기둥 사이의 간격을 재서 적어 넣었다. 물론 전공자라기엔 아직 3학년을 마쳤을 뿐이었지만 설계 사무실에서의 경험은 실제로 큰 도움이 됐다. 때때로 인부들이 달갑지 않다는 듯 쳐다봤다. 나는 어색한 웃음을 지으며 고개를 숙였다. 니하오. 웬만큼 확인해야 할 것들은 거의 둘러봤다. 일단 숙소 알아보고, 이래저래 생각해보고 다시 이야기를 나누자고 했다. "좋습니다. 이따 시간 괜찮으시면 저희 식당에서 뵈어요. 저녁도 드실 겸." 장씨 아저씨가 웃으며 대답했다. 하이랜드오아시스 가족들은 상대를 편하게 하는 재주가 있었다.

나와 K는 애초에 대수롭지 않은 이유로 샹그릴라를 목적지로 정했다. 나는 언제부턴가 이상향이나 도원경, 낙원에 관련된 단어를 좋아했다. 영어사전을 찾으면 유토피아, 파라다이스, 혹은 재너두(Xanadu), 샹그릴라(Shangri-la) 같은 단어가 나왔다. 그 중에서도 '샹그릴라'는 영국 소설가 제임스 힐턴이 소설『잃어버린 지평선』에서 묘사한 상상 속의 마을이었다.

허말라야 산맥 근처 어딘가에는 사람들이 영원히 젊음을 유지하며 사는 지상 낙원이 있었다. 험준한 산세에 꼭꼭 숨겨진

작은 마을이었다. 그 마을의 이름이 바로 샹그릴라고, 힐턴의
소설은 그곳에 불시착한 주인공의 이야기였다. 원래 티베트어로
'마음속의 해와 달'을 뜻하는 샹그릴라라는 단어는 그때부터
이상향이나 지상 낙원을 나타내는 일종의 대명사처럼 쓰이게
되었다. 소설이 세계적으로 유명해진 후에는 히말라야 근처의
마을들이 서로 '우리가 샹그릴라'라고 주장하기 시작했다. 관광객을
끌기 위해서였을 것이다. 2002년에 중국 정부는 윈난성 디칭현의
티베트족 자치주를 샹그릴라로 명명했다. 땅땅. 오늘부터 여기가
소설 속의 샹그릴라입니다.

　1. 영국의 소설가로부터 시작된 샹그릴라라는 마을의 탄생 배경이
꽤나 흥미로웠다.

　2. 사진으로 본 샹그릴라는 평화롭고 아름다웠다. 초원과 설산이
어우러진, 과연 이상향과 같은 모습이었다.

　3. 위치도 나와 K가 생각하던 대략적인 여행 경로를 크게 벗어나지
않았다.

　4. 지붕이 금빛으로 번쩍거리는 샹그릴라의 사원도 한번 가보고
싶었다.

　이상이 우리가 샹그릴라를 목적지로 정한 이유였다. 하지만
하이랜드오아시스 가족들을 만난 이후로 마을의 탄생 배경이나
초원, 지붕이 번쩍거리는 사원은 이제 더는 중요하지 않았다.

　우리는 식당 근처의 호스텔을 찾아 들어갔다. 중정을 그럴싸하게
꾸며놓은 작은 호스텔이었다. 방에 짐을 풀고 얼마간 누워 쉬다가,
리셉션 직원에게 자를 빌려 로비의 책상에 연필과 스케치북을
들고 앉았다. 리셉션에서 '자'를 빌리는 투숙객은 내가 처음이

아니었을까. 현장의 메모를 바탕으로 간단히 도면을 그려보기 시작한다. 실제로 지어질 수도 있는 공간을 설계한다는 사실이 새삼 신기하게 느껴졌다. 내가 있는 곳은 중국 윈난성의 샹그릴라였다.

나는 설계 수업과 사무실에서의 경험을 바탕으로 하나씩 천천히 선을 그렸다. 입구의 위치를 정하고, 1층 식당의 공간을 나누고, 주방과 홀에 할당할 공간을 각각 산정했다. 식당 손님과 호스텔 게스트의 동선이 겹치지 않도록 2층으로 올라가는 계단의 위치와 방향을 정한다. 2인실부터 8인 도미토리까지 방의 종류와 침상 수를 정하고, 배수관의 위치를 고려해 샤워실과 세탁실의 위치를 표시했다. 물을 사용하는 공간은 바닥과 벽의 마감 재료가 달라야 한다. 경험상 도미토리의 침대는 보통 자거나 쉴 때만 이용하니까, 계단이 끝나는 곳에 작은 소파가 몇 개 있는 로비가 있으면 좋겠다. 담배를 피우거나 바깥을 보며 쉴 수 있는 외부 공간이 있으면 편하다. 건축법에 제한되지 않는다면 작은 옥상 테라스를 만들자. 하얀 수건이 나풀거리던 주자이거우 호스텔의 옥상처럼.

벽을 세우는 방법이나 침대 배치, 누워서도 연결할 수 있는 콘센트의 위치, 밤에 책을 읽거나 일기를 쓸 수 있는 작은 전등 같은 디테일도 정리했다. 여러 가지 제반 상황을 고려해 공간을 계획하고 재료를 정하는 일은 내가 좋아하는 일이었다. 나는 그리고 적고 지우고를 반복하며 도면과 내용을 착실히 채워 넣었다. 어느 정도 몸에 익은 체계적인 글쓰기와 같은 작업이다.

배에서 꼬르륵 소리가 나서 시계를 보니 어느새 저녁 시간이 지나 있었다. 장씨 아저씨와 가족들이 기다리고 있을지도 모른다. K와 나는 스케치북과 종이를 챙겨 호스텔을 나왔다. 몸에 피로가 쌓여 있었지만 발걸음은 가벼웠다. 기대감에 몸이 부풀었기 때문이다.

하이랜드오아시스 가족들이 설계 내용을 좋아할까. 아침에
간판에서 봤던 김치찌개나 된장찌개를 얻어먹을 수 있지 않을까.

프레젠테이션(?)은 성공적이었다. 설명이 끝날 때까지 작게
고개를 끄덕이며 듣기만 하던 장씨 아저씨는, 약간은 감탄한 듯한
표정으로 말을 이었다.

"저희는 건축 설계나 공간 계획 쪽으로는 지식이 없어서
막막했거든요. 지금 뭐랄까. 천사 두 분을 만난 기분이네요."
말을 끝내고 아저씨는 웃었다. 진짜 건축가나 디자이너가 들으면
코웃음을 칠 과찬이지만, 정말로 듣기 좋은 말이었다.

"식사하고 가세요. 드시고 싶은 것 있으면 말씀하시고요." 마침
부엌에서 달그락거리는 소리가 들렸다. 벽돌을 쌓아 만든 계산대
너머로 아주머니가 보인다. 역시나 웃는 얼굴이었다.

"그래도 괜찮을까요? 김치찌개가 가능하다면…." 환호성을 지르고
싶었지만 애써 참았다. K도 마찬가지였을 것이다.

따뜻한 찌개와 김치, 흰 쌀밥은 기대했던 것보다 훨씬 맛있었다.
우리는 며칠을 굶은 사람처럼 정신없이 먹었다. 정신을 차렸을 때
식탁 위의 그릇은 설거지라도 한 듯 깨끗했다.

그로부터 며칠간 규칙적인 생활이 이어졌다. 오전에 일어나
한가롭게 시내를 구경하고 점심을 먹었다. 식사를 마치면 거리를
더 돌아다니다 오후 3시 이전에 숙소로 돌아왔다. 스케치북과
연필과 자를 들고 설계를 구체화했다. 정확한 치수를 계산하고, 새로
생각난 내용을 채워 넣고, 부족한 부분을 수정했다. 마침 노트북에는
오토캐드니 스케치업 같은, 설계에 필요한 프로그램이 설치되어
있었다. 필요할 때는 공사 현장에 다시 다녀오기도 했다.

그러다 저녁때가 되면 그날 정리한 내용을 들고
하이랜드오아시스 식당으로 갔다. 장씨 아저씨와 아주머니와
K와 둘러앉아 추가되거나 변경된 내용을 상의했다. 한번은 장씨
아저씨의 통역 아래 현장을 담당하는 중국인 시공업자와 이야기를
하기도 했다. 그때 나는 상점에 들어가 '박하 담배가 있습니까?'라고
물어볼 수 있을 정도로 생존용 중국어 실력이 꽤나 늘어 있었지만
(한여름의 박하 담배는 물론 생존과 밀접한 관련이 있다) '도미토리에
바닥 난방 공사는 필요하지 않습니다'를 말할 수 있는 정도는
아니었다. 회의가 마무리되면 아주머니는 어김없이 푸짐한 저녁을
대접해주었다. 김치찌개와 된장찌개부터 라면, 삼겹살, 돈까스
카레, 야크 스테이크, 비빔밥까지 많이도 얻어먹었다. 고백하자면
사실 K와 나는 오늘도 맛있는 한식 저녁을 얻어먹을 수 있지 않을까
하는 기대를 품고 마치 의도하지 않은 것처럼 저녁 시간을 맞춰서
찾아갔다. 아이고, 마침 저녁 시간이네요. 죄송합니다. 정말 감사히
잘 먹었습니다.

우리는 그리하여 예정보다 오래 샹그릴라에 머물렀다. 설계
작업에 시간이 필요하기도 했지만, 티베트족 고성 도시의
골목골목은 여유롭게 머무르기에 좋았다. 하루는 시간을 내서
지붕이 금빛으로 번쩍거리는 사원에도 다녀왔다. 티베트 전승
불교의 사원으로 이름은 쑹찬린스(松贊林寺, 송찬림사). 1680년에
지어졌고, 5대 달라이 라마가 이름을 지었다고 한다.
적절한 햇볕과 바람이 흥을 돋운다. 소풍이라도 온 느낌이었다.
도시락이 있으면 좋았을 텐데. K는 사진을 찍으러 가고, 나는 사원이
잘 보이는 자리에 앉아 그림을 한 장 그렸다. 플러스펜으로는

뻔쩍거리는 금빛을 표현할 수 없어 아쉬웠다. 인자한 얼굴의 할아버지가 옆에 앉아 신기한 듯 쳐다보다 말을 건넸다. 물론 알아들을 수는 없었다. 샹그릴라에 살면 모두 인상이 좋아지는 것일까. 어쩌면 제임스 힐턴의 소설이 반은 사실이었는지도 모른다.

완성된 도면과 이미지를 하이랜드오아시스 가족에게 전해주고 우리는 떠날 준비를 했다. 전문적인 설계 도면은 아니었지만, 며칠 동안 나름대로 최선을 다해 작업했다. 장씨 아저씨와 아주머니는 나와 K의 손을 잡으며 진심 어린 감사를 전했다. 모락모락 김치찌개가 떠오르는 따뜻한 손이었다.

"얼마 안 돼요. 아르바이트 했다고 생각하세요. 버스 터미널까지 가는 택시 불러놓았으니까 타고 가시고요." 장씨 아저씨가 흰 봉투를 건네며 말했다.

"아닙니다. 얻어먹은 것만 해도 얼마인데요." 그동안 아주머니가 차려주신 음식만 해도 우리에겐 과분한 대접이었다. 몇 번이고

사양했지만 결국 우리는 봉투를 받아 들 수밖에 없었다. 그것은 생전 처음으로 받아보는 설계비였다. 공사를 진행하다 보면 많은 것이 바뀌고 애초의 설계대로 지어지진 않을 테지만. 아주머니는 우리가 커피를 좋아했던 것을 기억하고 드리퍼와 여과지, 커피 가루까지 챙겨주셨다.

"정말 감사합니다. 공사 잘 마무리되길 바랄게요. 건강하시고요."

"그래요. 가끔씩 사진 보내드리겠습니다. 두 분도 몸 건강히 여행 마치시고, 나중에 꼭 한번 다시 오세요."

우리는 장씨 아저씨가 불러준 택시를 타고 터미널로 향했다. 맛있는 음식도 원 없이 먹고, 특별한 경험까지 선물받은 일주일이었다. 앞으로 기억될 샹그릴라는 뚝딱뚝딱 공사로 분주하고 또 따뜻하겠지.

덧붙이자면 공항에 배웅 나왔던 그 당시의 여자친구에게 이별을 통보받은 곳도, 수염을 기르기로 결심한 곳도 샹그릴라였다.

06

운치 있는 쇼핑몰

리장

우리는 사소한 일로 다퉜고 여자친구는 이제 헤어지자고 했다. 나와 그녀는 대략 2756킬로미터 정도 떨어져 있었다. 한국을 떠난 지 2주가 조금 지났을 무렵이었다. 생각지도 못한 이별은 아니었지만, 생각보다 빠른 이별이었다. 방전되기 직전의 전동 드릴로 가슴 안쪽 어딘가에 구멍을 뚫는 느낌이다. 경쾌한 소리를 내며 빠르게 회전하지는 않는다. 특정한 포인트를 중심으로 서서히 주변의 살갗을 회전시켰다. 물론 아프지만 어쩔 수 없는 노릇이었다. 내가 마음대로 끄거나 치워버릴 수 있는 드릴이 아니다. 1년을 만났지만 그녀에게 나는 2주짜리 연인이었다. 혹은 그렇게 생각하는 쪽이 편했다. 내 앞에는 새로운 모든 것을 잔뜩 안고 있는 중요한 길이 놓여 있었다. 전동 드릴은 어찌 됐든 곧 방전될 것이다.

　수염을 기르기로 결심한 것은 이별과는 무관했다. 나는 아버지를 닮아 고등학교 때부터 또래보다 수염이 많았다(아버지의 소싯적 별명은 장비였다고 한다). 면도기를 챙겨 오긴 했지만 여행 중에 매일

면도하기란 여간 귀찮은 일이 아니었다. 나는 한 번도 수염을 길러본 적이 없었고, 수염이 지저분하게 자란다고 해서 뭐라고 할 사람도 없었다. 한번 길러보지 뭐.

샹그릴라에서 리장은 멀지 않았다. 버스는 세 시간 30여 분을 달렸다. 대륙을 여행하다 보니 버스로 세 시간 정도의 거리는 이제 지척으로 느껴졌다.

사람들로 붐비는 리장 시외버스 터미널을 나와 K가 예약한 호스텔을 찾아가는 길은 꽤나 고생스러웠다. 숙소는 옛 시가지 근처에 있어야 했지만 아무리 주위를 둘러봐도 고가는 고사하고 그럴듯한 기와 한 장 보이지 않았다. 길은 점점 쓰레기 매립지를 지나고 시커멓게 오염된 습지를 지났다. 아무래도 지도가 잘못된 모양이었다. 결국 한 시간 정도 길을 헤매다 우리는 외딴 집을 찾아 들어갔고, 거기서 빅뱅을 좋아하는 소년과 그의 아버지의 도움으로 숙소를 찾아갈 수 있었다. 그들은 친절하게도 호스텔의 이름을 물어 주인과 통화했다. 짧은 대화가 오가고 소년의 아버지는 걸어가기엔 멀다며 차를 가리켰다. 염치없지만 감사합니다. 우리가 있던 곳에서 숙소까지는 차로 20분 정도가 걸렸다. 가는 내내 우리는 빅뱅 소년과 노래를 불렀다.

호스텔은 리장의 옛 시가지가 한눈에 내려다보이는 언덕에 있었다. 유명한 리장 구시가의 경관은 좋았지만 호스텔은 그만큼 높은 곳에 있었다. 초입부터 호스텔까지의 길은 10분 정도 걸어야 하는 오르막. 그 오르막길은 리장을 떠날 때까지 적응하지 못했다. 호스텔은 배낭여행자들 사이에서 꽤나 유명한 곳이었는데, 숙소를 예약하는 사이트에서 '위치' 항목의 평점이 상대적으로 낮았다. 물론 언덕 때문일 것이다.

리장은 구글에 'Yunnan travel(윈난 여행)'을 검색하면 가장 상위에
나오는 도시 중 하나였다. 그래서 언덕 위 호스텔에는 세계 각지에서
온 배낭여행자들이 많았다. 스페인, 영국, 이스라엘 등 국적도
다양했다. 주인은 백발의 호탕한 중국인 아저씨였는데 본인을
톰(Tom)이라고 소개했다. 배낭여행자들에게 인기 있는 자유로운
분위기의 호스텔 주인 역할에 굉장히 잘 어울리는 사람이었다.
우리는 마주친 게스트들과 인사를 나누고 방에 짐을 풀었다.
톰 아저씨에게 구시가를 둘러보는 팁과 후타오샤에 가는 방법을
물어보고, 리장에 머무르는 동안의 계획을 세웠다. 알아본 바로
후타오샤 트레킹은 이틀이 걸렸다. 산행 중간에 하루를 자고 다음 날
돌아오는 코스다.
"그래. 빨래하고 내려갈까, 나갔다 와서 할까?" 나는 아무래도
좋았다.
"일단 나가자. 돌아다니면서 내기할 만한 것 생각하고 진 사람이
다 하자."
"콜. 참고로 내 양말 냄새 쩐다."
"어차피 형이 할 건데 뭐."

우리는 언덕을 걸어 내려가 옛 시가지로 들어갔다. 입장료가
없는 대신 고성 보호 명목으로 80위안을 받았다. 한국이나
외국이나 매한가지다. 고성 지구는 성벽이 없는 것이 특징인데,
나중에 호스텔의 한 친구가 메인 골목을 피해 입장료를 내지 않고
옛 시가지로 들어가는 방법이 있다고 알려줬다. 수백 년 역사의

문화유산을 관람하려면 비용을 지불하는 것이 인지상정이지만 역시 속이 쓰리다. 나와 K에게 80위안, 한국 돈으로 1만5000원은 네 끼 식사 값이었다.

리장을 유명한 관광지로 만든 것은 다름 아닌 고성 지구다. 1996년의 큰 지진으로 도시의 3분의 1이 훼손되었지만 (신기하게도) 고성 지구만은 멀쩡했다고 한다. 1999년에 구시가지 전체가 유네스코 세계 문화 유산으로 등재되어 2015년에만 1600만 명의 관광객이 다녀갔다. 1600만 명에게 80위안씩이면 차오판이 몇 그릇일까(차오판은 린저우 유스호스텔부터 중국을 여행하는 내내 나와 K의 주식이었다).

고성 지구는 헤아릴 수 없이 많은 나시족 전통 건물로 이루어져 있었다. 나시족의 전통 건축 양식은 한족과 티베트족의 것을 두루 받아들여 독특하게 발전했다고 한다. 과연 샹그릴라와는 비슷하면서도 다른 모습이었다. 돌 기초에 목구조를 기본으로 하여 1층은 흙으로, 2층은 화려한 장식이 들어간 나무로 벽을 올렸다. 지붕은 한족의 영향을 받았는지 기와가 두드러졌다. 구시가에는 핏줄처럼 수로가 흐르는데, 커다란 나무가 운치 있게 잎을 늘어뜨렸다. 골목을 걷다가 대문 안쪽을 흘깃 들여다보면 상당히 화려하게 꾸며놓은 중정이 숨어 있었다. 군데군데 회벽에 알록달록 그려놓은 나시족의 독특한 상형 문자도 보였다. 지진으로 피해를 입지 않고 각국의 여행자들에게 더 많이 관심을 받아서인지 (혹은 80위안의 고성 보호 비용을 받아서인지) 리장 구시가는 샹그릴라보다 구석구석 고풍스러운 분위기를 풍겼다. 건물의 나무 기둥은 손때가 묻어 반들거렸고, 빼곡히 들어선 고가 사이 좁은 골목은 유럽의 오래된 돌바닥을 연상시켰다.

건물의 1층에는 각종 기념품점과 음식점이 들어서 있었다. 팔찌나 목걸이 같은 장신구를 파는 가게부터 옷 가게, 가방 가게, 신발 가게, 보석 가게, 음반 가게···. 음악 소리가 흘러나오는 가게에서는 예쁘장한 중국 소녀가 전통 의상을 입고 앉아 노래했고, 앞을 지나는 관광객 중 몇몇은 멈추어 서서 저마다 휴대폰을 꺼내 들고 동영상을 촬영했다. 구시가의 골목은 인파로 붐비고 있었다. 높은 곳에서 보면 혈액 순환을 방해하는 혈관 속의 지질처럼 보일 것이다.

　해가 지면 거리는 찬란하게 빛난다. 음식점의 하얀 수증기에서는 맛있는 냄새가 나고, 상점은 저마다의 색으로 끊임없이 관광객을 유혹했다. 주렁주렁 달린 홍등 위로 나시족의 처마가 주황색으로 빛났다. 지붕을 처음 지은 나시족 목수는 아마도 자신이 만든 처마가 전깃불을 받아 이런 색으로 빛나리라고는 상상하지 못했을 것이다.

　수없이 많은 사람들이 무언가를 팔고 그보다 곱절은 많은 사람들이 왁자지껄 무언가를 사고 무언가를 먹고 마셨다. 블로그나 누군가의 여행기에서 본 것과는 사뭇 다른 모습이었다. 그들이 묘사한 리장의 옛 시가지는 굉장히 고즈넉하고 여유로운 분위기였다. 수백 년 동안 한자리를 지키고 있는 찻집. 옆으로 커다란 버드나무가 잎을 늘어뜨리는 곳. 낮에는 나시족 사람들이 한가롭게 일상을 보내고, 해가 지면 고요하게 물 흐르는 소리가 들린다. 툇마루에 앉아 따뜻한 차를 한 잔 마시면 며칠이고 머무르고 싶어지는 곳. 적어도 내가 상상한 리장은 그런 모습이었다. (그들이 다녀간 후 몇 년 사이 극적인 변화가 있었을지도 모르지만.)

　글쎄. 나와 K는 이내 질려버렸다. 처음 고성 지구의 구불구불한 골목과 멋스러운 고가를 마주했을 때는 물론 신기하고 신이 났지만, 걸을수록 리장의 옛 시가지는 고풍스럽게 잘 만들어진 쇼핑몰처럼 보였다. 그 수많은 기념품점에서 파는 것은 모두 공장에서 만들어진 기성품이었다. 한쪽으로 꺾어 다른 골목으로 들어가면, 비슷하게 생긴 가게에서 똑같은 팔찌를 판다. 자칫하면 길을 잃을 정도로 골목과 골목은 똑같았다. 구시가는 하루 종일 인산인해를 이루고 가운데 광장에서는 셀카봉과 보조 배터리를 팔았다(메이요, 워 메이요 치엔. 뚜이부치).

"이만하면 됐다. 거기서 거기네, 뭐." K도 딱히 더 있고 싶은 눈치는 아니었다.

"그러네. 슬슬 저녁 먹고 올라가자."

운치 있는 고성 지구의 골목이 쇼핑몰처럼 느껴지기 시작할 무렵, 우리는 그곳을 빠져나왔다. 반대편 출구에는 (운치 있게도) 피자헛이 보였다. K와 나는 머리를 맞대고 정말로 심각하게 고민했다. 김이 모락모락 올라오는 피자가 그려진 전단지는 실로 뿌리치기 힘든 유혹이었다. 우리는 세이렌의 유혹에 빠진 선원들처럼 문을 열고 들어가 자리에 앉기까지 했지만, 결국 포기하고 돌아 나왔다. 한 끼 식사에 이렇게 큰돈을 쓸 수는 없는 일이었다. 차오판 먹으러 가자.

K와 나는 언덕길을 걸어 올라가야 한다. 빨래도 해야 한다.

"아 맞다. 빨래 내기 뭐로 하지?"

07

호르헤, 카를로타와 조르지나
후타오샤

우리가 어떤 내기를 했는지는 잘 기억나지 않는다. 확실한 것은 내가 꽤나 오래 신고 다닌 양말을 비롯한 많은 빨래를 K가 했다는 것이다.

후타오샤로 가는 버스는 이른 아침 언덕의 초입에서 탈 수 있었다. 호스텔의 톰 아저씨는 후타오샤 트레킹을 원하는 게스트들을 모아 (약간의 수수료를 받고) 버스 예약을 대행해주었다. 우리는 호스텔에서 만난 스페인 친구 호르헤와 함께 버스에 올랐다. 후타오샤로 향하는 12인승 버스에는 우리 말고도 대여섯 명이 더 타고 있었다. 등산복을 제대로 갖춰 입은 커플, 코뚜레처럼 피어싱을 한 금발 여자, 옷을 시원하게 입은 흑발 여자가 보였다. 잘은 몰라도 모두 유럽인으로 보였다.

전형적인 스페인 남자처럼 생긴 호르헤는 깡마른 체형에 키는 우리와 비슷하고, 순진하지만 강단 있게 생긴 얼굴에 머리칼과 수염과 눈썹이 검고 짙었다. 약간 억울한 듯 끝이 처진 눈에는 진한 쌍꺼풀이 졌다. 햇빛에 그을린 팔에는 털이 수북했다. '국적 맞추기 대회'가 열려서 호르헤가 중간 쯤에 서 있다면 나는 망설임 없이 호르헤를 스페인으로 고르고 다음으로 넘어갈 것이다. 그리고 K를 중국으로 골라 떨어졌겠지. 호르헤는 바르셀로나의 한 호텔 프런트에서 일한다고 했다. 원하는 만큼 휴가를 낼 수 있어서 1년 동안 아시아를 여행하는 중이라고 대수롭지 않은 듯 말했다. 나는 정규직으로 직장을 다녀본 적이 없었기에 1년의 휴가는 도무지 상상할 수 없었다. '부장님, 저 1년 정도 휴가 내려고 합니다. 아프리카 여행하려고요.' 아무래도 자연스러운 장면은 아니었다. '그래, 그렇게 하게. 사직서는 저쪽에 두고 나가보게.' 우리에게는 상상도 할 수 없는 일이, 바르셀로나의 친구 호르헤에겐 지극히 자연스러운 일이었다. 참으로 다른 가치관을 가진 사람들이 너무도 다른 환경에서 세상을 살아가고 있었다.

가치관이라는 나무를 찬찬히 살펴보면 그 깊은 뿌리는 완전히 다르다. 잎사귀는 얼핏 비슷할지도 모른다. 하지만 나무들은 각각 명백히 다른 토양에서 다른 물을 마시며, 다른 환경에서 다른 햇볕을 받고 자란다. 세상에는 국가나 문화권을 기준으로 비슷한 나무가 자란다. 뿌리내린 땅을 세계의 전부로 알고 죽는 나무도 있고 땅을 박차고 다른 토양과 햇볕과 나무들을 보기 위해 떠나는 나무도 있다. 옳은 것은 없다. '너는 왜 떠나지 않느냐'거나 '너는 어디를 그렇게 돌아다니느냐' 하는 비난 섞인 질문은 언제나 성숙하지 못한 나무에서 나온다. 나와 다른 나무를 실제로 보고 이해하기에 가장 적절한 방법은 역시 뿌리내린 땅에서 떠나는 것이 아닐까. 비슷한 부분도 있는데 자세히 보니 이파리 끝이 다르구나. 이 나무랑은 하나부터 열까지 모든 것이 다르구나. 나한테는 이곳의 토양이나 물이 더 잘 맞을지도 모르겠다, 하는 감상도 역시 모든 것을 피부로 겪어봤을 때 느낄 수 있으리라. 그리고 실제로 나의 가치관이라는 나무에(사상이든 신념이든 그 이름이 무엇이든 간에) 어울리는 토양으로 옮긴다거나 마시고 자랄 물을 바꾸는 것은 그렇게 어려운 일이 아니다. 그리고 우리가 여행을 떠나야 하는 이유는 바로 여기에 있다. 다른 토양과 물을 경험해보고, 고민하고, 내게 맞는 것들을 찾아보기 위한. 물론 지극히 개인적인 생각이다.

우리는 각자가 뿌리내렸던 곳에 대해 이런저런 이야기를 하며 트레킹을 시작했다. 등산로는 적절히 가파른 경사의 외길이었다. 12인승 버스에서 내린 사람을 제외하면 산을 오르는 사람은 보이지 않았다. 등산복을 갖춰 입은 커플은 가벼운 눈인사를 보내고 우리보다 앞서갔다. 금발과 흑발의 두 여자는 친한 친구인 듯 보였다. 그들은 우리와 몇 걸음 떨어진 곳에서 같은 방향으로 걷고 있었다.

그 둘과 처음으로 이야기를 나눈 것은 대략 두 시간 정도가 지난 후였다. K와 나와 호르헤는 모두 적당히 지쳐서 등산로에서 벗어나 바위에 앉아 쉬고 있었다. 뒤따라오던 그들도 마찬가지로 힘들었는지 우리 옆으로 와 앉았다. 가까이서 보니 둘 다 꽤나 미인이었다. 금발은 160센티미터 정도의 마른 체형이었다. 일자로 자른 금빛 앞머리가 눈썹을 덮었다. 전체 얼굴의 반은 되어 보이는 큰 눈이 상당히 깊숙이 들어갔고, 코는 반작용인지 높고 길게 솟았다. 슬쩍 보이는 눈썹은 검정색. 머리는 아마도 염색을 한 모양이었다. 청춘 드라마에 나온다면 공부를 굉장히 열심히 하고 누군가를 몰래 짝사랑하는 역할이다. 그녀는 커다란 뿔테 안경을 썼다.

흑발은 계란형 얼굴에 뚜렷한 이목구비가 적당한 균형을 이루고
있었다. 키는 금발보다 약간 크고 코가 상대적으로 작아 보였다.
나이키 러닝 어플리케이션의 광고 사진에 나올 법한 인상의,
전체적으로 균형이 잘 잡힌 체형이다. 청춘 드라마로 보자면
하고 싶은 말은 해야 직성이 풀리는 연극 동아리의 대표 역이 잘
어울린다. 크게 박수를 치며 부원의 사기를 북돋는다. '자, 자, 한번만
더 연습해보자!' 남자 단원들에게 인기가 많지만 그녀는 그런 것에
큰 관심을 두지 않는다.

"안녕. 힘들지?" 내가 두 사람을 번갈아 보며 말을 건넸다. 대답한
쪽은 코 피어싱을 한 금발이었다.

"응 안녕. 여기가 쉬는 곳인가 보네."

"그런가 봐. 이쪽에 앉아."

"고마워. 너희들은 어디서 왔어?"

"나하고 이 친구는 한국. 그리고 이 친구는 바르셀로나에서 왔어."
호르헤가 가볍게 손을 흔들었다.

"바르셀로나? 우리도 바르셀로나에서 왔는데!"

그리고 얼마간 잘 알아들을 수 없는 스페인어가 오갔다. 올라
세뇨리따. 무이 비엔. 그라시아스.

"나는 카를로타야. 얘는 내 친구 조르지나." 금발 여자가 나와 K를
보며 다시 영어로 말했다.

"고마워. 나는 찬. 이쪽은 내 친구 K."

"너희 셋은 신기하게 같은 곳에서 왔네?" K가 바닥의 모래를
만지며 말했다.

"그러니까. 호르헤가 일했다는 호텔, 우리도 아는 곳이야. 살던
곳도 꽤 가까워."

"신기하네. 우리는 이제 슬슬 올라가기 시작해야 할 것 같은데,
너희는?"

"우리도. 같이 올라가도 괜찮을까?"

"물론." 칙칙한 남자 셋보다는 미인 둘과 함께하는 편이 백배는
낫다.

후타오샤의 산길은 밤새 비가 왔는지 자갈은 축축한 물기를
머금었다. 출입을 제한하는 안전줄이나 나무 데크 같은 것은 거의
없고, 어디든 사람의 손길이 최소한으로 닿아 있었다. 길은 일렬로
걷기에 알맞은 너비였다. 중간중간 보이는 나무의 빨간 표시가
나아갈 방향을 알려줬다. 여기는 미니버스도 코끼리 열차도 없었다.

호르헤가 맨 앞에서 걷고 조르지나와 K가 그 뒤를 따랐다. 나는
맨 끝에서 카를로타와 주거니 받거니 이야기를 나누며 발걸음을
옮겼다. 한국과 스페인, 서울과 바르셀로나, 여행과 중국에
관한 것들이었다. 카를로타는 바르셀로나 태생으로 대학에서
문화인류학을 전공하고 현대미술관에서 일했고, 조르지나는
바르셀로나의 극단에 속한 연극 배우였다. 후타오샤 지명 이야기도
재미있었다. 호랑이 호에 뛸 도, 골짜기 협, 영어로는 Tiger Leaping
Gorge. 깊은 골짜기의 바위를 호랑이가 딛고 뛰어넘었다 해서
붙여진 이름이라고 한다. 후타오샤와 Tiger Leaping Gorge에
관해 이야기하던 중에, 카를로타가 한국어와 중국어의 차이를
물어봐서 꽤나 애를 먹었다. 모든 내용을 유창하게 전달하기에 나의
영어 실력은 한참 부족했다. 다행히 카를로타는 나보다 영어에
능숙하고 똑똑했다. 대화를 나누는 동안 내가 단어가 떠오르지
않아 머뭇거리면 그녀는 문맥을 파악해 이것저것 생각나는 단어를

보탰다.

배가 고파 올 때쯤 마침 작은 산골 마을을 만나 식당을 찾아 같이 점심을 먹었다. 나와 K의 메뉴는 물론 차오판이었다. 밥을 먹으면서 나와 K가 어떻게 친구가 되었는지 이야기하다 한국의 군대에 대해 짧게 설명했다. 우리나라에서 남자는 의무적으로 2년 동안 군대에 다녀와야 한다, K는 나보다 10개월 늦게 입대해서 한참 후임이었다, 군대 있을 때는 나를 똑바로 쳐다보지도 못했다, 내가 한마디만 하면 벌벌 떨었다, 가끔 울기도 했다…. K는 거짓말하지 말라며 웃었다.

얼마간 웃고 떠들며 점심을 소화시키고 우리는 다시 길을 나섰다. 산길은 여전히 좁았다. 가파른 비탈이 나오면 서로 잡아주고, 협곡의 대단한 경치가 나오면 같이 감상하면서 즐거운 트레킹은 이어졌다.

"…그래서 다니던 학교를 쉬고, 7개월 정도 돈을 모았어. 이제 막 시작해서 중국이 첫 번째 나라야. 앞으로 6개월 정도 더 여행할 계획이고."

"좋겠다. 나랑 조르지나는 2달 정도 휴가를 내서 중국만 여행하고 있어." 이 친구들은 전부 이렇게 휴가가 길까.

"우리도 한 나라에 그렇게 오래 머무를 수 있으면 좋겠다. 기간은 한정돼 있고, 이번 여행에 가보고 싶은 곳은 많아서 우리는 어느 정도 서둘러야 해."

"장단점이 있겠지. 참, 혹시 오늘 묵을 숙소는 예약했어?"

"전혀. 나랑 K는 원체 예약을 잘 안 해. 중간쯤에서 하루 자야 한다는 건 아는데."

"우리도. 가다 보면 나오겠지 뭐."

다섯 시간 정도 산을 탔을 때 비가 내리기 시작했다. 우리는

각자 우비를 꺼내 입었다. 비닐에 떨어지는 빗방울 소리가 조금은
거슬렸지만 아무래도 좋았다. 대화는 끊이지 않았다. 누구 하나 지쳐
보이는 사람도 없었다. 산은 점점 높아지고, 산길 옆으로 보이는
골짜기는 까마득히 깊었다. 가끔 나무 사이로 날카롭고 웅장한
산봉우리가 보였다. 우리는 맑은 물이 쏟아지는 계곡을 건너고,
버려진 사당을 지나고, 악명 높은 '28밴드'를 오르고, 절벽을 지났다.
28밴드는 가파른 갈지자 돌계단이 연속으로 이어지는 구간이었다.
구간이 시작되는 곳에는 붉길한 빨간색 글씨로 28밴드를 오르려면
힘을 내라고 적혀 있었다. 네, 힘낼게요! 내리는 비에 미끌미끌하고
가파른 돌계단을 오르기란 쉽지 않았다. 굽이굽이 이어진 28개의
굴곡을 모두 통과했을 때는 정말이지 숨이 턱까지 차올랐다.

이어지는 코스는 절벽을 가로지르는 길. 사람 한 명이 지나기에도
좁은 길이었다. 위로는 끝이 보이지 않는 돌산이, 밑으로는 높이를
가늠할 수 없는 절벽이 수직으로 섰다. 신기하게도 그 깎아지른
절벽 길에 야생 산양들이 이따금씩 길을 가로막고 있었다. 절벽 밑에
작은 점처럼 보이는 털 뭉치는 아마도 실수로 떨어진 산양의 사체인
모양이었다. 우리는 산양이 우리를 절벽 밑으로 밀어 떨어뜨리지
않길 기도하며 한 걸음 한 걸음 산양 무리를 지났다. 중간에 검정색
산양과 눈이 마주쳤는데, 참 신기하게 생긴 눈을 가지고 있었다.

이따금 좌판을 깔고 물과 초콜릿과 대마초를 파는 사람도 만났다.
(이 사람들은 매일 이 산길을 오를까?) 그들은 직접 키운 것이라며
대마초를 권했지만 이미 기분은 충분히 좋았다. 물론 기분과
상관없이 불법이기도 하다. 신기하게도 산을 오르면 오를수록
좌판의 물 가격은 비싸졌다. 희소가치가 높아질수록, 투입된 노동이
많을수록 재화의 가격은 오르는 법. 후타오샤의 경제학. 다행히도

K는 항상 물병을 가지고 다녔다.

우리는 물에 빠진 생쥐 꼴을 하고 해가 질 때가 돼서야
중간 지점의 호스텔에 도착했다. 여덟 시간의 트레킹이었다.
'하프웨이(halfway) 게스트하우스'였는지 '티나 게스트하우스'였는지
호스텔 이름은 잘 기억나지 않는다. 따뜻한 물로 씻고, 젖은 옷과
신발을 널고, 호스텔 식당에 모여 저녁을 먹었다. 맥주를 한 잔씩
마시고 노곤한 몸을 이끌고 우리는 잠자리에 들었다. 그야말로
첩첩산중의 기분 좋은 밤이었다. 창밖에서 후드득후드득 빗소리가
들렸다.

이튿날에도 우리는 산길을 걸었다. 신발은 아직 축축했지만
날은 완전히 개서, 맑은 하늘에서 상쾌한 햇살이 빛났다. 전날
구름과 안개에 가려 보이지 않았던 풍경이 보인다. 산봉우리에는
날이 갰다는 사실을 깜빡 잊은 구름이 몇 조각 걸렸고, 깊은 협곡
바닥에는 흙색 계곡물이 콸콸 흘렀다. 호랑이가 딛고 뛰었다는
바위가 저기쯤일까. 길은 어제와 달리 평탄한 내리막이었다.

또 이런저런 두서없는 이야기를 하며 서너 시간 산길을 내려가니
평탄한 아스팔트 길이 나왔다. 찻길에는 버스가 여러 대 보이고 큰
식당도 있었다. 헤어질 시간이었다. 카를로타와 조르지나, 호르헤의
다음 목적지는 샹그릴라였고 나와 K는 리장으로 돌아간다. 함께한
시간은 짧았지만 우리는 꽤나 친해져서, 헤어지려니 못내 아쉬웠다.

"샹그릴라에 가면 하이랜드오아시스 식당에 꼭 가봐. 정말
맛있어." 전날 트레킹 중에 나눴던 수많은 이야기 중에는
하이랜드오아시스 가족과의 인연에 대한 것도 있었다.

"가볼게. 유럽에도 온다고 했지? 바르셀로나에 오면 꼭 연락해.

우리 집에서 묵으면 되니까, 그때 다시 만나자." 카를로타가 말했다.
깊고 큰 눈에는 진심 어린 아쉬움이 담겨 있었다.

"물론이지. 간간이 페이스북으로 연락할게. 아마 12월 중순쯤
바르셀로나에 도착할 것 같아." 언제 어디서든 인터넷만 있다면
세상 어디의 누구와도 연락이 닿는다. 참으로 좋은 세상이다. 이윽고
우리가 타야 할 버스에 시동이 걸렸다. 우리는 포옹을 나눴다.
모두의 남은 여행이 안전하고 즐겁기를 진심으로 바랐다.

버스는 리장 쪽으로 방향을 잡고 굽이굽이 난 산길을 달렸다.
나와 K는 얼마간 말없이 창밖을 바라보다 곧 잠들었다. 카를로타가
스페인의 세계적인 건축가 안토니 가우디와 관계된 가족의
일원이었다는 사실은 몇 달이 지나고 바르셀로나에 도착해서야
알게 되었다.

08

걸어서 지나는 국경

K와 나는 언덕 위의 호스텔로 돌아와 리장에 이틀을 더 머물렀다.
중국의 남쪽 국경 도시까지 가는 방법을 알아보고 우리는
젖은 신발을 말렸다. 심심할 때면 슬리퍼를 신고 고성 지구에
다녀오기도 했다. 고성 보호 명목의 80위안짜리 입장권은 영수증을
잃어버리지만 않는다면 한 달간 유효했다. 다음 목적지는 베트남의
수도 하노이였다. 리장에서 쿤밍으로, 쿤밍에서 다시 국경 도시
허커우로, 허커우에서 국경을 건너 베트남의 국경 도시 라오까이로,
라오까이에서 어떻게든 하노이까지 가는 여정이었다. 여행의
첫 국경 이동이자, 태어나서 처음으로 경험해보는 **육로 국경**
이동이었다. 국경 사무소는 어떤 모습일까. 걸어서 나라를 이동하는
느낌은 과연 어떨까.

    리장에서 쿤밍으로 가는 버스는 아주 이른 아침에 있었다.
새벽부터 일어나 버스 시간에 맞춰 터미널까지 갈 자신이 없거나,

하루치 숙박비를 더 쓰고 싶지 않다면 해결책은 역시 터미널 앞 노숙이다. 나와 K는 오래 고민하지 않고 느지막이 짐을 챙겨 호스텔에서 나왔다. 이 언덕을 다시 올라올 일은 아마 없을 것이다. 안녕 언덕 위의 호스텔. 안녕 톰 아저씨. 안녕 나시족의 쇼핑몰.

우리는 버스 터미널 앞의 벤치 위에 배낭을 베개 삼아 몸을 뉘었다. 날은 저물었다. 야영하는 여행자들은 하늘을 이불 삼아 잠든다고 하던데, 나는 튼튼한 삼계절용 침낭을 덮었다. 약간 풍류가 줄어드는 감이 있지만 노숙하기에는 하늘보다 침낭이 훨씬 든든했다.

버스는 11시간을 달렸다. 버스에도 입석표가 있을 줄은 정말 상상도 하지 못했다. 가장 싼 우리의 표는 입석이었고, 나와 K는 좌석도 없이 좁은 복도에 앉아 11시간의 버스를 견뎠다. 이게 맞는 걸까, 이래도 되는 걸까 싶은 생각이 든다. 20시간이 아님에 감사해야지. 덜컹거리는 버스에 눈도 제대로 붙이지 못하고 도착한 쿤밍은 대도시였다. 지금껏 중국을 여행하며 보았던 저녁 풍경 중 가장 휘황찬란했다. 우리는 역을 찾아 밤 10시 48분의 허커우행 기차를 예약했다. 이번 기차표는 확실히 좌석이 있는 것을 확인하고 구매한다. 다음 날 아침에야 도착하는 야간열차인데, 또 입석으로 가기엔 아직 엉덩이가 아팠다.

허커우로 가는 기차는 의자에 가로로 누워 잘 수 있을 정도로 여유로웠다. 아마도 대부분의 승객이 침대 칸을 예약했기 때문일 것이다. 중간에 역을 놓칠까 봐 얼마간 잠을 설쳤다. 나는 잠을 설치며 맥락도 없이 가수 박진영의 노래를 아이유와 듀엣으로 부르는 꿈을 꿨다. 왜 박진영의 노래고 왜 아이유인지 도무지 짐작할 수 없었다. 나는 몽롱한 정신으로 배낭을 메고, 박진영과 아이유가

듀엣으로 노래를 불렀던 적이 과연 있을까 생각하며 기차역을
나왔다.

나와 K는 역 앞 벤치에 앉아 옷을 벗었다. 샹그릴라와 리장,
후타오샤와 달리 허커우는 굉장히 습하고 더웠다. 우리가 남쪽으로
내려오긴 했나 보구나(리장과 허커우는 600킬로미터 정도 떨어져 있다).
하늘은 흙먼지를 잔뜩 머금어, 붉은색 바람이 불었다. 핵전쟁으로
종말 직전까지 몰린 도시를 떠올리게 하는 모습이었다. 우리는
국경 사무소까지 가는 방법을 알아보다가 웬 오토바이 짐칸에
몸을 실었다. 지도상 기차역부터 국경까지는 걸어가기에 멀었고,
오토바이 주인은 한 사람당 한화로 천 원 정도를 불렀다. 도대체
어떻게 우리는 기차역에서 국경사무소까지 가는, 짐칸이 딸린 낡은
오토바이를 찾았을까?

날이 조금씩 밝아지면서 종말 직전의 도시는 작은 농촌의 모습을
되찾았다. 오토바이는 덜컹거리며 흙길을 따라 몇 개의 언덕을
넘었다. 밖으로 튕겨 나가지 않으려면 어디든 꽉 잡아야 했다. 손에
쥐가 날 무렵 아스팔트가 깔린 포장도로가 시작되더니 곧 마을이
나왔다. 허커우 시내였다. 중국과 베트남을 가르는 강이 눈앞에
있었다. 과연 강 너머 풍경은 건물의 모습부터 달랐다. 실물의 국경.
이 강을 건너면 베트남이다.

오토바이 아저씨는 중국 국경 사무소에서 꽤나 떨어진 곳에
우리를 내려줬다. 천천히 강변을 따라 걸으며 중국 여행을
마무리하길 바라는 마음이었을 것이다. (아마도.) 건너편을 구경하며
강변을 따라 걷다 보니 어느새 큰 다리가 나온다. 다리 옆에는
커다랗고 어딘가 위압감을 주는 건물이 서 있었다. 국경 사무소였다.

그것은 지도상의 국경도 아니고, 상징적인 국경도 아니었다. '국경 없는 의사회'가 정치, 종교, 인종, 이념과 함께 초월한 국경도 아니고, 소설『국경의 남쪽, 태양의 서쪽』의 희망, 꿈 혹은 두려움이 담긴 미지의 국경도 아니었다. 내가 마주한 것은 실제적이고 물리적인 국경이었다. 국가와 국가를 나누고 문화와 문화를 나누는, 두 손으로 만져지는 국경의 실체 앞에 나는 서 있었다.

사람들은 각자의 이유를 가슴에 품고 줄을 서서 건물 안으로 들어갔다. 나는 주섬주섬 보조 가방에서 여권을 꺼냈다. 행렬을 따라 건물 안으로 들어가자 줄의 끝에는 험상궂게 생긴 직원이 출국 인원을 검색했다. 공안인지 군인인지 그는 제복을 입고 있었다. 적잖이 떨리는 순간이다. 직원은 내 여권과 얼굴을 번갈아 쳐다보고 눈썹을 힘껏 찌푸렸다. 나는 인천공항을 떠난 이후로 살도 빠졌고 수염도 꽤나 길었다. 여권에 있는 사진과는 많이 다를 터였다. '그래도 나는 나야. 수상한 사람은 아니니까 제발 그냥 통과시켜 주세요.' 나는 어색하게 웃어 보였다. 직원은 여전히 인상을 쓴다. '여권을 봐. 거기 우리나라 외교부 장관님께서 부탁하는 글이 있잖아. "대한민국 국민인 이 여권 소지인이 아무 지장 없이 통행할 수 있도록 하여 주시고 필요한 모든 편의 및 보호를 베풀어주실 것을 관계자 여러분께 요청합니다."'

내 생각이 들렸는지 직원은 곧 여권에 도장을 찍었다. 그는 한쪽 눈썹을 추켜올리며 이번에만 봐주겠다는 표정을 지어 보였다. 그러고는 이제 나에게는 더 이상 흥미가 없다는 듯 여권을 돌려주고 다음 사람을 불렀다. K는 먼저 검색대를 통과해 나를 기다리고 있었다.

우리는 건물에서 나와 다리를 건넜다. 그리 길지 않은 다리였다.

국가와 국가의 사이. 어디에도 속하지 않은 다리다. 아니면 절반은
중국에 속하고 절반은 베트남에 속한 다리일까? 다리 어딘가 그
선이 있다면, 중국과 베트남은 정확히 다리 길이를 쟀을까. 발을
내딛을 때마다 나는 중국과 한 걸음씩 멀어지고, 정확히 그만큼
베트남과 가까워졌다. 묘한 기분이었다. 내가 나고 자란 나라는
삼면이 바다로 둘러싸였고, 위로는 건널 수 없는 국경을 마주하고
있는데. 내가 두 발로 국경을 걸어서 건너고 있다는 사실이 마냥
신기했다.

다리의 절반을 지나자 공기의 밀도가 달라지고, 주변의 대기가 착
하는 작은 소리를 내며 바뀌었다.

베트남의 입국 심사는 중국의 출국 심사처럼 긴장되지 않았다.
상냥한 목소리의 여직원이 미소를 띠고 필요한 몇 가지를 물어봤다.
역시 내 얼굴과 여권의 사진을 몇 번 번갈아 쳐다보긴 했지만, 입국
도장을 찍기까지 오랜 시간이 걸리지 않았다. 두 개의 새로운 도장이
찍힌 여권을 받아 들고 베트남의 국경 사무소를 나왔다. 이제 K와
나는 베트남에 서 있다. 첫 국경 이동 때문일까, 새로운 여행을
시작하는 기분이었다. 새로운 환경에, 새로운 언어에, 새로운 화폐
단위에 적응해야 한다.

마침 환전상 무리가 '달러'와 '위안'을 외치며 우리를 향해
걸어오고 있었다.

09

하노이행 완행열차

베트남, 라오까이

Day 021

두 시간 정도 라오까이 시내와 시장을 둘러봤다. 사람들의 생김새는 물론이고 차, 거리, 건물, 거리의 분위기며 공기까지 모든 것이 중국과는 너무도 다르다. 다리 하나를 건넜을 뿐인데, 강 하나를 사이에 두고 이리도 다를 수 있나 싶다. 어쨌든 나는 베트남에 왔다. 곧 하노이행 기차를 탄다. 베트남 모자를 하나 사야겠다.

베트남에 비자 없이 머무를 수 있는 기간은 2주. 하노이에서 다낭을 거쳐 호찌민까지 가는 것이 우리의 계획이었다.

K와 나는 라오까이 기차역 앞 은행에서 각각 20만 원 정도의 베트남 돈을 인출했다. 베트남의 화폐 단위는 동. 은행 직원은 20만 원치고는 묵직한 현금 다발을 건넸다. 돈도 뽑았고 시간은 마침 점심 때. 베트남의 첫 식사는 당연지사 쌀국수여야 했다. 우리는 만족스러운 식당을 찾아 최대한 기차역 근처 시장의 깊숙한 곳까지

들어갔다.

시장의 광경은 상당히 이국적이었다. 베트남 하면 떠오르는
원뿔 모양의 모자 논라를 무더기로 쌓아놓은 곳도 있고, 독특한
문양의 직물을 걸어놓은 가게도 보였다. 정체를 알 수 없는
고기가 신문지에 싸여 있고 커다란 개구리를 손질하는 사람들도
보였다. 베트남에서는 개구리를 먹는구나. 그렇게 얼마간 시장을
돌아다니다 여기보다 더 '로컬'인 식당은 없겠다 싶은 식당을 찾아
앉았다. 플라스틱 슬레이트로 차양을 치고 길가에서 요리를 하는
작은 식당이었다. 툭 치면 부러질 것 같은 기둥이 차양을 받치고,
안쓰러운 기둥에는 진작 수명을 다했을 선풍기가 좌우로 힘겹게
고개를 돌렸다. 테이블에는 떨어진 음식 위를 파리들이 바쁘게
날아다녔다. 이보다 더 리얼한 베트남 쌀국수 집은 찾을 수 없을
것이다. 'Phở(쌀국수)'가 적힌 낡은 간판이 동의한다는 듯 선풍기와
마주볼 때마다 흔들렸다.

우리는 쌀국수를 주문하기 위해 주인아주머니 옆으로 갔다.
제대로 된 베트남어는 아직 한마디도 못 했다. '감사합니다'를
뜻하는 '까몬(Cám ơn)'만으로는 음식을 주문할 수 없는 일이다.
아주머니는 육수가 가득 든 냄비 옆에서 고기를 굽고 있었다. 나는
육수를 가리키고, 철판의 고기를 가리키고, 손가락 두 개를 펼쳐
보였다. K가 옆에서 양손으로 큼지막한 원을 그렸다. 아주머니는
이해했다는 듯 웃으며 고개를 끄덕였다. 자리로 돌아와 유리병에
든 양파 절임을 몇 개 집어먹고 주위를 구경하자니, 곧 아주머니가
커다란 쌀국수 두 그릇을 가져다주었다. 파와 고수가 듬뿍 올라가
있고, 노릇노릇하게 구워진 고기도 푸짐하게 들었다. 한 그릇의
가격은 2만5000동이었다. 한화로 약 1400원. 베트남 물가에 절로

80

웃음이 나왔다. 진한 국물과 국수, 독특한 향과 고소한 고기까지. 1400원이라기엔 너무나도 든든한 한 끼가 아닐 수 없었다. 이런 근사한 한 끼를 이런 근사한 가격에 즐길 수 있다니. 베트남은 참 좋은 곳이구나.

한동안 베트남의 첫 쌀국수를 즐기다 문득 의문이 들었다.

"야. 근데 닭고기도 이렇게 많이 주고 1400원이면 뭐가 남기는 할까?"

"글쎄, 재료도 그만큼 싸지 않을까? 아니면 이거 닭고기 말고 다른 고기 아니야?"

K는 웃으며 농담처럼 말했지만 아무래도 이상했다. 무슨 고기를 먹고 있는지 정확히 알고 싶어졌다. 우리는 자리에서 일어나 다시 아주머니 옆으로 갔다. 철판 위의 고기를 가리키고, 머리 위에 손으로 닭 벗 모양을 만들었다. '이거 닭고기 맞죠?' 아주머니는 아까와 같은 순박한 웃음을 띠고 잘 손질된 개구리를 들어 보여준다. '응, 아니야. 개구리야.'

"개구리구나….."

우리는 애써 웃으며 손을 합장하고 고개를 작게 끄덕였다(까몬). 시장에서 보았던 그 큼직하고 싱싱하고 징그러운 개구리. 그 개구리는 이제 우리의 쌀국수 그릇에 들어 있다. 푸짐하게. 원효대사의 해골 물 일화가 이렇게 잘 들어맞을 수가 없다. 방금 전까지만 해도 그렇게 고소하고 맛있던 고기에 어쩐지 젓가락이 가지 않는다. K는 그래도 맛있기만 하다며 잘도 먹었다. 나는 내 그릇의 고기를 K에게 덜어줬다. "많이 먹어….." K가 새삼 대단하게 느껴졌다. 갈비뼈가 보일 정도로 마른 녀석이 먹기는 엄청 잘 먹는다.

그래도 여러모로 나쁘지 않은 베트남의 첫 끼니였다. 나쁘지 않은
것이 아니라 실제로 상당히 맛있고 푸짐한 한 끼였다. 개구리든
잠자리든 한국에서 먹던 대형 체인점의 쌀국수와는 비교도 할
수 없는 맛이다. 우리는 2800원을 내고, 다시 한 번 합장하고,
기차역으로 향했다.

하노이행 기차는 여기저기 낡고 녹슬어 얼핏 보기에도 굉장히
오래되어 보였다. 물론 우리를 하노이까지 데려다주기만 한다면
기차에 녹이 슬었든 날개가 달렸든 큰 상관은 없었다. 하지만 신기한
것은 (그리고 상관이 있는 것은) 기차 내부였다. 하얀 페인트로 칠한
내부는 누군가 오랜 시간 공들여 관리한 듯한 인상이었다. 천장에는
선풍기가 걸려 있고 의자는 전부 나무다. 공원의 단단한 벤치와
같은 모습이다. 길게 자른 나무는 일렬로 틀에 고정돼 있다. 짙은
갈색으로, 반질반질 윤이 났다. 틀림없이 직원들이 분기별로 옻칠을
할 것이다. 베트남 철도 공사의 직원이 땀 흘리며 나무 의자를
관리하는 모습이 눈에 선했다. 중국의 기차가 저렴한 모텔이라면
베트남의 기차는 정성껏 관리한 오래된 여관 같았다. 편리한 것은
모텔이지만 정감이 가는 쪽은 아무래도 오래된 여관이다.
　이런 기차를 영화에서 본 적이 있다. 주로 1930년대나 혹은 그
전후가 배경이다. 한국 영화라면 주로 독립운동이나 6·25전쟁을
주제로 한다. 기차는 만주 일대를 달리고, 콧수염을 기른 주인공이
피를 흘리며 임무를 완수한다. 혹은 전쟁터로 향하는 주인공이
창밖으로 몸을 반 정도 내놓고 가족들과 눈물의 인사를 나눈다.
꼭 살아서 돌아오너라. 그들은 대부분 돌아오지 못하고 전장에서
산화한다.

어느 쪽이든 그들도 허리가 아프고 엉덩이가 저렸으리라.
나무 의자의 좌석과 등받이는 각도기로 잰 듯 90도를 이루었고,
푹신푹신할 리 만무했다. 기차는 어느덧 출발해 8월 말의 무더운
베트남을 느릿느릿 달리기(걷기) 시작했다. 미국 서부 영화를 보면
가끔 말을 탄 주인공이 기차를 따라가며 총질을 해대는데, 나는 항상
왜 기차가 더 빨리 달리지 않을까 생각했었다. 하지만 그 기차의
속도가 하노이행 완행열차와 비슷하다면, 그것은 이제 내게 충분히
일리 있는 장면으로 느껴진다. K와 나는 천장의 작은 선풍기에
의지해 더위와 씨름하면서 속절없이 덜컹거리는 나무 의자에 앉아
괴로워했다.

"형, 다른 칸 한번 가볼래? 어차피 사람도 없는데 더 나은 자리
있지 않을까….""

"어어… 이대로 가다간 엉덩이가 없어지겠다."

K와 나는 배낭을 메고 자리에서 일어났다. K의 말대로 열차의
승객은 우리밖에 없었고, 출발한 지 한 시간이 지나도록 검표원의
모습은 보이지 않았다. 앞뒤를 살피며 한 칸 한 칸 앞으로 가자니
영화 「설국열차」의 주인공이 된 것 같은 기분이 들었다. 사람을 가득
태우고 손발이 꽁꽁 얼 정도의 추위를 빠르게 달리는 기차. 우리의
완행열차는 승객 한 명 없이, 찌는 듯한 더위를 천천히 달린다.

열차 세 량 정도를 지나자 과연 다른 종류의 열차 칸이 나왔다.
오른쪽 창에 붙어 복도가 나 있고 왼편으로는 방이 있었다. 슬쩍 방
안을 들여다보니 깔끔히 정돈된 침대 두 개가 보였다. 침대에는 구김
하나 없는 흰 시트가 깔려 있다. 찾았다. 여기다.

이렇게 오래된 열차의 침대 칸도 역시 영화에서 본 적이 있다.
보통 독립군이 나오는 영화에서는 악당 중에서도 고위 관료인

악당이 이런 칸에서 동그란 금테 안경을 끼고 책을 읽는다. 그리고 곧 죽음을 맞이한다. '쿡… 조센징….' 장렬한 죽음은 아니다. 콧수염을 기른 주인공의 얼굴이 연기가 피어오르는 피스톨과 함께 클로즈업된다.

마침 문은 열려 있었다. K와 나는 조심스럽게 문을 열고 안으로 들어갔다. 우리는 살며시 문을 닫고, 신중하게 가방을 내려놓고, 최대한 얌전히 침대에 걸터앉았다. 푹신푹신한 것이 꼭 구름 위에 앉는 기분이었다. 둘러보니 방 안에는 심지어 에어컨도 있었다. 어디서나 있는 것들이 더한다.

우리는 일말의 양심으로 차마 침대에 눕지는 못하고, 한동안 에어컨 바람을 쐬며 앉아 있었다. 이등병 시절 침상에 앉은 듯 경직된 자세였다. K와 나는 누군가 들어오진 않을까 문 쪽을 흘깃거리며 기차표에 적힌 좌석 번호와 몰래 들어온 방의 번호를 비교했다. 어떻게든 자리를 착각할 법한 숫자가 있지 않을까. 6과 8, 1과 4같이. 한 30분 정도가 지나면 슬쩍 누워도 괜찮지 않을까.

긴장된 순간은 그렇게 오래가지 못했다. 15분이나 지났을까? 고급스러운 문은 예고도 없이 스르륵 열렸다. 곧 유니폼을 입은 남자 직원이 들어온다. 올 것이 오고야 만 것이다.

"Hello! Ticket?(티켓 좀 볼까요?)"

나는 최대한 포커페이스를 유지하며 승차권을 건넸다. '우리는 여기 몰래 들어온 게 아니야. 헷갈려서 잘못 들어온 것 같아. 용서해주세요.' 직원은 짧게 티켓을 확인하고, 이곳은 너희 자리가 아니니 나가서 왼쪽으로 가라고 했다.

K와 나는 침대에서 일어나 별수 없이 방을 나왔다. 방을

나오자마자 찜통 같은 더위가 우리를 반겼다. 환영해. 너희가 있을 곳은 여기야. 직각 나무 의자가 있는 열차 칸은 어차피 다 똑같겠지 싶어 아무 자리에나 앉으려는데, 표를 검사하던 직원이 휘파람으로 우리를 불렀다.

"Hundred Thousand(10만)?"

10만 동? 나는 재빠르게 머리를 굴렸다. 공을 하나 빼고 반으로 나눈다. 5000원. 5000원을 주면 몰래 침대 칸에 들여보내 주겠다는 뜻이었다. 곧게 편 검지 손가락을 보니 한 사람당 5000원이다. 쌀국수가 한 그릇에 1400원이니까 세 끼 식사 정도의 돈이다. 하노이까지는 아직 여섯 시간 정도 남아 있다. 그러니까….

"Fifty Thousand(5만)."

K였다. 내 생각이 채 끝나기도 전에 K는 5만 동을 불렀다. 찰나의 순간이었다. 이런 상황에서도 흥정을 한다. 하여간 대단한 녀석이다.

"No. Hundred Thousand(안 돼요. 10만 동)."

제복을 입은 직원은 단호했다. K는 불쌍한 표정을 지으며 두 손을 합장하고 팔만 동을 불러보았지만 소용없었다. 이제 남은 것은 결정뿐이다. 5000원을 내고 에어컨이 나오는 방에서 푹신한 침대에 편히 누워 갈 것이냐, 여섯 시간 동안 덜컹거리는 기차에서 더위와 싸워 가며 곧고 딱딱한 나무 의자에 앉아 5000원을 아낄 것이냐. 답은 그리 어렵지 않았다.

직원은 K와 나에게 각각 10만 동씩을 받아 들고 고급 호텔의 벨보이처럼 우리를 방으로 안내했다. 이제 우리는 시원한 데 두 발 뻗고 편히 누울 수 있었다. 푹신푹신. 혹시나 누가 들어오진 않을까 긴장하고 앉아 눈치 볼 필요도 없다. 기차가 말이 달리는 속도와 비슷하게 가든, 자갈 위를 달리는 것처럼 쉴 새 없이 덜컹거리든.

밖이 덥다 못해 불쌍한 나무 의자가 펄펄 끓더라도 이제 나와는
상관없는 일이었다. 한 20시간 정도를 달리는 야간열차면 좋으련만.
이 정도의 안락과 행복을 5000원으로 살 수 있다니. K와 나는 각각
침대에 누워, 에어컨을 가장 낮은 온도로 설정하고 이불을 덮었다.
에어컨은 역시 이불을 덮고 틀어야 제맛이다.

　　나는 가방에서 읽던 책을 꺼내 들었다. K는 카메라를
만지작거린다. 창밖으로 야자수와 신기하게 생긴 소와 베트남의
얇은 건물이 스쳤다.

　　한동안 누워서 책을 읽자니 조금씩 눈꺼풀이 무거워진다. 해가
졌는지 창은 짙은 푸른빛으로 빛났다. 콧수염을 기른 독립투사가
방을 잘못 찾아 들어와 나에게 피스톨을 겨누지 않았으면. 쏘지
마시오. 나도 조선 사람이오….

10

저 물결 속에 아는 사람이 하나 있다

하노이/하롱베이

K와 나는 하노이에서 일주일을 머물렀다. 과연 하노이에는 셀 수 없이 많은 오토바이가 거대한 물결처럼 거리를 누볐다. 나름의 규칙이 있는지 복잡한 소용돌이 속에서 스쿠터들은 막힘없이 저마다의 길을 간다. 어디 한군데 사고가 나거나 실랑이를 하는 사람도 없었다.

우리가 예약한 하노이 숙소는 시내 한복판에 있는 오래된 건물로, 시설이 나름 깔끔하고 조식을 제공했다. 오전 10시 전에 식당으로 내려가면 빵과 잼과 달걀을 원하는 만큼 먹을 수 있었다. 이 모든 것이 포함된 가격은 하룻밤에 한국 돈으로 4000원. 베트남의 물가에 다시 한 번 웃음이 나온다. K는 밤 늦게까지 술을 마시고 들어와서도 꼬박꼬박 아침을 챙겨 먹었다. 음식에 대한 열정으로 어떤 일을 한다면 반드시 성공할 친구다.

점심과 저녁으로 우리는 항상 쌀국수를 먹었다. 닭고기, 소고기, 돼지고기. 종류도 다양해서 K와 나는 매 끼니 다른 종류의 쌀국수를 시도했고, 그 모든 쌀국수는 단 한 번도 우리를 실망시키지 않았다. 개구리 쌀국수는 아쉽게도 (혹은 다행히도) 딱히 눈에 띄지 않았다.

우리는 하롱베이에 가기 위해 시내의 여행사를 돌아다녔다. 하롱베이는 여행사 투어를 이용하지 않고는 여행하기가 사실상 불가능한 곳이었다. 베트남에 정박시킨 휴가용 요트라도 한 대 있으면 좋으련만. 우리에겐 배도, 배를 운전할 수 있는 면허도 없었다. 우리는 곧 마음을 정하고 또래로 보이는 여직원이 상담을 담당하는 여행사에 들어갔다. K는 언제나처럼 가격을 조금이라도 깎으려고 부단히 노력했다. 우리 정말로 돈이 없어. 배낭 하나 메고 다니는 가난한 여행자야…. 거짓말이 아니었다. 나도 옆에서 두 손을 모으고 최대한 불쌍한 표정을 지어 보였다. (부탁이나 아쉬운 소리를 잘하지 못하는 성격 탓에 흥정은 주로 K가 담당했다.) 여직원은 난감하다는 듯 웃으며 상품 설명을 계속했다. 미안, 그렇게는 안 돼. 배의 종류나 일정이나 가격은 다른 여행사와 거의 비슷했다.

"혹시 이름이 뭐야?" K가 대뜸 여직원에게 물었다. 친근감은 흥정의 기본이다.

"나? …응 응우옌."

"반가워, 나는 K야. 혹시 나이 물어봐도 될까?"

"응? 1991년생. 너희는?"

"오! 나랑 동갑이다. 나는 찬. 이 친구는 1992년생." 여직원은 나와 나이가 같았다.

"반가워. 우리 하롱베이 말고 다른 얘기 좀 하자. 시간 괜찮으면." K가 응우옌에게 말했다.

응우옌의 얼굴이 고객을 상대하는 상담원의 표정에서 처음 만난 사람과 친해지는 표정으로 바뀌었다. 얼굴에 뜬 미소의 종류가 달라진다. 전자가 균일하고 인위적인 사무용 미소라면, 후자는 편하게 짓는 자연스러운 미소다. 각각의 미소에 사용하는 신경이나 얼굴 근육이 완전히 다르다.

K와 나는 사무실 탁자에 비치된 사탕을 주워 먹으며 응우옌에게 궁금했던 것을 물었다. 베트남 사람들은 대부분 성이 응우옌이라던데 사실이냐, 듣던 대로 도로에 오토바이가 엄청나게 많은데 위험하지는 않느냐, 너도 오토바이가 있느냐, 너는 어떻게 여행사에서 일하게 되었느냐, 한국에 대해 아는 것이 있느냐 하는 시시콜콜한 내용이었다. 그녀는 반짝거리는 눈으로 우리가 묻는 것들에 친절하게 답해줬다. 실제로 40퍼센트에 달하는 베트남 사람들의 성씨가 응우옌이고, 도로의 오토바이는 생각만큼 위험하지 않다. 물론 그녀도 오토바이를 가지고 있다. 자기 것이라며 밖에 세워 놓은 스쿠터를 가리켰다. 그녀는 대학에서 회계학을 전공했고 여행을 좋아해서 여행사에서 일하게 됐다. 수입도 나쁘지 않다며 응우옌은 웃었다. 그리고 그녀는 한국에 관심이 많아서 한국 TV 프로그램을 찾아본다고 했다. '오빠'나 '감사합니다'와 같은 간단한 한국말도 할 줄 알았다.

한동안 '감사합니다'의 정확한 발음을 가르쳐주며 웃고 떠들다 보니 어느새 시간이 많이 지나 있었다. 곧 여행사가 문을 닫을 시간이다. 그리고 우리는 정말로 친해졌다. 이렇게 같이 놀고 다른 여행사를 이용하는 것은 아무래도 도리가 아니다.

"하롱베이, 내일 출발하는 배로 예약해줘. 1박 2일. 가장 싼 것으로 부탁할게."

"그렇네, 너희 투어! 걱정 마. 싸게 해줄게."

응우옌은 실제로 많이 낮아진 가격을 영수증에 적었다. 다른 여행사보다 한 사람당 5000원 정도 저렴한 가격이었다. 5000원이면 쌀국수가 세 그릇이고, 여섯 시간 동안 침대 칸에 누워 에어컨을 켜고 이불을 덮을 수 있는 돈이다.

K와 나는 더 이야기하고 싶은 마음에 우리랑 더 놀지 않겠느냐고 물었지만, 그녀는 약속이 있다고 했다.

"대신 하롱베이 투어 끝나고 돌아오는 날에 여행사로 올래? 너희만 괜찮으면 그때 보자. 여기저기 구경시켜줄게." 응우옌이 얼굴에 미소를 지으며 대답했다. 편하게 짓는 자연스러운 미소다.

"좋지. 그럼 내일 모레 여기로 다시 올게."

그녀는 주섬주섬 자리를 정리하고 나와 사무실 문을 닫았다.

"투어 잘 다녀와. 하롱베이는 정말 아름다운 곳이야."

응우옌은 능숙하게 오토바이에 올라 헬멧을 쓰고 시동을 걸었다. 그리고 곧 손을 흔들며 오토바이의 물결 속으로 사라졌다. 이제 저 물결 속에는 아는 사람이 한 명 있다.

하롱베이 투어는 주로 1박 2일과 2박 3일로 나뉜다. 1박 2일 상품은 첫날 아침에 하노이에서 여행사의 밴을 타고 하롱베이까지 이동한다. 이동에는 네 시간이 걸린다. 선착장에서 예약된 배를 타고 1600여 개의 섬이 동동 떠 있는 바다로 나간다. 배에는 대략 열 명 정도의 승객이 동승하는데, 각기 다른 여행사에서 같은 배를 예약한 사람들이다. 배에 준비된 식당에서 점심을 먹고 커다란 동굴이 있는 섬에 들른다. (응우옌은 아주 아름다운 동굴이라며 엄지 손가락을 치켜세웠다.) 관광을 마치면 배는 다시 얼마간 바다를 유람하다 곧 정박한다. 사람들은 배에서 다이빙을 하거나 수영을 하거나 카약을

탄다. 갑판의 선베드에 누워 일광욕을 즐기기도 한다. 그러다 해가
지면 다시 선상에서 저녁을 먹고, 배는 파도가 없는 잔잔한 곳으로
가 닻을 내린다. 주변에는 다른 유람선들이 모인다. 저마다 같이 온
사람들과, 혹은 배에서 친해진 사람들과 시간을 보내다 객실에서
잠을 청한다. 하롱베이 선상의 하룻밤. 2박 3일 투어를 예약한
이들은 다음 날 깟바섬으로 이동해 하룻밤을 더 보낸다. 다시
배는 천천히 섬과 섬 사이를 지나 하롱베이 선착장으로 돌아온다.
유람선에서 내려 정해진 식당에서 점심을 먹고, 다시 여행사의 밴을
타고 하노이로 돌아오면 하롱베이 투어는 끝이 난다.

하노이와 하롱베이를 오가는 밴부터 1박 2일 간의 식사와 숙박,
관광을 포함한 모든 것이 투어에 포함되었다. 투어의 가격은
타고 가는 배의 종류나 선상의 식사, 흥정의 능숙함 정도에 따라
달라지는데, 대체로 55달러부터 100달러 사이다.

하롱베이로 가는 밴에는 열 명 남짓의 사람들이 타고 있었다.
대부분 유럽인들이다. 몇몇 커플이 보였고, 가족으로 보이는 그룹도
있었다. 그리고 그 밴에서 마주친 것은 부끄러운 한국인들이었다.
벤에는 나와 K를 제외하고 세 명의 한국인이 타고 있었다.
생김새와 옷을 입은 모양이 모두 비슷했다. 민소매에 무릎을 덮는
비치쇼츠를 입고 챙이 넓은 모자와 미러 선글라스를 쓴 이들에게
유일하게 다른 점은 모자의 문양과 선글라스의 색깔뿐이었다. 흰색,
빨간색, 초록색. 30대 중반쯤으로 보이는 이들은 휴가를 맞춰 짧게
베트남에 온 친구들로 보였다. 휴가에 들떠 반바지며 모자, 선글라스
같은 것들을 새로 장만했을 것이다.
세 명의 한국인이 부끄러웠던 이유는 그들이 걸친 현란한 옷이나

똑같이 번쩍거리는 선글라스가 아니었다. 셋은 K와 나의 뒤에
나란히 앉아 창밖을 보며 별로 듣고 싶지 않은 대화를 나누기
시작했다.

"야, 저거 봐라. 건물이 거의 쓰러지겠네. 어떻게 저런 데서 사냐."

"하롱베이 없으면 이 사람들 진짜 뭐 먹고 살까. 하노이도 잠깐
보니까 완전 시골이던데."

그들에게는 베트남이라는 나라와 사람들, 그들의 문화에 대한
존중이 완벽히 결여돼 있었다. 이래라저래라 참견할 문제는
아니지만 정말로 듣고 싶지 않은 대화였다. 부끄러웠다. 혹시나
이들의 말을 알아듣는 다른 사람이 없기를 나는 진심으로 바랐다.
한국어를 할 수 있는 베트남 사람이 제발 이 밴에 타고 있지 않길.

선글라스 삼형제가 우리에게 말을 건 것은 유람선이 한참
하롱베이의 섬 사이를 지나고 있을 때였다.

"안녕하세요. 한국 분들이시죠?" 초록색 선글라스였다. 아마도
나와 K가 한국말로 대화하는 것을 들은 모양이다. 우리는 배 뒷전의
차양 밑에 앉아 담배를 피우고 있었다. 그들은 우리의 나이와,
여행에 대해 물었고 나는 간략하게 설명했다. 장기 여행 중이고,
중국부터 출발했다. 베트남엔 2주 정도 머무를 계획이고 다음
목적지는 다낭이다.

"이야, 대단하시네. 젊은 게 좋긴 좋네."

"우리는 저 나이 때 세계여행 안하고 뭐 했나 몰라. 즐길 수 있을
때 즐겨요. 취직하고 나이 들어봐, 3일 휴가 받는 것도 힘들어."

"크… 배낭 하나 딱! 메고. 멋있네, 멋있어."

나는 비아냥거리고 싶었지만 꾹 참았다. 평소에 주변 사람들이
지적하는 나의 안 좋은 습관 중에 하나다. 마음에 들지 않는 사람이

있다면 나는 종종 노골적으로 싫어하는 티를 낸다. 어쨌든 참았다.
괜한 분란을 일으킬 필요는 없었다.

"둘이 다니면 여자는 좀 만나요? 어디 뭐 좋은 데는 안 가고?"

빨간색 선글라스가 물었다. 그가 말하는 '좋은 데'는 물론 성매매
업소겠지. 그들은 그런 유의 농담을 몇 마디 더 던졌다. 나는 더 이상
대화를 계속하고 싶지 않았다.

"그래요⋯ 아무튼 수고들 하시고, 조심히 여행하세요." 우리의
반응을 본 빨간색 선글라스가 다 피운 담배꽁초를 하롱베이의
바다에 던지며 말했다. 왜 굳이 바다에?

'저기, 취직하고 나이가 들면 쓰레기통을 찾을 여유도
없어지나요?' 비아냥거리고 싶은 마음이 속에서 꾸물거렸지만 나는
다시 꾹 참았다. 누군가의 인성을 평가하거나 비난할 수 있는 입장은
아니었지만, 적어도 내 가족들과 친구들은, 내가 아끼는 사람들은
그들과 같지 않길 나는 진심으로 바랐다.

11

부끄러움을 배우는 일

점심을 먹을 때도 끊임없이 구시렁거리던 선글라스 삼형제는
곧 다른 배로 옮겨 탔다. 우리와는 다른 종류의 패키지 상품인
모양이었다. 휴. 배는 곧 잔잔한 바다에 정박했다. 선글라스
삼형제가 없는 유람선은 한결 평화로웠다. 마음에 들지 않는 사람도
없고, 주변에는 파란 하늘 아래 작은 섬들이 아름답게 흩뿌려져
있었다.

　이제 얼마 동안 이곳에서 다이빙도 하시고 바다에서 수영하시면
됩니다. 승무원이 배 위의 사람들에게 일일이 말을 전했다. 고급
호텔의 직원처럼 와이셔츠에 자주색 베스트를 입었다. 그는
선베드의 사람들에게 와인과 맥주를 권하기도 했다. 아쉽게도
와인이나 맥주는 투어 가격에 포함되어 있지 않았다. K와 나는
비키니의 아름다운 누나들과, 우람한 상체의 금발 형님들과
공중제비를 돌며 한여름의 물놀이를 즐겼다. 우리가 뛰어드는 곳은

신기하게도 유네스코에서 지정한 세계 자연 유산의 한가운데였다.

주변에는 꽤 많은 유람선이 보였다. 가끔 근처를 지날 때면 서로의 갑판을 향해 우리는 손을 흔들었다. 갑판에서 다른 배 위의 사람들을 보면 으레 하는 별 의미 없는 손짓이다. 우리 배도, 맞은편 배에도 손을 흔드는 사람들은 전부 외국인 관광객이었다. 베트남 사람들은 모두 하롱베이를 이미 다녀간 것일까. 아니면 그들만의 다른 여행 방법이라도 있는 것일까. 만 위를 유람하는 배마다 두세 명씩 베트남 친구가 있다면 좋을 텐데. 그렇다면 하롱베이의 역사나 그들이 아는 재미있는 이야기를 들을 수 있을 것이다. 어쨌든 우리 유람선에 탄 베트남 사람은 아쉽게도 선장과 요리사와 베스트를 입은 승무원이 전부였고, 그들은 모두 각자의 일로 분주해 보였다. 괜스레 그들을 방해하고 싶지는 않았다.

나중에 찾아본 바로 하롱베이는 1994년에 유네스코 세계 자연 유산으로 지정되었다. 만을 가득 채운 섬들은 대부분 석회암으로 이루어졌다. 왠지 암석치고 무르게 느껴지는 이름만큼 석회암은 실제로 단단하지 않았다. 오랜 세월 햇볕과 바람과 파도에 침식되기에 적당한 바위다. 대부분의 섬은 사람이 살지 않는 무인도로, 거친 자연을 견뎌낼 수 있는 동물들만 섬을 찾는다. 주로 파충류와 조류. 나는 날카로운 발톱을 가진 도마뱀을 떠올렸다. 비바람이 몰아치는 밤에 그는 섬의 바위를 꽉 쥐고 버틴다. 눈에서 공포나 그와 엇비슷한 감정은 찾아볼 수 없다. 하롱(Ha Long)의 '하'와 '롱'은 베트남어로 각각 '내려오다'와 '용'을 뜻한다고 인터넷의 누군가는 설명했다. '하늘에서 내려온 용'이라는 의미의 지명. 그곳엔 전설이 깃들어 있었다.

때는 서기 모년(某年). 바다를 건너온 침략자를 막기 위해
하늘에서 용이 나타났다. 용은 침략자들을 향해 갖가지 보석을
내뿜었다(보통 용은 불을 뿜지만). 용이 내뿜은 각종 구슬과
금은보화와 반짝반짝 빛나는 것들은 바다에 떨어지면서 석회의
기암으로 변했다. 침략자들은 물러가고 기암은 섬이 되어 남았다.
자, 이곳은 이제부터 '하늘에서 용이 내려온 만', 하롱베이입니다.
도대체 왜 용은 적에게 금은보화를 뿜었을까? 침략자들은 왜
날아오는 보석을 피해 도망갔을까. 만약 바다에 떨어진 보석이
석회암이 아니라 다이아몬드로 변했다면, 전설은 더 흥미롭고
다채로웠겠지. 하지만 그것이 정말 다이아몬드였다면 하롱베이는
아마도 프랑스 파리의 박물관에 있을 것이다.

K와 나는 카약을 타고 노를 저었다. 머릿속에는 아직 쓸데없는
도마뱀과 용과 석회암과 다이아몬드 이야기가 하롱베이의 섬들처럼
둥둥 떠다녔다. 하나 둘 하나 둘. 최대한 빠른 속도로 멀리까지
가보려는데, 순식간에 주위가 어두워졌다. 하늘을 올려다보니 해는
어느새 섬과 섬 사이로 숨어버렸다. 바다와 섬이 맞닿은 부분은
정체를 알 수 없는 나무로 둘러싸여 음침했다. 갑자기 어디선가
커다란 뱀이나 날카로운 발톱을 가진 도마뱀이 튀어나올지도 모를
일이었다. 우리는 서둘러 노를 저어 배로 돌아왔다.

섬과 바다의 구석구석과는 다르게 밤의 갑판은 온전히
평화로웠다. 뱀도 없고 도마뱀도 없고 용도 없다. 배가 밤을 보내기
위해 정박한 곳은 호수처럼 잔잔했다. 선베드에 누우면 별이
보이고, 별 밑으로는 겹겹이 쌓인 섬의 형체가 어렴풋이 보였다.
검정 도화지에 목탄으로 그린 그림 같았다. 흰색 분필 가루를 솔솔

뿌리면 별처럼 보일까? 석회암의 섬들 사이로 불 켜진 다른 배들이
반짝반짝 보석처럼 빛났다.

주변은 고요했다. 흔한 벌레 울음소리도 들리지 않는다. 아마도
벌레는 갑판에서 들을 수 있을 만큼 크게 울지 못하거나, 하롱베이의
거친 자연을 견뎌낼 수 없는 모양이었다. K와 나는 선베드에 팔을
베고 누워 기억나지 않는 이야기를 나누었다. 옆에는 프랑스와
영국과 러시아의 커플이 누워 있었다. K가 여자였다면 한국과
프랑스와 영국과 러시아의 커플일 텐데. 사무치도록 아쉽지만 어쩔
수 없는 일이다. 그들과도 역시 잘 기억나지 않는 이런저런 대화를
나누다가, 프랑스의 마르고와 친해졌다. 그녀는 우리의 여행에 큰
관심을 보였다. 자기도 이런 방식의 여행을 좋아한다며 K와 내가
어떻게 다니는지, 어떤 음식을 먹는지, 어디서 자는지 세세한 것들을
궁금해했다. 파리에 오게 된다면 꼭 자기 집에 묵으라며 이름을
적어줬다. 나중에 와이파이 잡으면 페이스북에서 찾아봐줘. 이름만
알면 세상 어디의 누구와도 친구가 될 수 있고, 연락이 닿는다. 좋은
세상. (정말로 수개월 후 파리에서 마르고를 만나, 그녀가 사는 집에 가고,
그녀와 취할 때까지 와인을 마시게 되리라고 나는 물론 꿈에도 생각지
못했다.)

담배를 몇 개비 나눠 피우고 우리는 각자의 침실로 들어갔다.
안녕. 잘 자. 방에는 퀸 사이즈 침대가 하나 놓였다. 하얗고 로맨틱한
분위기의 침대다. K와 얼굴을 마주보고, 우리는 동시에 한숨을
쉬었다. 아름다운 하롱베이의 밤, 퀸 사이즈 침대 앞의 두 남자.
캔버스에 유화로 그린다면 볼만한 작품이 나올 것이다. 이왕 이렇게
된 것 K와 같이 페이스북에서 마르고를 찾아보다 잠들면 좋으련만.
우리는 와이파이와 어울리지 않는 석회암의 세상에 누워 있었다.

다른 방의 친구들은 좋은 시간을 보내고 있을까? 여전히 벌레 소리 하나 들리지 않았다.

이튿날, 해가 지기 전에 우리는 하노이에 돌아왔다. 배에서 함께 시간을 보낸 친구들의 모습은 보이지 않았다. 우리가 작별 인사를 했던가. K와 나는 짐을 풀어놓고 바로 응우옌의 여행사로 향했다.

"안녕! 왔네. 투어는 어땠어?"

"좋았어, 덕분에. 하롱베이는 정말 아름답더라. 고마워." 부끄러운 한국인들에 대한 얘기는 굳이 하지 않았다.

"사무실 문 닫으려면 아직 조금 더 있어야 하는데, 기다려줄래?"

물론이지. K와 나는 책상 옆의 소파에 앉아 사탕을 까먹었다. 30분 정도 앉아 있었을까. 몇몇 손님이 다녀갔다. 응우옌이 하롱베이 투어에 대해 설명할 때마다 우리는 옆에서 거들었다. 그 동굴 정말 아름다워요. 우리 방금 투어에서 돌아왔는데, 정말 추천해요. 하노이에 왔으면 하롱베이를 다녀와야죠. 여기보다 저렴한 투어는 찾기 힘드실 거예요. 저희가 보장해요….

손님도 웃고 응우옌도 웃고 우리도 웃었다. 즐거운 기다림이었다. 응우옌은 곧 테이블의 서류를 정리하고, 퇴근 준비를 시작했다.

"이제 저녁 먹으러 가자. 우리 엄마가 작은 식당을 하시는데, 거기로 갈래?"

"그보다 좋을 수 없지. 빨리 가자."

"오토바이는 저렇게 밖에 세워 두고 가?" 나는 혹시 누군가 오토바이를 가져가지는 않을까 걱정됐다.

"아니, 사무실 안에 넣어놓을 거야. 잠시만."

응우옌은 능숙하게 스쿠터를 끌어 사무실 안으로 들어 올렸다.

어림잡아 그녀 몸의 두 배는 되어 보이는 커다란 스쿠터였다. 그녀는
별일 아니라는 듯 툭툭 손을 턴다.

어머니는 우리를 반갑게 맞아주었다. 두세 명씩 옹기종기 모여
앉는 작은 식당이었다. 메뉴는 소고기와 토마토가 들어간 독특한
쌀국수다. 그릇에 먼저 면을 담고, 익숙한 손놀림으로 국물과 고명을
얹는다. 맛이 없을 수가 없다. 베트남의 모든 쌀국수는 아마도
영원히 나를 실망시키지 않을 것이다. 감사히 잘 먹었습니다.

우리는 식사를 마치고 응우옌을 따라 번화가로 나갔다.
젊은이들이 잔뜩 모인 거리였다. 신기하게도 정강이 높이의 낮은
식탁이 거리에 나와 있고, 사람들은 저마다 작은 플라스틱 의자를
하나씩 깔고 앉았다. 응우옌을 만나지 않았더라면 모르고 지나쳤을
거리였다.

"우와. 이런 곳이 있었네. 전혀 몰랐다."

"하노이에서 친구들끼리 맥주 한잔 마시려면 보통 여기로 와. 뭐
먹고 싶은 것 있어?"

"우린 잘 몰라. 그냥 네가 평소에 먹는 것들 시키자."

응우옌이 베트남어로 능숙하게 음식과 맥주를 주문했다. 이렇게
든든할 수가 없다.

"참. 너도 여행 좋아한다고 했지? 한국에 와본 적 있어? 아니면
와보고 싶다거나."

하노이의 음주 문화와 음식에 대해 이런저런 이야기를 하다,
내가 화제를 돌렸다. 응우옌은 여행을 좋아해서 여행사에서 일하기
시작했다고 했다. 마침 한국에도 관심이 많다. 그런데 곧 응우옌의
표정이 약간 어두워졌다.

"한국. 아직 가본 적은 없어. 사실 가볼 수 있을지도 잘 모르겠고."

"그게 무슨 말이야? 별로 멀지도 않은데 며칠 휴가 내서 다녀오면 되지 않아? 꼭 우리처럼 장기 여행은 아니더라도." K도 의아하다는 표정으로 고개를 끄덕였다.

"우리한테는 여행이라는 게 말처럼 쉽지 않아." 나와 K는 맥주잔을 들고 가만히 다음 말을 기다렸다.

"너희, 베트남 들어올 때 별문제 없었지? 오래 머무를 거 아니면 비자도 필요 없고. 도장 찍어주고 들어가세요, 하잖아. 우리는 일단 다른 나라 비자 받기가 쉽지 않아. 알다시피 사회주의잖아. 물어보는 것도 많고, 절차도 까다로워. 결국 발급이 안 되는 경우가 많고."

나는 라오까이 국경 사무소의 친절한 여직원을 떠올렸다.

"그리고 두 번째로. 슬프지만 우리나라는 아직 많이 가난해. 유럽이나 미국, 한국, 일본 관광객들 베트남 와서 물가 싸다고 좋아하잖아. 호스텔도 하루에 5달러면 충분하고, 포도 2달러면 충분히 먹는다면서. 그런데 반대로 생각하면 외국 물가가 우리한테는 그만큼 비싼 거거든. 너희한테 반값이면 우리한텐 두 배 비싼 것. 맞지?"

뭐라 할 말이 없었다. 별생각 없이 던진 질문이었다. 무지와 무관심에서 비롯된 실수 아닌 실수였다. 우리는 잠자코 맥주를 홀짝였다. 내 표정이 어땠을지 짐작도 할 수 없었다. 미안함과 민망함과 부끄러움이 뒤섞인 복잡한 표정이었을 것이다.

"한국, 나도 가고 싶지. 명동, 동대문, 광화문…. 인터넷으로 많이 찾아봤어. 근데 너희가 거기서 마주치는 베트남 사람들 있지? 여기서는 엄청 부자들이야. 내가 받는 월급으로 한국 가는 비행기 표부터 이것저것 준비하려면 5년이 걸릴지도 몰라. 아무튼 그래서

나는 주로 국내 여행을 다녀. 사파나 호이안, 호찌민 같은. 너희
보니까 나도 여행 가고 싶다. 부러워."

부럽다고 말하면서 응우옌은 웃었다. 몇 가지 복잡한 감정이 섞인
묘한 미소였다. 무슨 말이라도 해야 했지만 적당한 말이 떠오르지
않았다. 미안하다고 해야 할까? 알려줘서 고맙다고 해야 할까. 둘 다
썩 마음에 들지 않았다.

"그렇구나. 정말 몰랐다. 아니, 그렇게 생각해본 적이 없었어. 그런
사정이 있겠구나. 정말 불편할 것 같다."

두서없는 대답이었을 것이다. 응우옌은 말없이 웃었다. 묘한
미소지만 한결 가벼워졌다. 이제 이런 이야기는 그만하자는 뜻으로
보였다. 표정은 가끔 언어보다 많은 것을 전한다.

우리는 각각 맥주 두세 잔 정도를 더 마시고 헤어졌다. 응우옌은
나중에 기회가 되면 또 보자며 손을 흔들고 여행사로 돌아갔다.
그녀는 오토바이를 가지러 간다고 했다. 술을 마셨는데 괜찮겠냐고
물었지만 그녀는 대수롭지 않은 일이라고, 괜찮다고 했다. 말려야
했지만 이미 응우옌은 시야에서 사라지고 없었다.

얼굴이 벌게져 호스텔로 돌아오는 길. 나는 지각하지 못했을
뿐, 매 순간 행복하고 감사한 삶을 살고 있었다. 자유, 체제, 국적,
인종이나 성별과 같은 모든 것들을 생각할 필요도 없다. 나의 의지로
돈을 모아 어디든 가고 싶은 곳을 가볼 수 있다는 사실만으로도,
나는 행복한 사람이었던 것이다.

'…가고 싶어도 못 가.'

응우옌은 고개를 숙이고 말없이 웃었다.

나무로 만든 완행열차가 하노이에 도착한지도 어느새 일주일이
지났다. 하롱베이에 다녀온 것을 빼면 일주일이 어떻게 지났는지 잘
기억할 수 없었다. 사실 대단한 문화 유적이나 명승지가 있는 것도
아닌데. 하노이는 묘한 매력과 쌀국수로 K와 나의 발목을 잡았다.

　우리는 목적지도 없이 주로 광장과 호수 근처를 돌아다녔다.
서호 변 벤치에 앉아 하늘을 바라보며 나는 응우옌의 웃음과 이
하늘을 날았을 B-52 폭격기를 상상했다. 광장 한가운데 커다란
마우솔레움과 그들의 영웅. 호찌민 아저씨는 그가 독립을 선언했던
광장에 썩지도 않고 잠들어 있었다. 얼핏 신전처럼 보이는 웅장한
묘 앞에는 군인들이 밤낮없이 경계 근무를 섰다. 그들은 반듯한
의장을 갖추고, 날카로운 눈빛으로 영웅에게 예를 갖춘다. 왠지
호 아저씨(Uncle Ho)라는 친근한 별명과는 잘 어울리지 않는
분위기였다. 삶이 끝난 후에 방부제에 둘러싸이게 될지 그는
상상이나 했을까. 호 아저씨는 생전에 이 모든 것들을 원했을까.

자유와 독립보다 중요한 것은 없다던 호 아저씨. 남은 이들에게
국가의 존속과 체제의 유지는 그 무엇보다 중요한 일이었을지도
모른다. 아무튼 호 아저씨는 매년 3개월 동안 방부 처리의 관리를
위해 러시아로 여행을 떠난다고 한다. 그는 그곳에서 레닌과
마오쩌둥과 김일성을 만날까?

　딱히 할 게 없는 날이면 나는 구글에서 하노이에서 가볼 만한 곳을
검색했다. 하루는 호아로 감옥을, 또 하루는 시내에서 유명하다는
카페를 찾았다. 식민지 시절의 감옥을 박물관으로 개조한 호아로
감옥은 우리나라의 서대문형무소 역사관과 비슷한 느낌이었다.
식민지 시절의 고문 도구와 단두대, 베트남전쟁의 노획품을 그들은
자못 자랑스럽게 전시하고 있었다. 유명하다는 카페는 공기가
탁했고 어지러울 정도로 커피가 진했다. 왜 유명한지 잘 이해할 수
없었지만 카페의 분위기는 그래도 재미있었다. 옆 사람의 팔꿈치가
닿을 정도로 좁은 공간에 사람들이 옹기종기 모여 앉았다. 목욕탕
의자에 앉아 카페의 풍경을 그리다, 점점 머리가 아파져 결국

도망치듯 나와버렸다.

저녁 8시에 하노이를 출발한 버스는 다낭까지 꼬박 12시간을
달렸다. 우리가 탄 침대 버스는 다행히 쾌적하고 깨끗했다.
와이파이도 연결할 수 있고 푹신한 시트와 베개에서는 좋은 냄새가
났다. K와 나는 새로운 호스텔에 짐을 풀고 거리로 나왔다. 간밤의
이동에 피로도 없고, 처음 보는 다낭의 하늘은 맑고 새파랬다.
콧구멍을 활짝 열고 숨을 들이마셔본다. 점심때까지는 아직 한
시간 정도가 남아 있었다. 천천히 숨을 내쉬는데 반짝 좋은 생각이
떠오른다.

"야. 우리 오토바이 빌려서 타고 다닐래?"

"좋지. 근데 형이 나 가르쳐줘야 돼."

"스쿠터는 자전거 탈 줄 알면 운전할 수 있을걸? 아무튼 가르쳐
줄게."

"콜. 빌리자."

다낭 시내는 하노이와 달리 도로가 복잡하지도 않고, 길게 뻗은
해안 도로는 오토바이를 타고 달리기에 좋아 보였다. 베트남의
물가를 생각해보면 대여료도 그다지 비싸지 않을 것이었다. 우리는
호스텔로 돌아가 리셉션의 직원에게 오토바이 렌털 숍 위치를
물었다.

렌털 숍의 주인아저씨는 다부진 체격에 상당한 수준의 영어를
구사했다. 나보다는 물론이고, 발음이나 어휘력이 미국에서 수년간
유학한 K보다도 좋았다. 잘생긴 외모는 언뜻 양조위를 떠올리게
했다. 목소리까지 좋다. 그가 나지막이 웃을 때는 하얗고 가지런한
이가 보였다. 무조건적인 호감을 느끼게 하는 웃음이다. 아저씨는 곧

가게 안쪽에서 하얀색 스쿠터를 끌고 나왔다.

"그래. 하루에 10만 동에 빌려 줄게. 특별히 아끼는 친구니까 소중히 다뤄줘."

아저씨는 면허증과 이틀치 대여료를 받아 들고, 내가 오토바이 면허도 있고 운전 경력도 있어서 특별히 빌려주는 것이라고 덧붙였다(나는 대학교 1학년 시절부터 통학용으로 작은 오토바이를 운전했다). 야마하의 125cc. 튼튼하고 잘 달리게 생긴 스쿠터였다. 흰색 보디는 앞뒤로 날렵하게 뻗었고, 바퀴의 디스크와 머플러는 갓 만들어진 듯 반짝였다. 시동을 걸고 스로틀을 살짝 당겨보니 중저음의 기분 좋은 소리가 난다. 상당히 관리가 잘된 스쿠터다. 소리만 들어도 알 수 있다. 양조위 아저씨는 K에게는 낡고 해진 베이지색 스쿠터를 내줬다. 각각의 운전자에게 잘 맞는 옵션이다.

"딱 너랑 어울린다 야. 크크. 잘 따라다닐 수 있겠어?"

"운전하는 사람이 중요한 거지. 금방 앞질러줄게."

K와 나는 오토바이를 타고 시내를 누비고, 잘 닦인 다낭의 해안가를 바람과 함께 달렸다. 오랜만에 느껴보는 자유였다. 버스나 기차 시간을 맞추기 위해 서두르지 않아도 되고 더위에 땀 흘리며 걷지 않아도 된다. 내가 원하는 목적지를 향해 내가 원하는 경로로 움직일 수 있다. 아무 때나 원하는 곳에 멈춰서 담배를 피울 수도 있고, 기름이 떨어지면 스스로 채워 넣고 시동도 내 마음대로 끄고 켤 수 있다. 거리의 구석구석에 더 편하고 빠르게 발을 들일 수 있게 된 것이다. 여행 속에서 이동 수단의 주체로 서는 경험. 대학교에 입학해서 오토바이를 처음 탔을 때 느꼈던 자유로움과 비슷한 감정이었다. 스쿠터와 함께라면 나는 어디든 갈 수 있었다.

K와 나는 커다란 용 모양의 다리를 건너고, 야자수가 늘어선

해안도로를 달렸다. 다낭의 햇볕은 마침 오토바이를 타고 달리기에 적당했다. 민소매와 반바지, 슬리퍼와 선글라스가 기가 막히게 잘 어울리는 날씨다. '스쿠터로 해안 도로를 달리기에 안성맞춤인 햇볕 경연 대회'가 있다면 다낭의 햇볕은 분명히 순위권에 이름을 올릴 것이다. 갈비뼈 안쪽에서 보글보글 즐거움이 피어올라 얼굴에 웃음으로 번졌다. 정말로 행복할 때 나오는 웃음이었다. 샹그릴라에서부터 깎지 않은 수염도 제법 많이 자랐다. 야자수 너머로 잔잔한 바다가 반짝반짝 눈부시게 빛났다.

우리는 식당을 찾아 간단한 점심을 먹었다. 한동안 앉아 쉬다가 담배를 한 개비씩 피우고 다시 오토바이에 올랐다. 물론 이렇다 할 목적지는 없었다.

오토바이를 타고 구석구석을 다니다 보니 특이한 것이 눈에 들어왔다. 사실 라오까이에 처음 도착해서부터 나의 주의를 끌었던 것이다. 그것은 다름 아닌 베트남의 얇은 건물이었다.

베트남의 건물들은 모종의 합의라도 한 듯 모두가 얇았다. 혹은 빼빼 말랐다. 2층이든 6층이든 거리에 면한 건물의 폭은 채 3미터도 안 되어 보였다. 층마다 똑같이 생긴 테라스가 나와 있는 모습은 꼭 얇고 긴 한 칸짜리 찬장 같다. 그리고 도로에서는 건물의 전체 생김새가 더 잘 보였다. 얇고 긴 형태. 꼭 두툼한 백과사전과 같은 모습이다. 백과사전?

이렇게 생긴 건물이 다닥다닥 붙어 있을 때는 그래도 이해하기가 편했다. 땅이 좁았겠지. 하지만 건물은 외딴 곳에 홀로 서 있을 때도 마찬가지였다. 거리에서 보는 건물은 처량할 정도로 얇고, 옆에서 본 모습은 신기할 정도로 길다. 또 거리에 면한 전면부와는 달리 옆면에는 작은 창문 하나 없다. 꽉 막힌 거대한 회색의 표면.
그야말로 순수한 콘크리트 벽이었다. 베트남의 건축법에는 '두꺼운
백과사전을 모티프로 매스의 형태를 정할 것' '거리와 직각을 이루는
면에는 일절의 장식과 개구부 설치가 불가능함'과 같은 규정이라도
있는 것일까. 그들은 왜 이렇게 생긴 건물을 지어야만 했을까.

　나는 가장 가까운 곳에 보이는 강변의 한 바에 들어가 콜라를
주문하고 와이파이 비밀번호를 물었다. 귀엽게 생긴 여직원이 곧
얼음이 든 유리잔과 함께 비밀번호가 적힌 종이를 가져다주었다.
베트남 사람들이 왜 이렇게 얇은 집을 지어야 했는지 구글은 알고
있을 것이다.

　검색어: 'Vietnamese traditional houses(베트남 전통 가옥)'.
검색된 것은 대부분 일반적인 초가집 사진이었다. 그나마 보이는
특징은 땅에서 어느 정도 띄워져 있다는 것인데, 아마도 덥고
습한 기후 때문이겠지. 다음 검색어는 'Vietnamese traditional
architecture(베트남 전통 건축)'. 이번에는 조금 더 규모가 크고
화려한 건축물이 나온다. 옛 베트남 왕조의 궁궐이나 사원일 것이다.
베트남의 얇은 건물은 건축에 콘크리트를 사용하기 시작한 이후로
등장했을 것이다. 아마도 근현대 도시의 형성과 어느 정도 관련이
있겠지. 그러고 보니 층마다 난 테라스는 유럽 건축의 특징인 것
같기도 하다. 프랑스 식민 시절의 영향일까. 나는 검색을 계속했다.
'Vietnam narrow houses(베트남의 좁은 집)'. 자, 이제야 원하던
결과가 나오기 시작한다.

　건축물은 '튜브하우스(Tube House)'라 불렸다. 내부에서 공기가
순환되는 기다란 관과 같은 집. 그럴듯한 이름이었다. 이 베트남의

얇고 긴 건물의 출현에 대해서는 여러 가지 의견이 있는데, 대부분 두 가지 이유로 정리됐다.

첫 번째는 세금. 근대 국가가 세워진 이후로 베트남 정부는 건물에 세금을 부과할 때 '건물이 도로에 면한 폭'을 기준으로 삼았다고 한다(이러한 조세 방법이 프랑스 식민 시절부터 시작됐다는 주장도 있지만 확실하지는 않다). 건물의 모양이 당연히 얇고 길어질 수밖에 없다.

두 번째 이유는 사회주의와 자본주의가 혼재하면서 생긴 모순에 있다고 한다. 하노이나 호찌민 같은 도시가 현재와 같은 모습으로 발달한 것은 대부분 '베트남 사회주의 공화국'이 등장한 이후였다. 베트남은 모든 사회주의 국가가 그러하듯 정부 수립 초기에 대대적인 토지 개혁을 실시했다. 토지를 몰수하고 임의로 용도를 정해 인민에게 분배했다. 어찌 보면 당연한 결과로, 차와 사람이 많이 다니는 거리에 상점 대신 주거용 건물을 지어야 하는 상황이 발생했다. 그리고 시간이 흘러 1986년. 베트남에 개방 정책이 시작됐다. 새롭게 한다는 뜻의 '도이머이' 정책이다. 베트남은 사회주의의 골격을 유지한 채로 시장 논리와 자본주의를 받아들였다. 이때부터 주거용 건물의 1층에는 상점과 가게가 생기기 시작했고, 이들은 거리에 면하기 위해 건물 입면의 폭을 줄이면서까지 앞으로 앞으로 경쟁하듯 나왔다. 재화와 서비스를 더 잘 팔기 위해. 차와 사람들이 다니는 거리에 조금이라도 더 면하기 위해서였다.

휴대폰을 내려놓고 콜라를 한 모금 마셨다. 시간이 얼마나 지났는지 유리잔에는 송골송골 물방울이 맺혔다. 흠. 첫 번째 이유가 내게는 더 그럴싸하게 느껴졌다. 도이머이 정책 때문에 건물들이 슬금슬금 앞으로 나오다 보니 얇아졌다니. 머릿속엔 느릿느릿

머리를 내미는 달팽이가 떠오른다. 콜라가 밍밍해지기 전에 한 모금을 더 마시고, 무심결에 밖을 내다보니 흰색 스쿠터가 잠자코 나를 기다리고 있었다. 옆에 낡은 베이지색 스쿠터는 더위에 지쳤다. 추레한 느낌이 역시나 주인을 닮았다. 귀엽게 생긴 여직원은 어디로 갔을까. 천천히 가게 안쪽을 살피다 그녀와 눈이 마주쳤다. 당황한 나는 황급히 고개를 돌린다. 어색했겠지.

어쨌든 얇은 건물에 대한 대강의 역사와 이유를 알았으니 이제 남은 일은 건물의 내부를 어떻게 구성하고 계획했는지 돌아다니며 구경하는 것이었다. K와 나는 헬멧을 팔에 걸고 바를 나왔다. 나오는 길에 귀엽게 생긴 여직원과 다시 눈이 마주쳤다. 다낭의 햇볕을 받아 보기 좋게 그을린 피부. 살짝 웃는 얼굴이 귀엽다.

그녀의 이름은 N. 내가 다낭에 일주일간 머무른 가장 큰 이유였다.

13

사이공 온 더 락

그녀는 딱 맞는 베트남 전통 의상을 입고 있었다. 다른 여직원들도
같은 옷을 입었다. 아마도 바의 유니폼인 모양이었다. 하얀색 바탕에
빨간색으로 포인트가 들어간 아오자이. 체형이 그대로 드러나는
의상이었다. 다른 직원과 달리 그녀는 딱 맞는 아오자이가 어딘가
어색해 보였다. 햇볕에 탄 피부와 화장기 없는 얼굴 때문일까.
순박한 시골 소녀에게 화려한 무대 의상을 입혀 놓은 것처럼
느껴졌다. 끝에 살짝 컬을 넣은 머리는 가슴을 덮을 정도로 길었고,
동글동글한 얼굴형에 눈에는 자세히 보지 않으면 거기에 있는지
모를 정도로 옅은 쌍꺼풀이 졌다. 그녀가 순진하게 웃을 때면
덧니가 보였다. 살짝 어긋난 치열이 전체적인 이미지를 완성했다.
짐작하기에 나이는 스무 살이나 스물한 살.

　　K와 나는 오토바이에 걸터앉아 담배를 피웠다. 고개를 돌리면
아직 귀엽게 생긴 여직원이 보였다.

"야. 아까 저 바에 여자애, 예쁘지 않았냐."

"직원? 응 귀엽던데. 왜 형, 마음에 들었어?"

"아니 뭐, 그냥."

"가서 말 한번 걸어봐. 딱히 할 것도 없는데."

"됐어, 말은. 바닷가나 가자. 날도 좋은데…." 나는 말끝을 흐렸다.

나로 말하자면 언제부터인가 관심 있는 여자에게 잘 말을 걸지 못했다. 멀리서 흘깃거리기만 하고 제대로 눈을 마주치지도 못했다. 나름대로 활달한 성격에 여자인 사람들과 티격태격 장난도 잘 치는데, 유독 관심 있는 여자에게는 오히려 쌀쌀맞게 대하거나 애써 못 본 척하고 말 뿐이었다. 예컨대 '저, 그쪽한테 관심이 있어서 그러는데. 전화번호 좀 알 수 있을까요?'나, '저기요. 마음에 들어서 그러는데 혹시 남자친구 있어요?' 같은 문장들은 나와는 꽤나 거리가 멀었던 것이다. 지금껏 연애는 어떻게 시작했을까 생각해보면, 그저 머릿속에 연분홍의 실타래가 뿌옇게 엉클어질 뿐이었다.

K와 나는 하루 종일 스쿠터를 타고 다낭 시내와 해변을 돌아다녔다. 매일 쌀국수를 먹고, 하루에 한 번은 꼭 금빛 용 모양의 다리를 건넜다. 금빛 용 모양의 다리. 우리는 그 다리를 '용 다리'라고 불렀다. 다리 위에는 실제 강철로 만든 커다란 용이 있었다. 노란색 페인트로 정성 들여 칠해진 용이다. 케이블이 연결된 아치형의 구조물은 몸통이고, 양단에 머리와 꼬리가 있는 진짜 용. 다리의 길이는 600미터에 달했다. 용 다리를 처음 계획할 때 실무자들은 어떤 대화를 나누었을까. 하롱베이에 금은보화를 내뿜던 용과 관계가 있을까? 상상하니 자꾸 웃음이 나온다.

'시장님. 이번에 새로 짓는 다리는 커다란 용처럼 만들면 어떻겠습니까?'

'좋은 생각이네요. 눈은 하트 모양으로 하죠.' (용의 눈은 실제로 하트 모양이었다.)

그 여직원이 있는 바는 용의 꼬리 근처에 있었다. 용 다리를 지날 때면 괜스레 가게 앞을 돌아서 갔다. 아쉽게도 여직원은 항상 보이지 않았다. K는 별다른 불평 없이 내가 앞장서는 길을 따라왔지만, 그의 눈에 나는 관심 있는 여자애 주위를 맴도는 얼뜨기처럼 보였을 것이다.

그렇게 이틀인가 사흘이 지나고 우리는 금세 새로운 곳에 익숙해졌다. 스쿠터를 타고 호이안에도 다녀오고, 독립 기념일에는 불꽃놀이를 구경했다. 호이안의 고대 도시는 듣던 대로 아름다웠다. 얼핏 500년은 되어 보이는 오래된 건물이 다닥다닥 붙었고 군데군데 공들여 꾸며놓은 카페와 음식점이 보였다. 호이안에는 다낭보다 영미, 유럽인 관광객들이 많았다. 그들은 여유롭게 자전거를 타고, 길가의 음식점에 앉아 거리를 구경했다. 중심가에는 노란 회벽의 오래된 건물 사이로 바닷물인지 민물인지 모를 작은 강이 흘렀다. 해가 지면 수면으로 수은등이 켜진 건물이 비쳐 그럴싸한 야경을 자아냈다. 누군가는 호이안을 '아시아의 베네치아'라고 부른다는데, 과연 그럴듯한 별명이었다(베네치아에 가본 적은 없지만). 아쉬운 점이 있다면 너무 관광지화되어 있다는 것. 5년쯤 지나고 나면 호이안도 리장의 쇼핑몰처럼 변해버릴지 모를 일이다.

처음 그 귀여운 여직원에게 말을 걸었던 날 저녁. 나는 K와

hội an. Vietnam. Kiz Chen

호스텔의 호주 친구와 해산물 샤부샤부를 먹었다. 공터에 큰
차양을 치고 작은 테이블을 놓은 길거리 음식점이었다. 동네에서
유명한 곳인지 사람들이 상당히 많고, 음식은 흠잡을 곳이 없었다.
우리는 이런저런 이야기를 나누며 타이거 맥주를 홀짝였다. 대화의
주제는 주로 호주의 캥거루였다. 나는 오징어를 냄비에 넣고, 잠시
기다리고, 보기 좋게 익으면 입으로 가져갔다. 기다릴 때는 입에
젓가락을 물었다. 다음은 새우. 그 다음은 생선. 다시 오징어…. K와
나와 호주 친구는 미지근한 맥주를 얼음에 타 마셨다.

  호주 친구를 먼저 보내고 우리는 스쿠터에 올랐다. K나 나나
얼굴이 약간 벌게졌지만 세상의 많은 사람들처럼 시동을 켰다.
괜찮겠지 뭐. 물론 괜찮지 않을 것이고, 법에도 어긋나는 일이었다.
어쨌든 나는 헬멧의 버클을 채우고 K보다 앞서 출발했다. 목적지는

여직원이 있는 바였다. 정신은 말짱했다. 밍밍한 맥주에 자신감이
조금 생겼을 뿐이다.

길가 벤치 옆에 스쿠터를 세웠다. 건너편에 아직 불이 켜진 바가
보였다. 유니폼을 입은 직원들도 보이지만 얼굴을 분간할 수는
없었다. 시간은 저녁 10시를 지나고 있었다.

"에라, 또 여기야? 형 어차피 말도 못 걸 거면서 여긴 왜 자꾸 와?"

"뭐 인마, 말 걸 거야. 진짜로." 나는 주머니에서 담배를 꺼내
물었다가, 곧 담뱃불을 호기롭게 끄고 곧바로 바 쪽으로 걸었다.
길을 반쯤 건너자 귀여운 여직원이 보인다. 이대로 조금 더 가면
눈이 마주칠지도 모른다. 나는 최대한 자연스럽게 뒤로 돌아
스쿠터가 있는 곳으로 돌아왔다. K는 그럴 줄 알았다는 듯이 웃었다.
나는 다시 담배를 꺼내 불을 붙이고, 또 금방 바닥에 비벼 껐다. K의
담배는 아직 반절도 줄어들지 않았다. K의 말이 맞다. 좋아하는 것도
아니고. 어려울 것 없다. 그냥 이름이 뭐냐고 물어보지 뭐.

"저기, 이름이 뭐야?"

"나? N." N은 적잖이 당황한 눈치였다.

"안녕. 나는 찬. 며칠 전에 여기 왔었는데, 나 기억해?"

"아, 응. 친구랑 둘이 왔던?"

"오, 맞아. 혹시 오늘 일 끝나고 바다 보러 갈래?"

N은 아마도 나를 미친 사람이라고 생각했을 것이다. 안녕! 이름이
뭐야? 일 끝나고 밤에 바다 보러 갈래? 연애 기술서에 '처음 보는
여자에게 말 거는 방법'이라는 챕터가 있다면, 마지막의 마지막에나
나올 법한 방법이다. 글쎄. 정우성 씨나 차은우 씨라면 가능할지도
모른다.

"응? 아… 일 끝나면 집에 들어가봐야 해서…"

"음, 그래… 하하."

나는 겸연쩍게 웃었다. 돌아갈 집이 불에 타 없어졌거나 태풍에 통째로 날아가 버렸더라도, 이런 제안에 단번에 좋다고 할 여자는 아마도 세상에 없겠지. 하지만 이렇게 대화를 끝낼 수는 없다.

"그럼 혹시 내일이나 쉬는 날에 같이 점심이라도 먹을래? 내 친구도 같이."

나는 길 건너의 K를 가리켰다. '머리가 어떻게 된 사람은 절대 아니야. 저기 친구도 있어.' K가 이해했다는 듯 손을 흔들었다.

"응? 음… 그래. 나도 친구들한테 연락해볼게."

"좋아! 내가 심 카드가 없어서, 페이스북으로 연락하자. 이름 알려주면 내가 메시지 보낼게."

와이파이는 이미 연결되어 있었다. 똑똑한 나의 아이폰. 한 번 연결했던 와이파이의 비밀번호는 잊어버리는 일이 없다. 나는 N과 연락처를 교환하고 바를 나왔다. 다행히 N은 웃어 보였다.

평소보다 조금 더 빠르게 뛰는 심장을 안고, 나는 오토바이를 몰아 호스텔로 돌아왔다. 침대에 누워 N에게 연락해볼까 잠시 고민했지만 하지 않았다. 내일 하는 편이 낫겠지. 맥락도 없이 얼음 잔에 따른 미지근한 맥주가 떠올랐다. 베트남 사람들은 맥주에 얼음을 타서 마신다. 처음에는 웬 맥주에 얼음인가 싶었지만, 몇 잔을 홀짝이다 보니 금세 익숙해졌다. 사이공 온 더 락. 시원하고 밍밍한 맥주 때문인지 뒤늦게 머리가 지끈거렸다.

머리 위의 에어컨이 기분 좋은 바람을 토해내고, 흰 시트에서 바스락거리는 소리가 났다. 세수도 양치도 하지 않았지만 이대로 잠드는 편이 좋겠다. 어쩌면 잠이 든 후에 한 생각이었는지도 모른다. 잠들기 직전의 순간에는 종종 의식과 무의식의 경계가 흐릿해지곤 한다. 호주의 캥거루와 보기 좋게 익은 오징어, 새우, 생선, 타이거 맥주의 호랑이 로고가 뒤죽박죽 머릿속을 어지럽혔다. 내가 젓가락을 입에 물고 있던가? N에게 메시지가 온 것 같아 눈을 뜨고 휴대폰을 켜봤지만 수신된 메시지는 없었다. 물론 젓가락을 물고 있지도 않았다. 금빛 다리 모양의 커다란 용이 조용히 나를 내려다보고 있을 뿐이다.

…좋은 생각이네요. 눈은 하트 모양으로 하죠.

14

다낭의 밤바다, 익숙해진다는 것

느지막이 점심을 먹고 휴대폰을 들었다. 첫 메시지를 보내고 N에게서 답장이 오기까지는 21분이 걸렸다.

- (12:02) 안녕! 친구들하고는 얘기해봤어?

- (12:23) 안녕. 친구들은 좋대. 근데 난 사실 너희를 잘 몰라서….

- (14:38) 미안, 밖이라 와이파이가 없어서 답장이 늦었어. 우리도 너희를 잘 모르긴 마찬가지야. 그러니까 편하게 같이 저녁을 먹는 게 어때?

- (15:28) 나랑 친구들은 7시쯤 만나기로 했어.근데 왜 우리랑 놀고 싶은 거야?

- (15:30) 우리는 그냥 현지인 친구들을 만나보고 싶어. 그리고 사실 내가 네 친구가 되고 싶기도 하고.

- (15:32) 음, 그래. 알겠어.

- (15:35) 친구들 만나면 우리가 어디로 가면 되는지 알려줄래?

- (15:36) 정확히 어디서 만날지는 아직 모르겠어. 우리는 일단 식당에

서 저녁 먹고, 9시쯤에 맥주 마시러 갈 거야.

- (15:37) 좋다! 저녁 먹고 맥주 마시고.

- (15:38) 근데 우리는 6명이야. 여자만 6명. 말도 엄청 많이 하고. 괜찮겠어?

- (15:39) 괜찮지, 물론.

약속 장소는 강변 도로에 면한 참 조각 박물관이었다. N이 일하는 바와 가까워서 용 다리를 건너면 바로 보이는 곳이다. 박물관 입구 근처의 갓길에 스쿠터 여섯 대가 가지런히 세워져 있고, 뒤로 N과 친구들이 보였다. N은 흰색 반팔에 청바지를 입었다. 타이트한 아오자이보다 그녀에게 잘 어울렸다. 그들은 호기심 가득한 눈으로 나와 K를 바라봤다. 헐렁한 민소매를 입고 스쿠터를 탄 한국인 남자 둘. 한 명은 덥수룩하게 수염이 났고, 한 명은 이스터섬의 모아이 석상을 닮았다. 신기한 것은 우리도 마찬가지였다. 베트남 다낭의 20대 여자 6명과 저녁 약속이라니. 게다가 6명이 모두 오토바이를 한 대씩 가지고 왔다.

한국의 남자 두 명과 베트남의 여자 여섯 명은 각자 간단히 인사를 나눴다. 다낭의 여자들은 N과 마찬가지로 어려 보였고, 상당히 쑥스러운 모양이었다. 그들은 정해놓은 식당이 있다며 각자의 스쿠터에 올라탔다. 가장 활발해 보이는 친구가 웃으며 따라오라고 손짓했다. 스쿠터는 도합 여덟 대. 강변도로에는 목적지를 알 수 없는 시원한 밤바람이 불고, 앞서가는 N의 헬멧 사이로 머리칼이 살랑였다.

도착한 곳은 시내의 한 야외 식당이었다. 건물 사이의 널찍한 공터에 테이블과 의자를 깔았다. N이 나와 K를 번갈아 보며 특별히 먹고 싶은 것이 있냐고 물었다. 딱히 없어. 너희 마음대로 주문해줘. 기다렸다는 듯 베트남 말이 오간다. 메뉴를 가리키며 옥신각신하는 것이 아마도 나와 K에게 뭘 먹으면 좋을지 상의하는 모양이었다.

곧 음식이 가득 담긴 접시가 테이블을 빈틈없이 채웠다. 하나하나가 생전 처음 보는 요리들이었다. 돼지고기, 닭고기, 이름 모를 생선, 개구리 등이 주재료였다. 어떤 것은 독특하고, 어떤 것은 깜짝 놀랄 정도로 맛있고, 또 어떤 것은 그다지 입맛에 맞지 않았다. 호랑이 그림이 그려진 맥주의 이름은 라루(Larue). 역시 얼음을 타서 마셨다.

N과 친구들은 같은 대학에서 국제관계학을 공부하고 있었다. 모두 다낭에서 나고 자랐고, 1995년도에 태어났으니 한국 나이로 스물한 살이다. 다낭의 스물한 살 여대생들은 한국 문화에 관심이 많았다. 하노이의 응우옌과 마찬가지다. 한국 드라마와 예능 프로그램을 챙겨본다며 다투듯이 한국말을 흉내 내기 시작했다. 안녕하세요. 감사합니다. 아줌마, 아저씨, 야, 멍청이.

"오빠. 죽을래?" K와 나는 웃음이 터졌다.

"우리가 오빠는 맞는데, 너희 뜻은 다 알고 따라 하는 거야?"

"당연히 알지! 야. 죽을래?"

"하하. 아냐, 미안해. 아직은 죽고 싶지 않아."

"히히. 장난이야."

N은 활발하게 말을 많이 한다기보다 조용히 웃으며 맞장구치는 쪽이었다. 하지만 내성적이거나 말이 없는 성격은 아니다. 가끔 농담을 던지기도 하고, 나나 K의 농담에도 재치 있게 대답했다.

"Cheers, 한국말로 어떻게 해?" 시종일관 활발하게 웃으며 이야기하던 한 친구가 물었다.

"건배. 베트남 말로는?"

"요!"

"요? 건배보다 훨씬 좋다. 요!"

"요!"

음식은 맛있고, 얼음을 탄 맥주는 적당히 시원하고 적당히 밍밍했다. 우리가 앉은 작은 테이블에는 웃음이 끊이지 않았다. 강변도로의 밤바람이 스쿠터에 실려 왔는지 야외 식당에도 기분 좋은 바람이 불었다. 처음 박물관 앞에서의 쑥스러움은 다 어디로 갔을까.

우리는 새벽이 돼서야 호스텔로 돌아왔다. 다행히 나와 K가 묵는 8인실 도미토리에 다른 투숙객은 없었다. 휴대폰을 켜보니 새벽 2시가 가까운 시간이었지만, 나는 N에게 메시지를 보냈다. N도 아직 잠들지 않았는지 금세 답장이 왔다. 전과 다르게 메시지에는 이모티콘이 섞였다.

- (01:35) 오늘 너희랑 놀아서 즐거웠어. 정말 고맙고, 내일 또 볼 수 있었으면 좋겠다.

- (오전 01:39) 나도. :3 아르바이트 쉬는 날은 거의 지루한데, 오늘 밤은 정말 멋졌어.

- (오전 01:40) 듣기 좋은 말이네. 나도 네 덕분에 베트남이 점점 좋아지고 있어.

- (오전 01:43) 너무 늦었다. 이제 자야 해.

- (오전 01:45) 그래. 잘 자.

- (오전 01:46) 잘 자. 찬. :3

잘 자라는 마지막 메시지를 보내고 나도 곧 잠이 들었다. 시원하고 밍밍한 맥주를 꽤나 마셨지만 이번에는 머리가 지끈거리지 않았다. 우리가 나간 사이에 관리인이 침구를 새 것으로 갈아놓았다. 흰 시트가 기분 좋게 바스락거리더니 곧 나의 의식을 뽑아 갔다.

의식이 돌아오자마자 나는 N에게 메시지를 보냈다. K는 아직 자고 있었다. N은 10시에 일어나서 점심을 준비한다고 했다.

- (11:24) 우리는 호스텔에서 아무것도 안 하고 있어. 하하 심심하다.
- (11:37) 점심 준비 끝낸 후에, 같이 영화 보러 CGV 갈래?
- (11:39) 좋지. 그럼 1시에 영화관 앞에서 볼까?
- (11:47) 응. 나도 친구들한테 연락할게. 나 언니가 불러서 가봐야겠다. 참, 빈컴 센터에 있는 CGV야! 이따 보자.

CGV? 지도 어플리케이션을 켜고 검색어를 입력했다. CGV라면 분명히 한국 기업의 영화관이다. 우리나라의 기업들은 내가 모르는 사이에 꽤나 활발하게 해외로 진출한 모양이다. 다낭에서 영화를 관람하기 위해 CGV에 간다. 상상도 하지 못했던 일이다. 박물관 근처의 갓길에서 6대의 스쿠터를 마주한 순간부터, K와 나의 베트남 여행은 아마도 상상을 벗어난 모종의 궤도에 진입한 모양이었다.

다낭의 CGV는 왕십리 CGV와 크게 다르지 않은 모습이다. 사람들은 서서 영화를 고르고, 누군가를 기다렸다. 직원들은 유니폼을 입고 표와 팝콘과 콜라를 팔았다. 다른 점이 있다면 주차장에 승용차 대신 수백 대의 오토바이가 주차되어 있다는 것이다. 자연히 주차 공간의 구획도 다르다. 오토바이를 최대한 많이 주차할 수 있도록 그들은 꼼꼼하게 사선을 그려놓았다.

마침 보고 싶었던 한국 영화가 상영 중이었지만, 시간이 맞지 않아 우리는 베트남 영화를 보기로 했다. 사실 황정민 씨와 유아인 씨가

나오는 영화보다 베트남 배우가 나오는 베트남 영화를 보는 편이
자연스럽다. 우리가 있는 곳은 다낭의 CGV였다. 베트남 배우가
나오는 베트남 영화는 아쉽게도 그다지 재미있지 않았다. 그래도
베트남 말로 연기하는 배우들을 보면서 열심히 영어 자막을 좇는
것은 새로운 경험이었고, 간간이 재미있는 장면이 나와 깔깔거리며
웃기도 했다. 다같이 저녁을 먹고 N과 N의 친구 래비가 시내를
구경시켜 주었다. 능숙하게 베트남 말로 음식을 주문하고 가격을
흥정하는 모습이 그렇게 든든할 수가 없다. 강변의 아이스크림
가게에서 나올 때, 시간은 어느새 밤 11시를 지나고 있었다.

"나는 이제 집에 들어가봐야 해." 래비였다. 나는 아쉬운 표정을
짓고, K가 대답했다.

"더 놀다 가면 좋을 텐데. 우리 내일 다 같이 바닷가 가는 거지?"

"좋지! 친구한테 연락해보고 같이 갈게." 좋은 생각이야. 나는 N을
보고 물었다.

"N. 너도 들어가봐야 해?" 그녀는 딱히 상관없다는 듯 어깨를
으쓱였다.

"그럼 바닷가 잠깐 들렀다 갈래?"

"바닷가? 그래, 그러지 뭐."

나는 K를 쳐다봤다. 너는 굉장히 피곤할 테니 지금 당장 호스텔로
돌아가줘. 최대한 자연스럽게. K는 물론 단번에 이해한다.

"음… 나는 좀 피곤하네. 먼저 들어갈게."

나는 눈빛으로 고맙다고 말했다. K는 고개를 끄덕인다.

우리는 각자의 스쿠터에 올랐다. 래비는 집으로, K는 호스텔로,
나와 N은 바닷가로 향했다.

다낭의 밤바다는 조용했고 백사장은 폭신폭신했다. 맨발에 닿는 모래의 느낌이 썩 나쁘지 않았다. 밤이 되면 모래 알갱이가 더 섬세해질까? 백사장과 해안의 경계가 희미하다. 이 방향으로 곧장 헤엄치면 제주도가 나올까. 나는 쓸데없는 생각을 하면서 잠자코 모래를 만지작거렸다.

"찬. 베트남 말로 찬은 대여섯 개 정도 다른 뜻이 있어." N은 내 발을 가리키며 말을 이었다.

"Chân. 억양을 이렇게 하면 찬은 발바닥이라는 뜻이야."

"발바닥? 그리 좋은 뜻은 아니네."

N은 말없이 웃었다.

나는 N을 좋아하는 걸까? 글쎄, N은 웃는 얼굴이 귀엽고, 쿨하고, 착하다. 와이파이를 연결해 메시지를 주고받을 때면 마음 속 어디선가 작은 완두콩 같은 감정이 생긴다. 그 작은 콩의 이름은 설렘이었다. 나는 N을 좋아하는 걸까? 글쎄, 내가 이 귀엽고 쿨하고 착한 베트남 소녀를 좋아한다면. 그 다음은? 닿을 곳은 확실히 어디에도 없었다. 주변을 아무리 둘러봐도, 그 작은 콩이 뿌리내릴 땅은 안타깝게도 어디에도 없었다.

"넌 나를 어떻게 생각해?" 나는 고개를 돌려 N에게 물었다. 손으로는 여전히 모래를 만지작거리고 있었다.

"엥? 음… 몰라. 웃는 얼굴이 보기 좋아."

"잘생겼다는 뜻이야?"

"아니, 그건 절대로 아니고."

"…찬." 나는 발바닥이라는 뜻의 베트남 말을 흉내 냈다.

"틀렸어. Chân."

그 후로 며칠간 우리는 매일 만났다. 다 함께 바닷가에서

수영하고, 뜬금없이 일행 중 하나의 할아버지의 제사에 참석하고,
같이 밥을 먹고 맥주를 마셨다. K가 적당한 이유를 대고 호스텔로
돌아가면 N과 나는 밤바다로 가 한두 시간을 더 앉아 있었다.
K의 여자친구가 베트남에 온 후로 나는 거의 N과 둘이서 시간을
보냈다. (K의 그 당시 여자친구는 2주 정도 시간을 내 베트남에 와 있었다.)
나는 N과 단둘이서 다낭의 산에 다녀오고, 또 하루는 스쿠터를
타고 가까운 유적지에 다녀왔다. 다낭의 밤바다는 매일 조용하고
폭신폭신했다. 닿을 곳 없는 작은 콩이 매일 밤 백사장에 뿌려졌다.

　무의식적으로 스쿠터 핸들을 호스텔 쪽으로 꺾었을 때, 나는 문득
망치로 뒤통수를 얻어맞은 듯 멍해졌다. 머리가 아파 올 정도의
충격은 아니지만, 잃었다는 사실조차 알지 못했던 정신이 돌아올
정도의 충격이 전해졌다. 나는 다낭의 모든 것에 너무도 익숙해져
있었다. 용 다리에, 스쿠터에, 호스텔로 돌아가는 길에, 밤바다에,
N에게. 스쿠터 대여 기간과 호스텔의 숙박을 벌써 몇 번이고
연장했다. 나는 주머니에서 휴대폰을 꺼내 날짜를 확인했다. 베트남
비자가 만료되는 날은 바로 다음 날이다. 나는 다낭을 떠나야 한다.
이제는 앞으로 움직여야 할 때다. 골목의 수은등에서 노란 빛이 새어
나오고, 둥둥둥 중저음의 오토바이 엔진 소리가 들렸다.
　"안녕 N. 음… 나 내일 다낭을 떠나." 다낭에서 라오스를 거쳐
캄보디아로 가는 버스를 알아보고, 나는 N이 일하는 바로 갔다.
용 다리 너머로 해가 지고 있었다. 알 수 없는 표정이 그녀 얼굴에
비쳤다.
　"이렇게 갑자기?"
　"응. 비자가 오늘 만료되기도 하고, 이제 슬슬 움직여야 할 것

같아서." N은 나와 눈을 마주치지 않고 아무 말없이 가슴 언저리의
머리카락을 만졌다.

"혹시, 오늘 일 끝나고 바다 보러 갈래?"

"…그래. 근데 오늘은 1시나 돼야 끝나."

"그때쯤 다시 올게."

호스텔로 돌아와 배낭을 꾸렸다. 슬리퍼를 비닐에 넣고 흩어진
옷가지를 모았다. 널어놓은 수건을 개고, 화장실의 세면도구를
챙기고, 베개 밑에 있던 책을 꺼내 보조 가방에 넣었다. 그리고
로비에 앉아 N에게 줄 편지를 썼다. 너무 갑작스럽게 떠나서
미안하다는 내용이었다. 며칠간 시간을 내줘서 고맙다. 덕분에
다낭에서 즐거운 시간을 보냈다. 아마도 잊지 못할 것 같다. 감정을
온전히 담기에는 영어 작문 실력이 한참 모자랐다. 하지만 한글로
편지를 쓴다 한들 내가 느끼는 감정을 정확히 글로 옮길 수는 없을
것이다. 어디에도 닿을 수 없는 마음을 끌어안고 별안간 떠나야
한다. 그것은 머릿속에서도 온전히 이해할 수 없는 감정이었다.

다낭의 마지막 밤바다는 역시나 조용하고 폭신폭신했다. N은
평소보다 더 말이 없었다. 언제나처럼 두 개의 그림자가 백사장에
길게 드리워졌다.

"…찬?" 내가 말하고,

"틀렸어. Chân." 그녀가 답했다.

- (03:03) 라오스에 도착하면 연락 줘. 아직 살아 있는지 알고 싶어. ^^

- (02:38) 지금 막 도착했어. 거긴 어때?

- (11:42) 다행이다. 나는 괜찮은데, 안 괜찮아. :3

- (19:25) 시엠립에 왔어. 왜, 무슨 일이야?

- (01:36) 농담이야. 신경 쓰지 마. 밤바다 없이는 얘기 못 하겠어. 잘 자. ^^

- (01:40) 나도 그 바다가 그립다. 잘 자, N.

15
여러 색의 초록 사이로
캄보디아, 시엠립

Day 036, 2015. 09. 08.

장기 여행을 한다고 하면 지인들은 대개 부럽다, 좋겠다고들 한다. 하지만 내가 적은 예산으로 여행을 해서 그런 것인지 여행은 또 다른 현실로 다가올 때가 많다. 물가가 상대적으로 저렴한 동남아시아를 여행한다 해도 푸짐하고 맛있는 음식이나 수영장이 딸린 고급 리조트, 벨보이의 대접 같은 것은 다른 세계의 이야기이고. '투 익스펜시브(too expensive)'를 입에 달고 지내고 있다.

동남아에서 계획한 시간 중 많은 부분을 베트남에 있었기에(베트남은 정말 매력적인 곳이다) 라오스를 그냥 지나쳐 캄보디아 시엠립으로 가고 있다. 베트남 다낭에서 시엠립까지는 20만 원 선의 두 시간짜리 직항 비행기가 있었지만. 돈 10만 원을 아끼고, 국경 이동도 경험하고자 육로를 택했다.

지금은 새벽 3시. 18시간의 버스에서 내려 라오스 팍세에 도착했다. 시엠립으로 가는 또 다른 13시간 버스가 7시 반에 있는 것을 알지만, 내가 어디에 내렸는지, 어디로 가야 하는지, 어디서 버스표를 사야 할지 모르겠다.

거리의 모든 불은 꺼져 있고, 사람이라고는 그림자도 찾아볼 수가 없다. 다낭에서 같이 출발해 밥도 사주고 좋은 호텔에서 잠도 재워주겠다던 호주 아저씨가 없었다면 사실 무섭기도 했을 것 같다.

예컨대 이런 것들이 현실이라는 이야기다. 다낭에서 산 1만5000동짜리 큰 물통을 버스에 놓고 내렸고, 이름 모를 호텔의 와이파이를 쓰며 로비에 있는 것도 눈치 보이고, 배도 고프고, 버스표 가격을 흥정해야 하고, 어두컴컴한 거리에서 버스 정류장을 찾아야 한다. 인도 비자도 지금쯤 신청해야 할 텐데. 나는 도대체 어디에 있는 것일까.

이틀 만에 네 개의 새로운 도장이 여권에 찍혔다. 베트남 아웃. 라오스 인. 라오스 아웃. 캄보디아 인.

베트남에서 라오스로 18시간, 다시 라오스에서 캄보디아로 12시간. 시엠립까지는 장장 서른 하고도 네 시간이 걸렸다. 침대 버스 두 대, 오토바이 한 대, 6인승 승합차 한 대를 타고 국경 두 곳을 걸어서 넘었다. 만만치 않은 여정이었지만 비행기를 탈걸 하는 후회는 들지 않았다. 장시간 버스라면 중국에서 이미 내성이 생겼고, 편하게 여행하고 싶은 마음은 티끌만큼도 없었다.

혼자 다니자니 확실히 말수가 줄었다. K는 여자친구와 즐거운 시간을 보내고 있겠지. 얼마간 심심해졌지만 크게 개의치 않았다. 워낙에 나는 혼자 있는 것을 즐기고, 외로움을 잘 타지 않는 성격이었다.

시엠립에 도착해 미리 찾아놓은 호스텔에 짐을 풀었다. 중앙에 수영장이 있고 옥상에는 라운지가 있는 3층짜리 신식 건물이었다.

1박에 6000원 정도 하는 32인 혼성 도미토리는 숙소 예약
사이트에서 상위에 이름을 올리는 곳으로, 게스트는 대부분이
영미유럽인이었다. 32인실이라니. 인도행 비행기까지 내게 남은
시간은 일주일. 대강의 계획은 버스에서 생각해 두었다. 인터넷에서
찾아본 바에 따르면 시엠립에는 앙코르 유적 정도가 볼 만하다고
한다. 그렇다고 프놈펜이나 캄보디아 서부 해안까지 둘러보기에는
일주일로 부족하다. 가장 좋은 방법은 빠르게 방콕까지 가는
것이었다. 아쉬움이 남지만 어쩔 수 없다. 방콕에는 배낭여행자들의
성지라 불리는 카오산 로드가 기다리고 있고, 빠듯하게 움직이다
비행기를 놓칠 수는 없었다. 캄보디아에서는 앙코르 유적지만
둘러보자.

여행지의 정보를 얻는 가장 빠르고 편한 방법은 호스텔 리셉션의
직원에게 물어보는 것이다. 그는 이틀쯤 머무를 거라는 말에, 1일
입장권을 사는 게 좋겠다고 이야기해 주었다.
"앙코르 유적지에는 1일, 3일, 7일 입장권이 있어요. 유적지
크기가 상당히 커서 오래 머무를수록 좋아요."
"7일이요? 그렇게 넓은 줄 몰랐네. 걸어서 돌아다닐 수는 있어요?"
"보통은 자전거를 빌리거나 툭툭을 이용해요. 걸어 다니는 사람도
물론 있고요."
캄보디아의 앙코르 유적은 주로 '앙코르와트'라는 이름으로
알려져 있다. 캄보디아 하면 앙코르와트. 앙코르와트는 뭐, 앙코르
왕조의 왕궁이나 사원이겠지. 경복궁이나 수원 화성, 커봤자 경주
유적지 정도의 크기일 것이라고 막연히 생각했었다. 그런데 7일
입장권이 있다고?

32인실의 침대로 돌아와 검색을 시작했다. 위키피디아에는 지도 하나가 통째로 나온다. 짐작하던 앙코르와는 사뭇 다른 모습이었다. 잘못 알아도 한참 잘못 알았구나.

앙코르는 9세기에서 15세기경에 번영한 크메르 왕조의 수도였다. 밀림을 포함한 전체 면적은 400제곱킬로미터에 이르고, 앙코르톰, 타프롬, 프놈바켕, 반테아이스레이를 비롯한 수많은 왕조의 유적이 앙코르에 있다. 크메르어로 '앙코르'와 '와트'는 각각 '왕도'와 '사원'을 뜻한다. 그러니까 '앙코르와트'는 말하자면 거대한 왕국의 수도 유적에 있는 사원 하나다. 상대적으로 보존 상태가 양호하고 왕조의 건축 양식을 가장 잘 보여주기에 대표격으로 알려졌을 뿐이다.

앙코르는 여느 유적지와 마찬가지로 크메르 왕조가 쇠망한 이후에 오랜 시간 자연에 묻혀 있었다. 왕조의 몰락 이후 수백 년이 흐른 19세기. 프랑스의 한 학자는 밀림에서 거대한 도시와 마주친다. 모종의 표본 채집을 위해 탐험을 하고 있었다고 한다. 그가 찾고 싶었던 표본이 곤충인지 식물인지는 몰라도 그는 곤충이나 식물과는 비교할 수 없을 정도로 거대한 유적을 발견한 것이다. 빽빽한 숲속에서 초록으로 물든 거대한 문명을 마주한 학자의 표정은 어땠을까.

앙코르는 1992년에 유네스코 세계유산에 등재되어, 매년 200만 명이 넘는 관광객이 시엠립을 찾는다. 확실히 경복궁이나 수원 화성과 비교할 수 있는 규모는 아니다. 사실상 도시 전체가 유적지인 셈이다.

나는 1일권 티켓을 사 툭툭을 타기로 했다. (툭툭은 오토바이를 개조한 삼륜차로, 동남아시아의 주요한 이동 수단이다. 헬멧을 쓴

운전기사가 오토바이를 운전한다.) 하루 만에 앙코르의 유적지들을
둘러보려면 아무래도 툭툭이 최선이었다. 1일 입장권은 20달러.
툭툭은 15달러만 내면 하루 종일 이용할 수 있다.

초이 아저씨는 호스텔 입구에서 나를 기다리고 있었다.
175센티미터 정도의 깡마른 체형에 나이는 30대 후반이나 40대
초반 정도로 보였다. 초승달 모양의 눈은 가만히 있어도 웃는
것처럼 보였다. 선해 보이는 얼굴에, 구석구석 팬 잔주름이
정겨움을 더했다. 선량한 농부를 떠올리게 하는 인상이었다. 매사에
불평불만이 없고 땀의 가치를 믿는 농부. 항상 웃는 얼굴로 성실히
일한다. 노동의 결과가 좋지 않다고 해서 누군가를 탓하지 않고,
기대보다 좋은 결실을 얻었다면 땅에 감사한다.

우리는 간단히 악수를 나눴다. 아저씨는 나를 '미스터'라고
불렀다. 미스터 찬. 잘 부탁드린다고 말하고 싶었지만 적당한 영어
표현이 생각나지 않았다.

나는 심사숙고해서 정한 계획을 초이 아저씨에게 전했다.
스라스랑에서 출발해 타프롬, 앙코르톰을 지나 앙코르와트로
이어지는 경로였다. 빠르게 움직이면 더 많은 유적지를 둘러볼 수
있겠지만 나는 앙코르를 그리고 싶었다. 천년의 세월 속에 자연과
동화된 석조 문명을 펜과 연필로 그려낼 수 있을까.

첫 번째 유적지 스라스랑에서는 벌거벗은 아이들을 만났다.
세 살이나 네 살쯤 되어 보이는 사내아이들이 저수지 주변을
뛰어다니며 놀고 있었다. 스라스랑은 왕조의 목욕탕이었다는데
어찌 보면 발가벗고 있는 편이 더 자연스러울지도 모른다. 꼬마들은
아마 크메르 왕조의 찬란한 역사나 고고학적 가치 따위에 일말의

관심도 없을 것이다. 어릴 적 놀이터가 세계 문화 유산이라면 어떤 기분일까. 아파트 단지의 놀이터에서 뛰어 놀았던 나로서는 짐작도 할 수 없다.

타프롬은 그 이름보다 안젤리나 졸리 주연의 영화 「툼레이더」에 등장하는 사원으로 더 많이 알려져 있다. 무너진 돌담 사이로 신비로운 소녀가 길을 이끄는 곳. 커다란 나무가 자연의 압도적인 힘을 과시하듯 폐허가 된 사원을 휘감고 앉았다. 나는 적당한 자리를 찾아 스케치북을 꺼내 들고 앉았다. 밥 말리를 닮은 친구가 바로 옆에서 같은 풍경을 그리고 있었다. 너도 그림을 그리는구나.

현실의 앙코르는 실제로 상당히 넓었다. 아스팔트로 포장된 도로를 벗어나면 기다란 나무가 우거진 숲이다. 그 사이로 초록의 세월을 입은 석조 건축물이 보였다. 고명도 저채도의 초록부터 중명도 고채도의 초록까지 대여섯 가지의 초록이 섞인 세월이다. 초이 아저씨는 각각의 유적지 입구에 나를 내려주고, 반대쪽 출구 근처에서 기다렸다.

유적지 안의 식당에서 아저씨와 점심을 먹고, 나는 앙코르톰의 바욘 사원과 앙코르와트를 그렸다. 회랑의 벽화를 따라 걷다가 좋은 구도가 눈에 들어오면 자리를 깔고 앉았다. 기둥의 모양과 부조를 꼼꼼하게 눈에 담아 종이 위로 옮긴다. 점과 선의 두께에 주의를 기울이면 조금 더 그럴싸한 그림이 그려졌다. 스케치북을 들고 유적지를 누비자니 잠시 영화의 주인공이 된 것 같은 착각이 들었다. 안젤리나 졸리가 워커에 권총 두 자루를 들었다면, 나는 뉴발란스 운동화를 신고 연필을 쥐었다. 펜은 총보다 강하다지만 권총을 든 그녀와 싸워 이길 자신은 없었다. 바욘의 얼굴은 '크메르의 미소'라고 불린다는데, 어째 내 그림의 얼굴은 무표정해 보인다. 졸리가 총으로 쏘아버리지 않으면 좋으련만. 총구에서 연기가 피어오르고 그녀의 도톰한 입술이 움직인다. '마음에 안 들어. 다시 그려봐.'

앙코르와트에서 나올 때쯤 주위는 선명한 금빛으로 물들어 있었다. 앙코르의 해는 중천을 한참 지나 성실히 반대편으로 움직였다. 들어갈 때보다 그림자가 길어졌다. 출구에는 어김없이 초이 아저씨가 나를 기다리고 있었다. 아저씨의 그림자도 길게 드리운다.

"미스터 찬. 앙코르톰하고 앙코르와트 사이에, 그러니까 아까 왔던 길에 작은 산이 하나 있어요. 그 위에 프놈바켕이라는 사원이 있는데. 거기 올라가서 일몰 구경하면 좋을 거예요."

오, 감사합니다. 아저씨는 산의 입구에서 기다리겠다고 했다. 사람들이 많이 몰릴 테니 천천히 내려오세요. 한 문장이 끝날 때마다 꼭 미스터가 붙는다.

Bayon. Angkor

장대 같은 소나기가 퍼붓기 시작한 것은 앙코르를 나온 지 얼마 지나지 않아서였다. 호스텔에 도착하려면 아직 15분 정도를 더 가야 했다. 머릿속에는 아직 보랏빛 일몰의 잔상이 남아 있었지만 주위는 금세 어두워졌다. 삽시간에 비가 이렇게나 많이 쏟아질 수 있나? 그보다 툭툭의 운전석에는 지붕이 따로 없었다. 초이 아저씨는 그러니까 퍼붓는 소나기를 온몸으로 다 맞아야 하는 것이다. 나는 서둘러 운전석과 객석을 막고 있는 비닐 칸막이를 들었다. 아저씨. 비가 그칠 때까지 기다렸다 가요. 지붕을 때리는 빗소리와 도로의 소리가 섞여서 나는 거의 소리를 질러야 했다. 아저씨는 이미 상당히 젖어 있었다. 그리고 예상치 못한 대답이 돌아왔다.

"아니에요, 미스터. 호스텔까지 데려다줘야죠."

시간 따위는 상관없다고, 그렇게 비를 다 맞을 수는 없다고 몇 번이나 말했지만 아저씨는 돌아보며 웃는 얼굴로 괜찮다고 할 뿐이었다. 마음이 불편해지는 만큼 비는 점점 거세졌다. 초이 아저씨는 더 이상 젖을 수 없을 만큼 젖었을 것이다. 뼛속까지 빗물이 스며들었을지도 모른다. 이윽고 툭툭이 잠시 멈추더니, 아저씨는 시트에서 마른 수건을 꺼내 내게 건넸다. 양쪽에서 들이치는 빗물에 젖은 팔과 다리를 닦으라는 뜻이었다. 아저씨는 손으로 얼굴의 물기를 닦고 미안하다면서 지붕 쪽을 가리켰다. 지붕에 말려 있던 비닐을 미리 풀었어야 하는데, 그렇게 하지 않아 미안하다는 의미 같았다. 웃는 얼굴이었다.

초이 아저씨는 이른 아침부터 나를 위해 움직였다. 내가 원하는 곳에 나를 내려주고 나를 기다렸다. 어림잡아 열 살은 어린 내게 항상 존칭을 붙였다. 한 치 앞을 내다보기 힘든 빗속에서도, 나를 호스텔 앞에 내려주는 것이 그에게 가장 중요한 일이었다. 나는 그

모든 것을 포함한 아저씨의 하루에 1만5000원을 지불했다. 내가
생각하는 1만5000원은 누군가의 하루와 헌신을 사기에 충분한
돈은 아니었다. 나는 12만9000원짜리 뉴발란스 운동화를 신었고,
가방에는 2만5000원짜리 몰스킨 수첩이 들었다. 툭툭이 이따금씩
덜컹거렸다. 여전히 비는 수그러들 생각이 없었다. 흔들리는 거리의
불빛이 구불구불한 선으로 눈에 비치고, 빗소리와 경적 소리가
뒤엉켰다. 사람들이 말하는 평등은 무엇일까. 나는 어떤 삶을 살아야
할까.

　호스텔 수영장에는 빗속의 즐거운 물놀이가 한창이었다. 즐기는
이들은 모두 백인이었다. 문 밖으로 아직 초이 아저씨가 보인다.
그는 초록색 체크무늬 셔츠의 물기를 짜고 있었다. 옅은 미소를 띤
선량한 농부의 얼굴이다. 짜증이나 불만은 찾아볼 수 없었다.

16

발뒤꿈치에 LIFE

태국, 방콕

방콕으로 향하는 9인승 밴은 가득 차 있었다. 시엠립에서 방콕으로
가는 여행객이 많은 탓인지 길가에는 비슷하게 생긴 승합차들이
일렬로 주차되어 있다. 이들도 어젯밤 툭툭 뒷자리에 앉아 있었을까.
선량한 초이 아저씨와 행복한 백인 여행자들, 그리고 그 사이의
나. 불공평함과 삶의 방향에 대해서는 아직 어떤 답도 떠오르지
않았지만, 앙코르에서 나는 새로운 관점을 얻었다. 바욘의 얼굴이
동의한다는 듯이 작게 미소 짓는다. 내 스케치북 속 얼굴은 아직
무표정할 것이다.

　곧 밴이 출발하고, 차 안쪽을 대강 훑었다. 아시아인 여행자는
나뿐이었다. 다시 창밖으로 눈길을 돌리려는데 문득 아는 얼굴이
스쳤다. 집과 왕십리역을 오가는 마을버스에서도 아는 얼굴을
만나기는 쉽지 않다. 어디서 봤던 여자일까. 나는 시선을 멈추고
눈썹을 찡그려 모았다.

　아. 하롱베이의 보트에 같이 타고 있던 여자다. 배의 다른

사람들과 같이 물놀이를 하고, 다른 테이블에서 각자 점심을 먹었다. 그리고 어느 시점엔가 그녀는 배를 옮겨 탔다. 그러니까 나와 저 친구는 하롱베이 이후로 2주 동안 각기 다른 경로로 다른 곳을 여행하다가, 우연히도 같은 날 같은 시간에 같은 여행사의 밴을 타고 방콕으로 가게 된 것이다. 대단히 반가운 건 아니어도 신기한 인연이다.

"우리는 여기서 점심을 먹습니다. 한 시간." 기사는 서투른 영어로 휴식을 알렸다. 나는 잠에서 깨 주머니에서 휴대폰을 꺼냈다. 네 시간 정도가 지나 있었다. 그는 곧 국경 사무소에 도착할 것이라고 덧붙였다. 식당으로 들어가 빈자리를 찾다가 마침 아는 얼굴과 눈이 마주쳤다.

오스트리아에서 온 그 친구의 이름은 조피였다. 우리는 같이 점심을 먹으면서 이런저런 이야기를 나눴다. 주로 하롱베이 이후의 여행 경로와 방콕에서의 계획에 대한 내용이었다.

"그럼 혼자 여행하고 있었구나. 방콕에 숙소는 예약했어?"

"응. 근데 항상 새로운 친구를 만나서 막상 혼자 다닌 적은 거의 없어. 방콕 숙소는 없음. 너는?"

"대충 찾아놓은 곳은 있어. 가장 싸고 카오산 로드랑 가까운 호스텔." 나는 숙소를 찾아 지도 어플리케이션에 표시만 해 두었다. 방을 예약하거나 선입금을 내는 경우는 거의 없었다. 실제로 도착하기 전까지는 그 숙소에 가게 될지 모르는 일이다. 조피는 말했다.

"좋다. 너 따라가도 될까?"

"당연하지. 환영이야." 거절할 이유는 없었다.

"이것 봐. 나 또 새로운 동행이 생겼잖아."

"하하. 네 말이 맞네."

태국의 국경 사무소는 말 그대로 인산인해를 이루었다. 커다란
배낭을 멘 여행자와 현지인들이 섞였다. 입국 심사를 받기 위한 줄이
국경 사무소 밖까지 이어져 있었다. 햇볕이 강하지만 피할 방법은
없다. 이야기할 상대가 있는 것만으로도 감사해야 했다.

"배낭에 패치는 직접 바느질하는 거야?" 조피가 내 배낭을
가리키며 물었다.

"응. 바늘하고 실 가져왔거든. 바느질이 아직 어색한데, 시간
보내기에 좋아."

조피가 가리킨 것은 배낭의 국기 패치였다. 시엠립에서 첫
바느질을 시작해 나의 빨간 배낭에는 태극기와 중국, 베트남,
캄보디아의 국기가 붙어 있었다. 내가 지나온 나라의 국기다. 예산이
여유롭지 않은 나에게 일종의 기념품이자 훈장과 같았다. 보통
명함 정도 크기의 국기는 시장에서 쉽게 구할 수 있었다. 되도록 그
나라에서 직접 산 국기를 달자. 스스로 정한 빨간 배낭 국기 패치의
룰이었다.

"좋은 아이디어다. 멋진데? 국기는 하나에 얼마 정도 해?"

"사실 내 아이디어는 아니야. 책에서 봤어. 그리고 국기는 1달러도
안 해."

"어쨌든 정말 멋지다!"

나는 멋쩍게 웃었다. 곧 내 배낭에 꽂히는 시선들이 느껴졌다.
조피의 감탄사가 뒤로 줄을 선 사람들에게도 들린 모양이다. 네
여러분. 앞으로 점점 멋있어질 배낭입니다. 참고로 가장 위에 있는
하얀 바탕의 국기가 대한민국의 태극기랍니다.

카오산 로드의 호스텔에 체크인을 마쳤을 때 시계는 6시를 가리키고 있었다. 밖은 거리의 음악과 사람들의 소리가 섞여 왁자지껄했다. 과연 배낭여행자들의 성지. 곧 조피도 짐 정리를 마치고 로비로 나왔다. 그녀는 친구가 카오산에 있다며, 같이 만나면 어떠냐고 물었다.

조피의 친구는 리자. 시원시원한 성격에 골격이 건장한 독일 사람이었다. 그녀는 호스텔에서 만났다며 이름이 같은 두 친구를 데리고 나왔다. 미국 일리노이 출신의 알렉스는 훤칠하고 잘생긴 것이 「어벤져스」의 토르를 똑 닮았고, 스위스에서 온 알렉스는 얌전하게 생긴 의대생이었다. 오스트리아, 한국, 독일, 미국, 스위스. 국적이 모두 다른 다섯 명이다.

카오산 로드가 배낭여행자들의 성지라고 불리는 데는 과연 그만한 이유가 있었다. 시끌시끌 북적북적. 그다지 넓지 않은 거리 양쪽으로 음식점과 주점, 마사지 숍과 귀금속 가게, 기념품점, 클럽, 타투 숍이 빼곡히 들어찼다. 휘황찬란한 거리의 불빛 속으로 다양한 인종의 여행자들이 모였다. 그들은 약속이라도 한 듯 후줄근한 민소매와 반바지를 입고 슬리퍼를 신었다. 레이디보이가 짓궂게 엉덩이를 만지고, 생전 처음 보는 길거리 음식이 그득했다. 우리는 아무 식당에나 들어가 저녁을 먹고 맥주를 마셨다.

식사를 마치고 우리는 거리의 물결로 돌아와 이렇다 할 목적 없이 한 방향으로 걸었다. 그러다 가장 큰 음악이 둥둥거리는 클럽에 들어가 춤을 추고, 다시 맥주를 마셨다. 5개국의 다섯 명은 도무지 기억나지 않는 주제로 끊임없이 이야기했다.

거리의 반대쪽 끝에 도착했을 때 나와 조피, 리자, 두 알렉스는 모두 기분 좋게 취해 있었다. 얼굴이 발갛고 한껏 흥이 올랐다.

호스텔로 돌아가고 싶어 하는 사람은 아무도 없었다. 아직 밤도
충분히 깊지 않았다. 반대로 걷다 보면 카오산은 또 새로운
모습이겠지. 다음 맥주를 향해 발길을 돌리려는데, 리자가 일행을
불러 세웠다.

"애들아! 여기 이것 좀 봐." 그녀는 건장한 팔을 들어 거리의
입구를 가리켰다.

리자가 가리킨 곳에는 독특하게 생긴 표지판이 서 있었다. 사람
키를 훌쩍 넘는 초록색 표지판이다. 번호와 간략한 글이 적힌 원판
일곱 개가 각기 다른 방향으로 달렸고, 맨 위에 긴 제목이 적혔다.
'카오산 로드에서 해야 할 7가지'? 우리는 맥주병을 손에 든 채로
표지판을 하나씩 읽어 내려갔다.

1번, 왓차나송크람 방문하기? 무슨 말인지 모르겠으니 넘어가자.
2번, 카오산 박물관 둘러보기. 아무래도 박물관이 문을 열 시간은
아니었다. 3번, 진짜 타이 음식 즐기기. 저녁을 방금 태국 음식으로
먹었으니 3번은 체크. 4번, 문신 받기. 나쁘지 않은 생각이다. 5번,
타이 마사지 받기. 마사지 숍에는 내일 가보기로 했다. 6번, 은
수공예품 사기. 배낭여행자의 주머니 사정은 은 기념품을 살 만큼
넉넉하지 못하다. 다음 7번, 이 밤을 즐기기. 체크. 마침 오늘은
불타는 금요일이다. 그렇다면 우리에겐 하나의 선택지가 남았다.
문신 받기. 방콕의 카오산 로드는 문신으로 유명한 곳이기도 했다.

"타투 괜찮네. 이렇게 만난 것도 인연인데 다 같이 타투나 하러
갈까?"

"좋은 생각이야. 그렇지 않아도 돌아가기 전에 타투 하나 하고
싶었는데." 조피가 리자의 말을 받았다. 두 알렉스도 별다른 이견은
없어 보였다.

"일단 거리로 들어가서 맥주 마시면서 생각해보자." 우리는
적당한 선술집으로 들어가 맥주를 하나씩 주문했다.

나로 말하자면 평소 문신에는 특별한 흥미가 없었다. 일말의
관심도 없었다는 표현이 더 정확할지도 모른다. K가 오른쪽 발목과
왼쪽 가슴에 문신을 했을 때, 나는 무슨 문신이냐며 외려 핀잔을
주었다. 몸에 평생 지워지지 않을 흔적을 남긴다는 것에 대한
막연한 거부감이었다. 하지만 카오산에서의 첫날밤에 평소의 생각
따위는 아무래도 좋았다. 나는 여행의 한가운데서 적잖이 취해
있었다. 친구들과의 대화는 이미 어디에 어떤 문신을 할 것인가로
접어들었다. 카오산 로드에서 해야 할 7가지 중 '문신 받기'는 이미
벌어지고 있었다.

결국 일리노이 알렉스를 뺀 네 명이 그날 밤 문신을 새겼다.
알렉스는 원래 팔과 등에 몇 개의 문신이 있었고, 치앙마이에서
전통 대나무 문신(bamboo tattoo)을 새로 받을 계획이었다고 했다.
나와 조피, 스위스 알렉스는 생애 첫 문신이었다. 오늘 처음 만난
친구들과 술에 취해 첫 문신을 받았다. 누군가 문신에 대해 묻는다면
재미있는 이야기를 들려줄 수는 있겠다.

우리는 커다랗게 'TATTOO'라 적힌 빨간색 간판을 골라 들어갔다.
스위스 알렉스는 만취에 가까웠다. 본인이 지금 무슨 일을 하고
있는지 잘 모르는 듯 보였다. 의자에 앉아 초점 없는 눈으로
도안집을 넘겼다.

"알렉스. 괜찮아? 진짜 할 거야?" 조피가 걱정된다는 듯 물었다.

"음, 음, 응. 할 거야. 십자가 모양이 좋겠어. 위치는 음…."

"십자가? 너 크리스천이야? 가톨릭?"

"아니… 그냥, 그냥 십자가가…." 알렉스는 틀렸다. 조피도 같은

생각을 했는지 고개를 저었다.

"찬, 너는 어디에 어떻게 하려고?"

"음… 난 오른쪽 발뒤꿈치에 레터링. 영문으로 'LIFE(삶)'."

"독특하네. 특별한 의미가 있어?"

"딱히 없어. 의미는 차차 생각해보려고. 그냥 지금 오른쪽
발뒤꿈치에 LIFE라고 새기고 싶어."

리자, 알렉스, 조피, 그리고 내가 순서대로 문신을 받았다.
발뒤꿈치는 지방이 거의 없어서인지 상당한 고통이 따랐다. 술에
취해서 더 아픈지, 덜 아픈 것인지 잘 분간이 되지 않았다. 카오산의
타투이스트는 또박또박 내 오른쪽 발뒤꿈치에 삶을 새겼다.

이튿날 리자는 집으로, 두 알렉스는 각기 다른 도시로 떠났다.
스위스의 알렉스는 자기는 기독교인이 아니라며 역시나 후회했다.
숙취가 섞인 그의 표정은 후회라기보다 절망에 가까웠다.
크리스천이 아니라니. 유일신을 믿지 않는 그의 왼쪽 발목에는 이제
큼지막한 십자가가 그려져 있다. 별다른 일이 없는 한 평생 그곳에
있겠지. 특별한 계기로 그가 다른 종교를 갖게 되지 않길 진심으로
바랐다.

조피와 나는 남아서 낮의 카오산 로드를 둘러보고, 주말
재래시장을 구경하고, 웬 커다란 쇼핑몰에 다녀왔다. 헤어질 때,
조피는 오스트리아 인스부르크에 오게 되면 꼭 연락하라는 말을
남겼다. 어쩐지 후타오샤의 카를로타가 한 말 같은 진심으로
느끼지지는 않았다. Auf Wiedersehen(안녕).

다시 혼자가 된 나는 여유롭게 방콕 시내를 구경하고 가방에
태국 국기를 바느질했다. 타투이스트가 발뒤꿈치에 삶을 새기듯 한

걸음 한 걸음 한 땀 한 땀 공을 들였다. 하루 시간을 내 아유타야의
유적지에 다녀오니, K로부터 방콕에 도착했다는 연락이 왔다.
그러고 보니 내일은 인도차이나를 떠나는 날이다. 아직 아물지 않은
오른쪽 발뒤꿈치의 문신이 따끔거렸다.

17

인도적 생활

인도, 뉴델리

여정에 인도를 포함한 이유는 두 가지였다. 샤자한이 사랑하는
왕비를 위해 세운 타지마할을 맨눈에 담는 것. 그리고 진짜 인도
카레를 먹는 것.

Day 043, 2015. 09. 15.
오랜만에 비행기. 새벽 5시. 졸림. 태국 안녕….

수완나품국제공항을 이륙한 비행기는 몽롱했다. 지금까지
한 달 남짓의 여정을 정리하기에는 눈꺼풀이 무겁다. 가난한
배낭여행자는 주로 저가 항공사를 이용하게 되는데, 가격이 싼 만큼
항상 여러 곳을 경유했다. 탑승 게이트는 언제나 수속장에서 가장
먼 곳에, 이륙은 항상 애매한 시간이다. 새벽 5시의 인도행 비행기를
타려면 공항 노숙 외에 별다른 방법이 없었다.

비행기는 콜카타를 거쳐 뉴델리에 우리를 내려줄 것이다. 그리고

뉴델리에는 친구가 있었다. 대학 스노보드 동아리에서 만난 친구인데, 충식이는 학교의 해외 인턴 프로그램으로 한 학기 동안 뉴델리에서 지내고 있었다. 정확히는 뉴델리 중심에서 남쪽으로 지하철을 타면 한 시간 정도가 걸리는, 구르가온의 시칸다푸르역. 스노보드, 스케이트보드, 서핑 같은 스포츠를 좋아하는 사람이 대개 그렇듯 (편견일 수도 있지만) 시원스러운 성격이다. 일면식도 없는 K가 딸려 있었지만 친구는 흔쾌히 침대와 간장과 그의 소중한 고추장을 나눠줬다.

뉴델리의 공기는 몹시 탁했다. 한낮의 해를 똑바로 바라볼 수 있을 만큼 하늘은 뿌옇고, 기온도 높아서 두 시간쯤 걷다 보면 머리가 어지러워지고 쉽게 지쳤다. (뉴델리는 전 세계에서 대기 오염이 가장 심각한 도시라고 한다.)

인도(人道)에서 목줄도 없이 풀을 뜯고 있는 소가 인도에 왔음을 실감케 했다. TV에서 봤던 흰색 소다. 까만 뿔은 하늘을 향해 꺾였고, 앞다리 쪽의 등이 눈에 띄게 높이 솟았다. 인도의 사람들처럼 더위 따위는 아랑곳하지 않는 눈치였다. 또 그들과 마찬가지로 뼈가 드러날 정도로 말랐다. 커다랗고 깊은 눈에 근심이나 걱정은 보이지 않았다. 힌두교의 기원이나 관련된 역사는 잘 모르지만 저 소도 신성한 존재겠지. 숭배하는 대상에게 목줄을 채울 수는 없는 일이다.

K와 나는 뉴델리 사람들이 평소 먹는 진짜 카레를 찾고 있었다. 우리는 30분쯤 구르가온의 골목을 돌아다니다 마음에 드는 식당을 찾아 들어갔다. 동양인 남자 둘이 자리를 잡고 앉으면 주위에서 신기하다는 듯 흘깃거리는 곳.

그곳은 대여섯 개의 테이블이 놓인 작은 음식점이었다. 식당은
건물이라고 부르기엔 힘든 모양새다. 대충 판자로 짠 천장을 가냘픈
나무 기둥이 받치고, 먼지로 뒤덮인 얇은 천이 칸막이 역할을 했다.
거리에 면한 조리대에는 기름때가 잔뜩 끼었고, 한 남자가 열심히
반죽을 만들고 있었다. 열다섯 정도 되어 보이는 소년이 작은 양은
식판을 바쁘게 나른다. 손에 들린 동그란 식판 위로 카레와 난과
양파가 보였다.

주인장으로 보이는 남자는 조리대의 양은 냄비를 열어 색이 각기
다른 카레를 설명했다. 우리는 적당히 맵지 않아 보이는 두 종류의
카레를 손가락으로 가리키고 자리로 돌아와 앉았다. 동그란 식판에
숟가락이 딸려 나온다. 오른손은 식사 왼손은 화장실. 학교에서
배웠던 인도의 식문화는 옛날이야기인 모양이었다. 옆 테이블의
아저씨는 숟가락으로 카레를 떠서 난에 올리고 그 옆의 남자아이는
난으로 카레를 떠서 먹었다. 난을 쥔 손가락의 모양이 낯설었다.
손바닥만 한 난 다섯 장, 갖은 재료가 담긴 카레, 양파와 몇 조각의
오이 절임이 1인분이다. 가격은 30루피. 한화로 대략 500원. 500원?
300루피가 아니라 30루피, 그러니까 5000원이 아니라 500원. 여섯
판을 먹어도 3000원인 셈이다.

허름한 식당의 500원짜리 한 끼 식사라면 배를 채우는 데
만족해야 할 법도 한데, 카레와 난은 상당히 맛있었다. 3분
카레보다는 당연하고 서울의 카레 전문점과 견주어도 손색없는
맛이다. 놀라운 일이다. 국물이라고 부를 만한 것은 거의 없었고,
감자, 당근, 완두콩과 같은 재료가 더 많이 들었다. 비교하자면
김치찌개보다 제육볶음에 가까운 모양이다. 방금 반죽해 구워낸
난에서 김이 모락모락 올랐다. 고소한 냄새가 난다. K와 나는 짧은

감탄사를 발하고, 말없이 난에 카레를 듬뿍 올려 입에 넣었다.
짭조름한 카레 특유의 맛과 함께 처음 맡아보는 독특한 향이 입 안에
퍼졌다. 거부감이 들지 않는 맛있는 향이었다. 새콤한 맛이 필요할
때는 오이 절임 하나를 손가락으로 집어 먹으면 된다.

앉은 자리에서 두 그릇을 비우고 식판을 치우는 소년에게 한 번,
눈이 마주친 주인장에게 한 번 엄지손가락을 세워 보였다. 진짜
맛있네요. 소년은 무심하게 고개를 돌리고 주인장은 당연하다는 듯
가볍게 웃는다.

식사를 마치고 소년에게 물 한잔을 부탁했다. 그는 자연스럽게
드럼통에서 설거지물을 컵으로 떠 테이블에 놓아준다. 컵 안에는
정체를 알 수 없는 하얀 입자가 가득했다. 오해가 있었나 싶어
주변을 둘러보았지만 이곳 사람들에게 식수의 수질은 그다지
중요하지 않은 것처럼 보였다.

"음. 물은 나가서 사 마시자."

"그래."

우리는 주인장에게 120루피를 내고 식당을 나왔다. 단돈
2000원의 아주 만족스러운 점심식사였다. 골목과 거리에는 여전히
뽀얀 먼지가 일었다.

다음 날은 일찍부터 뉴델리로 향했다. 타지마할까지 가는 방법을
알아보기 위해서였다. K와 나는 우선 간단한 정보를 얻고 가격을
가늠하기 위해 여행사를 찾아 들어갔다. 입구에 대문짝만 한
타지마할 사진을 걸어놓은 곳이었다.

군청색 긴 바지에 와이셔츠를 입은 직원이 우리를 안내했다.
그는 여느 여행사와 마찬가지로 다른 여행지들을 끼워 넣고, 갖은

미사여구를 나열했다. 뉴델리에서 출발해서 타지마할에서 하루를 보내고 다음은 사파리에서 하루. 벵골호랑이 들어봤죠? 모든 이동 수단이 포함되어 있고, 좋은 호텔에서 잘 수 있어요. 미국 드라마나 영화에서 들었던 전형적인 인도식 영어 발음이다.

"아침에 출발해서 타지마할만 구경하고 저녁에 뉴델리로 돌아오는 코스는 얼마예요?" K가 질문한다.

직원은 실망한 표정으로 괜히 계산기를 두드렸다. "오케이. 뉴델리에서 아그라, 아그라에서 뉴델리. 아주 좋은 밴. 둘이 합쳐서 3000루피."

3000루피. 한국 돈으로 5만 원이다. 밥 한 끼에 500원인 걸 생각하면 왕복 여섯 시간 거리의 교통편으로는 아무래도 터무니없다. 몇 번의 흥정이 오가고, 가격은 금세 2000루피까지 내려갔다. 도대체 얼마나 바가지를 씌울 생각이었던 거야. 이런 분위기라면 직접 기차역에 가보는 편이 낫겠다. 적당히 둘러대고 여행사를 나가려는 차에 뒤에서 직원의 목소리가 들린다.

"오케이. 1000루피. 이만한 가격 또 없어요."

"미안해요. 일단 기차역 가보고 올게요."

"안 돼요, 기차역에서 절대로 표 못 사요. 1000루피. 이거 정말 싼 거예요."

"미안해요!"

뉴델리 기차역에 도착해 매표 창구를 마주했을 때, 절대로 표를 살 수 없을 거라던 여행사 직원의 말이 떠올랐다. 그곳은 그야말로 전쟁터였다.

기차역에는 현지인들이 표를 사는 곳(A)과 외국인 여행객들을 위한 창구(B)가 있었다. 그 사실을 알지 못했던 K와 나는 자연스럽게

A로 가 긴 줄의 끝에서 현지인들과 섞였다.

천장까지 닿은 유리벽 너머로 이따금씩 직원이 키보드를 들고 좌우로 어슬렁거린다. 그러다 직원이 자리를 잡고 앉으면, 줄을 서 있던 사람들이 와- 하고 새로운 창구로 달려들었다. 어깨가 부딪히고 고성이 오간다. 누군가는 혼란을 틈타 새치기를 시도하고, 또 다른 누군가는 고함을 치며 얌체를 끌어낸다. 창구 직원은 날카로운 눈빛으로 새치기를 시도한 사람에게 맨 뒤로 가라는 손짓을 한다. 그들은 충격적인 러시를 즐기기라도 하듯 종종 한 창구를 닫고 다른 창구로 움직였다. 이게 도대체 무슨 일인가 싶었다.

눈앞에서 세 번째 러시가 벌어졌을 때, 그 속에는 K와 나도 있었다. 어깨를 들이밀고 조금이라도 창구에 가까이 가기 위해 우리는 전력으로 사투를 벌였다. 이를 악물고 슬리퍼가 벗겨지지 않도록 발가락에 힘을 줬다. 그렇게 가까스로 닿은 창구의 직원은 서글프게도 영어를 하지 못했다. 그는 손사래를 치며 왼쪽을 가리킨다. '안 돼. 제발요. 아그라로 가는 기차표가 필요해요.' 나는 절망적인 표정으로 두 손을 모았지만, 직원은 돌아가라는 손짓을 보인다. (아마도 직원이 가리킨 것은 외국인 여행객을 위한 매표소였을 것이다.)

K와 나는 줄의 맨 뒤로 돌아와 섰다. 사람들은 여전히 새치기하고, 고함지르고, 새로 열리는 창구로 돌진했다. 그런 광경 속에 유일한 이방인으로 있자니 여행사의 1000루피짜리 밴이 생각났다. 1000루피. 1만8000원. 구르가온의 카레가 서른 하고도 세 그릇. 다음 번에 창구에 다다랐을 때 K와 나는 창구 B의 존재를 알았다. 직원은 이곳은 당일 티켓만 판매하는 곳이고, 외국인을 위한 매표소가 다른

건물에 있다는 사실을 알렸다. 그녀는 아까의 직원처럼 왼편을
가리켰다.

　B는 A와 비교하면 천국에 가까웠다. 쾌적한 사무실에 말끔한
와이셔츠를 입은 직원이 컴퓨터 너머에서 원하는 정보를 제공했다.
여권만 있으면 그 자리에서 원하는 시간 원하는 목적지의 기차표를
예매할 수 있었다.

　K와 나는 우여곡절 끝에 아그라행 왕복 티켓을 손에 넣었다.
오전 7시에 뉴델리를 떠나 밤 10시에 돌아오는 기차표였다. 가격은
200루피, 단돈 3000원. 고생한 보람이 있었다. 받아 든 기차표가
괜스레 감격스러워 사진을 한 장 찍고, 우리는 기차역을 나왔다.

18

완전한 아름다움과 아름답지 않은 모든 것
아그라

Day 045, 2015. 09. 17.

아침 7시 24분. 인도 뉴델리에서 당일로 아그라에 간다.

어제 두 시간에 걸쳐 어렵게 구한 기차표는 07:05 출발 기차였고, 우리는 새벽 5시부터 일어나 시칸다푸르역에서 지하철 첫차를 탔다. 새벽이라 릭샤(인도의 툭툭)가 없어 지하철역까지 히치하이킹을 해야 했다. 빠듯하게 탈 수 있겠구나 생각했지만 기차역에 가까운 지하철역에 내리니 7시 정각. 마침 길가에 서 있는 릭샤를 타고 허둥지둥 출발해서, 중간쯤 시간을 보니 07:06. 이미 머릿속에서는 8시나 9시 아그라행 기차표를 다시 사고 있었다. 역 앞에 내려 기사에게 40루피를 던지다시피 건네드리고, K와 나는 어디가 승강장인지도 모른 채 무작정 계단을 뛰어 올라갔다.

아그라? 아그라? 우리의 물음에 어떤 아저씨가 왼쪽을 가리켰고 밑의 승강장에는 기차가 한 대 있었다. 그 길로 뛰어 내려가 "아그라?" "아냐." 으으으. 결국 출발했나 하고 뒤를 돌아보는데, 선로 서너 개를 사이에 둔 반대편 승강장에 막 움직이고 있는 기차가 있었다.

'아. 저게 아그라다.'

우리는 그대로 선로에 뛰어내려 반대편 승강장으로 달렸다. 기차에 타 있는 아저씨에게 "아그라?" "맞아. 어서 타!"

기차는 정시보다 5분 정도 늦게 출발했고, 출발한 기차의 문이 열려 있었다. 인도였기에 이 기차를 탈 수 있었겠지.

이렇게 아그라로, 타지마할로 간다.

한바탕 난리를 치르고 기차에 앉아 숨을 고르자니 새삼 주머니에서 빠진 담배가 아깝다. 전속력으로 선로를 건너는 중에 떨어지는 것을 느꼈지만, 달리기를 멈추고 주울 정신은 없었다. 담배 한 갑 살 돈이면 구르가온의 카레를….

기차는 안팎으로 골고루 녹슬고 낡아 있었다. 덜컹거릴 때마다 철판이 하나씩 떨어진대도 이상하지 않을 수준이었다. 신기하게도 천장에는 30개쯤 되어 보이는 선풍기가 달렸다. 인도 사람들도 기차 안의 더위는 참기 힘든 모양이었다. 그리고 눈에 들어온 것은 종아리에 묻은 오물이었다. 복숭아뼈 위쪽에 콩알만 한 크기의 진갈색 덩어리가 묻었다. 나는 오른손 검지로 정체불명의 덩어리를 닦아 냄새를 맡았다. 완벽한 무의식의 영역에서 이루어진 동작이었다. 우리는 무언가의 정체를 확인할 때 많은 경우 반사적으로 코를 사용한다. 높은 확률로 악취를 경험하지만 인간은 같은 실수를 반복한다. 똥인지 된장인지는 역시 찍어봐야 아는 것이다.

"아, 이거 똥이네…."

"똥?" K가 잠시 놀란 표정을 짓더니 바로 배꼽을 잡는다.

똥. 종아리에 묻은 덩어리의 정체는 똥이었다. 신발 밑창에 잔뜩

묻은 것이 선로를 건널 때 대차게 밟은 모양이었다. 들개인지
사람인지, 아니면 인도 사람들이 숭배하는 흰 소의 똥인지는
모를 일이었다. 대관절 선로의 한가운데에 똥이 있을 이유가
무엇이었을까. 여정에 인도를 넣은 이유 중에 '아침 7시에
선로를 뛰어 건너다 똥 밟기' 따위는 없었다. 기분 좋게 기차까지
잡아탔는데 똥을 밟다니.

그래도 불행 중 다행으로 낡고 녹슨 기차에도 화장실은 있었다.
나는 시간을 들여 꼼꼼히 오른손 검지와 종아리와 신발 밑창에 묻은
똥을 닦아냈다. 날씨는 덥고 화장실은 좁았다. 몇 번이고 헛구역질이
나왔다. 헛구역질에 따라 나오는 것은 물론 욕지거리다. 왝, XX….
왝, XX….

객차는 찌는 듯이 덥고, 오래된 철제 의자는 딱딱했다. 천장에
매달린 선풍기가 굉장한 소리를 내며 움직였다. 나는 해가 드는 창
틈에 젖은 신발을 끼워놓고 눈을 감았다. 기차는 덜컹덜컹 북인도의
평원을 달린다. 창밖으로는 마른 모래바람이 붙었다.

주위는 선풍기가 내는 소리로 가득했다. 군대에서 들었던 C-130
수송기의 프로펠러 소리다. 30개의 선풍기가 점점 회전 속도를
올리더니 기차는 마침내 하늘로 날아올랐다. 창밖은 온통 똥 밭이고,
낡은 부속품들이 하나씩 지상으로 떨어져 나간다. 눈도 제대로 뜰
수 없는 거센 바람이 분다. 이대로라면 열심히 닦은 신발이 다시 똥
밭으로 떨어지고 만다. 하지만 의자에서 두 손을 떼었다간 내가 기차
밖으로 떨어질 것이다. 나는 몸을 고정하고 창 틈의 신발을 잡기
위해 안간힘을 다했다. 반대쪽에서 K가 뭐라고 말했지만 잘 들리지
않았다.

"…형, …했어…." 나는 얼굴을 찌푸리고 신경을 집중했다.

"일어나 형. 아그라 도착했어."

기차는 천천히 속도를 줄였다. 나는 재빠르게 흐트러진 정신의
퍼즐을 제자리에 끼워 넣었다. 천장의 선풍기는 여전히 요란한
소리를 내고, 신발은 창 틈에서 착실히 몸을 말렸다. 기차는 다행히
선로에 붙어 있었다. 아그라에 도착한 것이다.

샤자한. 무굴 제국의 다섯 번째 황제이자 부인을 지극히도
사랑했던 비운의 남자. 그가 사랑한 동갑내기 여인의 이름은 뭄타즈
마할이었다. 둘은 열렬히 사랑했고, 여인은 너무도 일찍 세상을
떠났다. 그녀는 숨을 거두며 유언을 남긴다.

'세상에서 가장 아름다운 무덤에 묻히고 싶어… 천 년이 가도
변하지 않을 사랑을 보여줘요.'

부인을 잃은 황제의 슬픔은 깊었다. 그의 머리카락은 하얗게
세어버렸고 삶이 다할 때까지 그녀를 그리워했다고 한다.
세상에서 가장 아름다운 무덤. 천 년이 가도 변하지 않을 사랑.
아라비안나이트에나 나올 법한 이야기지만 샤자한과 뭄타즈 마할은
실제로 19년을 함께했다. 그리고 샤자한은 실제로 부강한 제국의
황제였다. 그에게는 그녀의 마지막 바람을 현실로 바꿀 힘이 있었다.
안으로는 마크라나에서 가져온 대리석, 자이푸르의 다이아몬드.
나라 밖에서는 동쪽으로 미얀마부터 서쪽의 프랑스까지 전 세계
방방곡곡의 기술자와 값비싼 건축 자재가 아그라로 들어왔다.
중국의 자수정, 티베트 터키석, 바그다드 홍옥수, 아프가니스탄
청금석, 아라비아의 산호…. 뭄타즈 마할의 '묘'를 위한 공사는
1632년부터 시작해 22년간 이어졌다. 2만2000명의 인부,
1000마리의 코끼리가 동원된 대규모의 공사로, 모여든 사람들로

도시가 생겨날 정도였다고 한다. 타지마할이 '찬란한 무덤'이라
불리는 이유다.

22년이라는 세월 동안 이어진 공사는 샤자한과 뭄타즈 마할의
사랑처럼 아름답지만은 않았을 것이다. 현실은 아라비안나이트와
달라서 흙먼지가 일고 뼈가 부러지고 피가 튄다. 결국 과도한 국고
탕진(과 그 외의 이런저런 권력 투쟁)으로 황제는 그의 세 번째 아들
아우랑제브에 의해 권력을 잃고, 타지마할에서 2킬로미터쯤 떨어진
요새에 유폐되고 말았다. 이후 샤자한은 여생을 아그라의 요새에서
보냈다고 한다. 8년 후 생을 마칠 때까지 그가 할 수 있었던 일은
멀리서 타지마할을 바라보는 것뿐이었다.

함께 보낸 19년의 세월과 22년의 약속, 8년의 기다림. '마할의
왕관' 타지마할은 그렇게 세상에 모습을 드러냈다.

K와 나는 역에서 나와 먼저 아그라 포트로 향했다. 본격적인
타지마할 여행에 앞선 일종의 전초전이었다. 무굴 제국의 붉은
요새가 작열하는 태양 아래 위용을 뽐낸다. 아우랑제브가 아비를
가두어놓았던 바로 그곳이다. 성곽을 따라 걷다 보면 저 멀리
타지마할이 보인다. 처음으로 맨눈에 담긴 흐릿한 타지마할에
슬며시 가슴이 떨렸다. 친아들에게 쫓겨난 샤자한의 말년은
어땠을까. 이곳에서 아득한 그의 사랑을 바라보며 그는 어떤 생각을
했을까. 어떤 종류의 상념이 그를 사로잡았을까. 아그라 포트에서의
8년은 아무래도 긴 세월이었을 것이다.

나는 한동안 성벽에 턱을 괴고 바라보다, 문득 중요한 일이 생각난
사람처럼 몸을 일으켰다. 인도와 인도인의 자랑이자 무굴 제국이
남긴 불후의 금자탑. 세계 7대 불가사의 중 하나. 인도를 찾는 모든

여행자들의 목적지, 그 신비로운 이름만으로 막연한 순백색의 환상을 품게 하는 곳, 타지마할. 타지마할을 어떻게 묘사할 수 있을까.

혹독한 검문검색을 지나 K와 나는 입구를 향해 걸었다. 입구라 부르기엔 상당히 큰, 족히 30미터는 되어 보이는 거대한 아치가 입을 벌리고 있었다. 옆에서 300루피에 흥정을 마친 현지인 가이드가 타지마할에 대해 이야기한다. 이 부속 건물은 언제 무슨 목적으로 지은 것이고, 샤자한이 코끼리를 타고 드나들었다고 합니다. 안은 어두워요. 반대쪽 출구에 타지마할이 그림처럼 보일 겁니다.

그리고 곧, 어둠 속에서 순백의 타지마할이 눈에 들어왔다. 그 순간 모든 언어는 실종되고 두 다리는 그 자리에 단단히 굳어버렸다. 귀 뒤에서 시작된 전율이 등줄기를 타고 내려가 온몸을 감쌌다. 전율의 경로와 팔등에 돋는 소름 하나하나가 생생하게 느껴진다. 그리고 생생한 소름이 그 단단함을 잃기 시작했을 때, 반쯤 벌어진 입에서 나도 모르게 작은 탄식이 터져 나왔다.

"아, 타지마할…."

이것 때문에 인도에 왔구나. 그것은 실존하는 타지마할이었다. 셀 수 없이 많은 매체에서 수천 번도 넘게 보아 온 이미지와는 본질적으로 다른 존재다. 30미터 아치의 프레임 속에서 그것이 발하는 빛은 곧 그간의 모든 고생을 무의미하게 만들었다. 수완나품의 몽롱한 비행기도, 뉴델리의 숨 막히는 공기도, 매표소의 전쟁터도, 선로의 똥도, 무더위도, 거리의 모래바람도…. 모든 것은 단 한순간에 보상되었다. 아, 타지마할.

건축물 자체는 물론이고 정중앙을 축으로 정원의 나무, 분수, 벤치까지 모든 것들이 완벽한 균형을 이루었다. 기하학적 비례의 극치. 동양의 파르테논이라고 불리는 데는 과연 그만한 이유가 있었다. 마크라나의 대리석이 발 밑에서 몽롱하게 빛났다. 벽면에는 복잡한 문양과 코란의 글귀가 정교하게 새겨졌고, 대리석 마감은 믿기지 않을 정도로 치밀했다. 손으로 만져진 타지마할은 그야말로 대리석의 결정이자 완벽함의 정수였다. 이보다 완벽한 건축물은 없어야 한다. 나는 이 완벽함을 스케치북에 옮길 수 없을 것이다. 다빈치가 살아 돌아온대도 불가능한 일이리라. 검색대의 직원은 그 사실을 알고 스케치북을 빼앗았을까.

가이드는 설명에 열을 올렸다. 300루피가 전혀 아깝지 않은 설명이었다.

"동쪽의 부속 건물은 영빈관, 서쪽은 모스크. 그림 그리는 사람들이 스케치북을 들고 자리에 앉으면 도무지 일어나질 않아요. 그래서 검색대에서 스케치북을 발견하면 압수. 수첩에라도 그림을 그리다가는 경비원이 와서 제지할 거예요. 타지마할은 1983년에 유네스코에 세계 문화 유산으로 등록됐고 원래는 이보다 더 아름다웠어요. 묘실 중앙 천장에는 사람 머리만 한 다이아몬드 수십 개가 박혀 있었고, 네 귀퉁이 첨탑에는 황금이 씌워져 있었거든요. 출입문도 은이었고. 그것들 지금 전부 대영박물관에 있어요. 영국 사람들, 일 열심히 했다니까."

아그라의 태양이 위치를 바꾸면 타지마할도 빛을 갈아입었다. 순백에서 아이보리로, 아이보리에서 옅은 금빛으로. 첨탑 사이로 노을이 질 때는 언뜻 보랏빛이 비쳤다. 변하는 타지마할의 빛을 감상하는 것만으로 몇 날 며칠을 보낼 수 있을 것만 같았다. 달빛 아래 타지마할은 연푸른색으로 빛난다는데, 그것은 도대체 어떤 모습일까.

아, 타지마할. 그 타지마할을 나는 눈에 담았다. 흰 대리석을 두 발로 걷고, 두 손으로 만졌다. 샤자한의 사랑을, 그 순백의 상징을, 그 하늘을 선회하며 우쭐거리는 까마귀와 독수리를 두 눈에 담았다.

뉴델리로 돌아가는 기차에서 K와 나는 운 좋게 침대 자리를 잡았다. 퀴퀴한 냄새가 났지만 그런 것은 아무래도 좋다. 나는 눈을 감았다. 검은 타지마할을 생각했다. 샤자한의 원래 건축 계획에는 본인의 묘까지 포함되어 있었다고 한다. 순백의 타지마할과 마주보는 완벽히 똑같은 모양의 순흑빛 타지마할이다. 타지마할이 '마할의 왕관'을 뜻하니, 그의 묘는 타지자한이었겠지. 만약 그의 계획이 실현됐다면 세계는 더 아름다워졌을까? 두 건물의 대비는 아름다웠을까.

황제의 화려한 사랑과 백성의 모진 노역, 완전무결한 대리석과 아그라의 먼지 덮인 골목. 타지마할은 이미 내게 충분한 대비를 보여줬다. 타지마할의 아름다움과 그것에 가려진 아름답지 못한 것들의 대비다. 샤자한이 다시 한 번 2만2000명을 동원할 수 있었다면, 세계가 순흑빛의 건축물을 가질 수 있었다면… 세계는 더 아름다워졌을까.

기차에는 갠지스강도, 블루시티도, 벵골호랑이도 없었다. 어둠의 한가운데서 오직 타지마할만이 몽롱한 빛을 발했다.

19

피라미드와 앰뷸런스

이집트, 카이로

K는 전날부터 골골거리더니 결국 앓아누웠다. 아무래도 인도의 길거리 음식과 충식이네 쌩쌩한 에어컨이 문제였던 모양이다. 감기 몸살 기운이 있는가 싶더니 새벽부터 연신 설사를 했다. 힘들어하는 모습이 보기 안쓰러웠지만 비행기를 놓칠 수는 없는 일이었다. 아침 7시 뉴델리공항을 이륙한 비행기는, 오만 무스카트국제공항을 경유해 이집트 카이로에 우리를 데려다줄 것이다. 곧장 날아갈 법도 하지만 역시 한 번쯤은 쉬었다 가야 저가 항공이다.

친구 집을 나오기 직전까지도 변기에 앉아 있던 K는 이제 10분 간격으로 화장실을 찾기 시작했다. 지하철역에서도 공항에서도 기내에서도 불쌍한 녀석은 설사를 멈추지 못했다. 인도 길거리에서 그렇게 음식을 집어 먹더니…. 상태는 점점 악화되어 무스카트 공항에서 K는 거의 눈도 뜨지 못하고 의자에 널브러졌다. 그렇지 않아도 마른 녀석이 몇 시간 만에 더 핼쑥해졌다.

저녁 늦게 도착한 카이로공항. K는 거의 빈사 상태의 환자였다.

걷는 것은 고사하고 똑바로 서 있는 것조차 버거워 보였다.

설상가상으로 예약해놓은 숙소도 없었고, 공항에서 시내까지 가는 방법도 알지 못했다. 처음 마주한 이집트 사람들은 K와 나를 신기한 듯 바라봤다. 텅 빈 공항. 입국 심사장의 직원은 쌀쌀맞기만 하다. 수중의 이집트 돈은 인도에서 남은 루피를 환전한 것이 전부였고, 어두운 길가에는 택시도 보이지 않았다. 택시를 잡아탄다 한들 비쌀 것이 뻔했다. 어디로 가야 할까…. 우선 의자를 찾자.

K는 옆에서 눈을 감고 작은 신음소리를 낸다. 나는 휴대폰을 꺼내 공항의 와이파이를 연결했다. 카이로 시내의 지도를 확인하고 호스텔 위치를 저장해 둔다. 평점이 낮은 곳이지만 이것저것 따질 상황이 아니었다. K에게 잠시 기다리라고 하고 공항 밖으로 나왔다. 어두운 거리에 제복을 입은 경비원이 보인다. 영어가 가능하냐고 물었지만 그는 두 팔을 들어 X자 모양을 만들었다.

배낭이 캐리어보다 좋은 점 중 하나는 두 손을 마음 편히 사용할 수 있다는 것이었다. 나는 할 수 있는 모든 손짓 발짓으로 '카이로 시내로 가는 대중교통을 타고 싶다'는 뜻을 전했다. 휴대폰에 저장해 놓은 지도를 보여주자 드디어 말이 통한다.

경비원은 멀리 보이는 정류장을 가리키고 손바닥에 숫자를 적었다. 중간에 알아들을 수 없는 말이 섞이더니 곧 손가락을 움직여 땅 속으로 내려가는 시늉을 한다. 그리고 다시 이해할 수 없는 단어들. 대충 '저쪽에 보이는 정류장에서 버스를 타고, 중간에 내려 지하철을 타면 시내에 도착한다.'는 뜻이겠지. 이 정도면 충분하다.

K는 버스 옆자리에 앉아 목을 뒤로 젖히고 끙끙거렸다. 식중독에 몸살까지 겹친 모양이다. 휴대폰 화면의 파란 점이 K와 나의 위치를 알렸다. (구글맵 어플리케이션은 한번 지도 정보를 받아놓기만 하면

네트워크에 연결되어 있지 않아도 GPS가 작동한다. 감사합니다 구글.)

카이로의 밤거리는 황량했다. 버스 창에 흐릿하게 내 얼굴이
보이고, 흐린 얼굴 위로 아랍어 전광판이 비쳤다.

어둠이 내린 거리에서 기절 직전의 환자를 이끌고 숙소를 찾기란
정말이지 쉽지 않은 일이었다. K는 지하철에서 내리자마자 혼이
나간 얼굴을 하고 역의 화장실로 돌진했다. 지하철역 화장실은
동전을 내야 들어갈 수 있었고, 문 앞을 지키는 건장한 직원도
있었지만 똥 마려운 코뿔소와 같은 K를 막을 수는 없었다.

가까스로 도착한 호스텔에서는 김치 썩은 냄새가 났다. K는
방을 배정받자마자 침대에 쓰러진다. 침대와 베갯잇에서 나는
퀴퀴한 냄새는 빈사의 코뿔소에게 아무런 방해가 되지 않았다.
나는 배낭을 풀고 잠시 땀을 닦았다. 나도 꽤나 지쳐 있었지만
곧 수첩을 들고 로비로 가 앉았다. 이집트에서의 계획을 세워야
한다. 인도와 마찬가지로 이집트에 머무르는 기간은 길지 않았다.
당장 내일부터 일주일간 무엇을 하면 좋을지 생각해봐야 한다.
기자의 피라미드, 룩소르 왕가의 계곡, 나일강 크루즈 투어, 사막….
리셉션의 직원에게 이것저것 물어보고, 휴대폰으로 정보를 찾았다.
수첩에 날짜를 적고 대강의 지도를 그려본다. 내일은 피라미드.
아니, 피라미드는 마지막 날 보는 것이 좋을까? 두세 개의 대안을
두고 일정을 세웠다. 모든 계획의 전제는 K가 내일이나 모레쯤이면
괜찮아질 것이라는 긍정적인 믿음이었다.

창밖으로 메마른 파라오의 저주가 손을 뻗쳐 오고 있었다. 대책
없는 낙관을 움켜쥘 불길한 그림자를, 나는 그때까지 알아차리지
못했다.

결국 카이로의 김치 쉰 냄새가 나는 호스텔에서 K와 나는 만으로 나흘을 앓았다. 숙소에 도착한 다음 날부터 나도 으슬으슬 몸살기가 돌더니, 저녁 무렵에는 두통과 오한에 걷기도 힘든 지경이 되어버렸다. 혹시나 K처럼 설사가 겹칠까 두려워 아무것도 입에 댈 수 없었다. 사실 무엇이라도 먹어야 했지만 침대부터 다시 침대로 돌아오는 일련의 과정은 상상하기도 힘이 들었다. 자리에서 일어나 문을 열고, 엘리베이터를 타고 내려가 식당을 찾고, 메뉴를 고르고, 점원을 부르고, 나온 음식을 꾸역꾸역 먹고, 다시 길을 되짚어 침대로 돌아온다… 불가능한 일이었다. 우리에게는 덮은 이불을 치울 힘조차 남지 않았다.

그렇게 시간이 얼마나 지나는지도 모른 채 K와 나는 끙끙거리면서 침대에 누워만 있었다. 낮과 밤의 구분도 없었다. 방은 몇 번인가 어두워졌다가 다시 밝아졌다. 객지에서 아파 누워 있자니 머릿속은 온갖 상념으로 가득 찼다. 엄마 생각, 집 생각, 한국 음식 생각, 지난 여자친구들 생각이 꼬리에 꼬리를 문다. 엄마가 차려준 따뜻한 집 밥, 뜨끈한 설렁탕 한 그릇이 정말이지 간절했다.

세 번째로 방이 밝아졌을 때 K와 나는 어느 정도 기운을 차릴 수 있었다. 회복까지는 아니더라도 자리에서 일어나 가까운 마트에 다녀올 정도가 되었다. 나는 식중독으로 고생한 K와 나를 위해 쌀죽을 끓였다. 다행히 카이로의 작은 마트에서도 쌀을 팔았다. 어느 블로그는 쌀죽 만드는 방법을 친절하게 설명해줬다. 밥알을 으깨듯 뭉그러뜨리지 말고 살살 볶아줍니다. 뚜껑을 비스듬히 닫고 중약불로 끓여주세요. 너무 많이 휘저으면 풀이 될 수도 있으니, 적절히 저어주는 것이 중요해요. 죽을 받아 든 K의 모습은 흡사 미이라와 같았다.

"뭐든지 상관없어… 다 맛있을 것 같아 그냥….'"

파라오의 저주가 여기까지였다면 저주라는 단어는 쓰지 않았을
것이다. 그나마 나아진 몸을 이끌고 찾아간 피라미드에서 결국 일이
터지고야 말았다. 튀르키예행 비행기 탑승을 이틀 앞둔 목요일.
그래도 세계 7대 불가사의는 보아야 하지 않겠느냐는 생각에 찾아간
피라미드였다.

우리는 말에 올라 바위투성이 내리막을 지나고 있었다. 어린
가이드가 앞장서고 K가 나의 뒤를 따랐다. 기자의 유적지 입구를
지나면 곧 벌떼 같은 호객꾼을 마주하게 된다. 그들은 자못 무례하게
다가와 자신들의 말이나 낙타 따위를 타라며 K와 나를 에워쌌다.
호객꾼들을 떨치자니 그렇지 않아도 무거운 머리가 지끈거렸다.
분명 바가지를 씌울 테지만 옥신각신 흥정하기엔 힘이 부쳤다.
아무렴 어때. 이집트에서는 누워만 있었으니까 지출도 없었고, 오래
걷기에는 아직 몸 상태도 좋지 않다.

그렇게 말에 오르고 10분이나 지났을까? (우리는 낙타나 마차를
탔어야 했다.) 피라미드가 언덕 아래서 모습을 드러낸 순간, 뒤에서
악! 하는 외마디 소리가 들렸다. 세계 7대 불가사의를 눈에 담고
발하는 탄성이 아니다. 그것은 예기치 못한 사고를 당했을 때 터져
나오는 비명이었다.

K는 커다란 말 아래에 깔려 있었다. 말은 옆으로 자빠져 다리를
허우적거리고, 그 밑에 K가 깔렸다. 그러니까 K를 태운 말이
내리막길에서 발을 헛디뎌 고꾸라진 것이다. K의 얼굴은 고통으로
일그러져 있었다. '아! 아아!' 고통스러운 표정 사이로 비명이 끊이질
않다. 오른발은 등자에 끼었는지 말의 배 밑에 깔려 꿈쩍도 하지

않았다. 말은 쉬지도 않고 발을 차댄다. K는 말발굽에 얼굴이나 머리를 채이지 않으려고 필사적으로 허공에 팔을 휘저었다. 어린 가이드도 당황한 것은 매한가지로, 제 머리를 싸맬 뿐이었다. 커다란 말과 그 아래 깔린 나의 여행 파트너. 머릿속이 하얘졌다.

X됐다…, 이러다가 팔이든 다리든 어디 한군데는 부러지겠다, 한국으로 돌아가야 할 수도 있겠다…. 짧은 순간에 별의별 생각이 머릿속에 스쳤다. 망설일 시간은 없었다. 나는 말에서 내렸다. 발버둥 치는 말의 발굽 사이로 파고들어 K를 끄집어내자. 긴박한 순간에 냉정함을 잃지 않고 위기에 처한 사람을 구해낸 주인공. 히어로 영화의 한 장면과 같았다. (이 부분은 K와 서로 다르게 기억한다. 이때를 이야기하면 K는 형이 언제 그랬냐며 콧방귀를 뀐다. 집채만 한 말에 깔렸지만 본인은 당황하지 않았다고, 비명도 지르지 않고 침착하게 위기를 벗어났다고 우겨댄다. 내 머릿속에는 갓난아이처럼 울부짖는 K의 모습이 선명하게 남아 있다.)

나는 K를 부축해 그늘진 곳으로 가 앉혔다. 그야말로 만신창이가 된 미이라의 모습이었다. 이대로 붕대만 둘둘 감으면 그대로 피라미드에 들어가도 손색이 없을 것이다. 투탕카멘이든 쿠푸든 어서 오라며 반겨주겠지. 온몸은 하얀 흙먼지로 덮였고, 여기저기가 까지고 패여 피가 흘렀다. 말발굽에 채여 군데군데 생채기 난 팔이 파르르 떨렸다. 그중에서도 말에 깔려 있던 오른쪽 발목은 벌겋게 부어 올랐다. 파라오의 영역에서 다른 왕관은 용납되지 않는 것일까(K의 오른쪽 발목에는 왕관 모양의 문신이 있었다). 복숭아뼈 언저리 살점이 떨어져 나가 새빨간 피가 맺혔다.

"어휴… 어때, 괜찮아? 발목 움직일 수 있어?"

"모르겠어. 일단 지금은 못 움직이겠어. 아프다… 으…."

"있어봐 일단. 모래 좀 털어줄게. 상처도 씻자. 발목은 안 건드리는 게 나을 것 같고."

나는 가방에서 생수를 꺼내 상처 난 곳의 흙을 닦아냈다. 허옇게 흙먼지가 덮인 살갗에 물줄기가 흐르며 선명한 자국이 남았다. 다행히 머리나 얼굴에 눈에 띄는 상처는 없었다.

그리고 내가 할 수 있는 일은 화를 내는 것뿐이었다. 나는 울먹이는 어린 가이드와, 그의 전화를 받고 온 주인에게 불같이 화를 냈다. 이게 도대체 말이 되는 경우냐고, 이 상황을 어떻게 해결할 것이냐고 고래고래 소리를 질렀다. 말 주인은 두 손을 모으고 미안함에 쩔쩔맸다. 가이드 소년을 질책하더니 전화기를 들었다.

그리고 곧 찾아온 것은 앰뷸런스였다. 피라미드 사이로 앰뷸런스가 모래바람을 일으켰다. 쿠푸왕인지 누구인지 모를 파라오의 거대한 무덤과 아직도 쓰러져 있는 말. 식중독, 몸살감기에 온갖 상처로 엉망진창이 된 K. 반짝반짝 초록색 응급 신호를 보내는 앰뷸런스. 이집트 피라미드 앞까지 와서 앰뷸런스를 타고 나가는 여행자가 과연 몇 명이나 될까…. 한국에서도 타보지 못했던 앰뷸런스였다. K는 오른쪽 다리에 부목을 대고 죽은 듯이 눈을 감고 있었다.

카이로 시내 병원의 응급실은 말할 수 없이 어수선했다. 피라미드에 기어올랐다 떨어져 머리가 깨진 사람, 집에 강도가 들어 그중 두 명을 죽이고 다리가 부러져 왔다(고 주장하)는 사람, 교통사고로 피범벅이 되어 온 사람들로 작은 응급실이 복작거렸다. 내가 처한 상황이 믿기지 않아 헛웃음이 나왔다. 그 혼돈의 응급실에서 K는 어찌어찌 응급 처치를 받고 엑스레이를 찍었다. 발목이 아프다는데 의사는 기어코 전신 엑스레이를 찍는다.

목뼈부터 발가락까지 엑스레이 사진이 네 장. 콧수염 난 의사는 안경을 가볍게 고쳐 썼다. 발목뼈는 부러지지 않았습니다. 며칠은 걷지 말고 쉬어야 해요. 다행히도 K의 발목에 큰 이상은 없었다. 한국으로 돌아가야 하는 최악의 상황은 면했다.

K가 진료를 받는 동안 알라신이 함께한다며 걱정하지 말라던 말 주인은 돈 얘기가 나오자 안색이 변한다. 한동안의 실랑이 끝에 결국 말 값과 피라미드 입장료의 절반을 받아내고, 나는 K와 호스텔로 돌아왔다.

결국 다음 날 우리는 의사의 말을 무시하고 다시 한번 피라미드로 향했다. 튀르키예행 비행기를 하루 앞둔 금요일이었다. 아무리 만신창이라지만 피라미드도 제대로 보지 않고 이집트를 떠날 수는 없는 일이다. K도 걸을 수 있다며 동의했다. 하늘은 여전히 구름 한 점 없이 파랗고, 날은 타는 듯이 더웠다. 습기라고는 눈곱만큼도 없는 메마른 더위다. 거대한 피라미드와 코가 떨어진 스핑크스. 그들은 어제와 같은 자리에서 모래색 웅장함을 뽐낸다. K는 아픈 발목을 절뚝거렸다.

그리고 비행기를 탈 때까지 더 이상의 불상사는 일어나지 않았다. 파라오의 저주는 앰뷸런스의 등장을 끝으로 그 불길한 그림자를 거둔 모양이었다. 설마 비행기가 떨어지진 않겠지.

수첩을 꺼내 K가 말에 깔렸던 순간을 그려본다. 머릿속에 남아 있는 이미지로 그리려니 쉽지만은 않았다. 사진이라도 찍었으면 좋으련만. 하지만 사진을 찍었으면 아마도 세상의 욕이란 욕은 다 들었겠지. 다빈치는 놀란 말을 그리기 위해 마차에 뛰어들었다는데, K를 다시 말 아래로 집어 던질 수는 없는 노릇이다. 그래도 이정도면 상당히 비슷하게 그려졌다.

"야 이거 좀 봐. 네가 이랬어. 내 덕에 지금 살아서 숨 쉬고 있는 줄 알아라."

"보통 사람이었으면 그 자리에서 죽었을 거야. 나나 되니까 이 정도에서 끝났지."

Part 2

20

새로운 땅, 발바닥에 전해지는 메시지

튀르키예, 카파도키아

대학 1학년 때부터 동아리 활동을 열심히 했다. 각기 다른 단과
대학의 학생들이 모인 스노보드 동아리였다. 전공 수업을 듣는
시간을 제하면, 약간의 과장을 보태 동아리와 동아리 사람들이 대학
생활의 전부였다. 보미는 내가 동아리의 회장으로 일할 때 든든한
부회장이었다. 나보다 한 살 많은 누나인데, 항상 물가에 내놓은
어린애 같았다. 털털한 성격이지만 쉽게 상처받고 외로움을 많이
탄다. 항상 괜찮은 남자를 만나고 싶어 하지만, 나쁜 남자가 아니면
또 재미가 없다고 했다. 한마디로 복잡한 인생이다. 어떤 선한
사람이 저 누나를 데려갈까 생각하면 가끔은 숙연해지기도 했다.

　1년 동안 남자 회장과 여자 부회장으로 생활하면서 말도 많고
탈도 많았다. 오해도 지겨울 정도로 많이 받고, 동아리를 이어
나가는 데 쉽지 않은 일이 많았다. 싸우고 혼나고 울고 웃고…. 내가
실수하고 여기저기서 질책을 받아도 부회장은 언제나 내편이었다.
또 몇 년의 세월이 흐르면서 사이가 틀어지기도 하고, 또 서로에게

실망하기도 했다. 많은 시간이 쌓여 결국 보미는 내게 뭐라 설명하기 힘든 각별한 존재로 남았다. 조금 모자라지만 참 아끼는 우리 부회장.

아무튼 튀르키예에서 보미를 만나기로 했다. 누나는 다니는 회사에 휴가를 내고, 나와 K의 여행을 응원할 겸 튀르키예에 온다고 한다. 나야 좋지. 와서 나 좀 먹여 살려라.

우주에 닿을 듯 높은 하늘이 시리도록 파랗다. 피부에 스치는 바람에는 가을이 통째로 담겨 있었다. 크게 숨을 들이쉬면, 맑고 시원한 공기가 코와 이마를 지나 머릿속과 몸속까지 곳곳을 정화하며 흘렀다. 인도와 이집트에서의 고생 때문일까. 아타튀르크공항으로 마주한 튀르키예의 첫인상은 그야말로 완벽에 가까웠다. 시원한 날씨, 맑은 공기, 깨끗한 하늘, 조용한 거리…. 그러고 보니 어느덧 가을이다. 피폐해진 몸과 마음을 치료받을 수 있겠다는 생각에 저절로 기분이 좋아졌다.

우리는 공항에서 바로 이스탄불 시내의 버스 터미널로 향했다. 목적지는 튀르키예 중부 고원의 별천지 카파도키아였다. 이스탄불 구경은 그 다음이다. 밤 10시에 도시를 떠나는 버스를 예약해 두고, K와 나는 터미널에서 여유롭게 시간을 보냈다. 식당에서 간단히 저녁을 먹고 야외의 테이블에 앉아 사람들을 구경했다. 이집트와는 또 다른 생김새의 얼굴들. 주변에 앉은 사람들은 하나같이 작은 잔에 담긴 빨간 차를 마시고 있었다. 차이라는 이름의 튀르키예 전통 홍차였다. 한 잔에 1리라, 한국 돈으로 400원 정도. 하얀 각설탕 한 덩어리를 넣어 녹이면 홀짝거리기에 좋았다. 홍차와 각설탕. 빨간 바탕에 하얀 달과 별이 그려진 튀르키예의 국기와 묘하게 닮았다.

선선한 날에 터미널 안 광장에 앉아, 튀르키예식 홍차를 마시며 버스를 기다리자니 기분이 좋았다. 오늘 밤은 야간 버스에서 보낼 테니 숙소 비용도 아꼈다. 버스는 아홉 시간을 달려 아침에야 카파도키아에 도착할 것이다.

버스에서 눈을 감기 전 마지막으로 본 것은 이스탄불의 밤거리였다. 고가 도로와 현대식 콘크리트 건물들. 가로등과 자동차들. 어둠이 내린 도시의 불빛은 곧 복잡한 선이 되어 무의식의 세계로 나를 이끌었다. 그리고 어렴풋한 여명에 눈을 떴을 때, 차창 밖으로는 어리둥절한 풍경이 펼쳐져 있었다. 그 풍경 속에서 대지는 잿빛과 금빛이 같은 비율로 섞인 키 작은 풀로 덮였다. 드문드문 부드럽게 생긴 아이보리색의 암반과 우주 배경의 영화에서 본 것 같은 버섯 모양의 바위. 원경에는 옅은 로즈골드 바위산. 눈에 비친 풍경은 분명 둘 중 하나일 것이다. 모두가 잠든 사이에 버스가 경계를 넘어 다른 세계로 이동했든가, 내가 아직 꿈속이든가.

눈을 비벼보지만 차창 밖 풍경은 변하지 않는다. 오히려 해가 고도를 높일수록 어렴풋했던 아이보리와 로즈골드의 광경이 선명해지며 현실감을 더했다. 나는 의자의 레버를 당겨 자세를 고쳐 앉았다. 옆의 K를 흔들어 깨운다.

"야야. 일어나서 밖에 좀 봐봐. 카파도키아 도착한 것 같아."

카파도키아 하면 흔히 알록달록하게 하늘을 수놓는 열기구가 떠오르지만, 정작 나를 사로잡은 것은 파스텔 톤의 만질만질한 기암괴석과 석굴이었다.

카파도키아는 튀르키예 중부 고원의 화산 지대에 자리 잡았다. 아주 오래전의 화산 활동으로 형성된 지층은 밝은색 응회암으로

덮였다. 화산재와 용암 따위가 굳어져 만들어진다는 응회암. 어딘가
말랑말랑하게 느껴지는 이름이다. 응회암은 실제로 이름만큼
말랑말랑해서 독특한 모양으로 풍화되기에 제격이라고 한다. 물론
인간이 특별한 도구 없이 석굴을 파기에도 안성맞춤이다.

　물과 바람과 시간은 오랫동안 힘을 합쳐 카파도키아에 괴상한
모양의 산과 바위를 만들어냈다. 거대한 송이버섯이나, 종 모양의
키세스 초콜릿이 올라간 탑같이 생긴 바위다. 물과 바람이 이마의
땀을 닦고, 시간이 역할을 마칠 때쯤 인간이 찾아왔다. 로마의
탄압으로부터 달아나던 기독교인들이었다. 황제와 유일신의
복잡한 이야기들이 있지만 어찌 됐든 그때의 기독교인들은 박해를
받았다고 한다. 그들에게는 정착할 땅과 몸을 숨길 은신처가
필요했을 것이다. 그들 중 누군가가 우연히 송이버섯 모양의 바위를
파보았고, 바위에는 생각보다 쉽게 석굴이 만들어졌다. 불쌍한
기독교인들은 그때부터 곳곳에 집과 수도원 같은 것들을 깎아내기
시작했다.

그리고 기독교인들이 더 이상 버섯 모양 바위에 숨어 살지 않아도
되는 세상이 왔다. 그들이 파놓은 석굴에는 이제 평범한 사람들이
살기 시작했다. 요상한 모양의 바위와 그 안에 깎여 만들어진
공간에는 이제 레스토랑과 카페, 호스텔이 들어서서 유일무이한
풍경으로 전 세계의 여행자를 기다린다.

보미를 만난 곳도 아이보리 바위를 깎아 만든 괴레메의
호스텔이었다. 숙소는 '케이브 호스텔(Cave Hostel)'이라는 이름으로
불렸다. 누나는 마주치자마자 깔깔거리며 웃는다.

"너 왜 이렇게 거지꼴을 하고 있냐. 수염이 그게 뭐야."

나와 K, 보미 누나. 3인의 카파도키아 탐험대가 결성되었다.
우리는 호스텔을 나와 무작정 거리를 걸었다. 들어가고 싶은 골목이
보이면 들어가고, 언덕이 나오면 무턱대고 기어올랐다. 정해진
길은 없었다. 내딛는 모든 발걸음이 새로운 세상을 향하고 있었다.
새로운 풍경, 새로운 언덕, 새로운 바위와 새로운 모래. 난생처음
마주한 부드러운 아이보리의 바위에 가슴이 보글거린다. K는 아직
쩔뚝거렸지만 확실히 조금씩 나아지고 있었다. 쾌청한 가을 하늘과
선선한 바람이 발걸음의 무게를 줄였다.

얼마나 걸었는지 우리는 어느새 마을을 벗어나 있었다. 주변에서
가장 높아 보이는 언덕을 발견하고 오르기로 한다. 좋은 경치가
기다리고 있지 않을까. 몇 번인가 미끄러지고 바위에 긁혀 손이
까졌다. 슬리퍼를 신고 오르기엔 적잖이 힘든 언덕이다. 그리고
마침내 언덕에 올랐을 때, 눈앞에 펼쳐진 풍경에 나는 숨을 삼켰다.

언덕의 끝에는 카파도키아의 전경이 파노라마로 펼쳐져 있었다.
높고 파란 하늘과 파스텔 톤의 대지. 그 사이로 흰 뭉게구름이

지난다. 엷은 빛깔의 대지는 생전 처음 보는 색과 형태로 가득했다. 눈앞에는 '초코송이'처럼 생긴 커다란 바위가 우후죽순으로 솟았고, 멀리 보이는 연한 핑크색 바위산은 유명한 파티시에가 정성 들여 짜낸 생크림과 같은 모양을 하고 있었다. 바위, 나무, 언덕, 산. 하늘과 구름마저 이국적이다. 글쎄 '이국적'이라는 표현은 괴레메 언덕의 풍경을 온전히 설명할 수 없었다.

그것은 확실히 초현실적이었다. 오랜 세월 아나톨리아의 고원이 독특한 재료로 빚어낸 자연. 그곳에 발을 딛고 있자니 새로운 행성에 서 있는 것만 같은 착각이 들었다. 지구에서 수만 혹은 수억 광년쯤 떨어진 외계의 행성이다. 이스탄불에서 탄 버스는 사실 우주선이었고, 지구인으로 위장한 외계인들에 섞여 K와 나는 버스를 잘못 탄 것이다. 터미널에서 마신 빨간 홍차는 외계인을 위한 음료였을까? 지구의 것과 미묘하게 성분이 다르지만 다행히 대기는 호흡이 가능하다. 보미와 K를 제외한 다른 사람(혹은 생명체)는 보이지 않았다. 초코송이 모양의 바위 뒤에서 「스타워즈」의 츄바카가 커다란 석궁으로 레이저포를 쏜다거나, 망토를 뒤집어쓴 제다이 마스터가 광선검을 들고 나타나도 딱히 할 말은 없었다. May the force be with you. 포스가 당신과 함께하길.

탐험대는 며칠간 카파도키아 구석구석을 돌아다녔다. 바위를 깎아 만든 버려진 수도원을 발견하고, 거대한 바위 언덕 위에 올라가 도시락을 먹고, 로즈골드 계곡에서 선명한 보랏빛 석양을 만났다. 인도와 이집트의 고생에서 벗어나 오랜만에 만끽하는 평화였다.

마냥 여유로운 우리는 느지막이 일어나 케이브 호스텔을 나섰다. 가을이 한 켜씩 깊어지고 날씨는 매일매일 최고를 경신했다.

양말에 조일 정도로 부었던 K의 발목은 눈에 띄게 괜찮아졌지만, 그래도 오래 걷기에는 아직 온전치 못했다. K가 마을의 카페에 앉아 홍차를 시키면, 보미도 나도 테라스에 앉았다. 보미는 휴대폰을 만지작거리고 나는 주위의 풍경을 그렸다. 그러고 보면 캄보디아 이후로 오랜만에 그리는 그림이다. 기암괴석도 아니고 케이브 호스텔도 아니지만 아무렴 어때. 여유로운 점심의 풍경을 스케치북에 옮길 뿐이다.

Day 056, 2015. 09. 28.

　새로운 곳을 걷다 문득 느껴지는 묘한 감정이 있다. 한 번도 가보지 못한 곳에 두 발을 디딜 때, 어느 순간 느껴지는 그 감정은 어떤 언어로도 설명하기 힘들다. 두 다리로 땅을 디디고 서서 한 걸음 한 걸음 앞으로…. 매 발걸음에 심오한 의미가 담긴 것 같다고 느끼는 순간이 있다.

　그때, 새로운 땅은 발바닥에 메시지를 전한다. 단번에 해석할 수 없는 고대의 언어는 발바닥으로부터 온몸으로 전해진다. 혈관을 타고 종아리로, 골반으로, 척추로, 심장으로, 뇌로, 그리고 모든 모세 혈관으로 메시지는 전해진다. 두 눈은 내가 발 딛고 선 땅으로 향한다. 발 밑 모래알 사이에 단서가 숨어 있지 않을까. 왼발을 천천히 땅에 올리고 오른발로 땅을 지그시 밟아본다. 여전히 해독할 수 없는 메시지. 하지만 곧 그 고대의 언어가 지닌 상징적 의미는 베일을 벗는다.

　그것은 행복이었다. 새로운 땅이 내 두 발바닥에 전하는 메시지는 행복이다. 처음으로 마주한 새로운 땅과 새로운 세계는 나를 행복하게 했다. 나는 모험가도 탐험가도 아니지만, 성동구 왕십리와 다른 세계, 눈에 담기고 발에 밟히는 새로운 세계에 가슴이 '몽글몽글해진다'. 이 단어가 정확히 어떤 뜻인지는 모르겠지만, 어찌 됐든 나는 가끔 몽글몽글해진다. 그러니까, 나는 여행을 하고 있다.

　아 참. 그리고 그 몽글몽글한 순간을, 소중하게 생각하는 사람과 함께 한다는 것은 꽤나 아름다운 일인 것 같다.

　아 참 2. 그림을 다시 그리기 시작한 이후로는 손이 근질거려 매일 연필을 쥔다. 마침 괴레메에는 그리고 싶은 풍경이 지천에 널렸다.

　보미가 비싼 패키지 투어를 하는 날이면 K와 나는 오토바이를 빌려 괴레메에서 떨어진 마을들을 다녀왔다. 하루는 차우신 쪽으로, 하루는 위르귀프 쪽으로. 어느 방향이든 괴상한 바위와 석굴의 듀오가 끊이지 않았다. 유려한 곡선의 바위와 곳곳에 직선으로 깎인 인간의 흔적들.

　해가 지고 괴레메로 돌아오면, 숙소로 돌아가는 길가의 할머니가 우리를 알아보고 외친다. '팬케이크! 팬케이크!' 푸근한 얼굴에 장난기가 그득한 정겨운 할머니. 카파도키아 탐험대는 마트에서 산 싸구려 와인과 팬케이크로 하루를 마무리한다. 발을 쩔뚝이는 K와 와인으로 얼굴이 빨개진 보미는 기분이 좋아 보였다.

　카파도키아 하면 떠오르는 유명한 열기구의 향연을 보고 싶었지만 K와 나에게 그것은 쉽지 않은 일이었다. 벌룬 투어는 새벽 5시부터 시작하는데, 구글 이미지 같은 경관을 보려면 호스텔에서 20분을 걸어 언덕에 올라야 했다. 우리가 일어나는 시간은 주로 10시에서 11시 사이. 아침잠이 많은 나와 K에게는 일종의 도전이었다. 음… 내일 보지 뭐…. 우리는 다시 이불을 뒤집어쓴다.

　결국 K와 나는 수차례의 시도 끝에 언덕의 포인트에 올랐다. 카파도키아를 떠나는 날 아침이었다. 언덕에는 벌써 나온 사람들이 팔짱을 끼고 한 방향을 응시하고 있었다. 반바지에 반팔 차림으로 나온 사람은 나뿐이었다. 초가을 새벽 추위에 몸이 떨렸다. 곧 동이 트고, 주변을 분간할 수 있을 때쯤 나는 그곳이 첫날 올랐던 언덕이라는 사실을 알아차렸다. 미끄러지고 손이 까지면서 올랐던 그 언덕. 츄바카와 제다이가 숨어 있던 그 언덕이다.

스케치북을 펼쳤다. 눈에 담기는 것들을 어느 정도 그렸을 때, 그림 속 풍경 위로 하나둘씩 열기구가 떠오르기 시작했다. 하늘이 조금씩 밝아지고 열기구는 어느새 열 개가 되고 곧 스무 개가 된다. 아이보리, 로즈골드, 초현실적 풍경과 형형색색의 열기구.

발바닥에 메시지가 전해진다.

21

일상과 비일상, 공존의 도시
이스탄불

보미는 K와 나보다 사흘인가 먼저 카파도키아를 떠났다. 짧은 휴가인 만큼 누나는 빠르게 움직이며 안탈리아와 페티예를 더 둘러보겠다고 했다. 일단 안녕. 우리가 날짜 맞춰서 이스탄불로 갈게.

그리고 돌아온(?) 이스탄불. 코끝에 닿는 바람이 여전히 맑다. 가을이 깊어진 만큼 하늘은 한 층 높아져 있었다. 터미널을 나와 베식타시의 숙소로 가는 길, 거리의 고양이들이 가장 먼저 우리를 반겼다. 이스탄불은 길고양이를 굉장히 좋아하는 모양이었다. 곳곳에 동물들을 위한 사료 기계가 놓여 있고, 개와 고양이들은 따분하다는 듯 앉아 햇볕을 쬐고 있었다. 평소 동물 애호가는 아니었지만 다리에 몸을 비비는 고양이들이 싫지 않다. 그들은 겁도 없이 무릎에 올라 쓰다듬어 달라며 머리를 내밀었다.

베식타시는 보스포루스 해협에 면한 동네다. 유럽과 아시아의 접점이자 그리스도교와 이슬람교가 만나는 땅. 접점의 도시 이스탄불을 여행하기에 좋은 위치였다.

K가 찾아 둔 호스텔은 5층짜리 오래된 건물로, 동네 한가운데 구불구불한 골목의 모퉁이에 있었다. 베식타시의 골목은 특히나 복잡해서 지도의 점만으로 숙소를 찾는다는 게 여간 어려운 일이 아니었다. 똑같은 모퉁이를 몇 번이고 다시 마주치고 그때마다 K와 나는 호스텔 간판이 있는지 건물을 올려다봐야 했다.

그렇게 무거운 배낭을 짊어지고 한참을 헤매다 찾은 호스텔. 바로 맞은편에 분위기 좋은 펍이 있고, 언덕을 조금 걸어 올라가면 빵 가게가 있었다. 리셉션의 직원은 웃으면서 꼭대기 층에 있는 방을 배정해준다. 두 명이 같이 서기도 힘들 정도로 좁고 가파른 계단을 우리는 몇 번이고 돌아 올라가야 했다.

와이파이를 연결하고 나는 6인실 도미토리 침대에 누웠다. 보미 누나에게 숙소의 위치와 오는 방법을 메시지 보내놓으면 오늘 할 일은 끝난다. 공항에서 지하철을 타고 탁심역에서 내리렴. 광장을 가로질러 건너면 케밥 가게 옆에 돌무쉬 타는 곳이 있어. 그걸 타고 베식타시 광장까지 와. 대충 시간 맞춰서 나갈게. 공항까지 가기는 귀찮다. 미안. 아, 참고로 돌무쉬는 6명 정도가 타면 출발하는 튀르키예 승합 택시야. 내일 보자.

내일이면 보미가 호스텔로 올 것이다. 3인의 카파도키아 탐험대는 다시 이스탄불 탐험대가 된다. 오늘은 간단히 돌아다니면서 동네 구석구석에 익숙해져야지. 마트도 찾고. 대충 요리할 거리를 사 와 호스텔 부엌에서 저녁을 해 먹자. 그리고 꼭대기 방의 침대에서 이스탄불에 대해 공부해야지. 비잔틴, 콘스탄티노플, 보스포루스 해협…. 이 도시에 대해 아직 모르는 것이 너무 많다.

건축가 르코르뷔지에의 『동방여행』을 읽은 적이 있다. 근대
건축의 아버지라 불리는 인물이 젊은 시절 친구와 떠났던 여행을
기록한 책이다. 제목이 '동방 여행'이어서 아시아 여행기인 줄로만
알았는데, 그가 방문한 곳은 유럽의 동쪽인 그리스 아테네와
튀르키예 이스탄불이었다. 스위스 태생의 프랑스 건축가에게
이스탄불은 충분히 동방이었을까. 그 시절 열강의 눈에 비친
이스탄불은 어떤 모습이었을까.

이스탄불은 그에게 상상 이상의 충격을 안겨준 모양이다.
혈기왕성한 젊은 시절의 르코르뷔지에는 여행기에 이스탄불(그는
책에서 콘스탄티노플이라 불렀다)을 역동적으로 그려냈다. 이해하기
힘든 문장과 생소한 단어로 그는 이스탄불의 골목과 주택과
모스크를, 그리고 그들의 수공예품을 기록했다. 흐르는 의식을
그대로 담아낸 듯한 난해한 문장. 젊은 거장의 손으로 그려낸
스케치. 이스탄불에 도착한 코르뷔지에의 흥분과 떨림이 책에서
전해졌다. 아마도 그때부터 이스탄불에 대한 신비감이 내 안에
생겼을 것이다.

나는 베식타시 호스텔 꼭대기 층의 침대에 누워 이스탄불의
역사와 문화에 대해 알아보기 시작했다. 손바닥만 한 스마트폰에는
세상의 모든 지식이 담겨 있다. 유럽과 아시아, 기독교와 이슬람교는
이 땅에서 어떻게 만났는지. 왜 이스탄불이 '문화의 용광로'라
불리는지. 도시의 탄생부터 현재의 이스탄불까지 쓱 훑고 나니,
20세기 초반의 이스탄불을 콘스탄티노플이라 부르는 것이 얼마나
유럽적인 사고방식이었는가 하는 생각이 들었다. 생각해보면
르코르뷔지에는 책의 서문에서 '오만하고 철없던 젊은 시절'이라
말했던 것 같기도 하다.

문화의 용광로라 불리는 땅. 그곳에서는 완전히 다른 세계가
마주치고 끓어올랐다. 유럽 문화와 소아시아의 이교 문화부터
그리스도교와 동방정교회, 이슬람교, 북방의 유목 민족과 슬라브족,
페르시아인, 아랍인, 튀르크인 등 수많은 문화와 종교와 민족이
이곳에서 불꽃을 튀겼다. 이유는 이스탄불의 지정학적 특징
때문이었다.

이스탄불은 보스포루스 해협 양쪽에 자리를 잡고, 유럽 대륙의
끝과 아시아 대륙의 끝에 맞닿아 있다. 유럽인들 입장에서
이스탄불은 해협을 건너면 소아시아로, 소아시아에는 유럽으로
향하는 발판인 셈이다. 지정학이나 전쟁사에 대한 지식이 충분치
않더라도 이 땅에 수없이 많은 피가 뿌려졌으리라는 사실을 쉽게
짐작할 수 있었다. 지도를 가만히 보고 있자니 두 땅이 맞닿은
모습이 미켈란젤로의 「천지창조」가 떠오른다. 천장화에서 신과
인간이 만났다면 이스탄불에서는 신과 신이, 그리고 인간과 인간이
만났다.

나는 휴대폰을 내려놓았다. 주위는 이미 어두워져 있었다. 의식이
휴대폰에서 멀어지자 K의 코 고는 소리가 들린다. 비잔티움,
콘스탄티노플, 보스포루스 해협, 1600년의 수도…. 누워 있는 침대의
감촉이 새삼스럽다. 콘스탄티누스 황제와 메흐메트 2세는 호스텔
앞의 구불구불한 골목을 지나갔을까. 르코르뷔지에는 이 골목을
그렸을까. 이곳을 수도로 삼았던 제국의 흔적은 이 도시에 어떤
형태로 남아 있을까.

결국 나는 보미의 징징거림을 이기지 못하고 탁심 광장까지
마중을 나갔다. 하여간 손이 많이 가는 타입이다. 누나의 숙소도

당연히 꼭대기 층의 6인실 도미토리. 호스텔의 좁고 가파른 계단에 역시나 깊은 한숨을 내쉰다. 이렇게 다시 결성된 3인의 이스탄불 탐험대가 본격적인 활동을 시작한다.

우리가 가장 먼저 향한 곳은 역시나 '블루 모스크'였다. 본래의 이름은 '술탄 아흐메트 모스크'지만 푸른빛을 띤 내부 타일 장식 때문에 블루 모스크로 불렸다. 이스탄불에 대해 공부하기 전까지만 해도 나는 지붕이 파란색이어서 블루 모스크라 불리는 줄로만 알았다. 무슨 이유인지 블루 모스크는 '죽기 전에 봐야 할 세계의 건축물'에 빠지지 않고 이름을 올렸다. 보미 누나와 K와 나는 해안의 산책로를 따라 블루 모스크 방향으로 걸었다.

호스텔의 침대에서 나는 어떤 종류의 흔적을 기대한 것일까. 산책로에도, 보스포루스 해협에도, 블루 모스크에서도 유럽과 아시아의 공존의 흔적은 아쉽게도 찾아볼 수 없었다. 유럽인과 소아시아인이 뒤섞여 거리를 걷는 모습? 예수와 알라의 결투를 그린 거대한 조각상? 혹은 가톨릭 성당과 이슬람 모스크가 절반씩 섞인 건축물 같은 것을 기대한 것일까. 부산처럼, 보스포루스 해협에는 갈매기들이 한가롭게 날아다닐 뿐이었다.

그러나 지각하지 못하는 오래된 습관처럼, 그 독특한 역사는 아마도 이스탄불의 곳곳에 새겨져 있을 것이다. 내가 할 수 있는 일은 눈에 힘을 풀고, 있는 그대로의 이스탄불을 즐기는 것뿐이다. 블루 모스크도 마찬가지였다. 모스크의 푸른 돔, 하늘로 당당히 뻗은 미나레트(첨탑), 내부를 화려하게 수놓은 모자이크 타일은 그 자체로 아름다웠다. 이스탄불 하면 블루 모스크. 모든 일에는 역시 그럴 만한 이유가 있다. 문화와 종교와 인종의 공존에 관한 확실한 단서 따위는 아무래도 좋았다.

여기까지 생각이 미쳤을 때, 나는 광장에 앉아 미나레트 사이를 지나는 새의 무리를 그리고 있었다. 해가 적당히 떨어져서 석양빛이 보기 좋았다. 구름에 진한 회색부터 분홍색까지 서너 가지 다른 색이 섞였다. 연필과 플러스펜으로는 역시나 표현해낼 수 없는 색이다. 공존의 흔적 같은 것에 대해 기대를 접어 두어도 그대로 아름다운 이스탄불. 마침 시야에 보미가 들어와 그려 넣기로 한다. K는 어디선가 사진을 찍고 있겠지. 그림의 제목으로는 글쎄, '휴대폰을 보며 오렌지 주스를 마시는 보미와 블루 모스크, 어딘가에 있는 K' 정도가 적당할 것 같다.

며칠이 지나자 베식타시 광장에서 호스텔까지 오는 길과 그 주변의 거리가 어느새 익숙해졌다. 호스텔의 맞은편에는 펍, 완만한 언덕을 올라가면 빵집. 뒤로 돌아 골목 두 개를 지나면 괜찮은 마트와 야채 가게가 있다. 갓 만들어진 바게트, 토마토와 상추는 숙소 1층의 주방에서 샌드위치로 다시 태어났다. 달걀 프라이를 곁들이면 훌륭한 점심 식사가 완성된다.

마트에서 파스타를 사오면 3일은 알리오올리오를 만들어 먹었다. 기름, 마늘, 소금만 있으면 가능한 간단하고 맛있는 요리. 마침 마트에 싸게 파는 소시지가 있다면 알리오올리오는 조금 더 맛있어진다. 언제나 요리는 내가, 설거지는 K가 했다. 보미는 주로 구경을 담당했다. 휴.

누나가 떠나는 날까지 우리는 여행과 일상 사이의 미묘한 점에서 매일을 보냈다. 근처 시장에서 며칠이나 심사숙고해 필요한 겨울 옷을 고르고 워커를 샀다. 익숙한 호스텔 문을 열고 나와서 장을 보고, 아침 겸 점심을 다 같이 만들어 먹은 후에 숙소를 나섰다.

보미가 찾아놓은 목적지들로 향하는 길에는 익숙한 풍경이 스친다. 베식타시 정류장, 탁심 광장, 중심가를 달리는 트램. 그리고 도착한 목적지는 다시 여행을 실감케 한다. 그랜드 바자르, 톱카피 궁전, 보스포루스 대교, 갈라타 타워, 고등어 케밥, 양 내장 케밥…. 튀르키예의 모든 것은 하나같이 새로웠다. 그리고 숙소로 돌아올 때면 우리는 다시 일상으로 돌아온다. 호스텔 근처 선술집에서 간단히 맥주를 마시고, 씻고, 잠자리에 들었다.

탐험대가 이스탄불에서 찾아낸 것은 어쩌면 다른 의미의 공존이었을지도 모른다. 기독교와 이슬람, 동로마와 오스만, 유럽과 아시아처럼 대단한 것이 아니다. 그것은 더 피부에 가까운 일상과 일상이 아닌 것들의 공존. 익숙해진 숙소와 동네, 길을 나서면 만나는 모든 새로운 것들. 그 미묘한 지점이 이스탄불이 숨겨놓은 공존의 흔적이 아니었을까.

Day 067, 2015. 10. 09.

튀르키예에서 2주, 이스탄불에서 일주일째 밤. 이제는 어느 도시에 가도 사나흘이면 익숙해지는 듯 느껴진다. 이스탄불이 익숙해진 것일까. 탁심과 베식타시가 익숙하고, 이곳의 버스와 돌무쉬가 편하고, 호스텔이 집처럼 느껴진다. 6일인가 같이 있던 보미 누나를 공항에서 배웅하고 탁심 광장에 앉아 있다. 날씨는 부쩍 쌀쌀해졌다. 이제 본격적으로 유럽으로 들어갈 차례다.

문득 탁심역에서 나와 보이는 이 풍경이, 지나다니는 튀르키예 사람들이 굉장히 익숙하게 느껴진다.

집을 나온 지 두 달이 지난 시점에서 이 여행은 일상일까, 일상이 아닐까. 일상적인 풍경을 걷다가도 어느 순간 굉장히 비일상적인 순간을 만난다. 또 완전히 생소한 풍경 속에서 일상적인 일들이 일어난다. 마침 담배를 피워야지 하는 중에 옆의 남자가 담배를 권한다. 튀르키예가 좋다.

익숙한 탁심 광장에서 일기를 쓰다 연필을 떨어뜨렸는데 보도블록 사이에 꽂히는, 그런 날.

그리고 보미 누나가 떠나기 전날 찾아간 아야 소피아에서, 나는 드디어 공존의 흔적과 마주쳤다.

아야 소피아는 원래 콘스탄티노플의 성당이었다. 술탄은 도시를 점령한 이후 성당을 이슬람 사원으로 개조했다. 새로운 세입자가 불필요한 방의 용도를 바꾸듯이. 어찌 보면 이스탄불 특유의 역사를 가장 잘 간직하고 있는 대표적인 유산인 셈이다. 튀르키예 정부가 수립된 이후에 유럽은 성당의 반환을 요구했지만, 공화국은 아야 소피아를 성당으로도 이슬람 사원으로도 사용하지 않고 박물관으로 만들었다. (성당을 반환하라는 것이 어떤 의미였을까. 이스탄불에서 성당을 통째로 들어내 가져가려던 걸까.)

　재미있는 사실은 술탄이 성당을 이슬람 사원으로 개축하는 과정에서 성당 벽면의 모자이크화를 그냥 석회로 덮어버렸다는 것이다. 지우거나 무너뜨리지도 않고 그는 단순하게 벽을 덮어버렸다. 그리고 시간이 지나면서 세입자는 다시 바뀌었고, 회벽은 떨어져 나갔다. 덮여 있던 그리스도와 제자들의 모습이 드러난 것은 그때였다. 모자이크화에서 그리스도교의 유일신은 왠지 뽀로통한 표정으로 이슬람풍의 장식을 응시한다. 그야말로 신과 신의 만남이다.

　귀동냥하던 무리는 어느새 멀찍이 이동했다. (모르는 무리에 슬쩍 섞여 일행인 척 설명을 주워들었다.) 내가 멈춰선 곳은 볕이 잘 드는 구석이었다. 고개를 들면, 이슬람풍의 장식 가운데 일부만 남은 크리스천의 벽화가 보였다. 그렇게 찾던 공존의 흔적이 바로 여기에 있었구나. 나는 입을 반쯤 벌리고 모자이크화를 멍하니 바라봤다. 문득 꺼내든 휴대폰 카메라에는 무지개가 비쳤다. 무지개? 4.7인치의 아이폰 화면에 놀랍도록 선명한 무지개가 담긴다. 스크린을 치우면 뽀로통한 표정의 그리스도가 보인다. 마법과 같은 순간이다. 공존의 실체와 불현듯 나타난 무지개.

　어느 면으로 보나 일상적인 순간은 아니었다.

22
노란 잠수함

정확한 위치가 기억나지 않는 건물 옥상의 바에서 정확히 기억나지 않는 시간에 루리를 처음으로 만났다. 탁심 광장 근처였고, 바에서는 일종의 파티가 벌어지고 있었다. K가 호스텔 침대에 누워 한동안 휴대폰을 만지작거리다 찾아낸 파티였다.

"형, 근처에 카우치 서핑 파티 있다는데 갈래?" K는 휴대폰을 바라본 채로 물었다. 카우치 서핑(couch surfing). 여행자가 잠잘 곳을 찾아다니고, 또 역으로 잠잘 곳을 제공해주는 커뮤니티에서 시작된 표현이다.

"파티? 음… 잘 모르겠는데."

겉보기와는 다르게 나는 평소에 클럽이나 파티를 좋아하지 않았다(나의 겉보기에 대해서는 사실 정확히 알지 못하지만). 대학교 초년에는 홍대나 이태원으로 마음이 맞는 친구들과 매주 클럽을 찾아다녔지만, 언젠가부터 카페에 앉아 시간을 보내는 일에 더 큰 흥미를 느꼈다. 아마도 군 전역 이후부터였을 것이다. 그 당시에 다녔던 클럽들도 지금은 없어지거나 다른 이름으로 바뀌었다. 종종 클럽이나 파티 이야기가 나올 때면, 나는 치열했던 전투를 회고하는 노병처럼 사라진 클럽의 이름을 어렴풋이 떠올릴 뿐이었다. 어쩌됐든 새로운 사람들을 만나 술을 마시고 논 지도 꽤 오랜 시간이 흘렀다. 마침 보미 누나도 한국으로 돌아가서 심심하던 차였다.

파티는 K(와 나)처럼 어쩌면 괜찮은 여자를 만날 수 있지 않을까 하는 희망을 품고 온 남자들로 가득했다. 대략 스무 명 정도의 남자들이 테이블에 둘러앉았다. 아시아인은 K와 나뿐이었다. 모두가 웃는 얼굴로 즐겁다는 듯 여행에 대해 이야기하지만, 귀를 기울이면 목소리에 묻어 있는 실망감을 느낄 수 있었다. 각자의 앞에 놓인 술잔은 좀처럼 줄어들지 않는다. 가뭄에 콩 나듯 보이는 여자들은 어김없이 남자들에게 둘러싸였다.

한 시간쯤 지났을까? 슬슬 지겨워지는 파티에 호스텔로 돌아갈까 하는데, 국적을 짐작하기 힘든 여자 두 명이 바의 문을 열고 들어왔다. 그들이 문을 여는 순간 우연히도 먼저 들어온 쪽과 눈이 마주쳤다. 호기심이 가득해 보이는 커다란 눈이다. 희미하게 웨이브 진 금발이 보기 좋게 가슴을 덮었다. 그녀는 나와 마주친 시선을 자연스럽게 옮겨 바를 크게 한번 훑었다. 가을에서 겨울로 계절이 바뀌듯 자연스러운 눈길이었다. 나와 K의 앞자리는 마침 비어 있었다. 그녀는 시선을 멈추고, 곧 발걸음을 옮겨 내 앞으로 와 앉았다. 겨울에서 봄으로 계절이 바뀌듯 자연스러운 움직임이다.

"안녕, 반가워. 이름이 뭐야?" 아담한 체구의 여자가 웃으며 먼저 말을 걸어 왔다. 그녀의 영어 발음은 부드럽고 깔끔했다. 나는 계절의 변화에 대해 생각하기를 멈추었다.

"반가워. 찬이라고 불러. 이쪽은 K. 너희는?"

둘은 오래된 친구라고 서로를 소개했다. 아담한 쪽이 루리. 키가
큰 쪽의 이름은 메리였다. 부에노스아이레스 출신의 루리와 메리.
동화책에나 나올 법한 이름이다. 나는 머릿속에 귀여운 그림이
그려진 동화책을 떠올렸다. 이야기의 주인공은 아무래도 루리다.

루리는 이십 대 초반 정도로 보였다. 전체적으로 귀여운 생김새다.
챙이 작은 검정색 페도라가 금발과 무척이나 잘 어우러졌다. 약속에
늦어 급하게 머리에 얹힌 모양새지만, 그보다 더 어울리게 페도라를
쓰기는 아무래도 어려워 보였다. 몸에 걸친 흰색 스트라이프 니트와
검정색 재킷 역시 그녀의 얼굴과 페도라에 잘 어울렸다. 왠지 모르게
그녀를 위해 만든 옷일지도 모른다는 생각이 들었다.

"아르헨티나 사람을 만나보긴 처음이야." 나는 루리를 보며
말했다.

"우리도 한국인 여행자들을 만나긴 처음이야. 한국 사람들은 원래
그렇게 수염이 많아?"

"글쎄, 사람마다 다른 것 같은데." 아닌 게 아니라 3개월 차에
접어든 나의 수염은 상당히 길어 있었다. 나조차도 이 정도로 수염이
기른 내 얼굴을 보기는 처음이었다.

"이 형이 특별히 수염이 많은 편이야. 적어도 내 주변에는 이 형
밖에 없어." K가 아르헨티나 사람에게 잘못된 상식을 심어놓을 수는
없다는 듯이 말했다. 메리는 눈을 가늘게 뜨고 내 하관을 관찰했다.
수염 사이에 숨겨진 무언가를 찾기라도 하듯이.

"잘 어울린다. 보기 좋아."

루리의 갑작스러운 외모 칭찬에 나는 서둘러 화제를 돌렸다.
"고마워. 아르헨티나 사람들은 보통 너희처럼 생겼어? 스페인
사람이라고 해도 전혀 모를 것 같아."

"신기하게 잘 봤네. 할아버지가 스페인 분이셔. 할머니는 아르헨티나. 남아메리카에는 스페인 사람들이 꽤나 오래 있다 가서, 나 같은 사람들이 많아. 국적도 두 개인 경우가 일반적이고. 나도 스페인 여권이랑 아르헨티나 여권 두 개 가지고 다녀. 생김새도 대체로 비슷하지 않을까?" 루리는 그렇게 말하고 메리를 쳐다봤다. 메리는 아마도 그럴 것이라는 뜻으로 고개를 살짝 끄덕거렸다.

우리는 종종 자리에서 일어나 춤을 추고, 춤을 추다 지치면 자리로 돌아와 다시 술을 마셨다. 밤은 이제 막 시작했을 뿐이었다. 튀르키예와 아르헨티나와 스페인, 두 개의 여권과 페도라와 수염 말고도 할 수 있는 이야기는 아직 끝없이 많이 남아 있었다. 하나의 주제에서 여러 가지 이야깃거리가 자란다. 땅에서 한껏 물을 빨아들인 나무가 가지를 치는 것과 비슷하다. 점점 취기가 오르고, 바에서 언젠가 들어본 멜로디가 흘렀다. 「노란 잠수함」. 비틀스의 노래였다. 비틀스는 왜 잠수함에 대한 노래를 만들어야 했을까. 그 잠수함은 어째서 노란색이어야 했을까. 그보다 멜로디는 어째서 이다지도 뚜렷하게 들릴까. 나무가 빨아들인 것은 어쩌면 알코올이었는지도 모를 일이다. 혹은 초록색 바닷물이었거나.

In the town where I was born 내가 태어난 마을에
Lived a man who sailed to sea 바다를 항해하던 한 남자가 살았지
And he told us of his life 그는 들려줬어
In the land of submarines 잠수함 속 세상의 이야기를

눈을 떴을 때 기억나는 것은 미묘한 기류와 멜로디뿐이었다. 루리와 나의 시선이 마주치는 곳에서 달라졌던 공기의 흐름과,

노란 잠수함에 대한 비틀스의 음악. 숙취에 이따금씩 머리가 지끈거렸지만 나는 눈을 감은 채로 전날의 기억을 되짚기 시작했다. 창의 커튼은 이미 정오 언저리의 햇살을 받고 있었다.

지난밤, 골목의 작은 테라스가 있는 바로 우리는 자리를 옮겼다. 꽤나 깊은 밤이었을 것이다. 테라스에 앉은 손님은 나와 K, 루리와 메리가 전부였다. 우리는 술의 종류를 바꿔 커다란 병에 든 '라키'라는 튀르키예 전통 술을 주문했다. 소주와 비슷하지만 도수가 높고 약간 신맛이 났다. 취하기 위해 마시는 술. 목적지를 향해 일직선으로 달리는 기차처럼 빠르고 담백하다. 먼저 술 게임을 시작한 쪽은 메리였다(Drinking Game이라는 영단어를 들은 것은 그때가 처음이었다). 'Never have I ever(절대로 단 한 번도)'라는 이름의 간단한 게임이었다. 한 명씩 돌아가면서 각자가 여태껏 해보지 않았던 일을 말하면, 그 일을 해본 경험이 있는 누군가가 술을 마셔야 한다. 예를 들어 루리의 문장이 '난 서울에 살아본 적이 없어'라면, 서울에 살아본 적 있는 K와 나는 눈앞의 잔을 비워야 한다.

게임의 원작자와 술자리에서 이 게임을 시작한 사람들은 아마도 그것이 남녀가 섞여 있는 자리이길 의도했을 것이다. 그리고 게임은 금세 의도된 방향으로 흘렀다.

나와 K와 루리와 메리는 원작자가 기대한 질문들을 하나씩 착착 해 나가기 시작했다. 그때부터였다. 그때부터 분위기에 맞추어 공기의 흐름이 미묘하게 바뀌기 시작했다.

루리에게서 메시지가 왔을 때 나는 여전히 이불 속에서 전날의 기억을 더듬고 있었다. 특별히 실수라고 부를 만한 일은 없었다. 루리의 메시지는 지금 메리와 나간다고, 괜찮다면 저녁 식사를 같이 하자는 내용이었다. 물론 좋아. 우리는 언제든 괜찮으니까, 장소 정해지면 알려줘. 메시지 옆의 작은 숫자로 오후 1시가 지났음을 알 수 있었다. 나는 침대에서 나와 창문의 커튼을 걷었다. 정오보다 한 시간만큼 선명해진 햇살이 베식타시의 골목을 비추고 있었다. 호스텔 침대에 누워 보내기에는 아까운 날이다. K는 아직 숙취가 덜 깼는지 호스텔에서 쉬겠다고 했다.

탁심 골목에서 산 스웨터를 입고, 워커를 신고 보조 가방을 걸쳤다. 보조 가방에 선글라스와 안경과 스케치북과 이어폰이 잘 들어있는지 확인하고 호스텔 문을 나섰다. 목적지는 블루 모스크였다. 익숙한 골목을 돌아 나와 익숙한 트램에 몸을 싣는다.

모스크 중정 적당한 곳에 자리를 잡고 스케치북을 꺼내 무릎에 올렸다. 선글라스 대신 안경을 쓰고 귀에는 이어폰을 꽂았다. 이어폰은 오랜만이었다. 아치로 둘러싸인 조용하고 네모난 중정에 간간이 새소리가 들렸다. 나는 휴대폰에서 「노란 잠수함」을 찾아 재생 버튼을 눌렀다(내 휴대폰의 음악 목록에는 비틀스의 모든 노래가 들어 있었다). 3분이 채 되지 않는 짧은 멜로디다. 한 곡이 계속해서 반복되도록 설정해놓고 스케치북을 펼쳤다. 어젯밤 이 멜로디는 어째서 그토록 선명하게 들렸을까. 바다로 떠난 남자와 파란 하늘과 초록의 바다. 어렴풋한 기억에는 앨범 전체가 무슨 애니메이션의 음악으로 사용되었던 것 같다. 노란 잠수함을 타고 떠나는 모험. 악당 블루미니와 프레드 선장, 페퍼랜드. 링고, 존, 조지, 폴…. 눈은 꼼꼼히 블루 모스크를 담고, 손은 부지런히 그것을 스케치북에 옮기고, 머리는 노란 잠수함의 세계에 대해 생각했다.

So we sailed on to the sun 그래서 우리는 태양을 향해 항해했어

'Til we found the sea of green 초록빛 바다를 발견할 때까지

And we lived beneath the waves 우리는 파도 아래 살았어

In our yellow submarine 우리의 노란 잠수함 속

We all live in a yellow submarine 우리는 모두 노란 잠수함 속에 살고 있어

나는 스스로를 바다로 떠난 남자로 생각했던 것일까? 그렇다면 나는 어느 시점에 노란색 잠수함에 몸을 실었을까. 처음으로 긴 여행에 대해 막연한 꿈을 꾸었던 날일까. 동네의 단골 카페에 앉아 세계지도를 펼쳐놓고 본격적으로 계획을 시작한 날이었을까. 모든 채비를 마치고 학교와 인턴과 아르바이트에서, 서울에서 떠나던 날이라고 생각하는 편이 가장 그럴듯해 보인다. 익숙한 모든 것에서 떠나 미지의 세계에 첫발을 내딛던 날.

그림 오른쪽의 아치는 조금 더 왜곡해야겠다. 작은 종이에 넣고 싶은 풍경을 그려 넣으려면 가끔은 내가 보고 싶은 대로 봐야 한다. 나는 마침 해야 할 일이 떠오른 사람처럼 지우개를 집었다.

'잠수함 속 세상의 삶.' 내가 숨 쉬는 세계는 어쩌면 하나의 커다란 잠수함일지도 모른다. '우리는 모두 노란 잠수함 속에 살고 있어.' 플라톤이 그렸던 동굴처럼, (진실을 알려주는) 빨간색 알약을 먹기 전 네오의 세계처럼. 남자는 하필이면 잠수함을 타고 항해를 떠났다. 깜깜한 바닷속을 항해하는 잠수함을 생각하니 그리던 돔의 명암이 필요 이상으로 어두워졌다. 비유 속의 동굴과 잠수함. 디지털 숫자가 흘러내리는 지하 도시와 잠수함. 굳게 닫힌 해치를 열고 밖으로 나오지 않는다면 세계는 잠수함에서 시작해서 잠수함으로 끝이

나고 만다. 백지의 스케치북에 구도를 정해놓은 선이 그려지고, 다시 디테일한 부분으로 채워지는 만큼 머릿속도 점점 생각의 켜가 쌓였다. 그림은 어느새 거의 완성된 것처럼 보였다. 이윽고 루리에게서 메시지가 왔다. 7시에 여객선 터미널 근처 트램 정류장에서 볼까?

「노란 잠수함」을 다시 들은 것은 이스탄불의 마지막 날 밤이었다. 우리는 호스텔 앞 모퉁이의 작은 바에서 술을 마셨다. 루리를 만난 파티로부터 사흘인가 나흘이 흘렀고, 이제 날이 밝으면 우리는 각기 다른 곳으로 떠나야 했다. 나와 K는 그리스 아테네로, 루리와 메리는 튀르키예의 다른 도시로. 만난 지 나흘밖에 되지 않았지만 우리는 모두 헤어져야 한다는 사실을 무척이나 아쉬워했다. 쌓여 가는 맥주병이 아쉬움을 가늠케 했다. 그리고 그 아쉬움은, 작은 바가 문을 닫고 나서도 우리를 이스탄불의 밤에 머물게 했다.

"들어가서 자기에는 아직 이르지?"

루리였다. 그녀의 목소리에는 취기가 잔뜩 올랐다. 루리와 메리는 처음 만난 다음 날 우리가 있는 곳으로 숙소를 옮겼다. 우리는 호스텔 쪽으로 걷고 있었다.

"좋은 생각이라도 있어?"

"큰 라키를 한 병 사자. 그리고 호스텔 옥상에서 더 마시는 거야."

이미 나는 상당히 취해 있었지만, 그것은 꽤 괜찮은 아이디어였다. '이스탄불을 떠나기 전 마지막 밤 호스텔 옥상의 라키'. 커다란 캔버스에 그려진 유화의 제목처럼 들렸다. 꼭대기 층에 묵는 사람은 K와 나와 루리와 메리가 전부였다. 크게 떠들지만 않는다면 쫓겨날 일도 없다.

조명 하나 없는 호스텔 옥상의 벤치에 자리를 잡고 앉으니 작은 바에서 들었던 노란 잠수함에 대한 노래가 떠오른다. 우리는 모두 배에 올랐고, 많은 사람들이 옆방에 살고 있다. 밴드는 이제 다시 연주를 시작한다. 눈을 잠시 감았다 떴을 때 루리와 눈이 마주쳤다. 여전히 호기심이 가득해 보이는 커다란 눈이다.

And our friends are all aboard 친구들이 모두 배에 올랐어

Many more of them live next door 더 많은 친구들이 이웃해 살게 되었고

And the band begins to play 밴드는 연주를 시작해

We all live in a yellow submarine 우리는 모두 노란 잠수함 속에 살고 있어

Yellow submarine, yellow submarine 노란 잠수함, 노란 잠수함

"루리한테 키스하고 싶으면 지금 해."

옥상의 술자리를 끝내고 각자의 방으로 들어가는 길, 메리가 귀에 속삭였다. 그녀의 손에는 깔끔히 비운 커다란 라키 병이 들렸다. 답답해서 더 이상은 못 봐주겠다는 목소리였다. 메리는 그러고 뒤도 돌아보지 않고 방으로 들어갔다. 루리는 아직 복도의 벽에 기대서 휴대폰을 만지고 있었다. 나는 고개를 돌려 뒤따라오던 K를 쳐다봤다. 술에 취해 시야가 좁다. K도 비틀거렸다.

"야. 먼저 들어가 자라⋯."

"뭔데, 왜?"

"그냥 빨리 들어가서 자⋯."

K는 복도의 루리와 나를 번갈아 쳐다본다.

"아⋯ 알겠어. 파이팅."

K는 어색하게 잘 자라는 인사를 하고 방으로 들어갔다. 이제 호스텔 꼭대기 층에는 루리와 나뿐이었다. 나는 루리 앞에 가 섰다. 그녀는 휴대폰을 주머니에 넣고, 고개를 들어 나를 쳐다본다. 풀린 눈에 웃는 얼굴이었다. 호스텔의 복도는 어제보다 더 좁아진 것 같았다.

"너한테 키스할 거야."

"왜 이렇게 오래 걸렸어?"

"⋯미안."

이스탄불의 마지막 밤. 잠수함은 해치를 닫고 깊은 바닷속으로 항해를 시작했다.

23
파르테논, 줄넘기
그리스, 아테네

꽤나 오랜만에 '내가 여행을 하고 있구나' 하는 생각이 들었다. 장기
여행을 하기로 결심하고, 세상 곳곳을 돌아다니며 눈으로 보는
것들을 그림으로 그려야지 생각했었다. 그리고 연습 삼아 그림을
몇 개씩 그려볼 때마다 내 머릿속에 항상 자리 잡은 이미지는
'파르테논' 앞에 앉아 '파르테논'을 그리고 있는 나의 모습이었다.

아테네로 향하는 버스에서 나는 한동안 루리를
생각했다(한동안이라기에 버스는 18시간을 달렸다). 루리와 주고받은
메시지를 처음부터 다시 읽고, 함께 찍은 사진을 하나하나 천천히
돌아봤다. 지칠 줄도 모르고 버스는 달렸다. 그리고 지칠 줄 모르는
버스에서 대개 시간은 점점 왜곡된다. 루리와의 스킨십은 불과
하루도 지나지 않은 일이었지만, 그것은 나에게 꽤나 오래전 일처럼
느껴졌다.
우리는 웃으며 헤어졌다. 가볍게 입을 맞추고, 루리는 언젠가

어디선가 다시 만나자는 인사를 남겼다. 그것은 아마도 오지 않을 언젠가, 아마도 존재하지 않을 어디선가 다시 만나자는 인사였다.

그리스 아테네에 도착한 시간은 이른 아침이었다. 얄팍한 잠에 들고 깨기도 지칠 무렵 버스는 더는 달릴 수 없다는 듯 터미널에 멈추어 섰다. 머리 위로 까마귀 한 마리가 알아들을 수 없는 소리를 내며 지나갔다. 하늘은 파랗고 구름은 하얬다. 길 건너 박물관인지 신전인지 모를 건물에는 마침 파랗고 하얀 줄무늬의 그리스 국기가 펄럭였다.

낯선 국기를 바라보자니 다른 나라에 들어왔구나 하는 실감이 들었다. 아테네는 왜 하필 버스 터미널 옆에 박물관인지 신전인지 모를 큰 건물을 지었을까? 여행자들에게 아테네에 도착했음을 상기시키기 위해? 혹시나 그리스가 신전의 나라임을 잊지 않도록? 그리고 잠시 후 국기 밑의 이등변 삼각형이 눈에 들어왔다. 페디먼트, 삼각형 모양 박공이었다. 그리스 아테네의 페디먼트. 덕수궁 석조전이나 한양대학교 본관의 그것과는 확실히 다른 무게감이 있었다. 혹은 그런 것처럼 보였다.

시내의 호스텔을 찾아 여느 때와 같이 짐을 풀었다. 평소와 다른 점이 있다면 그것은 호스텔의 이름이 '제우스'라는 사실이었다. 비슷비슷한 가격대의 이층 침대 숙소라면, 아테네에서 제우스라는 이름의 호스텔을 선택하지 않을 사람이 있을까.

지난밤의 여독이 다 마신 커피잔의 잔류물처럼 몸에 남아 있었지만, 우리는 거리로 나서기로 했다. 시간은 아직 점심도 전이었다. 하늘은 아직 기분 좋은 파란색이다.

호스텔을 나와 10분쯤 걸었을까? 본격적으로 아테네 시내로 접어들자 유럽의 돌바닥이 시작됐다. 지금껏 여행을 하며 오래된 돌바닥을 많이 걸었지만, 무슨 이유에서인지 빛바랜 보도블록은 내게 유럽의 상징처럼 느껴졌다. 나는 걷고 있는 반질반질한 보도블록에 대해 곰곰이 생각했다. 블록을 만들었을 아테네의 돌장이를 생각하고, 그 밑의 대지에 뿌려졌을 수많은 사람들의 땀과 피, 그리고 그 밑의 유럽 대륙을 생각했다. 여행은 어느새 3개월 차에 접어들어 나는 유럽 대륙에 발 딛고 있었다. 보도블록 밑에서 대륙은 가느다랗게 떨렸다. 50리터의 배낭에 내가 가진 모든 것이 들어 있다는 사실이, 그리고 '그 안에 들어 있는 것들'이 삶을 사는 데 충분할 수도 있다는 사실이 문득 내게 위안이 되었다. 정체를 알 수 없는 위안이었다.

K는 길가의 상점에 들어가 검투사 헬멧을 만지작거리다 머리에 썼다. 빨간 학급용 빗자루를 거꾸로 달아놓은 헬멧이었다.

"야. 배낭 하나만 있어도 충분히 살 수 있는데, 왜 사람들은 더 갖고 싶어 할까?"

"형 이거 멋있지 않아?" 헬멧에 귀가 덮여 잘 들리지 않는 모양이었다.

"…응. 멋있다. 점심이나 먹으러 가자."

"형! 사진 찍어줘."

"알았어. 작게 말해. 다 들려 이 XX야. 그리고 나도 찍어줘."

K와 나는 모나스티라키 광장에서 기로스로 점심을 먹고, 광장 근처 벼룩시장 골목골목을 샅샅이 돌아다녔다. 대부분의 유럽 도시가 그렇듯 아테네도 광장을 중심으로 좁고 아름다운 골목이

거미줄처럼 얽혔다. 화창한 햇살 아래 골목을 걷는 것만으로
얼굴에는 웃음이 번졌다. K는 간간이 멈춰 서서 목에 건 미러리스
카메라에 아테네를 담았고, 나는 그리스 국기 패치를 찾아
기념품점을 들락거렸다.

우리가 첫날 점심으로 먹은 '기로스'는 오스만의 흔적이 남아 있는
그리스 전통 음식이다. 튀르키예의 케밥과 비슷한 모양새로, 두꺼운
피타 브레드에 구운 고기, 양파, 토마토, 요거트를 넣어 싸 먹는다.
맛있는 음식은 우리 여행의 주된 테마가 아니었지만 기로스는
정말이지 맛있었다. 하나의 가격은 2유로. 손바닥 두 개 정도 크기로
하나를 다 먹으면 배가 불렀다. 유럽의 물가라고는 믿기지 않을
정도로 싼 가격에 맛과 양까지 겸비한 기로스에 우리는 완전히
빠져버리고 말았다. 기로스는 이후 그리스를 떠나는 날까지 우리의
거의 모든 끼니를 책임졌다.

해가 저물고 광장은 어두워졌다. K와 나는 테라스에 앉아
저녁으로 기로스를 먹었다. 광장 남쪽 건물 너머 아크로폴리스에는
조명이 켜져 파르테논을 비추었다. 언덕도 파르테논도 작게
보였지만, 그들은 너무도 뚜렷하고 육중한 존재감을 발하고 있었다.
나는 파르테논 앞에 앉아 파르테논을 그릴 것이다. 그러나 지금은
아니다. 내일도 아니다. 먼저 나는 아테네에 익숙해져야 한다.
아크로폴리스에 오르는 것은 그 다음이고, 파르테논을 내 손으로
그리는 것은 또 그 다음의 일이다. 어두운 저녁 하늘에서 파르테논이
어서 언덕에 올라 나를 마주하라고 말한 것 같았지만, 아마도
착각이었을 것이다. 나는 고개를 돌려 마지막 남은 기로스 조각을
입에 넣었다.

우리는 차근차근 아테네에 익숙해져 갔다. 호스텔 주위를 거닐고,

광장에 앉아 볕을 쬐고, 테라스가 있는 기로스 가게에 앉아 담배를 태웠다. 시내 무료 워킹 투어가 끝나면 벤치에 앉아 멀리 보이는 아크로폴리스를 바라봤다. 아크로폴리스 뮤지엄 창에 (설계자의 계획대로) 비치는 파르테논에 감탄하고, 언덕 주위 거리 음악을 들으며 한가로이 시간을 보냈다. 밤이 되면 제우스 호스텔에서 체스를 두거나, 야시장에 가거나, 클럽에 가 맥주를 마셨다. (K가 찾은 'SIXDOGS'는 꽤나 유명한 클럽이었다. 해가 지면 그들은 조명을 바꾸고 듣기 좋은 하우스 음악을 틀었다.)

아테네 고고학 박물관은 전 세계에서 손에 꼽히도록 오래되고 값진 유물을 보유한 곳이라고 위키피디아는 설명했다. 아크로폴리스에서 북쪽으로 약 3킬로미터 정도 떨어진 박물관은 해가 잘 드는 보기 좋은 광장을 끼고 있었다. 역시나 거대한 네 개의 기둥이 입구를 받치고 있다. 선사시대부터 시대 순으로 공들여 짜인 관람 동선에, 과연 진귀한 유물들이 넓은 박물관 56개의 전시실 곳곳에 전시되어 있었다. 아가멤논의 황금 가면, 포세이돈과 디오니소스의 청동상, 아우구스투스의 흉상…. 하나같이 영화나 책에서만 듣고 보아 온 것들이었다. 특히나 포세이돈의 청동상은 실제로 그리스 어딘가의 바다 밑에서 발견되었다고 적혀 있었다. 바닷속에서 발견된 포세이돈? 그리스 신화를 주제로 한 테마파크에 온 기분이 들었다. 부식된 청동상과 정교하게 조각된 대리석에는 어딘가 현실성이 결여되어 있었다. 실제로 2000년 전이나 3000년 전부터 존재해 온 것들이라고 믿기에, 그들은 내게 잘 만들어진 이야기의 한 장면처럼 보일 뿐이었다. 다스베이더가 실제로 사용했던 광선검을 전시해놓는 것처럼. 하지만 어�찌됐든 내가 있는 곳은 그 유명한 '그리스 로마 신화'의 '그리스'였다. 구름 위의 제우스와 바닷속 포세이돈의 흔적이 어딘가 실존해야 한다면, 그곳은 아테네 고고학 박물관일 수밖에 없다.

하지만 온갖 신기한 것들로 가득 찬 박물관에서, 정작 내 눈길이 가장 오래 머문 곳은 다름 아닌 입구의 거대한 기둥이었다. 박물관을 둘러보고 다시 입구로 나왔을 때, 기둥은 비스듬한 오후 4시의 햇빛을 받고 있었다. 커다란 아이보리 대리석 기둥에는 일정한 간격으로 홈이 파였고, 주춧돌의 유려한 곡선을 따라 날카롭게 그림자가 드리웠다. 빛을 받은 부분은 상아색과 백색의 중간에서 반질반질 고급스럽게 빛난다. 아가멤논의 황금 가면보다도 매력적인 빛깔이었다. 무슨 이유에서인지 나는 기둥에 매료되었다. 이유를 생각할 새도 없이 가방에서 스케치북을 꺼내 그대로 출입구 앞 바닥에 앉았다. 행여 기둥을 비치는 햇빛이 사라져버릴까 허둥지둥 연필을 꺼냈다.

외곽선부터 천천히 기둥을 그리기 시작했다. 눈을 빠르게 기둥의 구석구석을 관찰하고, 머리는 그것을 새로운 구도로 바꾸고, 손은 연필과 함께 정성 들여 그것을 종이 위에 옮겼다. 그림자가 진한 부분은 선을 더 꼼꼼히 긋고, 대리석의 곡선은 선의 각도 차이로 나타내자. 하지만 너무 많은 선이 그려지지 않도록 주의해야 한다. 전체적으로 대리석은 빛나고 있다. 선이 필요 이상으로 많아졌다가는 자칫 빛나는 대리석이 어둡게 보일지도 모른다.

10분이 채 걸리지 않은 짧은 스케치였다. 농밀한 집중이었는지, 연필을 쥔 손에 힘을 풀자 중지 첫마디가 빨갛게 눌려 있었다. 손을 접었다 폈다 터는데 머리 위에서 까마귀가 울음 소리가 들렸다. 그는 내가 기둥을 그리는 중에도 울고 있었을까.

다시 내려다본 스케치북 속 기둥은, 지나가버린 오후 4시 10분의 햇빛을 받고 있었다. 썩 마음에 드는 크로키다.

머리 위의 까마귀가 마침 생각났다는 듯이 말했다. '네게 필요한 것은 연습이야. 그림 그리는 연습. 그토록 그리고 싶었던 파르테논을 만족스럽게 그리려면, 그리고 그림에 특별한 재능이 없다면 네게 필요한 것은 연습이야.'

맞는 말이다. 그저 그런 그림을 그리고 파르테논을 떠날 수는 없는 일이다.

그림 연습을 하기로 마음먹고 처음으로 그려본 것은 디오니소스 극장이었다. 주변의 익숙해진 풍경도 좋지만, 그리스적인 무엇인가를 그리는 편이 낫겠다는 생각이 들었다. 군데군데 망가지고 바랜 대리석을 그리는 데 익숙해져야 한다.

중심의 무대부터 시작해 천천히 극장을 돌았다. 디오니소스

극장의 역사, 그곳에서 행해졌을 희극이나 비극은 아무래도 중요치 않았다. 어느 조망에서 가장 좋은 구도가 나올까. 여기서 극장을 그린다면 내가 표현해야 할 것은 어떤 것들일까. 내게 중요한 것은 어떻게 이 오래된 원형 극장을 잘 그려낼 수 있을까 하는 것이었다.

마음을 정하고 스케치북을 꺼내 앉은 곳은 중심에서 살짝 오른쪽의 가장 높은 객석이었다. 무대와 무대 뒤편의 작은 공원까지 잘 보이는 자리다. 공원 너머 원경에는 건물 몇 채와 언덕이 흐릿하게 자리 잡았고, 조금만 고개를 돌리면 극장 전부가 눈에 들어왔다. 무대는 위에서 보니 직사각형과 원호를 합친 모양이었다. 객석을 이루는 돌계단은 무대를 중심으로 방사형으로 뻗어, 구석구석 꼼꼼히 세월에 깎였다. 세월은 어느 것 하나 차별하는 법이 없다. 돌계단 사이사이를 비집고 풀이 자랐다. 눈에 보이는 모든 것을 담자니 스케치북이 좁다. 혹은 모든 것을 담기에 적절한 구도를 나는 아직 그릴 수 없다.

결국 완성된 그림은 썩 마음에 들지 않았다. 구도도 변변찮고, 공원의 나무 표현도 그저 그렇고, 디테일한 묘사나 재질의 표현도 만족스럽지 않았다. 꽤나 오랜 시간 집중해서 그린 그림이었지만 들인 시간과 결과는 아무래도 비례하지 않는 모양이었다. 그나마 삐죽삐죽 자란 풀과 객석 중간에 앉은 사람의 실루엣은 나쁘지 않다. 언제나 만족스러운 그림만 그릴 수는 없겠지. 나는 일어서서 스케치북을 가방에 넣고 엉덩이에 묻은 흙을 털었다. 무슨 영문인지 옆에는 거북이 한 마리가 와 풀을 뜯고 있었다.

어느새 어둑해져 경기장은 물론 스케치북도 잘 보이지 않았다. 휴대폰의 플래시를 비춰보니 완성된 스케치는 꽤나 그럴싸해

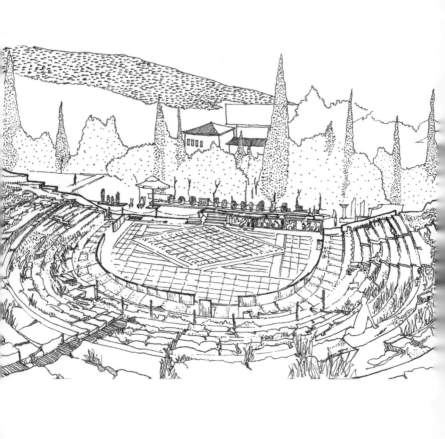

보였다. 아테네 올림픽 경기장은 스케치북에 빼곡히 옮겨져 있었다. 몇 번이고 지우고 다시 잡은 구도, 정성 들여 그은 수많은 선이 아주 보기 좋았다. 제목은 글쎄, '플러스펜과 1000개의 선'이 좋겠다.

완전히 어두워진 올림픽 경기장의 관중석에서 일어나 나는 어렴풋한 미소를 지었다. 마음에 드는 그림을 그리고 마음에 드는 제목을 지은 데서 비롯된 미소였다. 그리고 그 어두운 관중석에서, 어쩌면 파르테논을 마주할 준비가 되었을지도 모른다는 생각이 들었다.

파르테논에 오르기로 한 날 우리는 평소보다 일찍 제우스 호스텔을 나섰다. K는 어떨지 몰라도 도시 중심의 언덕으로 향하는 나의 발걸음은 예사롭지 않았다. 호스텔 주변과 모나스티라키 광장까지 가는 길은 이미 익숙해져 있었지만, 바로 그 파르테논을 마주한다고 생각하니 어쩐지 풍경이 새롭게 보였다. 며칠이고 주변만 맴돌았기 때문이었을까. 유네스코 세계 문화 유산 1호를 대면한다는 설렘 때문이었을까.

매표소를 지나 언덕을 조금 더 오르니 미끈하게 빛나는 널찍한 바위 계단이 보였다. 긴 세월 수많은 사람들에게 밟혀 닳은 모양이었다. 자연이 뽑아 올린 붉은 암석과 인간이 깎아 올린 대리석이 교묘하고 자연스럽게 섞였다. 벽을 이루는 대리석도 오랜 세월과 손길에 반질반질 닳은 것은 매한가지였다. 만지지 말라는 경고는 붙어 있지 않았고, 나는 비단같이 부드러운 벽면을 천천히 손으로 쓸었다.

가파른 계단의 끝에는 높다란 대리석 기둥이 줄지어 섰다. 얼핏 사람 키의 다섯 배쯤은 되어 보였다. 넓지 않은 공간에 촘촘한

간격이다. 양옆은 오래된 요새처럼 벽면으로 막혔고, 기둥은
어디에도 연결되어 있지 않았다. 아마도 아크로폴리스가 멀쩡했던
시절에 페디먼트를 받치고 있었겠지. 아무도 알려주지 않았지만
그곳은 명백히 아크로폴리스의 입구였다. (그곳이 프로필레아라
불린다는 사실을 안 것은 나중의 일이었다.) 열주는 지당한 통로인 양
나와 K를, 사람들을 자연스럽게 이끌었다. 열주를 지나면 뒤편 우뚝
솟은 정문으로 빛이 쏟아졌다. K는 눈썹 위에 손을 올려 그림자를
만든다. 입구서부터 먼 언덕으로 이어지는 사람의 행렬이 보이고,
그 가장 높은 곳에 어렴풋한 무엇인가가 눈에 들어왔다. 나는 숨을
삼켰다. 그것은 파르테논이었다.

  신전은 아크로폴리스의 가장 높은 곳에 자리하고 있었다. 아테네
시내가 한눈에 내려다보이는 곳이다. 지붕이 날아가고 기둥만
남았지만, 남은 기둥조차도 온전한 것이 없었지만 파르테논은
묵묵히 자리를 지키고 있었다. 복원 공사를 위한 가설 자재와
크레인을 끼고 있는 모습은 마치 화타에게 치료받는 관운장을
연상케 했다.

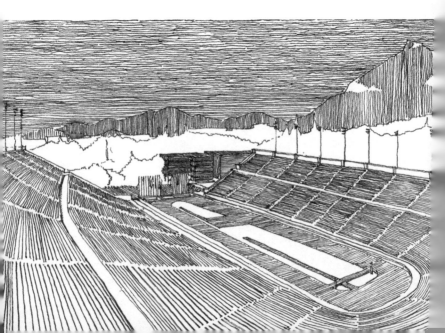

나는 신전과 아테네가 번갈아 보이는 자리에 한참을 서 있었다. 어떻게 도시의 한가운데에 이렇게 큰 언덕이 존재할 수 있을까? 아니, 사람들은 어떻게 이런 곳을 찾아내고, 신전을 짓고, 도시를 만들었을까? 나는 파르테논을 응시한다. 신전을 짓기 시작한 때는 기원전 432년이었다. 어떻게 신전은, 파르테논은 이 미스터리한 곳에 2500년이라는 세월 동안 존재해 왔을까. 이곳은 올림포스일까? 오스만의 화약고가 폭발한 해는 1687년. 어째서 인간은 신들의 건물을 화약고 따위로 사용해야만 했을까? 큰 폭발에도 폐허가 되지 않아서, 오히려 완벽하지 않은 모습이기에 파르테논은 가치를 더하는 것일까. 지금으로부터 2500년 전에 정과 망치를 들었을 누군가는 이곳에 파르테논을 남겼다. 나는 어디에서 와 지금 이 자리에 서 있을까. 그리고 나는 무엇을 남길 수 있을까.

문득 눈시울이 붉어짐을 느꼈다. 한 번도 느껴본 적 없는, 정체를 짐작도 할 수 없는 감정이었다. 내가 해야 할 일은 마치 숙명처럼 느껴졌다. 파르테논에 가까이 걸어가야 한다. 그리고 적당한 자리를 찾아, 파르테논을 그려야 한다. 46개의 도리아식 오더로 둘러싸인 신전을 나는 그려야 했다. 크로스백의 가방 끈을 쥔 손에 단단히 힘이 들어간다.

"난 시간 좀 걸릴 것 같아. 돌아다니다가 먼저 내려갈 거면 알려줘."

K는 알겠다고, 웬만하면 어디든 앉아 있을 테니 같이 내려가자고 답한다. 완벽한 여행 동반자가 아닐 수 없다. 나는 파르테논을 두어 바퀴 돌아보고, 동쪽 면이 바라보이는 곳에 걸터앉았다.

신전은 한눈에 들어왔다. 적당한 거리다. 나는 가방에서 스케치북을 꺼내 무릎에 올리고, 필통에서 연필과 지우개를 꺼냈다. 안경을 찾아 쓰고는 눈을 감는다. 숨을 한 번 크게 들이쉬고, 천천히 내쉬고, 눈을 감은 채로 좌우를 번갈아 보다 다시 떴다. 오랜만에 안경을 쓸 때마다 하는 일종의 짧은 의식이었다. 의식을 마치면 눈을 감기 전보다 맑고 선명한 세상이 펼쳐진다.

수염을 만지작거리며 파르테논의 구석구석을 관찰했다. 전체적인 비례부터 부조의 섬세한 표현까지, 눈에 보이는 모든 것을 이해해야 했다. 신전을 온전히 스케치북에 옮길 수 있도록.

손가락으로 수염을 꼬면서 머릿속으로 기다란 직사각형을 그려본다. 갑 휴지 모양이다. 높이는 갑 휴지보다 조금 낮다. 갑 휴지는 다시 원기둥으로 둘러싸이고, 바라보는 각도에 맞게 회전한다. 나는 작은 개미가 되어 갑 휴지를 올려 본다. 신전의 반대쪽 모서리는 안경을 써도 보이지 않았지만, 이제는 그릴 수 있다. 나는 연필로 최대한 흐릿하게 기준이 되는 네 개의 세로줄을 그렸다. 그리고 그들을 연결해 스케치북 위에 파르테논 갑 휴지를 그린다.

다음으로 기둥의 위치를 정한다. 나름의 소점이 정해졌으니 면을 일정한 간격으로 나누기는 어려운 일이 아니었다. 전면에 8개, 측면에 18개의 점을 찍어 기둥의 위치를 표시하자.

기준점을 잡았으니 이제 기둥을 내릴 차례다. 2500년 전 누군가는 밑에서부터 차근차근 기둥을 쌓아 올렸겠지만, 나는 위에서 아래로 기둥을 그렸다. 다행히 스케치북에는 중력이 없다. 하지만 도리아식 엔타시스(기둥 중간 부분이 약간 부르도록 한 건축 양식)는 굉장히 미묘해서, 그 야릇한 곡선을 표현하기란 여간 어려운 일이 아니었다. 아래로 갈수록 두꺼워지는 것을 표현하려니 기둥은 자꾸만 이상한

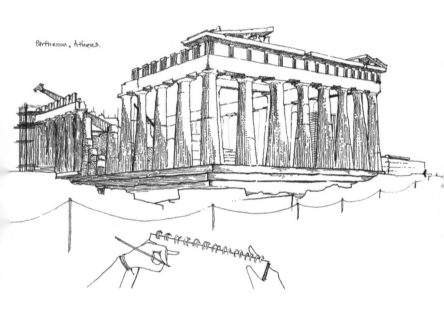

Parthenon, Athens.

모양이 돼버린다. 과한 표현을 지우고 보니 기둥은 다시 밋밋한
평행선을 이루고 만다. 엔타시스와 씨름하는 동안 어느새 신전
뒤편으로 해가 걸렸다. 이런 식이라면 그림을 반도 완성하지 못하고
내려가야 할지도 모른다. 과한 표현을 남긴 채로 다음으로 넘어간다.

나는 다시 수염을 만지작거리면서 대학 강의실을 떠올렸다.
엔타블러처(기둥이 떠받치는 윗부분)는 아키트레이브, 프리즈,
코니스(각각 엔타블러처의 한 부분을 가리킨다)로 이루어집니다.
주두(기둥의 맨 윗부분)의 모양은 양식마다 달라서…. 좀처럼
기억나지 않는 꿈처럼 단어와 단어, 사실과 사실이 실에 위태롭게
연결되어 머리 위를 둥둥 떠다녔다. 그러고 보면 프리즈의 장식은
모두 아크로폴리스 뮤지엄으로 옮겨져 있었다. 영웅과 신들의
무용담은 아쉽게도 더 이상 신전과 함께 그려질 수 없었다.

'주두가 떠받치는 것들'과 망가진 페디먼트를 웬만큼 그리고 나는
수염을 쓸었다. 해는 이제 신전 뒤로 숨어 보이지 않았다. 언덕을
가득 채웠던 사람들도 몇 남지 않았고, 관리인들은 펜스를 정리하기
시작했다. 나는 서둘러 기둥 사이로 보이는 잔해와 가설 자재,
크레인을 그려 넣었다.

아크로폴리스에서 내려와 우리는 저녁으로 기로스를 먹었다.
(저녁으로 무엇을 먹으면 좋을까 고민하다가도, 결국은 언제나
기로스였다.) 나는 호스텔로 돌아와 다시 스케치북을 펼쳤다.
태어나서 처음으로 보고 그린 파르테논은 스케치북에 고스란히
남아 있었다. 나름대로 의미 있는 그림이었지만, 내가 줄 수 있는
점수는 7점이었다. 비례도 어색하고 선은 대부분 뭉개졌다. 기둥은
이게 최선이었을까. 엔타시스만 놓고 보면 2점도 아깝다. 하지만

낙심하지 않았다. 단번에 마음에 드는 그림을 그리리라고는 생각하지 않았기 때문이었다. 아테네를 떠나는 날은, 파르테논을 만족스럽게 그린 다음 날이다. 미안하지만 K의 동의는 구하지 않았다.

숙소에서 만난 일행과 메테오라에 다녀온 이틀을 제외하고 세 번을 더 아크로폴리스에 올랐다. 딱히 파르테논을 다시 찾을 이유가 없던 K는 아테네의 미술관을 둘러보며 혼자만의 시간을 보냈다.

아크로폴리스의 입장료는 기로스 6개 값이었지만 아깝다는 생각은 들지 않았다. 나는 질리지도 않고 몇 번이고 파르테논을 그렸다. 같은 구도와 또 다른 구도에서. 머릿속의 갑 휴지로부터 시작하는 같은 방식이었다. 그림자의 표현 방식을 바꾸어보고, 신전 주변의 사람들과 영국의 엘긴이 미처 가져가지 못한 대리석 잔해를 적당히 그려 넣어본다. 파르테논 앞에 스케치북을 펼치고 앉으면 시간은 평소보다 빠르게 흘렀다.

하루는 아테네 수호 신전인 맞은편의 에레크테이온을 그리기로 한다. 노을에 드리운 그림자는 마침 점으로 표현하기에 안성맞춤이었다.

그림 그리는 일은 줄넘기와 같다. 파르테논의 11번째 기둥을 그리며 든 생각이었다. 시간을 들인 만큼 더 좋은 그림을 그리게 된다. 중요한 것은 오늘도 줄을 넘고, 내일도 줄을 넘고, 또 그 다음 날도 줄을 넘는 것이다. 매일을 가혹하게 줄넘기에 매진할 필요는 없다. 비가 오면 소파에 누워 쉬고 술을 마신 날에는 침대에 들면 그만이다. 하지만 비가 그친 날에는 다시 줄을 넘고, 술 마신 다음

날에는 다시 줄을 넘어야 한다. 그렇게 꾸준히 줄을 넘다 보면
줄은 어느새 발에 걸리지 않는다. 쉬지 않고 1000번을 넘는 순간은
언젠가 반드시 온다. 중요한 것은 꾸준함이다.

　나는 잠시 연필을 내려놓고 수염을 만지작거렸다. 그렇다면
오늘도 내일도 그 다음 날도 줄넘기를 들고 밖으로 나가도록
하는 힘은 무엇일까? 숨이 턱까지 차오르고 다리에 힘이 풀려도,
계속해서 줄을 돌리게 하는 힘은 무엇일까. 생각하기에 그것은
줄넘기에 대한 '흥미'였다. 기로스 24개 값을 치르고 몇 번이고
아크로폴리스에 오르려면, 파르테논 앞에 앉아 스케치북과
파르테논을 번갈아 바라보는 일이 재미있어야 하는 것이다.

　신전을 마주한 첫날 이후로 깨닫지 못했던 사실이 별안간 머리에
스쳤다. 그것은 나의 모습이었다. **파르테논 앞에 앉아 파르테논을
그리는 나의 모습.** 여행을 준비하던 동안 머릿속에 그리던 바로 그
모습이다.

　언제부터 머리 위에 있었는지, 첫날의 까마귀가 생각났다는
듯이 말했다. '그림뿐만이 아니야. 어쩌면 삶의 모든 면은 줄넘기
같을지도 몰라. 네게 필요한 것은 연습이야.' 고개를 들어 하늘을
올려다보았지만 까마귀는 보이지 않았다.

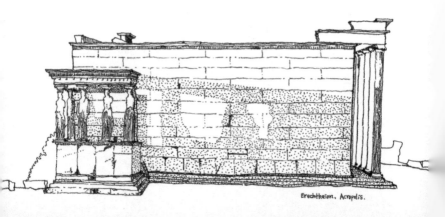

Erechtheion, Acropolis.

다시 내려다본 스케치북 속 파르테논이 그제야 만족스럽게
느껴졌다.

Day 080, 2015. 10. 22.

방금 여행 80일 동안, 그러니까 지금까지의 여행 중에 가장 아름답고
인상 깊은 석양을 보았다. 지금도 나는 그 석양에 있다.

내 눈앞에는 아크로폴리스가, 파르테논이, 고대 올림픽 경기장이, 제우
스 신전 터가, 헤파이스토스 신전이, 아테네 고고학 박물관이, 그리고 지
중해가 펼쳐져 있다.

나는 그리스 아테네, 리카베투스 언덕의 꼭대기에 앉아 있다. 해가 섬
사이로 모습을 감추고 20여 분이 지난 지금, 문득 파르테논에 불이 들어
왔다. 조금씩 조금씩 거리와 도시에 파르테논의 불빛이 물든다.

나의 어떤 언어로도 저것을 묘사할 수 없을 것이다. 해가 지는 아테네의
하늘과, 이제 막 불이 켜진—2500여 년의 시간을 그곳에 있었을—아크로
폴리스의 뿌리 깊음을. 하늘은 이제 거의 어두워져 해가 진 곳에서 한 뼘
정도 조금 성급하게 자른 듯한 새끼손톱만 한 달이 떠올랐다. 본격적인 아
테네의 야경이 시작되고 있다.

꽤나 오랜만에 '내가 여행을 하고 있구나' 하는 생각이 들었다. 장기 여
행을 하기로 결심하고, 세상 곳곳을 돌아다니며 눈으로 보는 것들을 그림
으로 그려야지 생각했었다. 그리고 연습 삼아 그림을 그려볼 때마다 내 머
릿속에 자리 잡은 이미지는 '파르테논' 앞에 앉아 '파르테논' 그리는 나의
모습이었다.

왜 파르테논이었는지는 모르겠다. 좋아하는 건축가 안도 다다오의 글
과 사진 때문인지도 모르고, 사무실에서 구승민 소장님의 파르테논 점묘
화를 보고 느낀 감탄이 의식 깊숙이 남은 때문인지도 모른다.

2500년이라는 가늠할 수 없는 세월을 품은 빛바랜 대리석이 뿜어내는 무언가는 나를 항상 매료했다. 역시 언어는 (나의 언어는) 명확한 한계를 지닌 것처럼 느껴진다. 하루키나 헤밍웨이였다면 아테네의 석양과 아크로폴리스에 대한 글을 20장은 쓸 수 있었겠지.

나는 무엇을 이루고 싶을까. 어떤 사람이 되고 싶을까.

나머지는 돌아가서 마저 생각하기로 한다.

Parthenon. Acropolis.

24

죄송하지만 하룻밤만 재워주실 수 있을까요?

자킨토스

K와 여행 계획을 세우던 동네 단골 카페. K는 말년 휴가를 나온 군인이었고 나는 휴학생이었다. 유럽 여행 일정을 짜던 날 우리는 자킨토스라는 섬을 발견하고야 말았다. 각자 노트북으로 그리스의 가볼 만한 곳, 볼 만한 것들을 찾던 중이었다.

"와, 형. 이것 좀 봐봐." K는 그의 오래된 맥북을 내 쪽으로 돌렸다. 화면에는 초승달 모양의 하얀 절벽이 에메랄드 빛 해안을 감싸고 있었다. 깎아지른 듯한 흰 절벽은 파릇한 초록으로 덮였고, 백사장에는 길쭉한 물체가 덩그러니 놓여 있었다. 자세히 보니 그것은 난파선이었다. 스크롤을 내리면 해안과 난파선을 찍은 사진들이 이어진다. 녹슨 배는 누가 정성 들여 그곳에 놓기라도 한 듯 백사장의 한가운데 자리 잡고 있었다. 하얀 절벽과 에메랄드의 바다. 숨겨진 해변과 난파선. 멋진 조합이다.

"오… 그리스야? 여기 이름이 뭐야?"

"응, 그리스. 이탈리아 방향에 있는 섬인데, 잔테? 자킨토스?

자킨토스인 것 같아."

"어떻게 가? 근처에서 배로 이탈리아 넘어갈 수도 있을 것
같은데."

"진짜 예쁘다. 여기는 무조건 가야겠다."

아테네에서 자킨토스로 가는 방법은 생각보다 간단했다. 버스를
타고 파트라스라는 도시에 가면, 그곳에서 다시 자킨토스로 가는
버스를 탈 수 있었다. 파트라스를 출발한 버스는 작은 항구 도시
킬리니에서 통째로 페리에 올라탄다. 파트라스는 이오니아의
바닷물이 코린트만으로 흘러드는 길목에, 킬리니는 파트라스보다
더 이오니아해에 가까운 곳에 위치했다. 아테네에서 파트라스로
가는 버스는 세 시간, 파트라스에서 자킨토스까지도 세 시간이
걸렸다.

정오에 아테네를 출발한 버스는 해질녘이 돼서야 자킨토스
항구에 도착했다. 전날 아테네의 클럽에서 늦게까지 시간을 보낸
탓에 버스에서는 죽은 듯이 잘 수 있었다. 가끔씩 덜컹이는 버스에
눈을 뜨면 창밖에는 눈부신 코린트만이 펼쳐져 있었다.

우리는 섬에 대한 어떤 정보도 없었다. 숙소도 예약하지 않은
상태였다. 어떻게든 되겠지. 섬마을의 작은 건물 사이로 보이는
노을이 아름다웠다. 일단 저녁을 먹기로 한다.

"형. 숙소 찾아보기 귀찮은데, 그냥 아무한테나 하룻밤만 재워
달라고 해볼까?"

항구 근처의 기로스 가게에서 저녁을 먹던 중, K는 기막힌
아이디어를 낸다.

"뜬금없이 그냥 가서 저기요, 실례합니다. 하룻밤만 재워주세요?"

"응. 작은 섬이고 할아버지 할머니들이 많이 계시니까… 인심 좋은 동네 아닐까."

그래 뭐, 나쁘지 않은 생각이다. 그리스의 작고 조용한 섬이 아니면 언제 그런 짓을 해보겠어. 몇 번 해보다가 너무 늦었다 싶으면 산 근처로 가 야영하면 그만이다. 마침 내 배낭에는 아테네에서 30유로를 주고 산 작은 텐트가 있었다. 본격적으로 비싸질 물가를 대비해 노숙용으로 마련한 텐트였다.

"해보지 뭐. 캠핑도 아니고 히치하이킹도 아니고. 녹노킹이네 녹노킹."

Knock Knock-ing. 그럴싸한 이름이었다.

"그리고… 저희는 3개월째 여행 중인 한국인 여행객입니다. 오늘 아무 준비 없이 섬에 들어와서 숙소가 없는데요. 죄송하지만 하룻밤만 재워주실 수 있을까요?"

500밀리리터짜리 작은 물 한 병을 계산한 후였다. 우리의 첫 목표(?)는 주택가 마트의 주인 아주머니였다. K와 나는 민망함에 몇 번이고 머뭇거렸다. 아주머니는 의사소통이 가능한 정도의 영어를 구사했지만, 무슨 의미인지 도무지 이해하지 못하는 모양이었다.

"호텔은 저쪽이에요. 저기 건너편에 간판 보이죠?"

"네, 보이지만… 저희는 아주머니 댁에서 하룻밤 신세를 질 수 있을지 여쭤보고 싶어요. 어려운 부탁인 줄 압니다."

아주머니는 마침내 이해했는지 당혹스러운 표정을 지었다.

"오, 미안해요. 우리 집에는 가족들도 다 있고… 안 될 것 같아요. 미안해요."

아닙니다. 미안하실 필요는 없지요. 감사합니다. K와 나는 고개를 숙이고 도망치듯 마트를 나왔다. 첫 번째 시도는 실패였다.

우리는 동네의 집들을 돌아다니며 벨을 누르기로 했다. 벨이 없는 집은 작게 문을 두드렸다. 안녕하세요. 저희는 한국인 여행객입니다. 어려운 부탁인 줄 알지만, 하룻밤만 재워주실 수 있을까요? 숙소가 없어서요.

"미안하지만 어렵겠네요."

"미안해요. 방이 없어요."

K와 나는 한 번씩 번갈아 가며 벨을 누르고 문을 두드렸다. 문을 열고 나오는 사람은 대부분 나이가 지긋한 할아버지나 할머니였다. 두드리는 문이 점점 늘어나면서 첫 대사는 기계처럼 흘러나왔다. 당연한 일이었을까. 우리는 번번이 문전 박대를 당했다. 시간이 늦어질수록 문은 점점 빠르게 닫혔다.

"…형, 호스텔 예약했어야 했나 봐. 쉽지 않네." 11번째 문이 닫혔을 때 휴대폰의 시계는 밤 10시를 가리키고 있었다. 배터리도 얼마 남지 않았고, 배낭은 점점 무거워졌다.

"그러게… 딱 한 집만 더 물어보고 실패하면 텐트 칠 곳 찾으러 가자. 진짜 마지막 한 집."

"그래. 대신 최대한 될 것 같은 집으로 가자."

"낄낄. 될 것 같은 집을 밖에서 보고 어떻게 아냐."

"느낌 같은 게 있잖아. 딱 봐도 따뜻한 침대에서 재워줄 것 같은 집."

K가 정한(느낀) 마지막 집은 외딴곳의 작은 2층짜리 상아색 주택이었다. 1층에만 불이 켜졌고, 조용한 자킨토스와는 왠지 어울리지 않는 음악이 흘러나왔다. 기타와 드럼 소리가 섞인 록 음악이었다.

"저기다 형. 저기야. 형 차례인데 잘할 수 있지?"

"…그럼. 잘할 수 있지."

"가자 형. 진짜 마지막이다."

나는 상아색 문을 두드렸다. 음악 소리 때문인지 사람이 나오지
않았다. 문을 두드리는 손에 조금 더 힘을 실었다.

"도울 일이라도?"

오랜만에 듣는 부드러운 영어 발음이었다. 윤기가 흐르는 긴 갈색
머리칼의 젊은 여자가 문을 열고 나왔다. 몸에 붙는 검정색 민소매를
입었고, 웃음 띤 얼굴은 삼십 대 초반으로 보였다. 피부는 보기 좋은
구릿빛이다. 이마와 어깨에 송골송골 땀이 맺혀 있었다. 상당히
매력적인 인상이었다. 드럼 소리가 멎은 것으로 보아 막 스틱을
내려놓고 나온 모양이었다.

"어, 음… 안녕하세요? 저희는 한국인입니다. 아, 아뇨. 한국인
여행객입니다. 실례지만 하룻밤만 재워주실 수 있을까요? 숙소가
없어서요. 밤도 늦었고, 어려운 부탁인 것은 이해하고 있습니다.
죄송하지만 부탁합니다. 현관이라도 괜찮아요." 어느 정도 당황한
탓에 첫 대사는 뒤죽박죽 섞여버렸다.

그녀는 얼마간 벙쩐 표정으로 있다가, 잠시 기다리라는 말을
남기고 집 안으로 들어갔다. 문은 열어 둔 채였다. 곧 기타 소리가
그쳤다. 나는 그 와중에 현관의 크기를 가늠했다. 신발을 한쪽으로
정리하고 둘이 누우면 간신히 잠들 수 있을 정도의 공간이다.

"안녕하세요. 잘 곳을 찾고 있다고요?"

여자와 함께 나온 남자가 물었다. 기타 소리의 주인공이다. 훤칠한
키에 코가 곧게 뻗은 매력적인 얼굴이었다. 피부는 마찬가지로
구릿빛이고, 금발과 흑발이 섞인 머리를 뒤로 묶었다. 그는 반바지에

옆구리가 깊게 파인 민소매 차림이었다. 나이는 여자보다 3살 정도 많아 보였다. 듣기 좋은 영어였지만, 미세한 억양에서 모국어가 아님을 느낄 수 있었다.

"현관에서라도 재워주시면, 아침 일찍 나갈게요. 부탁드립니다." K가 옆에서 거들었다.

"하하. 현관에서 잘 수는 없죠. 집에서 재워드리는 것은 어렵지 않은데요, 잠시…."

남자는 고개를 돌려 여자와 이야기를 나눴다. 알아들을 수 없는 그리스어였다. 남자는 무엇인가를 제안했고, 여자는 잠시 고민한 후에 동의하는 것 같았다. 기타 씨와 드럼 씨가 이야기하는 동안 K와 나는 눈을 마주쳤다. '이번엔 성공할지도 몰라.' 얼굴에 작게 웃음이 번졌지만 우리는 아랫입술을 살짝 깨물어 감췄다.

대화가 끝나고 기타 씨는 집 안으로 들어가 외투를 걸치고 나왔다. 손에는 휴대폰과 열쇠가 들려 있었다. 그는 곧 계단을 성큼성큼 걸어 내려가더니, 주차된 차의 트렁크를 열었다. 족히 20만 킬로미터는 달렸을 법한 오래된 푸조였다.

"해안가에 여름에 사용하는 별장이 하나 있는데, 지금은 아무도 없어요. 거기서 머물도록 해요. 걸어갈 수 있는 거리는 아니라 데려다줄게요. 차로 10분 정도 걸려요."

별장? 나는 귀를 의심했다. 고개를 돌려 K를 쳐다봤지만, 나와 같은 표정을 짓고 있었다. 여름 별장에 우리를 재워준다고? 이게 된다고? 진창에 빠진 마차처럼 생각은 앞으로 나아가지 못했다. 우리는 일단 그의 제안에 따랐다. 이미 밤은 늦었고, 기타 씨와 드럼 씨에게 더 이상 폐를 끼칠 수는 없었다.

이동하는 차 안에서 우리는 잘 기억나지 않는 대화를 나눴다. 기타 씨는 우리의 여행에 대해 궁금해했다. 도대체 어떤 종류의 여행을 하고 있어서 그리스의 유명하지 않은 작고 조용한 섬에서 가정집 문을 두드리는지.

해안 도로를 달리던 차는 곧 방향을 틀어 산길로 접어들었다. 비포장도로를 50미터가량 올라가더니 이내 멈춰 선다. 오래된 푸조의 전조등을 제외하면 주위에 불빛이라 할 만한 것은 없었다. K와 나는 앞이 보이지 않아 휴대폰으로 손전등을 켜야 했지만, 기타 씨는 능숙하게 대문을 열고 성큼성큼 걸어갔다. 키가 커서인지 그는 시원시원하게 걸었다. 허리까지 올라오는 나무 문을 지나 우리는 계단을 올랐다. 어둠에 가린 별장은 어림잡아 2, 3층 정도 되어 보였다.

"이쪽으로 들어와요. 문은 거의 열어놓아요. 올 사람도 없고, 딱히 가져갈 것도 없어서."

기타 씨는 그렇게 말하면서 전등을 켰다. 하얀 페인트로 칠한 벽이 먼저 눈에 들어왔다. 거실에는 붉은 러그가 깔렸고, 체형에 맞게 눌린 소파가 놓여 있었다. 집을 설계할 때부터 소파 위치를 정해놓은 듯 소파는 완벽한 곳에 놓였다. 반질반질한 나무 식탁이 부엌과 거실을 나눴다. 식탁의 오른쪽에는 샤워를 겸한 화장실이, 왼편으로는 킹사이즈 침대가 놓인 안방이 보였다. 유리문은 아마도 작은 테라스로 연결될 터였다.

기타 씨는 필요한 내용을 간결하게 설명했다. 온수 트는 법, 와이파이 비밀번호, 가스레인지 사용법 같은 것들이었다. 그는 마지막으로 부엌의 서랍을 열어 가지런히 정돈된 식기를 보여줬다. 구석구석 적당한 정성을 들여 관리한 별장이었다. 바퀴벌레나 빈대가 가득하지 않은 이상 K와 나에겐 확실히 과분한 곳이다.

믿기지 않는 현실에 멍하니 그의 설명을 듣고 있자니, 에어비앤비 숙소에 온 것 같은 착각이 들었다.

"며칠이든 원하는 만큼 묵어도 좋아요. 물론 아무것도 지불하지 않아도 괜찮고."

며칠이든 원하는 만큼? 공짜로? 나는 K를 쳐다봤다. 역시 나와 같은 표정을 짓고 있다.

"…저희야 정말 감사한 일이지만… 그래도 괜찮을까요? 이 집은 저희한테 정말 과분한데요."

"걱정 말아요. 어차피 지금은 아무도 사용하지 않아요."

우리는 할 말을 찾지 못하고 고맙다는 말을 반복할 뿐이었다.

"나는 이제 갈게요. 아까 말했지만 문은 잠그지 않는데, 필요하면 이 열쇠를 사용하면 돼요. 떠날 때는 문 옆 화분에 넣어줘요."

"네, 그렇게 할게요. 깨끗이 지내겠습니다. 정말 고마워요."

"참, 담배 태워요? 저쪽 유리문 밖에 테라스가 있는데, 테이블 위에 재떨이가 있을 거예요. 집 안에서는 피우지 말아줘요."

물론이죠, 그런 것이라면 걱정 마세요. 기타 씨는 잘 자라는 인사를 남기고 뒤도 돌아보지 않고 계단을 내려갔다. 그의 오래된 푸조에 곧 전조등이 켜지고, 불빛은 해안 도로 쪽으로 움직였다.

기타 씨가 시야에서 사라지고 잠시 정적이 흘렀다. 아주 짧은 정적이었다. 그 짧은 정적 후에, 우리는 누가 먼저랄 것도 없이 배낭을 조심스럽게 내려놓고 음악도 없이 꿀렁꿀렁 춤을 추기 시작했다. 입이 귀에 걸리고 웃음이 새어 나왔다. 왠지 소리 지르며 기뻐하거나 크게 웃으면 안 될 것 같아 숨죽여 끅끅거렸다.

"휴, 야. 이게 실제로 벌어진 일이야? 이게 된다고?"

"진짜. 대박이다. 내가 뭐랬어, 형. 느낌이 왔다니까."

"인정할게. 기분도 좋은데 침대에서 같이 잘까?"

"그래도 그건 좀 그렇지. 형이 소파에서 자."

"낄낄. 가위바위보 해."

25
1980년의 밀수꾼

이튿날 아침, 소파에서 눈을 뜬 사람은 나였다. 내가 주먹을 냈던가.
하지만 거실에서 일어난 덕에 해가 든 별장을 먼저 볼 수 있었다.
창밖에는 지난밤의 꿈같은 일을 더욱 믿기 힘들게 만드는 풍경이
펼쳐져 있었다.

　눈을 비볐다. 싱크대 위 창문으로 눈부신 아침 햇살이 쏟아져
들어오고, 창틀의 작은 화분과 하얀 커피포트, 빨간 주전자, 나무
주걱이 햇볕을 온전히 받아 빛났다. 섬의 햇살은 부엌부터 시작해
별장 곳곳을 따뜻하게 감쌀 속셈이었다. 창문의 아래 절반은
파란색이었는데, 그것이 바다라는 사실을 깨닫는 데는 그리 오랜
시간이 걸리지 않았다. 아침 햇살을 받은 파란색이 쉴 새 없이
반짝거렸기 때문이다.

　가방에서 담배와 라이터를 챙겨 테라스로 나갔다. 테라스의
햇빛은 손으로 차양을 만들어도 눈을 뜨기 힘들 정도로 강렬했다.
눈이 익숙해지는 데만도 꽤나 오랜 시간이 걸려서, 담배가 반쯤

타들어 간 후에야 섬과 별장의 아침을 살필 수 있었다.

그것은 그야말로 눈부신 풍경이었다. 푸른 숲에 둘러싸인 별장은
건물 두 채로 이루어져 있었다. 테라스 밑으로 나지막한 붉은 지붕이
보였다. 아마도 차고가 아닐까. 작은 샛길이 별장의 마당과 멀리
보이는 해안 도로를 연결했다. 지난밤 오래된 푸조가 올라왔던
길이다. 푸른 숲과 붉은 지붕, 해안 도로, 파란 바다와 하늘은
하나같이 눈이 아플 정도로 밝게 빛났다. 짙은 숲이 바닷바람에
흔들리며 쏴아 하는 기분 좋은 소리를 냈다.

나는 눈을 감고 깊게 숨을 들이마셨다. K를 깨워야 한다. 섬을
여행해야 한다.

부엌에서 시리얼과 우유를 꺼내놓고 우리는 각자의 휴대폰을
들었다. 섬을 둘러보는 데 필요한 구체적인 정보를 얻기 위해서였다.
하지만 자킨토스가 산토리니나 미코노스처럼 유명하지 않아서인지
네이버에는 쓸 만한 정보를 거의 찾아볼 수 없었다. (K와 내가
자킨토스를 여행한 해는 이 섬이 드라마 「태양의 후예」로 유명해지기
전이었다.) 산토리니에 대해서는 섬의 기원과 역사부터 신화, 경제,
문화, 볼거리까지 상세하게 묘사하는 반면, 자킨토스에 대한 내용은
두 문단의 간략한 설명이 전부였다. 그마저도 생전 들어본 적 없는
이름들로 이루어진 문장이다. '그는 아르카디아에서 소아시아로
건너와 다르다니아시를 세운 다르다노스가 바테아와의 사이에서
낳은 아들이다. 자킨토스에게는 일로스, 에리크토니오스라는 형제가
있었다고 한다.' 네, 잘 알겠습니다.

위키백과도 마찬가지였다. '이오니아 제도 주에 속하는
현. 면적은 410제곱킬로미터. 높이는 0~10미터. 인구는 1만

6475명이다.' 대관절 어떤 종류의 사람이 자킨토스 섬의 높이를 궁금해할까? 면적이 410제곱킬로미터라는 사실도 물론 아무런 도움이 되지 않았다. 혹시나 싶어 제주도의 면적을 검색해보았지만, 1849제곱킬로미터라는 숫자는 나를 더욱 혼란스럽게 만들 뿐이었다.

K와 나는 조금 더 정보를 찾아보려다 그냥 나가기로 마음을 정했다. 일단 시내로 가자. 여행사가 있다면 가장 확실할 테고, 아니면 식당에라도 들어가 이것저것 물어보는 편이 낫겠다는 생각이었다. K가 서울, 동네 단골 카페에서 찾았던 난파선이 있는 해변의 이름은 나바지오다. 나바지오 해변으로 가는 방법 정도는 알 수 있겠지. 제주도의 5분의 1이라면 왠지 렌터카로 여행하기 좋은 크기가 아닐까? 410제곱킬로미터와 1849제곱킬로미터라는 숫자는 어쩌면 유의미한 정보였을지도 모른다.

우리가 렌터카를 구한 곳은 시내의 작은 여행사였다. 여행사는 항구의 기로스 가게에서 멀지 않은 곳에 있었다. 차종은 닛산의 미크라. 이 차는 르노의 클리오, 현대자동차의 i20와 경쟁했던 소형 해치백이다. 우리에게 배정된 하얀 미크라는 2010년 3월 제네바 모터쇼에서 공개된 4세대 모델이었다.

여행사 직원은 차와 약관에 대해 간략히 설명했다. 기어는 수동이고, 최소한의 보험을 포함해서 렌트는 하루에 25유로였다. 상당히 매력적인 가격이다. 적은 돈은 아니지만 어디든 갈 수 있는 자유를 얻는 비용으로는 합리적이다. 게다가 우리는 자킨토스에서 숙박비도 내지 않는다. K와 나는 차 키를 받아 들고, 섬을 여행하는 데 필요한 몇 가지를 확인한 후에 여행사를 나왔다. 주로 나바지오 해변에 대한 정보였다. 구글의 이미지와 같은 경치를 보려면 차를

타고 절벽 끝으로 가야 하고, 실제로 그 해변으로 가 난파선을
손으로 만져보려면 섬의 서쪽 선착장에서 배를 타야 했다. 우리가
묵고 있는 별장에서 선착장까지는 차로 한 시간이 걸렸다.

 2011년식 하얀 미크라의 운전석에는 내가 앉았다. 한국에서도
운전할 일이 있을 때면 항상 내가 핸들을 잡았다. 키를 돌려 시동을
걸자, 미크라의 작은 보닛 밑에서 본격적으로 여행이 시작되는
소리가 들렸다.

 우리는 구글맵에서 'Navagio Beach View(나바지오 해변 경관)'를
목적지로 설정하고 차를 출발시켰다. 하늘은 맑고 열린 차창으로
상쾌한 공기가 들었다. 수동 기어 운전은 아테네에서 메테오라에
다녀올 때와 마찬가지로 금세 익숙해졌다. K는 카팩 케이블을
휴대폰에 연결해 음악을 틀었다. 맑은 가을날 자킨토스의 해안
도로를 달리기에 제격인 하우스 음악이 흘렀다. 나는 음악을 잘
모르지만, K의 플레이리스트는 대개 듣기 좋았다. 미크라도 그의
음악 취향에 딱히 이견이 있어 보이지는 않았다.

 나는 2단과 3단 사이에서 기어를 변속하며 구불구불한 해안
도로를 달렸다. K는 창밖으로 펼쳐진 섬과 바다를 그의 미러리스에
담았다. 미크라의 작은 엔진 소리와 변속 타이밍이 익숙해질
때쯤 나는 머릿속으로 나바지오 해변의 난파선에 대해 생각하기
시작했다.

 항구 여행사 직원의 설명에 따르면, 난파선의 정체는 1980년대
그리스 해군에 쫓기던 밀수선이었다고 한다. 무슨 이유에서인지
사람들은 해변에 주저앉은 배를 치우지 않았고, 세월이 흘러
난파선이 있는 숨겨진 해변은 이색 관광지가 되었다. 200미터가 채

되지 않는 작은 백사장 한가운데의 녹슨 배. 기가 막힌 우연이 아닐 수 없다. 우연히도 깎아지른 듯 솟은 초승달 모양의 하얀 절벽이 해변을 감싸고, 바닷물은 우연히도 에메랄드그린으로 눈부시게 빛난다.

1980년. 대한민국 제5공화국. 광주에서 민주화운동이 일어나고, 뉴욕에서 존 레넌이 암살당한 해였다. 이름 모를 배에는 몇 명의 선원이 타고 있었을까. 그들은 무엇을 싣고 자킨토스 근처 바닷길을 은밀히 지나려 했을까. 그리스 해군이 밀수선을 발견한 시간은 밤이었을까, 새벽이었을까. 이름 모를 선원들은 (혹은 밀수꾼들은) 살아남았을까. 그들의 소중한 배가 좌초한 해변이 훗날 '난파선 해변(Shipwreck Beach)'이라 불리게 되리라고, 그들은 짐작이나 했을까. 나는 4단까지 기어를 올렸다가 다시 3단으로 내렸다. 기어를 4단 이상으로 넣고 달리기에는 길이 너무 구불구불했다.

1980년에 난파한 배의 선장은 어떤 사람이었을까. 그의 얼굴을 상상해본다. 선장의 굵고 거뭇한 팔에는 아마도 털이 많이 자랐고, 헐렁한 민소매를 입었겠지. 덥수룩한 수염은 3주 정도 다듬지 않았을 것이다. 이마에 깊게 주름이 파였고, 제멋대로 자란 눈썹 위로 군청색 두건을 둘렀다. 두건 사이로 짜디짠 땀방울이 흐른다. 입에는 담배를 물고 오른손에 투박한 나무잔을 들었다. 물론 럼주가 담긴 잔이다. 마침내 윤곽이 잡힌 선장의 모습은 밀수꾼이라기보다 해적에 가깝다. 해적? 처음부터 다시 상상해야 할까. 잠시 고민하다 고개를 저었다. 1980년 광주시청의 얼굴들을 상상해본 적이 있던가? 총을 든 시민과 더 커다란 총을 든 군인의 얼굴을 나는 상상한 적이 없었다. 5월 18일의 하늘은 맑았을까? 그리스 해군이 밀수선을 향해 쏜 총알과, 광주의 하늘을 가른 총알은 그들의 종착지를 알고 있었을까. 하늘은 그 밑의 인생들과 무관하게 맑았을 것이다. 총알도, 그가 날아가 박힐 곳이 누구의 가슴일지는 알지 못했으리라. 존 레넌의 숨을 앗아간 총알도 몰지각하기는 마찬가지였겠지.

어느덧 구불구불한 길이 끝나고 비교적 곧게 뻗은 오르막길이 나타났다. 완만한 경사였다. 무의식적으로 기어를 변속하는 사이에 시간과 공간은 어느새 뒤죽박죽으로 섞여버렸다. 내가 달리는 도로 옆의 바다가 남해인지 지중해인지 잠시 혼란스러웠다. 옆의 K는 여전히 찡그린 눈을 뷰파인더에 붙이고 있었다.

K와 나는 마트에서 산 빵과 치즈를 들고 바위에 걸터앉았다. 눈앞에는 구글에서 보던 이미지가 3차원으로 펼쳐져 있었다. 하얀 초승달 모양의 절벽과, 에메랄드그린의 바다와, 숨겨진 백사장과 난파선. 절벽은 생각보다 높았다. 까마득한 절벽 아래의 풍경을 오래 보고 있자니 약한 현기증이 느껴졌다. 자칫 발을 잘못 디뎌 떨어진다면 살아 남기란 확실히 불가능한 높이였다. 주먹만 한 돌을 바다에 던지면 그것은 수면에 닿기 전에 시야에서 사라졌다. 바위 옆의 초록색 풀은 바람에 쉴 새 없이 흔들렸다.

빵과 치즈가 작아질수록 하늘은 선명함을 잃고 오묘한 파스텔 톤으로 변해 갔다. 휴대폰의 시계는 오후 5시를 가리키고 있었다. 정오의 하늘이 물 한 방울 섞지 않은 파란 물감이었다면, 다섯 시의 하늘은 회색과 주황색을 한 방울씩 넣고 물통에 섞어놓은 듯한 색이었다.

나는 바위에서 일어나 엉덩이를 털었다. 슬슬 별장으로 돌아가자. K도 미련이 없다는 듯 일어섰다.

"형, 근데 우리 이게 저녁이야?"

"응. 차 렌트했잖아… 정 배고프면 집 가기 전에 기로스 하나 사서 나눠 먹자."

Day 084, 2015. 10. 26.

오후 5시 26분. 자킨토스섬의 어딘지 모를 도로변. 집으로 돌아가는 길, 파노라마로 펼쳐진 지중해의 석양을 찍기 위해 차를 대고 앉아 있다.

지금 내 눈에 보이는 저 색을 물감으로 표현할 수 있는 화가가 있을까. 이 분위기를 음악으로 표현할 수 있는 작곡가가 있을까.

아무리 좋은 카메라를 가지고 온들 저 색, 구름과 바다와 해가 만드는 저 색은 담을 수 없을 것처럼 보인다. 가슴부터 올라오는 작은 탄성만이 지금의 감동을 설명할 유일한 언어일 것이다.

오늘은 일찍 일어나 25유로에 닛산 미크라를 렌트해 섬의 이곳저곳을 돌아다녔다. 그렇게 보고 싶었던 나바지오 해변을 드디어 두 눈에 담고, 딱 생활에 필요한 만큼만 사람 손길이 닿은 자킨토스의 속살을 이리저리 둘러보았다. 이런 게 삶이고 여행이 아닐까 하는 오만한 생각이 들 정도로 섬은 아름다웠다. 지중해와 그리스, 그리스와 지중해. 산토리니나 미코노스에 갔다면 느끼지 못했을 신비로움(그래, 자킨토스는 신비롭다는 표현이 잘 어울린다)을 느꼈다.

이제 해는 바다에 붙은 구름에 숨어 보이지 않고, 감동적인 영화가 끝난 후 일어나지 못하게 하는 여운처럼 은은하고 영롱한 색만을 남겼다. 생전 처음 보는 색이다.

세상은 넓고 아름답다.

그 뒤로 우리는 사흘을 더 자킨토스에 머물렀다. 미크라와 함께 섬의 구석구석을 여행하고, 항구의 기로스 가게에서 저녁을 먹는 것이 일과였다. 해가 떨어질 때쯤에는 아무도 없는 해안 도로에서 차 지붕에 앉아 멍하니 수평선을 바라봤다. 그것은 생각에 잠기게 하는 풍경이었다. 의미를 알 수 없는 바람에 머리칼이 살랑였다. 별장을 비우기 전날에는 기타 씨가 찾아와 K와 내가 아직 있는지 확인하고 돌아갔다. '음, 아직 있었네요. 편하게 쉬다 가요. 그럼 이만.' 그는 역시 뒤도 돌아보지 않고 성큼성큼 계단을 내려간다.

하루는 서쪽 선착장에서 배를 타고 나바지오에 다녀왔다. 난파선은 절벽 위에서 볼 때보다 훨씬 컸다. 해변은 역시나 아름다웠지만, 머무를 수 있는 시간이 정해진 탓에 아쉬움이 남았다. 나는 돌아가는 보트에 오르기 전 동그랗고 반질반질한 하얀 돌을 주워 주머니에 넣었다. 주먹만 한 크기의 돌은 기념으로 간직하기에 적당했다. (나중에 챙겨 본 드라마에서, 유시진 대위는 하얀 돌이 언젠가 섬으로 돌아오게 해줄 것이라는 말을 남겼다. 그의 말이 맞을지는 두고 볼 일이다.)

그리고 미크라를 반납하기 전날 밤, K와 나는 항구의 기로스 가게 앞에 차를 대고 그곳에서 자기로 했다. 이렇다 할 이유는 없었다. 기타 씨는 우리가 별장에서 일주일을 지낸들 괘념치 않았으리라. 하지만 과분한 숙소에서 돈 한 푼 내지 않고 나흘이나 묵기엔 왠지 염치가 없었고, 문득 커다란 침대에서 계속 자다간 나약해질지도 모른다는 생각이 들었다. 노숙과 야영도 마다 않던 우리가 아니던가.

K와 나는 자연스럽게 기로스 가게의 와이파이를 연결했다. 똑똑한 아이폰은 가게의 와이파이 비밀번호를 역시 잊지 않았다. 1980년 자킨토스 앞바다를 건너던 밀수꾼들처럼 은밀하게 우리는 무선 인터넷을 사용했다. 자킨토스에서 이탈리아로 가는 방법을 찾아놓고 자자.

그리스의 마지막 날 밤이었다. 미크라의 시트는 작고 덥고 불편했다.

　이탈리아로 향하는 페리에서 나는 조용히 그리스에 작별 인사를 건넸다. 아테네, 아라호바, 델피, 메테오라, 자킨토스. 지나온 도시를 차례차례 되뇌었다. 잊을 수 없는 곳들이었다. 인사에는 언젠가 꼭 다시 돌아오겠다는 다짐이 담겼다.

　페리의 스크루가 만드는 물결이 길어질수록 항구는 작아졌다. 해질녘의 항구는 노을에 물들어 붉게 빛났다. 떠나는 순간까지도 섬은 조용하고 아름다웠다.

26

시커멓고 커다랗고 뜨거운 숨

이탈리아, 바리/나폴리

마침내 몸을 누인 곳은 나폴리의 어딘지 모를 건물 옥상이었다.
아테네에서 텐트를 살 때, 처음으로 펼칠 곳이 몰래 들어온 건물의
옥상일 것이라고는 생각지 못했다. 아마도 『데미안』에 나오는 작은
시골의 숲 정도를 예상하지 않았을까(소설에 그런 숲이 나왔었는지는
사실 정확히 기억나지 않지만). 텐트는 생각보다 작고 좁았다. 우리는
상당히 지쳐 있었다. 밤 11시가 조금 지난 시간이었다. 파트라스를
출발한 페리가 바리에 도착한 것이 점심 즈음이었으니, 나폴리까지
지나치게 오랜 시간이 걸린 셈이다. 바리에서 나폴리까지는
보통 버스로 서너 시간이 걸린다. 나는 참을 수 없는 무기력감에
휩싸였다. 여행 중 처음으로 느끼는 압도적인 무기력감이었다.
밤새 비가 내리지 않으면 좋으련만. 표정 없는 얼굴로 텐트 천장을
응시했다.

내가 느끼는 무기력감의 원인은 '실패'에 있었다. 여행을 하면서,
어쩌면 지금까지 살아오면서 나는 모든 일이 결국 좋은 방향으로

풀릴 것이라는 근거 없는 믿음을 품고 있었다. 조금 늦어도 비행기를 놓치는 일은 없겠지. 결국은 목적지로 가는 기차를 탈 수 있겠지. 바리에서 나폴리까지는 히치하이킹으로 가보자. 몇 번 실패하다 보면 누군가는 우리를 태워주겠지. 숙소는 예약하지 말자. 도착하면 어디든 묵을 곳을 찾을 수 있겠지.

하지만 이탈리아의 첫날은 모든 것이 실패의 연속이었다. 피자와 유적의 나라는 우리의 입국을 호락호락 허락하지 않았다. 첫 점심으로 호기롭게 주문한 크림 파스타는 편의점의 레토르트 제품 같이 딱딱했고, 길 위에서 다섯 시간 동안 엄지손가락을 치켜세워 보았지만 단 한 대의 차도 우리를 태워주지 않았다. 돌아오는 것은 몇몇 운전자들의 조롱 섞인 표정과 손짓뿐이었다. 결국 K와 나는 저녁 늦게 가장 비싼 버스를 타고 나폴리에 도착했다. 어찌어찌 도착한 호스텔에도 남은 자리는 없었고, 대안으로 찾아간 숙소 역시 모두 굳게 닫혀 있었다. 설상가상 한밤중에 저녁으로 산 피자는 실수로 길바닥에 떨어뜨려 버렸다. 결국 우리에게 남은 선택지는 사람들의 눈을 피해 텐트를 펴고 하룻밤을 보낼 장소를 찾는 것이었다. 그리고 그곳은 어딘지 모를 낡은 아파트의 옥상이었다.

이탈리아의 첫 파스타를 맛있게 먹고, 마음씨 좋은 운전자를 만나 나폴리까지 이동하고, 싸고 좋은 호스텔에서 하루를 마무리하려던 우리의 계획은 모두 보기 좋게 실패로 돌아갔다. 그렇게 나는 근거 없는 믿음에 배신당하고, 피로와 무기력감에 둘러싸여 좁은 텐트에 누워 있었다.

마침 응시하던 텐트 천장에 조금씩 빗방울이 떨어졌다. 작은 한숨을 쉬자 배에서 꼬르륵 소리가 난다. …피자를 다시 주워 먹었어야 했을까. 밤새 비가 많이 내리지 않으면 좋으련만.

Day 089, 2015. 10. 31.

두 번째로 찾아간 호스텔의 문 앞 계단에 쪼그려 앉아, 처음으로 '내가 끝까지 갈 수 있을까' 하는 생각을 했다. 편안한 내 방에 누워서 엄마가 해준 따뜻한 제육볶음을 먹을 수 있다면 얼마나 좋을까. 마추픽추까지는 아직 너무도 먼 길이 남아 있었고, 나는 도대체 어떻게 생겨 먹은지도 모르겠는 건물의 계단에서 하루 종일 실패를 겪고 있었다. 16킬로그램짜리 배낭과 함께.

아파트의 경비원 아저씨가 텐트를 툭툭 쳤다. 아침이라기엔 지나치게 이른 시간이었다. 우리가 옥상에 있다는 사실을 어떻게 알았을까. 아저씨는 이곳에 왜 텐트를 쳤으며, 이 작은 텐트에 왜 두 명이 함께 자고 있는지 이해할 수 없다는 표정이었다. 새벽에 비를 피하기 위해 몇 번인가 자리를 옮기고, 텐트가 통째로 물난리에 떠내려가는 악몽을 꾼 탓에 나는 아직 정신이 혼미했다. 흐트러진 정신을 한데 모을 새도 없이 우리는 서둘러 자리를 정리하고 거리로 나왔다.

하루가 아직 시작되지 않은 길거리에서 두어 시간을 보내다 K와 나는 어제의 호스텔을 다시 찾았다. 내일이면 자리가 날 것이라는 리셉션 직원의 말대로 다행히 우리는 그곳에 짐을 풀 수 있었다. 미크라의 작은 시트, 페리의 딱딱한 의자, 옥상의 좁은 텐트를 끝으로 꽤 오랜만에 만난 숙소였다. 체크인 전에 호스텔의 시설을 이용할 수 있어서 우리는 먼저 급한 옷가지를 빨고 따뜻한 물로 몸을 씻었다. 며칠의 피로를 씻어내기 위한 농밀한 샤워였다. 담배를 몇 개비 피우고 우리는 로비의 편안한 소파에 앉았다. 곧 세탁기의 회전이 멈추고, 빨래를 널고 나니 시간은 어느새 11시가 지났다.

호스텔 중정 위로 쾌청한 가을 하늘이 펼쳐져 있었다.

　새벽에 비가 내렸으리라고는 아무도 생각지 못하겠지. 어쩌면
나폴리에서 그 사실을 아는 이는 나와 K와 아파트 경비원
아저씨뿐일지도 모른다.

　"혹시 한국 분들이세요?"

　간단히 점심을 해결하고 호스텔을 나가는 길, 웬 여자가
말을 걸었다. 눈에 익숙한 옷차림과 외모. 의심의 여지가 없는
한국인이었다. 어깨까지 오는 흑발에 뿔테 안경을 썼다. 만화『닥터
슬럼프』의 아리를 닮았다. 20대 초반 그 이상으로는 보이지 않았다.
그 친구는 커다란 캐리어를 끌고 힘겹게 계단을 오르고 있었다.

　"네, 안녕하세요. 호스텔 이제 들어가시나 봐요."

　"아, 다행이다. 네 이제 막 도착해서… 혹시 나폴리에 얼마나
묵으세요?"

　나는 우리의 대략적인 일정을 설명했다. 이렇다 할 계획은 없고,
나폴리에 머무는 동안 폼페이와 남부에 다녀올까 해요. 남부는
아말피랑 포지타노 정도?

　"저도 같이 다니면 안 될까요? 음식도 더 많이 시켜서 나눠 먹을
수 있고, 렌터카도 더 싸고."

　"오, 저희야 좋죠. 동행은 항상 없어서 못 구하는데. 반가워요."
유쾌한 친구였다. 초면이었지만 꽤 오래 알고 지낸 동생같이
느껴진다.

　"완전 좋아요. 저는 박보미라고 해요."

　보미? 튀르키예를 같이 여행했던 동아리의 보미 누나와 같은
이름이었다. 나는 내 이름을 말하고, K의 이름을 대신 알려줬다.

"일단 지금은 저희 나가는 중이라, 짐 푸시고 이따 저녁에 봐요. 카카오톡 아이디 알려주시면 연락드릴게요. 호스텔 입구는 저쪽이에요."

"네, 네. 고마워요. 이따 봐요!"

그날 저녁 K와 나는 보미에게 연락하기 위해 시내의 카페에 들어가 에스프레소를 주문하고 와이파이를 연결했다. (평소 에스프레소를 좋아하지 않았지만, 유럽의 카페에서 가장 싼 메뉴는 항상 에스프레소였다.) 종업원은 곧 엄지손가락만 한 컵과 일회용 플라스틱 컵을 가져다준다. 엄지손가락만 한 컵에는 진한 커피가, 플라스틱 컵에는 물이 절반 정도 담겼다. 엥? 에스프레소에 물을 타면 아메리카노잖아? 나는 망설임 없이 에스프레소를 플라스틱 컵에 부었다. 쓰디쓴 에스프레소가 좋아하는 아메리카노로 바뀌는 순간이었다.

나는 보미에게 우리가 있는 카페 위치를 알려주고 휴대폰을 내려놓았다. 아메리카노를 한 모금 마시고, 깜짝 놀라 바로 뱉었다. 일회용 플라스틱 컵에 담긴 물이 탄산수였기 때문이었다. 탄산 아메리카노라니.

폼페이로 가는 날 아침, 시외버스를 타기 전 보미는 뜬금없이 죄송하지만 똥이 너무 마렵다며 화장실로 달려갔다. 그냥 잠시 화장실에 다녀오겠다고 하거나 속이 안 좋다고 하면 될 것을…. 굳이 똥이 마렵다고 하고 보미는 터미널의 화장실로 빠르게 사라졌다. 그리고 한참 동안 돌아오지 않았다. 여하튼 유쾌한 친구다. 시원하게 화장실에 다녀와서 한결 편해졌는지, 버스에 타자마자 그녀는 고개를 있는 힘껏 뒤로 젖히고 잠들어 도착할 때까지 깨어나지 않았다. 나는 창가에 팔을 괴고 폼페이의 화산이 터지던 날을 생각했다.

서기 79년 8월 24일. 베수비오 화산은 아무런 예고도 없이 폭발했다. 이탈리아 남부의 작은 휴양 도시였던 폼페이는 돌연 역사 속으로 사라져야 했다. 베수비오가 뿜어낸 화산재와 화산암에 뒤덮여 영문도 모른 채로. 당시 폼페이 인구의 10퍼센트에 달하는 주민 2000여 명은 미처 피할 새도 없이 도시와 함께 운명을 달리했다. 하루아침에 도시와 모든 사람들의 이야기가 땅속에 묻힌 것이다. 한창 상영 중이던 극장의 전기가 갑작스레 나가버린 것처럼. 당시 라틴어에는 '화산'을 뜻하는 단어조차 없었다고 한다. 화산이 무엇인지도 몰랐던 사람들에게 베수비오의 폭발은 얼마나 당황스럽고 무시무시한 일이었을까.

폼페이가 다시 모습을 드러낸 것은 1748년이었다. 이탈리아를 지배하던 프랑스 왕조에 의한 발굴이었고, 베수비오가 폭발한 날로부터 2000년에 가까운 시간이 흐른 뒤였다. 불행인지 다행인지 땅속에서 도시는 당시의 모습을 고스란히 간직하고 있었다. 아이에게 젖을 먹이는 어머니, 금화를 움켜쥔 사람, 서로를 끌어안은 연인들이 그 모습 그대로 세상으로 나왔다. 천 년이 지나고 나서야 극장에 다시 전기가 들어온 것이다. 영화는 기나긴 세월에 이미 멈춰버린 후였다. 이야기의 결말은 아무도 알 수 없게 되었다. 젖먹이 아이는 커서 어떤 사람이 되었을지, 필사적으로 금화를 움켜쥔 그는 결국 부자가 되었는지, 서로를 끌어안은 연인은 행복한 가정을 이루었을지, 결국 아무도 알 수 없게 된 것이다.

버스는 한 시간이 채 걸리지 않아 목적지에 도착했다. 소도시 하나가 통째로 화산재에 묻혀버린 만큼 유적지는 상당히 넓었다. 폼페이 이외에 다른 일정을 잡지 않은 것이 다행이라는 생각이 들었다. 나는 매표소 직원에게 받은 지도를 펼쳤다. 다 펼친 신문과 비슷한 크기였다. 하루 만에 모든 골목을 돌아보기란 사실상 불가능했지만, 지도에는 친절하게도 가볼 만한 곳들에 번호가 매겨져 있었다. 주로 누군가의 집, 공동 욕장, 원형 극장, 사원 같은 장소였다. 우리는 대략 어떤 경로로 둘러볼지 정한 후에 폼페이의 입구로 들어갔다.

폼페이는 내게 지나온 고대 유적과 상당히 다른 인상으로 다가왔다. (지금껏 지나온 유적지라 해봤자 많지 않지만) 다낭 외곽의 작고 오래된 사원, 앙코르, 아유타야, 피라미드, 델피의 아폴론 신전, 아크로폴리스…. 지금껏 찾아가 걸어보고, 관망하고, 만져보았던 유적지와는 확연히 다른 인상이었다. 왜일까? 돌아보면 그들은 모두 유일무이한 존재를 위한 공간이었다. 범접할 수 없는 신이나 패왕을 위한 공간. 그곳들은 위엄있고, 정교하고, 성스러웠다.

하지만 폼페이는 달랐다. 폼페이는 내게 허물없고 무심하고 친근하게 다가왔다. 유적을 거닐수록 1700여 년 전 이곳에서 실제로 삶을 살아냈던 사람들의 모습이 눈에 그려지는 듯했다. 그곳엔 광장과 골목이 있었고, 대문과 마당과 거실, 부엌, 안방, 화장실이 있었다. 폼페이는 특별한 누군가를 위한 공간이 아니었던 것이다. 적당한 정성을 들여 쌓아놓은 돌 벽 사이로 그들의 생활이 눈에 선했다. 광장에는 노인들이 앉아서 시간을 보내고, 골목 사이사이로 코흘리개 어린애들이 뛰어다닌다. 중년 부인이 마당에 서서 정성스레 꽃에 물을 주고, 목수인 아버지는 해가 중천에 뜨도록 침대에 누워 있었다.

그렇게 그들의 삶이 가까이 느껴지고 나서 내게 찾아온 감정은
깊은 연민이었다. 신기하게도 1700여 년 전 로마인들의 끊어진 삶이
나는 안타깝게 느껴졌다. 노인과 아이와 어머니와 아버지는 얼마나
무서웠을까. 어느 오후 바닥이 흔들리고 지붕에서 기와가 떨어졌을
때 그들은 어떤 생각이 들었을까. 지진이라고 생각했을까? 그러다
갑자기 마을 뒷산이 시커멓고 커다랗고 뜨거운 숨을 토해내기
시작했을 때, 하늘은 먹구름으로 덮이고 세상이 잿빛으로 변해
갈 때 그들은 무슨 생각을 했을까. 곧이어 하늘에서 불타는 돌이
떨어졌을 것이다. 광장과 골목과 대문, 마당, 거실, 부엌, 안방,
화장실이 속수무책으로 불타고 있을 때, 그들은 얼마나 두려웠을까.
나는 젖먹이의 눈동자에 비친 어머니의 표정을 상상할 수 없었다.
아수라장 속에서 그들이 느꼈을 절망과 무기력감의 깊이를
짐작조차 할 수 없었다. 폼페이의 누군가도 분명 근거 없는 희망을
품고 살아갔을 것이다. 옥상 텐트 속의 나처럼. 하지만 적어도 나를
짓누르던 이름 모를 옥상은 시커멓고 커다랗고 뜨거운 숨을 토하진
않았다. 최후의 날 화산재에 묻힌 그 누군가가 느꼈을 무기력감이란,
대관절 얼마나 위압적이었을까.

…고개를 들면 베수비오산은 아무런 표정 없이 도시를 관망하고
있었다. 하늘은 금방이라도 비를 뿌릴 듯 잔뜩 흐렸다.

"여기는 진짜 다른 별에 와 있는 것 같다."

K가 옆에 와 앉으며 말했다. 좁은 해변에는 커다란 바위가
덩그러니 놓였다. 주변은 칠흑같이 어두운데, 유독 발치의 백사장과
커다란 바위만 밝은 조명을 받아 빛났다. K와 나와 보미와 다정이는

모래사장에 널브러져 있었다. 그곳은 포지타노의 이름 모를 숨겨진
해변이었다. 옷에 묻는 모래 따위는 아무래도 좋았다.

　우리는 이틀 동안 빌린 도요타 SUV를 절벽 위에 세워 두고,
가게에서 산 와인 한 병을 들고, 길고 가파른 계단을 한참이나
내려왔다. 날씨마저 밤의 해변에 앉아 있기에 흠잡을 곳 하나
없었다.

　"그러게, 되게 비현실적이지 않아요? 남자친구랑 오고 싶다."
보미는 한참 남자친구 이야기를 했다. 결혼하고 싶다고 말하는
눈빛은 사뭇 진지했다. 반대로 다정이는 말수가 적은 편이었다.
다정이는 보미가 프랑스에서 잠시 동행한 친구였는데, 어떻게
연락이 닿아 나폴리에서 며칠간 우리와 일정을 함께했다. 아담한
체구의 그녀는 작게 웃으며 와인을 홀짝였다.

　"근데 너희 어제 갔던 다미첼레가 우주 원조 피자집인 건 알아?"
'다미첼레(Da MICHELE)'는 4유로의 마르게리타를 파는 나폴리의
오래된 피자집이다. 나는 미식가와 거리가 멀지만, 내가 지금까지
먹어 온 모든 피자를 단숨에 편의점 음식으로 만들어버릴 정도로
다미첼레의 마르게리타는 대단했다.

　"생각해봐, 우주에서 피자는 아마도 지구가 원조일 거란 말이지?
그럼 지구의 피자는 이탈리아가 원조. 이탈리아에서는 나폴리. 그
나폴리에서도 다미첼레가 원조라고 하잖아. 우리는 어제 우주 원조
피자를 먹은 거야."

　"음… 네…."

　모래시계의 모래가 빠지듯 유리병에 든 와인은 시간이 갈수록
줄어들었다. 밤의 포지타노 해변과 우리에게 숫자로 된 시간은 아무
의미도 지니지 않았다. 와인이 모두 백사장으로 빨려 들어갈 때쯤

자리에서 일어나면 될 일이었다. 우리는 잠자코 어두운 포지타노에 앉아 있었다. 각자 다른 생각을 하면서.

　내 머리를 가득 채운 것은 역시 베수비오와 폼페이였다. 나는 어떻게 살아야 할까. 광장과 골목과 대문, 마당, 거실, 부엌, 안방, 화장실. 노인과 아이와 어머니와 아버지. 젖먹이는 커서 어떤 사람이 되었을까. 연인은 결국 행복했을까? 그렇다면 나는 어떻게 살아야 할까. 폼페이처럼 예상치 못한 순간 생각지도 못한 일로 삶이 한순간 사라져버리거나 멈추어버릴 수 있다면, 나는 어떻게 살아야 할까. 모든 일은 결국 좋은 방향으로 풀리지 않을 것이다. 믿음은 배신당하고 나는 무기력감에 빠질 것이다. 언젠가는 이름 모를 옥상과 텐트가 정말로 용암을 토해낼지도 모를 일이다. 나는 어떤 마음가짐으로 그것들을 받아들여야 할까. 웃으며 털고 일어나 다음을 기약할 수 있을까? 혹은, 웃으며 최후의 날을 맞이할 수 있을까.

　베수비오의 시커멓고 커다랗고 뜨거운 숨.

　이따금씩 바위에 파도가 부딪혀 철썩 하는 소리를 냈다. 산은 지금도 무표정한 얼굴로 폼페이를 내려다보고 있을까.

27

고독한 예술가

로마

기차가 테르미니역에 도착할 무렵에야 베수비오와 폼페이에
대한 생각을 그만하기로 마음먹었다. 기차는 폼페이와 포지타노,
나폴리를 떠나 이제 로마에 와 있었다. 여행이 앞으로 나아가는 만큼
사고도 같은 선로에서 움직여야 한다.

K와 나는 역 근처 호스텔에 짐을 풀었다. 5유로밖에 하지
않는 허름한 숙소였다. 침대에서는 퀴퀴한 냄새가 나고 바닥은
삐걱거리는 소리를 냈다. 초등학교 때 교실이 생각나는 오래된 나무
바닥이었다.

K는 피곤한지 침대에 누웠다. 나는 옆 침대에 누워 휴대폰을
들었다. 구글, 네이버와 함께 도시에 대해 알아보는 일은 언젠가부터
습관이 되어 있었다. 차례대로 검색어를 입력했다. 로마, 로마 역사,
로마의 명소 같은 것들이었다. 위키피디아와 지식백과에는 감히
한 번에 담을 수 없는 이야기가 그야말로 넘쳐흘렀다. 콘크리트를
발명하고 서양 법률의 틀을 만들어낸 역사. 라틴어의 발상지.

그러니까 영어, 프랑스어, 이태리어의 고향. 건국 신화 속 레무스와 로물루스, 늑대의 젖과 팔라티노 언덕. 포룸 로마눔, 원로원과 신전, 상점, 연단, 개선문. 초대 황제 아우구스투스, 네로, 콘스탄티누스. 바티칸 시국, 로만 포럼, 판테온, 트레비 분수, 콜로세움⋯. 짧은 시간에 방대한 역사를 목격하는 영화 속 장면처럼 (주로 전쟁이나 갈등에 관한 인류의 비참한 역사가 빠르게 전환된다. 거대한 핵폭발이 일어나면서 줌 아웃, 활짝 열린 주인공의 동공) 감당할 수 없는 양의 정보였다.

'로마를 보기 전에는 서양 문화를 논하지 말라'는 구절을 끝으로 나는 휴대폰을 내려놓았다. 머리가 서서히 회전을 멈추었다. 뜨끈뜨끈한 열이 남아 있는 기분이었다. 격렬한 레이싱을 마친 자동차처럼. 나는 침대에서 일어나 창문을 열었다. 닫힌 채로 꽤 오랜 세월을 있었던 듯 창문은 커다란 소음을 내며 열렸다. 보이는 것이라곤 앞 건물의 벽과 에어컨 실외기가 전부였지만, 나는 그 창문 너머로 펼쳐진 것들을 볼 수 있었다. 그곳에는 보고 싶은 것, 만져보고 싶은 것, 걸어야 할 길이 너무나도 많았다. 기차는 로마에 와 있었다.

다정이는 한국으로 돌아갔고, 보미는 K와 나보다 이틀 먼저 로마로 이동해 우리가 도착하는 날에 맞추어 바티칸 투어를 예약해 두었다. 오빠들도 로마 오죠? 투어 예약해놓을 테니까 꼭 맞춰서 와요. 투어는 한국 회사가 운영하는 상품으로, 스피커를 작은 가방처럼 메고 머리에 마이크를 장착한 가이드가 사람 수를 세고 있었다. 다채로운 표정을 지닌 사람이었다. 우리를 포함한 대략 열다섯 명의 한국인 관광객이 새끼 오리처럼 그를 따라다녔다.

여행을 시작하고 처음으로 들어보는 한국어 투어였다. 가이드는 정말 열정적으로 바티칸과 그에 관련된 이야기를 설명했다. 활발한 표정과 크고 시원시원한 손동작. 그의 투어는 마치 한 편의 연극을 보는 것처럼 느껴질 정도였다.

그리고 바티칸의 연극 같은 투어에서 나는 E를 처음으로 만났다. E는 눈이 크고, 마른 체형에 165센티미터 정도 되어 보였다. 어딘지 모르게 고양이를 닮은 매력적인 얼굴이다. 부드럽게 컬이 들어간 갈색 머리칼이 가슴을 덮을 정도로 길었다. 그녀는 혼자 유럽을 여행 중이라고 했다. 보미는 남자 둘에 여자 둘이 뭔가 자연스러울 것 같다며 한 치의 망설임 없이 E에게 말을 걸었다.

투어의 내용 중 기억에 남는 것은 역시 미켈란젤로의 이야기였다. 열정적인 가이드는 그를 '고독한 예술가'라 소개했다. 미켈란젤로라는 존재를 설명하기에는 역시 턱없이 부족했지만, 그를 한마디로 형용할 수 있는 단어는 세상 어디에도 없을 것이었다. 가이드는 미켈란젤로의 인간관계와 성장 과정, 그의 작업 일화에 대해 주로 설명하기 시작했다. 박물관 입구는 볕이 잘 들었다.

"미켈란젤로는 1475년 피렌체에서 태어났어요. 아버지는 읍의 행정관. 지금으로 치면 동사무소에서 일하는 공무원의 아들이었죠. 아주 어렸을 때 어머니가 세상을 떠나고 미켈란젤로는 어느 석공의 손에 맡겨졌어요. 불행인지 다행인지. 그리고 이 어린 예술가는 학교에 가면 주야장천 그림만 그리기 시작했어요. 전문 용어로는 데생만 한 건데, 혹시 미술이나 조각, 예술 전공하는 분 계세요?"

나는 잠자코 있었다. 손을 드는 사람은 아무도 없었다.

"오늘은 한 분도 안 계시네. 어쨌든… 아들이 열심히 공부해서

집안을 일으키길 바랐던 아버지랑 삼촌들은 미켈란젤로를 막
때렸어요. 이놈의 자식 공부해야지 그림이나 그리고 있다고.
요즘하고 똑같아. 국영수 공부해야지 왜 스케치북 들고 만화나
그리고 있냐고."

가이드는 어린아이의 등짝을 때리는 시늉을 했다. 군데군데서
웃음이 터져 나온다.

"미켈란젤로는 절대로 고집을 꺾지 않았어요. 어려서부터
보통내기가 아니었던 거죠. 결국 미켈란젤로는 13살 때 피렌체의
유명한 화가 도메니코 기를란다요 밑으로 들어가서 예술가의
인생을 시작하게 됩니다. 미켈란젤로는 내가 '기를란다요'."
가이드는 사람들이 웃을 줄 알고 잠시 말을 쉬었다.

"낭중지추라고, 미켈란젤로의 천재성은 또 금방 발견됐어요.
어린 천재의 재능은 선생님이 시기하고 질투할 정도였어요.
선생님이 질투하는 학생이 상상이 되시나요? 그리고 몇 년 안 돼서
미켈란젤로는 기를란다요 선생님을 떠납니다. 그림보다 조각이 더
'영웅적인 작업'이라는 말을 남기고 피렌체의 조각 학교에 입학해요.
약간 '싸가지' 없어 보일 수도 있는데, 천재니까 그럴 수 있다고
생각합시다. 천재가 그래서 고독한 것 아니겠어요? 아무튼 이 조각
학교는 메디치 가문이 운영하는 학교였는데, 메디치 가문 다들
아시죠?"막대한 자본으로 르네상스의 학문과 예술을 후원했던
메디치. 은행업을 하는 가문이었던가? 조반니 디 비치였던가.

"미켈란젤로는 피렌체에서, 로마에서 역사에 길이 남을 작업들을
시작합니다. 불멸의 조각과 벽화들이 이제부터 태어나기 시작하는
거예요. 「다윗」, 「천지창조」, 「최후의 심판」, 「피에타」. 이름은 한
번씩 들어보셨죠? 그중에 「천지창조」「최후의 심판」「피에타」가

이 바티칸에 있습니다." 보미를 따라서 이 투어를 듣지 않았다면 후회했을 것 같다는 생각이 들었다. 가이드는 사람들이 다 일어난 것을 확인하고 바티칸 박물관으로 들어갔다.

　우리는 효율적으로 박물관을 훑었다. 매끄러운 동선이었다. 「라오콘 군상」, 「토르소」, 「아테네 학당」,…. 역사책과 미술책에서만 보던 작품들이 눈앞에 있었다. 가이드는 그중 중요한 것들을 설명하고, 새끼 오리들이 원하는 작품을 감상할 수 있도록 시간을 두고 천천히 움직였다. 그리고 곧 우리는 「천지창조」와 「최후의 심판」이 그려진 시스티나 예배당의 입구에 도착했다. 가이드는 들어가기에 앞서 작품을 간략하게 소개했다.

　"시스티나 예배당과 미켈란젤로의 이야기를 이해하려면 먼저 율리우스 2세와 브라만테라는 사람을 아셔야 해요. 작업은 1508년에 시작됐어요."

　율리우스 2세는 당시의 교황이었다. 미켈란젤로와 교황은 다투고 화해하기를 반복하는 애증의 관계였다고 가이드는 설명했다. 미켈란젤로는 율리우스 2세에게 토라져서 피렌체로 돌아가고, 다시 교황의 부름을 받아 바티칸으로 돌아오기를 반복했다. 그리고 시스티나 예배당의 회화 작업이 시작될 때, 교황과 미켈란젤로 사이에는 브라만테가 있었다. 브라만테는 그 시절 미켈란젤로를 시기하던 수많은 예술가 중 한 명이었다. 그는 교황에게 미켈란젤로로 하여금 시스티나 예배당의 회화를 맡기도록 종용했다. 천재의 명성에 흠집을 내기 위해서였다. 스스로를 조각가라 생각하는 미켈란젤로에게 길이 41미터, 폭 13미터, 높이 21미터의 거대한 공간을 채우는 그림을 그리게 한 것이다. 미켈란젤로는 좌절했다.

"완전히 용기를 잃었습니다. 벌써 1년이나 교황에게서 한 푼도 받지 못하고 있습니다. 하지만 나는 청구조차 할 수 없습니다. 일이 보수를 받을 만큼 진척되지 않았기 때문입니다. 일이 늦어지는 것은 이 일이 어렵고, 내 본업이 아니기 때문입니다. 시간만 자꾸 헛되이 지나갑니다. 신이여, 나에게 용기를 주소서! …프레스코화를 한 번도 그려보지 않았던 미켈란젤로는 편지로 이런 말을 남겼어요. 조각가인 그가 얼마나 깊은 절망에 빠졌었는지 짐작해볼 수 있죠. 하지만 고독한 예술가는 포기하지 않았습니다."

미켈란젤로는 결국 천장화를 완성했다. 4년에 걸친 지독한 사투였다. 물감을 만드는 조수 한 명 외에 그의 곁에는 아무도 없었다. 21미터 높이의 천장에 그림을 그리기 위해 그는 높은 작업대에 앉아 고개를 젖힌 채로, 때로는 누운 자세로 물감을 칠해야 했다. 숙소와 예배당을 오가며 작업에만 몰두한 시절이었다. 고개를 젖히거나 구부정하게 누운 자세로 오래 있던 탓에, 작업이 끝날 무렵 미켈란젤로는 목과 허리에 지병을 얻을 정도였다고 한다. 아마도 지금의 디스크가 아니었을까.

"보통 「천지창조」 하면 아담과 조물주가 손가락을 맞댈 듯 말 듯 하는 그림이 생각나시죠? 두 손가락이 닿는 순간 펑 하고 무슨 일이라도 생길 것 같은 장면. 그 장면은 미켈란젤로가 천장에 그린 창세기의 아홉 장면 중 네 번째 '아담의 창조'예요. 나머지는 '이브의 창조' '달과 해의 창조' 같은 것들이 있고, 순서대로…."

가이드는 시스티나 성당의 천장화와 벽화에 대해 자세한 설명을 더했다. (벽화는 다름 아닌 「최후의 심판」이었다. 천장화가 완성되고 몇 년 후에 그려졌다.) 나는 예배당으로 들어가 조용히 자리에 앉았다. 시끄럽게 떠드는 사람은 없었다. 사진을 찍는 것도 금지되어

있어서, 나는 고개를 한껏 젖힌 채로 한동안 잠자코 천장화를
감상했다. 천장에 닿은 작업대에서 미켈란젤로가 느꼈을 고통과
성취를 생각했다. 그곳에서는 그의 몰입과 집중력이 느껴지는
듯했다. 얼마나 많은 천재의 땀방울이 내가 앉아 있는 곳으로
떨어졌을까. 천재는 작업대에 누워 얼마나 번뇌했을까. 프레스코
벽화나 16세기의 종교 예술에 관한 지식이 전혀 없어서 그림
자체에 대한 이렇다 할 감상은 없지만, 다만 작품은 믿을 수 없을
정도로 화려하고, 정교하고, 감탄을 자아내게 했다. 미켈란젤로에게
죄송스럽게도 목이 아파질 때쯤 우리는 가이드와 함께 예배당을
나왔다. 투어의 마지막은 베드로 대성당이었다.

　"…정리하자면 성 베드로 대성당은 미켈란젤로, 브라만테,
라파엘로, 마테르노, 베르니니 등 셀 수 없이 많은 로마 예술가들의
혼이 깃든, 세계에서 가장 큰 성당이에요. 현재까지 로마에서
가장 높은 건물이기도 하고요.「피에타」는 아마도 쉽게 찾으실 수
있을 거예요. 사람들이 몰려 있다 싶으면 바로 그곳이에요. 열쇠
모양 광장이 내려다보이는 전망대는 성당 꼭대기에 있고, 꼭 한번
올라갔다 오시길 추천해요. 엘리베이터를 타거나 그 옆의 계단을
오르셔도 돼요. 대신 계단은 320개나 되고 가파르니까 각오 단단히
하시고요."

　가이드는 한바탕 설명을 마치고는 아쉽다는 얼굴로 투어가
끝났음을 알렸다. 매 투어마다 짓는 표정일 테지만, 왠지 진심이
느껴졌다.

　대성당의 내부는 지금껏 단 한 번도 경험해보지 못한 종류의
공간이었다. 입구를 통과한 이후로 내가 계속 입을 벌리고 있었다는

사실조차 깨닫지 못했다. 다름 아닌 규모 때문이었다. 대학에서 배운 단어로 그것은 '스케일'이었다. 돔 천장의 높이와 기둥의 크기가 만들어내는 비례와 공간감이 내 상식의 범주에 포함되지 않았다. 어쩌면 베드로 대성당에 들어오기 전까지 도저히 상상조차 못 한 종류의 감각이었을지도 모른다. 주변의 공간을 둘러싼 모든 것들이 비현실적으로 느껴졌다. 이것이 진정 신을 위한 공간일까? 벌어진 입은 쉽사리 다물어지지 않았다.

그리고 나는 마침내 「피에타」를 마주했다. 나는 격렬히 감상에 젖어들었다. 커다란 망치로 뒤통수를 호되게 얻어맞은 느낌이었다. 조각 예술에 지식은 없었지만, 미켈란젤로의 위대한 조각 앞에서 지식이나 상식 같은 것들은 아무런 의미가 없었다. 방탄유리 속의 성모 마리아와 예수는 빛을 발했다. 말 그대로, 예수와 그의 어머니는 영롱한 빛을 뿜어내고 있었다. 신을 믿지 않는 내게도 「피에타」는 성스러웠다. 그것은 고결함의 극치였다. 예수의 육체와 핏줄, 손등의 상처. 숨이 끊긴 아들을 품에 안은 성모의 얼굴과 고요한 손짓. 그들을 덮은 얇은 천 조각…. 종교를 초월한 인간의 죽음과 어머니의 상실이 너무도 절실하게 다가왔다.

나는 공감하고 있었다. 내가 만약 죽는다면, 나의 죽음이 받아들일 수밖에 없는 확고한 사실이라면, 그리고 그것이 어떤 대의를 위한 죽음이라면 어머니는 저런 얼굴로 나를 품에 안을 것이다. 「피에타」는 결코 대리석으로 만들어진 것이 아니었다. 그것은 미켈란젤로가 대리석에서 끄집어낸 것이었다. 고독한 예술가는 대리석 덩어리에서 성모 마리아와 예수를 발견하고, 망치와 끌을 통해 그들을 필사적으로 해방한 것이다. 문득 「피에타」를 보고 스스로에게 절망한 조각가가 조각을 훼손했었다는 가이드의 설명이 떠올랐다. 그는 호주의 한 정신 질환자도 피에타를 망가뜨렸었다고 덧붙였다. 상상할 수 없는 일이다. 저것은 세계에서 가장 단단한 유리로 마땅히 보호받아야 한다.

미켈란젤로는 어쩌면 「피에타」를 위해, 성모와 예수를 해방하기 위해 태어난 천재가 아니었을까. 정수리부터 시작된 전율이 온몸을 휘감았다. 벌어진 입은 다물리지 않았고, 팔등의 털이 일제히 곤두섰다. 눈을 깜박일 틈조차 없었다.

주변의 소리가 다시 귀에 들어올 때쯤 옆에서 흐느끼는 소리가 들렸다. 십 대로 보이는 금발의 소녀가 서럽게 울고 있었다. 나는 그녀를 이해할 수 있었다.

열쇠 모양의 광장으로 나와 회랑에 걸터앉았다. 바실리카가 한눈에 들어오는 자리였다. 나는 아직 대성당의 비례와 「피에타」의 충격에서 헤어나지 못하고 있었다. 관광객들은 아직도 회랑을 따라 줄지어 서 있었고, 중앙문 밑의 사람은 정말이지 개미처럼 작아 보였다. 이 역시 비현실적인 스케일이다. 광장에는 거대한 열주의 그림자가 길게 드리웠다. 나는 무의식적으로 스케치북을 꺼내 무릎에 올렸다. 종이의 질감이 새삼스러웠다. 그럴 만도 한 것이, 파르테논 이후로 스케치북을 펼치지 않았다. 그간 내게 무슨 일이 있었을까 생각하려다 단념하고 연필을 들었다. 내게 더 중요한 문제는 시야에 들어오는 스케일을 그림으로 표현할 수 있을까 하는 것이었다. 「피에타」를 목격한 후 막연한 무기력감이 가슴에 응어리처럼 남아 있었지만, 그것도 더 이상 생각지 않기로 했다.

어느 정도 완성된 스케치에는 대성당과 열주, 그리고 광장의 사람들이 옮겨졌다. 그런대로 마음에 드는 그림이다.

St Peter's Basilica. Cita del Vaticano.

28
검투사의 속살

11월 둘째 주에 접어든 로마는 잘 익은 홍시 같았다. 잠깐 한눈을
판 사이에 최고의 순간이 지나버릴지도 모르는 홍시. 김치냉장고
위에 올려놓은 홍시를 매일 찔러보는 아이처럼, 자고 일어나면
나는 행여 어제의 로마가 물러지지는 않았을까 문밖부터 확인했다.
하지만 조금 덜 익거나 물러져도 달고 맛있는 홍시처럼 살짝 덥거나
추웠어도 로마는 아름다웠을 것이다.

거리에 선선한 바람이 불었다. 맑은 하늘에는 기분 좋은
새털구름이 그려졌다. 홍시를 반쯤 먹고 기분이 좋아진 어린아이가
아무렇게나 그려 놓은 수채화 같았다. 정오의 태양은 따스함으로
살갗을 어루만지고, 해질녘이 되면 거리를 눈부신 황금빛으로
물들였다. 나는 눈을 감고 상쾌한 공기를 가슴 깊이 들이마셨다.

로마의 황금빛 상쾌한 공기에서 나는 왠지 모르게 서울 집 근처의
놀이터를 떠올렸다. 아무런 약속 없는 어느 일요일 오후였다. 4시쯤
되었을까? 가벼운 외투를 걸치고 집 밖으로 나왔다. 발길이 향하는

곳은 아파트 단지의 놀이터였다. 오래된 단풍나무가 하늘을 덮고, 올려다보면 그곳에서 손바닥만 한 낙엽이 느릿느릿 떨어졌다. 주위에 어린 아이들이 없는 것을 확인하고 담배에 불을 붙였다. 나무 벤치에 목을 젖혀 기대면 주변은 온통 황금빛이었다. 일요일 오후의 가을 햇살이 빼곡한 단풍잎 사이로 쉴 새 없이 반짝인다. 담배 연기는 불어오는 바람에 곧 흩어진다. 바스락거리는 소리에 눈을 뜨면, 나는 다시 로마에 있다.

평안한 기억을 상기시킬 만한 그 완벽한 순간에 나와 K는 로마의 길거리를 지치지도 않고 걸었다. 스페인 광장, 진실의 입, 판테온, 트레비 분수…. 목적지로 삼을 만한 곳은 충분히 많았다.

K와 나는 발길 닿는 대로 로마를 걸었다. 워낙 하루하루 계획을 세워 여행하는 취향이 아니었을뿐더러, 로마에는 그야말로 발에 차이는 것이 유적이고 관광지였다. 로마의 거리와 골목은 그들이 유럽과 서구 문명의 발상지임을 열렬히 주장하고 있었다. 마주치는 모든 것이 수백 년 이상의 역사를 지닌 것처럼 보였다. 로마에 도착한 첫날 역 앞 숙소의 창문 너머로 보였던 그것들은 골목골목 거리마다 펼쳐져 나와 K를 기다리고 있었다. 나는 이따금씩 스케치북을 꺼내 눈앞에 펼쳐진 거리를 무작정 그렸다. 그림 그리는 일을 다시 손에 익혀야 했다.

무표정한 로마 사람들이 스쳐 지나가고, 여행객처럼 보이는 사람들이 힐긋 눈길을 던졌다. 주변에는 나를 특별히 의식하는 사람도, 내가 신경 쓸 만한 일도 없었다. 바실리카에 이어 스케치북의 질감과 연필의 사각거리는 소리가 다시 익숙해지기 시작했다. 미켈란젤로도 한동안 그림이나 조각을 잊고 지낸 적이 있었을까? 로마 한가운데서 스케치북을 펴놓고 앉아 미켈란젤로에

Rome, Italy

대해 생각하자니 예술가라도 된 것 같은 착각이 들었지만, 아쉽게도 내가 그리는 그림은 예술이라 불리는 작품들과는 상당히 거리가 멀었다.

보미와는 제대로 된 작별 인사도 하지 못하고 헤어졌다. 내가 화장실에 가 있는 동안 기차 시간이 늦었다며 뛰어갔다고 한다. 한국에 돌아오면 보자는 말을 남겼다고 K는 전했다. 한국 가면 다정이랑 다 같이 한번 보지 뭐. 보미가 먼저 로마에 도착해 앞서 다녀온 탓에, 우리는 보미와 헤어지고 나서야 콜로세움에 갈 수 있었다. 거리에는 여전히 잘 익은 홍시처럼 완벽한 가을이 가득했다. E는 뭘 하고 있을까. 아직 로마에 있을까.

테르미니역 앞에서 탄 트램은 콜로세움까지 곧바로 이어졌다. 로마의 트램은 승차권 검사를 사실상 하지 않아서, K와 나는 매번

무임승차를 했다. (죄송해요. 다음에 여유롭게 돌아오게 된다면 꼭 두 배씩 내고 타겠습니다.)

처음으로 눈앞에 두고 바라본 타원의 투기장은 어딘가 영웅으로 남은 검투사를 떠올리게 했다. 로마 제국의 흥망성쇠를 빼놓지 않고 목도한 노련하고 위엄 있는 검투사. 완공된 것이 기원 후 80년이니, 그는 이곳에 대략 1900년을 자리 잡고 있었던 것이다.

먼저 콜로세움 바깥을 크게 한 바퀴 돌았다. 군데군데 최근에 벽을 덧댄 흔적이 보이고, 보수 공사로 가려진 부분이 생각보다 많았다. 1층의 기둥은 도리아식, 2층과 3층은 각각 이오니아식과 코린트식이다. 로마에 도착한 첫날 똑똑한 아이폰과 함께 공부하지 않았다면 눈치 채지 못하고 지나쳤겠지. 북서쪽 광장에서 바라본 콜로세움은 높은 외벽 절반이 비스듬히 잘려 나가고, 절반 정도 높이의 안쪽 벽이 투박하게 남아 있는 모습이었다. 가설재로 가려진 부분이 아쉽지만 어쨌든 그것은 인터넷이나 TV에서 보아 온 전형적인 콜로세움의 얼굴이었다. 층층이 커다란 아치가 상징물처럼 늘어서서 새파란 로마의 가을 하늘이 그대로 담겼다. 달이 차고 기우는 모습을 한 장으로 나타낸 그림처럼, 그들은 순서대로 넓어졌다가 다시 좁아졌다.

콜로세움의 내부는 어떤 모습일까. 콜로세움에 대해 수없이 많은 이미지를 소비했지만, 높다란 콜로세움의 안쪽이 어떻게 생겼는지 나는 뚜렷하게 알지 못했다. 내부의 생김새를 떠올리면 머릿속에 나타나는 이미지는 영화 「글래디에이터」의 한 장면이었다. 흙먼지가 날리는 넓은 운동장, 붉은 피로 물든 막시무스의 칼끝, 투기장이 떠내려갈 듯 검투사의 이름을 연호하는 관중들… 아니면 영화

「점퍼」에서 격투 장면의 배경이 된 콜로세움이 지금의 내부에 가장 가까운 모습일까?

역시 나는 콜로세움의 안쪽을 알지 못했다. 실내 공간을 전공했음에도 상징적인 외관으로 랜드마크를 기억하고 있다는 사실은 자못 중요하게 생각해볼 문제처럼 보였다. 마음에 드는 답을 찾기까지는 오랜 시간이 필요할 것이다. 나는 고민을 뒤로 미루고 서둘러 매표소 옆의 돌계단을 올랐다. 지금은 콜로세움의 내부를 구경하는 것이 먼저다. 큼지막한 계단을 한 걸음씩 오를 때마다 콜로세움의 속살은 가까워졌다. 그리고 잠시 후 눈에 담긴 콜로세움 내부. 눈앞에 펼쳐진 콜로세움을 나는 어떤 영화에서도 본 기억이 없었다.

콜로세움은 생각보다 큰 공간이었다. 멀리 타원의 맞은편에 서 있는 사람은 지우개처럼 작게 보였다. 나는 5만 명의 관객이 가득 들어찬 콜로세움을 상상했다. 그다음 보이는 것은 모두 갈색의 폐허였다. 내부는 아주 짙은 갈색, 진한 갈색, 붉은 갈색, 연한 갈색과 아주 옅은 갈색이 오래된 기억처럼 조화를 이루고 있었다. 그곳은 더 이상 피가 튀고 살점이 떨어져 나가는 생생한 투기장이 아니었다. 바꿔 말하면 콜로세움은 기나긴 세월에 바싹 말라버린 영광의 잔해였던 것이다. 새삼 저 아래에서 벌어졌을 일들이, 이곳에 앉아 숨죽여 살육의 축제를 즐겼을 사람들이 엄청나게 먼 과거의 일로 느껴졌다. 1900년이라는 시간은 대관절 얼마나 긴 세월이란 말인가? 나는 19년 전의 일조차 기억해낼 수 없다.

대략 30분 정도 콜로세움의 안쪽을 천천히 돌아다녔다. 콜로세움의 속살은 의외로 단조로웠다. 타원의 어느 점에서나 눈에 들어오는 것은 비슷한 갈색의 폐허였다. 선명한 로마의 태양과 그의 그림자만이 필사적으로 유의미한 차이를 만들어내고 있었다.

랜드마크의 외관과 실내에 대해 생각해서였을까. 콜로세움의 안쪽은 그것의 바깥과 자못 다른 인상으로 다가왔다. 겉모습이 영광된 왕관이나 영웅적인 검투사를 연상시켰다면, 큼지막한 돌계단을 올라 만난 속살은 마치 빛바랜 낡은 왕좌의 모습을 하고 있었다. 둘 중 어느 것이 콜로세움의 얼굴인가? 한 가지 명확한 것은 내가 이제부터 해야 할 일이었다. 적당한 곳을 찾아 스케치북과 연필을 꺼내는 것. 어디든 앉을 만한 곳이 있다면 좋으련만.

거대한 타원의 투기장을 한 장의 스케치북에, 그러니까 한 화면에 담기란 여간 어려운 일이 아니었다. 휴대폰을 꺼내 여러 각도에서 사진을 찍어보았지만 콜로세움은 한 화면에 담기기를 완강히 거부했다.

그리고 지우고를 수차례 반복하고 나서야 마음에 드는 구도가 잡혔다. 가까스로 끄집어낸 콜로세움의 모습이었다. 발 밑에는 까만 지우개 똥이 소복이 쌓였다.

굵직한 덩어리로 표현해놓은 부분에 디테일을 입혔다. 지하에 묘사를 채워 넣다 질리면 다른 층을 그리러 손을 옮겼다. 스케치북의 구도에 맞도록 선의 방향을 조정하고, 짙게 보이는 곳에 더 많은 선을 그었다. 군데군데 드리운 그림자의 위치를 옅은 선으로 잡아 놓고 그것을 어떻게 표현하면 좋을까 잠시 고민했다. 답은 금방 떠오른다. 수많은 점. 손에 쥔 연필을 세우고, 스케치북에 콕콕 점을 찍었다. 선명한 그림자에는 점의 밀도를 높인다. 시야의 바로 앞에서 시작되는 2층(?)의 벽은 어딘가 녹아내리는 듯한 인상이었다. 폼페이처럼 용암에 순식간에 녹아버린 것이 아니라, 아주 오랜 세월 작열하는 태양 아래 천천히 녹아버린 것처럼 보였다. 다른 굴곡의 선들로 그것을 표현하기로 한다.

콜로세움의 덩어리를 거의 채워 갈 때쯤, 외관과 실내에 대한 생각이 또다시 고개를 들었다. 이 그림을 다 그리고 나면 나는 앞으로 콜로세움을 실내 공간으로 기억하게 될까? 웅장한 왕관 모양 외벽보다 갈색의 거대한 폐허가 먼저 그려질까. 그리고 맥락도 없이 E가 떠올랐다. E는 뭘 하고 있을까. 아직 로마에 있을까? 연필을 쥔 왼손은 계속 움직이고 있었다.

콜로세움의 풍경과 그림을 번갈아 바라보다 문득 '끄집어냈다'는 표현을 떠올렸다는 사실을 깨달았다. 그것은 미켈란젤로와 피에타를 형용했던 표현이다. 민망해져서 괜히 좌우를 살피고 헛기침을 해본다. 언젠가부터 내가 모르는 이면의 자아는 자신을 예술가라고 생각하는 걸까?

글쎄. 미켈란젤로는 그림을 그리며 이성을 생각했을까. 대리석에서 무엇인가를 끄집어내면서, 머릿속으로는 어떤 누군가를 생각했을까. 나는 여전히 아무것도 확신할 수 없었다. 어쩌면 이 세상에는 확신할 수 있는 일 따위는 없을지도 모른다.

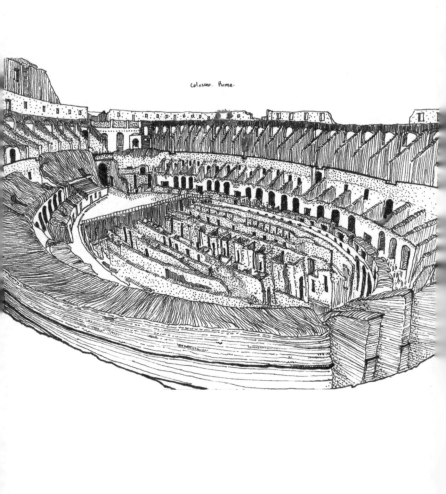
Colosseo. Roma.

29

마음에 드는 그림을 만나는 일, 좋은 사람을 그리는 일

K는 근처의 미술관을 다녀오겠다며 먼저 호스텔을 나섰다. 어, 잘
다녀와. 저녁에 보자.

 무엇을 할까 잠시 고민하다 다시 콜로세움에 가보기로 한다.
밖에서 바라본 투기장도 그려봐야지. 마침 적당히 해가 드는 곳에
앉아 그림을 그리기에 좋은 날씨였다.

 트램은 빠르지도 느리지도 않은 속도로 로마를 달렸다. 완만한
코너를 돌 때면 바닥에서 덜컹거리는 소리가 들린다. 노면을 그대로
느낄 수 있는 덜컹거림이었다. 눈부신 햇살의 거리는 여전히
아름다워서, 자동차 극장에서 스크린을 바라보듯 몇 시간이고
질리지도 않고 창밖 풍경을 감상할 수 있을 것만 같았다. 하지만
트램은 금세 콜로세움에 도착한다. 그는 정작 풍경에 별 관심이 없는
모양이었다.

 특별한 목적 없이 주변을 두어 바퀴 돌고, 나는 콜로세움과
콘스탄티누스 개선문이 같이 보이는 화단에 자리를 잡았다.

잔디밭을 사이에 두고 경기장에서 대략 100미터 정도 떨어진 곳이었다. 딱딱한 벽돌에 어정쩡하게 앉아 있자니 근처 카페에 들어가고 싶은 마음이 들었다. 정확히는 영화나 드라마 주인공처럼 쓰디쓴 에스프레소를 시켜놓고 여유롭게 펜을 끄적이고픈 마음이었다. 하지만 내가 있는 곳은 로마의 콜로세움이었다. 근처 카페의 커피 가격은 아마도 나와 같은 배낭여행자의 두 끼 식사와 맞먹을 터였다. 그리고 큰맘 먹고 카페를 간다 한들, 나의 행색과 영화 속 주인공의 거리는 화단과 콜로세움의 그것보다 멀 것이 뻔했다. 나는 생각을 고쳐먹고 스케치북을 꺼내 무릎에 올렸다.

마음에 드는 그림을 완성하기 위해 필요한 것들은 무엇일까. 구도, 선, 명암, 묘사, 호흡, 분위기, 날씨, 집중의 깊이, 선의 떨림. 나는 눈을 감고 숨을 깊게 들이마셨다. 혼자 그림을 그리는 시간은 생각을 천천히 정리하기에 좋았다. 눈은 풍경과 스케치북을 번갈아 바라보고, 손은 분주히 연필을 놀린다.

가장 먼저 필요한 것은 역시 마음에 드는 풍경이다. 우선 그리고 싶은 대상이 있어야 하고, 또 그것을 바라보기에 가장 좋은 자리를 찾아야 한다. 콜로세움에 도착해 나는 주변을 돌았다. 특별한 목적이 없다고 생각했지만 그것은 사실이 아니었다. 콜로세움을 스케치북에 옮기기에 가장 좋은 위치를 공들여 찾았다. 지난 그림들도 마찬가지였다. 그리고 싶던 대상을 찾아가 주변을 서성이거나, 특별한 장면이 아니더라도 그 순간을 기록하고 싶었거나. 스케치북과 연필을 꺼내려면 일종의 계기가 필요했다. E를 처음 만났을 때도 그림을 그리고 싶었던가? 떠오른 E의 생각에 나는 더 이상 당황하지 않았다. 자꾸 생각나는 데는 그만한 이유가 있겠지. 짧은 순간에 그녀에게 매력을 느꼈으리라 생각했다. 제대로 된 대화는커녕 몇 마디 나눠보지도 못했지만….

어쩌면 좋은 관계를 만드는 일은 마음에 드는 그림을 그리는 것과 비슷할지도 모른다는 생각이 들었다. 인간관계 역시 가장 먼저 필요한 것은 마음에 드는 사람을 마주치는 일이다. 그리고 그 사람을 어떤 자리에서 바라볼지 우리는 정해야 한다. 그의 친구가 될지, 연인이 될지, 혹은 규정하기 어려운 관계가 될지. 그림과 사람. 뒤에 이어지는 단계들에도 연결고리가 있을까.

스케치북에 넣을 대상과 바라볼 위치를 정했다면 다음은 그것을 천천히 바라볼 차례였다. 화면의 중앙에 무엇이 있는지, 왼쪽과 오른쪽의 구석에는 각각 어떤 오브제가 자리하고 있는지. 풍경의 전체적인 분위기와 감상을 관망하고 그것을 덩어리로 파악해야 한다. 그 혹은 그녀의 생김새와 머리색, 분위기와 향기, 말버릇같이 가만히 바라보면 보이는 것들을 알아 가야 한다.

콜로세움을 담은 화면의 가운데에는 난간에 걸터앉은 사람들이 보였다. 어깨에 기댄 연인들, 사진을 찍는 사람들. 누군가는 이어폰을 꽂고 휴대폰을 바라본다. 널찍하게 자리한 잔디밭을 따라 시선을 옮기면 보수 공사가 진행 중인 콜로세움이 원경으로 담겼다. 왼쪽 귀퉁이는 커다란 나무에 가렸고, 오른편에 보이는 것은 상대적으로 덜 웅장한 개선문이었다. E의 팔과 다리는 가늘고 길 편이었다. 쌍꺼풀이 없는 큰 눈. 작지만 오뚝한 코. 갸름한 얼굴형은 날씬한 고양이를 연상시켰다. 가까이 가면 왠지 좋은 샴푸 냄새가 날 것 같았다. 콜로세움과 개선문 사이로 셀 수 없이 많은 사람들이 그들만의 여행을 이어 가고 있었다. 좋은 풍경이다. 나는 작게 고개를 끄덕였다.

그렇다면 이제 눈앞의 풍경을 어떻게 스케치북에 옮길 것인가?

나는 카메라가 아니기 때문에, 풍경은 내 나름의 방식으로 종이 위에
담겨야 했다. 화면 속 각각의 대상이 어떤 크기와 비율로 담길지,
어느 정도의 원근감을 부여할 것인지, 또 어떤 것을 강조하고 무엇을
그리지 않을지. 연필을 쥔 손에 힘을 최대한 풀고 기준이 될 선들을
그려 나갔다. 머릿속 이미지와 다른 부분은 지우개로 살살 지우고
다시 그린다. 몇 번의 지우개질 속에 스케치북에는 대략적인 형태가
조금씩 모습을 드러냈다.

　　모처럼 할 일을 찾은 머리는 그것을 '구도를 정하는 단계'라고
이해했다. '비아(非我)'로 존재하는 풍경을 나만의 시각으로
정의하는 단계. 구도가 잡히는 순간부터 풍경은 그림으로 나의
세계에 실재하게 된다. 백지 위에 생긴 선의 집합은 일종의
증거였다. 정말 그리고 싶은 대상을 찾고, 최적의 위치를 정하고,
눈에 담기는 것들을 바라본들 스케치북 위에 옮기지 않으면
그것은 그림으로 존재할 수 없는 것이다. 매력적인 사람을 만나고,
그의 친구나 연인이 되기로 마음속으로 정하고, 단편적인 특징을
파악하는 것만으로는 그와의 인간관계가 시작되지 않는 것과
마찬가지다. 그러니까 나는 E와 아직 아무 관계도 아닌 것이다. 문득
구도의 의미가 궁금해져 휴대폰을 꺼냈다. '구도'. 그림에서 모양,
색깔, 위치 따위의 짜임새. 색도 구도에 포함되는구나. 영어로는
Composition. Composition은 그림에 국한되지 않고 예술 작품의
전반적인 짜임새를 뜻한다고 네이버의 사전은 친절히 설명해줬다.
문학의 구성, 음악의 작곡. 그것이 인간관계에 어떻게 적용될
수 있을지 생각하는 것은 물론 내 몫이었다. 스케치북에는 아직
잔디밭과 커다란 나무와 콜로세움과 개선문의 대략적인 형태가
정해졌을 뿐이다. 아직 생각할 시간은 충분히 남아 있었다. 나는

콜로세움의 층을 구분해줄 선을 긋기 시작했다. 풍경은 곧 그림이 될 것이다. 사람이 관계로 발전하는 것과 마찬가지다. 모든 풍경이 그림이 되는 것은 아니고, 모든 사람이 나와 관계를 갖는 것도 아니다. E는 어떨까. E라는 풍경의 구도를 나는 정할 수 있을까.

나는 풍경을 이해하고, 그것을 표현한다. E를 나의 세계에 실존시키기 위해 내가 해야 할 일은 '이해와 표현'이었다. 풍경을 이해하고 연필을 놀리듯 그녀를 어떻게 생각하고 대할지 정해야 한다. 어떤 방식으로 대화할지, 어떤 목소리를 낼지, 어떻게 쳐다볼지, 어떤 표정을 지을지. 덩어리로 파악한 그녀의 특징을 나만의 방식으로 바라보고, E라는 비아를 의식의 세계에서 이해해야 한다. 대화는 E와의 관계를 그릴 연필 선이다. 몸짓, 말투, 목소리, 눈빛, 표정은 모두 그녀와의 관계를 그려줄 연필 선이었다. 그리고 관계는 반복되는 대화를 통해 구체적인 형태를 드러낼 것이다. 선들이 모여 형태를 만들듯.

그림의 구도는 이제 정해진 것처럼 보였다. 나는 잠시 연필을 내려놓았다. 나는 왜 E와의 관계를 시작도 하지 않고 있을까? 왜 작은 선조차 나는 긋지 않고 있을까. 구도를 잡으려면 연필을 들어야 한다. 충동적으로 E에게 메시지를 보냈다.

- 안녕, 혹시 아직 로마에 있으면 같이 저녁 먹을래?

- 음, 우리가 말 놨던가.

괜한 짓을 했을까 잠시 생각했지만 이미 엎질러진 물이었다. 뱉은 말은 주워 담을 수 없고, 보내진 메시지는 돌이킬 수 없다.

구도가 정해진 후의 일은 간단했다. 간단하지만 오랜 시간의 노력이 필요한 작업이다. 나는 자리에 앉아 풍경을 섬세히 관찰하고,

수많은 디테일을 천천히 공들여 스케치북에 채워 넣는다. 나는 그와 그녀와 E를 깊이 알아가고, 점점 더 많은 대화와 몸짓을 나눌 것이다.

콜로세움과 개선문 사이로 종류를 알 수 없는 새들이 지나갔다. 작은 점으로 그들을 그려 넣는다. 생각할수록 그림을 그리는 일과 사람을 만나는 일은 닮아 있었다. 거기에는 분명히 통약할 수 없는 차이도 존재할 것이다. 나는 그리고 지우고를 반복했다. 오랜만에 할 일이 많아진 머리는 재미있다는 듯 빠르게 움직인다.

대상을 바라보는 위치를 바꾸려면 모든 것을 처음부터 시작해야 한다. 풍경을 바라보는 자리가 바뀐다면 그림은 백지로 돌아갈 것이고, 친구가 연인이 되려면 그녀를 바라보는 눈빛과 말투는 전혀 새로워야 한다. 이성 친구와 연인에게 같은 언어로 대화할 수는 없는 일이다. 완성의 순간이 있는가? 그림과 달리 인간관계에는 이렇다 할 완성의 순간이 없는 것처럼 보였다. 우리는 끊임없이 누군가에게 무언가를 욕망하고, 대부분의 관계는 지속되지 못한다. 연필을 잃어버린 그림처럼, 그리다 질려버린 그림처럼, 물에 젖어버린 그림처럼. 불어오는 바람에 광장의 잔디가 제각각으로 흔들렸다. 짧고 방향이 다른 선들로 표현하기로 한다. 비아는, 대상은 의지를 지니는가. 어떤 풍경이든 내가 그리고 싶다면 그것은 스케치북 위에 올라오게 된다. 하지만 내가 원한다고 모두가 나의 친구가 될 수는 없다. 세상 어딘가에 '미안하지만 네게 그려지고 싶지 않아'라 말하는 풍경이 없는 한, 의지의 유무는 사람과 그림의 가장 큰 차이일 것이다. 연필을 꽉 쥔 탓에 손가락 마디에는 자국이 남았다. 사람도, 내게 자국을 남긴다.

화면 왼편의 나무에 잎을 그려 넣으려던 차에 주머니에서 진동이

울렸다. 약간의 망설임이 섞인 세 번의 울림이었다. 근거는 없지만 E의 답장일 것이라 나는 확신했다.

  – 안녕?

  – 말 놨던 것 같은데ㅎㅎ

  – 나 아직 로마야! 곧 판테온 쪽으로 갈 건데, 거기서 볼까?

  서둘러 스케치북을 덮고 자리에서 일어났다. 심장 박동이 조금씩 빨라졌다. 목적지는 두말할 것 없이 판테온이었다.

  "전부 다 해서 예산이 1000만 원이라고? 그게 가능해?"

  판테온 근처에서 이른 저녁을 먹고, 길거리에서 간단히 맥주를 마시고 나와 E는 숙소로 걸었다. E의 숙소도 마침 테르미니 근처였다. E와 나는 트레비 분수, 스페인 광장을 거쳐 천천히 걸었다. 보미나 K 없이 둘이 만나는 것은 처음이었지만 어색함 없이 대화는 이어졌다.

  "응. 음식 대충 먹고, 웬만하면 제일 싼 숙소에서 자고, 되도록 오래 걸리는 버스 타고. 아직까지는 천만 원 안에서 가능하지 않을까

colosseo. Arch of Constantine. Rome. Italy

싶어."

"그래도 힘들겠다. 길거리에서 그림을 몇 장 팔아보는 건 어때?"

"난 한 장 그리는 데 오래 걸려서 안 돼. 그리고 이 정도 그림은 아무도 안 살 것 같은데."

"아냐 잘 그리던데 뭘." 진심으로 하는 말인지 그냥 하는 말인지 구분할 수 없었다.

"참. 남자친구는 있어?"

"아니, 헤어진 지 좀 됐어. 오빠는?"

"나도 남자친구 있냐고?"

E는 웃으면서 되물었다. "아니 여자친구 있냐고." 나는 여행을 출발하고 얼마 되지 않아 헤어졌으며, 3개월쯤 된 것 같다고 솔직하게 대답했다.

"그렇구나. 보고 싶고 생각나고 하지 않아?"

"글쎄, 딱히 생각나지는 않는 것 같아. 매일 여행 중이어서 그런가."

"에이, 그래도. 별로 안 좋아했던 것 아니야?" 아니라고 대답했지만 대답에는 확신이 실리지 않았다. 인천공항의 카페에 다시 가자던 약속이 떠올랐다. 콘크리트와 같은 확신이 사라진 2주짜리 약속.

"그보다. 그림 그리는 거랑 사람 만나는 거랑 비슷한 거 혹시 알아?"

"그림이랑 사람?"

"음… 아냐. 그냥 혼자 생각해봤던 거야. 다음에 언젠가 기회가 되면 다시 얘기할게."

우리는 어느새 테르미니 근처에 와 있었다. E는 아마도 곧

숙소로 들어갈 테고, E와 나에게 남은 시간은 그림과 사람에 대해
설명하기에 충분치 않아 보였다.

E의 숙소에 도착해 나는 괜히 건물을 한번 올려다봤다.

"그럼 피렌체, 베네치아 갔다가 한국 돌아가는 거네? 피렌체 가는
기차는 내일 아침이고."

E는 그렇다고 대답했다. "한국에서 가져온 라면이 좀 있는데,
줄까?"

"오. 정말 너무 고맙지."

E가 라면을 가지러 올라간 사이, 나는 하고 싶은 말을 골랐다.
사실 라면은 내게 중요치 않았다(군침이 돌긴 했지만). 내일 피렌체에
가지 말고 나랑 조금 더 놀자. 괜찮다면 피렌체랑 베네치아에 같이
가자. 단둘이 만난 것은 오늘이 처음인데, 부담스럽겠지. E에게서
처음 답장이 왔을 때처럼 심장이 조금씩 빨리 뛰기 시작했다.

"자." E는 대문을 반쯤 열고 라면 두 봉지를 건넸다.

"저기, 내일 피렌체 가지 말고 나랑 로마에 더 있으면 안 돼?" 나는
괜한 변죽을 울리지 않고 머릿속에 있는 문장을 그대로 소리 내서
말했다. E는 물론 당황한 표정을 지었다. 커다란 눈동자를 몇 번인가
좌우로 움직이더니, 그녀는 웃으면서 대답했다.

"안 돼. 피렌체 가야지… 기차표도 이미 샀고. 환불도 못해."

"기차표는 내가 내줄게. 하루만 더 있다 가."

"됐어, 돈 아낀다고 옥상에서 자면서? 돈 아껴야지. 얼른 들어가."

E의 얼굴에는 곤란함이 역력했다. 한 번 더 물어보면 정말이지
부담스러워서 문을 닫아버릴지도 모를 일이었다. 그만해야지.

"흠… 알겠어. 잘 자. 또 연락해도 괜찮지?"

"당연하지. 오빠도 잘 자. 오늘 재미있었어."

다시 10여 분을 걸어 숙소에 도착했다. 11시가 조금 지난 시간이었다. K는 부엌 의자에 앉아 휴대폰을 보고 있었다.

"왔어?"

"응. 야, 나 오늘 E랑 저녁 먹고 돌아다녔다."

"오, 진짜로? 어떻게?"

"몰라. 그냥 갑자기 연락했어. 내가."

"올… 잘했는데? 그래서?"

"일단 내일이든 모레든 피렌체에 가야 할 것 같아."

"오, Shit….'

30

베네치아 위드 러브

피렌체/베네치아

- 나 오늘 밤에 피렌체 도착하는데, 혹시 마중 나오는 거 어때?

테르미니에서 피렌체행 기차표를 예매하고 나는 E에게 메시지 두 개를 보냈다. K는 그녀가 마중을 나오겠느냐며 핀잔을 준다. 여자친구도 아니고 그 늦은 시간에 역에 왜 와. 형 같으면 나가겠냐. 틀린 말은 아니었다. E의 답장은 생각보다 빨리 왔다.

- 응??? 피렌체 온다고??? 갑자기??

- 응ㅋㅋ 원래 올라갈 계획이었기도 하고. 로마에 너무 오래 있었던 것 같기도 하고.

- 뭐야. 따라오는 거 아냐?ㅋㅋ

- 그렇게 생각할까 봐 연락 안 하려고 했는데ㅋㅋ 그런 거 아냐. 그래서, 마중 나올 거야?

- 마중은 무슨ㅋㅋ 역이랑 숙소랑 멀어. 내일 시간 되면 밥이나 먹자!

- ^^;; 그래… 연락할게….

- 응ㅋㅋ 조심히 와!

K는 말했다.

"거 봐라. 피렌체 가면 만날 수 있긴 해? 만나는 준대?"

"연락하라잖아… 만나겠지 뭐….'

E때문에, 제3자의 입장에서 보자면 낯선 여자 때문에 비롯된 갑작스러운 결정이었지만 K는 고맙게도 이견 없이 함께 짐을 챙겨주었다. 이보다 완벽한 여행 동반자가 있을까.

로마와 그곳에서 했던 생각들을 차분히 돌아보기에 나의 머릿속은 이미 E로 가득 차 있었다. 사실 E는 이상형과는 거리가 멀었지만, 나는 이해할 수 없을 정도로 E를 생각했다. 로마라는 공간이 갖는 로맨틱한 특수성 때문이었을까. 아니면 앞에 놓인 미지의 세계에 대한 막연한 기대감 때문이었을까. '소매치기에 주의하세요. 도움이 필요하시면….' 익숙해진 테르미니 역의 알림 방송이 들리고, 나는 기차에 몸을 실었다.

피렌체역과 중심가는 실제로 꽤나 떨어져 있었다. 이렇게 머니까 나오기 힘들었겠네. 가까웠으면 나왔을 텐데. 내 말에 K는 콧방귀를 뀐다. 오랜만에 무거운 배낭을 메고 우리는 대략 30분 정도를 걸었다. 거리는 나폴리나 로마에 비해 사람도 많지 않고 깔끔했다. 시내로 접어들자 길가에는 휘황찬란한 명품점이 보인다. 모두 문은 닫혀 있지만, 존재를 과시라도 하듯 쇼윈도에는 환히 불이 켜졌다.

구글맵에 저장해 둔 주소와 실제 호스텔의 위치가 다른 탓에 우리는 한참을 헤매야 했다. 똑같은 골목을 몇 번이나 돌고 나서야 숙소를 찾을 수 있었다. 12시도 지난 시간이었다. 너무 늦게 왔다며 불평하는 주인에게 양해를 구하고, 다른 사람들이 깨지 않도록 조용히 방문을 열었다. 군데군데서 코 고는 소리가 들린다. 커다란

방에는 싱글 사이즈 침대가 일정한 간격으로 놓였다. 창문으로
스며든 가로등 불빛으로 우리는 간신히 눈앞을 분간할 수 있었다.

마침내 침대에 몸을 누이고 와이파이를 연결했을 때, 전혀 예상치
못한 메시지가 나를 기다리고 있었다.

– 흠, 나 역 쪽 갈 일이 있는데~ 마중 나가지 뭐~

– 도착하면 연락해~! 나 역 앞 카페!

– ㅎㅎ 다음 기차인가… 와이파이 없나…

– 흠… 오긴 오는 건가…

– 됐어, 이제 나는 돌아가겠어…!

E였다. E는 내가 도착하기 전부터 피렌체역에 나와 나를 기다리고
있었던 것이다. 그녀가 두 번째 메시지를 보낸 것은 내가 역에
도착하기 한 시간도 전의 일이었다. 증거처럼, E는 어두컴컴한
기차역의 사진을 남겼다. 마지막 메시지가 나의 아이폰에 도착한
시간은 불과 삼십여 분 전이었다. 깜짝 놀라 전화를 걸었지만 E는
받지 않았다. 경쾌한 멜로디의 카카오톡 통화 연결음이 이어질
뿐이었다. 나왔었느냐고, 와아파이가 없어서 이제야 확인했다고
허겁지겁 답장을 해봐도 허사였다. 보낸 메시지 옆의 숫자 1은 결국
내가 잠들 때까지 사라지지 않았다.

불길한 꿈을 꾸다가 평소보다 일찍 잠에서 깼다. 평소보다
일찍이긴 해도 10시에 가까운 시간이었다. 이미 많은 침대가
비었지만, 메시지 옆의 숫자는 아직 굳건히 자리를 지키고 있었다.
나는 다시 한번 메시지를 보낸다.

– 혹시 아직 안 일어났을까? 어제 오래 기다렸던데 너무 미안하네.

한동안 대화창을 쳐다봤다. 그러다 거짓말처럼, 쌓여 있던 1이

한꺼번에 사라지더니, 곧 E의 답장이 도착했다.

– 마중 나오라며? 어제 엄청 기다렸는데.

– 미안해. 미안해! 진짜로 나올 줄 몰랐어. 출발할 때까지만 해도 안
나온다고 했었잖아.

– 그래 뭐, 데이터도 없었고 하니까. 그래도 아무튼 기다렸으니까 오
빠가 점심 사.

– 저녁까지 사면 안 돼?

– ㅋㅋㅋ돈도 없으면서.

– 일단 만나자. 몇 시쯤 볼까?

그렇게 E와의 짧은 동행이 시작됐다. 11월 둘째 주, 하늘은 여전히
맑았다. 정확히 어디에 가 닿을지 알 수 없었지만, 나는 되도록
E와의 시간을 낭비하고 싶지 않았다.

우리는 피렌체의 거리를 걷고, 골목의 상점을 구경하고, 함께
광장에 앉아 싸구려 피자를 먹었다. 피사로 가는 기차를 타고,
기울어진 탑 앞에서 누구나 찍는 사진을 같이 찍고, 기억나지 않는
많은 대화를 나눴다. K는 함께 다니다가 적절한 타이밍에 E와 내가
둘만 남도록 자리를 비켰다. 나는 눈빛으로 감사를 전했다.

밤이 되면, 우리는 아르노강의 교각에 앉아 맥주를 마셨다. 나는
먼저 난간을 뛰어넘어 E의 손을 잡는다. 베키오 다리가 어렴풋이
보이는 자리였다. 1940년 히틀러는 피렌체의 모든 것을 파괴했지만,
오직 저 다리만은 남겨놓았다고 한다. 다리가 아름답다는 이유로.
약간 취기가 올라 다리를 그려보려 스케치북을 펼쳤지만 연필이 영
손에 잡히지 않았다.

피사에서 돌아오는 기차에서 E는 피곤한지 꾸벅꾸벅 졸기

시작했다. 나는 슬쩍 손을 뻗어 그녀의 머리를 내 어깨에 기댔다. E는 잠깐 고개를 들어 나를 한번 올려다보고, 그대로 다시 어깨에 기댄다. 좋은 샴푸 냄새가 난다. 로마의 바실리카에서보다 비교할 수 없을 만큼 나는 E와 가까이 있었다. 스케치북을 꺼내 피사의 사탑을 마무리하려다 이내 마음을 접었다. 당분간 그림은 생각하지 말자.

"오빠, 나… 오늘 밤 기차로 베네치아 가."

E의 얼굴은 잘못을 고백하는 아이와 같았다.

"베네치아?"

"응. 오빠는 다음 여정이 어떻게 돼?"

"나도 내일 베네치아로 올라가."

"거짓말하지 마. 이번엔 진짜 따라오는 거 아냐?"

"맞아. 이번에는 진짜 따라가는 거야."

베네치아는 사실 대강의 계획에 포함되어 있었다. 예정에 없던 것은 피렌체였지만 그런 것은 이제 중요치 않았다. E는 재미있다는 듯 웃었다.

"뭐야. 숙소는?"

"이제 찾아봐야지. 너는?"

"나는 웬만한 건 다 준비해놓고 왔어. 한인 민박 예약해놨어."

한인 민박은 아침저녁으로 한식을 제공한다는 큰 이점이 있었지만 나와 K는 단 한 번도 한인 민박을 이용하지 않았다. 하룻밤 5만 원부터 10만 원이 훌쩍 넘는 비싼 가격이 큰 이유였고, 멀리까지 나와서 굳이 한국 사람들과 굳이 한국 음식을 먹으며 굳이 한국어로 이야기할 필요가 있느냐 하는 생각이 그다음 이유였다.

"음. 한인 민박 말고 호스텔에 같이 가는 건 어때?"

내친김에 호스텔 어플리케이션을 켰다. 도시와 날짜를 입력하고 투숙객은 2명으로 검색을 시작한다.

　나는 K에게 갑자기 생긴 계획을 알려줬다. 이번에는 형 먼저 가. 나는 여기 좀 더 있다가 올라가든지 할게. 피렌체에 도착한 지 며칠 되지 않아 또 E를 따라 이동한다는 것이 K는 달갑지 않은 모양이었다. 나는 대수롭지 않게 알겠다고 답했다. 수개월 간 이어진 K와의 동행이 곧 끝난다는 사실을 그때는 알지 못했다.

　기차에서 내린 시간은 이른 새벽이었다. 베네치아 본섬 기차역은 짙은 안개에 가려 한 치 앞을 분간할 수 없었다. 대합실에 앉아 잠시 눈을 붙이다가, 해가 뜨면 E가 알려준 주소로 이동하기로 한다. 한인 민박에서 E를 만나 새로 예약한 숙소로 이동하는 것이 계획이었다. 싱글 사이즈 침대 두 개가 있는 호스텔. 그곳으로 가려면 본섬에서 기차를 타고 다시 섬 밖으로 이동해야 했다. 저렴한 숙소는 주로 베네치아 섬 밖에 있기 때문이다. 저가 항공과 같다.

　우리는 체크인을 하고 짐을 풀었다. 숙소는 호스텔이라기 보다 일종의 캠핑장 같았다. 널따란 부지에 100개도 넘는 아담한 독채가 다닥다닥 설치된 모양이다. 그러고 보면 호스텔의 이름에는 '캠핑'이 들어갔었다. 건물은 샌드위치 패널 비슷한 자재로 지어져서, 밖에서 본 모습은 마치 공사장의 현장 사무소와 비슷한 느낌이었다. 나는 문을 열어 벽의 두께를 확인했다. 어림잡아 10센티미터 정도로 보였다. 한국에서는 주로 야외 창고를 지을 때 100T짜리 샌드위치 패널 한 장을 사용한다. 배운 것이 틀리지 않다면 밤에는 상당히 추울 것이었다. 실제로 점심이 가까운 시간이었음에도 실내의 공기는 냉랭했다.

내부는 사진보다도 훨씬 좁았다. 눈에 보이는 것은 샤워실을
겸한 화장실과 침대와 천장에 달린 에어컨이 전부였다. 화장실은
사람 한 명이 간신히 들어갈 크기이고, 침대와 화장실 사이는 혼자
지나가기에도 좁았다. 침대 두 개는 겨우 30센티미터가 될까 말까
한 간격으로 놓여 있었다.

정문 근처에는 식료품을 살 수 있는 마트와 레스토랑이 있고,
물이 빠진 커다란 수영장이 보였다. 여름에만 운영하는 모양이었다.
호스텔에서 본섬까지는 대중교통으로 대략 30분이 걸렸다.

베네치아의 첫날. E와 나는 일찍이 숙소로 돌아왔다. 새벽의
기차역부터 이어진 짙은 안개와 두꺼운 구름 탓이었다. 구불구불한
운하의 건물들은 절반 이상이 안개에 가렸고, 흔하다는 곤돌라도 한
척 보이지 않았다. 유명한 리알토 다리도 공사로 가림막이 쳐졌다.
골목의 가면이나 골동품을 파는 가게를 구경하는 것 외에는 제대로
된 관광을 할 수 없었다.

E와 나는 각자 씻고 침대에 누워 맥주를 홀짝였다. 숙소는
예상대로 추워서 우리는 이불을 꽁꽁 싸매야 했다. 가냘픈 벽은
밖의 찬 공기를 막기에 역부족이었고, 천장에 달린 에어컨은 따뜻한
바람을 불어주지 못했다. 설상가상으로 샤워기에서는 얼음물처럼
차가운 냉수가 쏟아진다. 이런 식이지 뭐. 침대에 누운 후에도 몸은
좀처럼 따뜻해지지 않았다.

나와 E는 추위에 몸을 떨며 이런저런 이야기를 나눈다. 맥주 한
병을 비웠을 때쯤 E는 휴대폰을 들었다. 나도 별다른 목적 없이
휴대폰을 만지작거리고, 한동안 대화는 이어지지 않았다.

"뭐 해? 뭐 보는 중이야?" 나는 좁은 독채를 가득 채운 침묵을

참지 못하고 말을 건넸다.

"응. 한국에서 담아 온 영화 보려고."

"무슨 영화?"

"「로마 위드 러브」. 로마에서 마지막 날 보려고 했는데, 누구 때문에 못 봤어. 오빠는 이거 봤어?"

"아니, 못 봤어. 우디 앨런 영화던가?" 안 봤다니, 물론 거짓말이다.

"응. 같이 볼래?"

나는 대답하지 않고 E의 침대로 넘어간다. E와 나는 자연스럽게 한 이불을 덮고 몸을 밀착했다. 나는 당연하게도 휴대폰 화면의 영화에 그 어떤 관심도 없었다. 모든 신경은 E의 향기와 스킨십에 집중된다. 나의 오른팔은 그녀의 왼팔과 닿아 있었다. 영화 주인공들은 무어라 열심히 떠들었지만, E의 심장 소리만이 귀에 닿았다. 어쩌면 그것은 나의 심장이 내는 소리일지도 모를 일이었다. 갈비뼈 밑에서 심장은 평소보다 빠른 속도로 뛰었다. 시간이 얼마나 지났는지 알 수 없었다. 시간은 살바도르 달리의 그림처럼 늘어져서 이해할 수 없는 길이로 흐르고 있었다. 그림과 사람에 대해 생각한다. 그림을 그리기 위해선 연필을 들어야 한다.

나는 최대한 자연스럽게 몸을 움직여 그녀의 목 뒤로 오른팔을 집어넣는다. E는 내 쪽을 쳐다본다. 심장은 계속 빠르게 둔탁한 소리를 냈다. E에게도 들릴까. 여전히 알 수 없는 길이의 시간이 흐른다. 5분이 지났을까? 그녀는 휴대폰을 끈다. 좁은 방에 스스로 빛을 내는 것은 이제 없었다. 커튼 사이로 차가운 가로등 불빛이 비친다. 싱글 사이즈의 침대는 짙은 푸른색으로 빛났다. E는, 몸을 돌려 나의 몸에 팔을 두른다. 나도 몸을 돌린다. 내가 내뱉은 숨이 그녀의 피부에 닿을 만큼 우리는 가까웠다. 마음만 먹으면 어렵지

않게 닿을 수 있는 거리다. 왼손으로 나는 그녀의 풍성한 갈색
머리칼을 만진다. 곧 어둠 속에서 눈이 마주치고, 나는 입을 맞춘다.
"혹시 그림 그리는 거랑 사람 만나는 거랑 비슷한 거 알아?"

베네치아에서 머무는 2박 3일 동안 섬은 결국 파란 하늘을
보여주지 않았다. 물의 도시는 가면이라도 쓴 것처럼 내내 짙은
안개와 구름에 숨어 있었다. 뱃멀미에 시달릴 때 E는 나의 어깨에
머리를 기댔다. 잠시 후에 그녀는 다정한 연인처럼 팔짱을 낀다.
그리고 E와 헤어질 때, 스케치북에 베네치아 그림은 단 한 장도
없었다.

31

강과 바람과 건물 사이 나는 혼자

오스트리아, 잘츠부르크

베네치아 기차역에서 E는 언젠가 한국에 돌아오면 다시 만나자고
했다. 다니면서 와아파이 잡을 때 연락하자. 조심히 다니고 사진도
가끔 보내줘.

E를 다시 보는 일은 아마도 없을 것이라는 사실을, 그녀의 눈빛과
목소리로 나는 알 수 있었다. 영원할 것 같던 K와의 동행이 끝난
곳도 베네치아였다. K는 베네치아의 마지막 날 밤, 맥주를 마시며
그의 이유를 차분하게 전했다. 형, 독일 쪽으로 올라갈 거지? 나는
동유럽으로 가려고. 남미까지는 같이 못 갈 것 같아. 유럽에 처음
와보기도 하고, 이제 액티비티 같은 것도 좀 해보고 싶고. 혼자서도
한 번 다녀보고 싶어.

어디에서도 질렸다거나 지쳤다거나 하는 부정적인 뉘앙스는
느껴지지 않았다. 몇 번이나 이런저런 이유로 계획을 바꾼 나를
한마디 말없이 배려해준 K였다. 종종 겪었던 사소한 의견 차이도
이유로 작용했을 것이다. 우리는 굳이 그런 것들을 입 밖에 내지

않았다. 적잖이 낙담했지만 충분히 이해할 수 있었다. 나는 알겠다고 답했다. 그래. 한국 돌아가면 보자. 조심히 다니고. 여행의 끝까지 함께하지 못한 아쉬움의 크기는 물론 작지 않았다. 그렇게 구씨와 허씨가 57년간의 동업을 끝내듯 K와 나는 서로를 응원하며 각자의 길에 새로운 발을 디뎠다.

나는 잘자흐 강변의 잔디밭에 앉아 샌드위치를 꺼냈다. 잘츠부르크에서 처음 먹는 점심이었다. 잔디는 생각보다 폭신폭신했다. 약간의 물기를 머금었지만 신경이 쓰일 만큼은 아니다. 내친김에 워커와 양말을 벗었다. 잔잔한 강과 불어오는 바람과 강 건너 아담하고 낮은 채도의 건물들이 모두 평화로웠다.

강과 바람과 건물 사이에 나는 혼자였다. 평화로운 풍경 속에서 나는 이제 철저히 혼자 남았다. 지금 내게 정서적으로 물리적으로 가장 가까이에 있는 것은 대형 마트에서 심사숙고 끝에 고른 달걀 샌드위치다. 시답잖은 농담을 할 상대도, 여행지의 감흥을 나눌 사람도, 함께 밥을 먹을 친구도 내 옆에는 없었다. 간밤에 호스텔에 체크인 할 때와 샌드위치를 살 때를 제외하면 나는 목소리조차 내지 않았다. 모든 언어는 머릿속에서 맴돌 뿐이었다. 커다란 통나무를 파먹는 풍뎅이의 유충처럼, 생각은 점점 더 내면으로 파고들었다.

문득 막막한 두려움 비슷한 감정이 비커 속 액체에 떨어뜨린 물감처럼 번지기 시작했다. 물감이 한 방울씩 계속 떨어진다면 결국 비커는 짙은 색으로 변해버릴 것이다. 색의 이름은 다름 아닌 외로움이었다. 이상한 일이었다. 원체 외로움을 타는 성격이 아닌데. 오히려 혼자 있는 것을 즐기는 편인데. 나는 혼자가 되는 것을 적잖이 걱정하고 있었다. 누군가 나에게 말을 걸기 시작했다.

오랜만에 듣는 목소리였다.

'걱정될 만해. 이 여행을 떠나기 전에 네가 겪은 외로움은, 그 끝이 뻔한 단편적인 감정이었잖아.' 나는 계속 들어 보기로 한다. '단순한 이야기야. 하루나 이틀이 지나면 네 옆에는 언제나 누군가 분명히 있었어. 그게 가족이든 친구든 연인이든.' 근데 이제부터는 그렇지 않을 거야. 앞으로 일주일, 이주일, 한 달, 두 달, 세 달이 되도록 너는 혼자일지도 몰라. 커다란 통나무를 혼자서 파먹는 애벌레처럼. 새로운 길을 걸으면서 느낄 모든 감정들, 새로운 풍경을 보고 생기는 모든 감상들. 그 모든 것을 너는 누군가와 나눌 수 없는 거야. 주말에 가끔 카페에 혼자 앉아 있는 것과는 많이 다를 거야.

'근데, 그게 두렵다고 집에 갈 거야?' 물론 그럴 마음은 눈곱만큼도 없었다. 'K가 예언이라도 받은 것처럼 같이 여행 가자고 말하기 전을 떠올려봐. 원래 이 여행은 혼자였어. 너는 여행을 왜 떠나고 싶었어?' 샌드위치를 한입 베어 물었다. 호기심. 그것은 유리알 같이 단단한 호기심이었다.

'그럼, 여행을 하면서 너는 무엇을 하려고 했어?' 나는 세상을 내 발로 걷고, 내 눈으로 보고, 그것을 기록하고 싶었다. 연필과 플러스펜으로 그것을 그릴 생각이었다. 마지막으로 그림을 그렸던 게 언제였더라. '맞아. 바로 그거야.' 나는 문득 할 일이 생각난 사람처럼 남은 달걀 샌드위치를 한입에 털어 넣고, 스케치북을 꺼냈다. '앞으로 공간, 실내 건축, 그리고 그림에 더 집중하는 게 좋을 것 같아.' 맞는 말이었다.

눈을 감았다. 비커에는 더는 물방울이 떨어지지 않았다. 외로움은 옅게 섞여 나름 볼만한 색을 만들었다. 그것은 지금까지의 여행과는 분명히 다른 색이다. 지금부터 보이는 풍경은 이제까지와는 다를

것이다. 지금부터 펼쳐질 것들은, 가족도 친구도 연인도 그 누구도
아닌 오로지 나만을 위한 세상이다. 천천히 심호흡을 하고 눈을
떴다. 공간과 그림에 집중하자. 새로운 색채에 익숙해지자.

호엔잘츠부르크는 멀리 난공불락의 요새처럼 솟아, 의미심장한
기운을 내뿜고 있었다.

오스트리아의 작은 도시 잘츠부르크는 서울 면적의 10분의 1
정도로 하루 종일 걷기에 부담스럽지 않았다. 아마추어의 눈으로
보기에도 그들의 실내 건축 수준은 상당히 높아서, 도시는 공간과
그림에 집중하기에 제격이었다. 호스텔의 담백한 장식, 색채 구성,
매끈한 벽과 천장 마감재, 계단의 크기와 간격, 8인실 도미토리
침대의 프레임과 시트. 카페 벽면의 간결한 팔걸이부터 쇼윈도
진열대의 형상, 작은 광장의 조경까지 공간에 대한 깊은 관심과
놀라울 정도로 섬세한 배려를 곳곳에서 찾아볼 수 있었다. 화려하지
않은 고급스러움이라고 해야 할까. 과연 인당 국민 소득 4만 불이
넘는 나라구나 하는 생각이 들었다. 나는 가끔씩 작은 감탄사를

뱉으며 시내를 걸었다. 원래 내가 그리던 그림이 비교적 오랜 시간에 걸쳐 눈에 보이는 풍경을 담는 것이었다면, 이 작은 도시에서 나는 짧막한 연필 스케치를 즐겼다. 영감이 될 만한 것과 언젠가 내 손으로 지어보고 싶은 것들을 빠르게 수첩에 담았다. 사소하고 섬세한 포인트들을 나는 하나도 잊고 싶지 않았다.

창문 사이로 해가 들면, 이렇다 할 계획 없이 호스텔을 나와 뒷동산을 산책했다. 완만한 경사로가 이어진 산을 30분쯤 오르다 보면 꽤나 볼만한 시내 전망이 펼쳐진다. 나는 시내로 나가 샌드위치로 간단히 점심을 해결하고, 모차르트의 생가를 둘러보고, 잘자흐 강변에 누워 파란 하늘을 바라봤다. 워낙 음악에 문외한이라 모차르트 생가에서는 별다른 감흥을 느끼지 못했다. 마이클 조던의 생가에 가도 비슷한 감상이겠지(그는 아직 살아 있지만). 나의 흥미를 끈 것은 오히려 주거 목적이었던 공간을 전시 공간으로 탈바꿈한 방식과 시원시원한 와이파이였다.

아이폰의 시계가 오후 4시를 그리자 나는 잔디에서 몸을 일으켰다. 강 맞은편의 현대미술관에 가볼 생각이었다. 미술관은 바위 절벽 위에 아슬아슬하게 서 있었다. 누가 저런 곳에 시를 대표하는 미술관을 짓겠다 생각했을까? 저곳까지는 대관절 어떻게 올라가야 할까. 아마도 돈을 내고 편하게 가는 방법과 시간과 힘을 들여서 가는 방법이 있겠지. (묀히스베르크산 현대미술관은 '잘츠부르크 패스'로 이용할 수 있는 엘리베이터를 운영했다.)

절벽 아래서 관리자로부터 오늘은 승강기를 운영하지 않는다는 소식을 듣고 힘겹게 계단과 오르막길을 오른 끝에 내가 맞닥뜨린 것은 미술관 휴관일이라는 사실이었다. 가는 날이 장날. 다행히 카페와 편의 시설은 이용할 수 있었다. 전시실을 제외하고는 미술관 내부도 어느 정도 돌아다닐 수 있어서, 나는 천천히 공간을 둘러봤다. 어차피 나의 목적은 전시실의 미술품보다 미술관 자체에 있었다. 매끄러운 노출 콘크리트, 절묘하게 숨어 있는 조명들, 재료와 재료의 만남, 간결한 핸드레일. 어느 것 하나 흠잡을 것이 없었다. 이런 공간을 그리고 공들여 빚어내는 사람들은 얼마나 행복할까.

야외 카페에 자리를 잡고 앉았다. 턱시도를 입은 짧은 머리의 점원이 곧 에스프레소와 재떨이를 가져다준다. 잘츠부르크 시내가 내려다보이는 자리였다. 멀리 호엔잘츠부르크가 담긴 풍경을 그려보기로 한다. 파란 지붕 위로 우뚝 솟은 요새는 역시나 의미심장한 모습이었다. 대충 구도를 잡고 요새의 형태를 만지면서 나는 종이 위의 그림이 실재가 되는 일에 대해 생각했다. 도면이 가구가 되고, 조명이 되고, 벽이 되고, 공간이 되는 일. 그것은 내게 정말 놀라운 일이었다.

풍경의 원근을 가늠하다 문득 생전 처음으로 나의 그림이 실물이 됐던 순간을 떠올렸다. 군대 복무하던 시절, 어설픈 나의 도면으로 만들어진 것은 다름 아닌 초소 앞 연단이었다.

내가 상병으로 복무할 때쯤 공항에서는 새로운 주기장을 짓는 공사가 시작됐다. 대통령 전용기인 공군 1호기를 위한 건물이었다. 정확히는 알려주지 않았지만, 당시 군은 대한항공으로부터 비행기를 임차하여 1호기로 사용하고 있었던 것 같다. 그해에 임차 기간을 연장했거나 매입하게 되어 공항은 1호기를 상주시킬 공간이 필요했던 것이다. 왜 이제서야 1호기 주기장을 지었는지는 알 수 없었다. 모름지기 국가 원수의 비행기를 민간 기업에 빌려 사용한다는 것이 잘 이해되지 않았다.

어찌 됐든 공사를 위해 매일같이 민간 인력과 장비들이 공항을 들락거리기 시작했다. 커다란 비행기를 보관하는 격납고인 만큼 꽤나 규모가 큰 공사였다. 활주로와 가까운 현장은 소대의 경계 구역이었고, 우리는 공사가 진행되는 동안 그곳에 출입하는 인력과 차량을 검문검색 하고 이동을 통제하는 새로운 임무를 맡게 되었다.

소대의 간부들은 어디서 구했는지 낡고 오래된 컨테이너 박스를 공사장 출입구 근처에 놓고 '주기초소'라는 임시 명패를 달았다. 그곳에서 나를 비롯한 초병들은 하루 다섯 시간씩 단초(한 명이 서는 보초)로 경계 근무를 서야 했다. 등에 K2 소총을 메고, 왼팔에는 완장을 차고. 낡은 컨테이너 문은 열고 닫을 때마다 삐걱거렸다.

갑자기 생긴 초소는 모든 것이 생소했다. 그중에서도 불편한 것은 초소 앞에 연단이 없다는 사실이었다. 근무 특성상 초병은 초소를 등지고 출입구 방향을 주시해야 했다. 허가증이 없는 인원이나 차량이 출입하면 근무자는 임시 출입증을 발급하고 기록해야 하는데, 그럴 때마다 우리는 뒤로 돌아 좁은 유리문을 통해 출입증을 꺼내고, 신분증을 보관함에 넣고, 일지를 꺼내 적어야 했다. 차량이 몰리는 시간에는 병목 현상으로 공사장 밖으로 트럭이 줄지어 서는 경우가 생기기도 했다. 이런 불편함 때문에 다른 초소는 근무를 복초로 서거나 연단을 두어 운영했다. 복초인 경우 한 명이 초소 안에서 출입증 교환과 기록을 담당하고, 연단이 있으면 혼자 보초를 서더라도 필요한 것들을 올려 두고 훨씬 수월하게 근무할 수 있다. 소대 간부들에게 건의를 해보았지만 원칙적으로 초소에는 연단을 둘 수 없고, 별도로 구입하거나 구할 수도 없다는 대답이 돌아올

뿐이었다. 야, 복초 세울 만큼 인원 넉넉지 않은 거 알잖아. 컨테이너 구하는 것도 어려웠어. 어쩔 수 없을 것 같은데. 미안하다. 조금만 참자.

그렇게 불편함과 씨름하며 주기초소에서 근무한 지 2주가 되었을 무렵, 내 눈에는 공사장 한편에 버려진 목재가 들어왔다. 모양과 길이가 제각각인 분홍색 판재와 각재였다. 군데군데 시멘트가 튀어 굳었고, 깨지고 망가져서 멀쩡한 것이 거의 없었다. 아마도 간이 거푸집으로 쓰고 버린 모양이었다. 하지만 그렇게 버려진 자재는 이미 내게 연단으로 보였다.

나는 초소 노트에 그림을 그리기 시작했다. 한쪽이 20센티미터 높고, 가로 세로 높이가 각각 70센티미터, 50센티미터, 120센티미터인 연단을 그렸다. 연단의 윗면은 경사가 졌으니 노트와 펜을 받칠 수 있는 얇은 받침을 두고, 안쪽에 임시 출입증을 보관할 수 있도록 작은 공간을 파냈다. 도면을 보는 누구나 그것이 어떻게 생겼는지 이해할 수 있도록 투시도와 네 면의 입면을 차례대로 그렸다. 목재의 두께까지 고려해 제대로 그려볼까 잠시 고민했지만, 곧 생각을 접고 나는 현장 반장님을 모셨다.

2주 정도 얼굴을 익힌 덕에 반장님과는 웃으며 인사를 나누는 사이였다. 쉰 살쯤 되어 보이는 투박한 얼굴이었다. 깊고 확고한 주름이 패였고, 희고 빳빳한 수염이 듬성듬성 얼굴을 덮었다. 반장님은 종종 출근길에 초병들에게 음료수를 챙겨주시는 서글서글한 분이었다.

나는 대강의 상황을 설명하고 찢어낸 노트를 조심스럽게 건넸다. 반장님은 30초 정도 고개를 갸웃거리며 노트를 보더니 별것 아니라는 표정으로 입을 열었다.

"군대 오기 전에 이쪽 전공하셨어? 이런 것 만드는 건 일도
아니야. 잠깐만 있어봐요."

대답하려는 나를 두고 반장님은 몸을 돌려 큰 소리로 목수
아저씨를 찾았다. 박 씨! 이리로 와봐. 여기 초소 앞에 놓고
싶다는데, 저쪽에 남는 걸로 이것 좀 후딱 만들어드려.

그러고 한 시간이 채 걸리지 않아 분홍색 연단은 거짓말처럼 내
눈앞에 나타났다. 꼬깃꼬깃해진 노트가 연단 윗면의 얇은 받침에
걸려 있었다. 의도한 대로였다. 나는 반장님과 목수 아저씨께 몇
번이나 고개 숙여 감사를 전했다. 아유, 됐어요. 별것도 아니야.
사포질 안 해서 손 다칠 수도 있으니까 조심해요. 더운데 고생이
많아요.

느낌이 이상했다. 너무 짧은 시간에 벌어진 비현실적인 일이었다.
그것이 실제로 일어난 사건이라는 사실을, 눈앞의 단단한 분홍색
연단이 강력히 증명하고 있었다. 나는 손을 뻗어 연단을 쓸었다.
과연 거칠거칠하고 투박했다. 그러나 내가 그린 도면으로 만들어진
첫 실재. 이것이 내가 눈을 감는 순간까지 머릿속에 남으리라는
사실을 당시의 나는 분명히 알 수 있었다.

호헨잘츠부르크 앞으로 촘촘히 연결된 지붕들의 윤곽을 그릴
때쯤 난데없이 빗방울이 떨어지기 시작했다. 주변도 어둑해져서
나는 단념하고 스케치북을 덮었다. 다행히 요새의 디테일은 그리고
싶은 만큼 그려 넣었다. 뒤로 뻗은 산의 실루엣과 하나의 지붕 선
사이로 오래된 요새만이 존재감을 갖는다. 이 그림은 이대로 괜찮아
보인다.

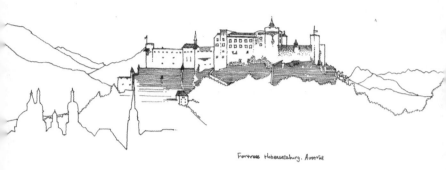

Fortress Hohensalzburg, Austria

　나는 호스텔 침대에 누워 초소와 요새를 생각했다. 어떤 이는 주기장 초소 앞의 작은 연단을 그리고, 어떤 이는 언덕 위의 요새를 그린다. 그가 그린 요새는 천 년을 그 자리에 있었다. 그가 그린 연단은 지금 어디에 있을까. 나는 오래 남는 것을 그리는 삶을 살 수 있을까. 나는 어떻게 살아야 할까.

　잘츠부르크의 밤은 곧 나의 의식을 고급스럽게 뽑아 갔다. 의식이 뽑히기 직전 주변은 여전히 비커의 옅은 색으로 물들어 있었다. 흠잡을 곳 없이 간결한 침대처럼, 그것은 온전히 나만을 위한 세상이었다.

32
폭스바겐, 아우디, 메르세데스
할슈타트

호스텔 앞 정류장에서 나는 150번인지 1500번인지 기억나지 않는
버스를 기다리고 있었다. 평소보다 일찍 하루를 시작해 꽤나 이른
오전 시간이었다. 목적지는 할슈타트였다. 알프스 자락의 한적한
호수 마을로, 영화 「사운드 오브 뮤직」의 배경이 되기도 했다. 푸른 산
속에 폭 안긴 호수에 비친 아름답고 아담한 도시. 잘츠부르크에서는
버스로 약 두 시간이 걸렸다.

　같은 방을 쓰는 리아와 함께 갈까 했지만 그녀의 반복되는
이야기를 하루 종일 들어줄 자신이 없었다. 그녀는 캘리포니아의
젖소 농장에서 일했는데, 농장 근처에서 야생 악어를 만난
에피소드를 지치지도 않고 몇 번이나 이야기했다. 악어와 젖소를
잊고 차분히 조용한 마을에 다녀올 생각으로 나는 혼자 버스를
기다렸다.

　버스가 출발한 지 30분 정도 되었을까. 턱을 괴고 창밖을 바라보던
나의 머리에 히치하이킹이 떠올랐다. 마른하늘에서 떨어진

빗방울처럼 아무런 맥락 없이 떠오른 생각이었다. 모르는 사람의 차를 얻어 타고 할슈타트까지 간다면 재미있지 않을까? 마침 창밖에 담기는 알프스 산길은 비현실적으로 아름답고, 선선한 바람과 따뜻한 햇살은 걷기에 안성맞춤이었다. 잘츠부르크-장크트길겐-바트이슐-할슈타트로 이어지는 시외버스 요금도 만만치 않았다. '그래, 한번 해보지 뭐. 잘 안 된다고 해서 폐를 끼칠 일행도 없잖아.' 머릿속의 목소리가 응원을 보낸다. '한 30분 해보다가 안 될 것 같으면 다시 버스 타지 뭐.' 그게 아니면 혼자서 걸으며 이런저런 생각을 하는 것도 나쁘지 않을 것이다. 나는 곧 결심을 굳히고 버스에서 내렸다.

버스에서 내린 곳은 장크트길겐이라는 작은 마을이었다. 하지만 경유지라고 부르기 미안할 정도로 마을은 아름다웠다. 양털 모양의 구름이 느릿느릿 파란 하늘을 가로지르고, 푸른 초원은 눈이 부실 정도로 밝고 선명했다. 거리의 완만한 경사를 따라 내려가면 눈앞에 푸른 볼프강호가 펼쳐졌다. 건물과 호수는 시간의 흐름 따위는 아무래도 신경 쓰지 않는 눈치였다. 마을을 얼마간 거닐다 곧 호수 변 벤치에 자리를 잡고 앉았다. 호수와 호수를 둘러싼 산이 시야에 담겼다. 탁 트인 경치를 바라보면서 점심을 먹기로 한다. 나는 호스텔에서 싸 온 빵과 잼과 스케치북을 주섬주섬 꺼냈다.

Day 107, 2015. 11. 18.
장크트길겐 볼프강호 변. 잘츠부르크에 하루 더 머물까 하다, 언제 또 오스트리아에 오겠냐는 생각이 들어 할슈타트를 둘러보는 하루 일정을 잡았다. 그리고 역시나 호수에 앉아 있는 지금, 오길 잘했다는 생각이 든다. 이 작은 마을의 거리는 너무도 한산하고, 볕도 좋고, 살갖에 닿는 바람도 기분 좋다.

자신만의 선을 가진 산들에 둘러싸인 호수는 평온하기만 하다. 어디로 가면 좋을지, 어디에 좋은 뷰 포인트가 있을지 하는 고민은 사라지고, 어디로 가야 그리고 싶은 것들이 있을지도 더 이상 생각하지 않게 된다. 하고 싶은 일이나 해야 할 일, 어긋난 인연과 새로운 인연, 가족, 삶과 같은 모든 것으로부터 머리를 비우고 나는 그저 앉아 있게 된다. 사고의 공백. 하루키 소설 속 다자키 쓰쿠루가 핀란드에 갔을 때 그는 이런 느낌이었을까. 할슈타트까지는 히치하이킹을 시도해볼 예정이다. 잘될지는 사실 모르겠다. 지금 별다른 생각 없이 그리고 있는 이 그림도 잘 그려질지, 사실 모르겠다.

무의미한 볼프강호 수면에 몇 마리의 오리와 두 마리의 백조가 무의미한 물결을 일으킨다. 그리고 그 무의미한 변용은, 또한 의미 없이 사라지고 만다.

Wolfgangsee, St. Gilgen, Austria

길겐에서 바트이슐까지 처음으로 얻어 탄 차는 오래된
폭스바겐이었다. 2000년대 초반에 만들어졌을 '골프' 모델이었는데,
4세대인지 5세대인지는 정확히 구분할 수 없었다. 눈매가 부드럽고
최선을 다해 평범하게 디자인한 회색 골프. 골프는 뒤돌아서면 그
형태적 특징을 기억해내기 어려운 차였다. 그것은 아마도 계획된
평범함일 것이다. 골프는 엄지손가락을 올리고 천천히 도로변을
걷던 내 옆에서 천천히 창문을 내렸다.

"어디까지 가요?" 40대 중반 정도 되어 보이는 선한 얼굴의
아저씨였다. 워낙 웃는 상이라 입가는 미소 짓는 모양으로 주름이
패여 있었다. 오래된 폭스바겐을 운전하기에 이보다 더 어울리는
사람이 있을까. 나는 같이 웃으며 목적지를 얘기했다. 그는
"할슈타트라… 음, 바트이슐까지는 태워줄 수 있어요. 타세요!"

코가 오똑한 골프 씨와는 웃으면서 꽤나 많은 이야기를 나눴다.
나는 한국에서 왔고, 실내 건축을 전공하는 학생이고, 독일어를
조금 공부한 적이 있고, 이런저런 이유로 배낭여행을 하는 중이라고
간단히 설명했다. 골프 씨는 한국이라는 말에 눈썹을 치켜 올리며
잠깐 조수석을 쳐다봤다. 눈썹에는 군데군데 새치가 섞였다.
버스비도 비싸고 날씨가 좋아 무작정 히치하이킹을 시도하는
중이라는 말에 그는 재미있다는 듯 웃었다.

"그래서, 한국에서 왔다고요?" 직업이 뮤지컬 배우였던 그는
2000년도에 한국에서 「사운드 오브 뮤직」을 공연한 적이 있다고
했다. 신기한 일이었다. 할슈타트로 가는 길에 얻어 탄 차의 주인이
한국에 와본 적 있는 사람이라니. 2000년은 평양에서 분단 이후 첫
정상회담이 열리고, 현대차 그룹이 소떼를 몰고 북한을 방문하고,
김대중 대통령이 노벨 평화상을 수상한 해였다.

"세울? 소울? 수도에 있는 커다란 극장이었어요. 국립이었는지
시립이었는지는 기억나지 않고. 그 이후로 한국은 한 번도 못
가봤는데, 많이 변했겠죠?"

아마 알아보지 못할지도 모른다고 나는 답했다. 한국은,
그중에서도 서울은 상당히 빠른 속도로 변하고 있다고.
잘츠부르크처럼 오래된 것들을 간직하면서 변해야 할 텐데,
그렇지 않은 것 같아 아쉽다고 덧붙였다. 2000년은 서정주와
황순원과 하인츠 하르멜이 세상을 떠난 해였다. 그 2000년에 골프
씨는 한국에 와서 「사운드 오브 뮤직」을 노래했다. 골프 조수석
유리창에는 알프스 자락의 푸름이 청명하게 비쳤다.

"자, 나는 여기서부터 다른 방향으로 가요. 할슈타트로 가려면
저쪽 방향에서 차를 타야 해요. 만나서 정말 반가웠어요. Viel
Glück(행운을 빌어요)!"

폭스바겐의 리어 램프가 사라지고 나는 다시 도로를 걸었다. 바트
이슐은 작고 한적한 도시였다. 내가 내린 곳은 도시의 외곽인 듯
보였다. 나는 차가 오는 방향을 보고 엄지손가락을 들었다. 관심
없다는 듯, 몇몇은 비웃기라도 하듯, 또 다른 누군가는 바쁜 일이
있는 것처럼 나를 지나쳐 갔다. 시간은 어느새 오후 2시를 지나고
있었다.

골프를 보내고 한 시간이 흘렀을까? 오랜 시간 씨름한 끝에 나는
두 번째 조수석에 몸을 실었다. 2003년인가 2004년부터 제작된
3세대 아우디 A6. 아우디의 상징적인 프런트 그릴이 처음으로
선보인 모델이었다. A6의 검정색 차체는 반짝이는 햇살을 받아, 잠시
숨을 고르러 수면 위로 나온 고래의 등처럼 매끈하게 빛났다.

은발에 무테안경을 쓴 그는 통화 중인 채로 목적지를 물었다. 할슈타트를 듣고는 손짓으로 조수석을 가리켰다. 그리고 그는 아무일도 없었다는 듯 다시 통화에 집중했다. 아우디 씨는 흰색 셔츠 소매를 절반쯤 걷어 올리고 밝은 회색 바지를 입고 있었다. 높은 확률로 그가 비즈니스맨일 것이라 짐작했다. 맞춤인 듯 어울리는 네모난 무테 안경이 나의 가설에 힘을 실었다. 수화기 너머의 대화는 전혀 알아들을 수 없었다. 상기된 목소리와 말투로 보아 거래처와 언쟁이 오가는 듯 보였다. 뭔가 중요한 일이 생겨서 해결하러 가는 중이고, 이동 중에 자세한 경위를 듣고 대책을 강구하는 중일 것이라고 나는 역시 혼자 생각했다. 15분 정도 이어진 합석에 아우디 씨와 나는 놀랍게도 단 한마디도 대화를 나누지 않았다. 그는 계속 통화 중이었다.

고속도로의 한가운데 나를 쿨하게 내려줄 때까지 아우디 씨는 손짓으로 말을 대신했다. '여기서 내려서 너는 저쪽 방향으로 가야 해.' 손가락이 가리킨 곳에는 갈림길이 있었다. 지도의 위치는 바트 고이세른이라는 마을 초입이었다. 네. 감사합니다. 이름 모를 아우디 씨. 어디로 가시는지도 모르지만 아무쪼록 조심히 가세요. 무슨 일인지는 몰라도 잘 해결하시길 바랄게요.

아우디가 매끄럽게 시야에서 멀어지고 나는 다시 걷기 시작했다. 아우디 씨가 가리킨 갈림길을 지나 길을 따라 20여분이 지났을까. 곧 대형 마트 같은 것이 눈에 들어왔다. 다름 아닌 휴게소였다. 재미있게도 알프스의 휴게소는 우리나라 고속도로의 휴게소와 비슷한 생김새였다. 나는 간식거리를 살까 고민하다가, 트렁크에 장바구니를 싣는 모녀에게 말을 걸었다. 간식거리를 사고 나오면 그들은 떠나고 없을지도 모른다. 안녕하세요, 날씨가 좋죠? 저는

한국에서 온 여행자예요. 이런저런 이유로 차를 얻어 타면서
할슈타트까지 가고 있어요. 혹시 실례가 되지 않는다면, 방향이
비슷하시면 뒷자리에 태워 주실 수 있을까요? 이상한 사람은 절대
아니에요. 딸은 작게 웃으며 엄마를 쳐다보고, 엄마는 미소를 짓고
대답했다. 오스트리아 사람들은 아무래도 웃으며 대화하는 습관이
있는 모양이다. 업무로 통화하는 중이 아니라면.

"운이 좋네요. 우리 집이 할슈타트예요. 뒷자리에 타세요." 오우,
정말요. 정말 감사합니다.

모녀의 차는 비교적 최신의 메르세데스였다. 짙은 회색
해치백으로, 한국에서는 보지 못했던 모델이었다. 전에 탄
폭스바겐과 아우디에 비해 눈에 띄게 세련된 실내 뒷자리에 앉았다.

엄마가 운전을 하고, 고등학생쯤 되어 보이는 딸이 조수석에
비스듬히 앉아 내 쪽을 바라봤다. 처음에는 낯을 가리더니
그녀는 이내 할슈타트 칭찬을 늘어놓기 시작했다. 고이세른에서
할슈타트까지 대략 10분의 드라이브에서 메르세데스 소녀는
잠시도 말을 쉬지 않았다. 호수에는 백조가 살고 마을은 믿기
힘들 정도로 안전하고 아름다워요. 유창한 영어였다. 초록색으로
뒤덮인 계절에도 아름답고, 겨울에 온 마을이 새하얗게 눈에 덮여도
아름다워요. 건물들은 하나같이 예쁘고 사람들은 모두 친절해요. 아!
그리고 할슈타트를 구글에 검색하면 나오는 이미지, 그 뷰포인트를
가르쳐 줄게요. 지도 있어요? 나는 순순히 휴대폰을 건넸다.

자신이 사는 마을을 진심으로 사랑할 수 있는 것이 얼마나 큰
행복일까? 내가 사는 동네가 할슈타트라면 어떤 기분일까. 나는
서울 성동구 왕십리를 이토록 사랑하고, 누군가에게 자랑할 수
있을까? 제주도 바닷가의 아름다운 마을에 사는 사람이라면 그녀를

이해할 수 있을까.

메르세데스 모녀는 나를 할슈타트 관광 안내소 앞에 내려줬다.
엄마와 딸은 다정다감한 미소로 작별을 고했다. 행운을 빌게요.
마을을 충분히 즐기길 바라요. 네. 그렇게 할게요. 덕분에 정말
편하게 왔어요. 고맙습니다. 나는 어쩌어찌 결국 할슈타트에
도착했다. 오후 3시. 버스를 타고 출발해서 폭스바겐과 아우디와
벤츠를 얻어 타고, 중간중간 걷고, 기다리고. 네 시간이 조금 넘게
걸린 여정이었다.

할슈타트는 작은 마을이었다. 과연 메르세데스 소녀의 말대로
마을은 동화 속에나 나올 법한 곳이었다. 굴뚝에서 모락모락 연기가
피어오르고 백발의 노인이 발코니에 나와 담배를 태웠다. 오래된
돌길이 예쁜 건물 사이를 고불고불 달린다. 유럽의 산속 마을이라는
주제로 누군가 상상화를 그린다면, 분명 할슈타트와 같은 마을을
그릴 것이다.

30분 정도 골목을 돌아다니다 메르세데스 소녀가 가르쳐준
포인트에 도착했다. 길거리에서 산 종이컵 커피를 소중히 돌담에
올려놓고, 적당한 곳에 걸터앉아 스케치북을 꺼냈다. 웹에
할슈타트를 검색하면 나오는 풍경이 눈앞에 펼쳐졌다. 여행을
계획하며 수도 없이 본 이미지였다. 얼마나 많이 봤는지 경치에서는
친근함까지 느껴졌다. 하지만 역시 맨눈으로 마주한 풍경은
이미지가 담지 못하는 특유의 현실감을 전했다. 소녀의 말대로
호수에는 백조 두 마리가 느긋하게 헤엄쳤다. 잔잔한 호수에 비친
이 아름다운 마을을 내가 스케치북에 옮길 수 있을까. 높은 산에
둘러싸인 마을은 어느새 어둑해지려 했다. 나는 백조의 위치를

포함해 구도를 잡고, 서둘러 할슈타트를 그렸다.

　　잘츠부르크로 돌아가는 길. 관광안내소 앞에서 직행 버스를
타기로 했다. 새벽에는 독일 쾰른으로 가는 야간 기차를 예약해
뒀다. 몸도 지쳤고, 날도 저물었고, 히치하이킹이라는 불확실한
가능성에 다시 몸을 맡길 수는 없었다. 해가 저물고 다니는 차가
없어진다면 아무것도 없이 산에서 노숙을 해야 할 지도 모를
일이었다.

　　버스에서 폭스바겐 씨와 아우디 씨와 메르세데스 모녀를
생각했다. 서울에서 노래를 불렀던 친절한 폭스바겐 씨, 통성명도
하지 못한 아우디 씨, 그들의 고향을 사랑해 마지않던 메르세데스
모녀. 평생 다시는 마주치지 못할 사람들이겠지. 나는 어두운 창밖을
향해 알프스에 작별 인사를 전했다.

　　내일은 새로운 나라에서 새로운 아침을 맞을 것이다.

33

페터 춤토어, 분위기
독일, 쾰른

이른 아침 도착한 쾰른에는 비가 내렸다. 회뿌연 하늘과 회색
구름 사이로 내리는 비는, 못 맞을 정도는 아니어도 우산 없이 5분
이상 걷기에는 부담스러웠다. 나는 나름의 거금을 들여 기차역 앞
스타벅스에서 비가 잦아들길 기다리기로 한다. 우산을 사거나 역
대합실에 앉아 기다릴 수도 있었지만, 스타벅스 창에는 유명한
쾰른 대성당이 담겼다. 적당히 성당을 그리다 빗방울이 약해지면
일어나야지. 2차 세계대전의 상흔인지 군데군데가 거뭇한 성당은,
지나간 세월을 회상하는 듯 묵묵히 내리는 비를 맞았다.

언제나와 같이 좁은 침대에 짐을 풀고 누웠다. 상당히 좁은 방에
침대 6개가 발 디딜 틈도 없이 배치되어 있었다. 한 가지 여느 때와
다른 점이 있다면, 내가 쾰른에 온 명확한 이유가 있다는 것이었다.
그것은 바로 건축가 페터 춤토어였다.

실내 건축을 전공하고, 공간에 관심을 둔 이후로 내가 좋아하고

존경하는 건축가는 항상 셋이었다. 르코르뷔지에, 다다오 안도, 그리고 페터 춤토어.

특히나 페터 춤토어는 무슨 이유에서인지 언젠가부터 내게 우상과도 같은 존재였다. 그는 인테리어 디자인을 전공했고, 흰 수염이 멋지게 났고, 건축의 유행을 따르지 않고, 공간의 분위기와 본질을 추구했다. 춤토어의 책 『건축을 생각하다』를 읽어보려 몇 번이나 노력했지만 그의 세계는 내게 언제나 어려웠다. 그가 말하는 건축과 공간의 본질을 온전히 이해할 수는 없었다. 찰스 밍거스의 1950년대 색소폰이 만드는 공간, 마크 로스코의 작품에 담긴 집중을 통한 해방감, 생각의 체계 너머에 존재하는 아름다움, 바다의 매스와 노간주나무 아래 핀 엘더플라워. 형태감을 지닌 예술품에서 나오는 분명하고 확고한 존재감. 어떠한 노력이나 인공의 흔적이 없는, 완벽에 가깝게 자립적이거나 정물화처럼 정지된 대상에서 나타나는 아름다움. 형태에서 나온 생명력에 의해 촉발되는 아름다움. 부재에서 태어난 가장 강렬한 아름다움…. 아름다움에는 형태가 있을까? 나의 무한한 사고는 아이러니하게도 그의 유한한 글을

Köln Cathedral, Germany

따라갈 수 없었다. 하지만 그럼에도 나는 책과 인터넷의 정보를 찾아보며 춤토어의 작품들을 직접 보고 만져볼 수 있다면 얼마나 좋을까 생각했었다. 발스 온천, 브루더 클라우스 예배당, 콜룸바 미술관, 알만나우베트 아연 광산 박물관 같은 공간들. 그것들을 가까이서 두 눈에 담고 내 피부로 느껴볼 수 있다면, 그를 조금은 더 이해할 수 있지 않을까.

쾰른은 춤토어의 작품 중 두 개에 가까운 도시였다. 개인적으로 최고의 레노베이션이라 생각하는 콜룸바 미술관이 바로 쾰른에 있고, 가장 독특한 작품인 브루더 클라우스 예배당에 갈 수 있는 가까운 대도시가 바로 쾰른이었다.

나는 콜룸바 미술관과 브루더 클라우스 예배당을 각각 구글맵에 저장했다. 숙소에서 멀지 않은 미술관을 내일 가보고, 제법 멀리 떨어져 있는 예배당을 그 다음 날 가야지. 숙소에서 예배당은 자동차로 한 시간, 기차로 한 시간 반, 걸어서 아홉 시간, 자전거로 두 시간 50분이 걸렸다. 자전거로 두 시간 반여? 얼핏 시내에 자전거를 빌려주는 곳을 본 기억이 스쳤다. 그 정도면 자전거를 타고 예배당에 다녀오는 것도 좋은 여행일 것이라 생각했다. 오전에 출발하면 예배당을 구경하고 해가 질 때쯤 돌아오겠지.

쾰른에서의 일정을 대략 정하고 오늘 하루는 그냥 쉬기로 한다. 야간열차의 여독이 아직 남았고, 하늘엔 마침 구름도 잔뜩 껴 있었다. 오랜만에 마트에서 이것저것 장을 보고 요리를 해 먹어야지. 참치 토마토 파스타를 먹고 숙소 근처를 산책하는 정도라면 오늘 하루는 알찬 편일 것이다.

이튿날 아침. 대기는 습하고 거리는 아직 젖어 있었다. 날씨가 제법 쌀쌀해서 초록색 체크무늬 남방을 꺼내 입고 길을 나섰다.
다행히 보슬비는 맞고 걸을 만한 정도로 내렸다.

목적지인 미술관은 어제의 대성당과 쾰른 기차역 근처였다.
전형적인 유럽의 보도블록 위로 자동차가 줄지어 섰고, 그 옆을
사람들이 주머니에 손을 넣은 채로 걸었다. 길의 양쪽으로
들어선 상점과 음식점은 모두 지붕이 평평한 신식 철근 콘크리트
건물이었다. 수십 년 전의 전란 이후 모두 새로 지었기 때문이리라.
그래서인지 쾰른은 여태까지의 유럽과 사뭇 다른 모습이었다.
그렇게 15분을 걸었을까? 멀리 길이 굽어지는 곳에 무엇인가가
눈에 걸렸다. 무표정하고 단정한 파사드와 작게 보이는 오래된
벽돌. 독특한 리듬의 매스(큰 덩어리로의 형태)와 담백한 창. 그것이
콜룸바라는 사실을 단번에 알아차릴 수 있었다. 페터 춤토어의
콜룸바 미술관이 지척에 있다. 마른 침을 삼켰다. 심장이 조금씩
빠르게 움직이기 시작했다.

미술관의 바깥 벽에 나는 손을 올렸다. 그리고 미색의 얇고 긴
벽돌을 천천히 쓸었다. 손끝에 모든 신경을 집중하고, 마치 유일신의
증거를 마침내 발견해낸 독실한 신자처럼 페터 춤토어의 건축을
만났다. 그 첫 접촉에 가슴 깊은 곳으로부터 정체를 알 수 없는
울렁임이 올라왔다. 그것은 페터 춤토어의 콜룸바 미술관이었다.
콜룸바 미술관은 내 짧은 인생에서 겪은 공간 중 가장 높은 수준의
정성이 들어간 건축이었다. 나는 단지 외벽만을 만지고, 명확한
근거도 없이 그렇게 믿었다.

그 이유는 아마도 재료 때문이었을 것이다. 춤토어는 프로젝트를
고르는 기준이 까다로운 것만큼 건축의 재료를 선정하는 데
세심하게 공을 들이는 것으로 잘 알려져 있었다. 지역에서 나는,

화려하지 않은 재료를 골라 진정성 있게 그것을 사용하고, 한번 프로젝트를 맡으면 마지막 마감과 디테일까지 헌신을 다한다고 사람들은 그를 평가했다. (세계적인 럭셔리 브랜드의 회장이 그에게 사옥 설계를 의뢰했다가 거절당한 일화는 유명하다.)

그런 춤토어가 선택한 콜룸바 미술관의 벽돌이 나를 감동시킨 것이다. 이후 '콜룸바 벽돌'이라는 대명사로 자리한 바로 그 벽돌이었다. 고개를 들면, 미색 벽돌은 켜켜이 쌓여 어디서도 본 적 없는 패턴을 자아냈다.

콜룸바 미술관은 전쟁으로 훼손된 성당을 보존하며 지어진 미술관이다. 외관은 저층의 오래된 붉은 벽돌 위로 새 살이 돋아난 듯 모던한 벽돌이 세워진 모양이었다. 옛것에 관심이 많고, 특히나 리노베이션과 리모델링에 관심이 많은 내게는 보석과도 같은 건축이었다. 춤토어는 남아 있는 것과 새로운 것을 어떻게 이토록 아름답게 연결했을까. 시대와 목적과 물성이 명확히 다른 두 재료를 어떻게 이렇게 완벽하게 엮을 수 있었을까. 수많은 평론가와 건축가들의 말처럼 콜룸바는 과거와 현재가 아름답게 조화를 이루는 공간이었다. 코끼리과 전투기만큼이나 다른 두 존재의 시공간을 초월한 조화. 그리고 붉은 벽돌이 끝나는 부분으로 눈을 올리면, 그곳에는 수없이 많은 구멍이 세 겹의 띠를 이루었다. 벽돌을 쌓아 올릴 때 조금씩 간격을 띄워 계획한 구멍이다. 가만히 보고 있자면 구멍의 띠는 붉은 벽돌과 매끈한 미색 벽돌의 완충 지대처럼 보이기도 했다. 내부로 들어가면 그 구멍 사이사이로 빛이 쏟아져 들어올 터였다. 눈을 감고 흩어지는 빛을 잠시 상상하다 나는 콜룸바에 들어가기 위해 걸음을 옮겼다.

먼저 3층의 전시관으로 올라갔다. 매표소를 지나 만난 계단부터
멈춰 서서 휴대폰 카메라를 켰다. 두 명이 간신히 지날 정도의 좁은
벽 사이로 칼로 자른 듯 매끈한 백색 계단이 이어졌다. 계단과 벽
사이로 손가락 한 마디 정도의 틈이 보인다. 대단한 디테일이다.
핸드레일을 제외하면 장식이라고 부를 만한 것은 없었다. 높은
천장에서 스포트라이트가 떨어지고, 미니멀한 미색 공간에
붉은 목재 핸드레일만이 곧게 뻗었다. 계단과 틈과 핸드레일이
미술품이라고 해도 믿을 수 있었다.

계단에서 한참 시간을 보내고 오른 전시관에서, 공간과 분위기에
대한 춤토어의 생각을 나는 조금이나마 이해할 수 있었다. 편안하게
거닐 수 있는 환경. 지시하기보다 자연스럽게 유혹하는 분위기,
자유롭게 다닐 수 있는 분위기를 만드는 것이 중요하다고 춤토어는
어디선가 말했다. 그래서인지 전시관에는 화살표가 없었다.
실내는 마감재 없이, 매끈한 콘크리트 바닥과 무광의 벽체와
질감이 느껴지는 천장이 전부였다. 바닥과 벽과 천장은 순수하고
담백한 각도로 만났다. 삶에 더 필요한 것이라고는 없는 청빈한
성직자와 같은 모습이다. 그렇게 강렬하고 군더더기 없는 공간의
구석구석에 그림이 걸리고 조각이 놓였다. 건물이 지어지기 전부터
그곳에 있었던 것처럼, 공간은 천장에 달린 한줄기 스포트라이트로
전시물을 비출 뿐이었다.

도대체 무엇이 예술품이고 무엇이 전시관인지 분간할 수 없었다.
깨끗한 콘크리트 벽에 문이라고 부를 만한 것이 달려 있지도
않고, 벽체가 굽어진 곳을 걷다 보면 자연스레 다른 전시실이
나왔다. 정해진 동선 같은 것은 없을지도 모른다. 사람들은 그저
발길 닿는 대로 전시관과 전시관을 거닌다. 공간의 구분이 필요한

곳에는 벽체에 문 모양의 통로를 낼 따름이었다. 실과 실이 구분되는 바닥에는 계단에서 보았던 것과 같은 틈을 두었다. 그 사이로 은은한 빛이 새어 나온다. LED나 전구 같은 광원은 보이지 않았다. 콘크리트를 타설할 때부터 치밀하게 계산된 디테일이다. 감탄이 나왔다. 확실히 내게는 그림이나 조각보다 건축 그 자체가 예술품이었다.

그렇게 30여 분을 걷다 커다란 창을 만났다. 건물에 들어오기 전 멀리서 봤던 담백하고 네모나고 현대적인 창이었다. 창에는 멀리 쾰른 대성당이 한 폭의 그림처럼 담긴다. 의심의 여지 없이 의도된 풍경이다.

나는 한동안 창밖의 풍경을 바라보다 계단을 지나 1층 전시관으로 다시 내려왔다. 계단은 역시 그냥 지나칠 수 없어서 몇 장이고 다른 각도에서 사진을 찍어본다. 그리고 두꺼운 나무로 만들어진 문을 열자 마침내 콜룸바의 클라이맥스가 펼쳐졌다.

콜룸바의 클라이맥스는, 나를 사로잡은 것은 바로 어둑어둑한 공간 속에 산란하는 빛이었다. 전시실은 꽤나 널찍하고 천정도 두세 개 층을 터놓은 정도로 높았다. 벽의 절반은 얼핏 오래된 벽돌처럼 보이고, 그 위로 빛의 입자가 띠를 이루고 있었다. "와, 밖에서 봤던 그 벽돌 구멍이다." 나도 모르게 감탄 섞인 혼잣말이 튀어나왔다. 산란하는 빛은 밖에서 본 세 겹의 띠였다. 붉은 벽돌과 미색 벽돌의 완충 지대. 벽 아래 부분의 오래된 벽돌은 옛 성당의 흔적이고, 그 위로 춤토어의 건축이 자연스럽게 돋아났다. 미색 벽돌의 사이사이로 눈부신 빛이 흘러 들어와 흩어졌다. 그것은 빼곡히 수놓은 보석처럼 보이기도, 혹은 정성 들여 잘라낸 은하수의 조각같이 보이기도 했다. 반짝반짝 빛나는 벽을 등지고 얇고 기다란 콘크리트 기둥들이 자작나무처럼 자랐다. 너무 가늘어서 그것들은 천장과 건물을 실제로 받치고 있는지 의심될 정도였다. 아마도 춤토어는 면적이 넓은 기둥으로 벽이 가려지는 것을 원치 않았으리라.

그리고 어둠에 눈이 익숙해지자 발밑으로 콘크리트 자작나무 사이를 지그재그로 달리는 길이 보였다. 붉은 나무로 만든 길이었다. 나무는 계단의 핸드레일과 같은 것이라고 확신했다. 길은 바닥에서 일정한 높이로 떨어져 있었다. 성인 두 명이 간신히 나란히 걸을 수 있는 정도의 폭으로, 길 양쪽엔 바닥과 같은 재질의 난간이 허리까지 올라왔다. 난간 너머는 오래된 성당의 유적인 모양이었다. 그리스나 로마에서 본 것 같은 모습이다. 결국 갈지자로 길게 뻗은 길은 일종의 관람로인 것이다. 성당의 잔해를 되도록 그대로의 모습으로 보존하기 위한 지그재그 관람로.

나는 천천히 바닥과 난간과 가느다란 콘크리트 기둥과 산란하는 빛의 벽면을 보며 걸었다. 바닥을 주의 깊게 밟아 소리를 듣고, 연인의 등을 쓸듯 조심스레 난간을 만지고, 자아를 성찰하는 눈으로 빛의 벽을 바라봤다. 주변의 유적이나 그것에 대한 설명에는 일말의 관심도 없었다. 내게는 전시관이 곧 전시였다. 페터 춤토어가 의도한 공간의 정수에 가까이 다가가고, 그곳의 분위기를 가장 깊숙이 느끼는 것만이 내게 중요한 일이었다.

미술관을 나와 다시 한번 건물을 한 바퀴 돌았다. 이제는 내가 걷는 외벽의 안쪽이 어떻게 생겼는지 안다. 아름다운 계단과, 핸드레일과, 뚜렷한 존재감을 지닌 바닥과 벽과 천장. 담백한 창에 담기는 의도된 쾰른 대성당의 모습과, 벽돌 사이사이로 흩어지는 빛과, 가느다란 기둥과, 그 사이를 달리는 붉은 길.

　콜룸바 벽돌에 마지막으로 손을 올렸을 때 모든 경험은 왠지 모르게 꿈처럼 느껴졌다. 그것은 내가 닿을 수 없는 먼 꿈이었다. 공간은 도대체 어떻게 이런 종류의 힘과 분위기와 존재감을 지니게 될까. 그에 대한 답을 평생 단 하나라도 찾을 수 있을까? 나는 호스텔 방향으로 걷기 시작했다.

34

어떤 예배당

쾰른에서 브루더 클라우스까지 자전거를 타고 가겠다는 계획은
정말이지 커다란 실수였다. 문제는 출발한 지 세 시간이 지나서야
그것이 실수였음을 깨달았다는 사실이다.

출발은 나무랄 데 없었다. 평소처럼 나는 느지막이 잠에서 깨
호스텔을 나섰다. 바깥은 오랜만에 화창했다. 공기는 새파랗고
하늘은 상쾌하다. 콜룸바 미술관의 강한 인상이 아직 생생히 내 안에
남아 있었다. 춤토어와 분위기. 매끈한 콘크리트와 붉은 핸드레일.
아무튼 기분 좋은 하루의 시작이었다. 구글맵에 따르면 목적지인
브루더 클라우스까지는 두 시간 45분이 걸렸다. 지금은 11시 10분.
중간에 점심거리를 사야지. 들판에 홀로 선 예배당을 보면서 먹으면
안성맞춤이겠다.

맑은 하늘 아래 자전거 여행은 꽤나 즐거운 일이었다. 시내 길을
얼마간 달리니 곧 국도로 보이는 길이 나왔고, 자동차를 조심하면서
나는 열심히 페달을 밟았다. 핸들을 잡은 손이 약간 시린가 싶을

정도의 기온이었다. 몇 번인가 좌회전을 하고 또 우회전을 한다. 가끔씩 멈춰서 내가 올바른 길로 가고 있는지 확인했다.

한 시간 정도를 달렸을까? 주변이 부쩍 조용해졌다. 쾰른을 벗어난 모양이었다. 중앙선도 희미해진 왕복 2차선 도로. 한쪽으로 자전거 길이 잘 나 있었다. 쾰른 사람들은 브루더 클라우스까지 종종 자전거를 이용할까. 눈에 띄게 줄어든 자동차 대신 길의 양 옆으로 언덕과 들판과 나무들이 번갈아 지나간다. 전문적으로 자전거를 타는 것으로 보이는 무리가 두어 번 나를 지나쳐 갔다. 전날까지 내린 비로 도로는 살짝 젖어 있었다. 하늘은 여전히 상쾌하고 공기는 눈이 부시게 파랬다. 이따금씩 기분 좋은 바람이 불면 나는 폐 깊숙이 공기를 들이쉬었다. 두 발은 신난다는 듯 페달을 찼다.

출발한 지 한 시간 하고도 반이 되었을 때 나는 무엇인가 잘못된 게 아닐까 생각했다. 분명 시간으로는 절반 이상을 왔는데. 구글맵의 파란 점은, 그러니까 내 현재 위치는 절반에도 한참 못 미치는 위치에서 반짝이고 있었다. 가늠하자면 전체 여정의 4분의 1 정도 되는 지점이었다. 지도 위의 파란 점은 올바른 위치를 가리키고 있다. 은은하게 점멸하면서. 그렇다면 내 속도가 느린가? 나는 나름대로 열심히 발을 굴렸다. 중간에 잠시 멈춰서 경로를 확인하고, 사진을 몇 장 찍은 것 이외에는 쉬지도 않았다. 글쎄….

어찌 됐든 계속 이동하기로 한다. 앞으로 길이 내리막이거나 차가 없어서 더 빠르게 갈 수 있나 보지. 조금 더 속도를 내보자.

그렇게 또 한 시간 반을 이동하고서야 문제의 심각성을 깨달았다. 계획대로라면 나는 샌드위치든 뭐든 점심거리를 들고 예배당 앞에 앉아 있어야 했다.

답은 정해져 있었다. 나는 구글맵이 생각한 속도의 절반 수준으로

밖에 자전거를 운전하지 못하는 것이다. 담배를 꺼내 물고 근처의
돌에 앉았다. 폐는 공기를 원하고 심장은 평소보다 빠르게 온몸으로
피를 뿌렸다. 여정을 다시 자세히 살펴보자. 호스텔에서 브루더
클라우스까지는… 48킬로미터였다. 내 자전거 여행은 그러니까
편도 48킬로미터, 왕복 96킬로미터의 여정이었던 것이다. 구글맵
선생님들은, 자전거 평균 속도를 그러니까 시속 17킬로미터 정도로
생각하는 모양이었다.

거리로만 보면, 대략 서울에서 수원까지가 48킬로미터 정도 될
것이다. 왕십리역에서 수원 화성까지의 거리. 구글맵에 큰 배신감을
느꼈다. 왕십리역에서 수원 화성이라면 자전거로 가겠다는 생각은
절대로 꿈에도 하지 않았을 것이었다. 하지만 돌이키기에는 늦었다.
이미 절반이나 와버렸다. 내일 밤 암스테르담으로 가는 버스표도
예매해놓아서, 오늘 이대로 돌아간다면 다시는 예배당을 볼 수
없을지도 모른다. 나는 앞으로 움직여야 했다.

쾰른을 출발한 지 네 시간이 지날 무렵 나와 불쌍한 렌털 자전거는
작은 마을을 지났다. 오후 3시. 오이스키르헨이라는 들어본 적
없는 시골 마을이었다. 그리고 나는 평생 겪어본 적 없는 배고픔을
느끼고 있었다. 배고픔이라기보다 그것은 연료에 대한 순수한
갈망이었다. 내 몸은 음식이 아닌 열량 그 자체를 갈구하고 있었다.
눈을 뜬 이후로 아무것도 먹지 않고 죽기 살기로 자전거를 운전한
까닭이었을 것이다. 핸들을 쥔 손이 파르르 떨리고, 배에서는 동굴에
갇힌 불길한 악귀의 비명 같은 소리가 멈추지 않았다.

그리고 천만다행으로 나는 곧 작은 교회를 발견했다. 한국과
비슷하게 일요일을 맞아 소소한 행사를 하고 있는 것처럼 보였다.

열 명 남짓의 사람이 있고 그중 두 명은 무언가를 기름에 튀기고
있었다. 기름에 튀긴 음식. 나는 내팽개치듯 자전거를 세우고 안으로
들어갔다.

"안녕하세요. 이거 파시나요?" 나는 접시 위에 놓인 감자전같이
생긴 음식을 가리켰다.

"안녕하세요. 네, 한 접시에 세 개. 5유로씩 팔고 있어요."

아주머니의 말이 끝나기 전에 지폐를 건네고 일회용 접시를 들고
나왔다. Vielen Dank. 감사합니다. 평생 처음으로 느껴본, 연료를
갈망하는 수준의 배고픔을 기념하고자 사진을 한 장 찍었다. 그리고
채 1분이 지나지 않아 그것들은 모두 배 속의 연료 탱크로 흘러
들어갔다. 위급한 빨간색 연료 경고등이 꺼지는 순간이었다.

나는 자리에 앉은 채로 숨을 한 번 크게 내쉬었다. 자, 다시
출발하자. 비싸도 혹시 모르니 기름에 튀긴 연료를 한 접시만
더 사서 가자. 어차피 가는 길에 점심거리를 살 생각이었으니까.
허벅지가 여전히 후들거렸지만 5유로어치의 열량 덕인지 나는
조금이나마 여유를 찾을 수 있었다. 마음 급하게 먹지 말자.
어떻게든 되겠지. 그래도 독일 변방의 시골길은 퍽이나 아름다웠다.
곧게 뻗은 길옆으로 이름 모를 노란 꽃이 끝없이 피었고, 완만한
구릉이 게으른 고양이처럼 들판을 감싸고 누웠다. 추수가 끝난 들.
붉은 토지는 먹음직스러울 정도로 비옥해 보였다. 무뚝뚝해 보이는
길가의 기다란 침엽수는 어딘가 독일 사람들을 닮았다.

언제부터인가 두 다리는 나의 의지와 상관없이 기계적으로
페달을 찼다. 나의 발은 페달을 빙글빙글 돌리는 것일까? 아니면
수직 방향으로 차는 것일까. 어느 쪽이 자전거를 더 효율적으로
앞으로 가게 만들까.

나는 기름과 허벅지와 페달과 체인에 대한 이런저런 무의미한
생각을 하면서 구글맵의 파란 점을 조금씩 목적지 방향으로
움직였다. 파란 점이 목적지에 가까워지는 만큼 주위는 조금씩
어두워졌다.

그리고 하늘이 보라색에 가까워졌을 때쯤, 밀밭 사이로 난 길
끝에 마침내 작게 솟은 예배당이 보였다. 거기에는 결코 그냥
지나칠 수 없는 강렬한 존재감이 있었다. 어두운 초록의 들판
가운데 확고하게 자리한 순수하고 곧은 존재감. 동시에 예배당은
주변 환경이나 지형과 놀랍도록 어우러져 있었다. 자연 한가운데
직선적인 외형에도 불구하고, 누군가 인위적으로 이곳에 건축을
가져다 놓았다는 인상을 전혀 받을 수 없었다. 어둑해진 구름 사이로
비치는 희미한 빛마저 그것을 중심으로 모이는 것처럼 보였다. 오후
5시 20분. 쾰른을 출발한 게 11시니까… 자전거로 장장 여섯 시간을
넘게 달려 만난 감격스러운 춤토어의 흔적이었다.
이미 어둑해진 예배당 근처에는 사람 그림자도 보이지 않았다.
나는 울타리 바깥에 자전거를 세워 두고 바깥벽의 턱에 앉았다.
예배당 그 자신이 주변과 어우러지듯, 턱은 건축의 일부이면서
자연스럽게 뻗어 나를 앉혔다. 콜룸바의 관람 동선과 마찬가지다.
그것은 의자처럼 생기지도 않았고, 표지판도 없고, 누군가
그러라고 알려주지도 않았지만 나는 아무런 거리낌도 없이 그곳에
걸터앉았다. 누구라도 마찬가지였을 것이다. 나는 후들거리는
허벅지를 진정시키고 두 손으로 예배당을 쓸어본다. 날이 밝았다면
그것은 베이지색이었으리라. 투박하면서도 세련된 콘크리트의
질감에 허리부터 소름이 돋아났다.

춤토어의 작품이다. 정제된 날것. 다듬어진 거침. 최소한의 손길로 자아낸, 찾아낸, 혹은 완성한 재료와 형태. 벅차오르는 감동에 눈이 감겼다. 실존하는 것과 지문을 맞대지 않고는 절대로 느낄 수 없는 종류의 감동을 나는 느끼고 있었다. 후들거리는 다리와 함께.

브루더 클라우스 예배당을 특별하게 하는 가장 큰 이유는 바로 그것을 지은 방법이었다. 춤토어는 112개의 기다란 나무로 가파른 능선 모양의 구조물을 만들고, 그 주변을 스물네 겹의 콘크리트로 감쌌다. 목재와 콘크리트는 물론 모두 그 지역에서 구한 것들이었다. 그가 재료를 고를 때 항상 중요하게 생각하는 것이 '건축의 지역성'이라고 했다. 콘크리트의 마지막 레이어가 완전히 굳고 난 뒤 춤토어는 예배당 내부의 나무에 불을 붙였다. 시공 중인 건물에 불을 지른 것이다. 춤토어가 아닌 어느 누가 그런 상상을 할 수 있을까. 3주에 걸쳐 나무는 전부 타버리고, 실내에는 거칠고 독특한 수직의 패턴과 검은 그을음이 남았다. 마지막으로 남은 콘크리트 폼 타이 구멍에 그는 유리알을 채워 넣는다. 바깥의 빛을 받아 반짝일 유리알들이었다. 천창의 타원형 구멍은 그대로 하늘을 향해 열어 두었다. 예배당 안으로 한낮의 햇빛을 끌어들이고, 비가 오면 빗물이 들이치고, 계절에 따라 다른 공기가 들고, 밤에는 달빛이 드는 구멍이다. 나는 불규칙한 오각형 건물 꼭대기의 오큘러스(둥근 창)에서 검은 연기가 피어오르는 장면을 상상했다.

그것이 전부였다. 예배당에는 지붕도, 창문도, 배관도, 전등도 없었다. 뾰족한 세모 모양의 커다란 철문을 조심스레 열고 나는 춤토어가 만들어낸 공간으로 들어갔다. 제단과 두 명이 앉을 수 있는 크기의 의자가 전부인 작은 공간이었다. 어디선가 물방울이 떨어지는 소리가 들렸다. 동굴 속 종유석에 맺힌 물방울이 떨어져 생기는 듯한 깊은 소리였다. 시선은 수직으로 뻗은 벽의 질감을 타고 자연스럽게 천장으로 향한다. 어린아이가 놓친 풍선이 바람을 타고 하늘로 올라가듯. 고개를 들어 시선이 끝나는 곳에는 짙은 보라색 타원이 보였다. 하늘이다. 위로 갈수록 좁아지는 벽체의 형태 때문인지 천장의 오큘러스는 공간에 비해 상당히 높이 있는 것처럼 느껴졌다. 낮에 예배당에 도착했다면 그곳에서는 숭고한 빛이 떨어졌을 것이다. 시선이 가는 길에는 벽에 박힌 유리알이 바깥의 빛을 받아 별처럼 빛났으리라. 다시 한 번 물방울 소리가 들렸다. 그것이 현실에서 나는 소리인지, **분위기에서 나는 소리**인지 분간할 수 없었다.

의자에 앉아 눈을 감고 세 번에 걸쳐 천천히 숨을 들이쉬고 내쉬었다. 그리고 눈을 떴을 때 나는 공간이 빚어낸 분위기에 온전히 녹아들어 있었다. 세모 모양의 커다란 철문을 연 지 5분이 채 지나지 않은 시간이었다. 주변은 고요했다. 하지만 그것은 무음의 고요함이 아니었다. 밀밭과 나무, 콘크리트와 오큘러스와 그을음과 유리알, 그리고 나의 숨은 모두 각자의 소리를 내고 있었다. 존재가 발하는 소리. 정신을 집중해서 들을 필요는 없었다. 예배당의 실내 공간. 그 안에서 나는 어렵지 않게 각각의 고요함을 들을 수 있었다. 아름다운 고요. 춤토어의 표현이 떠오른다. "건물들은 아름다운 고요를 지닌다(Buildings can have beautiful silence)"….

시간이 얼마나 지났을까. 누군가 문을 여는 소리가 들렸다. 곧 내 앞에 나타난 것은 백발의 중년 여성이었다.

"실례합니다. 지금은 오픈 시간이 아니에요." 그녀는 인자한

미소를 지으며 말을 건넸다. 나는 예배당의 분위기에서 깨어나
현실의 그녀와 눈을 마주쳤다.

"죄송해요. 방문 시간이 있는지는 몰랐어요."

"괜찮아요. 같이 나가시겠어요? 밖에 자전거가 있던데, 어디서
오셨어요?"

"쾰른에서 왔습니다."

"쾰른? 쾰른에서부터 자전거를 타고 왔다고요?" 그녀는 믿을 수
없다는 표정이었다.

"네. 구글 지도를 보고 따라왔어요…."

"못 믿겠는데. 그럼 지금 시간에 다시 자전거를 타고 쾰른으로
돌아가야 해요?"

"네. 왔던 길로 돌아가야 해요. 가능할지 저도 모르겠어요. 하하."

"어려울 것 같은데… 이 근처는 전부 시골이고, 산길에는 가로등
하나 없어서 밤에 아무것도 보이지 않을 거예요."

"그래도 다른 방법이 없어요. 어떻게든 가봐야죠. 그런데 누구신지
여쭤봐도 괜찮을까요?"

"아, 제 소개를 안 했네요. 저는 이 예배당 주인이에요."

그러니까 이 브루더 클라우스 예배당의 주인이라는 말일까?
그것이 사실이라면 그녀는 페터 춤토어에게 예배당 건축을 의뢰한
바로 그 사람인 것이다. 밀밭에 예배당을 지을 생각을 하고, 건축가
춤토어를 선택하고, 그와 함께 오랜 시간 그 공간에 대해 같이
회의하고, 고민하고, 결정한 사람. 여섯 시간을 자전거로 달려
도착한 춤토어의 건축에서 건축주를 만나리라고는 생각하지
못했다.

"주인이요? 주인이시면 건축가를, 그러니까 페터 춤토어를 실제로

만나서 회의도 하시고 이것저것 이야기도 많이 하셨겠네요? 바보 같은 질문이네요. 죄송해요. 정말 신기해서…."

그녀는 작게 웃고 답했다. "맞아요. 페터하고는 알고 지낸 지 10년 정도 됐죠. 아직도 가끔 연락하면서 지내요. 고집이 정말 세서 이 예배당을 짓는데 꽤나 오랜 시간이 걸렸어요." 아주머니는 예배당을 물끄러미 바라보았다.

"참, 가기 전에 사진 한 장 찍어줄까요? 늦게 혼자 와서 누구한테 부탁하지도 못했을 텐데."

나는 감사하다 말하고 휴대폰을 건넸다. 누군가 나를 찍어준 것은 베네치아 이후로 오랜만이었다. 그녀는 우리 어머니와 비슷한 표정과 자세로 커다란 세모 모양의 문 앞에 선 나를 화면에 담았다.

"눈이 잘 안 보여서 제대로 나온지 모르겠어요." 그녀는 말했다. 사진은 아무래도 괜찮아요. 아주머니가 사진을 찍어주셨다는 사실이 더 중요합니다. 나는 웃으며 대답했다.

그녀의 집으로 걸어가는 동안 나는 짧게나마 춤토어에 대해 이야기를 들을 수 있었다. 작품에 대한 그의 집중력, 프로젝트에 대한 책임감과 사명감, 그리고 건축의 본질을 얼마나 깊게 고민하는지 같은 것들이었다. 그녀는 페터가 실력 있는 건축가인 줄은 알았지만, 이렇게 외딴 곳에 있는 작은 예배당에 매일 수많은 사람들이 찾아오리라고는 생각지 못했다고 말하며 웃었다. 아무렴. 대한민국 서울시 성동구 왕십리의 스물여섯 살 청년이 여섯 시간 동안 자전거를 달려 오리라고는 짐작하지 못했을 것이다.

나는 근처 작은 마을에서 쾰른으로 가는 마지막 버스를 탈 수 있었다. 그마저도 시간이 빠듯해서, 불쌍한 나의 허벅지와 렌털 자전거는 30분 정도 거리의 숲길을 온 힘을 다해 달려야 했다.

건축주 아주머니의 말대로 주변은 칠흑같이 어두웠다. 자전거에 달린 (거의 없는 것이나 마찬가지인) 손가락만 한 전등이 발하는 빛은 망망대해를 비추는 작은 등대처럼 보잘것없고 하찮을 따름이었다. 쾰른을 출발해 예배당으로 오는 여정이 목적을 달성하기 위한 이판사판의 발 구름이었다면, 버스 정류장을 향해 달리는 밤중의 자전거는 오싹한 숲에서 벗어나기 위한 필사의 몸부림이었다.

정신이 조금 돌아왔을 때 나는 창문에 머리를 기대고 숨을 고르고 있었다. 정말로 다행이다. 이제 살았다. 곧 침대에 누울 수 있다. 브루더 클라우스 예배당의 감상을 되뇌기에 나는 너무 고단했다. 남은 힘으로 할 수 있는 것은 휴대폰을 꺼내 사진을 확인하는 정도다.

어쩌면 당연하게도 사진은 초점이 하나도 맞지 않았다. 간신히 나의 실루엣과 예각의 커다란 철문 형태만 분간할 수 있었다. 묘한 사진이지만 묘하게 좋다. 언젠가 이곳에 다시 올 수 있을까. 그때는 꼭 기차를 타고 와야지. 그때는 꼭 오큘러스와 유리알을 통해 쏟아지는 빛을 보고, 내 손으로 예배당을 그려봐야지. 나는 휴대폰을 주머니에 다시 넣고, 작은 웃음을 지으며 눈을 감았다.

35

페달 밟는 정어리
네덜란드, 암스테르담

"아 수염 뭐야. 징그러워."

"주소 하나 달랑 던져주고. 암스테르담도 아니고. 암스텔빈?
암스텔베인? 찾느라 힘들어 죽는 줄 알았는데. 몇 개월 만에 만난
하늘 같은 오라버니한테 그게 할 소리야?"

암스테르담에는 영원한 앙숙이자 둘도 없는 친구인 여동생이
있었다. 동생은 나와 비슷한 시기에 집에서 나와 암스테르담에서
교환학생으로 지낸 지 3개월에 접어들었다. 만나자마자
티격태격했지만 먼 타지에서 가족을 만난 반가움에 입꼬리가
삐죽거렸다. 나는 쾰른에서 예배당까지, 그러니까 서울 왕십리에서
수원 화성까지 거리를 자전거를 타고 이동하며 생사를 넘나든
이야기부터 시작해 고생담을 늘어놓기 시작했다.

동생은 나와 세 살 터울로 어렸을 때부터 나보다 성실하고
똑똑했다. 나보다 엄마 말을 잘 들었고, 사고도 치지 않았고,
오토바이를 타지도 않았다. 반에서 줄곧 높은 석차를 유지하고, 좋은

고등학교를 졸업하고, 누구나 아는 좋은 대학에 입학해 부모님을 실망시키지 않았다. 성격으로 말하자면 지나치게 쿨하고, 웬만한 일에는 그러거나 말거나 별로 상관없다는 표정으로 일관하는 편이다. 평소 주변에서 일어나는 사건을 분류할 때, '대수롭지 않은 일'의 카테고리에 드는 일이 다른 사람들보다 많다.

철이 들기 전에는 서로를 진심으로 싫어하기도 했고, 시도 때도 없이 싸웠다. 우리는 전형적인 남매였다. 교복을 입고 친구들과 걷다가 길에서 마주치면 가끔은 서로 모른 척하는. 그러다가 내가 군대를 다녀온 후로 동생과 대화가 잘 통하기 시작했던 것 같다. 유머 코드가 비슷하고 성격도 닮아서 우리는 꽤나 유쾌한 친구가 될 수 있었다. 나와 동생은 서로 자고 있는 얼굴에 방귀를 뀌고, 식탁에서 닭다리를 두고 사투를 벌이고, 가장 못생긴 얼굴을 몰래 찍었다. 동생 남자친구가 왜 동생을 만나는지 나는 이해하지 못하고, 동생은 왜 여자친구가 나를 만나는지 도무지 이해하지 못했다. 동생은 가끔 주말에 점심을 차려주고 아주 가끔 빨래를 개주었다. 나는 (동생이 직장에 들어가기 전까지) 종종 용돈을 주고, 동생을 약속 장소까지 차로 데려다줬다.

동생이 지내고 있는 곳은 네덜란드의 암스텔베인이라는 동네였다. 성동구와 용산구를 합친 것보다 약간 큰 크기로, 2차 세계대전 이후에 암스테르담의 주택 문제를 해결하기 위해 도시의 일부가 개발되었다고 한다. 암스테르담중앙역에서 대중교통으로 약 30분이 걸리는 곳. 거리의 분위기는 판교와 일산의 좋은 부분만 섞어놓은 느낌이었다. 정갈하게 정리된 도로와 군더더기 없이 세련된 건물이 인상적이다. 5분 정도 자전거를 타고 나가면 깨끗한 대형 마트가

있고 가로수가 우거진 길 위로 귀여운 트램이 다녔다. 반세기 전의
계획도시가 이토록 세련되고 여유롭고 푸르다는 사실이 나는
놀라웠다.

　동생이 사는 집은 학생들이 모여 사는 기숙사 형태의 아파트였다.
샤워를 겸한 화장실이 딸린 넓지도 좁지도 않은 원룸이다. 싱글
사이즈의 작은 침대를 하루는 내가 쓰고 하루는 동생이 썼다.
침대에서 자지 못하는 날에는 바닥에 이불과 침낭을 깔면 그런대로
나쁘지 않은 잠자리가 만들어졌다. 물론 숙박비를 한 푼도 내지
않았기 때문에, 침대든 바닥이든 불평할 마음은 없었다.

　층마다 하나씩 마련된 공용 주방에는 웬만한 조리 도구가 잘
갖춰져 있었다. 식사 시간이 되면 동생과 같은 학교를 다니는 각기
다른 나라의 학생들이 와서 저마다의 요리를 해 먹었다. 여러 명이
동시에 이용하기에는 공간이 넓지 않고, 높은 기준으로 청결이
유지되고 있지도 않았다. 이를테면 호스텔 월드 평점 3.5점 정도의
주방이다. 내게는 물론 나무랄 데 없이 훌륭한 공간이었다.

　암스테르담에서의 첫 며칠은 정말이지 이해할 수 없을 만큼
빠른 속도로 지나갔다. 이렇다 할 계획도 없이 나는 하루 중 많은
시간을 동생의 아파트에서 보냈다. 마음 한편에 약간의 죄책감을
남기며 한껏 게으른 하루하루가 지난다. 아늑한 공짜 숙소와 맛있는
식사, 여유로운 마음, 결정적으로 며칠째 궂은 날씨가 내게 좋은
핑곗거리가 되어주었다. 동생과 나는 3.5점의 주방에서 저녁마다
갖가지 한국 음식을 만들어 먹었다. 마트에서 할인하는 고기를
사다가 제육볶음을 만들고, 간장계란밥을 비비고, 카레와 슈니첼로
카레돈가스를 만들고, 햄과 오이를 넣어 김밥을 만들어 먹었다.
내가 요리를 하면 동생이 설거지를 하고 동생이 요리를 해도 동생이

설거지를 했다. 더 이상 먹을 수 없을 만큼 배가 부르면 동생과 나는
방으로 가 누웠다. 시시콜콜한 이야기를 하고, 부모님과 영상통화를
하거나 각자 휴대폰을 구경한다. 휴대폰이 질릴 때면 나는 춤토어의
책을 꺼내 읽었다.

　정오가 지난 시간에야 잠에서 깼다. 눈을 뜨고서도 한참을
밍기적거리다 커튼을 연다. 동생은 이미 학교에 가고 없었다.
1층으로 내려가 담배를 태우고, 시리얼로 대충 점심을 때우고
다시 침대에 누워 휴대폰을 켠다. 인스타그램을 둘러보다 한동안
게임을 한다. 잠깐 창밖을 보고 나갈까 고민해보지만 하늘은 역시
우중충했다. 가는 빗방울이라도 떨어지는 날에는 고민의 여지도
없었다. 나는 한결 가벼워진 마음으로 동생에게 메시지를 보낸다.
　- 오늘 저녁?
　- 제육?
　- 몇 시?
　- 7시?
　- ㅇㅋ. 7시 마트.
　- ㅇㅋ.
　남매간의 대화는 늘 단어 몇 개면 충분했다. 제육볶음이라는
단어에 파블로프의 개처럼 입에 침이 고였다.
　오후 4시쯤 동생의 자전거를 타고 암스테르담 시내로 향했다.
(동생의 통학용 자전거였지만 그녀는 하늘 같은 오라버니가 머무는 동안
대중교통을 이용하기로 했다.) 신호등이 초록색으로 바뀌고 문득
머릿속에 질문이 떠오른다. 작은 방에 갇혀 제육볶음이라는 디지털
텍스트에 침이 고이는 나는, 파블로프의 개와 얼마나 다를까?

게으른 하루하루가 남긴 마음 한구석의 죄책감은 갑자기 거대한
불안감으로 이름표를 바꿔 달았다. 그래도 파블로프의 개는 조건
반사라는 학문적 성취를 남겼다. 가죽을 남긴 호랑이처럼. 여행의
한가운데 게으른 나날이 완성시킬 개념은 무엇일까.

　날씨는 제법 쌀쌀하고 이따금씩 비가 내렸다. 운하를 따라 시내로
들어가다 가끔 자전거를 세우고 담배를 태웠다. 도시를 구경하고,
적당한 곳에 앉아 그림을 그리고, 거대한 자전거의 물결을 함께
헤엄치고, 숙박비를 아낀 돈으로 아이스크림이나 커피를 사 마셨다.
그러다가 동생이 돌아올 시간에 맞춰 나는 다시 아파트 근처로
돌아온다. 그리고 네덜란드에 들어온 지 닷새째. 암스테르담의
하늘이 맑아지기 시작했다.

　여동생과 공짜 숙소와 직접 만든 한식을 빼고도 암스테르담은
상당히 매력적인 도시였다. 유럽의 모든 나라를 가본 것은
아니었지만, 암스테르담에는 지금껏 경험해본 곳들과 확실하게
구분되는 특징이 있었다. 도시의 모양과 문화와 사람들의 성격,
말투, 거리의 생김새와 분위기는 온전한 그들만의 것이었다.

　가장 먼저 눈에 띄는 것은 역시 길가에 다닥다닥 예쁘게 늘어선
얇은 건물과 그 사이를 달리는 운하였다. 거미줄 모양으로 촘촘하게
엮인 운하는 가히 도시를 이루고 있다고 해도 과언이 아니었다.
운하로 이루어진 도시, 반달 모양의 도시 암스테르담. 운하는
암스텔강 하구에 쌓은 댐을 시작으로 17세기부터 본격적으로
계획되었다고 한다. 암스테르담의 운하는 그 길이만 100킬로미터가
넘고, 1500여개의 다리가 90개의 섬을 이었다. 도시의 상징과도
같은 운하는 '17세기 원형 운하(Seventeenth-century Canal Ring)'라는

이름으로 유네스코 세계 유산에도 등재되었다. 운하 위의 얇은
건물들은 '캐널하우스(Canal House)'라 불렸다. 알록달록한 파사드가
출근 시간의 2호선처럼 숨 쉴 틈 없이 다닥다닥 붙어 섰다. 대부분이
4층이나 5층에 창문은 세 칸 정도로, 가로 폭이 좁고 세로로 긴
모양이었다. 건물 사이를 지날 때 보면 정면 폭에 비해 길이는
상당히 길다. 베트남의 튜브하우스가 떠오른다.

　동생의 통학용 자전거를 타고 나는 시간이 가는 줄도 모르고
운하와 운하 사이를 달렸다. 자전거 도로는 촘촘한 모세 혈관처럼
중앙역부터 도시의 외곽까지 빈틈없이 도시를 연결했다. 자전거를
특별히 사랑하는 것도 네덜란드 사람들의 특징이었다. 베트남의
도로 위에 스쿠터가 거대한 물결을 이뤘다면, 암스테르담에는
검정색 자전거가 정어리 떼처럼 도로를 누볐다. 운하와 건물 사이의
좁은 도로들은 자동차보다 자전거에 최적화된 모양새였다. 심지어
신호등에도 자전거 모양의 지시등이 따로 보인다.

　"암스테르담 시기(City flag) 보신 적 있죠? 어떤 나라의 국기보다도
멋진 우리 시기에는 X 표시가 세 개 있어요." 무료 워킹 투어의
가이드는 사뭇 진지한 표정으로 말을 이었다. "우리는 누구보다도
자유를 사랑하지만, 절대로 하지 말아야 하는 것들이 있어요. 깃발의
X는 암스테르담에서의 금기로 여기는 세 가지를 뜻해요. 순서대로
'운하에 오줌을 누지 마시오.' '내 아내를 훔치지 마시오.' 그리고
'내 자전거를 훔치지 마시오.' 랍니다. 특히 우리는 자전거 도둑을
용서하지 않으니까 길거리의 자전거를 절대로 훔치지 마세요."
사람들은 한바탕 웃고 다음 행선지로 가이드를 따라 움직였다.
사람들의 반응이 흡족했는지 가이드도 활짝 웃는 얼굴이다. 나도
따라 걸으며 암스텔 선구자들이 도시의 근간을 정하는 장면을

상상했다. 그들은 엄격한 표정으로 제1규칙을 정한다. '자전거를
훔치지 마시오.' 세 번째 엑스는 이 뜻으로 합시다.

　운하를 따라 페달을 밟다 마음에 드는 다리가 있으면 건너보고,
그러다 다시 같은 방향으로 정어리처럼 달렸다. 목적지나 방향 감각
없이 자전거를 타다 보면 지났던 길을 다시 지나기도 했다. 바닷속의
정어리들은 행선지가 있을까?
　길가에 음식점이 보이면 자전거를 세웠다. 헤링과 키블링이
보이면 지나치지 않았다. 네덜란드에 도착한 첫날 동생이 추천한
두 가지 음식이었다. 오빠. 하늘이 무너져도 키블링은 꼭 먹어라.
헤링보다는 확실히 튀김 요리인 키블링이 입맛에 맞았다.
　운하 위 얇은 건물 사이로 오랜만에 파란 하늘이 보였다. 가을이
끝나 가는지 부쩍 쌀쌀해진 날씨에 코끝이 시큰하고, 오랜만에
갈비뼈 밑에서 기분 좋은 거품이 일었다. 적당한 곳에 자전거를
세우고 담배에 불을 붙였다. 두 번째 연기를 뱉고 나서는 그림을
그려야겠다는 생각이 들었다. 이토록 독특하고 아름다운 건물과
운하를 그리지 않을 수 없다. 나는 다시 자전거에 올라 페달을
밟았다. 목적지는 '가장 그릴 만한 장소'다. 몇 번이고 같은 풍경을
마주한다면 아마도 그곳이 내 취향에 딱 맞는 거리겠지. 운하와
캐널하우스와 내가 훔치지 말아야 할 자전거가 동시에 나오는 좋은
구도를 찾아봐야지.

Amsterdam.

Day 119, 2015. 11. 30.

암스테르담. 동생을 만나 살이 포동포동 오르도록 많이 먹고, 편히 자고, 잘 쉬고 있다. 사실은 게을러졌다는 표현이 맞겠다. 천성에 가까운 게으름을 어떻게든 변호해보고자 이런저런 단어와 상황을 끌어들여 보지만, 결국 나는 게으름에 빠져 있다. 변명을 나열하자면 하루도 빠지지 않고 추적추적 내리는 비, 추운 날씨, 혼자 편히 지낼 수 있는 방이 있겠다. 일주일이라는 시간이 어떻게 지났는지도 모르게 흘러가버렸고, 일기는 거의 한 달 치가 밀렸다. 유럽 이후의 경로를 아직도 정하지 못하고 있다.

…오늘도 어기적 일어나 씻고, 점심을 먹고, 시내로 나왔다. 중간에 익숙하지 않은 길로 들어 어딘지 모르는 곳까지 와버렸고, 길을 물어 다시 중앙역 방향으로 향하다 중간에 자전거를 세웠다.

그래도 집에서 요양하며 틈틈이 춤토어와 르코르뷔지에의 책을 읽으며 하는 생각은… 그리고 파블로프의 개를 떠올리며 드는 생각은, 나의 여행을 어떤 시각으로 바라볼 것이냐에 관한 것이다. 단순히 눈에 비치는 경관이나 풍경이나 문화, 거리, 사람들을 바라보며 무념의 감동을 느끼기보다, 어떤 필터를 눈에 끼우고 어떤 마음가짐으로 그들을 바라볼 것인지에 관한 생각이다. (페터 춤토어의 책에 나오는 내용이지만) 내가 감동을 느꼈던, 편했던, 혹은 어떤 인상을 받았던 것들을 세심한 눈으로 다시 바라보는 것이다. 어떤 점이 그러한 감정의 동요를 일으켰는지 정확히 이해하려는 노력이다.

…여행의 남은 시간을 나는 어떻게 보내야 할까.

36
소용돌이치는 눈

암스테르담의 운하와 얇은 집들이 익숙해지고, 나는 관광지들을
찾아다녔다. 동생의 자전거로 시내를 헤엄치고, 키블링을 먹고,
부쩍 추워진 날씨에 외투를 한 벌 샀다. 관광지는 담 광장, 안네
프랑크의 집, 반 고흐 미술관, 홍등가, 그리고 교외의 헤이그 같은
곳들이었다. 그중 나를 알 수 없는 힘으로 이끈 (그리고 이후 유럽
여행의 경로에까지 영향을 끼친) 것은 역시 **반 고흐**였다. 광장의 행위
예술가도, 나치에 저항하며 일기를 남긴 소녀도, 붉은 조명 아래의
매춘부도, 이역만리 독립 열사의 흔적도 고흐의 삶과 작품만큼 나를
매료하지는 못했다.

　네덜란드 출신의 고흐는 슬픈 예술가였다. 성직자를 꿈꿨으나
교회로부터 거절당하고, 가난한 화가의 길을 걷다가 말년에는
정신병에 시달렸다. 그는 결국 스스로 귀를 자르고 권총으로
비극적인 삶을 마쳤다. 생전의 고흐는 끝내 세상으로부터 인정받지
못했다.

초기 고흐의 그림은 어두웠다. 색채가 거의 없고 명암이 뚜렷한 그림이다. 그는 가난한 노동자와 농민의 삶을 담는 화가가 되고 싶었다. 「감자 먹는 사람들」을 완성하고 고흐는 동생 테오에게 편지를 썼다. "나는 램프 불빛 아래 감자를 먹는 사람들이 접시로 내민 손, 자신을 닮은 바로 그 손으로 땅을 팠다는 점을 분명히 보여주려고 했어. 그 손은 노동과 진실된 노력의 결실을 암시해."

1886년 고흐는 파리로 거처를 옮겼다. 그 시기 파리는 예술가들이 모여드는 도시였다. 테오는 그곳에서 미술상으로 일하고 있었다. 파리에서 고흐는 모네나 쇠라 같은 인상파 화가들을 만나 큰 영향을 받았다. 그림은 이제 밝고 다양한 색채를 입고 풍부해졌다. 후에 (아마도) 강렬한 붓 터치의 기원일 점묘법을 익힌 것도 파리였다고 한다. 그리고 이 시기부터 고흐의 상징과도 같은 수많은 자화상이 그려지기 시작했다. 아이러니한 것은, 그가 스스로를 그리기 시작한 이유가 파리의 비싼 모델료 때문이라는 사실이었다. 작은 소용돌이를 품은 초상화 속 고흐의 눈이 거울과 캔버스를 번갈아 응시한다.

대도시의 생활에 싫증을 느낀 그는 프랑스 남부 도시 아를로 향했다. 1888년의 일이다. 오늘날 고흐의 대표작 대부분이 그려진 시기다. 그는 실제로 생활했던 「노란 집」부터 「아를의 침실」 「랑글루아 다리」「고갱의 의자」「밤의 카페 테라스」「해바라기」처럼 미술에 관심이 없는 사람도 알 만한 작품들을 쏟아냈다. 절친했던 고갱과 함께 그는 끊임없이 성찰하고 그리며 자신만의 세계를 완성해 나갔다. 인상적인 것은 이 시기 그가 밤의 색채에 대해 생각한 내용이다. 고흐는 「별이 빛나는 밤」을 그리고 테오에게 다시 편지를 쓴다. "이따금씩 나는 낮보다 밤의 하늘이 더 풍부한 색감을

떤 것처럼 느껴져.”그가 처음으로 그린 아를의 밤하늘은 깊고, 고요하고, 풍성하고, 영롱한 빛을 발했다. 그 풍경 속을 이름 모를 연인이 평화롭게 걷는다.

아를에서의 생활은 하지만 순조롭지만은 않았다. 그는 고갱과 자주 다투고, 정신병에 의한 발작 증세를 보였다. 논쟁의 주된 요인은 예술에 대한 두 화가의 의견 차이였다고 한다. 고흐는 눈에 담기는 세계를 그의 시각으로 그려내는 것이 중요하다 여겼고, 고갱은 화가란 상상을 통해 새로운 세계를 발견하듯이 그려내야 한다고 생각했다. 고갱은 결국 고흐와 아를을 떠나기로 결심한다. 이 무렵 고흐와 테오와의 관계도 소원해지고 있었다. 갈등의 끝에 고흐는 결국 날카로운 면도칼로 자신의 귀를 자르기에 이른다. 고통을 무언가로 치환하기 위해서였을까? 아니면 떠나는 이들이 한번쯤 돌아보길 바라서였을까. 그는 깊은 불안과 고독을 품은 눈으로, 귀가 잘린 자신의 모습을 두 점의 자화상으로 남겼다.

고흐가 아를 근처 생레미의 정신병원에 입원한 것은 1889년의 일이었다. 그곳에서 그는 마지막 불꽃을 태우기라도 하듯 작품 활동을 이어 갔다. 역동적인 붓으로 그려낸 강렬한 색채의 그림이었다. 누구에게도 제대로 인정받지 못하고, 사랑하는 사람들마저 떠나간 비운의 예술가. 캔버스와 붓과 팔레트, 반쯤 남은 물감들. 고흐는 밥도 먹지 않고 무언가에 홀린 사람처럼 붓을 놀린다. 왠지 모르게 그의 모습을 선명하게 상상할 수 있었다. 그에게 남은 것은 그림뿐이었으리라.

그는 아를의 밤하늘을 다시 한 번 그렸다. 첫 번째 그림보다 「별이 빛나는 밤」이라는 제목으로 더 많이 알려진 작품이다. 깊고 아름다운 색감을 노래했던 전작과 다르게, 밤하늘은 그의

눈동자처럼 세차게 소용돌이친다. 짙은 코발트 블루에 그의
상처받은 영혼이 손에 잡힐 듯 드러난다. 다정하게 걷던 연인은
어딘가로 사라지고, 고독한 삼나무만이 그림의 전면에 우두커니
서서 검은 불꽃처럼 타오른다. 그것은 몹시 불안하고 어두운
불꽃이었다. 깊은 내면을 발견해내고 그것을 어떠한 방식으로든
꽃피운 인간의 숙명이었을까. 1890년 7월 고흐는 자신의 가슴을
향해 방아쇠를 당겼다. 상처받은 화가가 겨냥했던 것은 아마도
멈추지 않을 소용돌이와 꺼지지 않을 불꽃이었을 것이라고 나는
생각했다.

반 고흐 미술관은 고흐 사후 테오와 가족들이 보관하던 작품들을
모아 1973년 개관했다. 가장 많은 고흐의 컬렉션을 소장하고 있으며
연평균 160만여 명의 관람객이 다녀간다고 한다. 미술관은 본관과
신관으로 나뉘어 각각 상설 전시와 특별전을 운영했다. 내가 주로
둘러본 본관은 고흐의 작품을 생애 순서대로 전시했는데, 그의
세계와 작품이 변해 가는 과정을 자연스레 느끼도록 설계되어
있었다.

내 발길을 단단히 멈춰 세운 것은 고흐의 눈동자였다. 1887년.
파리에서 머문 시절의 고흐다. 회색 모자를 쓴 그의 초상은 나를
강렬하게 응시했다. 영혼을 꿰뚫을 소용돌이 같은 눈이었다. 초상화
앞에 발을 붙이고 얼마가 지났을까. 눈동자의 소용돌이는 천천히
회전하기 시작했다. 이윽고 그는 내가 무슨 이유로 이곳에 왔는지,
어떤 삶을 살아왔는지 묻는다. '예술가는 어떤 그림을 그려야 한다고
생각하나?' 그는 질문을 이었다. '모르겠습니다. 저는 예술가가
아니라서요.'

'그림을 그리고 있지 않나?'

'가끔 플러스펜으로 풍경을 그리긴 합니다.'

'풍경. 눈에 보이는 것을 그리는구먼.'

'네. 여행을 시작하면서 그림을 본격적으로 그리기 시작해서요.'

'사진기나 프린터가 아닌 이상에야… 눈에 보이는 것을 그대로 옮겨 담으려 하지는 말게나.'

고흐의 생전에 사진기나 프린터가 있었던가? 그는 그런 것들이야 아무래도 상관없다는 듯 말을 잇는다.

'땅을 일군 농부의 손과 똑같다네. 그 투박하고 진실된 손을 아는가? 그림 그리는 사람의 눈과 손도 마찬가지야. 스스로를 보여줄 수 있어야 해.'

나는 팔을 들어 내 손의 생김새를 한동안 관찰했다. 내가 보는 세상을, 이 손은 제대로 그려내고 있을까?

'하지만 아직 눈에 보이는 것도 제대로 그려내지 못하는 걸요.'

그는 한심하다는 듯 혀를 찬다. '나는 항상 내가 할 수 없는 것을 하려고 하지. 그래야 할 수 있게 되거든.'

할 수 없는 것을 해야 할 수 있게 된다. 뻔하지만 그의 소용돌이치는 눈처럼 깊은 문장이었다.

'그리고…' 그는 덧붙였다. '더 중요한 것은 세계를 어떻게 볼 것이냐 하는 문제야.' 나의 여행을 어떤 시각으로 바라볼 것인가. 마침 요즘 다시 머릿속을 맴도는 고민이었다. 나는 바닥에 떨어진 물감 가루를 떠올린다.

'눈에 담기는 세계를 나만의 시각으로 그려내는 것이 정말 중요한 일이거든.'

그의 눈에서 콘크리트 같은 신념과 신경질적인 고집이 동시에

느껴졌다. 나는 같은 생각이라고 답한다.

문득 고흐의 흔적을 짚어봐야겠다는 생각이 들었다. 그 생각은
예언이나 계시처럼 의식의 저편에서 툭, 소리를 내며 예고도 없이
나타났다. 아를의 거리를 걸어봐야 한다. 그가 커피를 마시던 노란
카페와, 며칠을 올려다봤을 밤하늘, 그리고 가능하다면 고흐가
마지막을 보낸 정신병원도 가봐야지. 그리고 그곳들을 꼭 내 손으로
그려야지.

결심을 전하려 했지만 그는 말이 없었다. 초상화 속 그의 눈도
어느새 더는 움직이지 않았다.

그렇게 며칠이 지나고 나는 잔서스한스의 젖은 벤치에 앉아 뿌연
하늘을 한동안 바라봤다. 우산을 쓰자니 유난스럽고, 그냥 맞고
걷기엔 언젠가는 젖어버릴 정도의 비가 내렸다. 우산이 없는 나는
비를 맞는 쪽을 택한다. 미술관을 다녀온 후로 부쩍 여행과 그림에
대한 생각이 많아졌다. 이슬비가 내리는 잔서스한스는 마침 무작정
걷기에 안성맞춤이었다.

군데군데 서 있는 (영원히 멈춰버린 것 같은) 녹색 풍차와 빽빽한
갈대밭, 흐린 하늘, 그리고 산책로를 따라 무성하게 자란 잔디는
모두 비에 젖어 짙은 색을 띠었다. 우중충한 날씨 때문인지 주변에
사람은 보이지 않았다. 본래 색에 어두운 물감을 섞어 그려낸
그림처럼, 풍경은 무겁고 고요했다.『세계의 끝과 하드보일드
원더랜드』. 하루키가 세계의 끝을 묘사하기 전에 어딘가를
참고했다면 비 내린 잔서스한스가 아니었을까 생각했다. 스바루의
승합차 한 대가 좁은 도로 한가운데 맥락 없이 멈춰 있고, 산책로의
끝에는 불에 탄 듯 가지만 남은 검은 나무가 보였다.

나무 너머에는 고흐가 앉아 있을지도 모를 일이었다. 백골이 된 그는 밀짚모자를 썼다. 하얀 머리뼈에서도 그 눈만은 힘차게 소용돌이 친다. '용케 여기까지 왔구먼….'

　나는 눈을 질끈 감고 머리를 흔들었다. 혼자 말도 없이 생각을 너무 오래 한 모양이었다. 고흐가 더 말을 잇기 전에 풍차가 있는 풍경을 하나 더 그리고 돌아가기로 마음먹는다.

Day 120, 2015. 12. 01.

　하나. 가끔 기분이 묘해질 때가 있다. 아크로폴리스가 보이는 언덕에 앉아 있을 때나, 자킨토스섬 어딘가에 앉아 고요한 바다를 바라볼 때, 잘츠부르크 언덕길을 걸을 때, 그리고 지금, 네덜란드 풍차 마을의 갈대밭을 헤매고 있을 때…. 이국적인 풍경의 자연 속에서 기분이 묘해진다. 내가 속해 있던 친근한 풍경에서 나는 얼마나 멀리 떨어져 있는 것이며 도대체 세상의 어디쯤에 서 있는 것인지. 현실감은 저 뒤로 모습을 감추고, 나는 혼자만의 세상으로 발을 내딛게 된다. 주변은 어둡다. 가끔 드는 그런 묘한 감정을 좋아한다. 언젠가는 다시 내가 속한 익숙한 풍경으로—인간은

어딘가에 속하기는 할까?—돌아가겠지만, 내가 본, 걸은, 느낀 이 세상의 작은 일부분들은 언제까지고 나와 함께 남아 이따금씩 추억하게 만들 것이다. 알 것 같다. 알 것 같은 기분이 든다. 비 오는 잔서스한스의 분위기는 역시 묘하다.

둘. 세상은 비유와 상징으로 이루어진 것이 틀림없다. 하루키가 말했던 것처럼 세상은 메타포로 가득한 것이다. 코코아 향이 나는 갈대밭과 그 사이로 영원처럼 뻗은 산책로의 끝에, 세상의 종말을 암시하는 검고 불길한 나무가 한 그루 섰다. 주변에는 아무도 없고, 그 나무를 돌면 분명히 일각수의 머리뼈를 소중히 다루는 사람들의 세계가 시작된다. 시작될 것 같다. 시작될 것 같은 기분이 든다.

셋. 잔서스한스역을 나와 가장 먼저 느낀 것은 곡식 향이었다. 풍차 옆을 지날 때였다. 그게 코코아 향이라는 것을 깨닫는 데는 그리 오랜 시간이 걸리지 않았고, 풍차와 갈대밭과 산책로 그림에서 코코아 향이 나게 할 수는 없을까 생각했다.

넷. 이 비를 머금은 잔디와 그것을 감싼 갈대 숲의 색채를 고흐라면 어떻게 표현했을까?

이제는 암스테르담과 동생과 작별할 시간이었다. 이미 생각했던 것보다 너무 오래 머물렀다. 여행을 시작하고 계속 줄기만 하던 체중도 어느새 2킬로그램이나 늘었다. 이제 프랑스로 갈 시간이다. 파리에서 친구들을 만나고, 남쪽으로 이동하면서 르코르뷔지에와 고흐의 흔적을 짚어봐야지.

"나 버스 왔다. 나 간다. 한국 가서 보자."

"어. 빠이."

남매간의 대화는 역시 단어 몇 개면 충분했다. 같은 날 밤 동생은 아일랜드로, 나는 프랑스 파리로 향하는 야간 버스에 몸을 실었다. 어두운 창가에 비친 내 눈에 작은 소용돌이가 보였다. 나는 또 머리를 작게 흔들고 눈을 감는다.

'눈에 담기는 세계를 나만의 시각으로 그려내는 것이 정말 중요한 일이거든.'

37

Paris, Paris

프랑스, 파리

이 배낭여행 전, 프랑스는 내가 마련한 경비와 나의 의지로 다녀온 첫 해외 여행지였다. 프랑스 여행을 가기 전까지 내가 다녀온 외국은 아마 다섯 살 때쯤 다녀온 일본밖에 없었다.

프랑스 친구들을 만난 것은 스노보드 동아리 활동을 열심히 하던 대학교 2학년 때의 일이었다. 인도의 충식이와 튀르키예의 보미를 만난 그 동아리다. 학기 초에 동아리 연합회에서는 '중앙 동아리 신입 회원 가두 모집'이라는 이름으로 학교 광장에 부스를 차리고 신입생을 모집했다. 가두 모집 둘째 날. 키가 크고 눈에 띄게 머리가 작은 백인 남자가 부스를 찾았다. "이 동아리에 가입하면 스키도 타?" 중앙 동아리에는 스키부가 따로 있었지만 왠지 모르게 나는 그렇다고 답했다. 대학에서 외국인 친구를 사귈 수 있다는 기대감 때문이었을 것이다. 그가 프랑스에서 온 교환 학생이라는 사실을 듣고 나는 오리엔테이션 일정을 문자로 보내주겠노라 안내했다. "프랑스에서 온 친구들이 더 있는데 데려와도 괜찮아?" 물론이지.

30명을 데려와도 괜찮아.

그리하여 나는 네 명의 프랑스인 친구들을 사귀게 됐다.
신기하게도(어쩌면 너무나 프랑스스럽게도) 그들의 인종과 배경은
모두 제각각이었다. 플로, 캉, 이자벨, 린. 맨 처음 가두 모집에
찾아왔던 친구는 플로. 원래는 플로랑탱이었지만, 우리는 모두
그를 플로라고 불렀다. 플로는 프랑스 남부 엑상프로방스가 고향인
백인이었다. 린은 시원시원하게 길고 탄탄한 몸매의 슈퍼모델 같은
친구였다. 아프리카가 아닌 대륙의 유전자는 단 한 방울도 섞이지
않은 듯 검은 피부색과 매력적인 프랑스식 영어 발음을 가졌다. 다른
친구들과 달리 그녀는 언제나 볼 키스로 인사했다. 반년을 가깝게
지내며 많이 친해졌지만, 나보다 10센티미터 가까이 큰 그녀의 볼
인사는 헤어지는 날까지 적응하지 못했다.

시간이 지나면서 가장 가까워진 친구는 캉이었다. 캉 응우옌.
캉은 이자벨과 친남매로, 둘은 베트남 2세다. 그들은 프랑스의 같은
경영대학에 다니면서 같은 시기에 한국의 교환학생을 신청했다.
캉은 그의 부모님이 베트남 전쟁에서 피란한 생존자들이라 했다.
보트피플. 그들은 공산화된 고향을 탈출해 유럽의 각지에 자리를
잡았고, 그중 프랑스 파리의 외곽에 정착한 부부는 캉과 이자벨을
낳았다. 보트피플을 아냐고 묻는 캉의 목소리에는 뿌리에 대한
자긍심과 세상에 대한 반항심이 섞여 있었다. 캉은 무심하고
우악스러우면서도, 한편으로는 정이 많고 섬세한 성격이었다.
적당한 키에 스포츠 머리, 칠해놓은 듯 검은 눈썹과 짙은 쌍꺼풀이
강한 인상을 풍겼다. 두껍고 단단한 종아리와 절대 음감을 동시에
가진 그는 축구 팀 파리 생제르맹의 팬이면서 종종 피아노 콩쿠르에
참가했다. 여러모로 역설적인 매력을 가진 친구였다.

대부분의 대학교 초년생이 그렇듯 우리는 매일같이 만나 기억나지 않는 이야기를 나누고 매주 금요일과 토요일 밤이면 클럽에 가서 춤을 췄다. 나는 사전과 번역기를 써 가며 열심히 대화에 참여했다. 경복궁이나 올림픽공원, 인사동 같은 곳을 데리고 다니며 그들에게 서울을 소개하고, 집에 초대해 엄마와 이모들의 도움으로 식사를 대접하기도 했다.

플로는 뜬금없이 한 달간 프랑스를 함께 여행하지 않겠느냐고 물었다. 그때 우리는 제주도에 있었다. 친구들이 교환학생을 마치고 한국을 떠나기 전 마지막으로 함께한 여행이었다. 제주의 습기를 잔뜩 머금은 바람이 불고 하늘에는 구름 사이로 별이 빛났다. 그가 프랑스의 학교에 복학하기 전 한 달 정도 남은 여름방학 동안 내게 프랑스를 구경시켜 주겠다는 말이었다.

"무슨 고민을 하고 있어? 파리에 있을 때는 우리 집에서 지내." 이자벨이 옆에서 플로를 거들었다. "너, 운 좋은 거야. 그냥 비행기 값만 가지고 와."

그렇게 나는 생애 첫 유럽 여행을 떠났다. 무려 2012년의 일이었다. 스마트폰이 막 한국에 보급되기 시작하고, 아직 카카오톡이 사람들에게 익숙하지 않던 시절이었다. 플로와 함께 파리에서 출발해 디나르와 생말로에서 지내다 남부로 내려가는 코스였다. 나는 여행 내내 반쯤 벌어진 입을 다물지 못했다. 세상에 대한 호기심이라는 이름의 작은 유리알이 생겨난 것은 아마도 이 시기였을 것이다. 프랑스의 비옥한 땅을 달리는 테제베를 타고, 말로만 듣던 루브르 박물관의 유리 피라미드와 노트르담 성당 앞에서 사진을 찍고, 에펠탑 꼭대기에 올랐다. 맨눈에 담긴 거대한 에펠탑은 어쩌면 충격에 가까웠다. 너무나도 다른 세상, 이렇게나 다양한 사람들. 파리, 프랑스는 그렇게 첫 이방인 친구들과 함께 내 마음 한편에 고향처럼 남았다.

그리고 몇 해가 지나 나는 다시 프랑스를 찾았다. 첫 여행 이후 몇 번을 더 다녀와 파리는 벌써 네 번째 방문이었다. 플로는 아쉽게도 필리핀에서 직장을 다니고 있어서 만날 수 없었다. 캉에 따르면 플로는 그의 필리피노 남자친구와 함께 행복하게 지내고 있었다. 관광지로 유명한 장소는 이미 어느 정도 다녀온 터라 파리는 나에게 새롭거나 설레는 곳은 아니었다. 하지만 분명히 이전의 파리와는 달라진 것이 있었다. 그것은 내가 바퀴 달린 캐리어 대신 커다란 배낭을 메고, 이제는 내 눈앞에 펼쳐진 세계를 그림으로 남긴다는 사실이었다. 관광에 시간을 덜 써도 된다는 말은 그만큼 그림을 더 그릴 수 있다는 뜻이기도 했다. 마침 반 고흐 미술관 이후로 열정이 오르기도 했고, 이번에는 내가 사랑하는 파리를 가능한 한 많이 그림으로 남기기로 했다.

밤 11시에 암스테르담을 출발한 플릭스버스는 이튿날 아침 6시가 되기 전 나를 파리에 내려줬다. 파리의 이름 모를 광장에서 어디로 갈까 고민하다가, 시간이 너무 일러 우선 캉의 집으로 가기로 했다.

파리에 오면 나는 항상 캉네 집에 묵었다. 어머니와 캉, 이자벨이 함께 사는 집은 빌팽트에 있었다. 파리를 중심으로 한 일드프랑스 중 한 도시라고 캉은 설명했는데, 대충 수도권 위성도시 느낌이라고 이해했다. 캉의 어머니는 하루는 베트남식, 하루는 프랑스식으로 매일 점심을 만들어주셨다. 고기가 많이 들어간 쌀국수와 팽오쇼콜라. "찬, 먹어보렴!" 캉네 집에서 파리의 도심까지는 한

시간이 넘게 걸렸지만, 맑은 눈과 서툰 영어로 나를 챙겨주시는
엄마가 있는 빌팽트에 아쉬움은 끼어들 자리가 없었다.

　짐을 풀고 낮잠까지 자고 나서 시내로 나가보기로 한다. 첫
목적지는 두말할 것 없이 에펠탑이다. 이제는 파리의 유명한
관광지들이 조금은 식상하게 느껴졌지만, 에펠탑만큼은 언제나
나를 설레게 했다. 프랑스를 동경하는 모두에게 그렇듯 그 차갑고
거대한 철탑은 여러가지 상징으로 한없이 따뜻하고 아름답게만
느껴졌다. 로맨스, 예술, 자유, 삶과 행복. 구스타프 에펠은 철탑을
설계할 때 그의 작품이 이리도 강력하고 영원한 상징성을 지니게 될
것이라고 짐작이나 했을까.

　개선문에서부터 걸어 트로카데로 광장의 한 카페에 앉아 커피를
마셨다. 12월 중순의 파리는 따뜻한 커피가 잘 어울리는 제법
쌀쌀한 날씨였지만, 카페 밖에 자리를 잡고 앉았다. 광장의 맞은편
샤요궁 너머로 미세하게 에펠탑 꼭대기가 걸쳤다. 진짜 파리에 다시
왔구나. 에펠탑을 마주하기 전 손을 풀 겸 앉은 자리의 풍경부터

그려본다. 파리의 첫 그림이었다. 청바지에 워커를 신고 카페에서 그림을 그리고 앉아 있으니 파리지앵이 된 것 같은 착각이 들었다. 마침 테이블에는 작은 커피잔과 재떨이가 있다. 나는 담배를 꺼내 불을 붙여 '파리지앵 수치'를 높인다. 그림을 그리고 보니 꽤나 많은 사람들이 카페 밖에 외투를 입고 앉아 있었다. 모두 나처럼 파리의 기분을 즐기고 있는 모양이었다.

그림을 완성하고 샤요궁 방향으로 걸었다. 끄트머리만 보이던 에펠탑이 금방 한눈에 담긴다. 거대한 상징의 철탑. 푸른 지붕의 프랑스 건물들 사이로 높게 솟은 프랑스의 상징. 시린 코끝부터 쩡한 감동이 번졌다. 아, 파리. 나는 궁을 잠시 돌아다니다 탑이 잘 보이는 계단 난간에 올라 앉아 스케치북을 꺼냈다. 손이 시려 그리기를 몇 번이나 멈추고 호호 입김을 불며 풍경을 조금씩 종이로 옮겼다. 사랑해 마지않는 에펠인 만큼 나는 신중히 구도를 정하고, 중지 첫 마디가 뻐근해질 정도로 선 하나하나에 집중했다. 시간 가는 줄 모르고 그림을 그리는 동안 많은 사람들이 오고 갔다. 삶에 행복이 찾아오고 사랑이 떠나가는 것과 같이. 한참 에펠을 쳐다보던 그들은 미련 없다는 듯, 또 누군가는 눈에 보이는 미련을 남기고서 발길을 옮겼다. 언젠가는 흐르는 그들의 미련까지 스케치북에 담을 수 있게 될까. 그때도 에펠은 그 자리에 저렇게 서 있을까.

이자벨과 캉이 모두 직장을 다니는 탓에 파리에 머무는 동안 저녁 전 시간은 항상 혼자였다. 낮에는 시내를 거닐며 그림을 그리고 밤에는 캉과 누워 예술과 삶에 대해 이야기했다. 천장이 낮아 다락에 가까운 2층 캉의 방. 매트리스만 놓은 잠자리에 우리는 나란히 누웠다. 달이 밝은 밤이면 비스듬한 창으로 달빛이 들었다.

그와 예술에 관해 이야기하는 것은 꽤나 즐거웠다. 음악에 대한 캉의 지식에 비하면 그림에 대해 나는 거의 무지했지만, 보고 느끼고 체득한 것만으로도 나름 심오한 대화가 오갔다. 모차르트와 베토벤, 비틀스, 반 고흐와 피카소에 대한 이야기는 어떤 맥락에서인지 「인터스텔라」나 「가타카」 같은 영화로 이어졌다. 무엇이 인간을 예술가로 만드는지, 우리의 삶은 얼마나 유한하고 위태로운지. 새벽이 깊도록 나눈 대화는 그렇게 내 영감의 일부가 되었다. 10만 피스 퍼즐의 작은 조각처럼. 언젠가 필요한 순간을, 딱 맞는 제자리를 그것은 잠자코 기다릴 것이었다.

Day 125, 2015. 12. 06.

확실히 반 고흐 미술관에서의 경험과 배움은(더 적절한 표현이 있을 테지만 떠오르지 않는다) 내가 그림을 그리는 데 꽤나 긍정적인 영향을 끼친 듯하다. 구도를 보는 눈, 정확히 설명하기는 힘들지만 눈이 편해지는 오브제의 배치에 대해 생각하게 되었다. 캉과 나누는 대화도 마찬가지다. 캉은 항상 나를 고민하게 하고 도전하게 한다. 그리고 나는 이제 누군가 내가 그린 그림을 보고 단순한 감상 이상의 무언가를 얻을 수 있을까 고민하며 그림을 그린다.

목적 없이 센강을 걷다 거리에서 노래하는 연인을 만났다. 남자는 기타를 치고 여자가 주로 노래를 부른다. 바닥에 놓인 기타 케이스에는 지폐와 동전이 들었다. 대충 셀 수 있을 정도로 많지 않은 돈이다. 파리에는 많은 거리의 음악가들이 있지만 무슨 이유에선지 이들이 내 발길을 붙잡는다. 볼이 빨개지도록 추운 날씨에도 그들은 행복해 보인다. 주변을 바쁘게 걷는 사람들도, 미국에서 온 것 같은 관광객 아저씨도, 나를 포함한 거리의 어떤 이도 그들만큼 행복해 보이지 않는다. 저들은 어떻게 저리도 행복한

얼굴을 하고 있을까? 저들은 어떤 가치를 삶의 가장 앞에 놓을까. 내가 이 풍경을 그리면, 누군가 이 그림을 보고 삶과 행복에 대해 한 번쯤 생각하게 될까? 그런 그림을 그릴 수 있을까.

공들여 그린 센강의 악사는 스스로 꽤나 마음에 든다. 앙코르와트 그림을 완성하고 느꼈던 성장과 비슷한 감흥이다. 누텔라가 든 크레페 하나 먹고 집에 가야지.

그날 밤은 갑자기 마르고 생각이 났다. K와 베트남 하롱베이에서 보트 투어를 할 때 만났던 프랑스 친구다. 캉에게 이름의 정확한 발음을 물어보려 했지만 그는 이미 코를 골고 있었다. 마르고는 파리에 오면 자기 집에 묵으라며 페이스북으로 연락처를 알려줬다. 대략 4개월 전의 일이다. 그녀는 나를 아직 기억하고 있을까?

마르고와 나는 루브르의 유리 피라미드 앞에서 만나기로 했다. 신기하게도 그녀는 나를 아직 기억하고 있었다. 마르고는 페이스북 메시지의 귀여운 이모티콘으로 반가움을 전했다. 진짜 왔구나. 연락해줘서 고마워. 수요일에 만날 수 있어? 당연하지. 딱히 할 것도 없는걸.

알자스 지방 출신의 마르고는 170센티미터 정도의 마른 체형이었다. 짙은 쌍꺼풀과 푸른 눈, 전형적인 서양인의 두상을 한 그녀는 멀리서 봐도 예쁜 얼굴이었다. 배우 멜라니 로랑을 닮은 프랑스 친구를 하롱베이의 보트 위에서 만나, 4개월 후 파리에서 다시 만난다면 친구들은 (특히 K는) 절대로 믿어주지 않겠지.

나는 약속 시간보다 30분 정도 일찍 도착해서 루브르를 그렸다. 피라미드 뒤편의 건물을 그리다가 창문 사이사이에 석상이 놓인

것을 발견한다. 루브르 박물관은 파리를 여행할 때마다 왔었는데
건물 외벽에 장식된 대리석 조각을 보는 것은 처음이었다. 누군가
나의 네 번째 방문을 기념해서 올려놓은 게 아닐까?

10분 정도 늦게 도착한 마르고는 정말 미안하다며 다짜고짜 볼
키스로 인사했다. 그녀는 무슨 이유에선지 품에 작고 하얀 말티즈를
안고 있었다.

우리는 루브르 근처의 카페에서 커피를 시켜놓고 한참을
앉아 있었다. 손이 시린 날씨였지만 마르고는 고민도 하지 않고
테라스에 앉아 말보로 레드를 맛있다는 듯 피웠다. 아, 파리. 그녀는
내 여행을 궁금해했고, 이야기는 주로 내가 했다. 태국에서 첫
타투를 한 이야기, 뉴델리 기차역의 선로에서 똥을 밟은 이야기,
피라미드에서 말에 깔린 이야기를 듣고 그녀는 재미있다는 듯
웃었다. 마르고는 하롱베이에 같이 있었던 남자친구와는 여행이
끝나고 곧 헤어졌다고 했다. 여행 중 맞지 않는 부분을 많이 발견한
것이 이유였다. 사실이다. 해외여행을 하며 24시간 붙어 있다 보면
데이트할 때는 몰랐던 상대방의 특징들이 보이기 마련이다. 그러고
보면 K와 나는 꽤나 잘 맞는 여행 파트너였다.

몇 시간이 지났을까, 저녁쯤 마르고는 시계를 보고 이제 가야
한다고 했다. 몽마르트르 쪽 갤러리에서 모임이 있어. 같이
가겠느냐고 물었지만 나는 잠시 고민하고 사양했다. 마르고와의
비교적 짧은 만남이 아쉬웠지만 어쩔 수 없었다. 잠시 뭔가를 골똘히
생각하던 그녀는 예상을 벗어난 말을 꺼냈다.

"그럼 내 집에 가 있지 않을래? 이야기를 조금 더 듣고 싶어서.
오늘 네게 다른 일정이 없으면 자고 가도 괜찮아. 침대도 두 개고

평소에 에어비앤비로도 써서 깨끗해."

당황한 내가 다음 말을 찾지 못하고 있는 동안 마르고는 가방에서
열쇠를 꺼내 손에 쥐여줬다. 머릿속은 물음표로 가득했지만 나는
최대한 이상하게 생각하지 않도록 노력했다. 쿨하게 받아들여보자.
그래도 손톱만큼이라도 무슨 의미가 있는 게 아닐까? 「집 열쇠를
준다는 것」이라는 에픽하이 노래도 있지 않나? 「집 번호를 준다는
것」이던가. 아니, 번호보다 열쇠가 더 의미심장한 것 아닌가? 반쯤
타 들어간 담뱃재가 테이블에 떨어졌다.

나는 되도록 천천히 가기로 한다. 카페 그림 하나 그리고
출발해야지. 스케치북을 꺼내고 캉에게 메시지를 보낸다.

"오늘 집에 안 들어가. 마르고가 자고 가래. 집 열쇠를 줬어."

9시 15분쯤 도착해 오래된 벨을 눌렀다. 다행히 먼저 도착한
마르고가 문을 열어줬다. 왔구나! 안 오는 줄 알았어. 그럴 리가.
하롱베이에서부터 왔는걸. 그녀는 어서 들어오라며 웃었다.
마르고의 집은 침실 두 개, 소파와 크리스마스 트리가 있는 거실,
작은 화장실과 부엌이 딸린 작지도 크지도 않은 아파트였다.
침실에는 각각 퀸 사이즈 침대가 하나씩 놓였다. 루브르에서 봤던
말티즈는 보이지 않았다. 바닥에 깔린 짙은 붉은색 나무가 이따금씩
삐그덕 소리를 내고, 벽은 조명이 어두워 색을 분간할 수 없었다.
트리의 전구 때문인지 집은 전체적으로 붉고 어두웠다.

"저녁 먹었어? 뭐 좀 먹으려고 했는데. 모임에서 와인만
마셨거든."

"나도 그 카페에 계속 앉아 있다 왔어. 커피 두 잔 마신 게 전부야."

마르고는 나를 부엌에 앉히고 식사를 차렸다. 마침 오븐에서

조리가 끝났음을 알리는 경쾌한 벨소리가 들렸다. 곧 작고 동그란 냄비가 식탁 가운데 놓인다. 냄비 안에는 정체를 알 수 없는 하얀 무언가가 수북하고, 기다란 소시지와 감자가 군데군데 자리를 잡고 있었다. 예쁜 와인 잔을 놓고 익숙하게 와인을 따던 마르고가 음식에 대해 설명했다.

"슈크루트 가르니라는 거야. 알자스 지방 전통 음식인데 할머니가 만들어주셨어. 내가 한 게 아니라 맛있을 거야. 먹어봐." 그녀는 와인을 마저 따르고, 능숙하게 와인 잔을 돌렸다.

우리는 베트남, 나의 친구들, 여행, 와인, 예술과 예술가, 그녀의 그리스인 첫사랑에 대해 이야기했다. 비틀스의 노래 「Norwegian Wood」 한가운데에 있는 것 같은 밤이었다. 와인을 한 병 하고도 절반 정도 나눠 마셨을 때쯤, 마르고는 취기가 오른 것 같았다. 나는 붉은 바닥이 노르웨이산 나무가 아닐까 생각하고 있었다. 그녀는 턱을 괸 채로 나를 빤히 쳐다봤다.

"비밀 하나 얘기해줄까? 나 동양인이랑은 키스해본 적 없어."

집 열쇠를 받았을 때처럼 내 머릿속에는 다시 물음표가 하나씩 떠올랐다. 마르고는 지금 나와 키스를 하고 싶다는 걸까? 나는 그녀의 '첫 번째 동양인 키스'의 주인공이 되는 것일까? 붉고 어두운 밤, 붉은 와인 잔과 붉은 그녀의 얼굴. 아니, 이상하게 생각하지 말자. 괜히 한걸음 다가갔다가 이상한 사람 취급을 받을지도 모를 일이다. 나는 우물쭈물 망설이다 답한다.

"그렇구나, 비밀을 말해줘서 고마워." 비밀을 말해줘서 고마워? 참으로 바보 같은 대답이었다.

마르고는 벙찐 표정으로 잠시 나를 쳐다보고, 와인 잔을 바라보며 잠시 생각에 잠겼다.

"또 고백할 게 있는데, 나 사실 여자친구가 있어." 여자친구. 나는 플로의 필리피노 남자친구를 떠올린다. 쌍꺼풀이 짙고 눈이 푸른 프랑스인들은 전부 동성의 연인이 있는 걸까.

"만나기 시작한 지 얼마 되지 않았는데, 아직 좀 헷갈리는 것 같아. …미안해. 이제 자야겠다. 침대로 안내해줄게." 시간은 새벽 2시를 조금 넘어가고 있었다.

마르고는 내가 침대에 누운 걸 확인하고 방의 불을 껐다. 남은 빛은 크리스마스 트리의 전구밖에 없었다. 그녀는 문 앞에 잠시 서 있다 침대로 다가오더니 내 볼에 입을 맞췄다. Bonne Nuit(잘 자). 매력적인 프랑스 발음이다. 나는 손을 잡을까 하다가 이내 마음을 접고 한국말로 인사한다. 잘 자.

눈을 뜨자마자 핸드폰을 확인했다. 10시도 넘었다. 꿈을 꾼 것일까. 멍해져 현실이 분간되지 않았다. 루브르와 말티즈, 와인 잔이 차례로 머리속을 스친다. 마르고는 부엌에서 분주하게 움직이고 있었다. 식탁에는 빵 봉지와 커피가 보였다.

"일어났어? 조깅하고 오는 길에 크루아상이랑 커피 사 왔어." 빵은 아직 따뜻했다.

마르고는 일이 있어서 곧 나가봐야 한다고 했다. 원하는 만큼 쉬다 가라고 했지만 나도 그녀와 함께 집을 나서기로 한다. 우리는 약속이라도 한 것처럼 전날 밤에 대해서 아무 이야기도 하지 않았다(사실 별일이 있던 것도 아니지만). 나는 마르고와 작별하고 빌팽트로 향하는 버스에 몸을 실었다. 꽤나 오래 잤지만 숙취 때문인지 몹시 피곤했다. 비밀을 말해줘서 고맙다고 대답했다는 이야기를 들으면 캉은 나를 얼마나 놀릴까. 창밖은 눈이 부시게 밝고, 모든 색이 또렷한 현실이었다. 나는 눈을 감고 비현실적인 붉은빛의 어젯밤을 생각해본다. 손에 쥔 열쇠, 하얀 슈크루트 가르니와 턱을 괸 마르고. 영원히 넘치지 않을 와인 잔이 빙글빙글 돌았다. 앞으로 마르고를 다시 만날 일은 평생 없을 것이다. 나는 확신할 수 있었다.

Day 133, 2015. 12. 14.

파리의 마지막 밤, 센강을 따라 에펠탑 쪽으로 걸었다. 에펠탑을 마지막으로 눈에 담고 싶었다. 에펠은 언제나 그렇듯 처음에는 그 끄트머리만 간신히 보이다가, 걸을수록 그 거대한 네 개의 기단까지 서서히 모습을 드러냈다. 날은 점점 어두워졌다.

탑이 한눈에 담기 어려울 정도로 가까워졌을 때, 에펠은 황금색에 가까운 빛을 발했다. 그것은 거대한 상징 그 자체였다. 동서남북 사방으로 십수 개의 빛을 쏘며, 속에서부터 빛을 내는 에펠탑을 보고 있자니… 왠지 내가, 아니 나를 둘러싼 세상이 굉장히 작아지고, 220볼트 플러그에 꽂

혀 빛나고 있는 에펠탑 모형 주위를 걷고 있는 것 같은 착각이 들었다. 이어폰에서는 마침 벤 E. 킹의 「Stand by Me」가 흐른다. 현실감이 현저히 떨어지고, 크리스마스 장식을 한 센강의 배와 함께 공중으로 떠오를 것만 같다.

아, 파리.

38
르코르뷔지에, 바니타스
밀루즈/벨포르/안시

먼 이국에서 가족으로 환영받는 일은 복에 겨운 일이었다. 별다른
흥미도 없던 프랑스 파리가 내 마음의 고향이 될 줄 누가 알았을까.
캉, 이자벨, 엄마와 작은 집. 파리를 생각하면 에펠과 함께 가장
먼저 떠오르는 것은 이제 빌팽트의 평범한 2층 집이었다. 그 익숙한
집을 떠나야 할 때가 또 다가왔다. 나는 캉의 집을 그리기로 한다.
노트르담이나 루브르를 그릴 때보다 더 집중하게 됐다. 가족들
마음에 들었으면. 이자벨은 덤덤하게 다음은 언제냐 묻고, 캉은
'비밀을 말해줘서 고맙다'며 놀린다. 엄마는 아쉬움과 걱정이 가득한
눈으로 내 손을 꼭 잡았다. 나는 그 모든 마음이 담긴 배낭을 다시
어깨에 멘다. 금방 또 올게요.

　배낭을 메고 걷기는 꽤나 오랜만이었다. 암스테르담과 파리에서
배낭을 놓고 편하게 다닌 것이 벌써 3주가 된 것이다. 집을 나온
지는 4개월째. 새로운 여행을 시작하는 느낌이었다. 어깨는

묵직하지만 간만에 설렘을 품은 발길이 가볍다. 12월 말 파리의 찬 공기를 폐 끝까지 들이마셔본다.

특별한 애정이 생기기 전, 내가 프랑스에 관심을 두던 것은 오직 에펠탑과 르코르뷔지에뿐이었다. 다다오 안도, 페터 춤토어와 함께 항상 좋아하는 건축가로 꼽던 르코르뷔지에. 누군가는 거대한 콘크리트 덩어리 같은 그의 건축을 보면 숨이 막히고 혐오스럽다고 했지만, 단조롭고 기능적이면서 사람을 생각해 설계된 그의 작품에 나는 큰 매력을 느꼈다. '인간이 살기 위한 기계'가 그의 '집'에 대한 생각이었다. 살기 위한 기계. 언뜻 비인간적이고 삭막해 보이지만 거기에는 따뜻한 철학이 담겨 있었다.

그렇게 나의 여행 계획에는 그의 몇몇 작품이 포함됐다. 왕십리 단골 카페에서 나는 르코르뷔지에를 다시 찾아보고, 여정을 고려해 신중하게 세 곳을 골랐다. 빌라 사보아, 롱샹 성당(노트르담 뒤 오), 그리고 마르세유의 유니테 다비타시옹. 무려 17개의 작품이 유네스코에 등재된 건축가의 작품들은 실제로 마주하면 어떤 느낌일까.

로코르뷔지에가 활동했던 20세기 초반, 세계는 산업화의 불길 속에서 엄청난 변화를 겪고 있었다. 세계대전은 수천만 명의 목숨을 앗아가며 동시에 과학 기술을 비약적으로 발전시켰다. 비행기, 로켓, 무선통신, 탱크가 등장하고 대한제국은 역사에서 사라졌다. 죽이며 발전하고 나타남으로써 사라지는 아이러니의 세계. 기술의 발전은 그리고 인구의 폭증과 도시화 현상을 낳았다. 사회에는 자본가와 노동자라는 새로운 계급이 생기고 세계는 겪어보지 못했던 수많은 사회 문제에 직면했다. 주거 문제도 그중 하나였다. 아인슈타인, 피카소, 프로이트 같은 익숙한 이름들이 혁신을 이끌었던 시대. 그 시절 건축에는 르코르뷔지에가 있었다.

그가 현대 건축 5원칙이라는 개념을 발표한 것은 1920년대의 일이었다. 다섯 가지는 '필로티' '자유로운 평면' '자유로운 파사드' '수평 창' 그리고 '옥상 정원'이었다. 필로티는 건물의 1층을 지면에서 띄우는 구조로, 그렇게 생긴 공간을 주차장이나 휴게 공간으로 활용하려는 생각이었다. 요즘 지어지는 모든 빌라나 세련된 건물들의 근원적인 아이디어인 셈이다. 구조체를 벽에서 기둥으로 바꿈으로써 평면의 구성은 자유를 얻고, 제한적이었던 파사드 또한 회화처럼 자유롭게 구성할 수 있었다. 그리고 네 번째 다섯 번째 원칙을 통해 르코르뷔지에는 건물에 채광과 경관을 끌어들이고 건축 행위로 사라진 자연을 옥상으로 옮기고자 했다. 집과 인간에 대한 따뜻함이 느껴지는 대목이다.
어렴풋이 대학 강의실이 떠올랐다. '동서양실내디자인사'인가
'현대실내건축사'인가 하는 수업이었다. 나의 르코르뷔지에 여행
첫 번째 목적지인 빌라 사보아는 바로 그 다섯 가지 원칙이 모두
뚜렷하게 드러난 작품이었다.

　에스프레소를 마저 마시고 일어나 다시 배낭을 멨다.
파리북역에서 빌라 사보아가 있는 푸아시까지는 대략 한 시간이
걸렸다. 와이파이가 사라지기 전 빌라 사보아에 관한 페이지를 몇 장
캡처한다. 가는 길에 마저 읽어봐야지. 뮐루즈로 가는 야간 버스를
타려면 밤 11시까지는 다시 파리 시내로 돌아와야 했다.

　평일이라 그런지 관람객은 나뿐이었다. 1층의 안내 데스크에서
구매한 입장권을 소중히 수첩 사이에 보관한 후에, 나는 잠시 눈을
감고 2층으로 이어진 하얀 램프 난간에 손을 올렸다. 나선형의
램프는 1층부터 옥상까지 이어져 있을 터였다. 램프 옆의 긴
경사로도 마찬가지다. 완만한 길을 따라 걸어 올라가면 집을
산책하듯 옥상 정원에 도착하게 될 것이다. 인터넷에서 찾아본
빌라 사보아의 평면도와 입면도, 투시도가 머릿속에 선했다. 램프와
경사로는 각각 가사 도우미와 거주자를 위한 통로였다. 나는
유니폼을 입고 램프를 빠르게 오가는 집사와 천천히 경사로를 걷는
사보아 씨를 상상해본다.

　'사보아 씨의 집'이라는 뜻의 빌라 사보아는 피에르 사보아의
교외 별장으로 지어진 건물이었다. 건물이 지어지던 당시 동네
사람들은 네모나고 하얀 집을 이상하게 여겼다고 한다. 그도
그럴 것이 1920년대는 유럽은 육중한 석조 건물이 당연하게

여겨지던 시기였다. 파리 시내의 경관을 주로 이루고 있는 파란 경사 지붕의 고풍스러운 건물들이다. 모더니즘과 미니멀리즘이 일반적인 요즘의 눈에는 지극히 평범하게 보이지만, 100년 전 사람들에게 빌라 사보아는 그야말로 괴상한 존재였을 것이다. 어찌됐든 르코르뷔지에는 빌라 사보아를 통해 건축과 공간에 대한 새로운 패러다임을 제시했다. 간결한 흰색 박스는 그야말로 건축에 대한 그의 개념과 논리, 그가 추구하는 가치가 분신처럼 녹여진 건축이었던 것이다.

　재료와 마감의 측면에서 보자면 실내는 그다지 특별해 보이지 않았다. 군데군데 벗겨진 페인트는 다소 실망스러울 정도였다. 실제로 건물이 지어지던 당시는 콘크리트 시공 기술이 지금처럼 발전하기 전이라, 천장은 물이 새고 겨울에는 몹시 추웠다고 한다. 하지만 내게 중요한 것은 공간의 구성과, 눈앞에 펼쳐진 집에 대한 그의 생각이었다. 기다란 수평 창에 담기는 풍경과 옥상까지 자연스럽게 이어지는 생활 공간, 간결한 기하학적 구성은 내부를 돌아다닐수록 나를 매료했다. 창문의 높이, 실의 구성과 벽의 형태, 공간을 구성하는 모든 것이 사려 깊고 아름다웠다. 어쩜 이리도 완벽할 수 있을까. 그리고 그 경외감은 어느 순간부터 커다란 무력감으로 다가왔다. 처음 느껴보는 감정이었다.

　르코르뷔지에는 말하자면 폭력적이었다. 거장이라 불리는 데에는 그만한 이유가 있는 것일까? 빌라 사보아는 그 존재감으로 나를 짓누르고, 입을 막고, 끝없는 절망으로 나를 몰아넣었다. 대학 수업에서 내가 제출했던 결과물, 평상시에 끄적였던 그림들, 안도와 춤토어의 작품을 보며 수첩에 그렸던 도면들은 100년 전의 빌라 사보아 앞에서 한낱 낙서에 불과했다. 그가 100년 전에 생각하고

행한 모든 것들이 나를 단숨에 무의미한 존재로 만들어버린 것이다. 기능에 대한 그의 성찰, 자연에 대한 외경와 겸손함, 역동성, 간결함. 모든 것이 나를 한심한 눈으로 바라보고 있었다. 힘이 빠진 나는 옥상 정원에 걸터앉았다. 하늘로 한없이 올라가는 드론의 시야 속에 내가 점점 작아지는 기분이 들었다. **나는 완벽하게 무의미한 사람이었다.** 드론은 계속해서 고도를 높이고, 나라는 존재는 언젠가 점이 되어 사라져버리고 말 것이었다.

　가까스로 절망의 늪에서 빠져나와 나는 밖의 잔디에 앉아 억지로 그림을 한 장 그렸다. 알 수 없는 기분으로 눈에 담기는 빌라 사보아의 정면을 종이에 옮겼다. 그곳에서의 한 시간 반이 어떻게 지나갔는지 잘 기억이 나지 않았다.

　파리를 떠난 야간 버스는 뮐루즈로 일곱 시간을 달렸다. 버스는 그래도 쾌적하고 와이파이도 잘돼서, 나는 잠들기 전까지 프랑스에서의 다음 일정을 정리할 수 있었다. 뮐루즈와 벨포르를 거쳐 롱샹에 있는 르코르뷔지에의 성당을 지나 안시, 샤모니, 고흐가

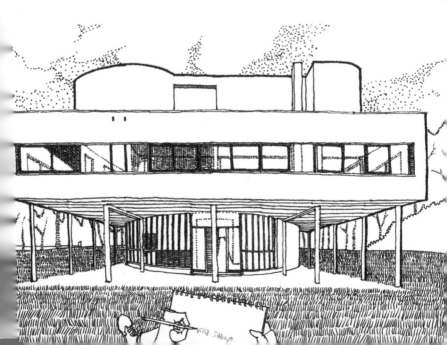

있는 아비뇽과 아를로 이어지는 그럴싸한 계획이었다. 물가가 비싼
탓에 중간중간 경유하는 도시에서는 오랜만에 야영을 하기로 한다.
파리를 따나자마자 시작되는 비박이라니. 새삼스레 집 나가면
고생이라는 말이 떠올랐다. 마침 12월도 중순이 넘어가면서 날씨도
점점 추워지고 있었다. 뭐, 죽기야 할까.

　파스텔 톤의 뮐루즈는 크리스마스 준비가 한창이었다. 커다란
트리와 구석구석 꽃 모양 전등이 눈길을 끌었다. 점심을 간단히
해결하고, 미술관을 하나 구경하고 마을을 돌아다녔더니 금세
하루가 간다. 해가 떨어지는 시간이 눈에 띄게 빨라졌다. 기차
시간이 가까워져 역으로 돌아가는 길, 성당 야외 계단에 앉아
광장의 마켓을 그리기로 한다. 눈에 담기는 풍경은 분홍빛 건물과
오렌지색으로 빛나는 따뜻한 광장이었지만, 그림을 그리며 내가
생각한 것은 어째서인지 미술관에서 본 해골 그림이었다.
　그것은 바니타스(Vanitas)라는 정물화였다. 붉은 천에 두꺼운
책들이 쌓였고, 빛바랜 머리뼈가 거울을 바라보고 놓였다. 강력한
인상이다. 화가가 누군지도 모르고 설명도 프랑스어로 적힌
탓에 도통 이해할 수 없었지만 자꾸만 보게 되는 그림이었다.
머릿속에 숙취처럼 남아 있는 빌라 사보아의 무력감과 무의미함
때문이었을까. 백날 지식을 쌓고 경험을 넓힌들 나도 언젠가는
아무 의미 없는 백골이 되어 뻥 뚫린 눈으로 거울을 바라보게 되지
않을까. 광장에 늘어선 상점 사이로 사람들이 입김을 뿜으며 오갔다.
물건을 파는 사람도, 사는 사람도, 무표정으로 바쁘게 일하는
사람도, 연말의 분위기에 행복하게 웃는 사람도, 결국은 모두가
해골이 되고 말 것이라는 생각이 나를 사로잡았다. 뮐루즈 광장의

사람들 중 르코르뷔지에처럼 역사에 이름을 남기고 오래도록
기억될 사람은 몇이나 될까. 아니, 이름을 남긴다는 것은 또한
의미가 있을까? 바니타스. 삶이란 결국 헛되고 무의미하며 공허할
수밖에 없는 것일까? 나는 맨 앞에 보이는 행인의 얼굴을 해골로
그려본다.

   스케치북을 덮고 기차역으로 향했다. 어찌됐든 벨포르로 가는
기차를 타야 한다. 그리고 늦은 밤 알 수 없는 거리를 서성이며 몸을
누일 만한 장소를 찾아야 한다.

   눈을 뜬 곳은 벨포르역 근처의 이름 모를 주차장이었다. 간신히
밤을 버텨낸 아이폰의 시계는 아침 8시를 그렸다. 얼음장처럼
차가워진 몸을 억지로 일으켜, 축축하게 젖은 텐트를 주섬주섬
정리했다. 그리스에서 구한 싸구려 텐트는 그래도 아침 이슬을
막아준 모양이었다. 배낭을 대충 꾸리고, 담배를 물고 흩어진 정신을
애써 모아 전날 밤을 떠올려본다.

기차역에서 나와 근처를 30분 정도 돌아다니다 찾은
주차장이었다. 인적이 드물고 눈에 잘 띄지 않는 곳이다. 띄엄띄엄
불 켜진 가로등도 있어서 자리를 펼 공간도 분간할 수 있었다.
파리와 뮐루즈에서의 우울한 감정은 어디로 갔는지, 공기가 상당히
차가웠는데도 안성맞춤의 잠자리를 찾았다는 생각에 실실 웃음이
나왔다. 그래도 허접스러운 홑겹 텐트와 얇은 침낭에만 의지하자니
여간 고생스러운 것이 아니었다. 폭신한 매트는 고사하고 내겐 얇은
돗자리도 없었다. 옷을 꺼내 덧입고 양말도 두 겹으로 신었지만
바닥에서 올라오는 한기는 막을 도리가 없었다. 배낭에 껴놓은
생수는 냉장고에서 막 꺼낸 듯 차가웠다. 칼바람에 텐트가 요란하게
흔들리고 머리맡에서는 이따금씩 찍찍 쥐 소리도 들렸다. 으. 추위에
떨다가 피곤을 못 이겨 잠들고, 또 한기에 깨서 몸을 비비기를
반복하다 아침이 됐다.

나는 다 태운 담배를 비벼 끄고, 기지개를 한 번 크게 켜고 배낭을
멨다. 내가 누웠던 자리만 네모나게 말라 있었다. 몹시 피곤했지만
해냈다는 묘한 성취감에 기분이 꽤나 괜찮다. 샤모니몽블랑에 가기
전까지는 야영을 몇 번 더 해야 한다. 다음에는 옷을 더 껴입고
바람을 막아줄 만한 곳을 찾아봐야지. 잠자리를 그릴까 잠시
고민하다 생각을 접고 사진을 한 장 찍었다. 밖에서 더 있다가는
정말로 꽁꽁 언 해골이 될 지도 모를 일이었다.

이제 롱샹으로 가는 기차를 타면, 두 번째 르코르뷔지에의
작품을 만나게 될 것이다. 또 절망에 빠지게 될까. 나는 다시 빛바랜
해골처럼 공허에 빠지게 될까.

성당에서 한참을 보내고 나는 건물이 한눈에 들어오는 잔디밭에

앉았다. 새파란 하늘 오후의 햇살을 받아 르코르뷔지에의 유산은
우아한 흰색으로 빛났다.

롱샹은 과연 아름다웠다. 유기적인 형태의 매스와 커다란 게
껍질을 올려놓은 듯한 지붕은 르코르뷔지에의 작품치고 다소
전위적이었다. 전체적으로 둥글둥글한 형태지만, 하늘을 향하는
수직선만큼은 놀랍도록 곧고 날카로운 직선이었다. 유일신을 향해
모은 손끝을 표현하고 싶었을까. 나는 유려한 곡선을 따라 지붕이
가리키는 하늘까지 시선을 옮겨본다.

하지만 역시 나를 사로잡은 것은 성당의 내부였다.
르코르뷔지에는 콘크리트와 빛을 성당의 재료라고 했다. 그 빛은
그리고 60년이 지난 지금도 한결같은 아름다움으로 건축을 이루고

있었다. 입구를 들어서며 나는 깜짝 놀랄 만큼 서늘한 성당의 공기를 들이마시고, 하얀 입김을 토해내며 그 빛의 향연을 조용히 따랐다. 육중한 천장의 틈으로 들어오는 가느다란 한 줄기의 빛부터, 두툼한 벽으로 깊숙이 파고들어가 제각각 산란하는 형형색색 유리창의 빛, 감춰진 공간의 높이를 가늠하기 어려운 천장에서 은은히 쏟아지는 빛무리까지. 이미지로는 절대로 느낄 수 없는 감동이었다. 백발의 노인이 눈을 감은 채 긴 나무 의자에 홀로 앉았고, 제단 옆에는 십수 개의 촛불이 어떤 움직임 없이 고요하게 스스로를 태웠다. 나는 조심스럽게 숨을 들이쉬고 다시 내뱉었다. 신을 믿지 않았지만 공간을 통해 성스러움을 느끼고 있었다. 얼마나 지났을까? 시간마저도 빛과 콘크리트의 성당 안에서는 고요하고 고결하게 흘렀다. 나는 마음에 드는 자리에 앉아 성당을 그려 보기로 한다. 선 하나하나에 경건한 마음을 담기는 또 처음이었다.

르코르뷔지에는 젊은 나이에 이스탄불과 아크로폴리스 등지를 여행하고『동방여행』이라는 책을 남겼다. 나로 하여금 이스탄불에 대한 막연한 신비로움을 품게 한 책이다. 그는 여행을 하며 주택에 대해 생각하고, 자연과 건축에 대해 큰 감명을 받았다고 한다. 누군가는 그 시절 여행이 건축가로서 르코르뷔지에의 삶이 결정된 순간이라고도 했다. 나는 푸른 잔디밭에서 먼발치의 성당을 그리다 생각에 잠긴다. 나의 여행은 어떨까? 약한 우울감이 다시 명치부터 차올랐다. 나의 존재는 유의미할까. 삶은 결국 공허한 것일까. 그래서 사람들은 신에 기대는 것일까. 삶의 의미란 도대체 어디에 있을까. 삶에 의미라는 것이 있기는 할까. 지중해의 작은 통나무집, 노년의 그가 삶을 마감한 소박하고 아늑한 공간에서 르코르뷔지에는 어떤 생각을 했을까. 나는 이 여행을 통해 무엇을 느끼고 어떻게 달라질 수 있을까. 나는 결국 세상에 무언가를 남길 수 있을까.

두고 볼 일이었다. 성동구 왕십리부터 그 먼 길을 걸어 롱샹 앞에 앉아 있는 나였다.

자리에서 일어나 엉덩이에 붙은 잔디를 툭툭 털었다.

39

반 고흐 선생님께
아비뇽/아를

벨포르를 시작으로 아비뇽에 도착하기까지 나는 길에서 몇 날 밤을
더 보냈다. 처음이 어렵지 한겨울의 노숙도 곧 익숙해졌다. 인적이
드문 주차장, 변압기 뒤, 공원의 잘 보이지 않는 구석을 찾아 작은
텐트를 펼쳤다. 칼바람을 맞으며 걷는 밤거리는 물론 유쾌하지
않았고 새벽의 추위도 결코 호락호락하지 않았다. '동트기 직전이
가장 춥고 어둡다'는 말이, 해가 뜨기 직전이 실제로 가장 추워서
생긴 말임을 나는 눈을 뜰 때마다 체감했다. 그래도 좋은 잠자리를
찾았을 때의 희열과 하루를 견뎌냈을 때의 묘한 성취감은 도전(?)을
계속하게 했다.

나름대로 규칙적인 나날이었다. 6시 반쯤이면 꽁꽁 언 채로
잠에서 깨, 체조로 몸을 녹이고 가장 가까운 카페를 찾았다. 워낙
이른 시간이어서 문 연 가게를 찾기도 쉽지 않았다. 어떻게든
카페 비슷한 것을 찾아서 음료를 주문하고 아이폰을 충전했다.
점원의 눈을 피할 수 있는 자리가 있다면 거기 앉아 텐트를 말렸다.

휴대폰이 열심히 카페의 전기를 빨아들이는 동안 행선지와 경로를 찾고, 휴대폰 게임이나 인스타그램을 하며 시간을 보냈다. 배낭을 메고 나와 거리를 걷고, 담배를 피우고, 대형 마트의 바게트로 점심을 해결하고, 가끔 좋은 풍경이 있다면 그림을 그렸다. 그러다가 해가 지면 가장 늦게까지 영업할 것 같은 식당을 찾아다녔다. (주로 퀵Quick이나 맥도날드가 좋은 선택지가 되어주었다.) 밤 9시나 10시까지 가게에서 버티다 거리에 완전한 어둠이 내리면 나는 다시 야영지를 찾아 나섰다. 가끔은 막막하고 우울했지만 괜찮아 보이는 박지를 찾으면 또 웃음이 나왔다. 매일 마주하는 배낭에도 어느새 꽤나 많은 국기가 붙었다.

알프스 자락 아래 안시에서의 비박을 끝으로 나는 다시 숙소를 찾았다. 마지막 노숙은 아름다운 안시호를 면한 공원이었는데, 이 정도 추위라면 어쩌면 다시 눈을 뜰 수 없을지도 모른다는 생각이 들었다. 모험도 좋지만 이렇다 할 장비도 없이 한겨울 알프스에서의 노숙은 아무래도 무리였다. 이제는 비싸더라도 지붕과 침대가 있는 숙소를 찾아야지. 호수 맞은편의 눈 덮인 산봉우리가 소리 없이 동의했다. 오랜만에 호스텔의 따뜻한 흰 이불에 행복해하고, 따뜻한 김이 나는 오믈렛을 먹고, 샤모니몽블랑의 설산을 구경하고 아비뇽으로 향하는 기차에 몸을 실었다. 고흐의 도시 아를에 조금씩 가까워지고 있었다.

아비뇽역을 나온 시간은 저녁 9시였다. 기차역 밖엔 기다란 성벽이 오렌지색 업라이트를 받아 아름답게 빛났다. 중세 도시의 경계였을까. 왼쪽 오른쪽으로 끝이 보이지 않는 벽은 성탄절 불빛과

어우러져 고풍스러운 분위기를 풍겼다. 고흐가 있던 아를까지는
이제 차로 30분이 채 걸리지 않는다. 아비뇽에 하루 정도 묵고
아를로 가는 것이 계획이었다. 나는 가까운 맥도날드에 들어가
호스텔을 찾기로 한다.

　감자튀김을 집어 먹으며 호스텔을 살폈다. 멀지 않은 곳에 괜찮은
숙소가 보였다. 깨끗한 침대에 커튼 칸막이도 있고 머리맡에는
작은 독서등까지 있는 호스텔. 하룻밤 가격은 단돈 17유로였다.
어느새 노숙과 숙박비 절감이 익숙해졌는지, 17유로면 햄버거가
하나라는 생각이 잠깐 머리를 스친다. 하지만 빠르게 고개를 저었다.
숙소는 맥도날드에서 100미터도 떨어져 있지 않을뿐더러, 바닥에서
올라오는 뼈를 뚫는 한기를 다시 겪고 싶지 않았다. 오늘은 따뜻한
물로 씻고 바스락거리는 침대에서 자야지.

그리고 그렇게 찾아간 호스텔에서 나는 로드리 아저씨와
피에라를 만났다.

크리스마스가 코앞인 시점에 아비뇽의 호스텔에는 사람이 많지
않았다. 아비뇽은 물론 아름다운 도시지만, 크리스마스를 기념해서
아비뇽까지 내려와 저렴한 호스텔을 찾아 묵을 만한 사람은
없을 것이었다. 마르세유로 향하던 한국인 여행객을 제외하면
숙소에는 나와 로드리 아저씨, 독일인 아주머니와 대만에서 온
피에라뿐이었다.

아저씨를 처음 만난 곳은 호스텔의 테라스였다. 짐을 대충
정리하고 담배를 피우러 나갔는데, 무슨 이유에서인지 로드리
아저씨는 그 추운 밤 밖에서 혼자 와인을 마시고 있었다. 철제
테이블과 의자가 서너 개 놓인 소박한 공간이었다. 아저씨는 나를
보고 가볍게 인사를 건넸다. 안녕하세요. 이마가 꽤나 올라간 백발의
그는 60대 정도로 보였다. 검정색 파카에 짙은 청바지를 입었다.
풍요로운 삶을 살았는지 배가 불룩하게 나왔다. 내가 주머니를
뒤적거리자 아저씨는 담배를 권했다. 사양하지 않았다. 그도 같이
불을 붙이고는 처음 만난 여행자끼리 으레 하는 질문들을 이어 갔다.
고향이 어디인지, 얼마나 여행했는지, 아비뇽에는 왜 왔는지. 나는
주로 대답만 했는데도 세 개비의 담배가 다 탈 때까지 대화는 끝나지
않았다. 아저씨는 아마도 외로웠던 모양이었다. 내가 묻지 않아도,
말문이 터진 아이처럼 그는 쉬지 않고 이야기했다.

로드리 아저씨는 캐나다 출신이었다. 그는 혼자 여행 중이었고,
아비뇽에는 한 달째 머물고 있다고 했다. 내가 그림을 그린다는
이야기를 듣고 아저씨는 친형 이야기를 시작했다. 그의 형은 연합군

B-52 폭격기의 탄약수로 2차 대전에 참전했다. 바로 이 하늘을 날았을 거라며 로드리 아저씨는 어두운 하늘을 가리켰다. 아저씨의 말에 따르면 형은 굉장한 그림을 그린 예술가였지만 간헐적인 정신 질환을 앓았다. 전쟁에서 살아남았지만, 형은 결국 수년 후에 스스로 목숨을 끊었다. 아저씨는 말을 마치고 휴대폰에서 형의 그림을 찾았다. 옆에 앉으라며 와인을 권했지만 나는 사양했다. 춥고 피곤해서요. 내일 오전에 만나요. 혹시 그림을 찾거든 내일 보여주세요.

나는 바스락거리는 침대에 누워 B-52에서 커다란 폭탄을 떨어뜨리는 고흐를 상상했다. '눈에 담기는 세계를 나만의 시각으로 그려내는 것이 정말 중요한 일이거든.' 칠흑 같은 하늘에서 세계를 내려다보던 로드리 아저씨의 형은, 전쟁이 끝나고도 그림을 그렸을까?

나는 아저씨와 빠른 속도로 친해졌다. 로드리 아저씨는 항상 나보다 일찍 일어나 로비에서 나를 기다렸다. (나의 평균 기상 시간은 10시 전후였기 때문에 내가 아저씨보다 항상 늦게 일어났다는 편이 더 맞는 말일지 모른다.) 담배를 피우거나 식사를 같이 할 때면 그는 나의 여행을 속속들이 질문했다. 본인도 젊었을 적 텐트를 메고 여행한 적이 있다고, 그리고 누군가와 대화다운 대화를 하는 것이 굉장히 오랜만이라고 했다. "보통 젊은 여행자들은 백발의 노인하고 그리 말을 오래 섞고 싶어 하지 않거든. 특히 여자들은 항상 나를 늙은 변태라고 생각하나 봐." 에이, 아닐 거예요. 그리고 아저씨는 조심스럽게, 괜찮다면 내가 아비뇽에 머무는 동안 함께 다녔으면 좋겠다고 했다. 거절할 수 없는 눈빛이었다. 음. 네, 그래요. 좋아요.

아를로 가는 것이 계획이었지만 나는 크리스마스까지 아비뇽에서 지내기로 했다. 사실은 나도 대화가 오랜만이긴 매한가지였다. 걷는 속도가 절반으로 줄고, 아저씨는 가끔은 필요 이상으로 말이 많았지만 그래도 즐거운 동행이었다. 우리는 도시의 성벽을 걷고 언덕에 올랐다. 기억나지 않는 이야기를 하며 아비뇽 성당과 절반이 잘린 생베네제 다리를 구경했다. 내가 그림을 그릴 때면 아저씨는 근처에서 대마를 피우거나 와인을 마시며 혼자 시간을 보냈다. "필요한 만큼 있다 가도 괜찮아. 나는 신경 쓰지 말고." "응, 로드리. 고마워요."

크리스마스에 우리는 호스텔의 테라스에서 작은 파티를 열었다. 나와 로드리 아저씨, 피에라와 독일인 아주머니가 모두 참석한 파티였다. 까르푸에서 사 온 치즈와 포도를 비롯한 과일들, 그리고 로드리 아저씨의 와인이 철제 테이블에 놓였다. 아저씨의 그 많은 와인은 도대체 어디서 나오는지. 병을 다 비울 때쯤이면 그는 방으로 올라가 새로운 와인을 끝도 없이 꺼내 왔다. 날씨는 마침 밖에 앉아 놀기 어렵지 않을 정도로 풀렸고, 난간 밖으로는 따뜻한 아비뇽 거리의 야경이 담기고 있었다. 여행과 삶에 대한 이야기와 로드리 아저씨의 기타 연주가 라이브 카페처럼 테라스를 채웠다. 아저씨의 기타는 웬만한 팝송을 준비도 없이 연주할 정도로 수준급이었다. 나는 비틀스 노래를, 독일인 아주머니는 퀸의 노래를 몇 곡씩 신청했다. 나름 즐거운 성탄절 저녁이었다. 모두 혼자 여행 중인 사람들. 각자의 역사와 각자의 사연을 품고 머나먼 곳에서 모여 또 각자 다른 곳으로 향하는 사람들. 와인에 잔뜩 취한 아저씨는 꼭꼭 숨겨 둔 대마를 권한다. 괜찮아요. 저는 와인이면 충분해요.

성탄절 다음 날부터 로드리 아저씨는 그의 일정을 독일인 아주머니와 함께했다. 전날 파티에서 가까워진 모양이었다. 아무래도 한참 어린 남자보다는 비슷한 연배의 여성에게 흥미를 느꼈을 것이다. 나도 물론 불만은 없었다. 절반이 잘린 다리를 다른 위치에서 한 번 더 그려보고 이제는 아를로 가야지. 로비에서 지도를 찾아보는 중에 피에라가 옆에 와 앉는다.

"오늘은 뭐 하려고?" 숙취가 남아 있는 얼굴이었다.

"안녕. 생베네제 다리에 가보려고. 로드리 아저씨랑 다리 끝까지 가봤었는데, 반대쪽에서도 한번 보고 싶어서. 그리고 아마도 오늘 아를로 이동할 것 같아."

"아를? 고흐 좋아해?"

"오. 맞아. 너도 아는구나."

"당연하지. 나도 아를에서 생레미까지 가볼 계획이야." 고흐가 마지막을 보낸 정신병원이 있는 곳이었다. 피에라는 커다란 안경을 고쳐 쓰고 말을 이었다. "같이 갈래? 혼자 가는 것보다 낫잖아."

감동은 없지만 맞는 말이었다.

Avignon, France.

우리는 아를의 거리와 반 고흐 카페, 이제는 관광지가 된 생레미의 병원을 같이 여행했다. 피에라와 나는 저녁으로 샌드위치를 하나씩 사 들고 노을이 지는 론 강변에 앉았다. 고흐가 첫 번째 「별이 빛나는 밤」을 그린 그 장소였다. 하늘은 그가 그렸던 푸른 별 대신 연분홍의 노을로 물들고 있었다. 나는 다정한 연인이 걸었을 길을 눈으로 따라가본다. 고요하고 평화로운 풍경이었다. 고흐는 이 하늘보다 짙은 밤하늘에서 더 아름다운 색채를 보았던 것일까? 그가 지금 눈앞의 하늘을 그린다면, 어떤 그림이 세상에 나올까. "이따금씩 나는 낮보다 밤의 하늘이 더 풍부한 색감을 띤 것처럼 느껴." 어째서인지 나는 그가 동생 테오에게 쓴 편지의 구절을 외우고 있었다.

"야, 한국어 하지 말라고. 무슨 뜻이야?" 피에라가 묻는다. "아무것도 아니야. …하늘 색 좀 봐. 저 앞에 노을보다 밤하늘이 더 다채로울 수 있을까?" 그녀는 얼굴을 찡그리고 나를 한동안 쳐다봤다. 수리 영역 문제를 한참 풀다가 뜬금없이 영어 지문을 만난 것 같은 표정이었다. 물론 피렌체에서 공부하는 대만 출신의 그녀가 한국의 수능을 보았을 리는 만무하지만. 피에라는 곧 문제를 포기하고 다시 노을 방향으로 고개를 돌렸다. 그리고는 말없이 남은 샌드위치를 먹는다.

현실이 아득히 멀게만 느껴지는 순간이었다. 암스테르담의 미술관에서 어떤 계시처럼 떠오른 생각에 이끌려 나는 어느새 아를까지 와 있었다. 고흐가 걷던 거리, 그가 그린 카페, 그가 앉았던 장소와 그의 어둠을 밝힌 노란색의 풍경 속에 지금 내가 있다. 나는 눈을 감고 고흐가 그의 생각을 화폭에 담아낸 손을 떠올렸다. 론강의 노을이 잔상으로 남아 눈꺼풀에 비쳤다. 그가 소용돌이치는 눈으로 담아내던 세상. 눈을 뜨면 옆에 고흐가 앉아 있을 것만 같았다. 그는 더 이상 해골도 아니고, 신경질적인 표정의 초상화도 아닐 것이다. 다만 붉은 수염을 기르고 밀짚모자를 쓴 고흐는 평화로운 얼굴로 나와 같은 풍경을 바라보고 있다.

나는 눈을 뜨고 내 두 손을 바라본다. 카페에서 그림을 그리다 번진 잉크 자국이 군데군데 묻어 있었다. 투박하고 진실된 손. 순수한 노력의 결실이 담긴, 나 자신을 닮은 손이었다.

'눈에 담기는 세계를 나만의 시각으로 그려내는 것이 정말 중요한 일이거든.'

Day 139, 2015. 12. 27.
반 고흐 선생님께

안녕하세요. 사실 이 여행을 떠나기 전에 저는 선생님을 잘 알지 못했습니다. 물론 「별이 빛나는 밤」이나 「해바라기」 같은 그림들은 익히 보았고, 몇 개는 휴대폰에 저장도 해놓았지만 정말 잘 몰랐어요. 여행은 제 많은 것을 바꾸어 놓았습니다. 여러 나라를 다니며 그림을 직접 그려보니 선생님 말고도 세잔이나 모네, 시슬레, 카유보트 씨나 세라, 시냐크 씨 등 그림을 잘 그렸던 분들에 대한 관심이 많이 생겼어요. 그중에서도 고흐 선생님의 그림은, 보면 볼수록 알면 알수록 저를 매료합니다.

그래서 저는 원래 계획에도 없던 아비뇽을 거쳐 아를까지 왔습니다. 이 프랑스 남쪽의 작은 시골 마을에, 선생님이 그렸던 카페에 앉아 있어요. (제 여행은 기간이 한정되어 있어서 마르세유를 포기해야 했답니다. 보고 싶었던 건물이 하나 있었는데 어쩔 수 없죠.) 사실 저도 가만히 앉아서 카페의 풍경을 그리기를 좋아합니다. 사람들의 표정이나 오고 가는 대화, 조용한 듯 하면서도 쉴 새 없이 변하는 카페의 성격 때문인 것 같아요. 개인적으로는

저희 동네의 단골 카페가 지금은 더 나은 것 같습니다.

아무튼 그래서 선생님이 그렸던 카페를 저도 한번 그려봤습니다. 여기는 이제는 유명해져서 테이블도 훨씬 많아졌고 사람들도 많아요. 카페 여기저기에 반 고흐라는 이름도 쓰여 있고, 카페 앞에는 선생님 동상도 있고요. 아스팔트 도로도 깔리고 초록색 문이 달려 있던 맞은편 건물에는 호텔이 생겼습니다. 이 카페에 앉아 계실 때도 선생님의 눈은 소용돌이쳤을까 궁금하네요. 앞으로도 선생님의 그림에서 많은 영감을 받고, 감사한 마음으로 감상하겠습니다.

로드리 아저씨는 페이스북도 왓츠앱도 어떤 소셜 미디어도 사용하지 않았다. 내가 아비뇽을 떠나는 날 그는 배웅하고 싶다며 기차역까지 나를 따라 나섰다. 못내 아쉬운 표정으로 앞서 걷던 아저씨는 기차역에 이르러 작은 종이를 건넸다. 'Roadrace2000'이라는 이메일 주소가 적힌 쪽지였다. 짧은 인연이었지만 그의 진심이 진하게 느껴졌다. 안녕 로드리. 언젠가 또 연락해요.

40

기억의 서랍, 라벨과 조각들

스페인, 마드리드

남프랑스 반 고흐 여행을 마친 후에 새해를 어떻게 맞을까 고민하다, 암스테르담으로 돌아가 동생과 함께 보내기로 했다. 아비뇽에서 암스테르담까지는 브뤼셀을 경유하는 야간 버스로 반나절이 걸렸다. 연말연시는 역시 가족과 함께. (암스테르담은 가보지 못했다며 난데없이 피에라가 따라왔다. 그, 그래….) 동생과 나는 교외 아른헴의 커다란 국립공원에 가고, 송년 파티에 가고, 왕십리에 계신 부모님과 영상통화도 하고, 사방의 운하에서 터지는 폭죽을 구경하며 한 해를 마무리했다. 그리고 1월 1일. 나는 이제 스페인으로 간다.

Day 151, 2016. 01. 01.

어느새 일기가 일주일 치나 밀렸다. 아비뇽에서 로드리 아저씨와 피에라를 만나고, 다시 찾은 암스테르담에서 동생과 같이 지내다 보니 그렇다. 혼자 다니며 생각이 많아지면 일기와 조각 글을 쓰고, 주변에 사람이 있으면 생각과 글은 잠시 접어 두게 된다. 어느 편이 더 좋다는 건 아니다. 세상에 모든 일이 그렇듯 장점과 단점이 있다.

오늘. 새해 첫날. 스키폴국제공항에서 스페인 마드리드로 오는 내내 꽤나 스트레스를 받았다. 작고 좁은 이코노미 비행기 안에서 발을 구르고, 울고, 소리 지르는 꼬맹이 때문이다. 지독한 녀석이다. 마드리드에 머무는 동안에는 세고비아와 아빌라에 다녀올 계획이다. 그리웠던 곳도 다시 가봐야지. 오늘은 밀린 일기를 쓰고, 가방에 바느질을 하고, 그림을 그리다 자야겠다.

마드리드는 세 번째 방문이었다. 군에 입대하기도 전의 옛 여자친구와 한 유럽 여행이 첫 번째, 그리고 배낭여행 직전 대가족이 함께했던 여행이 두 번째였다. 마드리드에는 딱히 보고 싶은 것도 새로울 것도 없었지만 나는 꼭 **혼자** 마드리드에 가보고 싶었다. 수년 전의 공간들을 혼자 다시 찾으면 어떤 기분일까. 먼 길을 걸어온 내가 그곳에서 같은 것을 보고 다른 감정을 느낄 수 있을까? 뒤 한 번 돌아보지 않고 매몰차게 나를 떠났던 그 친구는 잘 살고 있을까. 이제는 그립지 않은 그녀가 그곳에서는 생각이 날까.

어찌됐든 마드리드는 아직 가보지 못한 세고비아나 아빌라에 당일로 다녀오기에도 좋았다.

마드리드 왕궁 근처 호스텔에 짐을 풀고 마요르 광장부터 찾았다. 5층 높이의 붉은 건물에 둘러싸인 널찍한 광장. 가로 90미터 세로 110미터의 축구장 크기로, 반듯한 직사각형 모양이다. 광장은 펠리페 2세가 수도를 마드리드로 옮기고 1580년부터 계획되었다고 한다. 위성도 드론도 없던 그 시절 도심 한가운데를 네모반듯하게 잘라낸 모습을 그들은 보지 못했겠지. '어이. 이거 근데 진짜 네모난

거 맞나?' 펠리페 2세가 묻고 후안 아무개 건축 담당자가 대답한다.
'Si. Cien por ciento. 백 퍼센트 확실합니다.'

왕궁에서 푸에르타 델 솔 광장 방향으로 걷다가 중간쯤 길을
꺾어 들었다. 지도를 볼 필요는 없었다. 두 다리의 감각이 기억하는
길이다. 별생각 없이 두리번거리며 골목을 걷다 보면, 어느새
막다른 벽면에 높다란 아치형 입구가 보였다. 그럼 그렇지. 나는
동네 주민이라도 된 듯 여유롭게 광장으로 들어선다. 광장을 둘러싼
건물의 1층에는 사면으로 음식점과 상점들이 줄지어 들어섰다.
나는 야외에 자리를 잡고 예전에 먹었던 오징어 튀김을 똑같이
주문해본다. 수년 전의 식당도 그대로였다. 행위 예술가와 음악가,
펠리페 3세의 청동상, 구름 한 점 없는 파란 하늘…. 기다란 벽면
한쪽이 보수 공사 중인 것을 제외하면 모든 것이 놀라우리만치
그대로였다. 하지만 아쉽게도 별다른 감흥은 느껴지지 않았다.
22살의 나도, 그 시절의 여자친구에게도 그리움이나 애틋함과 같은
감정은 아무래도 일지 않았다. 네모난 광장을 떠나 그때 걸었던
길을 따라 솔 광장과 시벨레스 궁전에도 가보았지만 마찬가지였다.
몇 장이고 그림을 그려낸 플러스펜의 펜촉처럼 무디어진 것일까?
그토록 진심을 다해 좋아했던 사람도, 남이 되어 수년이 지나고 나면
그저 그런 기억 속의 조각으로 남게 되는 것일까.

아쉬움 비슷한 감정을 남긴 채로 나는 숙소로 돌아왔다. 늦은
저녁이나 먹을까 찾은 공용 식당에는 또래로 보이는 여행자들이
모여 술을 마시고 있었다. 안녕. 혼자야? 같이 놀래? 응, 좋지.
브라질에서 온 누나 둘, 호주에서 온 형 둘, 그리고 네덜란드 출신의
친구까지 총 다섯이었다. 계획에도 없던 술을 정신이 혼미해질
정도로 마시고 새벽이 되어서야 침대로 기어 들어갔다. 나는

플러스펜과 수첩을 꺼냈다. 몸도 제대로 가누기 힘든 정신에 아마도 일기를 쓰고 싶었나 보다. 몇 줄인가를 적다가 펜을 수첩에 댄 채로 그대로 잠에 들었다.

다음 날 수첩에는 몇 장에 걸쳐 지워지지 않을 짙은 잉크 자국이 남았다. 앞선 기억의 페이지들은 그 일부가 잉크에 가려 알아볼 수 없게 되어버리고, 몇 장이고 그림을 그려낸 것처럼 펜촉은 무디어져 있었다.

이후 한 이틀을 브라질과 호주의 친구들과 보냈다. 마침 개봉한 영화 「스타워즈」도 보고, 전에는 가보지 않았던 스페인 광장에도 가고, 마드리드의 이곳저곳을 그들과 같이 돌아다녔다. (마드리드 사람들은 영화를 보는 중에 일어나서 박수도 치고 소리도 질렀다. 제다이의 광선검이 불을 뿜으면, 레알 마드리드가 결승골이라도 넣은 듯 극장이 떠나가라 환호했다. 신기한 경험이었다.)

그리고 나는 혼자 세고비아를 찾았다. 마드리드에서는 버스로 한 시간 정도가 걸렸다. 세고비아는 상대적으로 작은 도시여서, 오전에

출발해 하루를 충분히 구경하고 다시 마드리드로 돌아오기에
좋았다. 평소보다 일찍 하루를 시작한 나는 말없이 도시를 걸었다.
디즈니 백설공주 성의 모티브가 된 알카사르에 들어갔다 나오고,
웹에 있는 성의 이미지를 찾으려고 성 주위를 한참이나 돌아다녔다.
마침내 비슷한 뷰를 찾았지만 이내 소나기가 내리기 시작한다.
에라이.

중심가로 돌아가 눈여겨 두었던 맥도날드에서 이른 저녁을
먹기로 한다. 도시의 중심을 면한 맥도날드의 테라스 자리에서는
유명한 세고비아 수도교가 한눈에 들어왔다. 누군가 '경치 좋은
맥도날드' 대회를 연다면 분명 세고비아의 맥도날드는 5등
안에 이름을 올릴 것이다. 나는 햄버거를 게 눈 감추듯 다 먹고,
감자튀김을 하나씩 집어 먹으며 그림을 그리기 시작했다.

머리를 비우고 한참 그림을 그리다 문득 그런 생각이 들었다. 내가
감동받지 못한 풍경을 그리는 것이 어떤 의미가 있을까? 소나기로
실패한 알카사르도 그랬고, 지금 그리고 있는 수도교의 풍경도
마찬가지다. 나는 이 장소들에 이렇다 할 감흥을 느끼지 못하고
있었다. 어떤 도시를 여행하기로 하고, 그곳에서 유명한 장소를
찾아보고, 목적지에 도착하면 웹에서 본 것 같은 풍경이나 구도가
좋은 자리를 찾아 기계적으로 그림을 그리기 시작한다. 어느새
습관처럼 되어버린 여행 일과였다. 대상에 대한 감동과 애착을
느끼며 그림을 그린 게 언제였더라. 아를의 반 고흐 카페, 파리 캉네
집 정도가 머릿속에 떠올랐다.

글쎄. 특별한 애정이 깃든 그림만이 어떤 의미를 지니는
것일까. 그렇게 생각하고 싶지는 않았다. 물론 기억의 서랍에서
그 위치와 명명은 다르겠지만, 이 모든 기록은 언젠가 나의 삶을

이룰 조각이겠지. 누군가 사람은 추억의 힘으로 살아간다고 했다. 매정하게 나를 떠났던 그녀에 대한 기억도 마찬가지였다. 이제는 깊은 서랍 속에서 먼지만 쌓이고 있을지라도, 어렴풋한 사랑의 기억과 경험은 지금의 나라는 존재를 이루는 수많은 조각 중 하나인 것이다.

스케치북과 풍경을 번갈아 바라봤다. 마음에 드는 구도였다. 가슴 떨리는 감동은 없지만, 훗날 기억의 조각이 될 한 장의 그림. '맥도날드에서 바라본 세고비아의 수도교'라는 라벨이 붙는다. 그래도 목적이 뒤바뀌는 일은 없도록 해야지. 나는 그림을 그리려고 여행하는 것이 아니다. 구글 검색창이나 인스타그램 피드의 멋져 보이는 풍경을 그리기 위해 여행하지는 말아야지.

그런 의미에서 아빌라는 가지 않기로 한다. 도시를 둘러싼 웅장한 성벽을 그려보는 것이 유일한 목적이었기 때문이다. 다음에 가지 뭐. 그보다 만날 친구들이 있는 바르셀로나로, 예정보다 빠르게 움직이기로 한다.

마드리드를 떠나는 날 마지막으로 왕궁 근처를 혼자 걸었다. 바르셀로나까지는 야간 버스로 이동할 계획이라 오후 시간이 남아 있었다. 암스테르담에서 산 털모자를 쓰고, 선글라스를 끼고 나는 한가롭게 거리를 걸었다. 하늘은 여전히 새파랗고 왕궁은 관광객으로 붐빈다. 마요르 광장에서 오징어 튀김이나 먹어야지.

화단에 앉아 담배를 하나 피우고 움직이려는데 익숙한 광경이 시야의 가장자리에 걸렸다. 누군가 예고도 없이 귀를 잡아당긴 것 같은 느낌이었다. 한가로운 마드리드의 하늘은 순식간에 정체를 알 수 없는 기억으로 왜곡되기 시작한다. 나는 엉거주춤한 자세로 멈춰

서서 한껏 얼굴을 찌푸리고 고개를 돌렸다.

그곳에는 머리를 길게 기른 남자가 있었다. 그는 스툴에 앉아 자기 몸집보다 큰 하프를 연주했다. 빨간색 원형 카펫을 깔고, 바닥에 끌리는 검정색 카디건을 입었다. 그의 손끝에서 나오는 아름다운 선율은 주변 사람들의 발길을 잡았다. 누구일까. 저 악사는 왜 내게 익숙할까. 여전히 찌푸린 얼굴로 나는 기억의 서랍을 뒤지기 시작했다. 서랍장 깊숙한 곳으로 내려가 '마드리드 거리의 악사'라는 라벨이 달린 장면을 찾는다. 손가락으로 훑으면 두꺼운 먼지가 묻어날 오래된 기억의 조각이었다. 그 사람이다. 수년 전 옛 여자친구와 같이 봤던 마드리드 거리의 악사. 그녀는 하프를 실제로 연주하는 것은 처음 본다고 했다. 악사의 얼굴과 머리칼, 검게 늘어진 옷까지 모든 분위기가 하프의 선율과 너무 잘 어울린다며 좋아했다. 나는 별 감흥이 없었지만 그 친구는 조금만 더 구경하다 가자며 내 팔을 잡아 끌었었다.

바로 그 악사가 그때와 똑같은 얼굴, 똑같은 머리칼, 똑같은 옷, 똑같은 카펫과 똑같은 악기로 똑같은 자리에서 연주하고 있었다. 순간 온몸이 굳어버린 나는 어지러운 터널을 지나 3년 전으로 빨려 들어갔다. 깊은 기억의 서랍 옆에 난 작은 구멍이었다. 주변의 대기가 바뀌고, 나만 혼자 그 시간 속으로 떨어져버렸다. 맑게 울려 퍼지는 하프의 선율은 내 귀로 들어와 가슴을 지나 발바닥을 통해 나갔다. 가슴 근처를 지나던 하프 선율은 이윽고 커다란 추를 찾아낸다. 음악이 흐르면서 가슴에 달린 추는 무게를 더하고, 내 발은 악사와 함께 점점 땅속으로 들어간다.

나는 한동안 눈을 감고 뒤죽박죽이 되어버린 공간과 시간을 원래대로 돌려놓았다. 시간이 얼마나 흘렀을까. 약간의 시큰함이 남았지만 이제 추는 그곳에 없었다. 늪에 빠진 두 발도 이제는 단단한 땅을 딛고 섰다. 마드리드 거리의 악사를 마지막으로 눈에 담고 나는 왕궁 앞으로 돌아가 앉았다. 담배에 불을 붙이고 스케치북을 꺼냈다. 마드리드 왕궁에는 별다른 감흥이 없었지만 나는 무작정 그림을 그리기 시작했다. 하프와 풍경을 그리고 싶지 않았기 때문이었을 것이다. 그럴싸한 장소를 그리는 것이 맞는지, 감정에 동요를 일으킨 사소한 공간을 그리는 것이 맞는지 나는 알 수 없었다.

　왕궁으로 입장하는 줄은 여전히 길었다. 저마다의 표정으로 각자 기억의 서랍을 쌓는 사람들. 이들도 수년 후 이곳을 기억하게 될까? 이들도 언젠가 검은 카디건을 입은 악사를 다시 만나고, 하프 선율과 함께 기억 속으로 빨려들게 될까.

41

변치 않을 청동 손가락

바르셀로나

"유럽에도 온다고 했지? 바르셀로나에 오면 꼭 연락해. 우리 집에서 묵으면 되니까. 그때 다시 만나자." 카를로타가 말했다. 깊고 큰 눈에는 아쉬움과 진심이 담겨 있었다.

배낭여행 초반 중국 윈난성의 산속에서 만났던 친구를 수개월 후 바르셀로나에서 다시 만났다고 하면 몇 명이나 믿어줄까. 하지만 그 일은 실제로 일어났다. 후타오샤 트레킹에서 만나 함께 걸었던 카를로타와 조르지나. 5개월이 지나고 나는 약속대로 바르셀로나에서 그들을 다시 만났다. K도 같이 있었으면 좋았을 텐데. K에게서는 최근에 유럽 여행을 마치고 한국으로 돌아간다는 연락이 왔다. 조심히 돌아가라. 응, 둘한테 안부 전해줘 형. 조심히 다니고, 한국 돌아오면 보자.

마드리드를 출발한 야간 버스는 이튿날 아침 9시 반쯤 나를 바르셀로나에 내려줬다. 야간 버스를 자주 이용했지만 어째서인지

평소보다 발이 상당히 많이 부어 있었다. 신발을 신기도 불편한
정도여서 근처 카페에 들어가 의자에 발을 쉬기로 했다.

카를로타와 약속한 장소는 터미널에서 멀지 않았고, 아직 한 시간
정도 여유가 있었다. 주문한 커피와 빵을 먹으면서 나는 5개월
전의 후타오샤 사진을 다시 찾아봤다. 비 내리던 산길, 까마득한
골짜기, 미끌미끌하고 가파른 돌계단, 신기한 눈의 산양들, 산중의
게스트하우스와 축축했던 신발. 반년도 안 됐는데 아득히 먼 예전의
일처럼 느껴졌다. 나는 몇 개의 나라 몇 개의 도시를 지나왔을까.
리장에서 바르셀로나까지는 구글맵의 직선 거리만으로도
8710킬로미터에 달했다. 실제로는 대부분을 육로로 왔으니 감조차
잡히지 않는 거리였다. 카를로타와 조르지나는 어떻게 지냈을까.
둘과 다시 만나면 어색하지는 않을까? 눈치 없이 진짜로 찾아온
나를 불편해하지는 않을까. '이 녀석… 오란다고 진짜로 왔네.' 종종
페이스북 메신저로 연락을 주고받았지만, 따지고 보면 중국에서
고작 이틀을 함께 보낸 것이 전부였다. 에이. 만나보면 알겠지 뭐.

 "진짜로 올 줄 알았어. 기억하고 와줘서 고마워, 찬." 그 깊고
큰 눈에는 다행히도 진심이 비쳤다. 카를로타는 후타오샤에서와
마찬가지로 긴 금발에 코에 피어싱을 하고 있었다. 앞머리도 여전히
눈썹을 덮었다. 무슨 말이야. 내가 고맙지. 처음에 그녀는 얼마간
수줍고 어색해 보였지만, 후타오샤의 친근함을 회복하기까지는
그리 오랜 시간이 걸리지 않았다. "뭐 좀 먹었어? 일단 집으로 가자.
에어비앤비라고 생각해. 침대 있는 방을 네가 쓰면 돼. 같이 사는
친구가 있는데 괜찮겠지?" 물론이지. 10명이 방을 같이 써야 한대도
괜찮아.

카를로타와 같이 사는 시모네는 게이였다. 요리 실력이 뛰어나서 종종 파스타나 오믈렛으로 점심을 해주고, 저녁을 같이 먹기로 한 날에는 근사한 코스 요리를 만들어줬다. 그렇게 조금은 특별한 나의 바르셀로나 여행이 시작되고 있었다.

카를로타와 시모네가 사는 집은 유명한 사그라다 파밀리아 성당에서 몇 블록 떨어지지 않은 데 있었다. 엘리베이터도 없는 건물의 오래된 집합 주택이었지만, 도시의 중심에 가까워서 동서남북의 관광지들을 다니기에 좋았다. 거리에 면한 공동 현관을 지나면 양쪽으로 문이 달린 일종의 아파트였다. 현관의 커다란 철문은 투박한 열쇠로 열렸는데, 열쇠를 넣고 돌리면 오래된 금고에서나 날 법한 둔탁한 쇳소리가 났다. 늦게까지 놀다가 들어가는 날이면 나는 건물의 모두가 잠에서 깨지 않길 기도하며 문을 열어야 했다. 4층에 위치한 카를로타와 시모네의 집. 실내도 건물과 마찬가지로 오래된 티가 났다. 실의 구조나 걸레받이, 벽지, 천장의 몰딩 같은 마감은 못해도 30년은 되어 보였다. 그래도 감각 있는 가구와 소품들이 군데군데 놓인 공간은 전체적으로 낡았다기보다 빈티지한 느낌을 풍겼다. 카를로타의 취향인지 시모네의 취향인지는 구분하기 어려웠다.

거실은 소파와 탁자만으로도 가득 차는 소박한 크기였다. 파란색 소파에는 좋은 취향의 담요가 덮였다. 누워서 맞은편에 다리를 올리고 잠들기 좋아 보였다. 거실을 면한 주방, 샤워를 겸한 화장실 하나, 방은 게스트 룸까지 세 개. 해가 잘 드는 아담한 테라스에는 재떨이와 와인 병이 제멋대로 놓였다. 벽마다 감각적인 회화가 걸렸고, 플랜테리어를 의도한 것인지 화분과 식물이 많이 있었다.

소박하고 감각적인 공간이었다. '대학을 갓 졸업한 젊은 유러피언이
게이 친구와 함께 지내는 아파트먼트'를 머릿속에 그려야 한다면,
나는 카를로타의 집을 단번에 떠올릴 수 있었다.

내가 머무는 동안 카를로타는 가능하면 휴가를 내고 나와
시간을 함께 보냈다. 그녀가 다녔던 대학교를 구경시켜주고,
시내의 단골 카페에 데려갔다. 우리는 파란 하늘의 시내를 함께
걸었다. 바르셀로나가 고향인 그녀가 문화인류학을 전공한 곳도
바르셀로나대학교였다. 안팎으로 고풍스러운 분위기에, 내부는 왠지
모르게 로마 집정관의 대저택에 들어온 느낌이었다. 대리석 기둥과
그것들을 우아하게 감싼 푸른 덩굴. 여러모로 내가 졸업할 왕십리의
대학교보다 좋아 보였다. 카탈루냐 광장, 람블라 거리와 고딕 지구,
피카소 미술관, 몬주익 언덕과 국립 카탈루냐 미술관, 건축가 미스
반데어로에의 파빌리온을 함께 걸었다. 우리는 축축한 후타오샤의
모험을 추억하고, 카탈루냐와 에스파냐의 역사를 이야기하고,
때로는 가우디와 미스의 건축에 대해 의견을 나누었다.

마드리드와 같은 이유로 바르셀로나의 유명한 관광지들은 대부분
가본 곳이었다. 먼지가 수북이 쌓인 기억의 상자. 하지만 토박이
친구가 안내하는 바르셀로나는 내게 또 새롭게 느껴졌다. 저녁이
되면 퇴근한 조르지나도 합류해서, 시모네까지 네 명이 테라스에
모여 우리는 조잘거리며 와인을 비웠다.

하루는 카를로타가 조금 생소한 말을 꺼냈다.

"오늘은 우리 집을 구경시켜줄게. 지금 사는 데 말고 가족들 사는
집."

Family house tour? 고개를 갸우뚱 기울이며 나는 한국에서

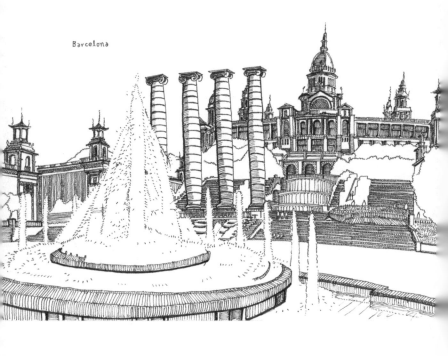
Barcelona

프랑스 친구들을 집에 초대했던 날을 떠올렸다. 한국의 흔한
가정집과 핵가족이 사는 모습을 보여주고, 엄마와 이모들이 준비한
'집 밥'도 대접한 날이었다. 친구들에게 파리와 다른 삶의 모습을
보여주고 싶었다. 말하자면 문화 체험이었던 것이다. 본가를
'투어'시켜주는 것은 도대체 어떤 의미일까?

　우리가 멈춰 선 곳은 대로를 면한 5~6층 높이의 건물 앞이었다.
전체적으로 노란 톤에 테라스의 디자인이 통일되어 있었다. 점잖은
외관이다.

　"여기가 우리 집이야. 지금은 아무도 없을 거야. 다 나가셨다고
했거든."

　"이 건물이 통째로 너희 집이라고?"

　"응. 꽤 크지? 들어가자." 카를로타의 말투와 목소리는 집에
친구를 초대한 사람보다 실제로 관광지를 소개하는 도슨트에
가까웠다.

　결론부터 이야기하자면 카를로타의 본가 건물은 꽤나 유명한
건축가에게 의뢰해 지은 주택이었다. 건축가의 이름은 잊어버렸다.
듣자 하니 카를로타의 가족은 바르셀로나의 오래된 상류층이었다.
작은 삼촌은 람블라 거리의 오래된 병원을 운영하는 의사고,
친할머니의 성은 바트요. '까사 바트요' 주인의 동생이라고 했다.
까사 바트요?

　"아니 잠깐만 잠깐만. 그러니까 너희 할머니가 가우디가 설계한 집
주인이라는 말이야?"

　"주인이라고 하기엔 조금 애매하고. 가족이지 가족."

　"그 안토니오 가우디? 그 까사 바트요?" 카를로타는 이제
그만하라며 웃었다.

카를로타가 안내하는 건물의 내부는 인상 깊은 모습이었다. 스테인드글라스로 된 창, 계단 손잡이의 석고 디테일, 오래된 장식장은 어느 하나 대충 가져다놓은 것이 없었다. 장식장은 앤티크 가구 경매에 내놓으면 수천만 원을 호가할 것 같은 생김새다. 그녀는 투어의 클라이맥스에서 한 그림을 가리켰다. 어디서많이 보던 그림이다.

"아, 장난하지 마. 피카소라고?"

"바로 아네? 역시 그림에 관심이 있어서 그런가."

세상에 피카소 그림이 그냥 걸려 있는 집이 얼마나 있을까. 그래… 피카소는 스페인 사람이기도 하고, 고딕 지구에 피카소 미술관도 있고…. 아니다. 나는 고개를 저었다. 집에 피카소 그림이 아무렇지 않게 걸려 있다니.

"피카소가 그다지 유명하지 않을 때 그린 초기 작품이야."

"이게 왜 여기 있어? 가족들이 산 건가?"

"아니. 피카소가 그다지 유명하지 않을 때, 우리 삼촌 병원에서 치료받고 그림으로 진료비를 냈대. 돈이 별로 없었나 봐."

허. 그랬구나. 저 그림은 지금 경매에 내놓으면 도대체 얼마에 팔릴까. 카를로타의 삼촌은 진료비로 그럼 얼마를 받으셨다는 말인가.

카를로타가 집을 구경시켜준다고 한 이유를 이제 이해할 수 있었다. 까사 바트요와 피카소라니.

혼자 시간을 보낼 때면 나는 기억 속 장소들을 다시 찾았다. 콜럼버스 기념비, 고딕 지구 성당 앞의 레스토랑, 사그라다 파밀리아 성당 근처의 공원들. 하얀 뭉게구름이 수놓은 쾌청한 하늘 아래 앉아 있다 보면 가끔은 기억의 서랍이 달그락거렸다. 고무망치로 무릎을 살짝 쳤을 때와 비슷한, 별다른 감정의 동요를 수반하지 않는 반사적 반응이었다. 많은 것들이 앞으로 오랫동안 그대로겠지. 변하는 것은 사람뿐이었다. 나는 절반쯤 태운 담배를 가만히 쳐다봤다. 100년이 넘는 시간을 버틴 카를로타의 본가처럼, 피카소의 그림처럼, 사그라다 파밀리아와 레스토랑과 콜럼버스의 동상은 변함없이 그들의 자리를 지킬 것이다. 성당의 스테인드글라스는 여전히 찬란한 빛을 쏟아내고, 레스토랑은 관광객을 상대하며 따뜻한 오믈렛을 만들겠지. 람블라 거리의 끝에서 콜럼버스는 그의 청동 손가락으로 언제까지나 아메리카를 가리키겠지.

아메리카. 나도 모르게 혼잣말이 나왔다. 손가락의 담배는 어느새 끝까지 타 들어가 있었다. 코린트식의 높고 화려한 기둥에 우뚝 서서, 콜럼버스가 묵묵히 가리키는 새로운 세계는 그러고 보면 아메리카였다. 하루키의 말처럼 인생은 메타포의 연속인 것일까. 바르셀로나를 마지막으로 이제 나는 유럽을 떠나 브라질로, 남미로

향할 것이었다. 몇 해에 걸쳐 몇 번이고 람블라를 오가는 동안
콜럼버스가 가리키는 곳이 어디인지 여태껏 지각하지 못했다.
1888년부터 청동 손가락이 가리키던 세계를.

　나는 새 담배를 꺼내 불을 붙였다. 생각해보면 정말로 바뀌는 것은
사람뿐이었다.

　바르셀로나에서의 마지막 날. 왼팔 전완에 간단한 문신을 했다.
문신은 중지 길이의 연필 그림이었다. 파르테논 언덕에서부터
고민하던 도안이었는데, 마침 카를로타의 지인 중에 타투이스트가
되려고 연습 중인 친구가 있었다. 사람 피부에 작업해본 경험이
한 번도 없는 친구였지만 나는 별 고민 없이 왼팔을 내어줬다.
어차피 내 그림 실력도 그렇게 좋은 편은 아니니 공평한 셈이었다.
나의 존재는 하루하루 한 해 한 해 변해 가겠지만, 그림에 대한
마음만큼은 청동상의 손가락처럼 변함없길 바라며 나는 팔에
서툴게 새겨지는 연필을 바라봤다.

　그리고 그날, 관광객들은 잘 모르는 장소라며 카를로타는 나를
벙커 언덕으로 데려갔다. 초입부터 넉넉히 20분이면 올라갈 수 있는,
구엘 공원 근처의 완만한 언덕이었다. 카를로타는 여전히 도슨트
같은 목소리와 말투로, 벙커가 실제로 스페인 내전 때 썼던 요새의
잔해라고 설명했다.

　때로 운동하는 사람들이 귀에 이어폰을 꽂고 빠르게 우리를
지나쳤다. 언덕의 꼭대기에는 콘크리트 구조물이 폐허처럼 넓게
방치되어 그래피티를 하나씩 더해 가고 있었다. 몇몇 커플과
학생으로 보이는 무리가 띄엄띄엄 자리를 잡고 앉았다. 한산하고
평범한 저녁이었다. 나와 카를로타도 적당한 곳에 걸터앉아

해가 완전히 지기를 기다렸다. 아름다운 바르셀로나의 풍경이자 사랑하는 유럽의 마지막 모습이었다. 한눈에 들어오는 도시와 멀리 보이는 지중해의 수평선. 말없이 담배에 불을 붙이고 나는 생각에 잠겼다. 카를로타도 이해한다는 듯 담배를 물고, 먼 풍경을 조용히 바라봤다.

의미 깊은 저녁이었다. 내 여행은 얼마나 남았을까? 인천공항을 출발할 때와 지금의 나는 얼마나 어떻게 바뀌었을까. 남은 여정에서, 남아메리카 대륙에서 나는 무엇을 경험하고 어떻게 성장할 수 있을까. 아쉬움과 기대감, 설렘과 두려움이 절묘한 비율로 섞여 내 안을 조용하게 흘렀다. 나는 곧 새로운 대륙에 발을 딛겠지. 나는 눈을 감았다. 담배 연기를 한 차례 내뱉고, 유럽의 마지막 밤공기를 폐 끝까지 들이마셔본다. 저 멀리 어딘가 콜롬버스의 청동상이 나와 같은 마음으로 아메리카를 가리키고 있을 터였다.

벙커를 내려오는 길에, 문득 내가 이 순간을 얼마나 절박하게 추억하게 될까 하는 생각이 들었다. 그 생각만으로도 사랑을 할 때 느끼는 가슴의 시큰거림이 찾아왔다. 아, 나는 이 순간을 상상할 수 없을 정도로 강렬하게 그리워하게 될 것이다. 그 어느 때보다도 자유롭고, 행복하고, 모든 것이 새로웠던 이 순간들을.

42

1월의 강으로 하지

브라질, 리우/상파울루

느릿느릿한 컨베이어 벨트에서 서둘러 배낭을 찾고 나는 공항
게이트를 나섰다. 간만의 설렘에 발걸음이 경쾌하고 가슴은
두근거렸다. 마침내 유리문을 지나자, 눈앞에 완전히 새로운 풍경이
펼쳐졌다.

　정신없이 울리는 자동차 경적 소리. 습한 공기와 금세 땀이 날
것만 같은 더운 날씨. 낯선 생김새의 사람들. 남미 대륙, 한여름으로
접어드는 1월의 브라질. 상대적으로 조용하고 춥고 쾌청했던
유럽과는 그야말로 정반대의 세상이었다. 나는 눈을 감고 폐의
깊숙한 곳까지 남아메리카의 공기를 채워 넣었다. 폐포 하나하나
깃든 유럽을 교체할 요량의 농밀한 호흡이었다. 내 두 발은 이제
새로운 대륙을 딛고 있었다. 콜럼버스가 가리키던 그 땅. 새로운
여행을 시작하는 느낌이 들었다. 곧이어 일행이 공항에서 나오고,
우리는 상파울루의 하루를 보낼 호스텔로 이동하기 시작했다.
남미의 호스텔은 어떤 느낌일까? 그들은 어떤 공간에서 삶을 이루고

있을까.

"캔 유 스피크 코리안?"

모로코 카사블랑카공항에서 환승 표지판을 따라가던 중이었다.
봉 줄로 지그재그 만들어놓은 길을 부지런히 따라가는데, 몇 번이고
마주쳤던 둘이 말을 걸어 왔다. 대충 보아도 한국인으로 보이는,
그리고 꽤나 배낭여행을 오래 한 듯한 분위기의 둘이었다. 길게
기른 머리를 꽁지로 묶은 남자와 연인으로 보이는 여자. 비행기에
탈 때부터 눈에 띄었지만 굳이 말을 걸지 않았다. 모로코에서 입국
수속장으로 가지 않는 것을 보면, 아마도 바르셀로나를 출발해
카사블랑카에서 하루를 경유하고 상파울루로 가는 긴 여정을
나와 함께 할 터였다. 그나저나 어느덧 목젖까지 제멋대로 자란
수염과 햇빛에 아무렇게나 그을린 피부 탓이었을까. '캔 유 스피크
코리안'이라니. '캔 유 스피크 잉글리시'도 아니고….

"아… 저 한국 사람이에요."

"거 봐. 한국 분이잖아." 여자가 남자에게 핀잔을 준다. "흐흐.
죄송해요. 일본 분이신가 하고. 혹시 상파울루까지 가세요?" 나는
멋쩍게 웃으며 그렇다고 답했다.

"저희랑 완전 똑같은 코스네요. 혹시 괜찮으시면 같이 움직여도
될까요? 저희가 잘 몰라서."

"아, 네. 그럼요. 항공사에서 숙소를 제공해준다고 했는데.
어딘가로 가서 버스 타고 공항을 나가야 한다고 했어요. 같이
찾아보시죠." 당연하지만 나도 초행길이었다. 내가 이런저런 경로를
잘 아는 숙련된 여행자처럼 보였을까? 인천공항을 떠나던 날의
순진한 나와는 다른, 산전수전 다 겪은 베테랑 배낭여행자 같은

느낌이 내게서 났던 것일까. 기분이 좋아졌다. 나는 앞장서 걸으며 속으로 작게 히죽거렸다. 버스나 호텔을 못 찾고 우왕좌왕하지 말아야 할 텐데.

우리는 항공사 버스를 타고 카사블랑카의 호텔에 도착했다. 깔끔한 인테리어에 새하얀 싱글 사이즈 침대 두 개. 내 돈을 지불하고는 절대 묵지 않을 법한 좋은 숙소였다. 아쉬운 마음에 사진이라도 몇 장 찍어본다. 항공사에서 제공하는 서비스에는 식사도 포함되어 있어서, 늦은 시간이었지만 우리는 호텔 식당에서 같이 야식에 가까운 저녁을 먹었다. 공항과 버스에서는 하지 못했던 이야기들. 진우 형과 태희 누나는 결혼을 앞둔 사이였다. 오랜 기간 여행 중이었는데, 신기하게도 나와 비슷한 시기에 한국을 떠났다. 그들은 러시아에서 출발해 동유럽과 서유럽을 거쳐 남미로 향하는 코스로 여행 중이었다. 자리에 앉은 지 얼마나 됐을까? 식당에 또 다른 남녀가 들어온다. 이번에도 한눈에 봐도 한국인이었다. 어째서 그들은 나만 빼고 모두 짝이 있을까. 태희 누나는 또 붙임성 좋게 다가가 말을 걸었다. 한국 분들이시죠, 식사 같이 하실래요?

둘은 유럽에서 동행으로 만나 같이 남미로 향하는 중이라고 했다. 연인 사이는 아니라고 나의 짐작을 정정했다. 나보다 두 살인가 어린 지현이는 긴 생머리에 하얀 헤어밴드를 했고, 한 살 위인 민우 형은 건장한 체격에 사람 좋아 보이는 인상이었다. 둘 역시 각자의 경로로 각자의 배낭을 메고 여행 중이었다.

"그럼 다들 상파울루에서 바로 리우로 가려고 했던 거네? 이렇게 만난 거 리우까지 다 같이 다니는 거 어때?" 태희 누나의 제안이었다. 이구아수에 가기 전까지 별다른 계획이 없던 나는 거절할 이유가 없었다. 늦은 밤 카사블랑카의 호텔 식당에서 그렇게 다섯 명의 리우 배낭여행 팀이 결성되었다.

  상파울루에서 여독을 풀 겸 하루를 보내고 우리는
리우데자네이루로 이동했다. 지도에서 보기에 두 도시는 꽤
가까워 보였는데 버스는 막상 장장 여덟 시간을 내리 달렸다. 여덟
시간이면 서울과 부산을 왕복할 수도 있는 시간이다. 과연 인구
2억의, 세계에서 다섯 번째로 큰 나라답다. 재미있는 것은 이 첫
버스의 여덟 시간이 나의 남미 여행에서 **가장 짧은 여정 중 하나**라는
사실이다. 남미 대륙에는 고속 철도와 항공편이 상대적으로 잘
갖추어져 있지 않아서, 도시를 이동할 때는 보통 버스를 탔다.
버스가 좋건 나쁘건 웬만한 도시를 이동하려면 대개 12시간이
기본으로 걸렸다. 여행 초반 중국에서 겪었던 영겁에 가까운
이동이었다. 아무리 잠을 자도 눈을 뜨면 창밖엔 끝도 없이 도로가
펼쳐지고, 시간은 어느 순간 달리의 그림처럼 왜곡된다. 세 시간이
지났는지 여섯 시간이 지났는지 혼란스럽고, 목적지까지 남은
거리와 시간은 가늠되지 않는다. 남미가 중국과 다른 점이 있다면
열대의 날씨와 안데스 산맥이 함께한다는 것이었다.
  버스가 상파울루를 출발한 것은 오전 11시였다. 시차 탓인지
나는 창문에 머리를 기대고 잠들었다 깨기를 반복했다. 중간중간
비몽사몽으로 마주한 우기의 회색 하늘과 짙푸른 숲, 높은 산과
나무의 경관은 꿈인 듯 이국적이었다. 새로운 대륙은 언제쯤
익숙해질까. 한 번씩 인상을 찌푸리고 정신을 힘껏 모아야 내가
남미에 있다는 사실을 인지할 수 있었다.
  그렇게 저녁 7시가 넘어 버스는 리우데자네이루에 도착했다. 산타
테레사 언덕의 작은 호스텔에 우리는 짐을 풀었다. 있는 힘껏 발로

차면 무너뜨릴 수 있을 것 같은 아담한 2층짜리 초록색 빌라였다. 호스텔 주인 안드레 아저씨는 마침 5인실이 비었다며 우리 일행을 한방으로 안내했다. 침대 다섯 개가 아무렇게나 놓인 허름한 방이었다. 붉은색 홑겹 커튼이 힘없이 걸려 간신히 창문을 가렸다. 1인당 100헤알. 한국 돈으로 하룻밤에 2만5000원 정도의 숙소였다. 침대가 푹신하지 않고 바닥이 미끌거렸지만, 불평할 마음은 언제나처럼 없었다.

리우데자네이루라는 이름은 '1월의 강'이라는 뜻이었다. 포르투갈어로 강을 뜻하는 Rio와 1월을 뜻하는 Janeiro. 약 500년 전인 1502년, 포르투갈 탐험가가 마음대로 붙인 이름이다. 그는 대서양에서 좁게 들어가는 만을 발견하고, 그곳이 강이겠거니 생각하고 1월의 강이라는 지명을 붙였다. 그 지역을 포르투갈 사람이 발견했다는 설명도, 대충 마음대로 정한 이름이 그대로 한 도시의 지명이 되었다는 사실에도 왠지 거부감이 들었다. 원주민에겐 얼마나 어처구니없는 일이었을까.

1500년대 중반 프랑스 사람들이 상륙하면서 리우데자네이루의 식민 시절이 시작됐다. 대항해시대의 소용돌이에서 브라질은 곧 프랑스와 싸워 이긴 포르투갈의 차지가 되었고, 근 300년을 이어진 식민 기간에 리우는 포르투갈 왕국의 임시 수도가 되기도 했다. 남아메리카에 있는 포르투갈의 수도라니. 유럽을 집어삼킨 나폴레옹 때문이었다. 그러다 1822년 포르투갈 왕실이 본국으로 돌아간 틈에 브라질로 이주한 귀족들이 세력을 키워 브라질 왕국의 독립을 선언했다. 얼마 후 1889년에는 지주들과 공화주의자들에 의해 마침내 브라질 연방 공화국이 수립된다. 공화국의 수도는

다름 아닌 리우데자네이루였다. 이런저런 문제들로 1960년에
수도는 브라질리아로 이전되었지만, 여전히 브라질은 공용어로
포르투갈어를 사용한다.

　브라질은 대표적인 다인종 국가다. 64퍼센트의 백인, 혼혈이
약 39퍼센트, 흑인과 원주민이 각각 6퍼센트 1퍼센트의 구성으로
대다수가 백인이었다. 64퍼센트의 백인? 브라질 사람 하면 떠올렸던
피부색의 인종을 그들은 파르두라 불렀다. 갈색이라는 상당히
직관적인 뜻이다. 다수의 백인, 갈색. 고작 1퍼센트의 라틴계 원주민.
나는 헷갈리기 시작했다. 유럽 사람들이 발견했다고 주장하는 땅과,
그들이 식민지의 사탕수수와 커피 농장을 일구려고 아프리카에서
공수해 온 흑인으로 이루어진 나라. 해변과 삼바, 음악, 축구와
카니발. 주체할 수 없는 열정과 화려한 색채의 나라. 세계적으로
유명한 리우 카니발이 개최되는 시기는 아쉽게도 2월 말 3월 초의
사순절이었다. 내가 한국으로 돌아간 이후다. 브라질까지 와서 리우
카니발을 볼 수 없다니.

　밖에서 안드레 아저씨와 이야기하던 진우 형이 방으로 돌아왔다.
잔뜩 신이 난 얼굴이었다.

　"얘들아! 밖에 무슨 카니발 예행 연습 같은 거 하고 있다는데?"

　각자 침대에 누워 있던 일행은 일제히 몸을 일으켜 호스텔을
나섰다. 언덕을 반쯤 내려가자 꽤나 기다란 행렬이 보인다. 연습이라
하기엔 상당히 화려한 색채의 코스튬과 노래, 신난 사람들이
어우러진 시끌벅적한 행사였다. 한 손에 맥주병을 들고 우리는 금세
사람들 사이로 스며들어 걷기 시작했다. 걸리적거리는 민소매도
그냥 벗어 던졌다. 나는 리우의 어디쯤에 있는 것일까? 그곳에는
유럽의 범선도, 식민지도 인종 갈등도 없었다. 기나긴 비행과 버스의

피곤도 잊어버린 브라질의 둘째 날 밤이었다.

우리는 리우에 5일간 머물렀다. 숙소가 있는 산타 테레사 언덕을
오르내리고, 화려하게 칠해진 원색의 계단을 구경하고, 평범한
거리를 걷고, 안드레 아저씨가 차려주는 저녁을 먹고, 유명한
랜드마크인 예수상 코르코바두에 올랐다.
　예수상으로 가는 트램은 1인당 80헤알 정도 하는 느릿느릿한
완행열차였다. 오래됐는지 빨간 페인트가 군데군데 벗겨졌다.
그래도 중간중간 마주하는 놀랍도록 급격한 경사를 트램은
우직하게 올랐다. 아직 건재함을 보여주는 노장처럼. 선로는 시내의
좁은 골목을 지나고, 곧 열대의 정글 같은 숲을 올랐다. 신기하게도
7대 불가사의 중 하나로 꼽히는 예수상에는 현대자동차의
와이파이가 있었다. 예상치 못한 이름이었다. 두 팔을 벌려 도시를
굽어보는 거대한 예수와 현대라니. 덕분에 나는 지구 반대편에 있는
부모님과 친구들에게 영상통화를 걸 수 있었다. 엄마, 아부지. 나
브라질 예수상 앞에 있어요. 멋지죠. 와, 대단하다 아들. 근데 꼴이
그게 뭐냐. 수염이 너무 지저분해 보인다. 깔끔하게 좀 하고 다녀라.
네….

축구를 좋아하는 진우 형과 태희 누나가 스포츠용품점에 가고,
민우 형이 지현이와 어떤 이유로 따로 움직일 때면 나는 혼자 해변을
찾았다. 코파카바나와 이파네마. 군데군데 야자수와 해안가 끝의
짙은 숲, 높게 솟은 바위산이 이국적인 분위기를 연출했다. 생전
처음 보는 풍경이었다. 숏보드를 탄 서퍼들이 멋지게 파도를 타고,
해변에는 사람들이 수건을 하나씩 깔고 일광욕을 즐기고 있었다.

나는 시선을 먼 수평선으로 옮겼다. 포르투갈의 탐험가 아무개 씨가 항해했던 대서양이 눈에 담긴다. 선장님, 처음 보는 곳인데 여기 이름을 뭐라고 부를까요? 음, 강이겠지 뭐. 1월의 강으로 하지.

　시간이 조금 남아 나는 해변가 바위에 걸터앉아 스케치북을 꺼냈다. 매 순간 변하는 바다의 모습을 드로잉으로 남길 수 있을까. 익숙한 스케치북과 낯선 풍경을 번갈아 쳐다보며 브라질과 리우에 대해 생각했다. 라틴아메리카 원주민들은 브라질이라는 나라를 어떻게 생각할까. 브라질 사람들은 스스로의 정체성을 어떻게 생각할까. 그들은 포르투갈이라는 나라를 어떻게 인식하고 있을까. 포르투갈 사람들은 브라질을 어떻게 바라볼까. 발치에서 부서지는 파도와 물거품처럼 머릿속에는 금세 생각이 가득해졌다.

　리우 마지막 날. 민우 형은 지현이와 먼저 이구아수로 이동했다. 진우 형과 태희 누나의 다음 목적지도 이구아수였는데, 어떤 이유인지 이른 아침부터 그들은 따로 버스를 타고 떠나버렸다. 리우 배낭여행 팀의 짧은 동행은 그렇게 끝이 났다. 우리는 서로의 여행이

안전하게 끝나길, 그리고 한국에 돌아가면 언젠가 다 같이 모이길
바랐다. 같은 날 밤 나도 형 누나와 작별하고 다시 버스에 올랐다.
목적지는 다시 상파울루였다. 한국에서 브라질로 들어오는 Y를 만나
함께 이구아수로 이동하기 위해서였다.

43

쥬라기 공원의 수도꼭지

이구아수

Y를 처음 만난 것은 대학의 동아리에서였다. 내가 회장을 하던 해에 신입 회원으로 들어온 그녀는 나보다 두 살이 어렸다. 160센티미터가 조금 넘는 키에 피부는 하얀 편이고, 길게 컬이 들어간 갈색 머리를 포니테일로 묶고 다녔다. 운동을 좋아했는지 탄탄한 체형이었다. 그녀는 긍정적이고 외향적인 성격으로 동아리 모임에도 자주 참여했다. 우리는 다른 많은 회원들과 함께 밤을 새워 가며 술도 마시고, 엠티도 가고, 겨울에는 몇 번인가 스노보드도 같이 탔다. 하지만 개인적으로 가까웠느냐면 머릿속엔 작은 물음표 하나가 떠오른다. 우리는 어디까지나 취미가 같은 대학교 동아리 선후배 관계였다.

그러던 Y가 아무런 예고도 없이 메시지를 보냈다. 그날 나는 스페인에 있었다. 마드리드에서 남아메리카로 이동할 계획을 조금씩 세우던 중이었다. 그간 그녀와의 연락이라고 부를 만한 것은 서로의 인스타그램 사진에 종종 누른 '좋아요'가 전부였다.

연락이라고 부르기도 수줍은, 가느다란 끈 같은 연결이었다. Y의 메시지는 겨울방학 때 남미로 가서 여행에 합류해도 괜찮겠냐는 내용이었다. 남미로 온다고? 알고 지내던 동아리 후배 중에 이렇게 뜬금없이 여자 일행이 생기다니. 워낙 여행을 좋아하고, 남미도 언젠가 가보고 싶었지만 여자 혼자 가기는 왠지 어려웠다, 그리고 주변에 같이 갈 사람을 찾기도 어렵더라, 오빠가 남미까지 간다고 하고 마침 시기도 맞아서 같이 여행하면 어떨까 한다는 것이 Y의 생각이었다. 거절할 이유는 없었다. 오히려 고마운 일이었다. 나야 당연히 좋지. 바르셀로나에서 남미로 가는 비행기를 타기 전까지, 혼자 거리를 걸을 때면 나는 종종 Y를 생각했다.

이른 아침 상파울루로 돌아와 Y가 도착하길 기다리면서 나는 터미널 근처를 돌아다녔다. 가방에 바느질할 브라질 국기 패치를 사고, 거리 사진을 찍고, 카페에 들어가 이구아수에 대해 찾아봤다.
그리고 구아룰류스국제공항의 입국장에서 Y가 마침내 모습을 드러냈다. 긴 머리를 역시나 포니테일로 묶고, 그녀는 새로 산 것 같은 커다란 배낭을 메고 있었다. 언제나처럼 활짝 웃는 얼굴이다.
"오빠! 오빠 맞아? 못 알아보겠다!"
"오랜만이다. 비행기 오래 타느라 고생했네. 안 피곤해?"
"아직 모르겠어. 비행기에서 많이 자서 괜찮은 것 같기도. 진짜 오랜만이다. 잘 지냈어?"
"잘했네. 나는 잘 지냈지. 일단 나가자. 이구아수 가는 버스 예약해놨거든. 근데 또 13시간 정도 이동해야 해."
"13시간?"
"응. 남미에서 13시간은 기본이지."

남미의 버스는 사실 리우와 상파울루를 오간 두 번이 전부였지만, 나는 괜히 쿨한 척을 해본다.

길고 긴 이동보다 놀라운 것은 버스에서 내려 마주한 날씨였다. 리우나 상파울루는 구름도 많고 이따금씩 세찬 소나기도 내렸는데, 포스두이구아수의 하늘은 구름 한 점 없이 맑았다. 상대적으로 내륙지방이어서일까. 이른 아침이었음에도 대기는 습하고 섭씨 30도가 넘는 기온으로 거리는 그야말로 찜통 같았다. 또 새로운 세상이다. 왠지 남미에 조금 더 깊숙이 들어온 느낌이다(실제로도 더 깊이 들어왔지만). 숙소로 어떻게 이동할까 고민하다가 Y와 나는 택시를 타기로 했다. 능숙하게 택시비를 흥정하는 모습이 약간 배낭여행 전문가 같았을까? 나는 Y를 살짝 의식했다.

호스텔이 있는 곳은 조용한 시골 마을이었다. 날씨만큼이나 리우, 상파울루와는 다른 모습이다. 도로는 군데군데 아스팔트가 벗겨지고 차선도 그려져 있지 않았다. 왕복 4차선 정도 될 꽤나 넓은 도로였지만 사실상 비포장도로에 가까웠다. 자동차가 거의 다니지 않아서, 도로를 닦고 차선을 그리느니 예산을 다른 곳에 쓰는 편이 낫겠다는 생각이 들었다. 모퉁이마다 보이는 커다란 나무들은 아무도 관리하지 않는 듯 무성하게 자랐다. 비유하자면 금광이 발견된 지역에 급하게 도로를 내고 임시로 건물을 몇 채 지어놓은 느낌이었다. 인도의 절반은 보도블록, 절반은 붉은 흙이었다. 오랜 시간 발걸음으로 단단하게 다져진 흙길이다.

하지만 마을은 낙후됐다기보다 한적하고 평화로운 분위기였다. 언젠가 지나쳤던 이름 모를 한국의 시골 동네를 닮은 듯하면서도, 어딘가 신비로운 인상을 더한 이국적인 시골이었다.

택시에서 내린 곳은 회벽으로 칠해진 2층짜리 빌라였다. 숙소
주인 아저씨가 영어를 하지 못해서 애를 먹고 있는데 마침 아저씨
말로 '아들의 여자친구'가 들어왔다. 그녀는 익숙하게 우리를
안내했다. 와이파이 비밀번호는 여기 적혀 있고, 주방은 사용하면
뒷정리를 잘해줘야 해. 음식은 가능하면 식당에서만 먹어줘.
필요하면 냉장고 사용하고. 그리고 밖에 수영장이 있는데 원하는
시간에 언제든 써도 좋아. 밤에도. 이 정도면 사실상 직원이다.
나는 그녀에게 폭포로 가는 방법과 아르헨티나 사이드로 이동하는
방법, 그리고 파라과이로 가는 버스 등 몇 가지를 더 물었다. 그녀는
예상한 질문이라는 표정이었다.

  Y와 나는 방에 짐을 풀고 빠르게 나갈 채비를 마쳤다. 세상에서
가장 큰 폭포 중 하나인 이구아수가 우리를 기다리고 있었다.

  이구아수는 브라질, 아르헨티나, 파라과이 세 나라의 국경을
걸쳐 흘렀다. 브라질의 포스두이구아수와 아르헨티나의 푸에르토
이구아수, 그리고 잘 이름이 기억나지 않는 파라과이의 도시가
이구아수를 접했다. 미국의 나이아가라 폭포, 잠비아의 빅토리아
폭포와 함께 세계 3대 폭포라 불리지만 이구아수는 그 둘을 합친
것보다 큰, 그야말로 웅장한 규모다. 루스벨트 대통령의 부인 엘리너
루스벨트가 언젠가 이구아수를 보고 '불쌍한 나이아가라'라며
탄식했다는 유명한 일화도 있었다. 찾아본 바로 폭포는 너비만 약
3킬로미터에 평균 낙차는 70미터, 유량은 초당 1700톤에 달했다.
그러니까 이구아수는 왕십리부터 을지로3가까지, 혹은 강남역에서
삼성역을 넘어서까지 이어지고, 대략 아파트 20층 높이에서 코엑스
아쿠아리움을 2초 만에 가득 채울 만큼의 물을 쉴 새 없이 쏟아내는

폭포인 것이다. 어안이 벙벙한, 그야말로 재난영화급의 거대한 크기였다. 이구아수는 원주민들의 언어로 '큰 물'을 뜻한다고 하는데, 내 생각으로 그것은 훨씬 살벌한 이름이었어야 했다.

브라질과 아르헨티나가 각자의 이구아수 지역을 국립공원으로 지정하여 관리하고, 두 곳 모두 유네스코 세계 유산에 등록되어 있다. 이구아수는 총 275개의 폭포로 이루어져 있고 그중 270여 개가 아르헨티나, 나머지가 브라질 쪽에 있다. 브라질 사이드는 지대가 높아 폭포 전체를 조망하기에 좋고 아르헨티나 쪽은 폭포를 좀 더 가까이서 볼 수 있다. Y와 나는 대부분의 관광객들처럼 하루는 브라질에서 하루는 아르헨티나에서 폭포를 구경하기로 했다.

브라질 사이드의 여행은 국립공원 방문자 센터에서 시작됐다. 우리가 묵는 숙소에서 조금 걸어 나가면 이구아수로 가는 버스를 탈 수 있었다. 입구에 도착해 약 2만 원 정도의 입장료를 내면, 도착한 순서대로 폭포 근처까지 가는 버스를 탄다.

폭포로 가는 버스는 잘 닦인 아스팔트 도로를 달렸다. 쓰레기 하나 없이 깨끗하고 차선도 갓 칠한 듯 선명한 2차선 도로였다. 양쪽 아스팔트가 끝나는 곳부터는 빽빽한 정글이 시작됐다. 앞자리에 앉아 길을 가만히 보고 있자니, '쥬라기 공원'에 온 것 같은 착각이 들었다. 커다란 창을 낸 신식 버스, 들뜬 표정으로 창밖의 풍경을 구경하는 사람들. 새파란 하늘 아래 짙은 초록의 끝없는 밀림과 그 사이로 난 선명한 2차선 아스팔트 도로. 여러분, 왼쪽 앞을 보세요! 브라키오사우루스 무리가 지나가고 있습니다. 버스는 열대의 새소리를 틀었다. 몇 번의 시도 끝에 건졌을 법한 상당히 '프로페셔널한' 새소리였다. 아마존을 탐험하는 영화에서 들어본

청량한 소리다. 악의 없고 신비롭지만 왠지 모를 불안을 암시하는
지저귐. 맑은 소리가 밀림 사이로 울려 퍼지고, 주인공은 고개를
들어 정글을 둘러본다. 잠시 정적이 흐르면 곧 숲속에서 튀어나오는
랩터. 시작되는 긴박한 추격전.

"이 소리 녹음한 새들은 프로였을까?"

"응? 뭔 소리야, 소리?"

"지금 약간 쥬라기 공원 같지 않아?"

"그런 것 같기도? 오, 다 왔나 보다."Y는 별 의미 없는 이야기를
자연스럽게 흘려보내는 데 능숙했다. 맥락 없이 말을 자주 하는
(그리고 무시당해도 상처받지 않는) 나와 잘 맞는 성향이었다.

버스에서 내리자 멀리서 '쿠오오오'하는 나지막한 소리가 들렸다.
나는 귀를 의심했다. 폭포 소리였다. 폭포가 시야에 들어오기 까지는
아직 얼마간을 걸어가야 했다. 그러니까 보이지도 않는 곳에서
빼곡한 숲을 뚫고 날아온 물소리가 백색 소음처럼 주위를 가득 채운
것이다. 도대체 얼마나 거대한 절경일까. Y와 나는 산책로를 따라
폭포 방향으로 걷기 시작했다.

물소리가 점점 커지고 어느 순간부터 미세한 물방울이 안개처럼
얼굴에 닿았다. 그리고 데크 너머 울창한 나무 사이로, 맞은편의
이구아수가 드디어 눈에 담긴다. 이구아수다. 왕십리부터
을지로3가까지 이어진 폭포. 매초마다 1톤 트럭 1700대 분량의 물을
쏟아내는 폭포. 그야말로 장엄하고 웅장한 광경이었다. 자연스레
입이 쩍 벌어지고 단전 깊은 곳에서 의식하지 못한 감탄사가 터져
나왔다. "와…." 그것은 한눈에 담기도 어려운 대자연의 모습이었다.
길게 늘어선 절벽, 끝도 없이 쏟아지는 물줄기와 하얗게 이는
물보라, 커다란 무지개. 난간에 서서 폭포의 파노라마를 보려면

고개를 크게 좌우로 돌려야 했다. 마치 거대한 흰 커튼을 매달아
놓은 설치 미술 같았다. 이게 실제로 존재하는 풍경인지 믿을 수
없었다. 저 폭포 너머의 밀림에서 익룡 떼가 날아오른다면 오히려
그 편이 자연스러울지 모른다. 저 많은 물은 도대체 어디에서 나와
어디로 갈까.

그리고 우리는 곧 브라질 사이드 이구아수의 유명한 포인트에
도착했다. 쏟아져내리는 폭포를 코앞에서 볼 수 있는 지점이었다.
폭포는 거대한 댐의 수문을 최대치로 열어놓은 듯, 한눈에 채
담기지도 않는 면적의 웅장한 물기둥을 굉음과 함께 끝도 없이
토해냈다. 도대체 이 많은 물은 모두 어디에서 나오는 것일까.
하루 24시간 한순간도 쉬지 않고 이렇게 어마어마한 물이 떨어질
수 있나? 관광객 몇몇이 폭포를 등지고 사진을 찍으려고 순서를
기다리고 있었다. 나는 이미 젖어버린 민소매를 벗어 허리춤에
끼워 넣었다. 차례가 돌아와 Y에게 휴대폰을 맡기고 데크 끝으로
걸어가본다. 손을 뻗으면 닿을 듯한 거리에 이구아수가 있었다. 물론
손을 뻗을 마음은 없었다. 이런 물줄기에 팔이 닿았다간 그대로
부러지거나 뜯어져 나가고 말 것이다. 폭포가 내는 굉음에 그 외의
어떤 소리도 나는 들을 수 없었다.

"…! …!"Y는 한 손으로 핸드폰을 들고 무어라 소리쳤다.
손 모양을 보니 조금 오른쪽으로 움직이라는 뜻인 것 같았다.
이구아수는 여전히 주변의 모든 것을 집어삼켰다. 수천 년인지 수만
년인지 모를 그 긴 시간에 이구아수는 정말 한 번도 쉬지 않았을까?
나는 돌아서서 폭포를 올려다본다.

"…! …!"나는 손바닥으로 떨어지는 물보라를 가리고 Y쪽을
다시 유심히 쳐다봤다. 그것은 이제 그만 돌아와서 교대하라는

손짓이었다.

숙소로 오는 길에 우리는 동네 마트에 들러 장을 봤다. 소고기와
달걀, 토마토 같은 것들이었다. 비포장도로와 흙길은 노을빛을 받아
더 붉게 보였다. 깊숙한 남미 시골의 귀갓길. 다음 날은 느긋하게
호스텔에서 쉬기로 했다. 생각해보면 Y에게는 꽤나 고생스러운
며칠이었을 것이다. 꼬박 하루가 넘게 탄 비행기에서 내리자마자
반나절이 넘게 버스를 타고, 또 버스에서 내리자마자 아침부터
관광지를 돌아다녔으니. 터미널에서 파라과이로 가는 버스나
예약하고 돌아와야지.

우리는 호스텔에 도착해 주인 아저씨와 인사하고, 장 봐 온 것들로
저녁을 해 먹고, 마당의 수영장에서 얼마간 놀다 잠자리에 들었다.
수영장의 가로등 불빛이 커튼 사이로 비쳤다. 그리고 그날 밤 나는
랩터와 커다란 티라노사우루스에 번갈아 쫓기는 꿈을 꿨다.

Day 173, 2016. 1. 23.
이구아수 아르헨티나 사이드.

브라질 쪽 이구아수로 가는 버스를 타는 곳과 같은 장소에서 푸에르토
이구아수라고 써 있는, 아르헨티나 쪽 이구아수로 가는 반대 방향 버스를
탔다. 재미있는 것은 브라질과 아르헨티나의 국경을 지날 때였다. 다리를
건너면 아르헨티나였는데, 다리의 절반을 지날 때 바리케이드의 색이 바
뀌었다. 초록-노랑의 반복에서 하늘색과 흰색의 반복으로. 육로로 국경
을 이동하는 것은 역시나 흥미로운 경험이다. 한반도도 통일이 되면 중국
과 육로 국경이 생기겠지.

아르헨티나의 이구아수는 브라질 사이드와 꽤나 느낌이 달랐다. 아르

헨티나 쪽은 사람 손이 조금 덜 닿아서 더 탐험하는 느낌이 들었고, 폭포까지 이어지는 산책로가 무척이나 아름다웠다.

우리는 강 위로 난 데크를 걸어 유명한 '악마의 목구멍'에서 기분 좋게 물보라로 샤워를 하고, 또 폭포 밑으로 들어가는 제트 보트를 탔다. 보트는 한국 돈으로 3만 원 정도였다. 10분가량 주변을 돌다가 클라이맥스에 폭포 밑으로 들어갔는데, 떨어지는 이구아수 폭포수를 온몸으로 맞을 때는 정말 몸속 깊은 곳에서 환호성이 터져 나왔다. 나는 영원의 물줄기를 맞고 있었다. 쏟아지는 소나기를 맞는 것과도, 캐리비안베이에서 맞는 물폭탄과도 달랐다.

보트에서 내려 공원을 나가는 길에, 문득 관리인 아저씨가 폭포의 수도꼭지를 잠그는 게 아닐까 하는 생각이 들었다. 관광객이 모두 나가고, 마침내 공원의 불이 모두 꺼지고 나면 무뚝뚝한 얼굴을 한 관리인이 깊이 숨겨 둔 커다란 수도꼭지를 돌려 폭포를 끄지 않을까. 폐장 시간이 지나면 뚝 하고 폭포가 끊기는 것이다. 영업 종료. 그리고 아침 당번은 이른 새벽 다시 몰래 수도꼭지를 돌린다. 쿠오오오 물이 쏟아지고…. 그런 게 아니고서야 이런 어마어마한 폭포가 24시간 연중무휴 쏟아질 수가 있을까. 도무지 믿을 수 없는 일이다.

물론 이구아수는 그 말도 안 되는 양의 물을 태초부터 언제까지나 단 한순간도 쉬지 않고 쏟아낼 것이다. 정말이지 너무나도 비현실적인 현실이다.

내가 잠들면 이구아수도 멈출까?

44

새벽, 왕십리의 어느 흐릿한 택시

파라과이, 아순시온

포스두이구아수에서의 마지막 날. 아르헨티나 쪽 이구아수를
다녀와 근처에서 진우 형과 태희 누나를 만났다. 형, 누나 우리
숙소에 수영장 있어요. 한국에서 온 친구도 같이 있는데 와서 같이
저녁 먹고 놀아요. Y와 나는 첫날 갔던 마트에서 비슷한 장을 봐
왔다. 소고기와 토마토, 그리고 이번에는 맥주도 바구니에 담았다.
두 사람과 리우에서 헤어진 지 고작 사흘이 지났을 뿐이지만
오래된 친구를 만난 것처럼 반가웠다. 남미의 깊은 곳, 이국적인
시골 마을이 이런저런 감정을 평소보다 부풀린 모양이었다. 우리는
생각보다 꽤 많은 맥주를 마시며 브라질의 마지막 밤을 보냈다.

　형과 누나가 숙소로 돌아가고 Y와 나도 방에 들어와 누웠다.
티라노사우루스에 쫓기는 꿈을 꾸던 날처럼 커튼 사이로 가로등
빛이 새어 들었다. 코발트색 커튼에 바깥 불빛이 비쳐 방 안엔
짙은 푸른색이 감돌았다. '푸른 달밤의 남아메리카 호스텔'이라는
제목으로 그럴싸한 유화를 그릴 수 있을 만한 풍경이었다. 다른

투숙객이 없어 방에는 Y와 나뿐이었다. 나는 마른 침을 삼켰다. 달밤의 수영 때문이었을까. 몇 병인가 마신 맥주의 취기가 오른 것일까. 나는 몇 번인가 뒤척이다 괜한 헛기침을 하고 Y에게 말을 걸었다.

"자?"

"응? 아니?"

"안 졸려?"

"아직. 왜?

"저기, 키스할까? 사람도 없고."

나는 도대체 무슨 생각이었을까. 오랜 여행으로 현실적이고 일반적인 사고를 할 수 없게 되어버린 것일까? 아니면 브라질 맥주와 어둑한 방의 분위기에 취해 머리가 어떻게 되어버렸던 것일까. Y가 공항에 도착한 이후, 같이 버스를 타고 폭포를 여행하는 동안 어떤 묘한 분위기가 있었느냐면 그렇지도 않았다. 3년에 가까운 시간을 얼굴은커녕 제대로 된 연락 한 번 하지 않고 지내다가, 오랜만에 만난 지 이제 막 사흘이 지났을 뿐이었다. 내 말은, 그러니까 이구아수 악마의 목구멍에서나 튀어나올 법한 뜬금없고 맥락 없는 요청이었던 것이다.

"아 뭔 소리야, 싫어." 당연한 대답이었다. "오빠. 정신 차리고 잠이나 자."

"응… 그게 맞지? 미안. 잘 자."

그게 맞지? 차라리 진짜 티라노사우루스가 나타나 창문을 깨고 나를 물어 갔으면. 발로 이불을 차기에도 민망한 고요가 방 안을 감쌌다. 숨 막히는 적막이었다. 영화 「맨 인 블랙」의 기억을 지우는 장비가 실제로 있다면 얼마나 좋을까. 번쩍이는 섬광과 함께 푸른 밤

남아메리카 호스텔의 기억이 싹둑 잘려 나간다.

불행인지 다행인지 Y는 다음 날 아무 일도 없었다는 듯 나를 대했다. 취해서 그랬겠거니 생각하기로 한 모양이었다. 고마운 일이었다. 기분이 나빠 뺨을 때리거나, 당장 배낭을 싸서 더는 같이 못 다니겠다고 떠나버려도 나는 할 말이 없다. 당연하게도 Y의 눈을 똑바로 쳐다볼 수 없었다. 스스로 자초한 일이었다. 견뎌야 하는 민망함이다.

다음 목적지는 파라과이 아순시온이었다. 남미 대륙에 단 둘밖에 없는 내륙 국가의 하나로 상대적으로 잘 알려지지 않은 나라 파라과이와, 그 나라의 더욱 더 알려지지 않은 수도 아순시온. 사실 파라과이는 전혀 모르는 나라에 가까웠다. 누군가 파라과이, 그중에서도 아순시온을 아느냐고 묻는다면 아마도 『해리포터』에 나오는 마법 이름 정도로 짐작하지 않았을까. 아순시온! 평소 국기를 좋아하는 나였지만 파라과이는 국기도 낯설게만 느껴졌다. 나의 여행 계획에 파라과이나 아순시온은 포함되어 있지 않았다. Y와 나는 단 한 가지의 목적으로 아순시온으로 가는 버스에 몸을 실었다. 그것은 다름 아닌 볼리비아 비자 발급이었다.

볼리비아를 여행하려면 비자가 필요했다. 중국이나 이집트처럼 여권에 미리 발급받은 사증이 붙어 있어야 입국심사를 통과할 수 있다. 한국에서는 서울시청 근처에 있는 주한 볼리비아 대사관에서 비자 발급을 마치고 출국하는 것이 일반적이었다. 하지만 비자를 발급받으면 90일 이내에 볼리비아에 입국해야 한다. 왕십리에서 여행 계획을 짜던 나는 눈썹을 모으고 손가락으로 볼리비아에 도착할 때까지 몇 개월이나 남았는지 헤아렸다. 대충 계산해도 세

달이 넘는다. 한국에서 볼리비아 비자를 받아 봤자 내게는 소용없는 일이라는 뜻이었다.

그러니까 나의 정확한 목적지는 아순시온이 아니라 아순시온에 있는 볼리비아 대사관이었다. 포스두이구아수에서 가까운 볼리비아 대사관은 세 군데였다. 브라질의 수도 브라질리아, 아르헨티나의 부에노스아이레스, 그리고 아순시온. 브라질리아와 부에노스아이레스가 각각 1600킬로미터, 1300킬로미터씩 떨어진 반면 아순시온까지는 (고작) 350킬로미터로, (겨우) 여섯 시간이면 도착할 수 있었다. 그렇게 Y와 나는 하루 정도 지나쳐 갈 생각으로 아순시온으로 향했다. 물론 Y도 나도, 들어본 적도 없는 도시에서 꼬박 4일을 보내게 될 줄은 꿈에도 생각지 못했다.

아순시온의 호스텔에 도착해 나는 대사관의 위치를 지도에 저장하고, 비자 발급에 필요한 것들을 다시 찾아봤다. Y도 급하게 여행을 결정하고 준비한 탓에 비자를 받아야 하는 것은 마찬가지였다. 황열병 주사 맞고 접종 증명서만 잘 챙겨 와. 여권 사진이랑. 볼리비아에 못 들어가면 어떡하냐며 걱정하는 그녀를 나는 전문가처럼 안심시켰었다. Y와 나는 수첩을 꺼내 놓고 필요한 서류를 하나씩 적으며 목록을 만들어본다. 비자 신청서, 여권(유효기간 6개월 이상일 것), 황열병 예방 접종 증명서, 여권 사진, 여행 일정 상세표, 볼리비아 사람의 초대장이나 숙소 예약 확인증, 통장 잔고 증명서.

우리는 각자 핸드폰으로 비자 신청서를 작성하고 필요한 서류들을 하나씩 준비했다. 로비의 직원에게 부탁해 여행 일정 상세표와 숙박 예약 확인증을 프린트하고 스테이플러로 단단히 찍어 둔다. 통장 잔고 증명서에서 조금 애를 먹었지만 어찌어찌

준비를 마쳤다. 비자는 당일 발급이라고 하니, 내일 낮에 비자를
받고 저녁 8시 볼리비아로 가는 버스를 타면 되겠다. 아순시온에서
산타 크루즈까지 가는 버스는 만으로 하루도 넘는 살인적인 거리를
달릴 예정이었다. 오늘 하루 정도는 쉬어 두자.

  Y와 나는 근처 맥도날드에서 간단히 저녁을 먹고 호스텔로
돌아왔다. 뭐라 묘사하기도 어려운 특별할 것 없는 동네였다.
아순시온의 한국 식당들에 관한 몇몇 블로그 포스팅이 있었지만
아직까지는 한식이 당기지 않았다. 한국을 떠난 지 일주일이 채
지나지 않은 Y는 더할 것이었다. 열흘 남짓 지내보니 남미 음식은
오히려 유럽보다 입맛에 맞았다. 맥도날드가 남미 음식은 아니지만.
슬렁슬렁 숙소로 돌아온 우리는 각자 샤워를 마치고 일찌감치 방에
들어가 누웠다. 숙소 앞에 수영장이 있었지만, 나도 Y도 (아마도
특히 Y는) 눈길조차 주지 않았다. 아순시온까지 저렴한 버스를 타고
와서 그런지 허리는 뻐근하고 피로가 목까지 쌓인 기분이었다.
남미의 버스는 나름대로 체계적인 시스템이 갖춰져 있었다.
노르말(Normal)이나 클라시코(Clasico), 이코노미카(Economica)로
불리는 가장 저렴한 기본 등급부터 세미카마(Semi Cama), 그리고
가장 좋은 카마(Cama)의 순서로 등급이 구분되었다. 우리나라로
치면 노르말이 일반 버스 수준, 세미카마가 우등 고속버스와
비슷했다. 의자가 더 폭신폭신하고 등받이도 많이 젖혀진다. 카마는
스페인어로 침대라는 뜻이었는데, 그것은 유럽에서도 본 적 없는
고급스러운 버스였다. 와이파이와 충전기는 기본이고 남녀가
구분된 깔끔한 화장실에 의자는 정말 침대처럼 180도로 젖혀졌다.
하지만 카마는 그만큼 가격이 비싸서 마음껏 타기엔 부담스러웠다.

나는 침대에 엎드려 뻐근한 지점을 손으로 꾹꾹 눌렀다. 생각해보면 여섯 시간의 버스는 정말이지 긴 시간이었다. 집 앞에서 148번 파란색 서울 시내버스를 타고 그길로 완도까지 간 셈이었다. 못할 짓이다. 앞으로 도시를 이동할 때는 최소한 세미카마를 이용하기로 한다.

9시가 지났을까. 방에는 나무로 만든 이층 침대가 서너 개 놓여 있었다. 이구아수와 마찬가지로 투숙객은 Y와 나뿐이었다. 인기 없는 호스텔만 골라서 다니고 있는 것일까. 누구라도 한 명 있어서 자연스럽게 대화하다 잠들면 좋으련만. 나는 말없이 인스타그램을 스크롤했다. Y는 하루 종일 아무 일도 일어나지 않았던 것처럼 나를 대했다. 이동할 때도, 비자를 찾아볼 때도, 마주보고 밥을 먹을 때도 달라진 점을 느끼지 못했다. 기억조차 하고 싶지 않은 순간이었을까. 내가 자느냐고 물었던 순간부터 약 5분을, 그녀는 인생에서 통째로 잘라낸 것처럼 보였다.

그렇게 한 시간인지 두 시간인지 모를 시간을 눈만 껌벅거리며 누워 있었다. 형광등 빛 하나 없이 방은 완전히 어두웠다. 진짜 자야지 하고 눈을 감는데, 아무런 예고도 없이 Y와 탔던 택시가 떠올랐다. 시공간을 뚫고 나타난 터미네이터처럼 주황색 택시는 내 사고의 영역에 펑 소리를 내며 떨어졌다. 수 년 전이다. 동아리 모임이 있는 날이었고, 우리는 술을 마셨다. 3차인가 4차까지 이어진 술자리였다. 집 방향이 같아 Y와 나는 같은 택시를 타기로 했다. 술 취한 새벽을 달리는 어두운 택시. Y의 목은 불편하게 꺾여 있다가, 어느새 내 어깨에 와 기댄다. 아니. 내가 머리를 살며시 당겨 기대게 했던가. 가로등이 택시를 지날 때마다, 아니 택시가 가로등을 지날 때던가. 고개 든 Y의 얼굴이 비쳤다. 우린 입을 맞추었던가?

나는 눈썹을 있는 힘껏 찌푸렸다. 흩어진 기억의 조각을 하나하나 살펴보니 주머니에 손을 찔러 넣고 집으로 들어가는 나의 모습이 보인다. 그래. 집에는 결국 들어갔다. 우리가 키스를 했던가? 아래 침대에서 자고 있는 Y를 다짜고짜 깨워 물어볼 수도 없는 노릇이었다. 나는 기억의 파편 사이를 뛰어다녔다. 똑같은 골목을 몇 번이고 마주치다, 기어코 나는 술 취한 택시 안의 모습을 기억해냈다.

45
No, 돌아가세요

이튿날 Y와 나는 느지막이 일어나 대충 점심을 먹고 볼리비아
대사관으로 향했다. 대사관은 숙소에서 버스로 15분 정도 거리였다.
후덥지근한 날씨지만 하늘은 맑고 이따금씩 선선한 바람이 열린
창문을 지나 뺨에 스쳤다.

여전히 우리는 아무 일도 일어나지 않았던 것처럼 행동했다.
이구아수의 코발트색 숙소에서도, 왕십리의 술 취한 택시에서도.
Y는 택시를 기억하고 있을까? 아니면 날카로운 가위로 그날의
기억도 통째로 잘라낸 것일까. 버스가 속도를 내면 앞자리에 앉은
Y의 포니테일이 바람에 흔들렸다. 좋은 샴푸 냄새가 코에 닿는다.

대사관 건물에는 국장을 그려 넣은 벽 위로 볼리비아 국기,
위팔라, 그리고 뭔지 모를 파란 깃발이 걸렸다. 위팔라는 안데스
원주민을 상징하는 무지개 색 격자 무늬 깃발인데, 민족마다 그 색의
구성이 다르다. 볼리비아는 2009년 아이마라족의 위팔라를 공동

국기로 지정했다고 한다. 남아메리카 원주민에 대한 존중과 뿌리에 대한 자긍심 같은 것이 이유였을까. 처음에 나는 무지개 깃발을 보고 대사관에 왜 LGBT 깃발이 걸려 있을까 생각했다. 무식에서 비롯한 죄송스러운 의문이었다. 기원이나 역사는 잘 모르지만 그래도 나중에 배낭에 위팔라도 하나 구해 바느질했다. 어쨌든 알록달록한 모양이 예쁜 깃발이다. 한국으로 돌아올 때까지도 몰랐던 대사관의 파란 깃발은 볼리비아 해군기였다. 1879년 볼리비아는 칠레와의 전쟁에서 태평양 방향의 해안 도시를 잃고 남미에 둘뿐인 내륙국이 되었다. 이후 볼리비아는 절치부심으로 해군력을 키웠다고 한다. 바다도 없는 나라가 어떻게 해군을 운용할까 싶지만, 그들은 티티카카 호수에서 훈련하며 심지어 해병대와 잠수함까지 보유하고 있었다. 타국에 자리한 대사관에까지 그들은 국기와 동등한 위치에 해군기를 걸었다. 언젠가 되찾을 바다의 영광을 위하여.

대사관은 허리 높이의 나지막한 담장이 둘러쳐진 2층짜리 주택 건물이었다. 정갈한 붉은 벽돌과 흰 기둥, 공들여 쌓은 검정 지붕이 교외 고급 주택의 분위기를 만들었다. 마당에는 건물보다도 큰 나무가 몇 그루나 자랐다. 대사관에서 관리하는 모양이었다. 왠지 발을 털고 들어가야 할 것 같은 정문을 지나 대사관 직원을 마주했다. 아담한 키에 금발과 백발이 섞인 아주머니다.

"올라. 여행 비자 때문에 왔는데요."

"오, 안 돼요. 내일 다시 오세요. 오늘은 끝났어요."

엥? 벽에 걸린 시계는 3시 5분을 가리키고 있었다.

"업무 시간이 어떻게 되나요?"

"오전 9시부터 오후 4시까지예요."

"그치만 지금 3시 5분인데요?"

"근데 비자 업무는 3시까지요. 내일 다시 오세요."

비자 업무는 3시까지라니. 업무마다 정해진 시간이 있다는 사실을 받아들이기 어려웠다. 대사관 운영 시간에 그럼 각 업무의 마감 시간을 써놓으시든가. 답답한 노릇이었다. 밤 11시까지 장사하는 교촌치킨에서 허니콤보를 9시까지만 판다면 얼마나 많은 사람들이 분노의 후기를 남길까. 그렇다고 그 직원을 억지로 앉혀놓고 비자를 내놓으라고 할 수도 없는 일이다. 저기요. 저희는 빨리 볼리비아로 가야 한단 말이에요. 지금 당장 비자를 내놓으세요. 아마도 총을 든 경비에게 끌려 나가겠지.

몇 번 사정도 해봤지만 직원 아주머니는 완강했다. 우리가 할 수 있는 일은 아무것도 없었다. 경험하지 않고서야 미리 알아보고 올 수도 없는 종류의 일이었다. 하는 수 없이 우리는 대사관을 나섰다. 축 처진 대사관 정문의 깃발들처럼 기운이 빠졌다. 오늘 저녁은 볼리비아로 가려고 했는데. 하루는 아직 한참이나 남아 있었지만 Y와 나는 대충 저녁거리나 사서 호스텔로 돌아가기로 한다. 하루 정도는 더 쉬어 가지 뭐.

그리고 다시 다음 날. Y와 나는 정확히 1시에 다시 대사관 문을 열었다. 고운 카펫이 깔린 복도를 지나 어제 만났던 직원 아주머니와 다시 눈이 마주쳤다. 나를 기억한다는 표정이다. 그녀는 앉아서 기다리라며 대기실의 소파를 가리켰다. 보기에 다른 방문객이 있는 것 같지도 않은데 왜 기다리라는 것일까. 일 처리 속도가 한국 같았으면 나는 벌써 산타크루즈에 도착했겠지. 일단 기다려보자. 괜히 따져 물었다가 오늘도 문전박대를 당할 수는 없었다. Y도 슬슬 짜증이 나는 것 같았지만, 우리가 할 수 있는 일은 잠자코 앉아서 기다리는 것뿐이었다.

담배를 두 개비나 피우고, 이 정도면 가서 따져야겠다 싶어
일어나려는데 직원 아주머니가 우리를 부른다. 간발의 차이였다.

"올라. 드디어. 다시 왔어요. 여행 비자."

"네, 네. 비자 신청서랑 여권, 서류들 주세요."

Y와 나는 가방에서 여권과 이런저런 증명서, 확인서를 꺼내고
아이폰을 켜 미리 준비해 둔 비자 신청서 화면을 보여줬다. 직원
아주머니는 불안하게 눈썹을 찌푸린다. 금방이라도 불길한 미래를
예언할 것 같은 점쟁이의 표정이었다.

"No, 신청서는 출력해서 가져와야 해요."

"프린트? 종이로요? …그치만 여기 보시면 비자 신청 코드가
있는데요?"

"안 돼요, 돌아가세요. 출력한 신청서가 필요해요." 점쟁이의
목소리는 단호했다.

돌아가라고? 또? 종이 한 장이 없어서 아순시온에서 하루를 또
보내야 한다고? 비자 신청서를 작성하지 않은 것도 아니고. 누군가
명치 근처를 꽉 조이는 것처럼 가슴이 답답해진다.

"아뇨, 잠시만요. 잠시만요. 미안해요. 혹시 오피스에서 출력을 할
수는 없을까요?"

"안 돼요. 노 프린트."

아니, 대사관에 프린터가 없나? 아니지. 프린터가 없을 리가
없지. 출력 한 장을 안 도와주나? 그래. 내 잘못이라 치자. 아니, 내
잘못이다. 비자 신청서를 가져오랬지 비자 신청서가 담긴 화면을
가져오라고 안내하지 않았으니까. 그래도 이건 너무 '유도리' 없는
행정이 아닌가. 따지고 보면 나의 실수였지만 결국 기분이 나빠졌다.

거의 한 시간을 앉아서 기다리게 하고 돌아가라니? 더 일찍
만나주기라도 했으면 지금쯤 다른 방법을 찾았을 게 아닌가. Y도
나와 마찬가지로 어이없다는 표정이었다.

"그럼 근처에 출력할 수 있는 곳이라도 아세요?" 나는 팽팽하게
남겨진 마지막 인내심의 끈을 간신히 붙잡았다. 이 아줌마. 악의는
없다. 단지 고지식하고 귀찮아할 뿐이다.

"글쎄요. 길 건너에 PC센터가 있던 것 같은데. 한번 찾아보세요."

직원 아줌마와는 더 이상 대화가 통할 것 같지 않았다. 나는 Y를
두고 무작정 대사관을 나왔다. 함께 움직이기엔 상황이 급하다.
내가 한번 찾아보고 올게. 아줌마 또 비자 발급 안 한다고 할 수도
·있으니까 대사관에 잠시만 있어주라. Y는 고개를 끄덕인다.

나는 대사관을 나와 아순시온의 땡볕을 뛰기 시작했다. 목적지도
없이 길을 건너 골목을 뒤졌다. 출력이 스페인어로 무엇인지도
모르고, PC센터가 도대체 어떻게 생겼는지도 모른다.

얼마나 거리를 뒤졌을까. 몸은 어느새 땀으로 범벅이 되어 있었다.
야속한 시간은 벌써 2시 반을 지나 3시를 향해 달렸다. 도대체 뭐
하는 건물들인지 출력 센터는커녕 식당 같은 것도 보이지 않았다.
불길한 예언 속 괴물이 천천히, 하지만 꾸준히 뒤를 따라오고
있었다. 너는 오늘 실패할 것이라며 발뒤꿈치를 슬금슬금 잡는다.
오늘도 아순시온을 떠나지 못하는 것일까. 포기하고 맥도날드 같은
곳에 들어가 와이파이를 잡고 찾아볼까 하는데, 파란색 간판이
시야의 구석에 걸렸다. C&C Computers. 오아시스를 만난 듯 눈이
번쩍 뜨이는 글자였다. 마침내. 가게는 다행히 영업 중이었다.
출력을 전문으로 하는 곳은 아니었지만, 주인 아저씨와 짧은
스페인어 몇 마디를 주고받고 나는 드디어 종이로 된 비자 신청서를

손에 넣을 수 있었다.

그렇게 다시 만난 붉은 벽돌의 대사관. 간과한 것은 Y도 신청서를
출력해야 한다는 사실이었다. Y가 땀범벅이 된 나를 안쓰럽게
쳐다봤다. 내가 비자 발급을 하는 동안 Y를 C&C Computer로
보낼까 했지만, 다짜고짜 돌아다니다가 발견한 곳이라 정확한
경로를 설명할 자신이 없었다. 계획에 없던 거리를 뒤지게 될 줄
누가 알았겠는가.

"신청서 출력해 왔어요. 우선 제 비자부터 발급해줄 수 있을까요?"

직원은 그제서야 데스크 서랍에서 동그란 금테 안경을 꺼내
서류들을 천천히 한 장씩 넘기기 시작했다. 빼곡한 검정 잉크
가운데서 또 다른 불운의 점괘를 찾는 점쟁이의 모습이었다. 종이와
종이가 스치는 소리가 평소보다 크게 들렸다. 내 심장은 아직 빠른
속도로 뛰고, 등허리를 따라 한번씩 땀방울이 흘러내렸다. 직원
아줌마 이마의 주름은 점점 더 선명해진다. 나는 애타는 마음으로
벽에 걸린 시계와 불길하고 고지식한 직원을 번갈아 쳐다봤다.
아줌마. 또 뭐가 필요해요? 나를 좀 보세요. 내가 어딘가 불량해
보이나요? 볼리비아에서 무슨 문제라도 일으킬 사람처럼 보여요?
(선량함으로 분류되는 인상은 아니었겠지만) 저는 그냥 평범하고 특별할
것 없는 배낭여행자예요. 욕심도 없고 가진 것도 없어요. 볼리비아에
한 달, 일 년을 살겠다는 것도 아니잖아요. 착하게 조금만 지내다
갈게요. 제발.

점쟁이 아주머니는 곧 서류를 모아서 착착 데스크를 두 번인가
친다. 나를 슬쩍 올려다보고는, 뭔가 생각난 사람처럼 옆방으로
들어갔다.

"오빠. 이거 끝나고 가서 출력해 오면 내 것도 발급해줄까?" Y는

울상에 가까운 표정을 지었다.

"글쎄. 3시 반은 될 것 같은데. 잘 이야기해보자. 안 되면 뭐. 오늘 천천히 준비 다 해놓고 내일 다시 오지 뭐."

얼마 후 문을 열고 나온 융통성 없는 점쟁이. 대사관 아줌마는 '자, 통과다'라는 표정으로 드디어 종이 한 장과 여권을 건넸다. 종이에는 이해할 수 없는 스페인어와 볼리비아 국장이 찍혀 있었다. 대충 비자 발급 증명서 같은 것이겠지. 여권을 넘겨보니 내 사진이 들어간 비자 사증이 단단하게 붙었다. 아, 성공이구나. 혹시 친구도 신청서를 출력해 오면 오늘 비자를 발급해줄 수 있겠느냐 물었지만, 돌아오는 대답은 여지없었다. 아줌마는 어깨를 움츠리고 돌아서서 시계를 가리킨다. 3시 10분. 이미 너희 때문에 시간이 지났으니 어서 돌아가라는 눈치였다. 네, 네. 갑니다. 가요. Y와 나는 대사관을 나오자마자 PC센터로 가 Y의 비자 신청서를 마저 출력했다. 내일이면 긴 싸움이 끝나고 Y의 여권에도 볼리비아 사증이 붙겠지.

그렇게 하루를 더해 우리는 만으로 4일을 아순시온에 묵게 됐다. 내일이라도 오전 일찍 비자 발급을 마치고 그대로 볼리비아로 갈 수 있으면 좋을 텐데. 파라과이에 목적없이 나흘을 머무는 사람이 우리 말고 또 있을까? Y와 눈이 마주치고는 웃음이 터진다. 내심 Y에게 고마웠다. 계획과 자꾸만 어긋나는 상황에 짜증이 날 법도 한데, 그녀는 불평 한마디 하지 않고 같이 웃어줬다. 그래, 좋게 생각하자. 언젠가 돌아보면 추억이 되겠지. 앞으로 영원히 여권에 붙어 있을 볼리비아 비자와 대사관의 점쟁이 아줌마. 볼리비아는 이 수고와 분노를 보상할 만큼 멋진 곳이어야 할 것이다.

해가 지고 Y와 나는 숙소로 돌아왔다. 여전히 쓸쓸한 방에는 우리뿐이었다. 나는 가방을 침대에 올려놓고 밖으로 나가 하루의 마지막 담배를 태웠다. 호스텔 담장 너머로 주황색 가로등이 보였다. 가로등. 왕십리의 술 취한 택시와 소주 냄새, 일정한 간격으로 빛을 받는 Y의 얼굴과 명도 높은 붉은 립글로스가 연관 검색어처럼 떠올랐다.

Y는 정리를 마치고 침대에 누워 휴대폰을 보고 있었다. 2층의 내 자리로 올라가기 전에, 나는 1층 침대에 걸터앉았다. 그녀는 누운 채로 내 쪽을 본다. 대사관을 나왔을 때처럼 웃음이 터졌다. 하하. 아순시온 쉽지 않았네. 하나의 고비를 넘어 왠지 조금은 가까워진 느낌이었다. 그리고 그 순간 나와 Y 사이에 흐르는 이상한 공기를 느꼈다. 잠깐이라도 한눈을 팔면 놓치고 말 찰나의 기류였다.

"우리 키스할까?" Y는 이번에는 웃으면서 대답한다.

"No. 돌아가세요." 그리고는 불길한 점쟁이처럼 인상을 찌푸려본다. 나는 잠깐 고개를 돌렸다가 다시 Y쪽을 바라본다. "올라. 다시 왔는데요. 이번에는 되나요?" Y는 어이없다는 듯 웃고, 나는 침대에 걸터앉은 채로 몸을 숙여 얼굴을 가까이 가져갔다. 창문 사이로 주황색 가로등 불빛이 비쳤다. Y는 그날을 기억하고 있었을까.

아순시온 이후로 Y와 나는 더 가깝게 남미를 여행했다. 때로는 친한 오빠 동생처럼, 때로는 편한 동네 친구처럼, 그리고 대부분을 연인처럼 우리는 남은 한 달의 모험을 함께했다. 하지만 여행이 끝날 때까지 둘 중 누구도 술 취한 택시에 대해서는 이야기하지 않았다. 소주 냄새가 나고, Y가 내 어깨에 기댔던 그날이 실제로 존재한 순간이었는지 언젠가부터는 나도 확신할 수 없었다.

46

버-스, 버스, 트럭

볼리비아, 산타크루즈

남미에 도착해서 새로 익숙해진 것이 있다면 그것은 버스표를
예매하는 방식이었다. 이렇다 할 앱이나 웹 사이트가 있는 것도
아니고, 그렇다고 유럽의 플릭스버스나 알사처럼 큰 버스회사들이
자체 플랫폼을 운영하는 것 같지도 않았다. (대기업에서 버스 노선을
운영하는 경우는 페루에서 만난 '크루즈 델 수르'가 거의 유일해 보였다.)
표를 사려면 직접 발품을 팔아야 하는 것이다. 먼저 큰 버스
터미널을 찾아가야 한다. 동서울터미널이나 반포 고속버스터미널
같은 곳이다. 보통은 도착지가 곧 다음 여정의 출발지가 되었다.
    터미널에는 수많은 여행사들의 창구가 길게 늘어서 있었다. 같은
목적지라도 여행사별로 출발 시간, 버스의 종류, 가격이 조금씩
달랐다. 여행사 창구는 노란색, 파란색, 빨간색 같은 화려한 색으로
칠해져 있었다. 품질과 가격이 비슷비슷하니 승객의 눈길을 한
번이라도 더 끌어야 하는 것이다. 남아메리카 터미널의 비주얼
머천다이징. 개중에는 가격을 깎을 수 있는 곳도 있어서, 터미널은

일종의 재래시장처럼 공들여 상품을 고르고 가격을 흥정하는
재미가 있었다. 사는 사람들과 파는 사람들이 한데 엉켜 터미널은
정말 시장통 같은 분위기를 풍겼다.

어쨌든 그렇게 미리 사 둔 버스 티켓을 들고 Y와 나는 시간에
맞춰 터미널로 향했다. 어느덧 익숙해진 아순시온의 거리. 애증의
도시와 대사관에 작별을 고하고 우리는 이제 볼리비아로 간다.
산타크루즈까지 버스는 꼬박 26시간이 예정되어 있었다. 하루
하고도 두 시간. 중국에서도 겪어본 적 없는 난이도 최상급의
여정이었다. 버스 안에서 그 긴 시간을 어떻게 보내야 할까.
구글맵에서의 경로는 대략 1350킬로미터. 감도 잡히지 않는 거리다.

8시에 출발하기로 되어 있던 버스는 좌석의 절반 정도를 채우고
8시 반이 되어서야 움직이기 시작했다. 기다리는 동안 나는 별다른
불만 없이 앉아 있었다. 동서울터미널처럼 엄격한 정시성이
지켜지는 곳도 아니었고, 애초에 나도 약속 시간에 늦는 편이다.
버스가 출발하고 20분 정도 지났을까? 눈을 좀 붙여볼까 싶은데
뭔가를 나눠준다. 저녁 식사였다. 빵 한 조각과 은박지로 싸인
도시락, 그리고 음료수 한 병. 도시락에는 따뜻한 밥과 치킨이 들어
있었다. 트레이에 담긴 모양이 꼭 비행기 기내식 같았다. 상대적으로
대충 툭 놓인 남미 버스 버전의 기내식이다. 버스니까 차내식인가?
Y도 눈을 동그랗게 뜨고 신기해했다. 아저씨에게 물어보니 치킨
도시락을 포함해 버스에서는 총 세 번의 식사를 나눠준다고 한다.
버스에서 밥을 주리라고는 생각도 못했던 터라, 처음에 우리는 살짝
당황했다. 추가 요금을 달라고 하는 것은 아닐까. 하지만 생각해보면
밥을 주는 것이 맞지 싶다. 네 시간도 여덟 시간도 아니고 장장

26시간을 가는데. 내리지도 못하고 버스 안에서 속절없이 굶을 수는 없는 일이었다. 세미카마 버스의 가격은 30만 과라니, 한국 돈으로 5만5000원 정도였다. 버스표를 살 때는 파라과이 물가에 비해 비싸다 싶었는데, 하루도 넘게 달리는 버스가 대충 5만 원이라면, 또 그 가격에 세 끼 식사까지 포함되어 있다면 어쨌든 비싸다고 보긴 힘들지 않을까. 나는 이런저런 쓸데없는 생각을 하며 눈 깜짝할 새에 도시락을 비웠다. 놓기만 대충 놓았지 버스의 식사는 웬만한 식당 급으로 훌륭했다. 시장이 반찬이었을까. Y가 남긴 빵까지 먹고 나니 큰 하품이 나온다. 이제 진짜 눈 좀 붙여야지. Y는 이미 꾸벅꾸벅 졸고 있었다. 의자를 편하게 젖히려고 찾아보니 웬걸, 레버가 없다.

새벽 5시. 밤새 달린 버스는 파라과이 출입국 관리소에 도착했다. 비몽사몽으로 버스에서 내려 출국 수속을 받았다. 버스 짐칸에 실렸던 짐들이 모두 꺼내어져 길가에 놓였고, 관리소 직원들이 일렬로 놓인 가방 근처를 어슬렁거렸다. 형식적인 검색이었다. 새벽녘의 어스름에 정확한 형체를 알아볼 수 없는 건물로 들어가 우리는 파라과이 출국 도장을 받았다. 동트는 하늘의 색이 예뻐 사진을 한 장 찍고, 버스에 올라 다시 잠이 들었다.

아침 9시. 울퉁불퉁 흔들리는 버스에 잠에서 깼다. 창밖은 이제 완전히 밝았다. 창밖으로는 파란 하늘과 뭉게구름, 사람 손이 닿지 않은 들판과 끝도 없이 뻗은 도로의 풍경이 펼쳐져 있었다. 에어컨은 역시나 작동하지 않았다. 해가 뜨고 나서는 땀이 나기 시작해 입고 있던 민소매를 벗어버렸다. 비닐 재질의 의자에 등이 쩍쩍 달라붙고, 의자도 젖혀지지 않았다. 나는 세미카마 버스표를 샀는데⋯. 바가지를 썼다 해도 별다른 방법은 없었다. 아순시온의 터미널을 출발한 지 12시간째. 이토록 먼 길을 다시 돌아가 따질 수도 없는 일이다.

오전 11시. 후덥지근한 버스에서 자다 깨기를 반복했다. Y와 한 번씩 끈적끈적한 살갗이 닿았다. 나도 Y도 밤새 씻지 못해 찝찝했지만, 불평할 마음은 없었다. 이름 모를 남미의 아저씨와 살을 맞대는 것보다는 백배 천배 행복한 일이었다. 한참을 달리던 버스는 작은 마을에 멈췄다. 마을이라고 하기엔 건물 몇 채와 주유소처럼 보이는 구조물이 전부인 허허벌판이었다. 휴게소 같은 곳인가 보다 생각하며 버스에서 내렸다. 곧게 뻗은 세 도로가 만나는 지점이었는데, 삼거리 중간에 파라과이 국기가 높게 걸려 뜨거운 햇살을 받고 있었다. 새벽에 파라과이 출국 도장을 받지 않았던가? 모를 일이었다. 맞게 가고 있겠지. Y와 나는 길게 기지개를 켜고 그늘로 가 땀을 식혔다.

오후 3시. 버스는 볼리비아 출입국 관리소에 도착했다. 버스에서 엉거주춤 내려 스트레칭을 하고 보니 Y와 나의 배낭이 흙바닥에 아무렇게나 내팽개쳐져 있다. 흙먼지를 잔뜩 뒤집어써서 그 색을 알아보기도 힘들 정도였다. 검사를 한답시고 끄집어내서는 대충 던져놓았겠지. 힘들게 받은 볼리비아 비자인데, 서운하게 하지 말아줬으면. 또 한 번의 형식적인 세관 검사 후에 여권에는 볼리비아 입국 도장이 찍혔다. 아순시온의 대사관처럼 난처한 상황이 생길까 조마조마했지만, 별 탈 없이 다시 버스에 오를 수 있었다. 앞으로는 얼마나 더 가야 할까. 시간은 점점 그 의미를 잃어 갔다.

오후 8시. 기나긴 버스와 남미의 더위에 녹아버린 시간은 딱 8시가 되어서야 머릿속에서 다시 그 구조를 갖추었다. 24시간, 그러니까 만으로 딱 하루를 달려 왔다. 버스는 지치지도 않고 산타크루즈를 향해 바퀴를 굴렸다. 어쩌면 버스도 지쳤을지 모른다. 기사가 페달을 밟을 때마다, 버스는 멸망한 세상의 끝에서 날 법한 기계의 신음 소리를 냈다. 차가 흔들릴 때마다 의자도 힘겹게 삐걱거렸다.

밤 12시 40분. 마침내. 마침내 버스는 산타크루즈의 터미널에 진입했다. 버스는 예정된 시간을 한참이나 지나 목적지에 도착했다. 오후 8시 출발, 밤 12시 40분 도착. 한국이었다면 네 시간 40분이라고 해도 정말 오래 걸렸다 생각했을 텐데 거기에 24시간이 더해진다. 28시간 40분. 정말이지 어디서도 경험하기 힘든, 두 번 다시 경험하고 싶지 않은 여정이었다. 머리는 아득하고, 무릎은 앉은 자세 그대로 굳은 것 같았다. 삐걱삐걱. 어깨, 목, 등, 허리 할 것 없이 온몸이 뻐근했다.

말 그대로 녹초가 된 우리는 예약해놓은 호스텔로 향했다. 숙소를 터미널 근처로 잡길 잘했지. Y가 지친 표정으로 끄덕였다. 농밀한 샤워를 마치고 나는 스르륵 침대로 빨려 들어갔다. 기나긴 여정에서 병든 닭처럼 그렇게 잠만 잤는데, 푹신한 침대에 누우니 또 기절하듯 잠에 들었다. 남미의 세 번째 나라, 다섯 번째 도시였다. 체 게바라가 유명을 달리한 나라. 버스를 한 번 탔을 뿐인데 여권에는 새로운 두 개의 도장이 찍혔다.

Y와 나는 산타크루즈에서 하루를 쉬어 가기로 했다. 29시간의 버스를 타고 다음 날 바로 또 이동할 수는 없었다. 극기 훈련도 아니고. 우리의 계획은 산타크루즈에서 수크레로 이동한 후, 포토시를 지나 남서쪽 방향으로 내려가는 것이었다. 최종 목적지는 고원의 소금 사막, 볼리비아의 보물이자 모든 배낭여행자들의 꿈인 살라르 데 우유니, 바로 우유니 소금 사막이었다. 우유니는 나흘이나 걸려 힘겹게 비자를 받아 볼리비아로 들어온 이유기도 했다. 이제 앞으로 며칠이면 그 비현실적인 풍경이 눈앞에 펼쳐질 것이다.

아침 10시쯤 일어나 근처에서 점심을 먹고 Y와 나는 산타크루즈 시내를 슬렁슬렁 돌아다녔다. 갈색 벽돌로 지어진 건물과 거리는 유럽의 오래된 도시와 비슷한 분위기를 풍겼다. 지도로 본 모습도 중앙의 광장과 성당을 중심으로 방사형으로 퍼져 나가는, 전형적인 유럽 도시의 모양이다. 풀네임은 산타크루즈 데 라 시에라(Santa Cruz de la Sierra). 스페인어로 '산맥의 성스러운 십자가'라는 뜻이었다. 스페인의 누군가가 발견하고, 백인들끼리 서로 갖겠다고 싸우고, 식민지로 삼고, 수탈하고, 죽고 죽이고, 그러다 나라는 언젠가 독립했겠지. 이 땅에 발을 들인 유럽인들도 아순시온에서 왔을까? 버스를 타도 26시간이 걸리는데, 그들은 도대체 어떻게 여기까지 왔을까. 거리의 사람들은 그래도 내가 상상했던 남미 사람의 모습이었다. 작은 키에 짙은 갈색 피부, 진한 쌍꺼풀과 새까만 머리카락. 오히려 이런 생각이 고정관념이자 일종의 차별일까? 리우데자네이루에서 생각했던 남아메리카의 정체성에 대한 상념이 다시 떠올랐다. 유럽의 모습을 한 도시와 스페인어로 지어진 이름. 그리고 그 거리를 걷는 메스티소. 어떤 모습이 진짜 남미일까? 혹은 내가 마주쳤던 모든 모습이 남미인 것일까?

머릿속이 복잡해진 나는 생각을 접고 오랜만에 그림을 하나 그리기로 한다. 갈색 성당이 보이는 광장의 구석에 앉아 스케치북을 꺼내며 Y에게 양해를 구했다. 그림 하나 그릴까 하는데, 근처 잠깐 돌아다니다 올래? 옆에 있어주면 더 좋고. Y는 오래 고민하지 않고 옆에 와서 앉았다. 연필을 잡는데 이질감이 느껴진다. Y는 재미있다는 듯 스케치북과 풍경을 번갈아 바라본다.

Day 179, 2016. 1. 29.

볼리비아, 산타크루즈 광장. 그림을 그리다 보면 생기는 관찰력(?)에 대해 오랜만에 그림을 그린 김에 적어보려 한다. 일단 산타크루즈 중심의 광장에는 비둘기가 엄청나게 많다. 그리고 꽤나 빈번히 똥을 싼다. 광장을 비추던 그림자의 방향이 고개를 한번 숙였다가 들자 반대 방향으로 바뀌었다. 해가 기울어지면서 맞은편 건물 유리에 반사된 빛이 만들어낸 그림자였다. 원래의 햇빛은 이제 성당 뒤편으로 넘어가 보이지 않는다. 그냥 광장을 거닐었다면 몰랐을 사실.

성당 왼쪽 시계탑의 서쪽 아치 중 하나는 막혀 있다. 처음부터 막아놓지는 않았을 것 같은데, 무슨 일이 있었을까. 마찬가지로 그냥 둘러봤다면 지나쳤을 특징. 그리고 의사 가운같이 생긴 흰 옷을 입은 아저씨가 흰 통을 실은 수레를 끌며 광장의 사람들에게 무언가를 판다. 가만히 보니 그것은 우유였다. 흰 옷을 입고 흰 통에 담긴 흰 우유를 파는 아저씨.

아무튼. 그림을 그리려면 당연히, 눈앞의 풍경을 세세하게 관찰하게 된다. 그리고 그림으로 남긴 풍경들은 아마도 (높은 확률로) 그냥 지나쳤던 광경보다 훨씬 강한 기억으로 오래 남겠지. 아무튼. 산타크루즈 광장에는 비둘기가 정말 졸라 많다.

산타크루즈를 떠나 수크레로. 밤 10시에 출발한 버스는 다음 날 아침 8시에 수크레에 도착할 예정이었다. 또 열 시간의 버스라니. 그래도 아순시온 버스의 경험으로 열 시간 코스는 이제 해볼 만하게 느껴진다. 버스 값은 110볼리비아노, 2만 원 정도였다. 이제 수크레에서 다시 하루 정도를 보내고 포토시를 지나면 드디어 우유니다. 찰박하게 고인 호수와 흰색 반영이 만드는 몽환적인 풍경. 남미 여행의 대표적인 목적지 중 하나인 그곳에 나는 조금씩

가까워지고 있었다.

버스는 시내를 벗어나더니 점점 산길을 달리기 시작했다.
구불구불한 오르막길에 버스는 쉴 새 없이 휘청거렸다. 가만
보자. 안데스산맥이다. 남미에 들어와 2주 반 정도가 지나 드디어
안데스산맥을 만난 것이다. '산맥의 성스러운 십자가'. 산타크루즈
데 라 시에라의 시에라는 그러고 보면 안데스산맥이었구나.
남아메리카 대륙의 태평양 연안을 따라 남북으로 뻗은 지구에서
가장 긴 산맥. 베네수엘라, 콜롬비아, 에콰도르, 페루, 볼리비아,
칠레와 아르헨티나까지 7개 나라에 걸쳐 그 길이가 7000킬로미터에
달하는 안데스산맥. 그 고원으로 가는 길에 내가 있었다. 막연히
신비로운 마음이 들어 창밖을 구경하다, 멀미가 나기 전에 나는 잠에
들기로 한다.

웅성웅성 시끄러운 소리에 잔뜩 인상을 쓰며 잠에서 깼다.
버스는 멈춰 서 있었다. 아침 6시가 조금 안 된 시간이었다. 내가
꿈을 꾸고 있는 것인지, 정신이 흩어져 한데 모으기까지 꽤나
오랜 시간이 걸렸다. 버스 승객들은 주섬주섬 일어나 나갈 준비를
하고 운전기사도 보이지 않았다. 예정보다 일찍 수크레에 도착한
것일까? 창밖으로 머리를 내어 근처를 살펴보니 아직 어둑한 산길의
한가운데였다. 적어도 시야가 닿는 곳까지 터미널처럼 보이는 곳은
없었다. 나는 Y의 어깨를 살짝 주물러 깨워놓고 버스 밖으로 나갔다.
푸르스름한 새벽 하늘에 눈이 곧 익숙해진다.

멈춰 선 것은 우리가 탄 버스뿐만이 아니었다. 버스 앞으로도
뒤로도 차들이 한 줄로 늘어서서 움직이지 않았다. 승용차, 트럭,
버스 할 것 없이 모든 차가 구불구불한 산길을 따라 길게 늘어섰다.

그리고 그 차들 사이를 **걸어서 지나는** 사람들이 보였다. 누군가는 큰 배낭을 멨고 누군가는 머리에 커다란 짐을 이고 걸었다. 안데스산맥의 좁은 일차선 산길, 어딘가에서 차가 퍼졌거나 추돌했거나 하는 사고가 난 모양이었다. 앞뒤로 오도가도 못하는 상황에 사람들은 기다리기를 포기하고 걷기 시작했겠지. 아니 근데 얼마나 걷는지 알고? 나는 시계를 확인했다. 아침 6시. 도착 예정 시간까지는 아직 두 시간 정도가 남았다. 그것도 자동차로 움직였을 때 두 시간이다. 시속 60킬로미터로만 달려도 남은 거리가 120킬로미터라는 이야기인데… 이 산길을 걸어서 수크레까지 갈 수 있을까? 저 사람들은 모두 어디로 가는 것일까. 차를 이곳에 이렇게 버려 두고 가도 되는 것일까? 사고는 언제쯤 수습될까? 결국 걸어가는 수밖에 없다면 대관절 나는 얼마나 걸어야 할까? 갑자기 눈앞이 아득해졌다. 사태를 확인하고자 밖에서 담배를 피우던 기사 아저씨를 찾아 말을 걸었다. 올라. 노 바모스(가지 않나요)? 버스 스탑(버스가 멈춘 건가요)? 아저씨는 알아들을 수 없는 스페인어로 얼마간 열변을 토했다. 그리고는 손가락으로 걷는 시늉을 하고, 다시 오르막길 쪽을 가리킨다. 불안한 예감은 항상 적중하는 편이다. 그러니까 안데스를 걸어서 올라가야 한다는 뜻이었다.

어쩔 수 없지 뭐. 다들 걷는 것을 보면 생각보다 금방 도착할지도 모른다. 나는 버스로 돌아가 Y에게 자초지종을 설명했다. 아마도 지금부터 걸어가야 할 것 같아. Y는 기지개를 한번 크게 켜고 자리에서 일어났다. 나는 버스의 짐칸으로 가 배낭을 꺼냈다. 신발을 고쳐 신고, 어깨끈을 꽉 조인 후에 우리는 오르막 방향으로 걷기 시작했다. 이른 아침의 예상치 못한 안데스 트레킹이었다. 나쁘지만은 않은 것 같기도. 이런 예측을 벗어나는 일이 또 여행의

묘미가 아닐까. 시동이 걸려 있는 차를 지날 때면 매연 냄새가
코를 찔렀다. 공기라도 상쾌했으면 좋았을 것을. 너무 오래 걷지는
않았으면. 기도하는 마음으로 나는 착실히 발걸음을 옮겼다. 힘든
소리를 할 만도 한데 Y는 오늘도 썩썩하게 앞서 걷는다. 좋은
동행이다.

　가다 쉬다를 반복하며 우리는 두 시간 정도를 걸었다. 왼쪽에는
높게 솟은 산기슭, 오른쪽으로는 신비로운 구름에 싸인 산맥이
보였다. 현지인들을 따라 걷다 보니 언젠가부터는 커다란
덤프트럭이 줄지어 섰다. 공사 때문에 이동하던 트럭들일까. 사고가
난 지점이 얼마 남지 않았을지도. 아니나 다를까 우리는 곧 사람들이
몰려 있는 장소에 도착했다. 다행히 크게 망가지거나 넘어져 있는
차는 없었다.
　십 분 정도 상황을 지켜보다, 우리는 기다란 트럭의 짐칸에
올라탔다. 수크레? 수크레! 바모스? 바모스! 소나 돼지를 싣고
다녔을 것 같은 닷지사의 오래된 트럭이었다. 짐칸은 흙투성이고
비닐을 걷어낸 비닐하우스처럼 파이프로 된 지붕 뼈대가 드러났다.
물론 수크레까지 우리를 데려다주기만 한다면 불만이 끼어들
자리는 없었다. 트럭은 그래도 꽤나 커서 얼핏 서른 명 정도의
사람들이 이미 몸을 싣고 있었다. Y와 나는 거의 마지막 탑승객이다.
봇짐을 든 사람들, 책가방을 멘 아이들, 우리 같은 배낭여행자들이
골고루 섞였다. 곧 출발한 트럭은 이내 심하게 흔들리기 시작했다.
사람이 탈 것을 가정하고 만들어지지 않았을 테니, 당연한 일이었다.
노르말 버스의 레버도 없는 의자가 그리워질 정도의 승차감이다.
Y와 나는 현지인들처럼 트럭의 벽에 붙어 천장의 파이프를

잡아본다.

안데스는 여전히 짙은 구름에 싸여 있다. 덜컹덜컹. 삐거덕삐거덕.
휘청휘청. 그렇게 우리는 수크레에, 우유니에 조금씩 가까워졌다.

47

삐걱거리고 덜컹거리고 꽉 막힌 기나긴 여정의 끝에
수크레/우유니

트럭의 짐칸에서 마주한 수크레. 안데스 산길을 감싸던 두터운
구름은 어느새 어딘가로 사라져버렸다. Y와 나는 호스텔에 체크인만
해 두고 서둘러 거리로 나섰다. 나름의 우여곡절을 겪고 만난
수크레의 하늘은 거짓말처럼 맑았다. 멈춰버린 버스와 예상치 못한
트레킹, 덜컹거리는 트럭도 잊게 할 만큼 설레는 파란 하늘이었다.
건물은 대부분이 눈부신 흰색 벽에 쨍한 주황색 벽돌 지붕으로
덮였다. 백색의 도시 수크레. 크로아티아의 아름다운 성벽 도시
두브로브니크가 떠오르는 인상이었다(가보지는 못했지만). 가장
뚜렷한 차이가 있다면 아마도 해발 고도일 것이다. 두브로브니크가
해발 3미터라면, 수크레는 해수면으로부터 3000미터나 떨어진 고원
도시였다. 수크레에서 두브로브니크를 내려다보면 점처럼 보이지
않을까.
　선선한 날씨, 맑은 하늘, 오르락내리락하는 언덕길, 아름다운
거리에 피로도 잊고 입꼬리가 올라간다. 서유럽 느낌이 나면서도 또

남미의 시골 동네 같은 수크레는 지금껏 만난 어떤 도시와도 다른 독특한 매력을 가지고 있었다. 역시, 힘들게 비자 받길 잘했지.

호스텔은 마침 메르카도, 큰 시장에 가까이 있었다. 1층과 2층을 오가며 시장을 구경하다 우리는 식당 구역을 발견하고 점심을 먹기로 했다. 비닐 재질의 커버를 씌운 나무 탁자가 다닥다닥 붙었고, 테이블마다 철제 걸이에 삐뚤빼뚤 메뉴가 걸렸다. 수저가 담긴 플라스틱 바구니와 향신료 통이 테이블 위에 나름의 규칙대로 올려졌다. 베트남이나 태국의 식당들과 그 느낌이 비슷했다. 옆에 앉은 아저씨가 제육볶음같이 생긴 음식을 먹길래 무엇이냐 물어보니 몬동고라고 한다. 그라시아스. 메뉴에는 15볼로 적혀 있다. 100볼이 2만 원이니까…. 2500원이다. 맑은 하늘만큼이나 설레는 가격이었다. 제육볶음 맛이 날까.

몬동고는 커다란 접시에 담겨 나왔다. 삶은 옥수수 알갱이를 곁들인 으깬 감자를 깔고, 그 위에 매콤달콤한 소스로 끓인 큼지막한 돼지고기를 올렸다. 옥수수 알갱이는 하나하나가 엄지손톱만 한 크기였다. 남미 옥수수는 원래 이렇게 커다랄까. 알갱이 하나가 이 정도라면 옥수수 전체는 최소한 팔뚝만 한 크기는 되어야 하지 않을까. 그럼 그 옥수수를 먹는 메뚜기는? 머리가 아득해진다. 나는 옥수수와 으깬 감자, 빨간 돼지고기를 한 점 잘 올려서 숟가락을 입으로 가져갔다. 오우. 눈이 트이는 맛이다. 제육볶음보다는 매운 돼지 갈비찜에 가까운 맛이었다. 단돈 2500원에 이 정도의 양, 이런 맛이라면 한 달을 내리 먹어도 좋겠다고 생각했다. Y는 주문한 피칸테 데 뽀요가 생각보다 매운 모양이었다. 거 봐. 피칸테가 맵다는 뜻이라니까. 몬동고? 내 거 같이 먹자고? 미안. 차라리 새로

Sucre, Bolivia

하나 시켜….

새파랗고 높은 하늘과 하얀 집, 주황색 벽돌 지붕, 입맛에 딱 맞는
몬동고. 도착한 지 반나절이 지났을 뿐이지만 수크레는 정말이지
매력적인 도시였다. 메르카도를 나와 소화도 시킬 겸 우리는 도시를
걸었다. 목적지 없이 걷기만 해도 기분이 좋아지는 거리였다. 그러다
그냥 지나치기 아까운 풍경을 만나 그림을 하나 그리기로 한다.
이번에도 Y는 옆에 앉아 느긋하게 시간을 보내주었다.

고도시가 한눈에 보이는 이름 모를 언덕을 오르고, 반짝이는
오렌지색 불빛으로 수놓인 오래된 도시의 야경까지 구경하고
나서야 우리는 호스텔로 돌아왔다. 새벽부터 이어진 긴 하루였다.
며칠 더 머물러도 좋겠다 이야기하며 Y와 나는 침대에 누웠다.
그때까지 나는 꿈에도 모르고 있었다. 남미의 모든 불확실성을
마주칠 때와 마찬가지로, 한동안 수크레에 갇혀 몬동고를 물리도록
먹게 될 줄은, 그리고 산길에 멈춰선 덤프트럭들이 고장 난 것이
아니었다는 사실을, 나는 정말로 모르고 있었다.

수크레 이튿날. Y와 나는 천천히 일어나 메르카도에서 점심을
먹고 터미널로 향했다. 우유니로 가는 버스에 대해 알아놓기
위해서였다.

터미널은 사람들로 가득 차서 발 디딜 틈도 없이 북적거렸다.
커다란 짐을 이고 진 사람들이 답답한 표정을 짓고, 군데군데
고성이 오갔다. 잉? 수크레 터미널은 원래 이렇게 북적거릴까.
K와 함께 전쟁을 치렀던 뉴델리의 기차역이 떠오르는 모습이다.
한 걸음씩 인파를 뚫고 우리는 창구에 도착했다. 직원은 다행히

매끄러운 영어를 구사했다. 올라. 우유니로 가려는데. 직원은 말을
끝까지 듣지도 않고 지금은 버스가 움직일 수 없다고 답했다. 왜?
그녀가 사용하는 단어들은 현실에서 처음 들어보는 표현이었다.
The Bolivian truck union went on strike yesterday. 트럭 유니언?
스트라이크? 아? 트럭 노동조합이 파업을 했다고?

그렇다. 모종의 이유로 볼리비아 트럭 노동조합이 실제로 전면
파업에 돌입했고, 그들은 경제 수도인 수크레로 통하는 모든
주도로를 트럭으로 길게 막아 세웠다. 안데스 산지의 도시를 잇는
도로는 대부분 왕복 이차선의 좁은 길이었다. 트럭 한 대를 잘
세우면 그대로 길이 막혀버리고 만다. 산타크루즈에서 수크레로
들어오는 길, Y와 내가 안데스산맥을 몇 시간이고 걸어 올라와야
했던 것도 같은 이유였다. 한 대도 아니고 수십 대 수백 대의 트럭이
도로를 길게 막고 자리에 누워버렸다. 우리가 수크레에 들어온 바로
그날 아침부터 트럭의 파업은 시작된 것이다.

다른 여행사 창구도 상황은 마찬가지였다. 직원들에 따르면
트럭노조의 파업은 바로 오늘 저녁에 끝날 수도, 앞으로 일주일이나
한 달간 이어질 수도 있었다. 어찌됐든 지금 당장은 버스로든
자동차로든 수크레를 나갈 방법은 없다는 것이 그들의 공통된
대답이었다.

Y와 나는 멍한 상태로 터미널을 나왔다. 왜 내게 이런 일이
생길까. 파업을 해도 이틀만, 아니 하루만 더 있다가 하지.
아순시온에서 비자 받는 데 그렇게 시간이 걸리지만 않았더라면.
산타크루즈에서 쉬지 않고 바로 출발했더라면.

호스텔로 돌아와 주인에게 물어도 돌아오는 대답은 같았다.
아저씨는 몰랐느냐고 되묻고는 신문을 건넸다. 신문의 1면에는

도로를 점거한 화물 트럭들 사진이 대문짝만 하게 실려 있었다. 탱크가 아니고서야 이제 바퀴 달린 자동차는 수크레에 들어올 수도 이곳에서 나갈 수도 없다. 이 아름다운 백색의 고도시에 Y와 나는 보기 좋게 갇혀버린 것이다.

'좋아지겠지'라는 대책 없는 낙관과 함께 우리는 또 사흘을 더 수크레에서 보냈다. 매일 아침 일어나는 대로 터미널에 가 상황을 살피고, 호스텔의 배낭여행자들과 대책을 고민했다. 머리를 맞대도 별다른 해결책이 나오지는 않았다.

Y와 나는 여러 시장을 돌아다니면서 매 끼니 몬동고를 먹고, 눈치 없이 아름다운 골목과 파란 하늘, 하얀 뭉게구름 사이를 배회했다. 파란 하늘은 높고 시원하게 뚫렸는데 수크레로 이어진 모든 길은 금방이라도 심근경색을 일으킬 대동맥처럼 답도 없이 꽉 막혀 있었다.

수크레의 나흘째 오후. 나는 집처럼 편안해진 호스텔의 2층 난간에 앉아 하릴없이 숙소의 풍경을 그리고 있었다. 메르카도의 식당과 호스텔 근처의 거리가 익숙해질 무렵이었다. 여전히 새파랗고 시원한 하늘과 반대로 마음은 수크레로 이어진 도로만큼 꽉 막혔다. 답답한 마음이 손으로 전해져 그림은 조금씩 진해졌다. 괜한 곳에 선을 덧칠하고, 갈 곳을 잃은 손은 필요 이상으로 그림에 명암을 넣는다. 눈앞의 풍경은 쾌청한데 그려진 그림은 칙칙하고 우울해 보였다. 나는 스케치북을 덮고 눈을 감았다. 숨을 깊게 들이마신다. 질끈 감은 눈꺼풀 속에서 왼쪽 오른쪽으로 천천히 눈을 굴리다, 중요한 계시를 받은 신화의 주인공처럼 자리를 박차고 일어났다. 이대로 계속 앉아 있을 수는 없다. 아무것도 하지 않고

여기서 더 시간만 보낼 수는 없다. 이제는 어떻게든 수크레를 벗어나야 한다. 나는 우유니로 가야한다.

나는 그길로 내려가 소파에 앉아 있는 Y에게 계획을 설명했다. 계획이라기보다 그것은 몇 단계 가정의 집합이었다. 일단 배낭을 메고 짐을 챙겨 호스텔을 나가자. 나가서 택시를 타고 일단 파업이 시작되는 지점까지 가보자. 그리고 거기서부터 포토시 방향으로 노조의 트럭이 만든 차 벽을 따라, 어디까지든 한번 걸어보자. 볼리비아의 트럭 조합원이 한 명도 빠짐없이 수크레에 모였다 한들, 소금 사막의 입구까지 트럭이 이어지진 않겠지. 차 벽이 끝나는 그 곳에 또 어떤 방법이 있겠지.

"생각해봐. 우리 같은 배낭여행자들 말고, 여기나 옆 도시 사람들도 어쨌든 이동하고 생활은 해야 하지 않겠어?"

"그냥 무작정 걸어가자고?" Y는 긴가민가한 표정이었다.

"일단 한번 가보는 거지. 세 시간 네 시간을 걸어도 끝도 없을 것 같으면 그때 다시 돌아와도 되잖아? 트레킹 했다 생각하고. 밑져야 본전인 거지." Y는 어깨를 한 번 으쓱이더니, 이번에는 긍정의 뜻을 담아 고개를 끄덕거렸다.

"그랭. 가보지 뭐. 근데 바리케이드 끝에 아무것도 없으면 좀 허무하겠다."

"차벽 끝났는데 앞에 딱 소금 사막 있는 거 아냐?"

"오빠 한 일주일 걸게?"

Day 184, 2016. 2. 3.

트럭노조의 파업으로 수크레에 발이 묶인 지 나흘째. 수크레에 이렇게 오래 머물게 될 지는 정말 몰랐다. 그나마 다행인 것은 아순시온이나 산타크루즈보다 수크레가 갇혀 있기에 나은 곳이라는 사실. 이제 여행은 한 달도 채 남지 않았다. 나는 이제 앞으로 나아가야 한다.

불확실한 결론을 향해 무작정 무언가를 시작하는 것은 말하자면 내가 잘 하지 않는 일이었다. 되도록 눈에 보이는 목표를 설정하고, 어느 정도 예측되는 결과가 있을 때 착수하는 것이 지금까지 나의 삶의 방향이었다. 그리고 그 목표로 가는 중에도, 선택지 중에 최대한 효율적이고 효과적인, 완벽한 선택지를 찾는 데 과도하게 집착했다. 스케치북 위 나란히 놓인 두 선이 조금이라도 삐뚤어져 있는 것을 참지 못하는 것과 같다. 약속 장소까지 가는 시간을 계산하고, 남은 시간을 생각해서 꼭 시간을 가득 채워 움직인다.

하지만 수크레에서 나는 변해야 한다. 그리고 배워야 한다. 최선의 선택지라는 것은 애초에 없는 것일지도 모른다. 내가 가진 한정된 자원과 처한 상황을 고려하고, 그 안에서 가장 후회하지 않을 선택을 해야 한다. 트럭 노조의 파업 앞에 내가 가진 자원이라고는 두 다리뿐이겠지만. 차 벽의 끝에 뭐가 있을지도 모르고, 결국은 다시 돌아올지라도, 앞이 막막하더라도 당장의 한 걸음을 내디뎌보아야 한다. 그 다음 걸음은 그때 또 생각하지 뭐. 그렇게 걷다 보면 언젠가 트럭으로 만들어진 바리케이드가 걷히지 않을까.

손이 가는 대로 쓰다 보니 문득 그런 생각이 든다. 삶도 마찬가지일까? 100퍼센트 효율적인 길 같은 것은 어디에도 없는 게 아닐까.

수첩을 덮고 나는 몸을 돌려 천장을 보고 누웠다. 오래 엎드려 있었는지 베개에 받힌 턱이 뻐근했다. 부스럭거리는 소리에 옆에 누운 Y가 잠깐 잠에서 깼다. 배낭은 모두 챙겨놓았고, 호스텔에서 만난 프랑스, 아르헨티나 친구 두 명도 함께 출발하기로 했다.

소금 사막은 이구아수를 떠날 때부터 목적지였다. 여행을 처음 계획하던 날부터 꼭 보고 싶던 풍경. 기를 쓰고 볼리비아 비자를 받아낸 이유. 삐걱거리던 버스 의자와 덜컹거리는 트럭 짐칸, 덤프트럭으로 꽉 막힌 이 기나긴 여정의 끝에 나는 우유니를 만나게 될까?

…걸어가보지 뭐.

48

버스의 끝과 하드보일드 원더랜드

그리고 수크레에서의 닷새째 아침. 우리는 드디어 배낭을 짊어지고 호스텔을 나섰다. 호스텔 주인이 진짜로 차 벽을 걸어갈 생각이냐고 묻는다. 아무래도 무모한 일이라는 표정이었다. 네, 뭐라도 해봐야죠. 내일이면 나아질지도 모른다는 말은 이제 지겹다고요. 다시 돌아올지도 모르니까 우리 방은 가능하면 남겨놔 주세요. 어차피 새로 들어오는 게스트도 없지 않을까요? 주인 아저씨는 알겠다며 웃는다. 부에나 수에르테. 굿 럭.

우선 우리는 숙소 앞으로 택시를 불렀다. 주인 아저씨에게 부탁해 포토시 방향의 트럭 바리케이드가 시작되는 곳까지 데려다 달라고 설명했다. 출발부터 마음이 놓였던 것은, 택시 아저씨가 거길 왜 가냐며 되묻지 않는다는 사실이었다. 우리 말고도 차 벽까지 가는 사람이 있다는 뜻이 아닐까. 택시비로 50볼리비아노를 부르지만 30볼로 깎는다. 50볼? 40볼로 흥정을 해보지만 어림도 없다. 다른 택시 부를까요? 아저씨는 마지못한 표정으로 배낭을 건네받아 트렁크에 넣었다. 아저씨, 우리가 우유니까지 갈 방법이 없지 개념이 없는 게 아니거든요. 지금은 제가 사정이 있어서 갇혀 있지만, 그래도 나름 6개월 차 백패커예요.

시내를 벗어난 도로 한가운데에서 우리는 거대한 트럭 바리케이드를 실물로 마주했다. 커다란 덤프트럭으로 만들어진 기나긴 벽. 그것은 아스팔트 도로를 따라 시야가 닿는 곳까지 끝도 없이 이어졌다. 손으로 만져지는 현실의 단단한 실재가 지니는 무게감이었다. 두 눈으로 직접 보니 '파업'이라는 단어가 오히려 평화롭게 느껴졌다. 그것은 'strike'라는 영단어가 더 잘 어울리는 압도적인 광경이었다. 단순히 일을 멈춘 것이 아니라, 어떤 강한 메시지를 전달하기 위해 큰 규모의 단체가 극단적이고 현실적인 방법을 택한 것이다. 수크레에서 머무는 동안 그 이유나 자세히 알아볼 것을 그랬나. 저들은 왜 이렇게까지 해야만 했을까.

수크레에 도착한 첫날 새벽처럼 우리는 신발끈과 어깨끈을 조였다. 좋아. 출발해보자.

남미의 산길을 걷기에 날씨는 나쁘지 않았다. 기온이 높고 햇살은 따가웠지만 그래도 후덥지근하지 않고 견딜 만한 정도다. 지대가 높아 습도가 적당한 것일까. 안데스 지방의 지형과 기후에 대해 더 찾아봤다면 좋았을 텐데. 하늘은 여전히 기분 좋은 파란색으로 높게 떠 있었다. 새하얀 뭉게구름이 멀리 안데스산맥에 큼지막하게 걸렸다.

고개를 돌리면 도로 양쪽으로는 두 키를 훌쩍 넘는 트럭들이 줄지어 서 있었다. 앞뒤로 사람 한 명이 겨우 지나갈 정도의 공간을 남겨놓고 다닥다닥 붙었다. 그야말로 거대한 바리케이드였다. 카고트럭, 덤프트럭, 옵티머스 프라임, 트레일러트럭. 트럭은 그

종류와 색깔도 제각각이었다. 차 벽 가운데로는 나름의 길을 남겨
두어 우리는 그 길을 따라 걸었다. 필요하다면 승용차 한 대가
지나갈 수 있을 정도의 폭이었다. 노동조합 사람들이 이동할 목적의
통로처럼 보였다. 어차피 도로를 막는 김에 지그재그나 구불구불한
재미있는 모양을 하지. 나는 이런저런 쓸데없는 생각을 하고
Y와 이야기하며 계속 걸음을 옮겼다. 유쾌한 상황은 아니었지만
마음과 발걸음은 오히려 가벼웠다. 어쨌든 우리는 앞으로 움직이고
있었으니까. 그것은 그야말로 모험이었다.

　차 벽 사이를 걷다 보니 신기한 모습이 눈에 들어왔다. 트럭
기사들, 그러니까 노동조합의 일원으로 보이는 사람들이 트럭
밑 그늘에 들어가 누웠고 몇몇은 모여 앉아 식사를 하고 있었다.
중간중간 사람들이 오토바이나 수레로 분주히 음식과 물 같은 것을
실어 날랐다. 따가운 햇살에 얼굴을 잔뜩 찡그린 아주머니가 커다란
짐을 이고 간식을 팔고, 열 살 남짓한 꼬마는 어깨에 아이스크림
통을 메고 차 벽 사이를 누볐다. 트럭으로 만든 바리케이드 안에서도
사람들은 생활을 이어 가고 있었던 것이다. 나름의 시스템이
갖추어져 있는 것을 보면, 아마도 이런 종류의 트럭 파업이 (혹은
시위가) 처음 있는 일은 아닌 모양이었다. 이들은 왜 길 위로
나와야 했을까. 어떤 부당한 처사가 이 많은 사람들을 트럭 밑으로
들어가게 만들었을까. 혹은 이렇게까지 해도 들어주지 못할 만큼
무리한 요구를 그들은 하고 있는 것이었을까? 그래도 그곳에 삶이
있다는 사실은 어쩌 보면 우리에게는 또 반가운 소식이었다. 이
사태가 지금껏 몇 번이나 일어났던 일이라면, 바리케이드의 끝에
어떤 해결책이 마련되어 있지 않을까. 물론 이 차 벽이 우유니 소금

사막까지 이어져 있지 않다면 말이다. 그렇게 생각하니 Y와 나는 기분이 오히려 점점 좋아졌다. 걷기 좋은 날씨, 배낭 멘 발걸음. 신기한 경험이었다.

어디쯤인지 모를 길을 Y와 나는 두 시간을 넘게 걸었다. 우리는 몇 번인가 배낭을 내려놓고 몸을 식혔다. 얼마나 걸어왔을까? 조금씩 트럭의 간격이 넓어지더니 마침내, 마침내 뻥 뚫린 도로가 눈앞에 나타났다. 저기 봐. 이제 바리케이드 끝난 것 같은데? 진짜네. 트럭 끝났네. 나는 Y와 하이파이브를 나눴다. 기어코 볼리비아 파업의 현장, 기나긴 트럭의 벽을 건너낸 것이다.

차 벽이 끝나고 코너를 몇 번 돌자 산길 한가운데 승용차와 사람들이 모여 있었다. 어차피 오가는 차도 없는 길. 아무렇게나 차를 세워놓고 그들은 보닛에 팔꿈치를 걸쳤다. 몇몇이 이제 왔냐는 표정으로 우리에게 손짓했다. 그들은 꽉 막힌 길의 끝에서 우리를 기다리고 있었던 것이다. 수크레를 떠나며 내렸던 몇 단계의 가정이 모두 증명되는 순간이었다. 됐다. 저 차는 아마도 우리를 포토시까지 데려다주겠지. 나는 해냈다는 생각으로 Y를 쳐다봤다. Y도 같은 표정이었다.

"포토시?" 반팔 와이셔츠를 입은 아저씨가 물었다. 그의 하얀색 도요타는 아무래도 택시처럼 보이지는 않았다. 수크레의 파업 소식을 듣고 이곳으로 나온 근처 주민이 아닐까. 아니면 수크레로 돌아가는 길에 파업을 만나, 어차피 들어가지도 못하는 상황에 돈이라도 벌기로 결심했을지도.

"포토시?" 나는 되물었다.

"포토시. 바모스."

됐다. 이 차는 포토시로 간다. 아저씨는 택시비(?)로 40볼을 불렀다. 흥정을 할까 했지만 생각을 고쳐먹었다. 포토시까지 서너 시간은 가야 할 텐데 40볼은 만 원이 채 안 되는 돈이었다. 사실 운임이 400볼이라도 우리에겐 선택의 여지가 없었고, 되려 이곳에서 차를 탈 수 있다는 것만으로도 감사한 일이었다. Y와 나는 트렁크에 배낭을 싣고 뒷자리에 나란히 앉았다. 와, 이게 되네. 해냈다는 생각에 기분이 이상했다. 기쁘거나 행복하다기보다 그것은 감격에 가까운 신기한 감정이었다.

차는 꽉 막힌 바리케이드를 뒤로하고 속도를 올리기 시작했다. 나는 흰색 도요타의 창문을 내렸다. Y는 왕십리의 택시에서처럼 내 어깨에 머리를 기댄다. 창문 밖으로 시원한 바람이 불었다.

새벽 1시가 조금 지나 우리는 우유니에 도착했다. 작은 마을이다. 주위는 어둡고 공기는 쌀쌀했다. 차 벽으로부터 세 시간여를 달려 도착한 포토시에서는 지체 없이 우유니까지 이동할 수 있었다. 우유니행 버스가 출발하기 불과 30분 전에 터미널에 도착한 것이다. 이래서 좋은 일은 연달아 일어난다는 말이 있을까. 터미널 근처 좌판에서 파는 바비큐를 저녁으로 먹고, 다시 여섯 시간을 달려, 우리는 마침내 우유니에 발을 디뎠다.

터미널 맞은 편의 숙소는 일반 호스텔보다 비싼 편이었지만 그냥 들어가기로 한다. 예약해놓은 곳도 없고 아침부터 이어진 여정에 우리는 꽤나 지쳐 있었다.

나는 퀸 사이즈 침대에 누워 소금 사막과 호수에 대해 생각했다. 해수면에서 3680미터나 떨어진 볼리비아의 고지대에 어떻게 소금으로 만들어진 사막과 짜디짠 호수가 존재할 수 있을까. 그것은 태고로 거슬러 올라가는 아주 오래전의 이야기였다.

신생대의 조산 운동 중에(신생대가 도대체 얼마나 먼 옛날인지는 모르겠지만) 태평양의 나즈카판과 남아메리카판이 부딪혔다. 이 충돌로 나즈카는 남미 밑으로 말려 내려가고, 반대로 바닷속에 있던 남미 땅이 솟아오르면서 그 판의 경계를 따라 안데스산맥이 만들어졌다고 한다. 그리고 산맥과 함께 형성된 넓은 분지 지형 이곳저곳에 커다란 소금 호수가 생겼다. 다시 오랜 시간이 지나고, 비가 많이 내리지 않는 곳은 호수가 증발해 소금만 덩그러니 남았다. 수만 년 전에는 바닷속이었다는 것을 증명하듯 군데군데서 산호와 해조류의 화석이 발견된다. 그렇게 만들어진 소금 호수와 소금 사막 중 가장 크고 유명한 곳이 바로 우유니다. 설악산보다 두 배도 더 높은 고지대에 넓게 깔린 소금밭.

우유니는 전라남도와 비슷한 크기다. 1만2000제곱킬로미터. 전라남도 전체가 평평하게 소금으로 덮여 있다니. 우유니에 묻힌 100억 톤에 달하는 소금은 볼리비아 전 국민이 수천 년 동안 먹을 수 있는 양이라고 한다. 볼리비아는 바다도 없이 해군을 가진 내륙국인데, 소금만큼은 남부럽지 않게 가지고 있구나. 그러고 보면 소금 사막이 없는 다른 내륙 국가들은 소금을 모두 수입해야 하는 것일까? 아무튼 우유니는 가뭄의 논처럼 쩍쩍 갈라진 사막과 발목 깊이의 찰박한 호수로 이루어져 있다. 12월부터 3월의 우기에 내린 비가 빠지지도 흐르지도 못하고 다시 증발할 때까지 얕은 호수를 이루는 것이다. 드넓은 사막은 눈이 부시게 새하얗고, 광활한 호수는 미동도 없이 하늘을 비춘다. 이 깨끗하고 아름다운 반영이 바로 모든 배낭여행자들을 매료하는 풍경이었다. 세상에서 가장 큰 거울.

사진만으로도 가슴을 떨리게 하는, 비현실적인 바로 그 풍경이다.

전라남도만 한 크기 탓에 투어 가이드 없이 우유니를 여행하기란
사실상 불가능했다. (혈기 왕성한 유럽의 젊은이들이 차를 빌려
사막으로 향했다가 돌아오지 못했다는 흉흉한 이야기가 전해진다.)
투어는 여행사에 따른 큰 차이 없이 대부분 비슷했다. 가이드가
여행자들로 팀을 모아 소금 사막으로 차를 몰고, 사막과 호수에서
밥도 먹고 사진도 찍고 다시 여행사로 돌아오는 식이다. 투어 상품은
'풀데이' '선라이즈' '데이타임' '선셋' '스타라이트'라는 이름을 달고
시간대별로 구성되어 있었다. 파란 하늘과 밤하늘, 해가 떠오를 때와
석양이 질 때, 모든 모습 모든 풍경이 다르고 그 모두가 아름답겠지.
Y와 나는 고심해서 여행사를 정하고 3일 간 우유니에 머물며 세
번의 투어를 하기로 했다. 각각 다른 여행사에서 풀데이 투어 두 번,
그리고 그중 마음에 든 곳에서 스타라이트 투어 한 번.

첫날의 우유니는 구름 한 점 없이 맑았다. 이른 아침 여행사
앞에는 Y와 나, 두 한국인 커플을 포함해 여섯 명이 모였다.
투어가이드 호세 아저씨는 출발하기 전 무릎까지 올라오는 검정색
고무 장화를 하나씩 나눠줬다. 소금 호수로 간다는 사실이 이제는
정말로 실감나기 시작했다. 아, 내가 우유니에 가는구나. 청바지까지
젖더라도 나는 맨발로 소금 호수를 걸어봐야지. 두근두근 가슴이
뛴다.

호세 아저씨는 짧은 설명을 마치고 오래된 렉서스에 시동을
걸었다. 사륜구동 오프로더는 '기차 무덤', 세계 최고 권위의 자동차
경주 대회인 다카르 랠리를 기념한 거대한 소금 조각상, 광활하게
펼쳐진 하얀 소금 사막을 순서대로 지나, 마침내 반영이 시작되는

소금 호수에 도착했다. 남미에 도착하고 3주. 여행을 출발한 지 186일 만에 나는 비로소 우유니에 도착한 것이다.

그것은 정말이지 숨이 턱 막히는 광경이었다. 나는 믿을 수 없는 장면을 목격한 사람처럼 헉 소리와 함께 숨을 들이마시고, 그대로 입을 벌리고 얼어버렸다. 와… 하는 작은 소리와 함께 폐로 들어온 소금 호수의 공기를 천천히 내뱉었다. 여러 나라 수많은 도시를 지나 마침내 마주한 우유니는, 지금껏 그 비슷한 것도 본 적 없는, 말이나 글로 형용할 수도 없는 별세계의 풍경이었다. 둥글게 세상을 덮은 새파란 하늘과 그 끝을 가늠할 수 없는 새하얀 호수. 찰박하게 발이 잠기는 바닥에서 시선을 천천히 올리면, 원근감도 공간감도 없는 세상에 나는 툭 떨어져 있었다. 어디까지가 호수이고 어디서부터가 하늘인지. 아무리 찾아도 경계를 구분할 수 없는 그 광활한 그라데이션의 우주에 나는 서 있었다.

워커와 양말을 벗고 맨발로 우유니에 섰다. 왠지 그렇게 해야 할 것 같은 기분이 들었다. 발등이 살짝 잠기는 찰박한 깊이였다. 차갑다. 한 걸음 한 걸음 발을 옮겼다. 따끔따끔한 소금 결정이 발에 밟히고, 내 발걸음 주위로 작은 파장이 생겼다. 맨살에 우유니가 와 닿는다. 찰박찰박. 발치의 가까운 풍경을 구경하다 고개를 들면, 드넓은 호수의 거울에 나는 또다시 숨을 삼켰다. 내가 있는 곳은 현실과 한참이나 동떨어진 우주였다.

그리고 어느새 우유니에 석양이 진다. 하늘은 조금씩 어둡게 물들기 시작했다. 위아래 어둠의 가운데 수평으로 기다랗게 붉은 때가 생긴다. 서서히 스며드는 태양을 바라보다 서글픈 감정이 들었다. 우유니를 경험하지 못하고 삶을 마친다면, 그것은 너무나도 슬픈 일이었을 것이다. 이곳에 이렇게 두 발로 서서, 이곳의 공기를 마시고, 이 형용할 수 없는 풍경을 직접 눈에 담지 못한다면. 문득 가족들이 생각났다. 나의 돌아가신 할아버지, 할머니, 아버지와 어머니. 나는 눈을 감고, 우유니의 저녁 공기를 다시 크게 들이마셨다.

둘째 날, 하늘은 거짓말처럼 뭉게구름에 덮였다. 투명한 호수의 수평선을 중심으로 우유니는 슬프도록 아름다운 데칼코마니를 만들어냈다. 대화나 감탄사가 필요 없는 장관이었다. 잠시도 눈을 뗄 수 없는 반영, 평생 잊지 못할 하늘과 소금 호수의 색. 몇 날 며칠을, 몇 달을 질리지도 않고 바라볼 수 있는 풍경이었다. 차가 장소를 이동할 때면 내가 우유니에 있다는 사실만으로 창밖을 바라보는 얼굴에 미소가 번졌다. 하루가 어떻게 지나가는지 점심으로 무엇을 먹었는지도 기억나지 않았다. 매일매일이 꿈 같은 비현실적인 나날들이 이어진다.

태양이 지상과 하늘의 틈으로 모습을 감추면, 소금 호수에는 곧 완전한 어둠이 내렸다. 거리를 가늠할 수 없는 어둠이었다. 하늘에 빈틈없이 박힌 별이 보석처럼 반짝이고 호수가 그 밤하늘을 비춰내면 우유니는 그대로 우주가 된다. 일말의 과장도 없이 나는 360도 우주의 한가운데 두 발로 서 있었다. 내가 꿈을 꾸고 있는 것이 아니라는 유일한 증거는 뺨에 닿는 차가운 공기뿐이었다.

야간 투어를 마치고 차는 마을 방향으로 달렸다. 호세 아저씨는 물이 차지 않은 소금 사막에 마지막으로 차를 세운다. 자, 내리세요. 이제 진짜 마지막 우유니입니다. 고개를 들면 머리 위 셀 수 없는 별들이 당장이라도 쏟아져내릴 것만 같았다. 나는 차에서 내려,

사막의 우주 한가운데 그대로 누워버렸다. 차가운 소금이 구석구석 닿는다. 폐 끝까지 우유니의 마지막 공기를 채워 넣고 천천히 내쉬기를 반복한다. 삐걱거리던 버스 의자와 덜컹거리는 트럭 짐칸, 덤프트럭으로 꽉 막힌 여정 끝에, 우유니.

결국 결실의 순간과 함께 남는 것은 그 과정이 아닐까. 우유니는 나의 빛나는 결과였다. 하지만 이곳까지의 과정이 없었다면 그 결과는 어떤 모습이었을까. 29시간의 이동, 예고도 없이 새벽의 한가운데 멈춰버린 버스, 안데스 산행과 덜컹이던 트럭. 짐작조차 하지 못한 파업과 그로 인해 갇혀 있던 수크레에서의 4일. 몬동고. 트럭의 바리케이드를 뚫고 걸어 나갈 결심. 차 벽 사이를 걷던 순간, 그리고 포토시로 달리는 흰색 도요타의 창문. 이 기나긴 여정이 없었다면, 우유니는 지금처럼 아름다웠을까? 뺨에 차가운 소금 사막의 밤공기가 닿는다. 나는 아니라는 생각이 들었다. 비행기로 간단하게 도착했다면, 혹은 버스가 문제없이 수크레에 도착했다면, 파업 같은 일이 없었더라면, 그랬다면 우유니의 풍경은 이토록 아름답고 값지게 느껴졌을까. 나는 고개를 저었다. 뒤통수에서 서걱서걱 소금 소리가 났다.

그렇다면 삶은 어떨까. 내가 앞으로 이루게 될 크고 작은 성취는, 예상치 못한 역경을 이겨냈을 때 진정으로 값지게 느껴지는 것이 아닐까. 내가 내린 모든 결정과 만족, 후회가 모여서 결국 내가 되겠지. 그렇다면 그 모든 고난과 눈앞이 깜깜한 순간들까지 사랑해야지. 내가 걷는 모든 길과 마주한 모든 경험이 나를 이루는 소중한 조각들이 되길.

일어나자. 또 내 앞에는 새롭고 아름답고 어려운 길들이 펼쳐질 것이다. 그것이 때로는 삐걱거리고 덜컹거리고 꽉 막힌 길일지라도,

단단하고 긍정적인 마음으로 걸어내야지.

바모스! 호세 아저씨의 목소리였다. 나는 눈을 뜨고 자리에서
일어나 소금을 털어냈다. 툭툭. 수크레 차 벽의 끝에서 택시를 타고
느꼈던 그 이상한 감정이 무엇인지 나는 조금은 이해할 수 있었다.
그것은 성장이었을 것이다. 내 안 어딘가의 작고 투명한 알맹이가 그
단단함을 더한다.

49

태양신과 콩키스타도르

페루, 코파카바나/쿠스코

Y와 나는 라파스를 거쳐 코파카바나로 향했다. 우유니에서
라파스까지는 약 아홉 시간, 라파스에서 다시 네 시간 정도가
걸렸다. 열 시간이 넘는 버스도 이제는 익숙해졌다. 적당한 가격의
세미카마는 잠도 솔솔 잘 온다. 새벽 6시의 어둑어둑한 라파스에서
비몽사몽 버스를 갈아타고 우리는 점심 때쯤 코파카바나에
도착했다.

볼리비아의 마지막 도시 코파카바나는 국경 인근의 작은
마을이었다. 해안 마을 같은 독특한 분위기와 쾌청한 날씨가 매력적인
곳이다. 잉카 신화를 간직한 태양의 섬(Isla del Sol)에도 가까웠지만,
아쉽게도 우리의 여정에서 코파카바나는 경유지에 속했다. 도시마다
원하는 만큼 머물기엔 이제 여행의 끝이 얼마 남지 않았다. 복학
신청도 마쳤고 새 학기까지는 집으로 돌아가야 한다.

그래도 Y와 나는 코파카바나에서 하루를 쉬어 가기로 했다. 하루
정도 쉰다고 이번엔 티티카카의 해군 함정이 길을 막거나 하진

Copacabana. Bolivia.

않겠지. 아순시온, 볼리비아 대사관의 파란색 해군기. 볼리비아가 그들의 해군을 훈련하는 커다란 호수가 바로 코파카바나에 면한 티티카카호였다. 해발 3800미터로 지구상에서 가장 높은 호수는 바다처럼 수평선이 보일 정도로 넓었다. 암. 해군을 훈련하려면 이 정도는 돼야지. 아니 근데 언젠가 전쟁이 다시 벌어지면, 호수에 떠 있는 군함들을 태평양으로는 도대체 어떻게 옮길까? 그보다 애초에 건조한 군함을 여기까지는 어떻게 가져왔을까? 배를 싣고 옮기는 커다란 트럭이라도 있는 것일까. 잔잔한 수면과 수평선을 번갈아 바라보며 나는 바리케이드를 이룬 트럭을 떠올렸다.

우리는 유명하다는 호수 변의 7번 포장마차에서 송어 튀김 트루차를 먹고 마을이 한눈에 담기는 언덕에도 올랐다. 티티카카의 시원한 바람이 셔츠를 펄럭인다. 저기 수평선 어딘가 태양의 섬이 있겠지. 잉카의 왕이 태어났다는 섬. 이슬라 델 솔 트레킹 코스는 어떤 풍경이었을까. 그곳에는 티티카카의 해군을 태평양으로 옮겨줄 태양신이 있을까. 떠나기 전 아쉬운 마음을 담아 나는 마을과 호수를 그림으로 남겨본다.

코파카바나를 출발한 버스는 30분 정도를 달리고 멈췄다. 멈춘 곳은 볼리비아와 페루의 국경이었다. 나는 버스에서 작성한 입국 신고서와 여권을 들고 버스에서 내렸다. 잔뜩 해진 여권이 눈에 들어온다. '대한민국' 글자만 간신히 알아볼 정도의 표지. 언제인가 물에 젖어서 아래쪽은 구불구불했다. 빳빳한 Y의 여권에 비하면 산전수전을 다 겪은 베테랑 같은 녀석이었다. 인천공항을 떠날 때만 해도 반짝반짝 깨끗했는데. 주인 잘못 만나서 고생하는구나.

자투리로 남은 볼리비아노를 페루 화폐인 솔로 바꾸고, 우리는 특별할 것 없는 심사를 마쳤다. 여권에는 또 두 개의 도장이 찍혔다. 볼리비아 아웃. 페루 인. 국경을 넘어 바라본 하늘은 어둑한 푸른빛으로 빛났다. 두꺼운 구름을 뚫고 간간이 하루의 마지막 빛줄기가 비친다. 문득 나는 그것이 마지막 국경 이동이었다는 사실을 깨달았다. 마지막 국경 사무소, 마지막 나라, 마지막 환전. 갑자기 아쉽고 슬픈 기분이 들었다. 이제는 여행이 정말 끝나 가는구나. 2주 후, 익숙해져버린 여행에서 다시 일상으로 돌아갈 수 있을까. 이 순간과 풍경을 얼마나 그리워하게 될까. 버스는 시동을 걸었다. 창에는 빙글빙글 필기체의 빨간색 페루 로고 조형물이 비쳤다.

그리고 완전히 볼리비아를 떠나버린 버스에서, 태양의 섬에 가지 않았다는 사실이 새삼 아쉽게 느껴졌다. 그곳은 어떤 풍경이었을까. 태양신은 정말 그곳에 있었을까. 나는 또 이곳에 올 수 있을까. 두 번 다시 돌아올 수 없는 곳이라면, 조금의 미련도 남기지 말았어야 하는 게 아닐까. 나는 해진 여권을 괜히 한 번 쓰다듬고 눈을 감았다.

코파카바나를 지나 우리가 향한 목적지는 쿠스코였다. 잉카의 심장이자 세계 7대 불가사의 마추픽추에 갈 수 있는 고산 도시. 한때 남아메리카 대륙에서 가장 발달했던 제국의 수도이면서, 처절한 침략의 역사가 고스란히 담긴 페루의 역사적 수도 쿠스코. 마추픽추와 쿠스코는 언젠가부터 그 이름만으로도 내게 막연한 신비로움을 느끼게 했다. 잃어버린 공중 도시와 태양신이 다스리는 높은 산속 미지의 세계. 잉카를 생각하면 머릿속에는 무성한 정글과 석조 건축물의 폐허, 커다란 콘도르와 황금으로 치장한 원주민의 이미지가 뒤죽박죽 떠올랐다. 나는 이제 그 잉카의 중심에 도착했다.

쿠스코에서 시간을 보내고 마추픽추에도 다녀와야지. 정오의
쿠스코 광장은 화창한 날씨와 하얀 뭉게구름으로 이방인을 반겼다.

　쿠스코는 안데스 원주민 언어인 케추아어로 배꼽을 뜻한다.
이름부터가 이미 세상의 줌심이다. 기원후 1200년경. 티티카카에서
태어난 망코 카팍은 쿠스코에 처음으로 왕국을 세웠다. 최충헌의
무신정권이 고려를 통치하던 시절이다. 버스를 타고도 12시간이
걸렸는데 망코 아저씨는 쿠스코까지 어떻게 왔을까. 당시 잉카
사람들은 콘도르와 퓨마와 뱀이 각각 하늘과 땅과 지하세계를
다스린다고 믿었고, 망코와 잉카인들은 쿠스코를 퓨마의 형상으로
만들었다. '쿠스코 퓨마'를 검색하니 최초의 도시 이미지가 보인다.
오. 과연 머리를 북쪽으로 두고 앉아 있는 퓨마의 모습이다.
쿠스코의 유명한 관광지들은 퓨마의 주요 신체 부위를 따라
이어졌다. 퓨마의 머리 위치에 요새 삭사이와만, 심장에는 중앙
광장, 그리고 성기 부근에 신전 코리칸차를 지었다. 이후 강력한
황제 파차쿠티를 거치며 쿠스코 왕국은 이제 잉카 제국으로 성장해
안데스 서부 전역에 영향력을 끼쳤다. 1400년대의 일이었다.
쿠스코에는 점점 사람들이 모이고, 동시에 금과 은을 포함한 잉카의
부도 쌓이기 시작했다.
　그리고 1532년, 스페인의 정복자 프란시스코 피사로가 기어코
잉카와 마주하고야 말았다. 아즈텍을 정복한 코르테스에게
감명을 받아 떠난 원정이었다. 200명도 채 되지 않았던 스페인의
콩키스타도르에 의해 잉카는 하루아침에 멸망의 길을 걷기
시작했다. 침략자들은 황제를 사로잡고 막대한 양의 황금과 재물을
수탈하기 시작했다. 잉카의 황제가 할 수 있는 일이라고는 그들이

원하는 만큼의 보물을 내어주는 것뿐이었을 것이다. 이보시오. 지금
우리가 있는 이 방을 황금으로 가득 채워줄 테니 제발 돌아가시오.
인간의 욕심은 끝이 없다는 사실을, 그리고 평화는 돈으로 살
수 없다는 사실을 황제와 태양신은 몰랐을까. 1533년 마지막
황제 아타우알파가 침략자들의 손에 교수형 당하고, 삭사이와만
공성전이 스페인의 승리로 끝나면서 잉카는 끝내 멸망했다. 스페인
본국에서 남아메리카로 사람들이 몰려오고, 잉카의 잔해 위에는
유럽풍의 새로운 도시가 만들어졌다. 침략자들은 신전을 허물고 그
위에 성당을 세웠다. 문자 그대로 예수 그리스도가 태양신을 밟고
선 것이다. 잉카인들에게 스페인 침략자들은 어쩌면 외계인들처럼
보이지 않았을까.

　검색을 마치고 나는 몸을 돌려 천장을 보고 누웠다. 피사로는
남아메리카 식민화와 서양 제국주의를 시작한 인물로 평가받았다.
어쩌면 남아메리카 정체성에 대한 내 상념의 출발점이 바로
쿠스코일지도 모른다.

　도시의 대부분은 벽돌과 흰 벽, 갈색 타일 지붕으로 이루어져
있었다. 오래된 유럽 도시와 비슷한 인상이다. 거리를 걷다가 종종
정교하게 쌓인 검은 돌담이 보이면 그것은 잉카의 흔적이었다.
커다란 바위가 테트리스 하듯 모양에 맞게 잘리고 쌓였다. 그
사이사이는 종잇장 하나 들어가지 않을 정도로 빈틈이 없었다.
잉카인들이 철을 다루지 못했던 것을 생각하면 믿을 수 없이 정밀한
기술력이다. 실제로 1950년 쿠스코의 큰 지진으로 스페인 사람들이
지어놓은 건물은 대부분 무너졌지만 잉카 제국의 건축물은 별다른
피해가 없었다고 한다. 퓨마의 심장 중앙 광장에는 웅장한 바로크

양식의 성당이 랜드마크처럼 섰고, 코리칸차는 말 그대로 잉카의
석재 건축물을 도려내고 그 위에 지어진 모습이었다. 거세당한 퓨마.
잉카 태양신을 밟고 선 위대하신 예수 그리스도.

　Y와 나는 광장의 맥도날드에서 늦은 점심을 먹고 성당이 보이는
벤치에 앉았다. 손에는 맥플러리가 하나씩 들렸다. 앉아서 조금
쉬었다가 이제 마추픽추 투어 알아보자. Y는 숟가락을 입에 넣고
고개를 끄덕였다. 머나먼 잉카의 심장에서도 황금빛 맥도날드와
스타벅스의 초록색 로고는 너무나도 매력적이었다. 퓨마와
태양신과 그 위의 그리스도. 그리고 그 위에 다시 캐피탈리즘.
맥도날드 신과 스타벅스 신. 나는 스케치북을 꺼내 광장을 그리기
시작했다. 태양신과 스타벅스 신이 싸우면 누가 이길까.

　거스름돈으로 받은 쿠스코의 동전은 아이러니하게도 금화와 같은
모습이었다.

　마추픽추로 가는 방법은 여러가지였다. 다만 어떤 방법이든
시작은 마추픽추 턱밑의 작은 마을 아과스 칼리엔테스에서 해야

한다. 나는 Y와 마주 앉아 여행사에 물어본 내용을 하나씩 정리했다.

첫 번째. 가장 간단한 방법은 여행사의 투어 상품이다. 광장에서 여행사의 큰 버스를 타면 아과스 칼리엔테스를 거쳐 마추픽추까지 그대로 데려다준다. 가격에 따라 마추픽추 내부 가이드까지 포함된 상품도 있었다. 간단하면서 동시에 가장 편한 길이지만, 배낭여행자에게 매력적인 방법은 아니었다.

두 번째. 페루레일(혹은 잉카레일). 아과스 칼리엔테스까지 기차로 이동하는 방법이다. 포로이나 올란타이탐보 등 출발지가 다양하고 기차는 가격에 따라 여러 등급으로 나뉘었다. 천장까지 통으로 유리로 된 기차도 있고, 영화에서나 보던 최고급 칸도 있다. 다만 가장 저렴한 옵션도 버스보다는 비쌌다.

세 번째. 가장 매력적인 방법은 잉카 트레일이었다. 쿠스코에서 출발해 마추픽추까지 잉카인의 옛길을 걷는 투어 상품이다. 1박 2일부터 3박 4일까지 코스가 다양했다. 백패킹을 하는 것처럼 안데스 산중에서 식사도 하고 실제로 텐트에서 밤을 보낸다. 가이드와 포터가 함께하고, 상품에 따라 계곡을 넘는 짚라인도 타고 자전거도 탈 수 있다. '세상에서 가장 걷고 싶은 길'이라는 수식어가 붙는 잉카 트레일은 그만큼 예약도 어렵고 가격도 (사악할 정도로) 비쌌다.

그리고 네 번째. 1번과 3번의 절충안. 광장에서 봉고 버스를 타고 히드로일렉티카라는 중간 마을까지 이동하고, 거기서 세 시간 정도 페루레일의 철길을 따라 걷는 방법이다. 별도의 가이드가 없어 자유 여행에 가까웠다. 새벽에 쿠스코를 출발하면 저녁 전에는 아과스 칼리엔테스에 도착하는 일정이었다.

우리는 오래 고민하지 않고 마지막 방법을 선택했다. 아무래도

버스나 기차에 편하게 앉아서 가는 것은 취향에 맞지 않았고,
잉카 트레일은 예약이 없어서 사실상 불가능한 옵션이었다. 3박
4일 안데스 트레킹을 놓친 것이 아쉽지만 어쩔 수 없는 일이다.
가격도 그렇고 내 여행의 일정도 그렇고, 미리 알았어도 아마 선뜻
예약하기는 쉽지 않았을 것이다. 언젠가 꼭 다시 와 걷기로 나는
다짐한다. 그때는 티티카카 태양의 섬도 가야지.

　철길을 따라 걷다 보면 파란색 잉카레일 기차가 큰 경적을 울리며
옆을 스쳐간다. 빵- 철컹철컹. 철컹철컹. 귀가 떨어져 나갈 듯
시끄러운 소리였다. 같은 방향으로 걷던 여행자들이 모두 멈춰 서서
사진을 찍었다. 정비된 등산로가 아니라서, 달리는 기차 옆에는 작은
울타리 비슷한 것도 없었다. 손을 뻗으면 기차를 만질 수도 있는
거리다. 물론 앞으로 다른 모든 것을 만지지 못하게 되겠지만.
　큰 배낭을 메고 기차가 달리는 안데스 산길을 걷자니 역시나
기분이 썩 좋았다. 정글에 묻힌 마추픽추를 발견한 미국의 탐험가도
같은 기분이었을까. 고개를 들면 높다란 잉카의 산봉우리가
두꺼운 구름에 가렸고, 발밑 계곡에는 이름 모를 강줄기가 세차게
흘렀다. 화가 잔뜩 난 듯 짙은 흙탕물이다. 여행 초반의 후타오샤
이후로 첩첩산중의 트레킹은 오랜만이었다. 괜히 공중 도시라는
별명이 생긴 게 아니구나. 나는 밀림을 오갔을 황제와 잉카인,
콩키스타도르를 생각했다. 정글과 폐허, 잃어버린 도시, 콘도르와
황금으로 치장한 원주민, 강철 투구를 쓴 바다 너머의 침략자들.
머릿속에 엉켜 있던 미지의 세계를 나는 두 발로 걷고 있었다.
잉카인은 왜 산꼭대기에 마추픽추를 지었을까. 침략자들에게 쫓겨
안식처를 버리던 그들은 어떤 심정이었을까.

새벽 4시, 마을은 아직 칠흑같이 어두웠다. 휴대폰의 플래시 없이는 한 치 앞도 보이지 않는 어둠이었다. Y와 나는 아과스 칼리엔테스의 숙소를 나와 산행을 시작했다. 마추픽추 입구까지 왕복 3만 원의 버스가 있었지만 마추픽추까지 오르는 산길을 되도록이면 두 발로 직접 걸어보고 싶었다. Y도 같은 생각이었다.

마을을 빠져나와 산길에 돌입하자 비가 쏟아지기 시작했다. Y와 나는 준비해 둔 얇은 우비를 꺼내 입었다. 가파른 돌계단에 어느새 계곡처럼 물이 흐른다. 우리는 미끄러지지 않게 조심조심 걸음을 옮겼다. 마추픽추 입구까지는 두 시간 정도를 걸어 올라야 했다. 새벽 공기가 쌀쌀했지만 어느새 땀이 줄줄 흐른다. 잉카인들도 마추픽추에 오를 때 땀을 흘렸을까. "휴. 버스 타고 갈걸 그랬나?" 나는 뒤따라오는 Y에게 마음에도 없는 소리를 건넨다. "뭔 소리야 오빠. 이게 진짜지."

과연 K만큼이나 든든한 여행 메이트다. 그녀는 빗물인지 땀인지 모를 물기를 닦는다.

물에 빠진 생쥐 꼴로 마침내 도착한 마추픽추. 입구를 지나고 얼마 되지 않아 비는 그쳤지만, 도시는 두꺼운 구름에 가려 아무것도 보이지 않았다. 주위는 안개인지 구름인지 모를 하얀 수증기의 집합체가 빠르게 흐를 뿐이었다. 내가 산꼭대기에 있는지 구름 속에 있는 것인지 분간하기 어려웠다. Y와 나는 주섬주섬 우비를 벗었다. 해가 완전히 뜨고 나면 개지 않을까. 입구에서 마주친 리마는 춥지도 않은 지 한가롭게 풀을 뜯었다.

약 570년 전, 그러니까 1450년경 제국의 첫 황제 파차쿠티에 의해 건설된 마추픽추였다. 그로부터 약 100년 뒤 콩키스타도르의 침략과 함께 도시는 버려졌다. 이후 오랜 시간을 잃어버린 상태로 있다가, 1911년 미국의 탐험가 하이럼 빙엄에 의해 다시 발견됐다. 빙엄 아저씨가 산길을 오를 때도 비가 왔을까. 이렇게 구름에 가려져 있었다면 보고도 몰랐을 텐데. 비가 아무리 많이 내려도 물이 고이지 않는 배수 설계, 돌로 만든 나침반과 해시계, 심지어 냉장고까지 갖춘 마추픽추는 1983년 유네스코 세계 문화 유산에 지정되었다. 배수 설계만큼은 정말 확실하게 했어야 겠구나, 나는 생각했다.

계단식 구조물을 따라 Y와 나는 마추픽추 구석구석을 돌아다녔다. 도시의 모든 것이 돌로 만들어져 있었다. 자로 잰 듯 반듯하게 쌓아 올린 잉카인의 석조 건축물. 머릿속에는 물음표가 하나씩 생겨난다. 잉카인들은 어째서 이렇게 높은 곳에 공들여 도시를 지었을까. 어떻게 그들은 이 커다란 돌을 자로 잰 듯 잘라 반듯하게 쌓아 올렸을까. 그렇게 오랜 시간을, 마추픽추는 무너지지도 않고 어떻게 버텨냈을까.

그리고 어느덧 정오가 지났다. Y와 나는 마추픽추의 중턱쯤에 있었다. 구름이 조금씩 옅어지나 싶더니, 한 줄기 광선이 마추픽추에 떨어졌다. 우리는 동시에 서로를 쳐다봤다. 도시가 한눈에 보이는 포인트로 올라가보자. 서둘러 걸음을 옮길 때마다 주변은 점점 또렷해졌다. 이게 된다고? 하얗게 덮였던 하늘 사이로 파란색 도형이 하나씩 보이더니, 순간 거짓말처럼 맑은 하늘이 나타난다. 구름을 치워내기라도 하듯 강렬한 햇살이 마추픽추에 떨어지고, 도시는 선명한 초록으로 생명력을 얻었다. 태양신의 축복이었을까. 쨍한 마추픽추가 마법처럼 눈앞에 펼쳐진다.

감동적인 풍경이었다. 눈을 씻고 다시 봐도 그것은 마추픽추였다. 잃어버린 공중 도시. 정성스레 쌓아 올린 돌은 맑은 연두색으로 도시를 이루고, 시선을 올리면 마추픽추는 험준한 안데스에

둘러싸여 있었다. 인간의 발걸음을 쉽게 허락하지 않겠다고
다짐이라도 한 듯 안데스는 근엄한 표정이다. 짙은 초록의
깎아지르는 산맥. 산봉우리엔 그림처럼 구름이 걸렸다. 아, 내가
마추픽추에 왔구나. 나는 잊었던 일이 생각난 사람처럼 가방에서
스케치북을 꺼냈다.

50

그리고 나의 마지막 여정

와카치나/우아라스

공항 게이트 앞 바닥에 배낭을 베고 누웠다. 마지막 잉카 콜라는 절반 정도가 남아 있다. 가장 저렴한 비행기는 역시나 가장 애매한 시간 가장 먼 게이트에서 출발한다. 마지막이라고 예외는 없었다. 앉을 만한 의자도 없어서 나는 그냥 차가운 타일 바닥에 누워버렸다. 옆에 같이 누운 비슷한 행색의 여행자들 덕분에 조금은 마음이 편해진다. Y가 먼저 한국으로 돌아가고, 예상치 못한 사건으로 비행기를 놓치는 끔찍한 일이 벌어지지 않도록 나는 리마에 이틀 전에 도착해 있었다. 이제 두 시간 후면, 그러니까 바닥에서 두 시간만 더 버티면 한국으로 돌아가는 비행기에 나는 몸을 실을 것이다.

먼 길이었다. 여행이 끝난다는 생각에 마음이 싱숭생숭한 채로 마지막 한 주를 보냈다. 쿠스코를 떠나 일주일 동안 모래사막과 만년설을 지나왔다는 사실이 하룻밤의 꿈처럼 느껴졌다. 언젠가 이 7개월 간의 여행도 순간의 꿈처럼 희미해질까. 차갑고 딱딱한 바닥에 등이 배기지만, 눈을 감고 짧은 기억을 되새겨보기로 한다. 잉카 콜라는 마지막 순간까지 아껴 둬야지.

쿠스코에서 와카치나까지는 버스로 19시간이 걸렸다. 정확히는 와카치나 옆 이카까지 가는 버스였다. 내가 버스를 타는지, 버스가 나를 타는지. 버스에서 주는 밥을 몇 번인가 먹고 잠을 두 숨 정도 (대부분이 한 숨으로는 모자랐다) 자고 나면 버스는 내리라고 문을 연다.

페루 북쪽으로 올라가기 전 경유지로 나스카와 와카치나를 놓고 고민하다 Y와 나는 와카치나 오아시스에 가기로 했다. '사막의 오아시스'는 곱씹을수록 매력적인 표현이었다. 살면서 실제 오아시스를 볼 일이 얼마나 있을까. 끝없이 펼쳐진 모래사막과 일렁이는 아지랑이. 그리고 그 한가운데 야자수로 둘러싸인 물웅덩이. 와카치나는 꽤나 후끈거렸다. 안데스의 고지대와는 또 다른 날씨다. Y와 나는 외투를 배낭에 넣고 반바지와 민소매를 꺼내 입었다.

1박 2일 동안 우리는 나름대로 알차게 사막을 즐겼다. 버기카 투어로 모래사막을 엉덩이가 아플 때까지 달리고, 높이를 가늠할 수 없는 거대한 둔에서 널빤지로 만든 보드를 타고 내려왔다. 보드 동아리에서 만난 Y와 지구 반대편에서 샌드 보딩을 함께 한다는 사실이 문득 새삼스럽다. 어느새 그녀와도 꽤나 가까워졌다.

양말부터 속옷까지 꼼꼼히도 침투한 모래를 한참 털어내고, 저녁을 간단히 먹은 후에 우리는 동네를 산책했다. 평화롭고 여유로운 오아시스. 히피처럼 보이는 한 무리가 모여 작은 음악회를 열고 있었다. 그들은 야자수에 기대 우쿨렐레를 튕기고, 젬베를

치고, 모래밭에 마음대로 누워 노래를 부른다.

69호수는 맨 처음부터 여행의 마지막 목적지였다. 아르헨티나와 칠레를 포기하기 전에도 우아라스 69호수는 언제나 마지막이었다. 나의 마지막 여정. 그곳은 내게 항상 기준점처럼 작용했다. 69호수 트레킹이 끝나면 나는 모든 것으로 돌아가는 것이다. 왜 그것이 69호수였는지는 잘 기억이 나지 않는다. 때로는 무엇인가를 계속해서 생각하고, 소중히 여기고, 의미를 부여하다 보면 그것은 어느새 내 안에서 대단히 중요한 존재가 되곤 한다. 페루 고원의 만년설과 한 줄기 폭포, 그리고 그것이 만드는 에메랄드빛 호수.

Y와 나는 두 번의 트레킹을 계획했다. 3박 4일의 일정이었다. 우리는 먼저 파론 호수에 가보기로 한다. 아침 일찍 투어사를 출발한 봉고 버스는 해발 4200미터의 고지대까지 세 시간을 달렸다. 파론 트레킹은 차에서 내려 한 시간 정도를 걸어 올라가는 비교적 쉬운 코스였다. 4000미터가 넘는 고지대는 처음이었기에, 우리는 69호수에 가기 전 연습(?) 삼아 천천히 산길을 올랐다. 처음엔 호흡이 달리고 금세 지쳐버릴 것 같았지만 곧 익숙해진다. 역시 고산병에 강한 체질이다. 나는 가벼워진 발걸음으로 커다랗고 날카로운 바위 언덕을 폴짝폴짝 뛰어넘었다. 부서진 바위가 언덕을 이룬 모습이 꼭 오래된 채석장 같았다. 여행을 시작할 때 산 뉴발란스 운동화는 벌써 군데군데 해지고 구멍이 났다. 더 신을 수 없을 만큼 닳아도 이 신발은 평생 버릴 수 없겠지….

맛보기라고 부르기에 파론의 계곡은 한 폭의 그림처럼 아름다웠다. 물감을 진하게 풀어놓은 맑은 웅덩이처럼, 호수는 짙은 에메랄드색으로 초록의 계곡을 채우고 있었다.

그리고 새벽 5시. 봉고 버스는 드디어 내 마지막 여정의 시동을
걸었다. 밴의 문이 닫히고 나는 괜히 비장한 마음이 든다. 정말
마지막 목적지라니.

69호수는 파론과 가까웠다. 전날과 마찬가지로 우아라스에서
100킬로미터, 차로 세 시간이 걸렸다. 두 호수는 직선으로는
6킬로미터밖에 떨어져 있지 않았다. 왜 그 가까운 거리를 이틀에
나누어 가나 싶지만 둘 사이엔 해발 6400미터의 산봉우리가
섰다. 만년설이 덮인 험준한 바위산이다. 69호수의 뒤편으로
우직하게 솟은 봉우리를 나는 곧 만나게 될 것이었다. 팔짱을 끼고
헤드레스트에 머리를 기댄 채, 나는 설산을 오르는 나의 모습을
상상했다. 마지막 남은 힘을 짜내 빙벽에 아이스바일을 꽂는다.
날카로운 소리를 내며 꼬챙이가 부러지고, 한 손으로 매달려 버티다,
결국 저 아래 푸른 호수로 떨어진다. 풍덩.

봉고 버스는 이름 모를 호수에서 잠시 멈췄다. 트레킹을
시작하지도 않았는데 눈앞의 물은 이미 옥색의 빙하수였다.
파워에이드를 가득 부어놓은 듯 맑고 선명한 푸른색이다. 나는 크게
기지개를 켜고, 일행과 흩어져서 한동안 호수를 구경했다.

그리고 출발지에 도착한 것은 8시 반이 조금 못 된 시간이었다. 세
시간 정도를 걸어 올라가 호수를 찍고 돌아오는 코스다. 이제 진짜
마지막 여정이 시작된다. 나는 크게 심호흡을 하고 걸음을 옮겼다.

나지막한 숲속, 축축하고 짙은 산길을 얼마간 걸어 나가자
널찍한 분지가 펼쳐진다. 호빗과 엘프가 나오는 판타지 소설 속
풍경에 나는 서 있었다. 짙푸른 초원 사이로 개울이 빠르게 흐르고,

붉은 표지판의 오래된 화살표가 방향을 가리켰다. 산등성이에서 흰 말을 탄 백색의 마법사나 호기심 많은 맨발의 난쟁이가 걸어 나온대도 놀랍지 않았다. 주변은 가파른 바위산으로 둘러싸였고, 산 너머에 만년설로 덮인 하얀 산봉우리가 솟았다. 보라색 들꽃, 야생의 들소, 습지를 지나 Y와 나는 가파른 돌길을 올랐다. 인간계를 그린 대서사시의 한가운데. 마지막 여정이라는 이름이 어울리는 풍경이었다. 멀리 따라오는 일행은 손톱만큼 작게 보인다.

Day 202, 2016. 2. 21.

69호수 트레킹. 나의 마지막 여정. 투어 밴의 일행보다는 한참 앞섰고, Y도 이제는 멀리 보인다. Y를 기다릴 겸 산행 길의 중간에 잠시 앉아 수첩을 꺼냈다. 대자연에 홀로 떨어진 기분이다. 눈을 뗄 수 없는 경관 속에 나는 앉아 있다. 고개를 돌리면 빌보 배긴스가 보일까. 혼자 올라오는 길에 문득 그런 생각이 들었다.

이 트레킹이 끝나고 나면 나는 모든 것으로 돌아가야 하는구나. 인천공항과 왕십리와 강의실과 CGV와 그 모든 것들로. 이제 정말 돌아간다고 생각하니 내가 딛는 모든 걸음이 서글프도록 소중하게 느껴진다. 뺨에 닿는 바람과, 눈앞의 믿을 수 없는 풍경과, 내가 밟는 모든 자갈이….

중간에 호수를 몇 개 지나고, 흰 눈으로 덮인 산봉우리를 표지판 삼아 나는 계속 걸었다. Y와도 떨어져서 우리는 각자의 마지막 여정을 조용히 한 걸음씩 걸었다. 가쁜 숨소리와 산바람 소리만이 주위를 채운다. 고지대 산행이 체질인지 일행보다 나는 꽤나 앞서 혼자 걷고 있었다. 얼마나 걸었을까. 짙은 오솔길과 바위 무더기 너머로 예고도 없이 선명한 옥색 점이 보였다. 나도 모르게 발걸음을 멈췄다. 호수는 그곳에 있었다. 나의 마지막 여정이, 내 여행의 마지막 목적지가 하나의 점으로 눈앞에 나타났다. 근엄한 표정으로 무뚝뚝하게 솟은 만년설 아래 한 줄기 폭포가 옥색 점을 향해 떨어지고 있었다. 발걸음을 옮길 때마다, 호수에 가까워질 때마다 그 옥색 점은 점점 커졌다. 항상 맨눈으로 보는 것을 선호했지만 나는 무언가에 홀린 사람처럼 휴대폰을 꺼냈다. 안데스의 만년설에서 떨어지는 폭포 소리, 저벅저벅 내가 옮기는 마지막 발걸음, 그리고 눈앞에 천천히 펼쳐지는 마지막 풍경을 나는 기록으로 남기고 싶었다.

옥색 호수는 이제 눈앞에 파노라마로 펼쳐졌다. 나는 작게 숨을 뱉었다. 69호수에 결국 오고야 말았구나. 수개월의 여행 중 가장 높은 곳에서, 나는 긴 여정의 마지막을 마주하고 있었다. 눈부시게 흰 산, 슬프도록 아름다운 옥색 호수. 목구멍 안쪽이 조금씩 뜨거워졌다. 아, 나의 마지막 여정.

맥락 없는 서글픔을 담고 뜨거운 눈물이 뺨을 타고 흘렀다. 정확한 이유를 알 수 없는, 하지만 모든 것을 이해할 수 있는 눈물이었다.

뒤따라 일행이 도착하기 전에 나는 마음을 가라앉혔다. 덥수룩한 수염의 쿨한 백패커가 눈물을 흘리는 걸 보여줄 수는 없는 일이었다. 곧 사람들이 도착하고, 우리는 바닥에 대충 앉아 빵을 나눠 먹었다. 호수에 들어갔다 나올까 이야기를 나눈다. 태양의 섬처럼 후회를 남길 수는 없지. 나는 망설임 없이 옷을 벗고 호수로 걸어 들어갔다. 에메랄드빛 빙하호의 냉기가 뼛속까지 스며든다.

딱딱한 공항 바닥에서 나는 몸을 일으켰다. 이제 집에 가야지.
든든한 나의 빨간 배낭에는, 중국부터 페루까지 형형색색의 국기가 빈틈없이 붙었다.

Day 205, 2016. 2. 24.

리마공항 게이트 21번을 지나 케세이퍼시픽 항공의 비행기 45-D 좌석에 앉아 있다. 이 비행기가 남아메리카의 땅에서 떠오르면, 나는 로스앤젤레스와 홍콩을 거쳐 33시간 후 인천공항에 도착한다. 이제 정말 집으로 간다. 검색대를 통과해 게이트로 가는 길에, 여행의 첫째 날 중국 칭다오 공항에서 적었던 일기를 떠올렸다. 모든 것이 새롭고 모든 것이 낯설었던 그날. 그때 내가 어떤 감정이었는지, 어떤 설렘을 품고 있었는지, 그날의 내가 희미하다.

지금은 어떤가. 곧장 집으로 돌아가고 싶은가? 하루 빨리 집으로, 학교로, 눈앞의 현실로, 해야 할 일들로 돌아가고 싶은가. 나의 여행은 만족스러웠나. 얼마나 많은 것을 보고, 느끼고, 또 어떻게 변했나. 플라스틱 버클이 망가진 중국의 첫날부터 지구 반대편 페루의 오늘, 마지막 날까지 나는 무엇을 했을까.

다행인 것은 '아직 가야 할 곳이 많은데 벌써 돌아가야 한다'거나, '계속 길 위에 머물고 싶다'는 생각이 들지 않는다는 사실이다. 나는 돌아갈 준비가 됐다. 나는 돌아갈 현실과 발 디딜 땅이 필요한 사람이다. (물론 아쉬운 마음도 크지만.) 비행기에서 영화를 몇 편 보고, 경유지에서 그림을 몇 개 그리고, 핸드폰을 하다 보면 인천이겠지. 그리고 나는 집으로 돌아가겠지.

나는 많이 변했다. 내 그림이 많이 바뀐 것처럼 나는 많이 배우고 발전했다. 어떤 경험과 성장이었는지 기억나는 것도 있고, 내가 지각하지 못하는 것도 있을 것이다. 그것들은 언젠가 발현될 소중한 조각으로 내 안 어딘가에 박혀 있겠지. 이 207일 간의 여정이 나를 어떻게 바꾸어놓았는지는, 이제 시작될 삶에서 또 두고 볼 일이다.

아무튼 나의 여행은 이렇게 끝이 났다.
안녕. 나의 그리울 여행아.

모든 것이 새롭고, 모든 것이 낯설었다. 그리고 나는 그 모든 것들을 매 순간 사랑했다.

"7개월의 여행을 마치고 한국에 돌아왔을 때, 인천공항을 밟았을 때 어떤 생각을 하셨어요? 그때의 소회를 영어로 이야기해 주실래요?"

나는 잘 다린 셔츠와 남색 세미 캐주얼을 입고 커다란 회의실에 앉아 있었다. 대충 봐도 고급스러운 데스크가 길게 이어졌고, 사무적인 향기가 조용한 공간을 채웠다. 차분한 톤의 회색 벽에 매립등 불빛이 은은하게 비쳤다. 맞은편에는 점잖은 차림새의 면접관 세 분이 앉았다.

대학을 졸업하고 3개월, 여행에서 돌아온 지도 벌써 1년이 지났다. 나는 생각보다 빠르게 일상으로 돌아왔다. 졸업 과제로 밤을 지새우고, 여행에서 그렸던 그림들로 작은 전시회를 열고, 주변의 친구들처럼 영어 시험을 보고, 자격 시험을 준비하고, 잘 알지도 못하는 회사들에 이력서를 넣었다. 몇몇 회사는 첫 단계도 넘지 못했다. 그나마 면접을 본 곳들은 마음에도 없는 심심한 위로를 전했다. …귀하의 역량은 훌륭하나 안타깝게도 이번에는…. 됐어요.

별로 안타깝지 않으시잖아요.

그리고 지금 내가 앉아 있는 곳은 운 좋게 마지막 면접까지 진행된 한 회사의 회의실이었다. 면접 중에는 영어로 질문할 수도 있다는 후기를 보고 예상 질문 리스트를 만들어 준비했었다. 전공과 업계에 관련된 질문과 그에 대한 답변이었다. 저는 실내 건축과 마케팅이 밀접한 관계를 맺는다고 생각합니다. 눈으로 보는 것뿐만 아니라 손으로 만져지고 소비자들의 발길을 사로잡는 마케팅이…. 회의실 문을 열기 직전까지도 나는 준비한 영어 답변을 중얼거렸다. 그러다 예상을 한참이나 벗어난 질문을 마주한 것이다. 예상 질문과 실제 질문의 거리는 아순시온과 산타크루즈만큼이나 멀었다. 가운데 앉은 면접관 선생님이 시작한 질문이었다.

"이력서 보니까 여행을 되게 오래 하셨네요. 7개월? 특별한 경험이었겠어요."

"네. 많은 것을 보고 배웠다고 생각합니다. 세상 구경만 하고 온 게 아니라, 중국에서 우연한 계기로 호스텔을 설계해보기도 하고 이집트에서는 피라미드로 앰뷸런스를 불러보기도 했습니다. 볼리비아에서 트럭 파업을 뚫고 걸어가며 역경을 이겨내는 마음가짐도 얻을 수 있었습니다." 준비한 대답이었다. 왼쪽에 앉은 면접관이 고개를 숙이고 종이를 넘겼다.

"그래요. 그럼 7개월의 여행을 마치고 한국에 돌아왔을 때, 인천공항을 밟았을 때 어떤 생각을 하셨어요? 그때의 소회를 영어로 이야기해 주실래요?"

소회? 소회가 무슨 뜻이지? 순간 사고가 멈췄다. 소회라는 단어를 실제로 쓰는 사람을, 그리고 그 단어를 말로 하는 사람을 나는 처음 만났다. 하필이면 입사 면접 시험장의 마지막 단계에서. 여행에서

돌아왔을 때의 소회? 그리고 그걸 영어로? 머리를 빠르게 굴리려
했지만 굳어버린 사고는 말을 듣지 않았다. 정적이 흐른다.

　자, 당황하지 말자. 진짜로 그날 나는 무슨 생각을 했을까.
인천공항에 도착한 날을 떠올렸다. 2월이었다. 한국은
한겨울이었지만 남미에서 온 나는 반바지에 슬리퍼 차림이었다.
신기한 동물이라도 본 듯 사람들은 나를 힐긋거렸다.

　그리고 입국장으로 들어오는 길에, '내국인'과 'Foreigner'가 적힌
입간판을 보고 나는 자연스럽게 외국인 방향으로 걸어 들어갔다.
검색대에 거의 도착해서야 잘못 들어왔다는 사실을 깨달았다. 맞아.
그런 일이 있었다.

　"…긴 여행을 마치고 인천공항에 도착했을 때 저는
이방인이었습니다. 한글로 적힌 내국인 표지판을 보고도 저는
외국인 방향으로 걸어 들어왔습니다. 7개월이라는 긴 시간
동안 이방인이라는 위치에 익숙해져 있었기 때문입니다. 길을
돌아오면서 저는 정말 현실로 돌아왔다는 사실을 깨달았습니다.
여행이 하늘을 나는 기분이었다면, 이제는 단단한 땅에 발을 딛고 서
있었습니다. 제가 마주해야 할 차가운 현실이었습니다. 그리고 저는
단단한 현실이 필요한 사람이었습니다.

　저는 여행을 하며 많은 배낭여행자를 만났습니다. 그들 중에는
길을 잃은 사람들이 많았습니다. 특별한 목적도 없이, 돌아가기가
두려워서, 차갑고 어려운 현실을 마주하는 게 두려워서 그들은
방향을 잃은 채로 여행을 이어 가고 있었습니다. 하지만 제게는
균형이 중요했습니다. 저는 자유로움과 현실의 균형이 필요한
사람이었습니다. 하고 싶은 일과 해야 할 일의 아름다운 균형을,
저는 찾고 싶습니다."

횡설수설하고 있는 게 아닐까. 나는 잠시 멈췄다가 대답을 이었다.

"저는 여행을 하면서 많은 것을 보고 배웠습니다. 여행이 제
안에 많은 씨앗을 심어놓았다고 저는 정말 믿습니다. 그리고
저는 이곳에서 그 씨앗들을 다양한 방식으로 키워내고 싶습니다.
여기까지입니다. 감사합니다."

외쪽 면접관 선생님이 손가락으로 무테안경을 치켰다. 너무
두서없이 대답했을까. 질문을 처음 시작한 가운데 선생님은 엷은
웃음을 띠고 나를 바라보고 있었다. 그것은 자세히 보지 않으면
알아챌 수 없는 종류의 희미한 미소였다.

되는 대로 낭만적인

초판 1쇄 인쇄 2023년 10월 17일
초판 1쇄 발행 2023년 10월 31일

지은이 황찬주
펴낸이 유정연

이사 김귀분
기획편집 신성식 조현주 유리슬아 서옥수 황서연 정유진 **디자인** 안수진 기경란
마케팅 반지영 박중혁 하유정 **제작** 임정호 **경영지원** 박소영

펴낸곳 흐름출판(주) **출판등록** 제313-2003-199호(2003년 5월 28일)
주소 서울시 마포구 월드컵북로5길 48-9(서교동)
전화 (02)325-4944 **팩스** (02)325-4945 **이메일** book@hbooks.co.kr
홈페이지 http://www.hbooks.co.kr **블로그** blog.naver.com/nextwave7
출력·인쇄·제본 (주)상지사 **용지** 월드페이퍼(주) **후가공** (주)이지앤비(특허 제10-1081185호.)

ISBN 978-89-6596-599-2 03810